世界文学のアーキテクチャ

福嶋亮大

目次

はじめに——世界・小説・商品

1、世界市場を旅する文学

二一世紀に入ってから、一八二〇年代のドイツでゲーテが語った「世界文学」（Weltliteratur）という概念が、しばしば文学研究の議論の俎上に載るようになった。各国の文学がしきりに他言語に翻訳され、自国の外にまでその流通の範囲を広げている今、西洋偏重の文学史観への反省を含んだ、より包括的な文学理解が要求されているのは確かである。「世界文学」はその要請に応えるために呼び出された一種のパスワードだと言えるだろう。

もっとも、世界文学がいささか捉えどころのない、漠然とした言葉であるのも確かである。われわれはこの概念から何を引き出せるだろうか。例えば、アメリカの比較文学者デイヴィッド・ダムロッシュは『世界文学とは何か？』と題した著作のなかで、世界文学を文学全体の「ある一つの部分集合」と見なす立場から、次のように記している。

私の考えでは、世界文学とは、翻訳であれ原語であれ（ヴェルギリウスはヨーロッパではずっとラテン語で読まれてきた）発祥文化を越えて流通した全作品を含む〔1〕。

ダムロッシュによれば、ある作品が原産地を越えて異郷で「アクティヴ」に存在するとき、その作品は「世界文学」としての資格をもつ。別の環境に移植されることによって、いっそう繁殖力を増した文学――それがダムロッシュの言う「世界文学」である。彼は翻訳によって文化の生育環境を変えることに、きわめて積極的な意味を与えている。「世界文学の領域へ入った作品は、真正さや本質を失うどころか、むしろより多くの点で豊かになりうる。このプロセスを追うためには、特定の状況において作品がどのような変容を遂げるのかをじっくりと見なければならない」[2]。

ダムロッシュは世界文学という概念を、さまざまな国家から移植された文学作品を集めた一種のプラットフォームとして捉えている。このプラットフォームの内部でさまざまな偶発的な「読み」の機会にさらされるとき、作品には思いがけない照明が当てられる。ダムロッシュにとって、世界文学とは各国文学のたんなる総和ではない。世界文学になることは、作品を既存の理解の文脈から抜き出して、新たな「実りある生」へと引き渡す契機なのである。

このような見解はある程度の説得力をもつ。現代の文学作品は、確かに世界市場を旅することによって自らを転生させる。この旅には内在的な終わりがないため、世界文学へのエントリーによって、個々の作品にはいわば長い余生の可能性が与えられる。各国の古代文学から現代文学までが「世界文学」というプラットフォームに登録されるとき、作品どうしの新たな関連性が生じ、文学の評価をめぐるコミュニケーションにもおのずと変動が生じる。第一章で詳述するように、そもそもゲーテの世界文学論こそが、まさに文学の翻訳者や伝達者の増大というコミュニケーション革命を前提としていたのである。

もっとも、ダムロッシュが世界文学を評価するとき、しばしば具体性を欠いた広告的な表現をしがちであることも否めない。例えば「アクティヴに存在する」とか「豊か」であるとか「実りある」というのが、どういう状況を指すのかは、はっきりしない。「世界文学」という観念を用いるにあたっては、本来は文学にとって世界とは何かという根本的な問いを立てねばならない。しかし、ダムロッシュは文学の流通する世界市場から「世界文学」の名称を導き出すだけで、当の「世界」の内実を歴史的に検証することがない。これは重大な欠陥ではないか。

2、世界文学というアーキテクチャ

私はここで、世界文学を各国文学の流通するプラットフォームというよりも、より概念的な「アーキテクチャ」の隠喩によって捉えたいと思う。architecture はもともと「建築」を意味するが、それが計算機科学では基本的な「設計思想」を指す言葉として転用され、その用法が今ではインターネットにまで波及している[3]。建築にせよコンピュータにせよ、さまざまなテクネー（技術）に先立つテクネー、つまりアルケー（始原）のテクネーが「アーキテクチャ」として総称されていることに変わりはない。

この概念を世界文学に当てはめてみよう。そうすると、世界文学というアーキテクチャは、たんにあれやこれやの文学作品のコレクションではなく、むしろ数世紀をかけて形作られてきた設計思想の集積として理解できる。コンピュータがデータを特定のアルゴリズムで処理するように、文学も心的事象や社会的事象を言語によって設計するのに、さまざまな手法を用いている。本書で論じるように、これらの設計思想の集まるアーキテクチャを飛躍させる「ビッグバン」となったのが、一六世紀以降のヨーロッパとその外部の世界との接近遭遇であった。文学を《世界文学》にしたのは、ゲーテ一人の功績ではない。むしろゲーテ以前からあったグローバリゼーション（世界化）の帰結こそが《世界文学》と呼ばれるべきである。

本書で輪郭づける《世界文学》には、二つの意味がある。一つは世界的に翻訳され流通する文学という意味であり、もう一つは《世界》を設計（プログラム）に組み込んだ文学という意味である。ダムロッシュはほぼ前者の問題しか考えていないが、本来は前者と後者のどちらも欠けてはならない。ダムロッシュにとって、世界文学は文学全体の「部分集合」だが、私にはそれはいささか過小評価に思える。なぜなら、一六世紀以降の《世界》への傾斜こそが、文学史上の最も革新的な作家たち――一八世紀のデフォーやスウィフト、一九世紀のメルヴィルら――を出現させたのだから。

近代小説という特異なジャンルの発生は、特にこの後者の意味での世界文学と深く関わっている。ふつう近代小説は、共同体の解体および個人主義の発生と関連づけられる。しかし、共同体から離脱する「私」が中心化される以前に、《世界》との出会いが文学に質的な飛躍をもたらしていた。そのことは一九七〇年代以降の人文学で、すでに大きく取り上げられたことがある。特に、エドワード・サイードのような批評家は、「私」に先行する世界の権力構造を問い直し、ポストコロニアリズムの思潮がそれを受け継いだが、その理論的な発展はまもなく止まってしまった。私は本書で、そこに再び展望を与えることを試みたい。

もとより、文学の設計の「仕様書」が、あらかじめ作家たちに与えられたわけではない。しかし、事後的に観測すると、個々の文学者の仕事を導く設計思想＝プログラムが、各時代である程度共有され、次の時代に変形的に継承されたように思える。では、個々の作家や作品を規定するアーキテクチャ、つまり設計思想の集積は、具体的にはいかなる進化史をたどって生み出され、成長し、また衰退したのだろうか。そして、この「世界文学の進化史」に対しては、どのような思想史的な意味づけがなされるべきだろうか。本書はこれらの問いに取り組んだ試論である。

3、精神の商品化

本論に入る前に、前提として二つの論点に言及しておきたい。第一の論点は、世界文学が商品経済と連動していたことである。第二の論点は、世界文学の中心が小説によって占められたことである。

第一の論点から述べよう。ヨーロッパ統合を夢見たナポレオンが一八二一年に死去してからまもなく、ゲーテが世界文学のヴィジョンを示したとき、世界規模の交通の拡大がすでに彼の視界に入っていた。ゲーテに傾倒していた一八七五年生まれのトーマス・マンは、一九三二年の講演でそのことを的確に指摘していた。

ゲーテの世界文学の提唱のなかには、疑いもなく多くの先取りがありました。そして、彼の死後の百年間の発展、交通の発達、それがもたらした交易の迅速化、大戦によってさえも、停滞させられるよりもむしろ促進されたヨーロッパの、いや世界の緊密化、これらすべてが、ゲーテが今はその時代だと感じた時代を、いよいよ真に現実のものとするためには必須のものであったのでした[4]。

ゲーテの言う世界文学は「交易の迅速化」や「世界の緊密化」と密接につながっている。マンも注目するように、ゲーテは国境を超えた文化の相互浸透を「観念と感情の自由貿易」と言い表していた[5]。これらのメタファーは一九世紀のゲーテの段階で、経済的なモデルによって文化の流通が説明できるようになっていたこと、つまり精神の世界と商品の世界が多くの点で重なりつつあったことを示唆している。マンはゲーテ以降、精神と商品の結合がいっそう強固なものになったと認識していた。

さらに、マンと同世代のフランスの批評家ポール・ヴァレリーも、やはり大戦間期の一九三九年の論説で「精神の経済」に言及した。ヴァレリーの考えでは、あらゆる「精神的な事象」(科学、芸術、哲学)は経済的なものと似通っている。

> 私が株式取引所の用語を借りて話していることはお分かりだろう。精神的な事象に関して使うのは奇妙に思われるかもしれない。しかし、他によりよい言葉がないし、多分、この種の関係を表現するのに、捜しても他に適当な言葉はなさそうである。というのは、精神の経済も物質の経済も、人がそれを考えるとき、単純な価値評価のせめぎあいとして考えるのが最も分かり易いからである。
>
> 一つの文明とは一つの資本である。その増大のために数世紀にわたる努力が必要なのは、ある種の資本を増大させるのと同様で、複利法で増資していくのである[6]。

ヴァレリーにとって、精神の挙動を言い表すのに、経済以上に適格なメタファーはない。これは見かけ以上に大胆な考え方である。彼によれば、精神は宗教的にでも政治的にでも家族的にでも法的にでもなく、価値評価がたえず揺れ動く経済的な金融商品のように存在しており、だからこそ生産、消費、交換、増資、流通などのメタファーによって説明することができる。ヴァレリーの考察は、ゲーテの予告した世界文学の時代——観念や感情がグローバルな交易の対象になり、人類の知識が統合され増大してゆく段階――が、精神のあり方も深く規定し始めたことを示している（ちなみに、ヴァレリーにはゲーテの『ファウスト』を改作した『我がファウスト』という戯曲もある）。

むろん、このような精神の経済モデルには、いささか単純化のきらいもある。文学に経済的次元に還元できないもの、つまり市場化できないものがあるのは明らかである。この問題は小説（散文）以上に詩において、よりはっきりするだろう。というのも、詩は精神の商品化の傾向に対して、強い抵抗を示す文学ジャンルとしてしばしば評価されてきたからである。

例えば、一八八八年生まれのモダニズム詩人T・S・エリオットは「国民間の精神的な交わり」がなされるには、かえって翻訳困難な詩が必須だと見なした。詩というジャンルは安易な交換＝翻訳を拒絶するからこそ、異なる言語どうしのコミュニケーションの深遠さを読者に自覚させることができる。「一言語で言えるだけで翻訳できないすべてのものに、詩はいつも気づかせてくれます」。エリオットの考えでは、ヨーロッパ文学はかたくななナショナリズムではなく、外国語の文学との「ギブ・アンド・テイク」の関係によって創造されてきた[7]。そして、この関係を持続するには、外国語を自由に翻訳できるという自惚れよりも、むしろなめらかな交換＝翻訳を妨げる詩的な障害への鋭い感覚こそが有効なのである。

エリオットはここで、ゲーテ的な世界文学＝世界市場の根底にある全面的な商品化に抗して、別のコミュニケーションの回路を描き出した。もっとも、このような抵抗の論理そのものが、いかに商品化の圧力が強いかを証明している。資本主義経済から完全に隔離された聖域は、もはやどこにもない。だからこそ、モダニストのエリオットは詩を聖なる祭壇に祭り上げるのではなく、むしろなめらかな交換を限界に突き当たらせる文学的実験に差し向けた（彼が、詩という吹きさらしの実験場に与えた名称が「荒地」である）。それでも「世界文学の時代」はエリオット以降も加速し、精神はますます商品と見分けがたくなった。現代のわれわれもその条件から逃れることはできない。

4、資本主義のミメーシスとしての小説

この精神の商品化現象とも関わることだが、ここでもう一点確認したいのは、世界文学の中枢がもっぱら小説に占められたことである。むろん、世界文学には詩や演劇も含まれる。しかし、文学の「世界化」は小説の力なしにはあり得なかった。

本書では主に、小説の原産地をヨーロッパと中国に求めている。このうちヨーロッパに起源をもつタイプの小説の流行が、文学をグローバルに拡大させる契機となった。それはパンデミックを引き起こすウイルスに類比できる。ここで見逃せないのは、小説というウイルスの挙動が資本主義の挙動と近似していることである。例えば、世界システム論の提唱者であるイマニュエル・ウォーラーステインは、資本主義の本質に「万物の商品化」を見出している。

史的システムとしての資本主義は、それまでは「市場」を経由せずに展開されていた各過程——交換過程のみならず、生産過程、投資過程をも含めて——の広範な商品化を意味していたのである。いっそうの資本蓄積を追求しようとした資本家たちは、経済生活のあらゆる分野において、いっそう多くのこうした社会過程を商品化してしまうことになった[8]。

ウォーラーステインの考えでは、資本主義はその固有の歴史において「社会過程の広範な商品化」のプロセスを継続してきた。その結果、空気や水、人間関係はもとより、遺伝子や感情のような不可

侵と思われる対象ですら、市場で流通する商品となる。資本主義の浸透によって、人類は世界のすべてに商品の形態を与えるようになった。例えば「愛は金で買えるか」という凡庸な問いは（それにイエスと答えるか否かにかかわらず）あらゆる人間関係がすでに商品世界のフィルターを通過していることを前提としている。

　資本主義の「万物の商品化」に似たプロセスは、小説の歴史にも内包されている。そこにはいわば万物の小説化とでも呼べる衝動が見出される。興味深いことに、ウォーラーステインの挙げた社会生活上のプロセス――交換過程、生産過程、投資過程――はいずれも、小説というジャンルを成長させる推進力となった。

　例えば、一八世紀には多くの書簡体小説が書かれたが、それはまさに手紙のやりとりという私的なコミュニケーション、つまり外部からは本来うかがい知れない秘密めいた交換過程を再現したものであった。例えば、一七六一年に刊行され、当時屈指のベストセラーとなったジャン＝ジャック・ルソーの『新エロイーズ』では、令嬢ジュリとその家庭教師で平民のサン＝プルー、およびその周囲のひとびとの手紙の交換が、感情のテレパシー的な共鳴現象として描き出されている。

　この『新エロイーズ』のおよそ半世紀前に、イギリスではデフォーの『ロビンソン・クルーソー』（一七一九年）が刊行された。その主人公の商人クルーソーはいわゆる「経済人」（ホモ・エコノミクス）のモデルとして、マルクスやマックス・ヴェーバーのような後世の理論家たちに注目された。イギリスからブラジル、カリブ海までを横断するグローバリストであるクルーソーは、流れ着いた孤島を、十分な生産性を備えた場所に作り変える。生産者にして商人でもある彼にとって、大西洋を取り囲む大陸は、商品（黒人奴隷も含む）の循環する市場であり、カリブに浮かぶ島は原材料を資源に変える工場であった。クルーソーはベンチャーの欲望に巻き込まれながら、環大西洋世界の交換過程と孤島での生産過程をともに活気づけたのである。

さらに、『ロビンソン・クルーソー』のおよそ百年前の一六一五年に、スペインのミゲル・デ・セルバンテスは自作の『ドン・キホーテ』の後篇を刊行した。後篇はドン・キホーテとサンチョ・パンサの二人組が活躍する前篇が書物となって流通している状況を、物語の筋に組み入れた点で、巧妙なメタフィクションとなっている。

ドン・キホーテは学士を立ちあがらせると、こう言った——

「すると、わしのことを描いた物語があり、それを著わしたのがモーロの賢者であるというのは本当でござるか?」

「本当なんてもんじゃありませんよ」と、サンソンが答えた、「わたくしの睨むところ、その本はこれまでに一万二千部のうえ印刷されているはずですからね。嘘だと思うなら、本が出版されているポルトガル、バルセローナ、そしてバレンシアに訊いてみればすぐに分かることです。しかも現在、アントワープでも印刷中だという噂があります。ですからわたくしには、今後この本が翻訳されないような国も言葉もなかろうと思われるんですよ。」(後篇第三章/以下『ドン・キホーテ』の引用は牛島信明訳［岩波文庫］に拠る)

実際、一六〇五年に刊行された『ドン・キホーテ』はあまりに評判になったせいで海賊版が跋扈したばかりか、一六一〇年代には早くもロンドンやパリで翻訳が刊行されていた。セルバンテスはこの爆発的な流通の状況を逆手にとって、後篇を『ドン・キホーテ』という書物への自己言及を含んだメタフィクションに仕上げた。ここでは、セルバンテスの書いたテクストそのものが投資過程の一部に組み込まれている。つまり、資本が利潤を生み出し、自らをエンドレスに増殖させるように、『ドン・キホーテ』の後篇は『ドン・キホーテ』そのものの自乗として書かれた。しかも、そこには来たるべき全面的な翻訳の時代が、明らかに予告されていたのである。

ウォーラーステインが言うように、「万物の商品化」と並ぶ資本主義のもう一つの特性は、資本の蓄積のプロセスそのものが目的化したことにある。自己拡張こそが資本主義を動かす力であり、その力を保つために万物を見境なく商品化することが必要となる。

ここで史的システムとしての資本主義と呼んでいる歴史的社会システムの特徴は、この史的システムにおいては、資本がきわめて特異な方法で用いられる――つまり、投資される――という点にある。すなわち、そこでは、資本は自己増殖を第一の目的ないし意図として使用される[9]。

セルバンテスは『ドン・キホーテ』そのものがまさに資本のように自己増殖してゆく倒錯的な状況に、自ら進んで介入した。それは『ドン・キホーテ』への「投資」をいっそう煽りながら、『ドン・キホーテ』のエンドレスな自己増殖そのものを笑いに変えるような仕掛けである。つまり、セルバンテスは資本主義のミメーシス（模倣）としての小説を書いたのであり、それが世界文学の原風景になった。彼が示したのは、資本主義の原理と小説の原理が相似形をなすということである。

5、感覚的にして超感覚的なモノ

ところで、私はここまで無造作に「商品」という言葉を使ってきた。しかし、商品という存在には、一筋縄ではいかない謎めいたところがある。例えば、マルクスは『資本論』の「商品の物神的性格とその秘密」を論じた名高い文章で、商品は一見して「平凡」でありながら、実際には神秘的なものだと主張した。

たとえば人間が木材から机を作れば、木材の形は変化する。それでも、机は木材であり、ありふれた感覚的なものであり続ける。しかし机がいったん商品として登場すると、それはとたんに感覚的にして超感覚的なものへと変身する。商品としての机は自分の足で床の上に立っているだけではない。他のすべての商品に対して逆立ちして、その木偶頭から妄想を繰りだす。それは机が自分で踊り始めるよりも、もっと不思議なことだ[10]。

モノは社会的に流通する商品になったとたん「感覚的にして超感覚的なもの」に変わる。例えば、机は感覚で捉えられるモノである。しかし、それが市場にエントリーし他の商品と関連づけられるとき、超感覚的な数値（価格）がそこに付加される。つまり、商品世界へのエントリーは、ありふれたモノを「感覚的にして超感覚的なもの」へと変身させる。

このマルクスの卓見は、小説における事物の分析にも応用できる。小説のなかの「机」も、商品と似ている。なぜなら、机は小説の内部にエントリーされることによって、通常とは異なる評価を受け得るからだ。それは主人公の思い出の机かもしれないし、由来のある骨董品かもしれない。そのとき、小説の読者は、ありふれた机に深遠な意味を見出すかもしれない。小説のモノは感覚的な次元に置かれるだけではなく、超感覚的な評価にも開かれることになる。小説を読むとは、感覚的なもの（事物）と超感覚的なもの（価値評価）が二重に重ねられた言葉を受け取ることと等しい。

商品と同じく、小説のなかの事物も、まさに「感覚的にして超感覚的なもの」である。『ドン・キホーテ』では、まさにこの二重性がさまざまなやり方で露出させられている。ドン・キホーテが風車を巨人と勘違いするとき、感覚を超えたもの（評価）が彼の感覚を狂わせている。さらに『ドン・キホーテ』の海賊版や翻訳の流通する出版界は、作中人物であるドン・キホーテやサンチョ・パンサの感覚では本来アクセスできない。にもかかわらず、その超感覚的なレベルの出来事を、ドン・キホーテ主従にとって感覚可能な世界まで降下させたところに、セルバンテスの卓抜なユーモアがあった。

この感覚的なものと超感覚的なものの交差については、第八章のモダニズム文学論で改めて取り上げたい。ここではひとまず、資本主義の論理や商品の特性が、いかに小説というジャンルと共鳴していたかを確認すれば十分である。

6、三つの視点

私は先ほど、アーキテクチャを「設計思想の集積」と見なしたが、それは硬直したものではなく、むしろ変化に富んだダイナミックなシステムである。かつて建築家の磯崎新は、アーキテクチャを「構築する力」と定義した[11]。一口に言えば、私が本書でやろうとするのも、文学を構築する力がどこからやってきたのかを探究することである。そのために、以下の三つの視角を用意した。

第一部は議論の前提として、ゲーテの世界文学論のコンテクストを再考するところから始める。ゲーテは一九世紀以前と以後の文化的世界をブリッジする思想家であり、彼の《世界文学》のヴィジョンにも過去と未来の双方につながってゆく要素がある。それを確認した後、私は思い切って古代までさかのぼり、小説の特性（他者志向性）を「ガリレイ的言語意識」をキーワードに示すことを試みる。

世界文学のアーキテクチャ（建築）を支える地盤の特徴を、完全なものではないにせよ、簡略に描き出すことが第一部の目的となる。

第二部では世界文学を歴史的な建築物と見なす立場から、小説の進化史が考察される。私が試みたのは、ヨーロッパ、アジア、新世界という三つの地理的区分を設けて、世界文学の進化を再現することである。そこでは、ナショナリズムの文学よりもグローバリズムの文学が、あるいは自己の文学よりも他者の文学が、より基本的な形態と見なされるだろう。

第三部では世界文学のアーキテクチャのより詳しい解析のために、小説を構築するさまざまな思考のテーマがどのような脈絡で生じ、いかに機能してきたかを論じる。私はさしあたり七つのテーマを設定し、それぞれが文学の設計にどのような作用を及ぼしたかを示した。つまり、第三部はいわば一つ一つのテーマを主人公として、世界文学の軌跡をたどり直したものである。

[1] デイヴィッド・ダムロッシュ『世界文学とは何か?』(秋草俊一郎他訳、国書刊行会、二〇一一年)一五頁。

[2] 同右、一八頁。

[3] アーキテクチャの概念をインターネットに本格的に応用したのは法学者のローレンス・レッシグであり、日本では情報社会学者の濱野智史の『アーキテクチャの生態系』(ちくま文庫、二〇一五年)などでそれが継承されている。

[4] トーマス・マン『ゲーテを語る』(山崎章甫訳、岩波文庫、一九九三年)六〇頁。

[5] 同右、六一頁。

[6] ポール・ヴァレリー「精神の自由」『精神の危機』(恒川邦夫訳、岩波文庫、二〇一〇年)二三六、二三八頁。この論考についてはパスカル・カザノヴァ『世界文学空間』(岩切正一郎訳、藤原書店、二〇〇二年)でも言及される(三〇頁以下)。なお、ヴァレリーがこの精神=経済のモデルから、独自の抽象的人格を生み出したことも注目に値する。彼の思索的な小説『ムッシュー・テスト』(清水徹訳、岩波文庫、二〇〇四年)の主人公エドモン・テスト——ヴァレリーの知的分身でもある——は、ささやかな株取引で生計を立てながら、その純粋な精神の力によって「存在する一切をただ自分だけのために変形し、自分のまえに何が差し出されようと、それを手術してしまう」(二五頁)。このテストの「手術」によって、社会は数値の行列として再創造される。「八億一千七万五千五百五十……わたしは計算は追わず、ただこの未聞の音楽に耳を傾けていた。彼はわたしに株式市場の変動のありさまを伝えていたのだが、数詞の長い行列はまるで一篇の詩のようにわたしを捉えた」(三五・六頁)。ヴァレリーの言う精神=経済は、物質的な商品というよりは、数値化された金融商品に近く、たえず評価の激しい変動にさらされている。しかも、この天文学的な数字の波動が夜の「音楽」となってテストを魅了するのである。

[7] 「詩の社会的機能」(山田祥一訳)『エリオット全集3』(改訂版、中央公論社、一九七一年)二四九頁。

[8] イマニュエル・ウォーラーステイン『史的システムとしての資本主義』(川北稔訳、岩波文庫、二〇二二年)二三頁。

[9] 同右、二〇頁。もとより、自己増殖そのものが目的になるというのは倒錯であり、利用可能な外部が枯渇すれば、このシステムはただちに行き詰まる。柄谷行人は『トランスクリティーク』(岩波現代文庫、二〇一〇年)で資本の自己増殖の欲動をマルクスのフェティシズム論から再考している。

[10] カール・マルクス『資本論　第一巻上』(今村仁司他訳、ちくま学芸文庫、二〇二四年)一四〇頁。

[11] 磯崎新『日本の建築遺産12選』(新潮社、二〇一一年)七頁。

第一部　地盤

イントロダクション

　人類の進歩の鍵は、アイディアを他者に伝達する能力にある。あるローカルな地域で発明された観念が、心から心へと伝えられて共通の知識となり、ひとびとの生活やふるまいを方向づける――このコミュニケーションの能力が、人類の文化や社会を大きくする魔法の杖となったことは確かである。一見すると、知識の伝達や交換はありふれていて、何の神秘もないように思える。われわれはそれを特別なこととして意識しない。だが実際には、このアイディアの伝達と共有は、人類の生のあり方を決するほどの途方もない力をもった。

　ここで重要なのは、この伝達能力が「語り」の力と不可分であったことである。語り（物語）とは、受け手の感情の喚起とセットになったコミュニケーション行為であり、他者の心に効果的に影響を与えることができる。認知神経科学者のターリ・シャーロットに言わせれば「影響を与え合う最も強力な方法の一つが、感情を用いることだ。アイディアを共有するには時間と認知的な努力を要することが多いが、感情の共有には時間も手間もかからない」[1]。要するに、感情が通路になることで、アイディアは迅速かつ広範に拡散してゆく。シャーロットが指摘するように、人間の心は、水も漏らさぬ堅城ではまったくなく、むしろたえず他者の感情に感染している。そして、心と心をつなぐのに決定的な役割を果たしたのが、人間の物語る技術なのである。

影響を受けやすい心どうしを感情的に連結する語りの銀河系――文学はそこに浮かぶ惑星である。文学は広大な語りの銀河系を統べる君主であるどころか、むしろそのほんの一角を占めるだけである。ならば、文学という惑星群《プラネッツ》を探査するには、まずそれが成り立つ前提を把握するべきだろう。つまり、語りの特性についての、さらに語りを流通させる社会的・心理的な諸条件についての省察が必要なのである。

私は第一部で、世界文学のアーキテクチャの「地盤」を二つの角度から説明する。第一に重要なのは、資本主義を背景とするグローバルな出版市場である。それはアイディアの交換を推進する人類史上最大のプラットフォームであり、無数の物語が商品化される場である。ゲーテはそこに「世界文学」の名称を与えたが、第一章で述べるように、このコンセプトの誕生はゲーテが知識の組織化や交換（とりわけ翻訳）の重要性を、同時代の誰よりも深く理解していたことと関係している。

もう一つの重要なポイントは、資本主義の成立のはるか以前から人間の心に備わっている、協調的な「生活形式」（ヴィトゲンシュタイン）である。第二章でミハイル・バフチンの理論を参照して示すように、語りの基盤にあるのは「他者志向性」である。一言でまとめれば、小説は、他者の影響を受けやすい人間の心に基づいて誕生した。ジョナサン・スウィフトは『書物戦争』の序文で「諷刺は本人以外の他人の顔を映す一種の鏡」と述べたが〔2〕、これは彼自身の諷刺小説の傑作『ガリヴァー旅行記』のみならず、小説というジャンルそのものにも当てはまる特性である。小説には、まさにさまざまな「他人の顔」が映り込んでいるのだ。

近代の出版市場は、他者に感染した物語を「商品」に変換し、そこに含まれる無数のアイディアを読者に分有した。ゲーテはドイツ語圏における「翻訳」の実績に即しながら、その画期性を捉えたのである。その反面、語りによって心と心をつなぐうちに、ときに争いが勃発することも避けられない。実際、お互いに相いれない物語どうしの紛争が、二一世紀のインターネット時代に激化していることは周知のとおりである。スウィフトはその鋭敏な想像力によって、この物語間の不和をあらかじめ巧みに寓話化していた。彼の『書物戦争』は、王立図書館における古代の書物と近代の書物のあいだの滑稽な「戦争《バトル》」の記録として書かれている。

他者志向性に貫かれた小説は、さまざまなアイディアや評価を平和的に共存させるだけではなく、それらをしばしば衝突させ競合させる。ただ、繰り返せば、このような「戦争」が生じるのは、人間の心が他者を攻撃的に閉め出すからではなく、逆に他者の物語に感染しやすいからである。世界文学を成立させたのは、資本主義の生み出した世界市場に加えて、この影響を受けやすい人間の心の作用である。第一部ではそのことを示したい。

［1］ターリ・シャーロット『事実はなぜ人の意見を変えられないのか』（上原直子訳、白揚社、二〇一九年）五六頁。物語（アイディア）の感染速度があまりにも急激になり、受け手を洗脳し支配するようになると、今度はその有害な作用が目立ってくる。ジョナサン・ゴットシャルの警世の書『ストーリーが世界を滅ぼす』（月谷真紀訳、東洋経済新報社、二〇二二年）のように「どうすれば物語から世界を救えるか」という問題意識が出てくるのは、そのためである（三〇頁）。

［2］スウィフト『桶物語・書物戦争』（深町弘三訳、岩波文庫、一九六八年）一六三頁。

第一章　世界文学の建築家ゲーテ——翻訳・レディメイド・ホムンクルス

1、ヴァイマルの文芸ネットワーク

序章で述べたように《世界文学》という概念の発明はもっぱら、一七四九年に生まれて一八三二年に亡くなったゲーテに帰せられる。つまり、一八世紀ヨーロッパの文化的財産の継承者であり、かつ一九世紀前半にますます世界化してゆく資本主義の渦中を生きたドイツの哲人文学者が、《世界文学》に新たな意味を吹き込んだのである。

二つの世紀にまたがるゲーテの長い人生は、ヨーロッパの大変貌の時代と重なりあっている。近年のグローバル・ヒストリーを牽引する経済史家ケネス・ポメランツは主著『大分岐』で、一七五〇年を世界史的な分水嶺と見なした。一八世紀半ばまではヨーロッパも東アジアも、経済成長に関しては並行的な進化を遂げてきた。ポメランツによれば、中国、日本、インドでも「スミス的成長」（商業化された農業とプロト工業をベースとする経済成長）が見られたのであり、ヨーロッパ経済だけが突出していたわけではない。しかし、一七五〇年以降、ヨーロッパは豊富な石炭資源とアメリカ新大陸の市場を背景として急速な経済発展を遂げ、アジアをはじめ他地域を圧倒するようになった[1]。このポメランツの仮説に従うならば、まさに「大分岐」の始まるタイミングで生まれたゲーテは、ヨーロッパの奇跡的躍進とともに成長した作家であったと言える。

ゲーテの提唱した世界文学のコンセプトは、ヨーロッパそのものが世界的存在に成長してゆく状況と連動している。ただ、ゲーテは自らのアイディアを体系的な論文で熟成させたわけではなかった。それは一七九二年生まれの弟子ヨハン・ペーター・エッカーマンが記録した、一八二〇年代のゲーテの談話に登場する考え方である。


国民文学というのは、今日では、あまり大して意味がない。世界文学の時代が始まっているのだ。だから、みんながこの時代を促進させるよう努力しなければだめさ。（一八二七年一月三一日。以下、年月日を記した引用はすべてエッカーマン『ゲーテとの対話』［山下肇訳、岩波文庫］に拠る）

偏狭な自惚れに陥らないために「好んで他国民の書を渉猟しているし、誰にでもそうするように」推奨していたゲーテにとって、世界文学とは何よりもまず実践的な目標であった。ゲーテは世界文学を新時代のミッションとして位置づけ、今後の文学は国境を越えて流通するだろうし、作家たちはこのような文学の「自由貿易」をいっそう加速させるべきだと主張した。

ゲーテの考えでは、文学の流通の拡大は、作品の内容も質的に向上させるチャンスであった。イギリス人、ドイツ人、フランス人がお互いの作品を批評し、気兼ねなく「補正」しあうことが「世界文学にとっては大きな利点となり、この利点はますます現れてくるだろうね」とゲーテは楽しげに述べている（一八二七年七月一五日）。ゲーテ自身、ヨーロッパ文学はもちろん、中国やアメリカの文芸まで目配りしていた。先に引用した世界文学についての意見そのものが、ゲーテが翻訳で読んだ中国小説（清の『花箋記』と推測されている）への好印象――彼はその自然描写や説話の用い方を称賛している――をきっかけとして語られたものである。

もとより、このような批評や補正をやるには、知識の迅速なやりとりが欠かせない。《世界文学》がエッカーマンとのくつろいだ座談の場で語られたことは、このアイディア自体が知識を共有するコミュニケーション環境と不可分であったことを意味している。知識を交換し結合し伝達するのに、ゲーテは談話や書簡というメディアを存分に活用し、それによってゲーテという存在そのものが知の集積回路として機能することになった。例えば、フリードリヒ・シラーとの一八〇〇年前後の膨大な往復書簡を読むだけでも、ゲーテが知識やアイディアを気前よく他者とシェアし、積極的に補正していたことが分かるだろう。ゲーテにとって、知はオープンな運動体になることによって、自らを一種の有機体として成長させるのである。

そもそも、政治の中心都市ベルリンから離れたヴァイマルのゲーテ邸には、王侯貴族だけではなく文芸に関わる翻訳家や業者もしきりに出入りしていた（ゲーテは都市の喧騒を嫌っていた）。ゲーテはときに、その翻訳業者の浅薄さに強い苛立ちを覚えることもあった。「文学という点では、全くのディレッタントのようだな。というのも、彼はドイツ語などさっぱり出来ぬくせに、早速やるつもりの翻訳やら、その扉に印刷する肖像やらの話をしたりする始末だからね」（一八二七年一月二一日）。しかし、このような一知半解の業者も含めた出版や翻訳のビジネスの隆盛がなければ、世界市場＝世界文学も成り立つはずはなかった。辺境のヴァイマルは文芸ネットワークの拠点となり、精神の自由貿易を促したのである。

2、通貨としてのドイツ語

加えて、ゲーテが世界文学論を語った時期は、出版史上の画期点でもある。ロマン主義の研究者モース・ペッカムは、紙の原材料不足が綿花によって解消されたことをきっかけとして、一八二〇年代に印刷物の爆発的増加が起こり、それが新たな読者層誕生の引金になったと指摘した。

一八三〇年までに、出版に革命的変化が起こっていた。印刷物はいまや安価で、人類史上初めて、読み書き能力があらゆる階級に著しく浸透していた。イギリスでは人口は四倍に増加していたが、読み書きができる人口は三二倍になったのである。たんに出版業が影響を受けたというだけではない。あらゆる種類のコミュニケーションと紙を媒介とする記録保存のすべて——雑誌、新聞、手紙、そして事業、政府、軍の通信と命令——が、その影響を受けたのである[2]。

語呂合わせ的に言えば、神ならぬ紙が大衆に知を配信し、出版も含めた通信やコミュニケーションの技術全般の状況を変えたのである。この出版革命とリテラシーの飛躍に後押しされて、一八三〇年代以降、ヨーロッパには中産階級のリーディング・パブリック（読者公衆）が登場するようになった。

このような新たな公衆の勃興に対して、旧来の知識人は自らが押しのけられつつあると感じ、ときに強い嫌悪感を示した。イギリスではすでに一八二〇年代に、ある評論家が「文学がヨーロッパのいたるところで全く商売となっていることは恥ずべき悪弊である。これほど堕落した趣味を育て、無知なものに識者にまさる力を与えたものは、これまでなかった」と嘆き悲しんだ。彼らは新興の出版市場のもたらす文学の「堕落」や「無知」に対抗するために、cultureという言葉を導入した［3］。今の日本ではもはや想像しにくいが、文化や教養という言葉には、市場へのアンチテーゼという意味があったわけだ。

とはいえ、反市場的な「文化」を旗印にしても、この大規模なコミュニケーション革命を後戻りさせることはできなかった。ゲーテ自身、知的な仕事が次第に一部のエリートの専有物ではなくなりつつあることを、はっきり自覚していた。彼の自伝『詩と真実』には「誰もが今や哲学的に考えるのみならず、徐々に自らを哲学者と考える資格を与えられた」と記されている。ゲーテにとって、哲学をやるにはもはや特別な才能ではなく、いわば試験管を扱うような技術があればよかった［4］。要は、誰でも哲学者になれる時代が訪れたのである。

このような知の民主化を背景として、文学や思想が世界市場の商品として流通するようになったとき、翻訳の重要性が増したのは当然である。この点で、ドイツには固有の強みがあった。というのも、当時のドイツ語は他言語を媒介する通貨の役割を果たしていたからである。ゲーテはエッカーマンに、ドイツ語がいかに柔軟に、ヨーロッパ諸言語の富を吸収してきたかを雄弁に語った。

今、ドイツ語がよくわかれば、他の言葉をたくさん知らなくても済むということも否定できませんからね。フランス語だけは別ですよ。フランス語は、社交用の言葉で、とりわけ旅行のさいには欠かせませんものね。だれでもわかるし、どこへ行っても、優秀な通訳のかわりに、フランス語で用が足りますから。しかし、ギリシャ語やラテン語、イタリア語、スペイン語、となると、それらの国の最高の作品は立派なドイツ語訳でちゃんと読むことができる。（一八二五年一月一〇日）

このような見解はゲーテの次世代のロマン派の文学者たちにも受け継がれた。例えば、ロマン派の旗手ノヴァーリスの考えでは、ドイツ人とは翻訳によって文化を創出した唯一の民族である。ゲーテ以降の作家たちは、ドイツ人およびドイツ語の卓越性を、異質なものの貪欲な吸収に認めた。ドイツ語の「多面的な受容力」を誇ったアウグスト・ヴィルヘルム・シュレーゲルをはじめとする翻訳者たちの旺盛な仕事によって、ドイツ語はヨーロッパ諸言語の文学を結合させた集積回路となったのである[5]。

こうして、翻訳は言語的な有機体を――異なる言語どうしがお互いを「補正」しあう生成＝成長の場を――生み出す。フランスのヴォルテールやディドロを高く評価したゲーテは、彼らから受けた恩恵の大きさを隠さなかった。そのゲーテがますますその名声を高めるにつれて、今度はフランスやイギリスの作家がゲーテやドイツ文学に対して関心を抱くようになる。特に、ゲーテの翻訳者として名高く、かつゲーテ本人からも厚い信頼を寄せられていたのが、一七九五年生まれのイギリスの作家トマス・カーライルである。

カーライルはドイツ文学に精通しており、シラーの『ヴァレンシュタイン』の翻訳やドイツ文芸のイギリスへの紹介は、ゲーテにも高く評価された。『衣裳哲学』で示された彼の屈折の多い文体も、とりわけドイツの作家ジャン・パウルからそのアイロニカルな性格を受け継いでいた。ゲーテはこの四〇歳以上も年下のイギリスの若者と、書簡で頻繁にやりとりするようになった。両者は一度も対面で会ったことがなかったものの、その遠隔コミュニケーションの記録からは、原作者と翻訳者のあいだの親密な精神的同化のプロセスを読み取ることができる。ゲーテのカーライル宛の書簡でも、翻訳の仕事が交易のモデルで説明されていたことに注意しておこう。

ドイツ語を理解し、また学ぶ人は、あらゆる国民がその商品を持ち寄る市場のなかに身を置いているのです。そして、自分自身を富ましながら、通訳の役割を演じているのです。したがって、あらゆる翻訳者は、この一般的な精神的商業の仲介者として努力し、相互の交換を促進することを仕事とする人と見なされるべきです[6]。

ここでゲーテはコミュニケーションの通貨としてのドイツ語の利点を語りながら、国民どうしの「相互の交換」を促す翻訳者を「精神的商業」の主要なプレイヤーと見なしている。ゲーテの翻訳の理念が、いかに深く経済的なイメージと結びついていたかが、ここからも了解されるだろう。

その一方、カーライルが有能な翻訳者でありながら、この文学の世界化＝市場化にゲーテほど前向きな展望を与えなかったことも見逃せない。後にヴィクトリア朝を代表する批評家となったカーライルは、もともと文学の自律的価値を強調していたにもかかわらず、ゲーテの死後にはむしろ神学的・道徳的な立場から文学批判に回るようになり、一八二〇年生まれのエンゲルス——文学の時代はすでに終わったと見なし、政治的行動を推奨した——にも影響を与えた[7]。それは、一八二〇年代から三〇年代にかけて続いた老ゲーテとの書簡のやりとりからは予想しにくい「転向」である。

二〇世紀末のポストモダンの時代には「文学の終わり」という言説がしばしば語られた。ゲーテという最大の文学者の薫陶を受けたカーライルが、かえってこの終わりの言説の先駆者になったことは、実に意味深長である。このことは、すでにゲーテの世界文学論のなかに「文学の終わり」が内包されていたことを示唆する。万物を商品化する《世界文学》の時代の到来は、絶対的な外部を消滅させるが、それは文学の従来の使命が消尽することでもあった。エンゲルスの文学批判は、まさにその地点から発せられている。私は後の章で、エンゲルスと同世代のメルヴィルやフローベールらがこの問題にどう取り組んだかを論じようと思う。

3、思想運動としての翻訳

ところで、ゲーテはただ翻訳者と交流するだけではなく、自分自身も翻訳を手がけていた。一八世紀フランスの思想家ディドロの傑作小説『ラモーの甥』――哲学者の「私」と音楽家ラモーの甥の対話体小説で、ディドロの生前には刊行されず長く知られていなかった――を見出し翻訳したのは、ドイツ人のゲーテである。哲学者ヘーゲルも『ラモーの甥』をゲーテの翻訳で読み、それをさっそく主著『精神現象学』(一八〇七年)で活用した。シャーマン的な変性意識のモチーフを含み、主人公の自己が無数の他者のミメーシス(模倣)によって占められてゆく『ラモーの甥』が、その受容においてもフランス語からドイツ語へと折り返されたのは興味深い[8]。『ラモーの甥』は、二つの言語の織り成す襞のなかで奇跡的に生き延びた小説なのである。

ゲーテの作品もまた、翻訳の効果を強く受けていた。ゲーテはドイツ語ではもう自作の『ファウスト』を読む気にならないものの「仏訳で読んでみると、全篇があらためてじつに清新で生気に満ちた印象をうけるね」とエッカーマンに楽しげに語っている(一八三〇年一月三日)。そもそも、『ファウスト』は二〇代半ばのゲーテの草稿に始まり、一八〇八年刊行の第一部から、ゲーテ死後の一八三三年刊行の第二部に到るまで、実に半世紀以上にわたって、まさに何度も転生し続けた異例の作品であった。そこにフランス語版が加わったとき、ゲーテには『ファウスト』が再び「生気」を取り戻したように感じられた。

そう考えると、ファウストがまず聖書の翻訳者として現れることは興味深い。一人きりで書斎に閉じこもったファウストは、まるでルターのように聖書のドイツ語訳を試みるが、第一行目の「太初《はじめ》に言《ことば》ありき」に対して早くも強い不満を覚える。「もっと別の訳し方」をせねばならないと決意するファウストが「太初に意《こころ》ありき」「太初に力《ちから》ありき」という訳語を思いつきながらいずれにも満足できず、ついに霊の助けを得て「太初に行《ぎょう》ありき」というしっくりくる訳語にたどり着くシーン（一二二三行／以下『ファウスト』の引用は山下肇訳［潮出版社］に拠り、行数を示す）は、まさに聖書のハッキングの犯行現場と呼ぶにふさわしい。ファウストは翻訳によって、世界の起源を「言葉」から「行為」に変換したのである。

こうして、本来は不可侵のテクスト（聖書）ですら、ファウストの度重なる翻訳によって改訂され、行為を促す新たなコマンド（命令）に置き換えられる。ハッカー的翻訳者としてのファウストはこの「太初に行ありき」という自作のプログラムに導かれて、新たな人生を探求する冒険に乗り出す。停滞した生を別の活動的な生へと引き渡す翻訳は、『ファウスト』という作品にとって根源的なものである。

このくだりに見事に示されるように、ドイツ語の環境においては、翻訳そのものが哲学であり、先進的な批評運動であった。そのことは、ゲーテの後輩である詩人フリードリヒ・ヘルダーリンの仕事からも分かる。ヘルダーリンは古代ギリシアの劇作家ソフォクレスの翻訳に取り組んだが、それはギリシア語を逐語的にドイツ語に置き換えようとする力業であった。そうすると当然ドイツ語としては破格のものになるが、それによってかえってドイツ語の表現には新しい局面が開かれた。

後に二〇世紀のヴァルター・ベンヤミンは翻訳を「死後の生（Fortleben）」を指し示す行為と見なしながら、ヘルダーリン的な逐語性を「アーケード」と評し、それが原文の意味ではなく「純粋言語」

を伝達しようとする特異な試みであると指摘した[9]。ベンヤミンの考えでは、ヘルダーリン的翻訳とは、言語を言語たらしめる根源的な何かを抽出し、それをテクストからテクストへと送り届けるアーケード＝通路である。これはいささか神秘的な見解であるとはいえ、たんなる意味の表現には回収されない特別なコミュニケーションを翻訳に見出したのは、ヘルダーリン＝ベンヤミンの大きな功績である。

かたやゲーテにとっても、翻訳は作品に「死後の生」を贈与することに等しかった。ただし、ヘルダーリンとは違って、ゲーテは無謀な逐語訳にはこだわらなかった。メディア理論家のフリードリヒ・キットラーが注目したように、ゲーテはむしろ、翻訳困難な詩を散文に訳してもなお残り続けるものにこそ価値を見出した[10]。ゲーテ的翻訳においては、原文の正確さはある程度犠牲になるが、それが失われた後でも残るものがゲーテにとっては本質的なのである。

そう考えると、ヘルダーリンではなくゲーテが《世界文学》の提唱者になったことには十分な理由があるだろう。ゲーテは通貨としてのドイツ語を用いて、まさに「言説の配信」（キットラー）としての翻訳のプロジェクトに関与した[11]。国外に翻訳＝配信される作品が増えれば増えるほど、精神の交易もいっそう盛んになる。ヘルダーリン的翻訳が分かりやすい意訳を遮断しつつ、純粋言語を通過させるアーケードを築くことだとしたら、ゲーテ的翻訳はむしろ、コミュニケーションの障壁を下げて、意味や価値をなめらかに交換させるグローバルな配信プラットフォームを組織することに近かった。

4、《ゲーテ》の制作――郵便局と事務局

このように、ゲーテのテクストからは、各国の作品が相互に翻訳＝批評される世界文学の時代が、一種のコミュニケーション革命の時代でもあったことが浮かび上がってくる。なかでも、ゲーテとカーライルの往復書簡は当時の郵便システムに戦略的に依拠していたという点で、コミュニケーション史やメディア史においても特筆すべき位置を占めている。

精神＝商品の交易を成り立たせるのに、郵便というインフラは欠かせなかった。例えば、カーライルに対して「現在のように本や雑誌がいわば速達便で諸国民を連絡する時には、聡明な旅行者などはこの点ではほとんど役に立ちません」と書き記したゲーテは、思想が対面的コミュニケーションなしに、郵便物として高速で流通する状況を評価している[12]。さらに、カーライルも精密化された郵便システムの恩恵にあずかっていることを自覚していた。

こわれ易い物が見知らぬ国々や喧騒を極める都市や荒海を越えて、大陸の奥地からこんな荒野まで達しうるのは、まったくこの完全な輸送手段のおかげです。もっと不思議なことは、私たちが現代で最も尊敬する精神から、愛情の声が、いかなる意味においても遥かにへだたっている者へ伝えられうることです。六年前には、ゲーテから私へ手紙や贈物をいただくなどという可能性は、シェイクスピアやホメロスから送られるのと同じくらい、奇蹟であり夢であると私は思っていました[13]。

カーライルは後に産業社会を批判し、英雄崇拝論を掲げるようになるが、彼を思想家に仕立てたのは、むしろゲーテのような異国の英雄の「声」を輸送する近代の郵便産業である。カーライルにとって、ゲーテとの文通はシェイクスピアやホメロスとの文通に等しい奇蹟であった。郵便システムを利用した遠隔コミュニケーションは、対面では決して聴くことのなかったゲーテの「声」をいっそう神秘化した。ゲーテとカーライルの往復書簡は、非対面のヴァーチュアル・リアリティのもつ速度と相互浸透性を自覚的に利用した点で、メディア史上の先駆的な事例と考えられる。

そもそも、ゲーテはその出生のときから郵便システムに取り囲まれていた。というのも、彼のフランクフルトの生家は、数世紀にわたってヨーロッパの郵便事業を導いてきた大企業トゥルン・ウント・タクシス——そのパイオニアである貴族フランツ・フォン・タクシスはしばしば同時代のコロンブスと並び称される——の大邸宅に隣接していたからである。後に『詩と真実』でも、ゲーテは「タクシス郵便はきわめて迅速に配達し、開封されることもなく、郵送料はあまり高くなかった」とその効率性や信頼性を賞賛している。「手紙の時代」と呼ばれるほどに書簡熱が高まった一八世紀に生まれたゲーテは、まさに郵便システムの申し子であった。

しかも、郵便システムの発達は、たんに遠隔地とのコミュニケーションを可能にしただけではなく、精神の交易という理念を推し進めるエンジンとなった。興味深いことに、タクシス家はゲーテや皇帝ヨーゼフ二世と同じく、「兄弟のようにひとつになった世界市民的な夢」を抱くフリーメイソンに傾倒しており、トゥルン・ウント・タクシスの手掛けた多くの文化事業（郵便部門に限らない）はこのフリーメイソンの理想と内的に連関していたとされる[14]。ゲーテのコスモポリタンな世界文学論にフリーメイソンの痕跡を見出すことも、十分可能だろう。

ゲーテが生きていたのは、精神が翻訳されるだけではなく、物質的な郵便として送受信されるようになった時代である。この時代には、世界市民的な夢は郵便のインフラに助けられて増幅してゆく。ドイツのメディア理論家ベルンハルト・ジーゲルトによれば、「ゲーテの郵便帝国」においては、手紙と精神がほとんど同一のものとなり、手紙を受け取った読者は作者の内なる精神のピースを分有することになった。カーライルらがゲーテと交わした手紙は「作者からのフィードバックを経由した精神の鏡」となったのである[15]。

もとより、この郵便的なフィードバックのシステムは、決してゲーテが独力で構築したものではなかった。ゲーテの書簡の相手を時系列で見ると、当初はヴァイマルの有名な女性文人シャルロッテ・フォン・シュタインや、先述したシラーとのやりとりが目立つが、次第に友人の音楽家カール・フリードリヒ・ツェルター（フェリックス・メンデルスゾーンの師）や異国のカーライルとのやりとりが増えてゆく。ゲーテが卓越した作家としてブランド化されたのは、この人的ネットワークのなせる業であった。ベンヤミンはまさにそのことを鋭く指摘している。

地元ヴァイマルでは、詩人［ゲーテ］は徐々に協力者や秘書の一大グループを作りあげた。彼らの協力がなかったならば、彼が晩年の三十年間に整理編集した、あの厖大な遺産となる言葉の数々は、決して確保されえなかったことだろう。最終的に詩人は、まさに中国式に、自分の全人生を〈書かれたもの《シュリフト》〉というカテゴリーのもとに置いたのだ。エッカーマン、リーマー、ソレ、ミュラーといった補佐役をつとめた人びとから、クロイターやヨーン等の書記官に至るまでを擁した、一大文献・雑誌整理用事務局は、この意味において捉えられねばならない[16]。

ゲーテはヴァイマルの協力者たちを記録装置として組織し、放っておけば虚空に消えてゆくだけの自らの言葉を、逐次書き取らせた。対話や書簡の類をゲーテほど多く残した作家はほとんどいないが、この巨大な文学資本は、秘書エッカーマンを中心とする「一大文献・雑誌整理用事務局」の仕事の所産である。この優秀な事務局の取りまとめた文献的遺産が、偉大な世界市民ゲーテという賢人的なイメージの形成に寄与したことは、想像に難くない。その意味で、われわれが知る《ゲーテ》そのものが、集団制作された作品なのである。

こうして、作家ゲーテとその作品は相互浸透し、ほとんど一体化していった。ベンヤミンが言うように、ゲーテは文人としての自己を「書かれたもの」に集中させ、翻訳を通じてそのテクスト群の価値を高めたが、それは資本の蓄積や増殖と似ている。ヴァイマルにはゲーテやその友人たちのテクストが集まり、それが国境を超えて交換される文化的な商品となった。この文学資本の膨張は、フローを司る郵便局（＝テクストを送受信するシステム）とストックを司る事務局（＝テクストを整理・編集するシステム）抜きにはあり得なかった。この点で、ゲーテには現代の情報産業の先駆者としての一面がある。

5、エッカーマンのコラージュ

このヴァイマルの「一大文献・雑誌整理用事務局」の中枢で、ゲーテとの会話を事細かに記録した秘書のエッカーマンも興味深い人物である。『ゲーテとの対話』の序文によれば、エッカーマンは幼少から絵が得意であり「感覚的模写の衝動」を備えていた。彼の巧みな模写の技術によって、一八二〇年代の老ゲーテの精妙なコピーが制作されたのである。エッカーマンは敬愛するゲーテの語りの様子を模写し、配列し、そのかけらを組みあわせ、いわばモンタージュ写真を作るように一個の偉大な人物を描き出した。

メディア史の見地から言えば、出版革命が推し進められた時代は、ちょうどカメラの画像を定着させる実験がなされていた重要な時期でもある。フランスの化学者ニエプスが一八二五年に写真制作に成功した後、同じくフランスのダゲールがいわゆる「ダゲレオタイプ」(銀板写真)を一八三九年に発明したのを機に、写真の普及が進んだ。ゲーテは一八三二年に亡くなったからダゲレオタイプを目にする機会はなかったものの、彼が本格的な複製技術時代の訪れる前夜にいたことは重要である。

加えて、イギリスでは数学者のチャールズ・バベッジが一八三三年にパンチカードで命令を送る「解析機関」の設計に着手し、コンピュータ・サイエンスの歴史的な一歩を踏み出した。レフ・マノヴィッチが指摘するように、ダゲールの装置とバベッジの装置、つまり画像を処理するメディア機械とデータを処理する計算装置は、いずれも一八三〇年代に現れ、並行的に発展してきた[17]。文学が《世界文学》という一つの目的＝終わり(end)に向かっていたとき、当時最高の文字＝情報の処理装置と呼ぶべきゲーテの死と軌を一にして、活字を用いないニューメディアが誕生したことは、知識とコミュニケーションの環境の変容を示す最も象徴的な出来事だと言ってよい。

ともあれ、絵画的な模写の能力に富んだエッカーマンは、いわばダゲレオタイプをあらかじめ真似るようにして、ゲーテの肖像を言語的に制作した。その記録は、ゲーテ本人の考え方を再現したものとして了解されている。これが意味するのは、ゲーテの複製が本物のゲーテとして――あるいは本物以上に本物らしいゲーテとして――堂々と流通したということである。しかも、この文学的肖像画においてて、エッカーマンはゲーテの遺体と対面した折のことまで詳細に記録している。

私は、その四肢の神々しいまでの美しさに目をみはった。胸は実にたくましく、幅広く、そして盛りあがり、腕と腿はともに肉づきがよく、やわらかだった。足は上品で、なんともいえぬよい形をしており、身体中どこにも、脂肪ぶとりや、やせすぎや、衰弱した跡はみられなかった。ひとりの完全な人間が大いなる美しさをひめて私の前に横たわっていた。(一八三二年)

エッカーマンは心ここにあらずという状態に陥ることも多く、ゲーテには「劇場にいるときのほかは、いつも心がどこかへ行っているのだからな」(一八二八年一〇月一一日)とからかわれていた。死せるゲーテを前にしたときも、このうっとりしやすい弟子は神々しい遺体にすっかり心奪われ、それを英雄の彫像のように崇め奉り、まるでゲーテを冷凍保存するかのように詳細に描写している。このいささか不気味な光景からは、ゲーテに関係するあらゆる機会を逃すまいとするエッカーマンの執念を読み取れる。

興味深いことに、エッカーマンの記録の仕方は、ゲーテ本人の文学観とも符合していた。「詩はすべて機会の詩でなければならない」と断言するゲーテによれば、詩人の価値は「平凡な対象からも興味ふかい側面をつかみだすくらいに豊富な精神の活動力を発揮」するところにある(一八二三年九月一八日)。そのつどの対象との出会いという「機会」を利用して、ありふれたものからより普遍的なものを制作する——そのような俊敏な精神の能力にこそゲーテの考える詩の本領があった。エッカーマンもまさに「機会の詩」を作るようにして、語るゲーテの複製を丹念に制作し続けた。

むろん、偶然の機会を利用する以上、それは前もって計画されたものではあり得ない。ゆえに、エッカーマンの描くゲーテは、断片的なイメージを組みあわせたモンタージュに近くなる。ここで重要なのは、ゲーテ自身が文学の制作において、そのようなモンタージュ的な技術を許容していたことである。

6、ゲーテのレディメイド

ゲーテの考えでは、詩の素材は借り物であっても構わない。それどころか、素材があらかじめ与えられているときには「時間とエネルギーのロス」は少なくて済むので、彼はむしろ「既成の作品を対象とすること」を推奨する（一八二三年九月一八日）。彼にとって、このような省力化は文学全般に応用できるテクニックであった。ゲーテは文学の素材についてはオリジナリティよりも「使い方が正しいかどうかということだけが問題なのだ」と大胆に割り切り、次のように述べている。

バイロン卿の変形した悪魔は、メフィストーフェレスの延長だが、それはそれでけっこうさ！もし彼が、一風変った気まぐれから横みちにそれようとでもしようものなら、もっと出来の悪いものになってしまったにちがいない。その私のメフィストーフェレスも、シェイクスピアの歌をうたうわけだが、どうしてそれがいけないのか？シェイクスピアの歌がちょうどぴったり当てはまり、言おうとすることをずばり言ってのけているのに、どうして私が苦労して自分のものをつくり出さなければならないのだろうか？だから、私の『ファウスト』の発端が、『ヨブ記』のそれと多少似ているとしても、これもまた、当然きわまることだ。私は、そのために非難されるには当たらないし、むしろほめられてしかるべきだよ。（一八二五年一月一八日。表記を一部変更）

この興味深い談話は、二〇世紀のマルセル・デュシャンの「レディメイド」のアイディアを彷彿とさせる。ゲーテはここでオリジナリティの神話を拒絶し、できあいの記号のコラージュでも十分に立派な作品を作れるし、そうするのは当然だと断言している。ゲーテ自身が言うように、このレディメイドの技術は彼が心血を注いだ『ファウスト』で存分に発揮された。

主人公のファウストからしてドイツの伝説的な錬金術師であるのは当然としても、それ以外にもこの作品は多くの借用物で成り立っている。例えば、ブロッケン山を舞台とした、第一部の有名なヴァルプルギスの夜の夢の場面では、シェイクスピアの『真夏の夜の夢』のオーベロン、チターニア、妖精パック、同じく『テンペスト』のアーリエルが現れて、おしゃべりを始める。このヴァルプルギスの主題は、第二部になると舞台をファルサロスの古戦場に移し、怪物スフィンクスやグリフィン、古代ギリシアの哲学者アナクサゴラスやターレス、プロテウスらがそこに次々と登場する。ゲーテは古代からルネッサンスの怪物や人物をコラージュしながら、時空を故意に錯綜させ、過去の霊的なものたちとのコミュニケーションを企てた。

この奇怪な存在たちのなかの極めつけは、フラスコ内に入ったホムンクルス——ファウストに密かに「教養俗物」と酷評されている助手ヴァーグナーの生み出した人工生命——である。ゲーテは過去の神話を呼び覚ます一方、すでにルネッサンス期のパラケルススの著作で描かれていたこの怪物的存在を作中に招き入れた。天上で「主」となれなれしく会話するメフィストが人間以前の霊だとしたら、ホムンクルスは明白に人間以後の存在であり、身体をもたないにもかかわらず、ターレスやプロテウスらを相手に饒舌に口をきく。この人間的な尺度を外れた超人間の登場が、『ファウスト』に未来的な相貌を与えたのは間違いない。

古ぼけた書斎という牢獄から逃れ、美と愛を求めながら、世界の奥底で働く「力」を見定めようと遮二無二「行為」し続ける第一部のファウストは、近代人の典型である。それに対して、時空の迷宮に入り込んだ第二部のファウストの存在は、ホムンクルスのようなポストヒューマンな不気味なものたちに横切られる。その意味で、『ファウスト』は近代文学の一つの頂点でありながら、人間の中心性をその内側から解体してゆくことによって、ポストモダンの到来を予告した作品になり得ている。そして、この先見性は過去の遺産を利用するレディメイド的手法によって支えられていた。

7、霊に憑依された加速主義者ファウスト

世界文学＝世界市場の時代においては、時間こそが有用な資源となる。文学のみならず政治や自然科学研究にも参与し、日々多忙をきわめていたゲーテにとって、時間やエネルギーのロスを減らすことは切実な課題であったと思われる。エッカーマンらを擁する「一大文献・雑誌整理用事務局」のシステムや、文学上の速記法とでも言うべきレディメイド的手法は、この時間不足に対応する工夫でもあったのだろう。

加えて、まさにゲーテこそが、文学＝商品の急速な感染拡大を促し、文学史の時間を加速させた張本人であった。彼の初期の代表作『若きウェルテルの悩み』（一七七四年）——自殺したウェルテルの残した書簡を、ゲーテが編集したという体裁で書かれた——は、またたく間にヨーロッパの文芸世界に広がり「精神的なインフルエンザ」と呼ばれる人気を博し、多くの自殺者も生み出した。ウェルテルは愛するロッテにラブレターを送り続けるが、それに伴って心の病状が悪化する。ウェルテルの手紙そのものにいわば精神的なウイルスが付着しており、それが文芸読者のあいだにも「死に到る病」の集団罹患を引き起こした。

そもそも、ゲーテの世界認識そのものに病理的なモデルが根を張っていた。「理性の高みから見おろせば、人生全体が悪性の病のように見え、世界は精神病院のようだ」とシニカルに述べたゲーテが、たびたび知の限界というモチーフに取り組んだのも不思議ではない[18]。それは『ファウスト』に書き込まれた、おぞましいペストの記憶からもうかがえる。若きファウストは錬金術師であった父とともに、ペストの治療にあたったが、父の化合した薬は「ペストよりもっと恐ろしい害毒」となり、何千という患者の命を奪った。このトラウマ的な失敗こそが「人は役にも立たないことばかり知っていて／肝心の必要なことは、何も知らない」（一〇六六 - 七行）という絶望へとファウストを導くことになる。人生を支配する「悪性の病」が、世界の知的把握の限界を彼に突きつけるのだ。

だからこそ、ファウストにとっては、既存のサイエンスのかなたにいる霊的なものたち――神話の人物からホムンクルスまで――こそが真の「力」の源泉となる。この無尽蔵の霊たちの力に導かれた彼は、いわば留保なき加速主義者として描き出された。メフィストに「時間よ止まれ、お前は美しい」という人生の終わりの合図を告げるまで、霊に憑依されて休みなく前進し続けるファウストについて、現代ドイツの作家マンフレート・オステンは次のように巧みに評した。

ついに《不安》によって没落への黙示録的シナリオが動き出す。《不安》はファウストを落ち着きのない立案者に変貌させ、失明したファウストは大規模な干拓事業の幻想へと駆り立てられていく。「考えたことを急いで完成させなければ」。この時点でファウストはすでに永遠に加速する仕事および生活環境という自分で作った檻に閉じ込められている。彼は現代のもはや制御不可能なプロジェクト、そしてマックス・ヴェーバーが不信の念を抱いていた労働社会の起点に立っている[19]。

聖書をハッキングして「太初に言あり」を「太初に行あり」に改訂したファウストは、第二部では安らぎを失った起業家となり、失明した後にも耕地を広げるための干拓事業の夢に憑かれる。この文字通り盲目的なプロジェクトに対して、ゲーテはひどく皮肉な結末を与えている。死期の近づいたファウストは、亡霊たちがファウストの墓穴を掘る音を、ダムや防波堤を築く鍬の音と勘違いしてしまうのだ。

興味深いことに、『ファウスト』の書かれた一九世紀前半は、ヨーロッパの時間意識そのものが大きく変わりつつあった時代であった。思想史家のラインハルト・コゼレックは、一七五〇年から一八五〇年までをヨーロッパ精神史における重大な「端境期」と呼んでいる(これがポメランツの言う「大分岐」の時期とも重なることに注意されたい)。この時期のフランス革命やナポレオン戦争の激震を経て、フリードリヒ・シュレーゲルら思想家たちは過去との隔たりをいっそう強く感じるようになった。過去との不連続性が際立ったせいで、あらゆる出来事が「新しいものの容赦なき繰り返し」として了解され始めたのである[20]。ファウストはこの時間意識の革命を体現していた。

かたや、ゲーテ自身は近代の加速現象に対して、アンビヴァレントな態度を保っていた。彼が隣国のフランス革命の急進的な成り行きを批判したことは、その一例である。エッカーマンの記録によれば、ゲーテは「私がフランス革命の友になりえなかったことは、ほんとうだ。なぜなら、あの惨害があまりにも身近でおこり、日々刻々と私を憤慨させたからだ」と語り「故意に企てられた革命」は成功しないと断言していた(一八二四年一月四日)。その一方、翻訳家と速達でやりとりしていたゲーテ自身が、技術的な進歩の恩恵にあずかっていたことも明らかである。

そう考えると、加速主義者ファウストがいつしか時間の迷宮のなかに入り込み、深刻なダメージを負うのは象徴的である。彼は新世界を「眼」の力で把握しようとする視覚的存在であったが、悪魔的な加速のなかで、ついにその眼は光を失う。それに対して、人工生命のホムンクルスは、何一つ経験せず、何も知覚できないのに、哲学者のターレスらにあれこれと指図して行動を促す思考プログラムとして現れる。ゲーテ自身、エッカーマンに対して、この瓶のなかで光る物体であるホムンクルスが「千里眼的な精神力」と「活動への傾向」を兼ね備えていることを強調した（一八二九年一二月一六日）。過去の神話的な亡霊に出くわす人間ファウストではなく、ポストヒューマンなホムンクルス、一度も真の意味で生まれることのないまま生を模倣する逆説的な存在こそが、加速する時代の申し子なのである。

8、人間の彼方の空白地帯

過去と現在を分離し、新しいものを容赦なく繰り返す近代の加速する時間意識は、人間のあり方に強いショックを与える。本来ゲーテにとって、普遍的人間性の確立は最重要の課題であった。例えば、ギリシア神話の王女を主役とした彼の戯曲『タウリスのイフィゲーニエ』（一七九〇年）についても、ゲーテは「まったくべらぼうに人道的」な作品に仕上げようとしたと述べている。ここには、人間の尊厳を確立しようとする近代的知識人の姿があるが、にもかかわらず、この『イフィゲーニエ』には「人間的なもの」の不毛さが呪詛のように書き込まれていたことも確かである[21]。

ゲーテの描く人間像には明らかに亀裂が走っているが、それは実は当のゲーテ自身にも当てはまる。トーマス・マンはゲーテについてこう鋭く評した。

［ゲーテの］友人たちは繰り返し、口をそろえて、人を不安な気持にさせる印象について語っているのです。これは、心情細やかというよりはむしろ皮肉で奇怪な、肯定的というよりはむしろ否定的な、明朗というよりはむしろ諧謔的な、彼のプロテウス的性格によって惹き起されるものです。この彼のプロテウス的性格は、あらゆる形態に変化し、あらゆる形態をとってたわむれることができます。そしてまた最も矛盾した見解をもとりあげ、承認することができたのでした[22]。

繰り返せば、ゲーテの亡骸を臨検したエッカーマンは、その堂々とした体軀に「完全な人間」を認めていた。しかし、その人間のなかの人間であるはずのゲーテは、ギリシア神話に登場する海の老人プロテウスのように変身を重ねてゆく、まさに人間離れした人間でもあった。「人間」と口にしたとたん、かえって「人間ならざるもの」が強く呼び覚まされる——われわれはこのゲーテ的な逆説に対して敏感でなければならない。

実際、ゲーテ自身、しばしば人間的なものの崩壊の危機について語っている。一七世紀後半の画家フィリップ・ペーター・ロースによる羊の絵を見たゲーテは「このかたくなな、愚鈍な、夢でも見ているような、あくびでもしているような羊のありさまをみると、自分までその動物に対する共感にひきこまれてしまい、自分も同じ動物になってしまうのではないかと恐ろしく」なると告白している（一八二四年二月二六日）。ゲーテは動物の記号に魅惑され、うっかり動物に変身してしまうことを極度に恐れた。だが、この異常に鋭い共感の力がなければ、ゲーテは到底『ファウスト』の作者にはなれなかっただろう。

そもそも、『ファウスト』の根本的なテーマは、自己と他者の交換にある。既存の学問にすっかり幻滅したファウストは、自分自身をしきりに何か別のものと交換しようとするが、地霊には「自分とは似ても似つかぬ」と拒絶され、ひどく打ちのめされた挙句、メフィスト――最初は黒いムクイヌとして、次には旅の学生として出現する――の誘惑に乗って、自分の命と引き換えに未知の冒険へと乗り出す。「私はたえず否定を事とする霊です!」と宣言し「何も生まれないほうがまし」(一三三八‐四一行)とシニカルに言ってのける反出生主義者メフィストは、自ら進んでファウストとカップルになる。この奇妙な同盟関係を受け入れたファウストは、自己を自己ならざるものへとたえず引き渡しながら、前進し続ける。「汝自身を知れ」という教えは、ゲーテおよびファウストにとってもはや意味をなさない考え方にすぎなかった。

この果てしない「変身」の物語に並々ならぬ関心を抱いていたのが、若きマルクスである。マルクスはシェイクスピアの『アテネのタイモン』と並んで、『ファウスト』を経済的な寓話として読み解いた。マルクスの考えでは、メフィストのセリフ――「わたしが馬六頭分の代金を払えば、/その馬力はわたしのものになる。/駆け出したとなると、二十四本もの脚をもつ/立派な男というわけだ」――は、倒錯した神としての貨幣の本質を説明している。

> わたしがある料理を食べたいと思ったり、道を歩いていくだけの元気がなくて駅馬車を使いたいと思うとき、お金があればその料理や駅馬車を調達できる。つまり、お金はイメージとしてあるわたしの望みを変化させるわけだ。思考され、イメージされ、意志された存在を、感覚的で現実的な存在に移しかえ、イメージを生活に、イメージされた存在を現実の存在に移しかえる[23]。

マルクスが言うように、貨幣は無限の変身能力をもつ。例えば、この一万円札は食事にもライブのチケットにも家具にも変身できる(マルクスによれば、守銭奴とはこの貨幣の変身能力そのものに取り憑かれてしまった倒錯者である）。メフィストはまさに貨幣のように、ファウストの内なる望みを次々と外化して「感覚的で現実的な存在」へと変換する。

しかも、資本主義のもたらすこの「精神の物質化」の拡大は、もはや個人や国家の範囲で収まることはない。マルクスとエンゲルスの『共産党宣言』（一八四八年）は、資本の拡大をゲーテ的な《世界文学》の名のもとで説明している。

個々の国々の精神的な生産物は共有財産となる。民族的一面性や偏狭は、ますます不可能となり、多数の民族的および地方的文学から、一つの世界文学が形成される［24］。

この人類の共有物としての世界文学というアイディアが、ゲーテに由来しているのは明らかだろう。というより、多言語に翻訳されて流通した『共産党宣言』というパンフレットそのものが、一九世紀に最も多くシェアされた《世界文学》の一つなのである。ゲーテの世界文学論は、マルクスとエンゲルスにおいて精神の「コモンズ」（共有地）の思想として読み替えられたと言ってもよい。

欲望が商品として外化され、トランスナショナルに流通し、人類共有の財産になってゆく――ゲーテとマルクスはともに、それがいかに画期的な出来事であるかを理解していた。そして、この欲望の拡大は、やがて加速主義者ファウストをも置き去りにして、ホムンクルスのような意図せざる存在を生み出す。この点で、ホムンクルスの制作者がファウストではなくヴァーグナーであるのは意味深長である。ホムンクルスの出現は、ファウストではコントロールできないのだ。

この新種のポストヒューマンな存在は、もはや人間的なものを尺度とはしない。海豚に乗ったホムンクルスに対して、プロテウスは次のように助言する。「ただし、あまり高級な種族になろうと焦っちゃいけない、お前が人間になってしまったら最後、それでお前は完全にストップだからな」(八三二九行)。『ファウスト』において、人間の完成はすでに世界の終極的な目的ではない。ホムンクルスとは、この人間の彼方に広がる空白地帯に与えられた別名にほかならない。

ゲーテはまさに「世界文学の建築家」と呼ぶにふさわしい作家である。そこには近代社会と近代文学の諸問題が凝縮されている。優秀な事務局と郵便局に支えられ、世界文学を留保なく推し進めようというフリーメイソン的命令を発したゲーテは、一九世紀のコミュニケーション革命を背景としながら、グローバルな精神的交易の未来を予見した。その一方、近代の悪魔的加速は、ゲーテという建築物の中核にあった「人間的なもの」に深い亀裂を走らせることになる。

とりわけ、プレモダン(=プレヒューマン)な霊メフィスト、モダン(=ヒューマン)な起業家ファウスト、ポストモダン(=ポストヒューマン)な人工生命ホムンクルスの三者の織りなす『ファウスト』のドラマは、そのまとまりのない構成も含めて、人間的なものの亀裂を覆い隠すどころか、むしろ露呈させるものとなっている。メフィストという「否定」の霊に導かれる『ファウスト』において、自己は自己ならざるものに、人間は人間ならざるものにたえず交換される。マルクスはそこに資本主義と似たシステムを見出した。われわれは以上の問題を念頭に置きつつ、世界文学のアーキテクチャの地盤にあるものをさらに究明していこう。

[1] K・ポメランツ『大分岐』(川北稔監訳、名古屋大学出版会、二〇一五年)。
[2] モース・ペッカム『悲劇のヴィジョンを超えて』(高柳俊一他訳、上智大学出版、二〇一四年)一八頁。
[3] レイモンド・ウィリアムズ『文化と社会 一七八〇‐一九五〇』(若松繁信他訳、ミネルヴァ書房、一九六八年)三九‐四〇頁。
[4] カール・ベッカー『一八世紀哲学者の楽園』(小林章夫訳、上智大学出版、二〇〇六年)五二頁以下。面白いことに、ゲーテの親世代にあたるカントは一七九六年の論説で、哲学という言葉がイージーに使用され「哲学という名称の装飾的な使用がモード」になっている状況に嫌味を言っている(「哲学における最近の高慢な口調」『カント全集』第一三巻、岩波書店、二〇〇二年所収)。カントからゲーテに到るまでに、哲学者の資格の捉え方が根本的に変わったことは注目されてよい。
[5] アントワーヌ・ベルマン『他者という試練』(藤田省一訳、みすず書房、二〇〇八年)二六頁以下。
[6] 『ゲーテ=カーライル往復書簡』(山崎八郎訳、岩波文庫、一九四九年)一五‐六頁。訳文は一部変更した。
[7] ペーター・デーメッツ『マルクス、エンゲルスと詩人たち』(船戸満之訳、紀伊國屋書店、一九七二年)五七頁以下。
[8] グローリア・フラハティ『シャーマニズムと想像力 ディドロ、モーツァルト、ゲーテへの衝撃』(野村美紀子訳、工作舎、二〇〇五年)の推測によれば、ディドロはロシアの女帝エカチェリーナと交流する一方、ロシアのシャーマニズム関連の文献も読み込んでおり、その情報を『ラモーの甥』の主人公の造形に利用した。フラハティはこの近代のシャーマン的想像力の頂点に『ファウスト』を置いている。
[9] 「翻訳者の使命」『ベンヤミン・コレクション2』(浅井健二郎編訳、ちくま学芸文庫、一九九六年)三九一、四〇五頁。
[10] フリードリヒ・キットラー『書き取りシステム1800・1900』(大宮勘一郎他訳、インスクリプト、二〇二一年)一四二頁。
[11] 同右、一四〇頁。
[12] 『ゲーテ=カーライル往復書簡』三八頁。
[13] 同右、九〇頁。訳文を一部変更した。
[14] ヴォルフガング・ベーリンガー『トゥルン・ウント・タクシス その郵便と企業の歴史』(高木葉子訳、三元社、二〇一四年)一四三、四三九頁。
[15] Bernhard Siegert, *Relays: Literature as an Epoch of the Postal System*, tr. by Kevin Repp, Stanford University Press, 1999, p.69.
[16] 「ゲーテ」『ベンヤミン・コレクション2』二一七頁。もともと法学を学び、枢密院の顧問官であったゲーテ本人も、膨大な書類を整然と仕分けすることを自らの習慣としていた。あらゆるデータを書類として分類・保存・管理しようとする几帳面な情報処理装置としてのゲーテについては、E・R・クルツィウス「ゲーテの書類作り」『ヨーロッパ文学評論集』(川村二郎他訳、みすず書房、一九九一年)所収が精彩に富む。
[17] レフ・マノヴィッチ『ニューメディアの言語』(堀潤之訳、ちくま学芸文庫、二〇二三年)九〇頁。
[18] トーマス・マン『ゲーテを語る』八一頁。なお、ゲーテの晩年にはコレラの流行があり、大勢の命が奪われた(ヘーゲルの死因になったとも言われる)。さらに、マルクスとエンゲルスは一八四八年の『共産党宣言』で、経済恐慌を社会的な疫病(epidemic)にたとえたが、

それもコレラを思わせる。
[19] マンフレート・オステン『ファウストとホムンクルス』(石原あえか訳、慶應義塾大学出版会、二〇〇九年)四一頁。
[20] クリストファー・クラーク『時間と権力』(小原淳他訳、みすず書房、二〇二一年)一八頁。
[21] ゲーテ『若きヴェルターの悩み　タウリスのイフィゲーニエ』(大宮勘一郎訳、作品社、二〇二三年)の大宮による解題参照。
[22] マン前掲書、四三頁。
[23] マルクス『経済学・哲学草稿』(長谷川宏訳、光文社古典新訳文庫、二〇一〇年)二四八頁。
[24] マルクス+エンゲルス『共産党宣言』(大内兵衛他訳、岩波文庫、改訳一九七一年)四四頁。

第二章

小説の古層——ゴシップ・ガリレイ的言語意識・百科全書

1、ゴシップの人類学的意味

小説の起源をいつ、どこに求めるかは難題である。ただ、人類史的な視点から言えば、ストーリーを語ろうとするコミュニケーションの意欲が人類に備わっていることが、あらゆる小説の必要条件であることは確かに思える。もし人間が「語る動物」でなければ、小説が生まれることもなかっただろう。

その一方、語る動物であるからといって必ず小説を生み出すわけでもない。どんな共同体にも物語はあるが、それが小説という形態をとるようになったのは、比較的新しい現象である。小説とは語りのコミュニケーションの大海に浮かぶ島嶼のようなものであり、ゆえに世界文学の進化を考えるには、まずは語り（ナラティヴ）の性質を考えるべきである。この点については、文学研究の外部に手がかりを求めるのがよいだろう。

例えば、進化心理学者のロビン・ダンバーは、人間の言語的なコミュニケーションを猿の毛づくろいと類比している。霊長類の社会は多くの時間を毛づくろいに費やして、集団的な結束や帰属感を高めてきた。しかし、群れが大きくなれば、毛づくろいに費やせる時間は限られ、社会の結合を保てなくなる。ダンバーによれば、この限界を突破するためにこそ、言語が必要とされた。対面の毛づくろいにかかる膨大な時間を省略しながら、それでも巨大な群れを維持するために、いわば音声的な毛づくろいとしての言語的コミュニケーション、とりわけゴシップ的な話題が求められた。ダンバーは大胆にも、人間に噂話をさせるために言語が進化したと結論づける〔1〕。

実際、ダンバーが言うように、人間の会話は知的・専門的な内容を含んでいたとしても、すぐに卑近な人間関係の話題に転じてしまう。われわれは既知の人間も見知らぬ人間も遠慮なくゴシップの話題にのせながら、集団の結合を確保し、集団内の自らの位置をもたえず確かめている。このような社会生活のあり方はインターネット時代になっても変わらないし、むしろ顕在化している。ネットのユーザーはくだらない週刊誌的なゴシップばかり追い求めているが、人間の言語がそもそも噂話の交換のために進化したのだとしたら、それも驚くほどのことではない。

ゴシップはもっぱら人間の評価に関わるが、より広く言えば、人類はたえず環境の評価（アセスメント）をやるように仕向けられている。例えば、あの果実は食べられるのか、彼とは友人になれそうか、あの部族は敵対的か、明日の天候はどうなるか、狩猟にどれだけの労力が必要か——人類の先祖はそのような評価を下し、それを仲間と共有して生存してきた。今日の大衆社会のゴシップは、そのような環境の評価を見ず知らずの他人にまで拡大したものである。

むろん、やっかみや嫉妬によって加速する大衆社会のゴシップは、たいてい下劣であさましい。それでも、ダンバーの考えでは、われわれの噂話は恐らくその根底においては共同生活に資するもの、つまり協力的＝利他的なコミュニケーションを促すものである。ひとが噂話に熱中するのは、本来はそれによって何らかの利益を他者と分かちあおうとするからである。

霊長類学者のマイケル・トマセロもまた、言語を協力のための道具として捉えている。彼によれば、人間の幼児のやる指さしは、情報のシェアの意欲を示している。幼児は大人たちが指さしに何とか反応しようとすることを知っており、だからこそしきりに対象を指示し、大人とその情報を共有しようとする。言葉を話す前から、手ぶりや身ぶりで外界を指示し、いわば大人を教育しようとする幼児のコミュニケーションは、他の霊長類と比較しても際立った特性を示している[2]。トマセロはこの前言語的なふるまいが、言語の進化の基礎にあると考えた。つまり、他者と「協力」するという「生活形式」(ヴィトゲンシュタイン)が先立っていたからこそ、言語は今のような形に進化したのである。

逆に、言語がもっぱら「競争的」に、つまり他者を攻撃し追い落とすために用いられるとしたらどうか、と想像してみるのも面白い。トマセロの考えでは、そのとき、言語の形式はわれわれの想像を絶したものになる。

さらに注意を引くのは、もしも協力でなく競争というコンテクストで進化していたなら、人間の「言語」はどんな風になっていただろうか——それを「言語」と呼びたいなら、の話だが——と想像してみることである。この場合、共同注意も共通基盤もないことになるから、指示するための行為を人間のようなやり方では行えなくなる。とくに視点や、その場に存在しない指示対象に関してはまず無理である。お互いに協力的であるという想定の下での伝達意図は存在しないし、それゆえどうしてある人が自分とコミュニケーションをしようとしているのかを一生懸命に見つけようとする理由もない——またコミュニケーションの規範もない。慣習とは人々が協力に基づく理解と関心を共有している場合にしか生じないものだから、慣習もないことになる[3]。

この空想上の「競争的」な言語は、今の言語とは似ても似つかないものになるだろう。トマセロによれば、それはフィクションも生み出せないし、協働の道具にもならない。そこからは慣習も発生せず、他者の意図を読み取ろうとする動機も生じない。この競争的な言語でもコミュニケーションは可能かもしれないが、それは協力的な言語によるコミュニケーションに比べれば、ひどく貧弱なものとなるに違いない。

2、時空をワープする語り

このように、言語は必ずしもでたらめに進化したわけではなく、協力的なコミュニケーションというコンテクストに沿って、あらかじめ進化のレールを敷かれていた。カントが「非社交的社交性」という卓抜な概念で説明したように、人類は好むと好まざるとにかかわらず、協力的な社会生活を営むように仕向けられている。人間が「社会を求めかつ社会から逃れようとする、その矛盾した傾向」に囚われていることを、カントは見抜いていた[4]。われわれが自発的に思いやりをもとうとするそのはるか手前の、われわれが意識できない次元で決まっている「生活形式」が、利他性や社交性の源泉となる。ダンバーやトマセロに従えば、言語はこの生活形式の産物である。

だとしても、このような「生活形式」はあくまで人類の言語的コミュニケーションの出発点であり、進化の終着点ではない。小説という語りの技術は、この地点からどのような進化を遂げ、ついに世界文学というグローバルな流通の場を獲得するまでに到ったのか。近年、ダーウィンの進化論を応用した文学論を構想しているブライアン・ボイドは、語りの特性を次のように説明した。

語りは、ほかのいかなる場所ないし時間にも言及しうるものであるために、「今、ここ」から高

> 度に独立した状態を保っている。〔…〕わたしたちは率直な情報を見返りとして求める場合には率直な情報を開示する十分な理由があるけれども、情報を戦略的に開示し、隠蔽し、ゆがめ、あるいは一見真実に見えるストーリーを作り出すことさえする。語りはいつも、少なくとも戦略の痕跡を帯びている。わたしたちは誰の関心を、いつ、どのように引くべきかを判断しなければならないし、受容者の関心を最大化し、受容者の努力や抵抗を最小化しようとする〔5〕。

語りはさまざまな時間や空間にアクセスし、そこで起こった／起こり得る／起こったかもしれない出来事について評価を下す。われわれの日常会話でも、あれこれ語りあううちに、その話題となる時空はランダムに変化してゆく。「今・ここ」に拘束された身体的な行為（食べること、眠ること、歩くこと……）とは異なり、語りは「今・ここ」の時空からの分離、つまり時空のワープによって特徴づけられる。

　興味深いことに、語りの「今・ここ」からの高度な独立性は、紀元前五世紀にギリシアのヘロドトスが著した『歴史』で、早くも戦略的に活用されていた。例えば、エジプトの祭りの起源に関わる荒唐無稽なエピソードを紹介した後、ヘロドトスは「このようなエジプト人の話は、そのようなことが信じられる人はそのまま受け入れればよかろう。本書を通じて私のとっている建前は、それぞれ人の語るところを私の聞いたままに記すことにあるのである」（巻二・一二三／以下『歴史』の引用は松平千秋訳［岩波文庫］に拠る）という印象深い言葉を書き記している。ヘロドトスにとって、歴史は出来事を伝える語りを再話すること、つまり語りの語りという性格を有しており、それが信用に値するかという問題は宙づりにされている。ゆえに、たとえオカルト的な伝承であったとしても、ヘロドトスはその客観性の乏しさを知りながら記録に残した。

むろん、ヘロドトスはたんに受動的に「聞く」だけの著述家ではない。『歴史』を読めば、彼が自分の足で精力的に各地を訪れて、噂の真相を探ろうとする一方、その収集が及ばない範囲については伝聞情報をうまく用いていたことが分かる。ヘロドトスは当時屈指のフィールドワーカーであり、かつ遠方の他者の「語り」のコレクターでもあった。ヘロドトスの次世代にあたる歴史家トゥキュディデス――ペロポネソス戦争に従軍し、アテナイを襲った悲惨な悪疫についても精細な記録を残した――は、災厄の因果関係を究明し、それを後世の教訓にしようとした。それに対して、ヘロドトスはものごとの因果関係を厳密に見定めるよりは、真偽の判定を脇に置いて、過去に関する語りの集積回路を築いたのである。

このような方針は、ヘロドトスの記述にどこか気まぐれな性格を与えている。そもそも『歴史』の本来のテーマは、東方のペルシア人に抗したギリシアの戦争の叙述にあったが、語りはこの本筋からたびたび脱線する。そこには、アジアを征服したスキュタイ人の習慣に関する文化人類学的な記述、エジプトの祭祀をめぐるゴシップ的なエピソード、アゾフ海(現在のウクライナとロシアに接する黒海の内海)の地理の紹介というように、驚くほど広域にわたる情報が書き込まれていた[6]。

どんな場所や時代も自由に対象化できる語りは、もともと「今・ここ」から高度に独立しているため、いつでも無軌道なものに変じる可能性がある。ヘロドトスはこの語りのアナーキーな性格を巧みに利用して、記述の範囲をユーラシア規模にまで大胆に広げた。このような語りによる時空のワープは、古代の文芸にとどまらず、はるか後の二〇世紀の実験的なモダニズム文学からメタフィクション、SFに到るまで、広く認められる。特に、『闇の奥』や『ロード・ジム』のようなジョゼフ・コンラッドの海洋文学は、ヨーロッパ人の通念を超えた闇の中心、つまり世界認識の限界まで、語りの力で到達しようとした。異常な体験をした語り手を語るというコンラッドの手法は、語りの自乗によって世界の果てを垣間見せるものである。語りが人間の心を安定したテリトリーから引き抜き、認識の暗がりに連行する力をもつことを、彼は深く理解していた。

3、神話と「世界以前のもの」

繰り返せば、言語は協力的なコンテクストのもとで、環境や人間の評価をシェアするように方向づけられている。ただ、日常会話のなかでは、たいていさまざまな話題がランダムに浮かんでは消えてゆく。環境や他者の評価も頻繁に揺れ動き、しかもそのような会話をしたことそのものがすぐに忘れられる。語りによる評価のシェアは、不安定にならざるを得ない。ヘロドトスはこの揺れ動く語りを体系的に取捨選択せずに、むしろ歴史の名のもとに多様な話題を集めた。

もっとも、文学的な著述全般をダーウィン的な進化論に基づいて考えてみると、ヘロドトス的な歴史叙述の他にもさまざまな手法が想定される。例えば、ブライアン・ボイドは「盲目的な変異と選択の保持」に基づくダーウィニズムの原理を、文化や芸術一般に当てはめた。文化は「前もって正しい答え」を知っているわけではないが、変異によって新たな可能性を生み出し、そのつど環境によるテストを経て、特定の変異体を選択的に「保持」する。「選択的保持なくして、単なるランダム性だけではどんどん強力になる創造性を生み出すことはできない」[7]。

ボイドの考えを応用すれば、文学もまた、ランダムな変異（可能性の増大）と選択的保持（可能性の縮減）をたえず実行し続けるダーウィン的な装置として理解できる。このうち、前者のランダムな変異は、語りの無軌道性によって増大するだろう。では、後者の「選択的保持」を可能にするものは何か。つまり、語りの生み出す無数の変異体をテストにかけ、その一部を組織的に定着させる戦略とは何か。

その戦略の根幹を担ったのが「神話」である。神話とは、人間の計算や管理を超えた力を伝承する共同体の記憶システムである。聖書学者ルドルフ・ブルトマンの明快な説明によれば「神話は、超越的な実在に、内在的な、此岸的な客観性を与えるものであるといってもよいだろう。神話は、世界的でないものに、世界的な客観性を与えるのである」[8]。つまり、神話とは世界外の力(=超越的なもの)を世界内の言語(=内在的なもの)に翻訳するシステムである。今の世界ができあがる以前の領域に、神話はアクセスし接触を試みる。それによって、この世界が「世界的でないもの」、つまり世界に属さない超越的な力に由来することが示されるのだ。

レヴィ=ストロースも同様に、神話とは「事物がなぜ現在の姿であるか」を説明するものだと述べている。世界の事物を今あるように作り出した世界外の力が、神話によって輪郭づけられる。神話がアクセスするのは、カレンダーで計測できる古い時代ではなく、現在とは摂理を異にする時代(例えば、動物と人間の境界がない時代)である。神話の役割は、この決定的に「分離」してしまった過去と現在をブリッジすること、レヴィ=ストロースふうに言えば二つの不連続な世界を調停することにある[9]。

ブルトマンとレヴィ=ストロースを引き継いで言えば、神話が語るのは、この世界が世界以前(あるいは世界外)の力に基づくという認識である。今の世界の摂理には属さない非世界こそが、現存する事物の「起源」として位置づけられる。われわれの世界に先立ち、世界そのものを形作った力に対して、神話は客観的な説明を与えようとした。それは、語りのもつ無軌道さを抑制する。つまり、この世界についてのあれやこれやの語り=評価をランダムに増殖させる代わりに、世界以前のもの(世界外のもの)を基準として語り=評価に方向性を与えることが、神話の主要な機能となった。

4、神話は教育する

ゆえに、神話とはそれ自体が高度な教育機関だと言ってよい。古代ギリシアにおいて、神話的な教育はホメロスの叙事詩『イリアス』『オデュッセイア』やヘシオドスの『神統記』のようなきわめて高度な作品として結晶化した。ヘロドトスの『歴史』は、およそ四〇〇年前のホメロスやヘシオドスについて「ギリシア人のために神の系譜をたて、神々の称号を定め、その機能を配分し、神々の姿を描いてみせてくれたのはこの二人なのである」（巻二・五三）と称賛している。つまり、それまで大いに混乱していた神の名称や役割を整理し、世界の来歴をギリシア人に了解できるようにしたところに、ホメロスやヘシオドスの功績があった。

特に、トロイア戦争を背景として、無数の神々と英雄を登場させたホメロスは、たんに優秀な物語作家であっただけではなく、ポリスにおける重要な知識を整備した教育者でもあった。現に、メディア論の先駆者であるエリック・ハヴロックは、ホメロスを「物語作家であると同時に、部族的なエンサイクロペディアの編集者でもある」と評した。ホメロスをはじめ詩人たちは、多くの技術的なノウハウをもち、その知識を口承で伝え、共同体の成員の記憶のなかに保存する役目を負っていた。ハヴロックの説明によれば、ホメロスの叙事詩は、文字によるコミュニケーションが優勢になる前の記憶と学習のシステム、すなわち「有能な市民がその教養の核心として学ばねばならない倫理学と政治学と歴史学と技術の一種のエンサイクロペディア」を提供したのである[10]。

古代ギリシア人は、ホメロスの叙事詩をいわば現代人にとってのウィキペディアに当たる装置として、つまり基礎的な教養や知識を蓄えた百科全書として受け入れた。そのような受容の仕方は、ホメロス特有の文体とも深く関わると思われる。

例えば、ゲーテの世界文学論の継承者である批評家のエーリッヒ・アウエルバッハはかつて、旧約聖書の登場人物に重層的・神秘的な「背景」があるのに対して、ホメロスの英雄たちには「前景」しかないと批判的に述べたことがある。ホメロスの文体はくまなく均一に照明が当てられており、過去や未来に通じる「奥行き」がなく、ひたすら明白な「現在」の連続に支配されている〔11〕。明朗な語りの平面上で、アキレウスやヘクトルといった英雄がまるでその瞬間に生成されたように次々と躍動する――アウエルバッハはこの即時性・平面性を批判したが、それでもホメロスの明朗でフラットな文体は、共同体のエンサイクロペディア（百科全書）として、情報伝達の役割を果たすのには有効であったに違いない。

このように、共同体の教師と言うべき神話は、多くのランダムな事象に満ちた世界を整合的に評価し、それを共有するシステムである。日々の雑談においては、ものごとの評価は安定しない。それに対して、ものごとをその起源から解き明かし、その説明を共同体の成員のあいだでシェアする神話においては、評価のランダムな揺らぎは抑制されることになる。

5、神話を脱構築する小説

その一方、神話という評価＝教育システムへの疑義も、すでに古代世界において提出されていた。特に、哲学と小説において神話への批判が含まれていたことに注意しよう。

ホメロスの叙事詩は、聴衆の心に、無数の感覚的なものや具体的なものを「生成」した。それに対して、哲学者のプラトンは、そのような感覚的・具体的なものはつかのまのハプニング、つまり「生成と消滅」を繰り返すだけのかりそめのものと見なし、存在の真実は別の世界にあると見なした。それがイデアの世界である。ハヴロックの考えでは、プラトンのイデア論は、ホメロス流の教育（パイデイア）の弱点を克服し、「抽象的客観」としてのイデアの世界にひとびとを導くことを狙いとした[12]。つまり、プラトン的哲学者はホメロス的詩人に代わる新たな教育者なのであり、イデア論はその教育システムの中枢にあった。

そもそも、ホメロスの神話では、倫理に反する事象が数多く語られている。『イリアス』では英雄どうしがお互いにいがみあい、相手の愛人を奪い取り、戦場においては人間のみならず神々ですら容赦なく傷つけられる。ホメロスの作成した神々のふるまいの詳細なリストは、血塗られた暴力や略奪行為の記録でもあった。このいわば満身創痍の叙事詩が、共同体の正しい教師になり得るのか――このような疑念はプラトンに限らず、古代世界の著述にたびたび現れる。

例えば、二世紀のローマ帝国でギリシア語作家として活動したルキアノスの小説『メニッポスまたは死霊の教え』は、語り手のメニッポスによる霊界めぐりの顛末を語る小説だが、その動機を語る部分に、ホメロスやヘシオドスの神話についての興味深いコメントがある。

僕は、子供でいた間は、ホメロスやヘシオドスの作品で、半神のみならずまさに神々までが、戦争やいさかい、さらには密通、暴力沙汰、略奪、訴訟、父親の追放、兄弟姉妹との結婚を行なっていると叙述されるのを聴かされると、それはすべて善いことなのだと思い、ひとかたならずそれに心を動かされもした。だが、大人の仲間入りをしてからは、法律では反対に、密通も、いさかいも、略奪もしてはならないといった、詩人たちの話とは逆のことが命じられているのを耳にするようになった。それで僕は大きな懐疑に陥り、自分で自分を落ち着かせることができなくなった[13]。

ここでルキアノスが示すのは、ホメロスの語る神々の乱脈が、道徳上の混乱を招いていたことである。しかし、ホメロスに一度は心動かされたルキアノスは、プラトン的な神話批判に加わるよりも、むしろ神々の不徳や乱脈をいっそう際立たせることを選ぶ。例えば、彼の代表作『神々の対話』は、ギリシアの神々を登場させては、その言動を笑いの対象に変えてゆく——例えば、性的に放埒なゼウスはなんと自ら「妊娠」してしまうのだ。要するに、ルキアノスは、ギリシアの神話を面白おかしいゴシップの集積に変えたのである。

繰り返せば、ホメロスやヘシオドスの神話は、世界の事物や技術を集積し、それらの記憶を可能にするエンサイクロペディアとなった。それに対して、ルキアノスの小説は神話をハイジャックし、神を滑稽なジョークの対象に変えるという大胆な操作を施す。ルキアノスはホメロスの神話を脱構築するにあたり、ゴシップ的な語りの力を躊躇なく導入した。その力に乗じて、『神々の対話』の時空は地上だけではなく、海の怪物の口中から月世界にまで広がっていった。

6、バフチンとガリレイ的言語意識

冒頭で述べたように、小説の起源を厳密に定めることは困難である。それでも、小説の小説性がいかにして形成され、それがどう歴史的に受け継がれたかを検討することは、大いに意味がある。ホメロスの神話をルキアノスがゴシップ化したことに、われわれは小説性の萌芽を認めてよい。

二〇世紀ソ連の文芸理論家ミハイル・バフチンは、まさにこの小説性の究明という巨大なテーマに挑戦した。ただし、彼の考える小説性は日常言語と隔絶しているわけではない。彼にとって、文学の言葉とは日常のコミュニケーションと別ではなく、むしろその特性を拡大したものである（この点で、彼は詩的言語の独立性を主張するフォルマリストたちとは袂を分かつ）。バフチンはまず日常会話の特性をつかむところから始める。

次のように言っても過言ではない――人がその日常において最も多く口にするのは、他の人々が語ることがらである、と。すなわち、人はもっぱら他者の言葉や意見・主張・報道を伝え、思いおこし、考量し、論議し、それに憤慨し、あるいは賛成し、異議を唱えたり、またそれを引用したりしているのだ。〔…〕世論やゴシップ、悪評、陰口などにおいて「皆そう言っている」とか「彼はそう言った」とかいう言葉が占める比重の大きさには、測り知れないものがある。

どのような会話も他者の言葉の伝達と解釈に満ちている。会話のいたるところに、様々な〈引用〉――ある人間が語ったことばの、「と言われている」ことあるいは「誰もが言っている」ことの、自分の話し相手の言葉や、以前に語った自分自身の言葉の、新聞の、法令の、文書等々の引用――がなされている。大部分の情報や見解は、普通、直接的な形式で自分自身のそれとして伝えられるのではなく、不特定の一般的な典拠――「聞いたところによれば」「とみられている」「と考えられている」等々――を引き合いに出して伝えられる[14]。

引用やサンプリングと聞くと、われわれはポストモダンの特殊な文化的技法だと思いがちだが、それは誤りである。それどころか、われわれのコミュニケーションのほとんどの部分が、他者の言葉を引用し、他者をあれこれと評価することで成り立っていることは、日常生活を顧みればすぐに了解される。それは大人だけのふるまいではない。幼児のコミュニケーションを観察すれば、彼らが引用の技法――「保育園の先生がさっきこう言ったよ」――を驚くほど巧みに使いこなしていることに気づくだろう。

ここで重要なのは、バフチンの言語観が、意外にも前出のロビン・ダンバーやマイケル・トマセロの見解とも符合することである。彼らによれば、言語の進化は、他者との協力へと人間を導く「生活形式」のレールに沿っていた。バフチンもまさにこの他者を志向する生活形式から、小説の言葉を再考した。小説の語りは、たえず他者に憑依されながら、前もって決められた軌道もないまま進んでゆく――このような言語の条件を際立たせたことに、バフチンは小説の画期性を認めたのである。

その際、バフチンは「プトレマイオス的言語意識」と「ガリレイ的言語意識」を区別した。古代ローマの天文学者プトレマイオスが地球を不動の中心とする天動説を集大成したのに対して、ガリレオ・ガリレイの地動説は逆に地球のほうが動くと見なし、プトレマイオス的な自己中心性を破棄した。バフチンはこのガリレイの地動説を言語にも当てはめ、言語をいわば「惑星」のようなものと捉えた。小説はこのガリレイ的言語意識を先端化したジャンルである。「小説とはただひとつの言語の絶対性を拒否したガリレイ的言語意識の表現である」[15]。

小説とは、どっしりとした自己中心性を誇示する恒星ではなく、他者の言葉にたえずハイジャックされながら、変則的な軌道を描き続ける惑星である。「言語は諸々の志向に全面的に自己を奪われ、貫かれ、隅々までアクセントを付与されている」[16]。バフチンはこの他者たちに憑依された惑星的な言葉を「オーケストラ」のように演奏することを、小説の仕事と見なした。

7、小説のアルゴリズム——ゴシップ化とアーカイヴ化

いったんまとめよう。私が考えたいのは「語る動物」としての人間の条件を土台にして、小説が《世界文学》としての実体を得るに到った、その謎めいたプロセスである。そのプロセスの発端として、私はダーウィンの進化論の枠組みに拠りながら「ランダムな変異」と「選択的な保持」という二つの局面を取り出し、前者をゴシップ、後者を神話に代表させた。ゴシップは、他者の解釈と評価を増殖させる。逆に神話は、あれやこれやのランダムな評価ではなく、世界の成立理由にさかのぼって、評価を広く共同体に共有させる。

私は神話を、ランダムな変異を抑制するアルゴリズム（問題を解決するための情報処理法）と考えたい。それに対して、小説はむしろ、語りのもつ気まぐれでランダムな性質を有効に利用するためのアルゴリズムである。小説の言葉は惑星のように、他者の言葉のあいだを漂流し続ける。それによって、小説は「ガリレイ的言語意識」のもつ他者志向性を生産的な力に変えて、大規模に利用してきた。神話というアルゴリズムが小説というアルゴリズムに凌駕されるとき、世界や人間の評価は改めて変異の可能性にさらされることになる。

バフチンの考えでは、この意味での「小説」のパイオニアと呼べるのが、ルキアノスの対話体小説やそれと類似するメニッペアン・サタイア（メニッポス的諷刺）である[17]。これらの古代の「笑い」の文学が、その後のヨーロッパ文学の礎石となったのは確かである。現に、ルキアノスをラテン語に翻訳し再生させたのは、ルネッサンス期のユマニスム（人文主義）——ギリシア・ローマの文献研究をもとにするキリスト教の再構築運動——を代表する一六世紀のエラスムスとトマス・モアであった。

ルターの宗教改革に先駆ける彼らの仕事は、古典小説の再興にも大いに貢献した。エラスムスの『痴愚神礼讃』や『対話集』にせよ、モアの『ユートピア』にせよ、それらの諷刺の技術はルキアノスの直系である。さらに、エラスムスらの次世代にあたる一六世紀フランスのフランソワ・ラブレーも、ルキアノスを高く評価していた[18]。

ルキアノスを源流とする小説史の核には、自己を脱中心化し、他者に憑依するガリレイ的言語意識がある。そのアルゴリズムは神話やキリスト教神学のゴシップ化、つまり諷刺の文学として現れた。ルネッサンスの著述家は、それを思想的な変革の手段に用いたのである。

加えて、私は小説のもう一つの脱中心化のアルゴリズムとして、他者たちの語りを網羅的に記録する「アーカイヴ化」を挙げたい。このようなエンサイクロペディアへの傾きは、すでにホメロスやヘロドトスにもあったが、小説史においても重要な意味をもっている。一四世紀半ばに出たイタリアのボッカッチョの『デカメロン』は、まさにその範例と呼ぶべき作品である。

『デカメロン』はフィレンツェから逃れてきた男女一〇名が、柔らかな風が吹き込む庭園で、一〇日にわたって「百物語」を語り続ける小説である。この百という数字そのものはダンテの『神曲』の構造を踏襲したものだが、フィレンツェの政治家ダンテが厳格なカトリックであったのに対して、商人階層出身のボッカッチョはキリスト教、ユダヤ教、イスラム教のいずれをも相対化し得る立場から、百の物語を次々とリレーさせ、公式的な道徳から軽やかに逸脱していく。ちょうどルキアノスの小説が先行するホメロスの神話を脱構築したように、ボッカッチョの『デカメロン』は先行するダンテの『神曲』を脱構築したとも言えるだろう。

『デカメロン』ではヨーロッパはもとより、イスラム圏からエジプトに及ぶ広範囲の事件がテーマとなった。ボッカッチョがいかにしてこれらの物語を知り得たかは昔からの難問だが、地中海沿岸に集う商人や十字軍兵士、巡礼者が各地から運んでくる逸話が、恐らくその素材になったのだろう[19]。一四世紀イタリアの商品経済を背景として、『デカメロン』の語り手たちは時空を自由にワープしながら、ときに愉快で、ときに残酷なゴシップをアーカイヴとして保存したのだ。

しかも、ボッカッチョは、この語りの空間を取り囲むフレームについても言及していた。笑いさざめく男女が物語を語りあう清浄な庭園の外では、実は恐るべきペストが猖獗を極めていたのだ。バフチンはまさにこの『デカメロン』の転調の妙に注目し、次のように記した。

> ペストのせいで、人は人生や世界について別の言葉を発する権利、人生や世界に別の角度からアプローチする権利を獲得する。すべての約束事が意味を失うだけでなく、掟という掟は、「神の定めも人間の定めも沈黙してしまっている」のだ[20]。

善悪の規準を解体するペストは、世間の虚飾をはぎ取り、人間と世界について「率直」に語る権利を、庭の語り手たちに与える。ボッカッチョはペストという枠のなかで、人生の評価の仕方を無遠慮で手加減のないものに変えた。バフチンはそれを、人間や世界について「別の言葉を発する権利」という印象深い言葉で呼んだのである。

してみると、ボッカッチョがその後の小説の規範となったのも不思議ではない。ボッカッチョはノヴェラ（novella）、つまり中心的な題材の周りに組織された物語のパイオニアであり、特にスペインがこのジャンルを早くから輸入した。例えば、兵士としてイタリアに渡った経験をもつセルバンテスも「われらがスペインのボッカッチョ」と賛美されたのである[21]。しかも、スペインの作家たちは、イタリアのボッカッチョのように一〇人の語り手に物語を割り当てる代わりに、多くの逸話を一人称の語り手に集約するという、新たな手法を編み出した。われわれはそれを後の章で、ピカレスク小説の台頭という視点から改めて確認することにしよう。

8、「哲学者の世紀」の小説

繰り返せば、小説は恒星ではなく惑星である。ガリレイ的言語意識の運動には、明確な始まりも終わりもない。つまり、他者の言葉を引用し、他者を憑依させる小説の語りには、内在的な限界がない。そのため、小説ではしばしば何を語るかという以上に、他者の言葉を集めることそのものが自己目的化する。結果として、ゴシップ化とアーカイヴ化が小説の両輪となるだろう。

この問題を考えるとき、一八世紀フランスの哲学者・小説家のドゥニ・ディドロほど興味深い存在は少ない。ディドロは、百科全書（エンサイクロペディア）を哲学的なプロジェクトとして仕上げた。彼がダランベールとともに『百科全書』の責任編集を務めたとき、例外も手加減もなく、ありとあらゆるものを収集し検討し尽くすことを、エンサイクロペディア（もとは「知識の連鎖」の意）の哲学的な使命とした。ディドロは強い自負心とともに「『百科全書』は哲学者の世紀以外にはありえない企画」だと記している[22]。百科全書とはまさに、他者の思考や技術を組織的に収集し、そこに批評を加える企てであった。

さらに、ディドロは百科全書とは別の、もう一つの語りのアルゴリズムを思想的な著作に導入した。それは対話体である。

もともと、哲学的な対話体はプラトンの著述を一つの標準とする。英文学者のマイケル・プリンスによれば、一七三〇年以降のイギリスではプラトンのリバイバルがあり、対話体の伝統が再評価された。しかし、その形而上学的傾向はバーナード・マンデヴィルやデイヴィッド・ヒュームの政治哲学・宗教哲学による攻撃を経て、やがて小説に取って代わられる。ディドロ、さらにそれに続くイギリスのローレンス・スターンやジェーン・オースティンは、まさに小説内の対話を用いて「哲学者の世紀」の企てそのものをパロディ化した[23]。

例えば、スターンの『トリストラム・シャンディ』では主人公の父親のウォルター・シャンディが、息子を完全な人間に教育するために、古今の書物を渉猟し、体系化された完璧なエンサイクロペディアを作成しようとするが、それは一向に完成しない。ウォルターはまさに「哲学者の世紀」にふさわしい人物として描かれるが、この在野の哲学者の教育プログラムを追い抜いて、息子トリストラムはどんどん成長してしまうのだ。プリンスが言うように、このコミカルな成り行きには「形而上学をゴシップに変容させる」狙いが見出せる[24]。

同様に、ディドロも哲学の対話体を、脱線だらけのゴシップやパントマイムに作り変えた。『ラモーの甥』、『運命論者ジャックとその主人』、『これは作り話ではない』等のディドロの小説はしばしば、二人の登場人物のいつ終わるとも知れない漫才の一部の録音のように書かれている。二人の言葉はときに浸透し、ときに反射し、ときに反発しながら、二人で一人という撚糸のような語りに変化する。このパフォーマンスは決して直線的には進まない。一方の語りが他方の語りを中断させることもあれば、両者の語りが脱線に脱線を重ねて、あらぬ方向へと進んでしまうこともある[25]。この対話には始まりも終わりもない。それは、無限に続く語りから切り出された有限の記録なのである。

そもそも、ディドロやスターンの時代には、まだ「小説」がジャンルとして明確に輪郭づけられておらず、不定形であった。一八世紀の読者にとって、novelは未知の散文であり、旧来のジャンルの区分にうまく収まらなかった。今日では『ロビンソン・クルーソー』や『クラリッサ』、『ジョゼフ・

アンドリュース』、『トリストラム・シャンディ』等はイギリスの「一八世紀小説」として括られているが、当時はそれらを同種のジャンルと見なすコンセンサスはなかった。novel は romance という語と、磁石のようにお互い引き寄せあったが、それは novel の固有の価値がはっきりしなかったことを裏づけている[26]。

アメリカでも一七九〇年以前には、novel というラベルは敬遠された。当時のアメリカの出版社は、例えば『トリストラム・シャンディ』を novel でなく a sentimental history として広告した。ただ、一九世紀になると状況が変わる。スケッチ、囚われの物語、旅行記等を含むノンフィクションの読み物が、むしろ novel とラベリングされたのである[27]。その意味で、novel は純然たるフィクションというよりも、フィクションとノンフィクションのあいだを横断する性質をもつ。ディドロやスターンは、この不定形な小説を使って思想的著述の更新を図ったのである。

9、語りの無限化とそのフレーミング――ディドロの戦略

一八世紀という「哲学者の世紀」には、百科全書や小説のような、それまでとは異なる思想のアルゴリズムが編み出された。それらは他者と交差し続ける惑星的な軌道を描きながら、厳粛な思想を軽妙な笑いに変える。ディドロやスターンは、自己を脱中心化する「ガリレイ的言語意識」を小説のテクストのすみずみまで浸透させた。

このような他者への憑依は、ディドロの一貫した戦略でもある。批評家のジャン・スタロバンスキーが鋭く評したように「ディドロにとって、自分自身の名で語るのがためらわれることは、他者の口から語られる。あたかも、ディドロの中にある最も辛辣な存在が盗まれたかのように」[28]。憑かれ

たように語り続けるディドロの語り手は、自己をたえず「外」に送り出し、他者に自己を盗ませる――それこそが、ディドロにとって思想を伝える最良の手法なのである。

この惑星的な脱中心性ゆえに、ディドロの小説を読むと、それがより広大な思想の一部を切り取ったものという印象を与える。例えば、『運命論者ジャックとその主人』のような実験的な長編小説でも、その前後にはもっと膨大な語りがあり、本編はあくまで部分的なノートにすぎないのではないかと感じられる。その脱線の多い語りは、的を外し続けることこそを目的にするという、不思議なパラドックスに導かれている。ゆえに、語れば語るほど、多くの「とりちがえ」が発生するのであり、しかもそのことに二人の登場人物は自覚的である。

ジャック――ねえ、旦那さま、人生というのはとりちがえの連続ですね。恋愛のとりちがえ、友情のとりちがえ、それから政治も、財政も、教会も、司法も、商業も、妻も、夫も、世の中とりちがえだらけです…

主人――おい！　もうとりちがえの話は十分だぞ。だいたい、歴史の事実が問題になっている時に、道徳の話を始めること自体がひどいとりちがえじゃないか。お前の隊長の話はどうなった？

[29]

このような「とりちがえ」だらけの軽妙な会話には、内在的な終わり＝目的（end）がない。ここで興味深いのは、この文字通りエンドレスな会話を書き続けるディドロが、それと同時に「語りのフレーム」への高度な意識も備えていたことである[30]。例えば、ディドロの代表的な文学論「リチャードソン頌」には、イギリスの作家リチャードソンの長大な書簡体小説『クラリッサ』（一七四八年）

の最大の見せ場、ヒロインであるクラリッサの葬儀のシーンを読んだ友人の反応が記されている。

この友人はぼくの知る限りもっとも感じやすい人間の一人で、しかもリチャードソンの熱狂的賛美者だった。ぼくに勝るとも劣らないほどだ。友人はノートを奪うと、片隅に行って読みはじめた。ぼくは様子をうかがった。まず、涙を流し、まもなく読むのを中断してむせび泣いた。やおら立ちあがると、あてもなくうろつき、絶望した男のような叫びを発した。それから、ハーロー家の人びと全員にこのうえなく厳しい非難を浴びせかけた。

これはディドロ自身の反応と推測されているが、彼はそれをわざと友人の話として語ったのである（ここにも自己を他者に盗ませるディドロ的戦略がある）。感じやすいディドロは、作家リチャードソンのキャラクターの幻影にすっかり心を盗まれて、作中世界にトリップしてしまう。「ぼくはリチャードソンを読みながら、よくこういったものだ。クラリッサになれるなら命と引き替えてもいい。だが、ラヴレイス［クラリッサを奪おうとする下劣な悪役］になるくらいなら死んだ方がましだ」。

リチャードソンの小説は、こまごまとした部分の連続で成り立っている。ディドロの考えでは、リチャードソンはそのディテールの累積によって、情念を強力な「イリュージョン」に変えた［31］。そして、読者を魅惑する情念の幻影が延々と続くリチャードソンの小説に、有限の「フレーム」を与える存在こそが、作品の外で強烈に感情移入するディドロのような観者（beholder）なのである。とめどなく続く『クラリッサ』の語りは、同じくとめどなく流れ続ける観者＝読者の涙によって囲い込まれることになる。

もとより、ガリレイ的言語意識を徹底すれば、語りはおのずと限界なく続く。ディドロはそれをどうフレーミングするかという問題に、一つの解答を与えた。ボッカッチョがペストを背景として語りを増殖させつつ、物語を清浄な庭に隔離したとすれば、ディドロは無限のイリュージョンを、観者＝読者によってフレーミングするという戦略を発見する。ここには、他者の言葉に感染し続ける小説をどう操縦するかというディドロの先鋭な問題意識を見出せるだろう。

10、novelは思想運動である

私は前章で、他者への変身を資本主義の問題と結びつけた。マルクスは『ファウスト』の悪魔メフィストを、万物に変身できる貨幣のミメーシスと見なした。ゲーテの世界文学論は、このマルクスの洞察した資本主義や世界市場なしにはあり得なかった。

それに加えて、本章で示そうとしたのは、小説の他者志向性はもともと、ヴィトゲンシュタインの言う「生活形式」やバフチンの言う「ガリレイ的言語意識」に根ざすということである。小説の言葉を惑星のように運動させたディドロやスターンは、この特性を十分に理解していた。資本主義はこのような「小説性」を拡大して、世界文学へのレールを敷いたのである。

以上を踏まえて、私は小説（novel）を思想運動として捉えたい。ディドロが百科全書の編纂だけではなく小説にも着手したのは、決してたんなる余興ではなかった。なぜなら、哲学的思索を小説の語りのなかに移植することそのものが、彼にとっては新しい哲学的実践となったからである。小説は気まぐれな話題転換を許し（＝無軌道性）、エンドレスな続行を許し（＝未完結性）、「今・ここ」から別の時空にワープし（＝機動性）、強烈な情念のイリュージョンを発生させる（＝情動性）。「哲学者の世紀」に生きたディドロは、これらの機能を哲学に組み入れようと試みた。

ただ、最後に付け加えると、思想運動としてのnovelにはそれ特有の危険性もある。ここで、かつて森鷗外が一九〇九年のエッセイ「追儺」に記した有名な言葉を思い出そう。

此頃囚われた、放たれたという語が流行するが、一体小説はこういうものをこういう風に書くべきであるというのは、ひどく囚われた思想ではあるまいか。僕は僕の夜の思想を以て、小説というものは何をどんな風に書いても好いものだという断案を下す[32]。

鷗外は「小説というものは何をどんな風に書いても好い」と言い切る。これは第三者的な立場から語られた見解ではない。「追儺」と同年に出た『キタ・セクスアリス』で発禁処分を受けた鷗外にとって、小説の自由を守り抜くことは何よりも難しく切実な課題であっただろう。と同時に、それを「夜の思想」と形容したところに、鷗外の屈折が読み取れる。

現代のわれわれは、小説の表現の自由を守られるべき社会的な価値として、いわば「昼の思想」として理解している。しかし、鷗外は小説の自由をあくまで「夜の思想」と呼んだ。「小説というものは何をどんな風に書いても好い」という考え方には、破壊的な性格がある。ゴシップがそうであるように、自己を脱中心化し、他者に憑依する「ガリレイ的言語意識」に導かれた小説の言葉は、あらゆる他者を無遠慮な評価の対象にするという点で、いつでも暴力的な侵犯行為として機能し得る[33]。鷗外は恐らくその危険性を理解していた。

［1］ロビン・ダンバー『ことばの起源』（松浦俊輔他訳、青土社、二〇一六年）一一三頁。

［2］マイケル・トマセロ『コミュニケーションの起源を探る』（松井智子＋岩田彩志訳、勁草書房、二〇一三年）一〇五頁。

［3］同右、三〇六頁。

［4］ツヴェタン・トドロフ『共同生活』（大谷尚文訳、法政大学出版局、一九九九年）一二頁。

［5］ブライアン・ボイド『ストーリーの起源』（小沢茂訳、国文社、二〇一八年）一五七頁。

［6］ドーヴァー「ホメロス以後のギリシア文学」ロイド＝ジョーンズ編『ギリシア人』（三浦一郎訳、岩波書店、一九八一年）参照。

［7］ボイド前掲書、一一五頁。

［8］ブルトマン『キリストと神話』（山岡喜久男他訳、新教出版社、一九六〇年）一九頁。

［9］クロード・レヴィ＝ストロース『構造・神話・労働』（大橋保夫編、みすず書房、一九七九年）六四頁以下。

［10］エリック・A・ハヴロック『プラトン序説』（村岡晋一訳、新書館、一九九七年）四六、一〇三頁。『ギリシア人の神話と思想』（上村くにこ他訳、国文社、二〇一二年）のジャン＝ピエール・ヴェルナンも同様に、世界の「起源」を明確にしたホメロスやヘシオドスを、神々の系譜の作成者であり、共同体の記憶システムの構築者であると見なしている（一六一頁以下）。

［11］E・アウエルバッハ『ミメーシス』（上巻、篠田一士他訳、ちくま学芸文庫、一九九四年）第一章参照。

［12］ハヴロック前掲書、第一二章参照。ホメロス的教育学とプラトン的教育学の相克については、H・I・マルー『古代教育文化史』（横尾壮英他訳、岩波書店、一九八五年）も参照。

［13］ルキアノス「メニッポスまたは死霊の教え」『偽預言者アレクサンドロス』（内田次信他訳、京都大学学術出版会、二〇一三年）九四頁。

［14］ミハイル・バフチン『小説の言葉』（伊東一郎訳、平凡社ライブラリー、一九九六年）一五三・四頁。バフチンのこの指摘は、政治的な問題とも無関係ではあり得ない。特に「誰某がこう言った」という情報に基づくゴシップや悪評は、バフチンの生きたソ連社会ではときに生死に直結するような重要性をもっただろう。

［15］同右、二〇二頁。なお、ガリレイ自身、卓越した文学的天分を備えた著述家であったことは、彼の主著『天文対話』の自在な語り口からもうかがえる。

［16］同右、六七頁。

［17］「叙事詩と小説」（杉里直人訳）『ミハイル・バフチン全著作』（第五巻、水声社、二〇〇一年）四九六頁以下。なお、メニッポスやルキアノスの系譜を遡ると、ギリシアの哲学運動の一派であるキュニコス派（ディオゲネスをその祖とする）に行き着く。もともと「犬」という言葉に由来するキュニコス派は、世論を気にする態度を捨てて、言葉以上に実践を重んじつつ、頭陀袋（完全な自足を象徴するもの）や杖を持ち歩く特徴的なファッションに身を包み、自発的に「貧しさ」を選び取った。シニカル（犬儒的）な態度とは元来、ストリートにおける貧困の哲学の特徴であった。

ここで面白いのは、福音書に記されたイエスの言動がキュニコス派と似ているという学説である。聖書学者のジョン・ドミニク・クロッサンは『イエス　あるユダヤ人貧農の革命的生涯』（太田修司訳、新教出版社、一九九八年）で「おそらくイエスの活動は、貧農によるユダヤ的キュニコス主義のように見えたことであろう」と推測している（一九九頁）。だとすると、キュニコス派を蝶番として、聖書と小説という二つのユニークな伝統を結びつけることも可能かもしれない。

［18］ルキアノスとラブレーのつながりについては、E・アウエルバッハ『ミメーシス』（下巻）三三頁以下参照。

［19］アンリ・オヴェット『評伝ボッカッチョ』（大久保昭男訳、新評論、一九九四年）二二〇頁以下。

［20］ミハイル・バフチン『フランソワ・ラブレーの作品と中世・ルネサンスの民衆文化』（杉里直人訳、水声社、二〇〇七年）三五二頁。

［21］ジャン・カナヴァジオ『セルバンテス』（円子千代訳、法政大学出版局、二〇〇〇年）三五八頁以下。

［22］『百科全書』（小場瀬卓三訳）『ディドロ著作集』（第二巻、法政大学出版局、一九八〇年）一三八頁以下。

［23］Michael Prince, *Philosophical Dialogues in the British Enlightenment: Theology, Aesthetics and the Novel*, Cambridge University Press, 1996, p.16.

［24］ibid., p.155. さらに、プリンスはジェーン・オースティンの小説が形而上学的・抽象的な対話を排除し、あくまで登場人物の個性と関係性のなかに対話を位置づけたことを強調している。オースティンの描く会話は「ほとんどの場合、思想そのものよりも、特定の思想を抱いた人物について多くを教えている」（p.244）。

実際、オースティンの小説では手紙の文面をどう読むか、人柄やふるまいをどう評価するかという判断力がたえずテストされている。ゴシップで形作られた評価を信じている主人公は、しばしば手紙の介入によって自らの「無知と偏見」を教えられる。オースティンの小説の思想は、形而上学的な次元にではなく、あくまで具体的な人間が自己や他者をどう評価するかという問いに紐づけられていた。

［25］ディドロの語りの特性については、田口卓臣『ディドロ　限界の思考』（風間書房、二〇〇九年）参照。

［26］Geoffrey Day, *From Fiction to the Novel*, Routledge, 1987, p.7.

［27］Cathy N. Davidson, *Revolution and the Word: The Rise of the Novel in America*, Oxford University Press, 1986, pp.40, 152, 170.

［28］ジャン・スタロバンスキー「ディドロと他者の言葉」（小関武史訳）『ディドロ著作集』（第四巻、法政大学出版局、二〇一三年）四七八頁。

［29］ドニ・ディドロ『運命論者ジャックとその主人』（白水社、王寺賢太他訳、二〇〇六年）七〇頁。

［30］Jay Caplan, *Framed Narratives: Diderot's Genealogy of the Beholder*, University of Minnesota Press, 1985.

［31］以上「リチャードソン頌」（小場瀬卓三他訳）『ディドロ著作集』（第四巻）五三、五五、五六、六三頁より引用。

［32］「追儺」『鷗外近代小説集』（第二巻、岩波書店、二〇一二年）一四〇・一頁。表記は現代仮名遣いに改めた。

［33］小説の侵犯行為の一例として、インド生まれの英語圏作家サルマン・ラシュディの『悪魔の詩』（一九八八年）が挙げられる。ラシュディが小説の名のもとに遂行したのは、クルアーンというイスラムの聖なるテクスト、つまり「起源のテクスト」をタブーなく書き換えてしまうことであった。この強烈なハッキングのもつ意味については、チュニジア生まれのフェティ・ベンスラマの好著『物騒なフィクション』（西谷修訳、筑摩書房、一九九四年）を参照されたい。

さらに、このような侵犯はあくまで小説の一面にすぎない。D・A・ミラーが『小説と警察』（村山敏勝訳、国文社、一九九六年）で指摘したように、小説は「無法者」のように見えて、実際にはしばしば「警察」のように機能する。「何をどんな風に書いても好い」小説は、権威への反逆だけではなく、偏見の強化にも用いられるからである。

第二部　進化史

イントロダクション

世界文学＝世界市場の成立は、文芸の諸ジャンルのなかで小説が覇権を握ったことと切り離せない。小説は文学史上の新参者であるにもかかわらず、詩や演劇を凌駕して、世界規模の市場を生み出した。いわば小説のパンデミックこそが、近代文学史における最大の出来事なのである。

ただ、このように考えるとき、小説がヨーロッパの固有種であることが暗黙の前提となっている。世界文学論を唱えたゲーテも、ヨーロッパ文明の源流である古代ギリシアに特権性を与えていた。彼がエッカーマンに、来るべき世界文学は何でもありではなく、あくまで「古代ギリシャ人の作品には、つねに美しい人間が描かれている」（一八二七年一月三一日）から、それを模範にせねばならないと釘を刺したのは、その証拠である。もともと、ゲーテの美学は一八世紀ドイツの美術史家ヴィンケルマンの『ギリシア芸術模倣論』――古代ギリシア芸術という「源泉」に戻ることを訴え、新古典主義を準備した著作――の影響下にあったが、その尺度は文学にも適用された。

パレスチナ生まれの批評家エドワード・サイードが批判的に論じたように、ヨーロッパ中心主義的なイデオロギーは、ゲーテ以降も根強く残っている。サイードは「ヨーロッパと、ヨーロッパのキリスト教的・ラテン的文化圏」を最高位に据えるイデオロギーを解体することに、あくなき執念を燃やし、特にイスラムやアジアへの偏見に満ちた表象（オリエンタリズム）を粘り強く批判した[1]。西洋の帝国主義はたんに軍事力で他者を支配しただけではなく、文学や学問のレベルでも東方の他者を御しやすい記号に変えたとするサイードの批評は、知識＝権力のもつ政治性を問いただす試みであった。知の集積や配分とは決して政治的に中立の営みではないのだ。

サイードの仕事の重要性は疑う余地がない。とはいえ、彼とは別のアプローチで、ヨーロッパ中心主義を相対化することも可能ではないか。東アジアでは、中国がヨーロッパとは独立した「小説」の文化を数世紀にわたって持続させ、日本や朝鮮半島、ベトナムにまで影響を及ぼしてきた。その歴史の重大性は、西洋の内在的批判者であったサイードよりも、ヨーロッパ中心主義者と目されるゲーテのほうが、かえって真剣に受け取っていたかもしれない。サイードはイスラムに対する西洋諸国（特にイギリス、アメリカ、フランス）の偏見の再生産に鋭い感覚を働かせた反面、中国や日本の文学的伝統はおおむね視野の外に置いた。それに対して、文人政治家のゲーテはむしろ中国（清）の小説にも言及しながら、世界文学の構想を気兼ねなく語ったのである。

さらに、ゲーテは一四世紀ペルシアの詩人ハーフィズに強く触発されて、一二編から成るチクルス（連作）『西東詩集』（一八一九年初版／一八二七年決定版）を刊行しただけではなく、オリエントの詩について驚くほど綿密な研究を残した。彼はそこでオリエントの「精神」を高く評価している。

オリエントの詩歌の最高の性格は、われわれドイツ人が精神《ガイスト》と呼ぶ、上位にあって人間をみちびく存在のすぐれた特性である。〔…〕精神はとりわけ老年に、あるいは老年に入った世界の時期に属する。オリエントの文学には、総じて世界全体を見わたす眼、アイロニー、資質の自在な行使が見いだされる［2］。

例えば、ゲーテより二〇歳下の哲学者ヘーゲルにとって、精神の歴史はヨーロッパで真に完成するのであり、アジアは踏み越えられるべき未熟な段階にすぎなかった。逆に、ゲーテはペルシアの詩にこそ、ヨーロッパの人間中心主義とは異なる「老年」の成熟した精神を認めた。「アラビア人が駱駝や馬に対して心からの親和性をもっていることは、あたかも肉体と霊の間柄にさながらである」と称賛したゲーテの『西東詩集』は、イエスやムハンマドゆかりの「恩寵を受けた動物」（驢馬、狼、犬、猫）を取り上げている［3］。ゲーテの文学には人間ならざるものへの変身の欲望があったが（第一章参照）、彼はその欲望をアラビアの詩にも見出したのである。

もっとも、この意欲的な詩集も、サイードに言わせればオリエンタリズムを「無邪気に利用」したものにすぎない。サイードはゲーテの「移住」という詩を取り上げて、そこでオリエントが「解放の一形式」、つまり若々しい精神をよみがえらせる「泉」に仕立てられたことを批判した［4］。ゲーテはペルシアの詩を尊敬するように見えて、実際にはその他者性を除去し、いわば精神のアンチエイジングの機会として横領したのではないか――このサイードの批判は確かに鋭利である。

それでも、私はあえてゲーテの、一見するとナイーヴにも思える世界文学論の批判的継承を試みたい。ゲーテはペルシアや中国のような東方の帝国の高度な独立性に十分な注意を払っていたからこそ、世界文学を推進せよというフリーメイソン的な命令を発するに到った。第二部で示すように、このゲーテの態度は、ヨーロッパ文学の内包する他者の探索というプログラムの一つの帰結である。

私は第一部で、資本主義（ゲーテ／マルクス）と生活形式（ヴィトゲンシュタイン）という二つのテーマから、《世界文学》のルーツと言うべき他者志向性について説明してきた。第二部ではそれを前提として、ヨーロッパ（第三章、第八章）、中国と日本（第四章、第五章）、ロシアとアメリカ（第六章、第七章）という三つの地域を並列的に論じながら、一八世紀、一九世紀、二〇世紀という三つの時代を輪郭づけることに着手する。この進化史の図式のなかで、私はナショナリズムからグローバリズムへというお決まりの通念を逆転させ、むしろナショナリズムに対するグローバリズム（世界性）の先行性を強調するだろう。小説は、国家からではなく世界から始まったのである。


［1］エドワード・W・サイード『文化と帝国主義』（第一巻、大橋洋一訳、みすず書房、一九九八年）一〇二頁。

［2］「西東詩集　注解と論考」『ゲーテ全集』（第一五巻、生野幸吉訳、潮出版社、一九八一年）三一〇頁。

［3］同右、三二一頁。

［4］エドワード・W・サイード『オリエンタリズム』（上巻、今沢紀子訳、平凡社ライブラリー、一九九三年）三八二頁。

第三章　他者を探索するヨーロッパ小説──初期グローバリゼーション再考

1、コンタクト・ゾーンの文学

本章では、ヨーロッパ小説の力が、ヨーロッパの外部の他者とのコンタクトを源泉とすることを示したい。単刀直入に言えば、他者がいなければヨーロッパもない──では、その他者の位置はどこに求められてきたのか。

もとより、古代ギリシアに始まる「純正」のヨーロッパ文化とは、それ自体がフィクションにすぎない。このフィクションへの批判として、ギリシア文化のルーツをエジプトやシリアに認めたマーティン・バナールの『ブラック・アテナ』は名高い。彼の仮説は学界で猛烈なバッシングを受けたが、ヨーロッパ白人中心主義を解体し、古代ギリシアをアフリカからの影響も含めた雑色の混成文化として捉えようとするバナールの主張そのものは、依然として注目に値するだろう[1]。

加えて、古代ギリシアの文学にしても、彼らが「バルバロイ」と呼んだ東方の世界との接触抜きには語れない。例えば、ギリシア演劇の巨匠アイスキュロスの悲劇「ペルシア人」は、ペルシア帝国のクセルクセス大王の傲慢ゆえの敗北をテーマとしている。短気なクセルクセスはギリシアとの戦争で、大勢の兵士をむざむざと失った。取り残された女たちは、王の短慮のもたらした大量絶滅への「嘆き」

の声でアジアの大地を満たす。「今やげにアジアの全土／人影もなく嘆きあり」［2］。ペルシア戦争に従軍した兵士でもあったアイスキュロスは、その硬質でゆるぎない言葉によって、ペルシア人女性への感情移入を強力に組織した。女性たちの嘆きによって、ペルシアの敗北はアジア全土を震撼させるジェノサイドとして表現されたが、そこには表象の政治の典型がある。サイードによれば、アイスキュロスの「ペルシア人」は、それ以降のオリエンタリズムのプロトタイプになった。ペルシアはここで威嚇的な「他者」であることをやめて、西洋にとって比較的親しみやすい女性の嘆きの声へと縮減されたのである［3］。

アイスキュロスは他者（オリエント）との敵対性を際立たせる一方、この他者に乗り移り、敗者の感情を定式化した。彼の劇は、強大なライヴァルであった「アジア」およびその「帝国」を表象のレベルで消化吸収するのに、大いに寄与した。そこにはヨーロッパの域内で満足せず、アジア（他者）に向かって越境しようとする欲動が示されている。興味深いことに、彼の代表作「縛られたプロメテウス」でも、神から火を盗んでスキュティアの荒野に拘束されたプロメテウスが「エウロパの地」を去り「アジアの里」に向かうようにイオに告げる。アジアへの進出を力強く促したアイスキュロス版のプロメテウスは、ヨーロッパ文学の越境性や外向性の先駆者と呼ぶべき存在である。

その反面、ギリシア人が東方の帝国を、たんに克服されるべき「野蛮」な「敗者」のイメージに回収し尽くしたわけでもない。というのも、ペルシア人のもつ国際的で先進的な感覚も、ギリシアの著述家の視野に入っていたからである。

例えば、ヘロドトスは『歴史』でイランの騎馬民族スキュタイ人について「外国の風習を入れることを極度に嫌う」（巻四・七六）としてその閉鎖性を指摘する一方「世界中でペルシア人ほど外国の風習をとり入れる民族はいない」（巻一・一三五）と評して、享楽的なペルシア人が異国のファッションを貪欲に吸収し、ギリシア由来の少年愛をも存分に楽しんでいることを報告していた。ギリシアの植民都市であるハリカルナッソス（現トルコ）生まれのヘロドトス自身が東西のコンタクト・ゾーンの申し子であり、それは彼のペルシアの見方にも影響したと思われる[4]。ヘロドトスの報告からおよそ一世紀後のアレクサンドロス大王の東征をきっかけとして、ペルシア人はギリシア文化と融合しヘレニズム文化の一翼を担ったが、それも彼らの先進的な開放性が背景にあったのだろう。

さらに、西洋文化の源流としてヘレニズムと並列されるヘブライズム（ユダヤ・キリスト教の一神教文化）も、アジアとのコンタクト・ゾーンを母胎としている。バビロン（現在のバグダード近郊）に強制移住させられたユダヤの民は、異郷の地で聖書の編集にあたったが、そのプロセスでオリエントの神話が聖書のテクストに侵入することになった。

特に、『創世記』の最初の部分（いわゆる「原初史」）における洪水物語（ノアの箱舟の説話）は、メソポタミアの『ギルガメシュ叙事詩』の洪水物語から、その多神教的要素を払拭し、峻厳なヤハウェ信仰の立場からそれを書き改めたものと推測されている。さらに、旧約聖書のコーヘレト書（伝道の書）にも『ギルガメシュ叙事詩』とよく似た人生観――人間が死ぬべき「空の空」の存在であり、その運命が動物の運命と何ら変わらないことを率直に認めようとするニヒリスティックな覚悟――が認められる[5]。ちょうど遺伝学に言うクロスオーバー（交叉）のように、メソポタミアの伝説の遺伝子は聖書のテクストにもその痕跡を留めている。

はっきりしているのは、ヨーロッパ文化はその発端からアジアと接触していたのであり、その純正さを無理に主張しようとしても、せいぜい偏狭な議論に陥るだけだということである。私はここで、アイスキュロスの劇もヘロドトスの歴史書もユダヤの聖書も、アジアの帝国との「接近遭遇」というショックが背景にあったことを強調したい。サイードが定式化したオリエンタリズムとは、このショックを無力化し、アジアを野蛮としてヨーロッパから切り離そうとする集団心理的な反応として理解できる。

アジアとの接近遭遇のショックは、七世紀以降に強大なイスラム帝国が築かれたことによって、再び増幅された。サイードは次のように鋭く指摘している。

たしかにイスラムは多くの点で、まことに気にさわる挑発的存在であった。それは、地理的にも文化的にも、不安をかき立てるほどにキリスト教世界に近接していた。ユダヤ教的＝ヘレニズム的伝統を身につけたのもイスラムなら、キリスト教から独創的なやり方で借用を行ったのも、軍事上、政治上の無類の成功を誇ることができたのもイスラムであった。それればかりではない。イスラムの国々は、聖地の近隣、いや聖地の頂点［イェルサレム］にさえ存在していた[6]。

キリスト教世界にとってのイスラムは、自己と遠く隔たった他者ではなく、むしろ多くの点で自己と近似した分身的な他者である。周知のように、イスラムの高度に洗練された知識や技芸は、ヨーロッパの思想や文化にもさまざまな形で入り込んだ[7]。サイードの考えでは、この分身的存在はヨーロッパ人の心理的な優位性を脅かし、その反発としてイスラムへの偏見がいっそう増大する。この近さゆえの不安と否認が、今日のパレスチナ問題やヨーロッパ社会のイスラモフォビアにまで及んでいるのは明らかだろう。

2、『ドン・キホーテ』――虚構のアラビア的起源

ヨーロッパ文学の進化を考えるとき、異質な外部の文化とのコンタクトを無視することはできない。私の考えでは、自己に他者をたえず乗り移らせる霊媒的な力、つまり他者に同一化しようとする変身の意志こそがヨーロッパの核心にある。現に、このような他者のミメーシスは、近代小説の発端に書き込まれていた。本章では一七世紀初頭のスペインのセルバンテス、一八世紀フランスのモンテスキューおよびイギリスのダニエル・デフォーという三人の著作を、その範例として挙げておきたい。

まず、セルバンテスの『ドン・キホーテ』について特に興味をひくのは、アラビアの歴史家シデ・ハメーテの原作『ドン・キホーテ』をたまたま市場で入手した著者が、スペイン語を解するモーロ人（マグレブやイベリア半島に住むイスラム教徒）にそれを翻訳させたという体裁で書かれたことである。つまり、『ドン・キホーテ』は翻訳文学の仮面をかぶり、アラビア語文学のレプリカとして自己を演出した。セルバンテスは作者性を、故意に文化的なアマルガム（化合物）に仕立てたのである。

長くイベリア半島に拠点を構えたイスラム勢力が、そこから撤退したのは、一四九二年のグラナダ陥落の時点である。その後、スペイン王国を共同統治したフェルナンド二世とイサベル一世は、カトリック信仰と血の純潔をもとにした統一政策を進め、アラビア文化とユダヤ文化をともに排除した[8]。この政治的なカトリック化が進むなか、スペインでは厳しい異端審問が実施された。ドストエフスキーの『カラマーゾフの兄弟』でイワンの創作した「大審問官」の説話は、まさに一六世紀スペインのセビーリャにおける異様な異端審問の現場に、キリストが再生するところから始まる。ドストエフスキー＝イワンは当時のスペインを、カトリックの「公理系」が極端化された時代として描きつつ、そ

こに特異点としてのキリストを出現させた。

それに対して、セルバンテスはむしろ、まるで純血主義化したスペインを再び雑種的なコンタクト・ゾーンに投げ返すようにして、『ドン・キホーテ』の複雑な作者性を設計した。セルバンテスの年下の好敵手であった劇作家ロペ・デ・ベガは、スペインを「交易と利益の世界的大市場」（『セビーリャの砂岸』）と呼んだが[9]、『ドン・キホーテ』はまさに複数の文化の交差する「世界市場」の空間に、自らの起源を設定したと言えるだろう。その結果、『ドン・キホーテ』はたんにヨーロッパ近代小説の原点であるだけでなく、その「翻訳文学」の装いによってヨーロッパの他者を含んだ《世界文学》の先駆にもなった。

もっとも、セルバンテスは『ドン・キホーテ』の虚構のアラビア的起源をかしこまって述べたわけではない。『ドン・キホーテ』にはむしろアラビア人への無遠慮な評価が書き込まれていた。


この物語の信憑性について何か疑義が呈せられるとしたら、もっぱらそれは、作者がアラビア人であることに由来するものであろう。嘘をつくというのはあの民族の本来的な性癖だからである。しかも、彼らはわれわれに激しい敵意を抱いているのであってみれば、同じ嘘でも、作者は事実を誇張するというよりはむしろ書き渋るという傾向にあることが推定されうるし、実際わたしにはそのように思われる。（前篇第九章）

この手の込んだ記述によって、セルバンテスは「嘘」をつく可能性のあるプログラム、つまり真実をねじまげるほどのアラビア人の「激しい敵意」を、『ドン・キホーテ』の「作者」に埋め込んだ。

前章で述べたように、神話的アルゴリズムが世界の起源を共有させるものだとしたら、セルバンテスの設計した小説的アルゴリズムは、自らの起源＝作者を異邦の他者にハイジャックさせ、改竄させ、複数化する。レヴィ＝ストロースは一七世紀に神話的思考が退潮し、その代わりに小説が勃興したと見なしたが［10］、一七世紀初頭の『ドン・キホーテ』には、まさに神話から小説へのアルゴリズムの変更が鮮明に表現されていた。

その後も、セルバンテスはちょくちょく顔をのぞかせては、作品の起源である原作者シデ・ハメーテの執筆態度、特にその細部までこだわり抜こうとする書き方を評価する（後篇第四四、四七章）。『ドン・キホーテ』を成立させた欲動は、設定上は作者でも翻訳者でもないセルバンテスによって次々と暴露された。それはまさに、他者の力によって分裂したテクストの影を浮かび上がらせるレントゲン検査なのだ。そこには、作者も含めて何ものも無傷のままでは済まそうとしない、セルバンテスの執拗な批評意識が現れている。

実際、興味深いことに、セルバンテスは序文で、自分は「一見したところドン・キホーテの父親のようであっても、実はその継父」であるから、子ども可愛さに目がくらむことはないという趣旨のことを述べていた。彼にとって、自作の『ドン・キホーテ』は保護対象ではなく、むしろ無遠慮な批評の対象なのだ。そのとき、作者と主人公の関係は、情緒的につながったフィリエーション（血縁関係）ではなく、さまざまな知的操作を介在させたアフィリエーション（養子縁組関係）の束となった［11］。『ドン・キホーテ』は複数の養父＝起源をもつ。それがこの小説の「小説性」を特徴づけている。

3、《海》の手前にとどまるメタフィクション

このような複雑なアフィリエーションは、地中海がさまざまな交渉や衝突の生じるコンタクト・ゾ

ーンであったことと切り離せない。特に、スペイン帝国とオスマン帝国が地中海でたびたび軍事的に衝突していた以上、セルバンテスが語りをねじまげるアラビア人の「激しい敵意」に（どこまで本気かは別にして）言及したことも、不思議ではない。現に彼自身、スペインとトルコの命運を賭けた一五七一年のレパントの海戦に従軍し、その際に左手を負傷したとされる。アイスキュロスの「ペルシア人」がペルシア戦争の戦後文学であったように、『ドン・キホーテ』もカトリックとイスラムの戦争の戦後文学であった。

ただ、戦後文学といっても『ドン・キホーテ』の刊行は、レパントの海戦からおよそ三〇年も経った後であった。イタリアに渡って兵士となったセルバンテスは、トルコの海賊に捕まってアルジェの牢獄に収容された後、傷痍軍人としてスペイン社会に帰還する——しかし、この一六世紀の地中海人は、無敵艦隊の食糧係や徴税人等の職を転々とするうちに罪に問われ、投獄されてしまうのだ。戦時の勇士から周縁的なアウトサイダーに転落した彼が、この不遇の時期を辛うじて生き延び、ようやく五〇歳を越えてから刊行したのが『ドン・キホーテ』なのである[12]。

その間、セルバンテスやロペ・デ・ベガの関与した無敵艦隊は、一五八八年のアルマダの海戦でイギリスに敗北を喫し、スペインの国威には陰りが生じていた。歴史家のフェルナン・ブローデルは、レパントの海戦が海上におけるトルコの衰退を示すと述べながら、それ以降スペインとトルコがともに、地中海の主役の座から去ったことを強調している。

スペイン陣営とトルコ陣営、地中海で長らく睨み合ってきたこの二つの勢力が、互いに相手から離れていき、それと軌を一にして、かつて一五五〇年から一五八〇年にかけて、この内海の名物であった大国家同士の戦争が、いっさい見られなくなっていくのだ[13]。

ブローデルは、フェリペ二世がマドリードから海沿いのリスボンに拠点を変えたことを、地中海から大西洋にスペインの関心が移ったことの象徴的事件と見なしている。それ以前の一四九二年に、グラナダ陥落に続いて、スペイン王室に支援されたコロンブスが大西洋の彼方の「新大陸」に到達するという大事件があった。セルバンテスの生きたのは、ヨーロッパの志向する他者が、東（オリエント）の帝国から西（オクシデント）の新世界へと移り変わりつつあった重大な転換期なのである。

一六〇一年に『ドン・キホーテ』が刊行されたとき、トルコとスペインはすでに地中海の覇権争いから退却し、大きな戦争の機会は失われていた。『ドン・キホーテ』は東方のイスラムとのコンタクト・ゾーンを自らの「起源」に書き込んだが、その際にイスラムを軍事的脅威というより、シデ・ハメーテに潜む抽象的な「敵意」として記述した。セルバンテスはイスラム世界と直接対話するのではなく、もっぱら翻訳を介して出会う。そのとき、イスラムという東方の他者はあくまで間接化され、半ば仮想的な存在となった。

こうして、セルバンテスの「継子」であるドン・キホーテ主従は、地中海でイスラム教徒と戦争もせず、かといって後のロビンソン・クルーソーのように大西洋に乗り出すこともなく、スペインの大地をロシナンテとともに遍歴し放浪しながら、幻想と現実を交差させ、ついには『ドン・キホーテ』という書物そのものの増殖に出くわす。セルバンテスは「東」と「西」の他者の存在を認識しながらも、《海》への進出を抑制して、メタフィクションの迷宮をスペインの大地に創設した。言い換えれば、メタフィクションとは、外に向かうはずのエネルギーが内向した結果として生じる「ねじれ」なのである。

4、『ペルシア人の手紙』――統治の腐敗

さて、『ドン・キホーテ』からおよそ一二〇年後の一七二一年、フランスでモンテスキューの書簡体小説の傑作『ペルシア人の手紙』が刊行されて大評判となる。モンテスキューはそこで、スペイン人の著作一般を酷評しながらも、ただ『ドン・キホーテ』だけは「スペイン人の本で唯一の良書」であり「他のあらゆる本の滑稽さを暴いた書物」だと称賛していた（手紙78／以下『ペルシア人の手紙』の引用は田口卓臣訳〔講談社学術文庫〕に拠る）。

ここで、『ペルシア人の手紙』を『ドン・キホーテ』の隠れた後継者と見なすことも不可能ではないだろう。セルバンテスがドン・キホーテとサンチョ・パンサという二人組の旅人を起用したように、モンテスキューは主にユズベクとリカという二人のペルシアの旅人の視点から、パリとペルシアという二つの異質な社会を批評した。『ドン・キホーテ』と同じく『ペルシア人の手紙』にも、社会が信じ込んでいる幻想の「滑稽さを暴く」一面があった。モンテスキューは単眼的な観察には与しない。むしろユズベクとリカ、あるいはペルシアとフランスのあいだの視差（パララックス）こそが、この書簡体小説に鋭い批評性を与えた。

貴族ユズベクはペルシアの都市イスファハーンに一夫多妻制のハーレムをもち、そこを黒人の宦官長に管理させる一方、宮廷の専制政治にも嫌気がさし、かつ女たちへの愛も枯渇したために、新たな叡智を求めてリカとともにパリに向かう。つまり、ユズベクは自由を求める知的亡命者の典型である。しかし、彼がパリの文化を異邦人として観察するうちに、妻の一人ロクサーヌの反逆をきっかけとして、本国のハーレムの運営が破綻し始める。焦ったユズベクは必死に書簡で指示を出すが、数ヶ月の

時差があるために女たちの「反乱」を食い止められず、ついにハーレムは崩壊に到る。

ユズベクはペルシアの宮廷では専制を嫌う開明的なタイプであり、フランスをはじめ他の社会についても鋭い観察力を発揮するが、ハーレムの女性たちに対しては、むしろ専制君主としてふるまう。だが、動物のように虐待されてきた女性たちが、自らを解放しようとしたとき、ユズベクの自己矛盾は顕在化し、その統治は破綻する。『ペルシア人の手紙』の根幹に「専制の不条理」を認めるツヴェタン・トドロフが見事に述べたとおり、ユズベクは「他者について明敏であり、自分について盲目な人間の典型なのである」[14]。他者に気をとられすぎて家を破滅させる知識人、それがユズベクである。

その一方、二人のペルシア人の訪れたパリでは消費文化が隆盛を極めていた。コーヒーが大流行し、カフェでニュースを伝えあうパリの様子を見て、知識人のユズベクは「それにしても私が不愉快なのは、こういう才人たちが祖国の役に立とうともせず、子供じみたことに才能を浪費していることだ」（手紙36）と慨嘆する。他方、ユズベクよりも若いリカは、むしろ「好奇心が尋常ではない」パリの住民によって急速にアイドル化され、そのブロマイドまで制作される。

僕はどこへ行っても、自分の肖像画を見つけた。どんな店の中にも、どんな暖炉の上にも、僕の分身が増えていった。それくらい人々は僕を十分に見られなくなることを恐れていた。（手紙30）

住民の祖国愛や公共心がカフェのおしゃべりのなかで溶けてしまう一方、物珍しい異国のアイドルのシミュラークルが増殖する——ここにはその後の消費社会の特性がいち早く捉えられていた。しかも、この軽薄な消費社会では、キリスト教の権威のからくりも見え透いたものとなる。パリ市民の新しい偶像となったリカの無遠慮な観察によれば「教皇はキリスト教徒の首長だ。人々が習慣ゆえにごまをする古い偶像だ」（手紙29）。

そもそも当時のフランスは、イギリス人ジョン・ローの指導した投機的な経済政策、いわゆる「システム」に翻弄されたばかりであった。『ペルシア人の手紙』はローのシステムへの批判として「一〇年ごとに金持ちを貧困に突き落とし、貧乏人を富の絶頂へと一気に羽ばたかせる激変が起きる」（手紙98）フランス社会の大混乱ぶりを、ユズベクの視点から描いている[15]。ペルシア人たちの観察は、経済と宗教の両面におけるパリの腐敗を見抜いた。しかし、ペルシア人にしても、異国の他者に熱中して、自己の反省をおろそかにしているという点では、パリ市民と変わらないのだ。

もともと、ボルドー南西（フランスとスペインのコンタクト・ゾーンでもある）のワイン用ぶどうの栽培業者であったモンテスキューには「腐敗」に憑かれたデカダン的思想家としての一面があった。実際、彼の主著『法の精神』には、プラトンのように最善の政体を描こうとする意図はない。それどころか、モンテスキューは君主政、貴族政、民主政、そのいずれもが時とともに最悪の「専制」へと堕落してゆく可能性を想定していた。歴史書の『ローマ人盛衰原因論』でも、共和国ローマがその内的必然性によって、いかに徳を失って衰退したかが克明に記された。阪上孝が指摘したように、彼の政治的著作は総じて「原理の腐敗は避けがたいという印象」を与える[16]。

モンテスキューは社会を改善する特効薬を示さなかった。ワインの醸造と同じく、立法者＝調整者のコントロールのもとで、事物の秩序を保ち、社会の適度なリズムを維持すること――それだけが彼にとって国家を平穏に保つ秘訣であった。逆に、『ペルシア人の手紙』ではまさにその立法者＝調整者が不在のうちに、手紙の行き違いが発生してしまい、ユズベクの統治の「腐敗」が決定的なものとなる。アジアとヨーロッパのコンタクトによって生じた一六一通の手紙は、双方の知識社会の退廃を暴く小説となって、読者を強く揺るがすだろう。

5、トルコの衰弱、ロシアの勃興

さらに、『ペルシア人の手紙』の重要性は、フランスとペルシア以外の社会の腐敗についても鋭い分析が見られることである。ペルシアからパリに向かう道中でオスマン・トルコを経由したユズベクは、帝国の衰弱ぶりを強調している。

トカからスミルナまでは、特筆に値する都市はただの一つもない。私はオスマン帝国の衰弱を目の当たりにして驚いた。この国の病んだ体は、適度の穏やかな養生ではなく荒療治によって持ちこたえていて、そのせいでますます疲弊し、やつれ果てている。（手紙19）

ユズベクは「二世紀も経たないうちに、この帝国はどこかの征服者による凱旋の舞台にあるだろう」と書き記す。この予想が正確であったことは、オスマン帝国が長い衰退期を経て『ペルシア人の手紙』のほぼ二〇〇年後の一九二二年に滅亡したことからも分かるだろう。

しかも、ユズベクは帝国という統治モデルのもつ限界にも言及していた。モンテスキューは『法の精神』で小国主義に基づく共和制論を掲げて「その本性からして共和国は小さな領土しかもたない。そうでなければ、それはほとんど存続できないだろう」と断定したが[17]、それと似た思想はすでに『ペルシア人の手紙』のなかで表明されていた。

帝国というものは、一本の樹木に喩えることができる。その広がりすぎた枝は、幹から樹液を吸い尽くし、木陰を作ることにしか役立たない。君主たちに遠隔地征服への情熱を改めさせるにあたって、ポルトガル人とスペイン人の例以上にふさわしいものはない。（手紙121）

モンテスキューはトルコのようなアジアの古い帝国のみならず、海外に帝国を築いたスペインやポルトガルについても、その拡張戦略のもつ病理を強調した。それはモンテスキューだけの認識ではない。すでに一六世紀スペインのラス・カサスは『インディアスの破壊についての簡潔な報告』（一五五二年）で、スペインのコンキスタドールたちが新大陸の植民地で暴虐の限りを尽くしたことを告発した。彼の報告はヨーロッパじゅうに広まりスペインの悪評を高めたが、モンテスキューもユズベクに、スペイン帝国の残虐でおぞましい侵略を厳しく批判させている。

では、モンテスキューにとって、巨大な帝国モデルはひたすら下り坂にあるだけなのか。実はそうではない。ここで興味深いのは、ユズベクがオスマン帝国の凋落とちょうど対比するようにして、新興国ロシアに言及したことである。「この国［ロシア］の皇帝《ツァー》は、キリスト教諸国でペルシアと重なる利害を持つただ一人の君主だ。なぜなら、皇帝は私たちと同じくトルコ人の敵なのだから」（手紙51）。ペルシア人ユズベクはロシアについては、トルコの敵という一点で同じ陣営の仲間と認めている。しかし、その一方で、ロシア皇帝ピョートル一世は、トルコ以上のエネルギーをもつ得体の知れない存在として描き出された。

皇帝は今や自国を見捨てているが、まるで国が彼を抑えきれないかのようだ。彼はヨーロッパに別の属領や新しい王国を探し求めることだろう。（手紙51）

実際、一八世紀初頭に内陸のモスクワから海沿いのペテルブルグに遷都したピョートル（二一世紀のプーチンのお手本でもある）は「バルト海の王」として君臨し、ロシアの海洋進出を推し進めた[18]。『ペルシア人の手紙』の出た一七二一年は、まさにそのピョートルがロシア帝国の初代皇帝になった年である。モンテスキューは東方のトルコ帝国の衰退を予告する一方、西欧文明を利用してのしあがった北方の帝国ロシアが、いずれその制御不可能なエネルギーによって、ヨーロッパに進出してくる未来を予想していた。しかも、その不気味な未来は、古い帝国ペルシアの貴族のレンズを通して描かれたのである。

レパントの海戦に参加したセルバンテスは、アラビア人の原作者に「激しい敵意」を認め、それを『ドン・キホーテ』に書き込んだ。それに対して、一八世紀の『ペルシア人の手紙』は、トルコやペルシアに代表されるアジアのイスラム帝国が、もはや「敵意」をもつ対象ではなく、ロマンティックで無害な表象に置き換えられる時代を予告していた。サイードによれば、ヨーロッパ人はイスラムに「危険の感覚」をもっていた[19]。しかし、『ペルシア人の手紙』ではこのような感覚は目立たなくなり、その代わりロシアこそが危険な他者として現れてくるのだ。

6、帝国から新世界へ——他者性の座標の変化

繰り返せば、ヨーロッパ文学の根幹には、他者と接触しようとする意志がある。古代以来、その最大の他者は東方（オリエント）の帝国であった。しかし、コロンブスやマゼラン、フランシス・ドレイクらの航海を経て、大西洋の彼方の「新世界」が新たな他者として浮上する。ドイツの思想家ペー

ター・スローターダイクが指摘したように、それ以降のグローバル化は事実上「西方化」を意味するようになった[20]。

この「東から西へ」という転換期を生きたセルバンテスは、一六世紀的な地中海人としての記憶を継承し、大西洋に向かうコロンブス的な欲動を封印した。『ドン・キホーテ』における欲動のエネルギーは、もっぱらスペインの大地と主人公の妄想的な観念に向かい、螺旋状のメタフィクションの迷宮を作り出した。その後、モンテスキューは他者の脅威を、東のイスラムではなく北のロシアに認めたが、そこでもやはり「西方化」は抑制された。しかし、モンテスキュー以降の一八世紀ヨーロッパの思想は、むしろ《海》への欲望なしにはあり得なかった。

改めて論点を整理しよう。われわれはふつう、文学の世界認識は狭小な段階から徐々に拡大していったと漠然と思い込んでいる。しかし、ヨーロッパ文学の歩みは決してそういうものではない。古代ギリシアのアイスキュロスからして、すでに東方のペルシア帝国とのコンタクトを劇の中枢に据えていた。前章で論じたように、「今・ここ」を超越して、他者に憑依するガリレイ的言語意識も、ヘロドトスの『歴史』をはじめギリシア人の世界認識に早くも出現していた。

標語的に言えば、ヨーロッパ文学史とは他者を探索する歴史であり、ゲーテの《世界文学》のヴィジョンはその帰結である。この他者への欲望が、小説の進化の原動力となった。私はここで小説史の展開を、次のようにまとめたい――ヨーロッパの近代小説とは東方の帝国（ペルシアやトルコ）の黄昏とともに生じ、その後は非イスラム的な新興の他者、すなわちロシアやアメリカとの遭遇を経て、二〇世紀半ばの世界各地の植民地の独立とともに衰亡したジャンルである、と。

ヨーロッパ文学の他者認識に一種のビッグバンをもたらしたのは、海の彼方の新世界、つまりアメリカ大陸であった。そのインパクトをいち早く利用した文学的著述は、ロンドンのトマス・モアによる『ユートピア』（一五一六年）である。一五世紀末以降「新世界」を四度旅したと称するイタリア人アメリゴ・ヴェスプッチの航海記が、当時大いに人気を博していた。『ユートピア』はヴェスプッチに随行したとされる架空の船乗りラファエル・ヒュトロダエウスが、その並外れた体験と認識をアントワープ（アントウェルペン）でモアに語ったという体裁で書かれている。

モアはそこで、社会の最善政体を構想するプラトン流の哲学を引き継ぎながら、私有財産制を撤廃し、住民たちが自然状態に従って生きる一種の共産主義社会を描き出した。このようなユートピアのヴィジョンが出てきたのは、まさに未知の「新世界」との出会いが実際にあったからである。ヴェスプッチの航海はたんに地理的な発見にとどまらず、既知の世界に閉じ込められていたそれまでの哲学的な世界像に、ブレイクスルーをもたらす契機になった。

このような文学と思想のグローバリゼーションは、一八世紀ヨーロッパの著述家たちも強く触発した。非ヨーロッパの他者との（しばしば暴力を内在させた）出会いは、特にフランスの思想家の思考を刺激した。先輩のモンテスキューに続いて、ヴォルテール、ルソー、ディドロら新興の「哲学者」（フィロゾーフ）たちが続々と小説を手がけたのは、まさにその思考の成果である。

彼らの新しい世界像は、ヨーロッパの旧来の倫理との不連続性によって特徴づけられる。例えば、ヴォルテールのディストピア小説『カンディード』（一七五九年）は、広大な環大西洋的世界――大地震の起こったリスボンからアフリカのモロッコ、南米のスリナムまで――を経由しながら、そのすべてをJ・G・バラードふうの恐るべき残虐行為展覧会に変えてゆく。あるいは、想像上のタヒチ人の視点からヨーロッパの性道徳を諷刺したディドロの『ブーガンヴィル航海記補遺』（一七七二年執筆／著者の死後刊行）は、一見してエキゾティックな装いのなかに、辛辣な文明批評を書き込んだ画期的な著作であった[21]。モンテスキュー的ペルシア人からディドロ的タヒチ人への推移には、《海》

という他者の上昇が反映されている。

さらに、ルソーの『新エロイーズ』(一七六一年)の、田舎者で純朴な家庭教師サン=プルーも、ジュリとの恋に破れた傷心を抱えて世界周航の旅に乗り出し、南米のブラジル、パタゴニア、メキシコ、ペルー、さらにはアフリカ大陸をめぐるが、それらの地域には、貪婪なヨーロッパ人に略奪された優しくも不幸な現地人が見出されていた(第四部・書簡三)。つまり、サン=プルーと同様に深く傷ついた「新世界」の惨状が、ヨーロッパの横暴の証拠として描かれたのだ。その一方、この傷心旅行にはイスラム世界が含まれない。それは『ペルシア人の手紙』と比較しても、オリエントの象徴的地位がさらに下落したことを物語っている。

ポメランツが言うように、一八世紀半ばにヨーロッパとアジアの経済的な格差を拡大する「大分岐」が始まったとして、それはヨーロッパ小説の世界認識の変動期にもあたっている。私はこの変動を《東方の帝国から西方の新世界へ》と要約したい。この他者性の座標の変化こそが、ヨーロッパ文学史の画期となったのである。

7、初期グローバリゼーションと小説

歴史家のC・A・ベイリは「一七世紀・一八世紀のグローバリゼーション」の性質を考えることの重要性を説いている。ベイリは当時の奴隷プランテーションのシステムや新世界の銀を取引する経済的ネットワークが、すでに世界を広く連結しつつあったと見なし、そこに「初期グローバリゼーション」という名称を与えた[22]。私もこのベイリの見解を採用しよう。

繰り返せば、一八世紀の《海》の文学には「ヨーロッパの旧来の倫理との不連続性」がある。初期

グローバリゼーションは、世界像だけではなく人間や倫理の捉え方にも地殻変動を引き起こした。思想史家のダニエル・モルネは、ジョージ・アンソンやクック、ブーガンヴィルの世界周航記をむさぼるように消費した一八世紀フランスの知的傾向を、次のように要約している。

大作家の著作は、真面目なものであれふざけたものであれ、広大な世界を巡り歩くこのような趣味を反映していた。小説、コント、悲劇、市民劇、喜劇、オペラ・コミックには常に中近東、中国、エジプト、ペルー、インド趣味が見られるか、そのような装いをされていた。おそらくは、この異国趣味は作品では往々にして、意匠や変装にすぎなかったであろう。バビロンはパリであり、トルコの僧侶は我々の司祭だった。けれども、異国趣味が本格的であった場合も少なくなかった。パリの住民でも、フランス人でも、ヨーロッパ人でも、文明人でもないように努力がなされたのだ[23]。

グローバルな探検を背景として習慣の自明性を問い直すこと、それによってヨーロッパ文明の限界を超えた新しい人間像を描き出すこと。このような計画が一八世紀――「哲学者の世紀」にして「啓蒙の世紀」――の思想の核心にある。そこにはシリウス星人や土星人の登場するヴォルテールの哲学小説『ミクロメガス』のように、ほとんど『ガリヴァー旅行記』のSF版とでも言うべき諷刺性を発揮した作品もあれば、後のサドのリベルタン小説のように「自然」の名のもとに、人間の怪物性を驚くほどの高解像度で象ってみせた作品群もある。

小説という新しいメディアを活用して、人間的なものの限界にまで到ろうとするフィロゾーフたちの言論活動は、革新的な運動であり、フランスの旧態依然とした通念を破壊するものであった。ヴォルテールは『哲学書簡』(一七三四年)――フランスの遅れを批判しつつ、イギリスの先進的な政治や文化を称賛してベストセラーとなった――で「本を読む人間でも、その内訳は、小説を読む人間二十人にたいして、哲学を研究する人間はひとりという割合だ。ものを考える人間の数はきわめて少ないし、また、こうしたひとびとは世間を騒がそうとは思いもしない」と嘆いたが[24]、彼自身はむしろ『カンディード』や『ミクロメガス』のような小説によって思想を広めた。

当時、哲学者たちの「小説」は危険視されたが、彼らはその流通の自由を何とか確保しようとした。特に、厳しい検閲をやめて、出版の自由を守るよう君主に強く訴えたのはディドロである。当時、非合法化された作品は海賊版が横行し、著者の立場はろくに守られなかった。その状況を憂慮したディドロは、フランスが率先して質の良い出版物を刊行する一方、海賊版を摘発し、著者の利益を守ることが公共の利益になると主張した。そもそも、ディドロの考えでは、既成概念に反する危険な書物――その例として真っ先に『ペルシア人の手紙』が挙げられる――ほど、法の網の目をやすやすとくぐり抜けてしまうので、規制は意味をなさない。

閣下、国境にそってずっと兵士を配置なさり、姿を現わすあらゆる危険な書籍を押し戻すために銃剣を装備させてください。そうしたとしても、こうした書籍は、こういう表現をお許しいただきたいのですが、兵士の脚の間を通りぬけ、兵士の頭の上を飛びこえ、われわれに達するでありましょう[25]。

商品としての書籍にはいわば足が生えている。ゆえに、どれだけ厳重に国境を封鎖したとしても、それはウイルスのようにフランスに侵入し、国民のあいだに感染を広げるだろう……。現に、上品なだけの旧来のフランス文化を敵視したドイツのゲーテも、ヴォルテールやディドロら反フランス的フランス人たちの「危険な書籍」にすっかり魅了されていた[26]。ディドロはこの出版物の流通を、社会的な利益に変えるように促した。小説という管理不可能な野生のジャンルの勃興が、このような発想の転換を要請したのである。

8、一八世紀の首都ロンドン

ただ、初期グローバリゼーションと文学の関係は、フランスだけ見ていても十分には理解できない。というのも、一八世紀小説の最大の生産地は何と言ってもイギリスであったからである。フランスの小説が戦闘的な哲学者たちに導かれたのに対して、イギリスの小説はどこか知的アマチュアリズムの自由さを感じさせる。出版業者（リチャードソン）、ジャーナリスト（デフォー）、牧師（スターン）、さらに後には多くの女性たち（ジェーン・オースティン、ブロンテ姉妹等）を含むイギリスの作家の多様な出自には、他国にはない社会的な厚みがあった。リチャードソンに熱狂したディドロにせよ、デフォーの『ロビンソン・クルーソー』を『エミール』で教育書として読み解いたルソーにせよ、フランスの哲学者たちはイギリスの作家から強烈なインパクトを受けた。サイードは知識＝権力の社会的配置という観点から、この両国の違いをうまく説明している。

イギリスが、ヨーロッパのなかで競争相手もなく一人勝ちの状態で、小説という制度を創出し維持したことは、まったくの偶然ではない。フランスはすくなくとも十九世紀前半においては、小説よりももっと高度に発達した知的制度——アカデミー、大学、研究所、定期刊行物など——を誇り、アーノルド、カーライル、ミル、ジョージ・エリオットといった一群のイギリス人知識人をうらやましがらせることしきりであった。しかし、イギリス側のこの立ち遅れを補償するものとして、驚くべきことに、イギリス小説が、着実に発展し、しだいにゆるぎなき支配的地位を確保するにいたったのである〔27〕。

フランスほど緊密な知的集権化がなされなかったからこそ、イギリス人は野生的な小説を、思想の道具として積極的に活用した。それがイギリス小説の「一人勝ち」の要因だとサイードは見なす。加えて、ここではイギリスの商業的な活況も考慮に入れるべきだろう。例えば、ヴォルテールは『哲学書簡』で「イギリス国家の偉大さは、まさに商業によって形成された」と断言しながら、ユダヤ教徒、イスラム教徒、キリスト教徒がお互い対等に接しているロンドンの王立取引所を、どんな裁判所よりも尊い場所だと見なした〔28〕。ヴォルテールによれば、万物の商品化を留保なく推し進めるロンドンの取引所こそ、寛容の酵母と言うべき場であった。なぜなら、そこでは宗教も思想も等しく交換可能な商品に変わるからである。

ロンドンという知的・商業的センターは、それ自体が一八世紀の初期グローバリゼーションの頭脳である。パリが「一九世紀の首都」（ヴァルター・ベンヤミン）だとしたら、ロンドンは「一八世紀の首都」なのだ。そして、この首都の繁栄を背景とする著述家として、ダニエル・デフォーほど興味深い存在はいない。

9、『ロビンソン・クルーソー』――リアリズムの要諦

三〇代の気鋭の思想家モンテスキューが『ペルシア人の手紙』で人気を博する二年前の一七一九年、六〇歳を前にした老作家デフォーの『ロビンソン・クルーソー』がロンドンで刊行される。フランス人モンテスキューがアジアの古い帝国からヨーロッパを観察したのに対して、イギリス人デフォーはアフリカから南米に到る環大西洋的世界を舞台に選んだ。

デフォーが初めて公刊したテクスト（ただし現存しない）は、東方のオスマン帝国による一六八三年のウィーン包囲を批判したものだと言われている[29]。それに対して、『ロビンソン・クルーソー』になると、他者性の座標は明らかに東から西へと移動した。《海》を本格的に主題としたデフォーは、環大西洋的世界における初期グローバリゼーション＝西方化の現実を捉えたのである。

その反面、デフォーの小説が時代の先端を突き進むというより、むしろ回顧的なスタンスで書かれたことも見逃せない。現に、一六三二年生まれのクルーソーは一六六〇年生まれのデフォーの親世代、つまり純粋な一七世紀人として描かれた。あるいはデフォーのもう一つの代表作『ペスト』も、一六六五年にロンドンを襲ったペストが主題となった。一八世紀から一七世紀を回顧すること、しかもその過去をまるで今まさに読者の眼前で生成しているかのように精細に再現すること――それがデフォーのリアリズムの要諦であった。

そもそも、デフォーは一八世紀の「小説」のパイオニアとなった一方、一七世紀イギリスの先端的な知識――特にジョン・ロックの経験論の哲学や、実験と観察を重んじるフランシス・ベーコン流の「新科学」――から多くのアイディアを吸収していた[30]。デフォー自身は決して体系的な思想家で

はなかったが、思想を特定の状況や人物と交差させる手腕にかけては、余人の追随を許さない技巧を示した。すでに老境に達していた彼の小説は、いたずらに一八世紀の最先端を追うというより、初期グローバリゼーションの「前史」を含めた幅広い歴史と知的環境にアクセスした著作なのである。

『ロビンソン・クルーソー』はイギリスのヨークの中産階級の家で、クルーソーがドイツ生まれの父の三男として誕生するところから始まる。放蕩息子のクルーソーは、やがて家を出奔してアフリカに到るが、そこで命の危険にさらされる。その後、彼はブラジルで農園の経営者となるものの、再び衝動的に海に出たあげく、一六四九年の海難事故のために、たった一人、はるか彼方に南米大陸を望む孤島に流れ着く。その島に定住したクルーソーが「野蛮人」のフライデーと出会った後、ようやくイギリスに帰還するまで、実に二八年の年月が流れていた。

この小説が特にサイード以降の研究者によって、ヨーロッパの植民地主義の寓話として読まれてきたのは当然である。もっとも、たいていの読者は、肝心のクルーソーの「島」がどこにあるかを気にかけないだろう。というのも、その島はいかなる国家にも所属しない無歴史的な時空を装っているからである。ポストコロニアリズムの批評家ピーター・ヒュームが指摘するように、デフォーは確かに島がオリノコ河口にあり、そこからトリニダード島が見えると記すものの、たいていの読者にとって「その島の位置はどうでもよいと思われている」。だからこそ、ヒュームはこの中性化された島を、歴史上のカリブ海域に差し戻し、『ロビンソン・クルーソー』の隠れた植民地主義を明らかにすることをめざした[31]。

もとより、それは重要な研究ではあるが、私はむしろデフォーが島の位置をあいまいにし、かつ他者を中性化したことに注目したい。この問題はすぐ後で触れることにして、先にクルーソーの人物像を検討しよう。

10、他者の探索の一時停止

クルーソーは生粋の経済人（ホモ・エコノミクス）の例とされるが（本書「はじめに」参照）、そこからはみ出す部分も実は多々ある。クルーソーの人生には明白なパターンがある。もともと、クルーソーに命令を下すのは、冷静な「理性」ではなく、ふとした拍子に兆す気まぐれな「空想」（fancy）である。クルーソーを翻弄するその制御不可能な力は「失敗する運命」（ill fate）と呼ばれる。クルーソーはもっぱら衝動的・発作的に行動を開始し、たいてい予想外のアクシデントに見舞われて、自らの軽率さを後悔することになる。

現に、クルーソーの海外での経済活動は、緻密な計画に基づくものではなく、長続きしなかった。ブラジルでの彼は、リスボン生まれのポルトガル人の隣人と協力して、タバコとサトウキビのプランテーションを経営するものの、それにもすぐに情熱を失ってしまう。彼の周りには大勢の外国人の労働者がいたが、植民者クルーソーは彼らに何の関心も示さず、たった一人で孤独と後悔にさいなまれる。その姿は、経済人＝グローバリストの人生の閉塞を示すものである。

> 私は最大級の後悔とともに、自分の状況を眺め渡したものだった。ときどきポルトガル人の隣人と話すほかに、会話する相手もいなかった。自分の手を動かす労働以外に、なすべき仕事はなかった。まるで自分以外には誰もいない、荒涼たる無人島に流された男のような生活だと、私はつぶやいたものだ。（57／以下『ロビンソン・クルーソー』の引用の頁数は武田将明訳［河出文庫］に拠るが、訳文は適宜変更した）

ブラジルにいるときから、クルーソーは心情的にはすでに「無人島」の住人と変わりなかった。そのことは興味深い逆説を示す。彼は確かにさまざまなアクシデントを経ながら、一介のイギリス人からグローバリストへと着実に近づくが、それは彼をますます社交のネットワークから切り離し、孤独な存在に変えてゆく。つまり、他者とのコンタクトが増えるほど、かえってその関係性から降りたいという衝動が強くなるのだ。要するに、クルーソーは利潤をあげることにこだわらない怠惰な経済人、しぶしぶ他者と付きあう経済人である。ゆえに、彼が他者のいない孤島に流れ着いたことには、一種の願望充足という一面がある。

私は先ほどから、ヨーロッパ文学史を「他者を探索する歴史」と位置づけてきた。一八世紀の初期グローバリゼーションは他者への関心を増大させ、ヴォルテールやディドロらを小説に導いた。その反面、モンテスキューの『ペルシア人の手紙』はすでに、この他者の探索そのものをアイロニカルに捉えていた――ユズベクやパリ市民は、他者に気をとられすぎて、自己の腐敗に気づかない盲目的な観察者なのだから。

ジャーナリストとしてのデフォーもまた、イギリスの強みが他者とのコンタクトにあることを強調していた。一七〇一年に刊行された彼の諷刺的な長編詩「生粋のイングランド人」(The True-Born Englishman)は、純血のアイデンティティを騙る言説を厳しく批判している。デフォーはそこで「あらゆる人種が混じり合ってできたのが、雑種民族のイングランド人なのだ」と宣言しながら「見境のない性欲」によってあらゆる国の他者を受け入れた移民の娘たちを「由緒正しきイングランド人の直系」と呼んでいる。雑種的で混血的であることがイングランドのアイデンティティなのだとしたら、「生粋のイングランド人」という表現は、たんなる矛盾であり虚構にすぎない[32]。

グローバリストを主人公とした『ロビンソン・クルーソー』は、一見すればこの他者志向的なヨーロッパ文学の直系に思える。だが、そう単純ではない。確かに『ロビンソン・クルーソー』には、フライデーのような見慣れない非ヨーロッパ人の他者が出てくる。そして、クルーソーは野獣や野蛮人に食べられることを恐れている。しかし、この危機は実体というより「ただクルーソーの想像力のなかだけに存する」[33]。危険な他者はクルーソーの陥りがちな「空想」の産物であり、半ば虚構の存在なのである。

クルーソーは明らかに初期グローバリゼーションの申し子であり、外国人を相手にした交易に従事するが、他者に対して倦み疲れた気分も非常に強くなっている。クルーソーがヨーロッパのいわゆる「個人主義の神話」の最も鮮烈なイメージを提供したのは、他者の世界から退出して島にひきこもった後のことである。クルーソーという個人は「他者の探索」というヨーロッパ小説のプログラムの一時停止によって生み出された。つまり、ヨーロッパ文学の個人主義とは、先行するグローバルなネットワークに対する批評として現れたのだ。

11、他者のレプリカ

初期グローバリゼーションを経て、ヨーロッパ人が海の彼方の他者に強く感染したとき、デフォーはかえって、他者から自らを隔離する逆説的グローバリストを描いた。他者を探索するヨーロッパ小説史において、『ロビンソン・クルーソー』が特異な位置を占めるのは、そのためである。もとより、それは他者の全面的な排除を意味しない。フランスの哲学者たちが「新世界」の他者から新たな人間像を引き出そうとしたのに対して、デフォーはいわば他者を他者のレプリカに仕立てた。

その手順を確認してみよう。クルーソーは家から脱出してアフリカのギニアで貿易商になるが、やがて海上でイスラム教徒の海賊に襲撃され、ムーア人の捕虜としてサレ（モロッコの都市）に送られる。このイスラム教徒との遭遇と監禁を経て、ブラジルの農園という事実上の無人島を経営した後、そこからも脱出し、海難事故によって孤島にたどり着く——つまり、クルーソーは島に着く前に、すでに三度も「監禁」と「脱出」の予行演習を重ねていた。クルーソーの「島」は、実は先行する監獄の「レプリカ」なのだ[34]。

象徴的なことに、この島は固有名をもたない。島にたどり着く前には、奴隷貿易を暗示する「ギニア」、ポルトガルの植民地である「ブラジル」、異教徒の海賊である「イスラム」というような固有名がクルーソーの語りに入り込んでいたが、島に着くと、これらの植民地主義的な記号は目立たなくなる。デフォーの作成した島は、歴史から分離し、地図上の対応物ももたない一種のヴァーチュアル・リアリティのようにも感じられる。

それに応じて、フライデーのような他者も中性化ないし仮想化される。クルーソーはすでにムーア人のもとから脱出する際に、イスラム教徒の忠実な少年ジュリーの助けを借りており、孤島に流れ着いたときには、オウムのポルに人間の言葉を教え込んだ。このジュリーやポルがフライデーの雛形となっているのは明らかである。孤島のクルーソーは、いきなり未知の他者と遭遇するわけではない。クルーソーが出会ったのは他者の諸要素のコピー、つまり他者のレプリカとしてのフライデーではなかったか。

実際、フライデーからは威嚇的な攻撃性は除去されている。フライデーの容貌は当初から、他の新世界の「未開人」とは明らかに異なっていた。彼は異形の他者というより、きわめて美形の、しかも半ばヨーロッパ人の分身として記述される。

> 彼はとても良い顔つきをしていて、獰猛でも不愛想でもなかったが、そこには非常に雄々しいものを感じとれた。なおかつ、その顔つきにはヨーロッパ人のもつあらゆる美しさや柔らかさも備わっていた。特に笑ったときにはそうだった。髪は長く黒く、羊毛のような縮れはなく、額はとても高く大きく、目にはすばらしく活気があり、きらめくような鋭敏さがあった。肌の色はあまり黒くはなかったが、強い黄褐色だった。それでも、ブラジル人やヴァージニア人、その他アメリカの現地人のような、醜く黄色い吐き気を催させる色ではなかった。淡い茶色っぽい、輝かしいオリーヴ色で、うまく説明できないが、そこには大変な心地よさがあった。(289)

クルーソーはフライデーに、黒人であることを自己否定するような完璧な美的容貌を認める。男らしさ、優しさ、鋭敏さを兼ね備えたフライデーの顔は、黒いのに黒くない。だからこそ、彼のたたずまいからは、ヨーロッパ人のクルーソーに受け入れられる「心地よさ」(agreeable)が立ちのぼってくる。要するに、フライデーは未開性を否定する未開人であり、だからこそ彼の「教化」も成功する。これを反転させれば、クルーソーは文明性を否定する文明人である――放蕩息子の彼はいつも自分の境遇に満足できず、すぐに「不運」の力に感染しては、理性を失って幻想に支配されるのだから。クルーソーはフライデーに対して慈愛に満ちた父としてふるまうが、それが可能なのは、この両者がそもそも「未開性」において相互浸透していたからである[35]。実際、貨幣経済から切り離されたクルーソーは、自らを「スペイン人が来る前のペルーのインディオ」(276)と何ら変わらないと感じる。クルーソーの島は、資本主義の先端というよりも、むしろグローバル化の流れを逆行させるアナクロニズムの発生源なのである。

こうして、クルーソーの無名の島では、抜き差しならない敵対性は打ち消され、完璧な美しさをもつフライデーとの和解と親睦が成立する。クルーソーはあくまで不運なアクシデントに見舞われた遭難者であり、拡大の意図をもった侵略者ではない。ゆえに、彼がフライデーを暴力ではなく、あくまで聖書の力で「回心」に導くことは重要である。それは先行する粗暴な植民者たちとは、明白に異なる態度として描かれていた。

現に、モンテスキューと同じく、デフォーも作中でしばしばスペインの植民地政策の暴虐ぶりを批判していた。クルーソーの考えでは「野蛮人」の人肉食は恐ろしいとしても、スペイン人とて「自然に反する残虐行為」に手を染めたことに変わりない(245)。さらに、クルーソーはカトリック化したスペインを念頭に置いて「カトリック司祭の無慈悲なかぎ爪に捕らわれ、異端審問に引きずりこまれるくらいなら、野蛮人に引き渡されて生きたまま貪り食われるほうがましです」(349)とまで言っている。つまり、カニバリズムという野蛮の象徴よりも、文明の皮をかぶったカトリック原理主義のほうが、クルーソーの恐怖の対象なのである。

そして、実際にスペイン人が現れたときには、聖書の寛容の精神に立つクルーソーは、フライデーとスペイン人を平和的に共存させることに成功する。一見すると植民地主義的に見える『ロビンソン・クルーソー』は、暴力的な植民地主義への批判を内包していた。

むろん、ポストコロニアリズム批評の観点からは、このような和解の演出そのものが、植民地主義を受け入れやすくさせる手の込んだ詐術にすぎない。ただ、それとともに、デフォーの島が歴史的な意味の充満したトポス(場)ではなく、グローバリズムのはざまに口を開いた他者不在のスペース(空白)であったことも見逃せない。少なくとも、デフォーの小説は、表面的には植民地主義の尖兵ではない。ヨーロッパ小説における他者の探索が加速した果てに、かえってその他者がレプリカとして仮想化され、反グローバリズム的な空間が浮上する――私はこの反転に『ロビンソン・クルーソー』の核心を見出したいと思う。

12、一八世紀のグローバリズムから一九世紀のナショナリズムへ

私はここまで、セルバンテスからモンテスキューを経てデフォーに到るまでに、他者性の座標がいかに変化したかを説明してきた。その変化を加速させた初期グローバリゼーション（西方化）は、文学の進化史の核心にある。われわれは往々にして、ナショナリズムからグローバリゼーションへという進歩主義的な物語を描きがちだが、それは少なくとも文学史においては逆である。なぜなら、文学では明らかに、グローバリズムがナショナリズムに先行していたからである。

では、初期グローバリゼーションがナショナリズムに転じたのはいつか。つまり、政治学者デイヴィッド・アーミテイジの言う「諸帝国の世界から諸国家の世界への転回」は、いつ生じたのか[36]。その分水嶺となったのは、ゲーテ晩年の一八三〇年頃だと思われる。

フランスに即せば、それは「ブルジョワの王」であるルイ・フィリップが王政を打倒した七月革命の年である。この革命をきっかけに従来の土地貴族に代わって、フランスでは中間的なブルジョワが覇権を握ることになった。それとともに、ヨーロッパ各地のナショナリズムも刺激され、保守政治家メッテルニヒの主導した「ウィーン体制」（ヨーロッパの全体の協調を守ろうとするシステム）はひび割れ始めた。

まさにその一八三〇年に、フランスのスタンダールの『赤と黒』が刊行されたのは象徴的である。スタンダールはそこで、王政復古時代の退廃したフランス社会を背景として、ナポレオンに憧れる情

熱的な青年ジュリアン・ソレルを主人公としたが、サイードが言うように、そこでは国外――とりわけ一八三〇年にフランスに植民地化されたアルジェリア――の状況が隠されている。そして、ヨーロッパ規模の帝国を築こうとしたナポレオンの熱意は、ただ痕跡として残るにすぎない[37]。この点で、スタンダールの小説は一九世紀のナショナリズムの時代に呼応していた。

一八世紀がグローバリズムを背景として、世界像や人間像、さらには小説の形態にまでさまざまな「変異」を引き起こした実験の時代であったとすれば、一九世紀はむしろその爆発的な変異を抑制し、ナショナリズムを思想の標準とするようになった時代である[38]。だとしても、一八世紀の初期グローバリゼーションの意義が、その後すっかり失われたわけではない。C・A・ベイリによれば、ナショナリズムの体制が拡大した後も、初期グローバリゼーションの記憶は国際秩序のなかに保持されていた。

一八一五年頃から、ヨーロッパの国家と西洋の植民地主義は、旧来の世界秩序に対して新しい様式の国際主義を押しつけ始めた。ますます国民国家は、グローバルなネットワークを支配していった。それは、あらゆる国際的ネットワークに対して、より厳格に境界が引かれた領土、言語、宗教的慣行の制度を押しつけた。だが、心に留めておかねばならないのは、旧来のグローバリゼーションの様式が、新しい国際秩序の水面下に根強く残っていたことである[39]。

このベイリの指摘は、とりわけゲーテの反時代的な性格を了解するのに役立つだろう。ゲーテは一九世紀という国民国家の世紀にありながら、一八世紀のコスモポリタンな遺産、つまりボーダーレスな「旧来のグローバリゼーションの様式」の継承者としてふるまった。彼の唱えた《世界文学》は未来的な構想に思えるが、その足場はむしろ前世紀のヨーロッパにあった。このアナクロニズムは、デフォーが未来の「経済人」のモデルを提示しながら、その知的な基盤は一七世紀にあったこと、あるいはセルバンテスが未来の近代小説を用意しながら、その小説では一六世紀の地中海ネットワークの痕跡をとどめていたこととよく似ている。セルバンテス、デフォー、ゲーテはいずれも、順行する時間と逆行する時間の交差点に位置していたのではないか。

一九世紀の時勢に静かに抗ったゲーテは、急進化したフランス革命にも、ドイツの政治的なナショナリズムにも与しなかった。彼がヨーロッパ統一をめざすナポレオンを支持し、国民国家の時代に逆行してヨーロッパ全体の「勢力均衡」をめざしたメッテルニヒに共鳴したのも、一八世紀ふうのコスモポリタンな保守主義者としては、むしろ当然のふるまいである〔40〕。

そして、旧来のグローバリゼーションの様式に根ざすゲーテの「保守性」は、彼の政治的態度にいささか奇妙な性格を与えることになった。後に政治学者のカール・シュミットが鋭く指摘したように、ドイツの敵であるナポレオンを称賛したゲーテは、他のドイツの教養人と同じく「現実の敵」が誰かを分かっていなかったように思える〔41〕。シュミットに言わせれば、世界市民ゲーテは友と敵のあいだの区別をまともにできていない。だが、この政治的センスのなさは、ゲーテがナショナリズムの時代にグローバリゼーションの記憶を引き継いでいたことの証なのである。

われわれは以上を踏まえて、そろそろ一九世紀の文学に立ち入るべきだろう。しかし、先を急いではならない。なぜなら、ヨーロッパにとって他者として扱われた「東」の文学を、それ自体の歴史性に即して考察するという重要な作業が残っているからである。

[1] マーティン・バナール『ブラック・アテナ』（片岡幸彦監訳、新評論、二〇〇七年）。私にとって興味深い事例は、プラトン晩年の対話篇『法律』である。プラトンはそこで、すでにエジプトでは何千年もかけて国家の実験がやり尽くされたことを指摘し、それを前提に最善の政体を構想する。われわれはついソクラテスやプラトンを「古代人」と見なすが、彼ら自身はエジプト以来の長大な文明史の突端に立つ実験的な思想家として自己を位置づけていた。

[2] 『ギリシア悲劇Ⅰ　アイスキュロス』（高津春繁訳、ちくま文庫、一九八五年）八四頁。

[3] サイード『オリエンタリズム』（上巻）五八頁。なお、サイードはなぜか無視しているが、ペルシア（胡）が中国や日本にまで恩恵をもたらした文明の回廊であったことは言うまでもない。西洋にとってのペルシアしか問題にしないサイードの偏屈な態度は、それ自体が西洋中心主義を再生産していないだろうか。

[4] トルコと関係するギリシアの知識人としては、コス島生まれの医者ヒポクラテスも挙げられる。ヒポクラテスを象徴とする医師団は、小アジアの植民都市にも巡行しており、彼らの著作には異郷の風土や住民の健康状態、その習俗についての記述がある。諸文化のコンタクト・ゾーンを遍歴し、詳しい観察と報告を行ったヒポクラテスたちは、いわば最古の人類学者と呼べるのではないか。さらに、このヒポクラテスの名前を冠した後世の架空の書簡体小説（いわゆるヒポクラテス・ロマン）は「笑う人」と呼ばれたデモクリトスを事実上の主役とし、ミハイル・バフチンによってヨーロッパ小説の先行例とされた。これらの点については、拙著『感染症としての文学と哲学』（光文社新書、二〇二二年）第三章参照。

[5] 『ギルガメシュ叙事詩』（月本昭男訳、岩波書店、一九九六年）における月本の訳者解説参照。

[6] サイード前掲書、一七六頁。

[7] 文学の恋愛表現についても、イスラムの詩がヨーロッパのトゥルバドゥールに与えた影響を強調するドニ・ド・ルージュモンの古い研究がある。ただ、この説は多くの批判を受けてきた。例えば、アンリ・ダヴァンソン『トゥルバドゥール』（新倉俊一訳、筑摩書房、一九七二年）はより微妙な筆遣いで、この「アラブ仮説」の行き過ぎを戒めて、両者の違いを強調した――アラビアの愛がしばしば同性愛であったのに対して、トゥルバドゥールのそれは異性愛的性格をもつというように（一六八頁以下）。それでも彼が、アラビア詩からヨーロッパ文学への影響関係を全否定したわけではない。

[8] カルロス・フエンテス『セルバンテスまたは読みの批判』（牛島信明訳、水声社、一九八二年）四二頁以下。

[9] ジャン・カナヴァジオ『セルバンテス』二二五頁。

[10] クロード・レヴィ＝ストロース『神話と意味』（大橋保夫訳、みすず書房、一九九六年）六四頁。レヴィ＝ストロースによれば、衰えた神話の機能を代替したのが、一七世紀のフレスコバルディからバッハを経て一九世紀のヴァーグナーに到る音楽である。

[11] 二〇世紀になって、ボルヘスは『ドン・キホーテ』の込み入った作者性そのものを、小説の題材とした。彼の『伝奇集』に収められた短編「『ドン・キホーテ』の著者、ピエール・メナール」の主人公は、セルバンテスに徹底して同一化し、『ドン・キホーテ』の字句にそのまま重ね書きするような分身的な作品を書こうとするが、それは、作者をめぐるアフィリエーション（養子縁組）の鎖をさらに延長させる試みである。

［12］牛島信明『反＝ドン・キホーテ論』（弘文堂、一九八九年）五八頁以下。

［13］フェルナン・ブローデル『地中海』（第五巻、浜名優美訳、藤原書店、一九九五年）八九・九〇頁。

［14］ツヴェタン・トドロフ『われわれと他者』（小野潮他訳、法政大学出版局、二〇〇一年）五五九、五六七頁。

［15］詳しくは、浅田彰「ローとモンテスキュー」および小西嘉幸「崩壊譚」樋口謹一編『モンテスキュー研究』（白水社、一九八四年）所収参照。

［16］阪上孝「モンテスキューとデカダンス」同上、二六、四三頁。Catherine Volpilhac-Auger, *Montesquieu: Let There Be Enlightenment*, tr. by, Philip Stewart, Cambridge University Press, 2023, p.3. ジャン・スタロバンスキーが『モンテスキュー』（古賀英三郎他訳、法政大学出版局、一九九三年）で、『法の精神』をボルドーの赤ワインに、『ペルシア人の手紙』を甘味のあるアルコールの強い白ワインになぞらえているのも面白い。

［17］モンテスキュー『法の精神』（井上堯裕訳、中公クラシックス、二〇一六年）一一〇頁。

［18］なお、モンテスキューから一世紀後、ロシア専制の起源を探ろうとするマルクスも、ピョートルがロシアを海洋国家に作り替えたことを重視した。詳しくは第六章参照。

［19］サイード『オリエンタリズム』（上巻）一七八頁。

［20］ペーター・スローターダイク『水晶宮としての世界』（高田珠樹訳、青土社、二〇二四年）六七頁。

［21］中川久定『啓蒙の世紀の光のもとで』（岩波書店、一九九四年）八〇頁。世界周航を果たした実在の探検家ブーガンヴィルは、タヒチ島の青年アオトゥルをフランスに連れて帰り、自ら『世界周航記』（一七七一年）も記したが、その架空の「補遺」としてでっちあげられたのが『ブーガンヴィル航海記補遺』である。つまり、ディドロはブーガンヴィルの経験を勝手に盗み出し、それをデフォルメして文化人類学的な思想書に仕上げた。この奇妙な成り行きにも、自己を他者に盗ませながら語るディドロの特徴が認められる（前章参照）。

［22］C・A・ベイリ『近代世界の誕生』（上巻、平田雅博他訳、名古屋大学出版会、二〇一八年）五三頁以下。

［23］ダニエル・モルネ『十八世紀フランス思想』（市川慎一＋遠藤真人訳、大修館書店、一九九〇年）九三頁。

［24］ヴォルテール『哲学書簡』（斉藤悦則訳、光文社古典新訳文庫、二〇一七年）一二八頁。

［25］「出版業についての歴史的・政治的書簡」（原好男訳）『ディドロ著作集』（第三巻、法政大学出版局、一九八九年）一五五頁。もともと、出版事業を思想の武器としたのは、ペトラルカやエラスムスをはじめユマニストたちである。小型化された書物は、彼らにとってモバイルな通信装置になり、旧来のゴシック体に代わるローマン体（ユマニスト書体）という新たなフォントも出現した。この機動力に富んだ出版＝思想の伝統は一六世紀末にいったん途切れたが、一八世紀のディドロやヴォルテールらがそれを復活させた。リュシアン・フェーヴル＋アンリ＝ジャン・マルタン『書物の出現』（上巻、関根素子他訳、ちくま学芸文庫、一九九八年）第三章および第五章参照。

［26］坂井栄八郎『ゲーテとその時代』（朝日出版社、一九九六年）六七頁。

［27］サイード『文化と帝国主義』（上巻）一四六頁。

［28］ヴォルテール前掲書、五七頁。ただ、ヴォルテールの取引市場モデルは、寛容の可能性を広げると同時に、あらゆる文化を均質化する可

能性をもつ。この点については、カルロ・ギンズブルグ『糸と痕跡』（上村忠男訳、みすず書房、二〇〇八年）の記述が含蓄に富む（七四頁以下）。

［29］Srinivas Aravamudan, "Defoe, commerce, and empire" in *The Cambridge Companion to Daniel Defoe*, ed.by John Richetti, Cambridge University Press, 2008, p.62.

［30］特に、デフォーの教師が、一七世紀のフランシス・ベーコンの弟子チャールズ・モートンであったことは重要である。ベーコンとモートンの科学的態度に倣って、デフォーは小説でもノンフィクションでも、平明な文体によって現実を正確に観察することをめざした。彼のレトリックは誇張や美化ではなく、あくまで現実認識の手法なのである。「クルーソーがメタファーやイメージを用いるとき、それは彼の体験を変容ないし純化させるためではなく、その体験を現実によりしっかりと根づかせるためである」。Ilse Vickers, *Defoe and the New Sciences*, Cambridge University Press, 1996, p.129.

［31］ピーター・ヒューム『征服の修辞学』（岩尾龍太郎他訳、法政大学出版局、一九九五年）二四八頁。

［32］ダニエル・デフォー『生粋のイングランド人』（西山徹編訳、音羽書房鶴見書店、二〇二〇年）三五、三八頁。

［33］Everett Zimmerman, *Defoe and the Novel*, University of California Press, 1975, p.31.

［34］Michael Seidel, "Robinson Crusoe", in *The Cambridge Companion to Daniel Defoe*, p.190ff.

［35］Dennis Todd, *Defoe's America*, Cambridge University Press, 2010, p.36ff.

［36］デイヴィッド・アーミテイジ『思想のグローバル・ヒストリー』（平田雅博他訳、法政大学出版局、二〇一五年）二七五頁。

［37］サイード『文化と帝国主義』（上巻）一九三頁。

［38］例えば、批評家のフランコ・モレッティは、一八世紀および二〇世紀が「形式の多様性や語りの実験」において多様であったのに対して、一九世紀は「ふたつのポリフォニックな時代にはさまれたモノディクな時代である」とまとめている。『ドラキュラ・ホームズ・ジョイス』（植松みどり他訳、新評論、一九九二年）三三八頁以下。一八世紀が小説の「変異」を爆発させたとすれば、一九世紀は表現形式の多様性をいったん収束させた。それは、ナショナリズムの浸透とも切り離せないだろう。

［39］ベイリ前掲書、三一四頁。

［40］坂井前掲書、二二九頁以下。長く統一国家が存在しなかったドイツにおいては「祖国愛」は国家よりも小さい諸邦（ヴァイマル等）に向けられていたため、かえって世界市民的感情と結びつきやすかったと坂井は説明している（二三七頁以下）。つまり、ネーションが弱体であったからこそ、ローカルな感覚とグローバルな感覚が比較的容易に結びついたのだ。さらに、このコスモポリタンな保守主義は、ゲーテの次世代であるロマン派のフリードリヒ・シュレーゲルに受け継がれる。彼はヨーロッパの超国家的理念を支える「真の帝政」の復活を願い、オーストリア・ハプスブルク家にこの「保守主義革命」の夢を託した。エルンスト・ベーラー『Fr. シュレーゲル』（安田一郎訳、理想社、一九七四年）一二三頁。

［41］カール・シュミット『パルチザンの理論』（新田邦夫訳、ちくま学芸文庫、一九九五年）二一一頁。

第四章　中国小説の世界認識——オルタナティヴな近代性

1、漱石の文学観

本章および次章では、主に中国と日本の近世（early modern）——中国の明清時代と日本の江戸時代——の小説に照明を当てるが、それに先立って、中国小説の文学史的な位置づけを確認したい。少し回り道して考えよう。

夏目漱石の『文学論』（一九〇七年）の序は、英文科出身の彼が英語の研究を命ぜられ、二〇世紀初頭のイギリスに留学したときの回想に始まる。彼は文学の総体を「社会学的心理学的」に研究するという巨大なテーマに取り組み、ついに神経衰弱に陥った。ここで重要なのは、彼をこの無謀な研究に駆り立てたのが「漢文学」から得た印象であったことである。

余は少時好んで漢籍を学びたり。これを学ぶ事短かきにも関らず、文学はかくの如き者なりとの定義を漠然と冥々裏に左国史漢より得たり。ひそかに思ふに英文学もまたかくの如きものなるべし、かくの如きものならば生涯を挙げてこれを学ぶも、あながちに悔ゆることなかるべしと。余が単身流行せざる英文学科に入りたるは、全くこの幼稚にして単純なる理由に支配せられたるな

り。(上・一八頁/以下『文学論』の引用は岩波文庫版に拠る)

こうして、漢文学と英文学という二つの文学の共通性を信じた漱石は、しかしいくら読書しても英文学に近づいた気持ちになれず、大学の卒業時には、英文学に欺かれたような不安の念に駆られる。この期待外れの感覚が、漱石を次の有名な見解へと導いた。「漢学に所謂文学と英語に所謂文学とは到底同定義の下に一括し得べからざる異種類のものたらざるべからず」(上・一九頁)。つまり、漱石は漢文学と英文学をいったん「文学」の名のもとに同一化したが、それがかえって両者の根本的な差異を際立たせたのである。

同時代の森鷗外は、ゲーテの『ファウスト』をはじめヨーロッパ文学の翻訳に熱心に取り組んだ。リルケ、ポー、アルツィバーシェフ、トルストイ、ドストエフスキーらの短編小説をオムニバス形式で収録した鷗外の『諸国物語』は、まさに世界文学の地図製作者の面目躍如という感がある。むろん、ドイツに留学した鷗外も漱石と同じく、東西の文学の差異を肌身で感じていたに違いない。それでも、彼はゲーテの翻訳者にふさわしく、世界文学を受容し得るだけの表現力をもつ日本語の土台を、翻訳によって入念に組織することを選んだ。鷗外に私淑した作家の石川淳は、まるで「文学の世界地図」を作るように編集された『諸国物語』が、読者それぞれに「小説とは何か」という根本的な問いを与える画期的な著作であったと回想している[1]。

それに対して、漱石は卓越した語学力をもっていたにもかかわらず、鷗外や二葉亭四迷と違って、その能力を翻訳に向けることはなかった(ただし『文学論』では、シェイクスピアから写実の名手ジェーン・オースティン、詩人のパーシー・シェリーに到るまで、主にイギリス文学から豊富な例文が選ばれ、かつ見事に訳されている)。漱石がやろうとしたのは、いわば系統の異なる二つの文学を生み出した共通の仕組みを、科学的なアプローチで解き明かすことである。F（認識的要素）とf（情緒的要素）のコンビネーションで文学を説明しようとする力業は、そこから導き出された。漱石は独自のアルゴリズムを設計することによって、世界の文学を評価する基準を定めた。裏返せば、アルゴリズム的な手法でなければ、極東の島国で普遍的な文学論を構築することはできなかった。

ただ、現代のわれわれのもつ文学観からすると、いささか奇妙に思えることがある。それは、若き漱石が「文学はかくの如き者なりとの定義」を得たのが「左国史漢」、つまり『春秋左氏伝』『国語』『史記』『漢書』という歴史書からであったという事実である。彼自身が優れた漢詩人であったにもかかわらず、漱石はこの序文で中国の詩人にはまったく言及しておらず、中国の小説も無視している。『文学論』の本文では、イギリスと中国の詩がしばしば例文として挙げられ、イギリスの小説から多く引用されるのだから、序文の態度はなおさら奇異に感じられる。

なぜ漱石は中国文学の典型を、詩や小説ではなく歴史書に求めたのだろうか。それは中国文学の特性と関わる。かつて吉川幸次郎は、近世に白話小説が流布するまで、中国文学の担い手たちが一貫して、虚構よりも事実を尊重してきたことに本質的な意味を認めた。

非虚構の素材の尊重、言語表現の特別な尊重が、この文学史の二大特長と考えられる。二つはともに、この文明に普遍な方向である即物性によって説明されるであろう。歴史事実、日常の経験は、空想による事象よりも、より確実な存在である。表現された言語は表現される心象よりも、より確実に把握される。この国の哲学も、ひとしく即物的であり、神、超自然への関心を抑制し、地上の人間そのものへ視線を集中したが、おなじ精神が、文学をも支配したのである［2］。

このような「即物性」を凝縮したのが、「地上の人間」の諸相を記録した歴史書である。漱石が歴史書に中国文学を代表させたことにも、この事実尊重という風土が反映されていた。

2、詩と小説――その評価の差異

事実の記録と伝承は、中国では文学的な著述全般で強く要求されてきた。このような文化的な風土は、歴史書に限らず、詩のあり方も規定している。ホメロスの叙事詩が百科全書的な教育装置であったとするエリック・ハヴロックの説（第二章参照）は、中国の文芸にも適用できるだろう。例えば、詩を学ぶ効用について、孔子は次のように説明した。

子曰く、小子何ぞかの詩を学ぶこと莫きや。詩は以て興すべく、以て観るべく、以て群すべく、以て怨むべし。邇くは父に事え、遠くは君に事え、多く鳥獣草木の名を識る。（『論語』陽貨）

孔子の詩学によれば、詩は心を奮い立たせ（興）、ものを観る仕方を教え（観）、共同生活を営ませ（群）、うらみごとの感情もうまく吐露させる（怨）。のみならず、詩を学べば、父や君主に適切な仕方で仕え、鳥獣草木の知識も得ることができる。要するに、孔子にとって、詩は基礎的な事実や社会的な倫理を教える百科全書であった。しかも、この百科全書はたんに自然の名称のみならず、自然の根源的な生命力も伝達する。「詩三百、一言以て之を蔽う、曰く思い邪なし」（『論語』為政）と力強く言い切った孔子は、邪念のないまっすぐでふくよかな生命力を、詩の真髄と見なした。

古代の歌謡を集めた『詩経』の自然物は、しばしば「徳」と連接された[3]。徳は英語の virtue と同じく、万物そのものに内在し、人間や自然を動かす「力」あるいは「効用」を指す。ゆえに、詩を共有することは、たんなる知識の獲得にとどまらず、自然や人間のもつ根源的な生成にアクセスする行為に等しかった。詩が共同体の基礎教養となったのも、この万物のもつ徳＝力を了解するのに、詩が欠かせなかったためである。詩は現実離れしたフィクションではなく、世界の事実を多面的に教える教師であった。

では、小説はどうだろうか。詩が知識人（士大夫）に高く評価されてきたのに対して、小説は総じて劣位に置かれてきた。中国の小説の起源を考えるとき、紀元一世紀の歴史家・班固の『漢書』芸文志（漢代の書籍目録）の次の記載は必ず参照されるが、そこには小説の位置づけの低さが読み取れる。

小説家の流れは稗官（民間の小話を記録する役人）に由来するのだろう。街談巷語（大通りや路地の話）、道聴塗説（道端で聞いたことを道端の他人に受け売りで話すこと）をこととする人間の造ったものである。

この文章は孔子の言葉を連想させる。孔子は「道聴塗説は、徳を之れ棄つるなり」（『論語』陽貨）と弟子に厳しく注意した。つまり、他人の言葉をすぐに受け売りしたり、街角のゴシップを不用意に垂れ流したりするようでは、徳を得ることはできない。これは、孔子が詩を徳の向上と結びつけたこととちょうど対照的である。孔子の文芸批評は、詩を共同体の教師と見なす一方、後に「小説」の淵源となったストリートのゴシップ（道聴塗説）の受け売りには、きわめて批判的であった。

3、サブカルチャーとしての小説

ならば、班固はこの孔子の考え方に従って「小説」には社会的価値がないと断定したのだろうか。答えはイエス・アンド・ノーである。国家の高級官僚であった班固は、ストリートで交わされる流言にあくまで低い評価しか与えなかった。しかし、ここで重要なのは、班固が小説の由来を説いた直後に、次の孔子(実際には弟子の子夏)の言葉を引用したことである。

> 小道といえども、必ず観るべき者あり。遠きを致すには泥まんことを恐る。是を以て君子は為さざるなり。(『論語』子張)

つまらないことにも必ず見るべきものはある、ただ遠大なことをやろうとする君子はその小さなことにのめりこむのを恐れるから、それには手を出さないのだ——班固はこの『論語』の考え方を「小道」を語る「小説」の批評に応用した。彼が認めたのは、街角のゴシップが、社会の観察者にとっては一定の意義をもつということである。

ここで興味深いのは、班固がわざわざ「小説家」という部門を、思想書(子書)のカテゴリーに設置したことである。彼は「小説家」を、儒家・道家・墨家・陰陽家・法家・名家・縦横家・雑家・農家を含む「諸子略」のリストの末尾、つまり十種類の思想家のうちの一つに位置づけた。むろん、国家公認の思想である儒教のテクストとは比較にならないとはいえ、街角の語りを収集した小説家のテクストにも、思想書の学派の末席に連なる資格がひとまず認められたのだ[4]。しかも、このサブカルチャーとしての小説が、ときに知識人をのめりこませる怪しげな魅力を備えていることも、班固は理解していた。

　もとより、一世紀の班固の言う「小説」の内実は、その後の小説に比べれば、ずいぶん貧弱である。班固はすでに小説の萌芽をつかんでいたが、それが千年以上かけて、大きな文化にまで発展するとは想像しなかっただろう。中国文学の進化史を考えるとき、小説が時間をかけて変化していったことに注意せねばならない。

　中国小説の成長を促す力となったのが、いわゆる「古小説」すなわち六朝期の「志怪」（怪をしるす）や唐代の「伝奇」（奇を伝える）である。特に、九世紀の中唐の時代に、ゴシップや伝承が本格的にオーソライズされ、それを記録した知識人の「作者」が続々と現れるようになった。この作者の署名の入った伝奇小説の画期性は、フィクションとノンフィクション、事実と反事実のあいだで戯れる技術を発明したことにある。伝奇小説は従来の「事実尊重」の風土から、いわば半歩横にずれたのである。

　唐代伝奇はもっぱら、現実に起きた事件を伝えるという体裁で書かれた。李公佐の『謝小蛾伝《しゃしょうがでん》』や『南柯太守伝』、白行簡（白居易の弟）の名編『李娃伝《りあでん》』などは、そのタイトルからも分かるように、歴史書のスタイルを踏襲している（なお、李公佐は各地を遍歴した官僚であり、その小説にはトラベル・ライティングの要素がある——特に『謝小蛾伝』には彼自身が訪問者として登場し、謎を解く探偵の役割を担った）。ただ、それらはたんに事実を尊重するノンフィクションというわけでもない。現に、白行簡の『三夢記』や『南柯太守伝』は、ノンフィクション的な記述を、反事実的な「夢」によって輪郭づけた。『南柯太守伝』で長大な歴史的事実であるかのように語られた内容は、実はすべて主人公の見た一場の夢であったことが明かされる。

白行簡や李公佐をはじめ唐の知識人作家たちは、歴史書を擬態しつつ、その内容が事実か否かを厳密に確定しない保留の技術を培った。彼らが開拓したのは、フィクションとノンフィクションの境界をあいまいにする「不確定性の詩学」である〔5〕。このような先進性は必ずしも当時、手放しで歓迎されたわけではなかった。というのも、伝奇小説はときに荒唐無稽であり、ときに先賢をあざわらうような諧謔性を含んでいたため、そのとめどない増殖は時代の病として受け取られたからだ〔6〕。小説はしばしば、事実のふりをしたフェイクへの接近ゆえに批判されたのである。

4、歴史書の擬態

詩が自然の力と深く共鳴しながら、共同体を導く教育装置だとしたら、小説は都市のストリートで交わされる雑多な会話のレポートである。班固は優れた歴史家であるだけでなく、国家の繁栄を壮麗な「賦」のスタイルで描き出した詩人思想家でもあったが、その彼からすれば、在野の小説は非公式的でジャンクな言説にすぎなかった。それでも、彼が小説をむげに退けたわけでもない。この両義的な態度に、中国の小説を考える鍵がある。

かつてロラン・バルトが指摘したように、物語には遍在性がある。「物語をもたない民族は、どこにも存在せず、また決して存在しなかった。〔…〕物語は、人生と同じように、民族を越え、歴史を越え、文化を越えて存在するのである」〔7〕。物語は人間と同じく世界じゅうに存在し、文化の垣根を超えるウイルス的な越境性をもつ。中国の「街談巷語」というゴシップ的な物語も、その例外ではない。これらの非公式的なプロット小説は、匿名性を帯びたまま、無名のウイルスのように社会のさまざまな場所に棲息した。

その一方、小説がただ無軌道に「変異」したわけでもない。その主要なモデルになったのは「左国史漢」のような歴史書であった。歴史書を擬態した唐代伝奇をはじめとして、たとえどれだけ虚構的な内容が含まれていても、まったくの絵空事として小説を受容させようとする反事実的な態度は、中国小説の主流にはならなかった。

中国小説の黄金期と呼ぶべき明清時代においても、史実をもとにした『三国志演義』はもとより、『水滸伝』、『西遊記』、『儒林外史』等はいずれも「伝」や「記」や「外史」のように、歴史的な事実の伝承というスタイルを保持していた。当時の文芸批評家も、しばしば『水滸伝』を司馬遷の『史記』になぞらえた。例えば、一七世紀の金聖嘆は「水滸の方法は史記から来た」と述べて、『水滸伝』を『史記』に並び立つテクストとして正典化した。在野の小説にしかるべき位置を与えるには、公認された歴史書と並列するのがいちばん有効であったためである。

さらに、二〇世紀に入っても、歴史書は亡霊のように小説につきまとった。例えば、魯迅の『阿Q正伝』は歴史書のパロディとして書かれている。その冒頭で、おしゃべりな語り手は「列伝、自伝、内伝、外伝、別伝、家伝、小伝」と伝記のタイトルをあれこれと列挙した挙句に、いずれも阿Qというつまらない人物の伝記にふさわしくないと考えて、ついに「正伝」——「閑話休題、言帰正伝（それはさておき、本題に戻ります）」という小説家の決まり文句から借用されたもの——という新しいタイトルを提唱する。小説史研究のパイオニアとして『中国小説史略』という名著を書いた魯迅は、歴史書を擬態しつつ、ふつうの歴史書では相手にされない卑小な人物を描いた。そこでは、歴史書になりすまそうとする中国小説の志向が、アイロニカルに強調されたのである。

5、歴史書と思想書の交差

ところで、中国の歴史書はたんに事実を書き記すだけの文書ではなかった。中国の散文の歴史という観点から重要なのは、歴史書と思想書が交差したことである。

もともと、古代中国の散文には、大別すると「記言」(議論の文)と「記事」(叙事の文)という二つの方向性を見出せる[8]。すなわち、君主や学者の言行を記録すること、過去に起こった出来事を伝えること、この二つが散文の担うべき仕事となった。このうち前者からは思想書が生み出され、後者からは歴史書が育った。

その場合、「議論」(思想)と「叙事」(歴史)という二つの仕事は、截然と区別できるわけではない。現に、漱石の『文学論』でもその記述の工夫が高く評価された歴史書の『春秋左氏伝』——『春秋』の注釈書であり、かつ豊富な物語的要素を備えた著作——には、この両者が共存していた。

『左伝』は過去のさまざまな事件の顛末を記録したが、その事件の進行はしばしば精彩に富んだ対話によって再現された。それは戦争も例外ではない。血わき肉躍る戦時のスペクタクルの再現よりも、戦争に臨む政治家や軍人がそのつどどのような観察や対話をやったかという戦略的なテーマに、『左伝』の重点が置かれた。戦争の活劇的なシーン以上に、プレイヤーたちの臨場感あふれる政治的・軍事的な「思想」を重んじる歴史書の手法は、後の『三国志演義』や『水滸伝』のような小説にも受け継がれる[9]。

その一方、思想書(議論の文)の系統にも、歴史的・物語的な要素は含まれている。「議論の文」のなかで、特に小説の発生を考えるときに重要なのは、思想家たちの仕掛ける「譬論」、つまり逸話やゴシップをたとえに用いながら議論を進める手法である[10]。

古代中国ではさまざまな思想家（いわゆる諸子百家）が諸国家を渡り歩きながら思想を売り込んだが、そのふるまいは散文の形態にも作用を及ぼした。特に、戦国時代の中期になると、彼らの著作にメタファーを用いた弁論術が現れるようになる。それまでの思想書、例えば『論語』は、ミクロな倫理とマクロな政治を横断する即興性の強い語録であった。しかし、思想家たちが競い合う「百家争鳴」の時代は、そのような断片的な語録のスタイルにはとどまらず、より長大で手の込んだ説得のレトリックの開発を促したのである。

その典型例として、法家思想の代表作である『韓非子』が挙げられる。そこではしばしば、議論の補強材料としてたとえ話が用いられた。印象深いエピソードをメタファーとしながら、韓非子はそこから巧みに政治的な教訓を引き出してみせる。相手の意表をつくたとえ話によって、為政者の説得を試みるレトリックの技術が、韓非子の思想に豊富な物語性を与えることになった（そのうち最も有名なのは、儒家批判のために持ち出された「矛盾」の語源となったエピソードである）。『韓非子』は政治的な論説であり、しかも歴史や物語を伝える叙事的な機能も含んでいた。

このように、叙事の文は議論を導入し、議論の文は物語を利用するという相互乗り入れが、中国の散文を特徴づけている。そして、在野の小説は一種のパラジット（寄生者）として、このような散文の能力を吸収した。小説家は思想書のマージン（周縁／余白）に位置しながら、歴史書の伝統に寄生して、まるで歴史を語るようにして架空の物語を語った。思想書であって思想書でなく、歴史書であって歴史書でない——このような両義性が、小説を諸言説のはざまにある特異なジャンルに仕立てたと言えるだろう。

6、一六世紀のコミュニケーション革命

既存の言説の分類体系をすり抜け、惑星的に運動するテクストとしての小説——それが劇的な飛躍を遂げたのが、明清時代、アメリカの学術界では「後期帝国中国」(Late Imperial China) と呼ばれる時代である。その発展の背景には、出版物の爆発的増大というコミュニケーション革命があった。

もともと、唐代までは、書物は手書きの書写本(鈔本)として一部の貴族に独占され、ごく狭い範囲で流通するだけであった[11]。しかし、貴族階級の没落した宋代(特に南宋)に入ると、出版業はめざましい発展を見せて、書物の供給ルートが形成された。旺盛な知識欲をもった宋の読書人は、儒教以外の思想書も含む多様な書物を望んだ。その結果、当時の著名な詩人・蘇軾(蘇東坡)に無断で、彼の詩集を刊行するようなケースすら生じたのである。しかも、この海賊版の詩集に朝廷を誹謗する箇所があったとされて、蘇軾はあやうく処刑されかける。これは営利出版がそのまま政治的な事件になり得ることを、よく示すエピソードだと言えるだろう。

しかし、当時の士大夫は書物があまりに広く開放されることを警戒し、営利出版の発展には無意識のうちにブレーキをかけた。そのため、出版がその潜在力を解き放てずにいるうちに、モンゴル族の支配する元の時代になり、出版物の多様性や品質は低下してしまった。それは元が滅んで、漢民族の明になっても変わらない。中国史家の井上進は「出版の俗化と単調化は、漢族王朝が復活して明代となっても、とどまるどころか一層はなはだしく進行し、加えて量的にも衰退の様相を呈した」と総括している[12]。

この低調な状況が一変したのが、一六世紀後半以降の明の万暦年間(一五七二 - 一六二〇年)のこ

とである。この時期に出版文化は空前の活況を呈し、多くの印刷物が巷にあふれた。書物はもはや一部の知識人の独占物ではなくなり、都市を中心に広く流通するようになった。ちょうど一六世紀のヨーロッパでユマニストたちが出版と思想を結びつけ、新しいフォントであるローマン体やイタリック体が普及したように（前章参照）、だいたい同時期の中国でも、版木を彫るときに分業しやすい幾何学的な明朝体のフォントが普及し、書物の流通の拡大に貢献した。

　中国文学者の大木康は、当時の「出版革命」の成果として、書物の形態が大量生産に向いた線装本に変わり、図像入りの書物が氾濫したことに加えて、小説の刊行点数が爆発的に増加したことを挙げている。それに伴って、出版や批評に積極的にコミットする「出版文化人」（陳継儒、李卓吾《りたくご》、馮夢龍《ふうぼうりゅう》、李漁《りぎょ》ら）が台頭した[13]。既存の権威に服属せず、小説というメディアを積極的に活用した彼らを、いわば中国版のユマニストと呼ぶことも不可能ではないだろう。現代に置き換えれば、インターネットの普及が思想の流通する環境を変え、新種のオピニオン・リーダーを生み出したことと似ている。

　すでに『三国志演義』や『水滸伝』は元末明初（一四世紀）の時点で、ある程度作品としてまとまりつつあったが、それが出版革命を経て、商業化されたテクストとして社会に流通する。例えば、『水滸伝』の刊本には複数の系統があるが、そのうち代表的な『李卓吾先生批評忠義水滸伝』（杭州の容与堂刊）は一七世紀初頭に刊行された。それとだいたい同時期の一六一〇年頃に、『水滸伝』の一つのエピソードを長編にふくらませた『金瓶梅』が出る。『三国志演義』の代表的な刊本『李卓吾先生批評三国志』も、明末の刊行物である。

　この『水滸伝』や『三国志』が示すように、当時の小説はしばしば李卓吾（李贄《りし》）のような出版文化人の名を冠し、文中には批評家のコメントが付されていた。ここから分かるのは、著名な批評家のコメントが作品の商品価値を高めたこと、そして小説が批評＝思想の先端と密接に関わっていたことである。後述するように、これらの小説はたんなる暇つぶしという以上に、出版革命を背景とする新しい思想と並行していた。

　これらの小説の作者は名義上、羅貫中や施耐庵とされているが、彼らの実態は漠然としていて、ほとんど何も分からない。それに比べて、一六世紀後半を生きた李卓吾は、出版界では名高い思想家にしてオピニオン・リーダーであった。そのため、彼の名義を借りて、実際には別人が批評を書くケースも多かった（例えば、『李卓吾先生批評忠義水滸伝』の批評家は、李卓吾でなく葉昼《ようちゅう》という説が有力である）。それに続いて、『三国志演義』の改訂版を出した毛宗崗《もうそうこう》や『水滸伝』に独創的なコメントを付した金聖嘆のような一七世紀（明末清初）の批評家＝出版文化人が、小説のテクストを利用しながら、自らの思想を展開することになる。

7、中国小説のオルタナティヴな近代性

　ほとんどの場合、近世中国の白話小説は一人の作者の創作物ではなく、複数の伝承の合成物である。その母胎になったのは、都市の盛り場で活躍した講釈師の種本をもとにした「話本」であった。つまり、都市のパフォーマンス的な娯楽が印刷文化と接続されるうちに、さまざまな物語が合成されて『三国志演義』や『水滸伝』のような大部の小説が形成された。このような経緯ゆえに、白話小説は書かれたテクスト（エクリチュール）として確立された後も、講釈師の口調（パロール）をまねるような文体で書かれた。

　その一方で、清代に「四大奇書」――このネーミングは書店が販促のために設定したものである――と総称された『三国志演義』『水滸伝』『西遊記』『金瓶梅』の文章の技術は、たんなる通俗的な

エンターテインメントの域を超えている。それは出版革命のなかで、小説の作者および読者に本格的な「文人化」が生じ、知識人の教養や趣味が小説のテクストに反映されるようになったことと関係する。いわば民衆の娯楽的なサブカルチャーと知識人の頭脳的なハイカルチャーが交差したとき、中国の小説はいっそう豊饒なものになった。イアン・ワットは一八世紀イギリスでの小説の勃興を、経済力をもつ中間層の誕生と結びつけたが[14]、中国ではすでにそれ以前に、科挙の受験勉強を手助けする民間教育の副産物のような形で、小説の読者層が広がっていたのだ。

この文化間の交差をよく示すのが、『三国志演義』のテクストである。中国文学者の金文京が明快に説明するように、『三国志演義』は当時のベストセラー小説であったため、各書店が先を争って、独自のアレンジを加えた刊本を世に送り出した。そこには大別して、知識人読者を想定した高級な「江南系」のテクストと通俗的な要素の多い「福建系」のテクストがあり、それぞれが読者を獲得しようと競合していた。このうち、より多く普及していた福建系の刊本は海外にも珍品として流出し、今もスペイン、日本、ドイツ、イギリスの図書館に所蔵されている[15]。さまざまなヴァージョンのテクストを流通させたこの「出版戦争」の様子からも、当時の小説がいかにハイブリッドな産物であったかがうかがえるだろう。

このように、近世中国の「小説」がさまざまな階層を横断しながら、新しい文化運動の核になっていた以上、われわれはそれをたんに近代以前の未成熟な文学ジャンルとして片づけることはできない。ふつうの文学史は、中国や日本に関して、一九世紀以降の西洋化を「近代化」の指標と見なす。そうなれば、それ以前の近世（アーリーモダン）は、おのずと未成熟な「前近代」として処理されざるを得ない。しかし、それはずいぶんと偏狭な文学史観ではないか。

そもそも、『水滸伝』の容与堂本や『金瓶梅』が刊行された一七世紀初頭は、中国文学のみならず世界文学史上の分水嶺と呼ぶべき重要な時代である。それはちょうど、スペインでセルバンテスの『ドン・キホーテ』がベストセラーになり、イギリスでシェイクスピアの新作が上演されていた時期であった。つまり、ヨーロッパでも中国でも、だいたい同じ時期に文学史上のブレイクスルーが起こったのであり、ヨーロッパだけが文学の先進地域であったわけではない。

しかも、爆発的に増加した中国の出版物は、国外にもまるでウイルスのように流出した。それらは日本や朝鮮はもとより、ヨーロッパにも入り込んだ。一八世紀初めのイギリスでは明末清初（一七世紀）の小説『好逑伝《こうきゅうでん》』が英訳され、その英語版をもとにしたヨーロッパ各国の翻訳版も大いに好評を博した。一九世紀にゲーテが世界文学の到来を予感したのも、清の小説を読んだことがきっかけであった（第一章参照）。一六世紀中国の出版革命はたんに中国小説の進化の起爆剤になっただけではなく、世界文学というアイディアも根拠づけたのである。

われわれが西洋中心主義的な文学史観の代わりに、《世界文学》という座標を想定するならば、「近代」をより広い時間的・空間的な幅をもって捉えることができるだろう。世界文学の進化史には、複数の近代化のルートがあった。中国小説が重要なのは、ヨーロッパとは異なるオルタナティヴな近代の可能性を指し示しているからである［16］。

8、『水滸伝』の倫理と政治

では、近世中国の小説はどのような「思想」を象ったのか。中国小説のモダニティを考えるとき、その里程標となった作品は、宋代を舞台とした第一級のピカレスク小説『水滸伝』である。

中国の数ある小説のなかでも、『水滸伝』は早くから別格の存在として扱われてきた。『水滸伝』は一種の集団制作であり、かつ長期にわたって形成されてきた小説である。ただ、その伝承のプロセスにおいて『水滸伝』のテクストは総じて尊重され、不用意な修正を受けることは少なく、慎重な校訂作業を施されて刊行された。むろん、この小説の後半部が精彩を欠くことを理由に、テクストを大胆に「腰斬」し、前半の七〇回だけを刊行し直した金聖嘆のような批評家はいるが、そのケースが突出して目立つほどに、『水滸伝』はいわば小説の聖典として大切に伝承されてきた[17]。

とはいえ、『水滸伝』は中国の主流的な価値観に順応したテクストでもない。それはむしろ、社会的規範のリミットを超える「侵犯」(transgression)の運動を含んだテクストである。『三国志演義』の主役が国家の英雄、つまり公式的な歴史のなかで承認された政治家や軍人であるのに対して、『水滸伝』の主役はむしろ非公式的な社会の人間、つまり市民とアウトローの中間にいる「好漢」たちである。自ら望むことなく犯罪者になってしまった彼らは、腐敗した国家に反逆するアウトローとして生き延びる道を選ぶ。そのため、それまでの士大夫の文化において逸せられてきた社会的階層が、『水滸伝』ではかつてない輝きを帯びることになった。

ここで特筆すべきは、『水滸伝』に見られる職業の多様性である。もとは胥吏《しょり》(政府と民衆を仲立ちする下級役人)であった宋江が、梁山泊の並み居る好漢たちのリーダーになった一方、泥棒、軍人、名家の若旦那、漁師、鍛冶屋、印鑑職人、書道家、居酒屋のおかみ、力士、薬売りなどの多様な職業人が、実に精彩に富んだ生活世界を作り出した。このような社会生活の百科全書と呼ぶべきユニークな著作は、それ以前の中国には『史記』を除いて他になかったと言えるだろう。

しかも、面白いことに、『水滸伝』の多様な職業人たちは、アウトローの集う世界(江湖)との接触によって、神話的な存在に生まれ変わる。好漢たちには『三国志演義』の関羽や諸葛亮をはじめ、しばしば先行する英雄たちにちなんだ綽名がつけられたが、これは『水滸伝』の好漢たちが物質の世界と神話の世界にまたがっていることを意味する。つまり、ふつうならば平凡な人生を送るはずの役人や村のインテリが、犯罪をきっかけとして、神話的な英雄の記号をまとった好漢に変身するのだ。

この文字通り「法外」の人間たちは、しかしたんにハチャメチャで破壊的な生き方をするだけではなく、むしろ兄弟的な絆によって固く結ばれていた。この点で、『水滸伝』には人間関係を規定する「倫理」についての書物という一面がある。劉備、関羽、張飛が義兄弟の契りをかわす「桃園結義」で開幕する『三国志演義』も含めて、近世中国の小説にはしばしば、国家の垂直的な君臣関係とは異なる、水平的・兄弟的な「俠」の倫理が書き込まれていた[18]。弟の関羽が呉の孫権に討たれたとき、劉備があらゆる合理性をなげうって敵討ちを優先させたのは、まさにその倫理のなせる業である。この「俠」の価値観を拡大した『水滸伝』は、義兄弟の数を百八人まで増やし、梁山泊をアウトローの聖地に仕立て上げた。

その結果、梁山泊は、国家とは別の倫理によって導かれるユートピアとなったが、それは長続きしなかった。『水滸伝』の後半になると、梁山泊の好漢たちは朝廷に帰順し、むしろ侵略的な異民族や反乱軍と闘う国家の尖兵として生き始める。このアウトサイダーからインサイダーへの変身は、梁山泊の軍団をやがて崩壊に向かわせる。特に、強大な反乱者である方臘《ほうろう》の征伐において、多くの好漢は戦死してしまう。水平的・兄弟的な「俠」が垂直的・国家的な「忠」に組み込まれたとき、それは悲劇に行きつかざるを得なかった。この二つの倫理のクラッシュを描き出した『水滸伝』は、中国の政治思想の一つのモデルになったのである[19]。

そもそも、金文京が指摘するように、近世の中国小説はたんなるエンターテインメントではなく、知識人の「世界認識」を表現したものでもある[20]。例えば、『三国志演義』の冒頭には「天下の大勢は、分かれて久しくなれば必ず合一し、合一して久しくなれば必ず分かれる［分久必合、合久必分］

のが常である」という認識が記される。劉備ら英雄たちの行動は、この循環論的な歴史哲学のデモンストレーションとして展開された。なかでも、小説後半の事実上の主人公となる諸葛亮は、この哲学を体現する政治家である。実際、彼が劉備に説いた「天下三分の計」は、まさに「分」の状態を生き延びながら将来の統一をめざそうとする、地政学的な均衡理論のプレゼンテーションにほかならなかった。

それと同じく『水滸伝』の倫理や政治も、「分」を目前とした不穏な時代の世界認識になっている。そこには、社会秩序がカオス化したとき、いかなる別種の倫理や政治があり得るかが書かれている。この点で、中国小説には危機の時代の思想書としての性格があった。

9、カーニヴァル的な文体の発明

繰り返せば、近世の中国小説は、文人的なハイカルチャーと通俗的なサブカルチャーを融合させた文化革命の産物である。それは従来『史記』のような歴史書が担っていた役割を肩代わりしつつ、複製技術（出版）の力によって幅広い読者を魅了した。このハイブリッドな性格ゆえに、それまでの知識人の文学では逸せられてきた市民生活が、そこでは生き生きとした筆致で再現された。

特に『水滸伝』の本当の主役は、詳細に記述された物質的世界だとすら言えるだろう。好漢たちは大酒を飲み、実においしそうに大皿の肉を食らう。のみならず、彼らが「人肉」を食らったり人間の肝臓をささげたりするカニバリズムのモチーフも、読者に忘れがたい印象を与える。『水滸伝』の人間は誰もが物質の世界に深く関わっており、ときには自らが物質そのものに変貌する。例えば、好漢の魯達（後に出家して魯智深を名乗る）が、悪徳の肉屋を懲らしめるつもりがうっかり殴り殺してしまう有名な場面は、次のように派手な祝祭として描き出された。


ぽかりと一発、ちょうど鼻の上を殴りますと、殴られて真赤な血が吹き出し、鼻は横っちょへひんまがり、まるで味噌醤油屋の店開き、しょっぱいの、酸いの、ひりひり辛いの、一時にどっと溢れ出しました。肉屋はもがき起きる力もなく、かの庖丁もそばにほうり出したまま、口でただ、

「よくもやったな。」

とわめくばかり。魯達、どなりつけ、

「こん畜生、まだ口ごたえする気か」

と拳骨ふりあげ、瞼のあたり、眉尻へ一発、打たれて目のふち裂けほころび、目の玉飛び出し、まるで呉服屋の店開き、赤いの、黒いの、猩猩緋、一時にどっと溢れ出しました。両側の見物たちは、魯隊長が恐ろしくて、仲裁にはいろうとする者はだれもありません。（第三回／以下『水滸伝』の引用は吉川幸次郎＋清水茂訳［岩波文庫］に拠る）

庖丁で赤身や脂身の肉を刻んだばかりの肉屋の主人が、ここではあっという間に、味噌、醤油、呉服に似た物質に変身させられる――この残酷ではあるが、底抜けに明るい場面は、ミハイル・バフチンが一六世紀フランスのフランソワ・ラブレーの『ガルガンチュア』や『パンタグリュエル』に即して述べた「カーニヴァル小説」の概念を思い出させる。

バフチンによれば、ラブレーの小説は民衆的なカーニヴァルの伝統とつながっている。そこには身体をバラバラにするような解剖学的記述が連発され、ときにそれは料理のモチーフにも通じるが、そのグロテスクな記述は死や停滞ではなく、むしろ世界の「成長」や「増殖」の力を強調するものであ

る。ラブレーは民衆的な祝祭の枠組みを借りながら、「世界の陽気な物質」としての身体＝肉にアプローチした［21］。バフチンはこのようなカーニヴァル的描写を、世界の多産性に鮮烈な光を当てる技法として捉えたのである。

このラブレー的な陽気さは、『水滸伝』の前半部の端々に認められる。魯智深の拳骨のシーンは、物質を勢いよく噴出させ、見物人たちを圧倒する陽気なカーニヴァルとなった。『水滸伝』では、肉や酒を売り買いする都市の日常生活が、世界を別のものに生まれ変わらせる物質的な「力」を潜ませている。ここには、体制の押しつけるモラルよりも、物質の世界に根ざした民衆のアモラル（非道徳）な力を評価するという倫理の方向性が示されていた。

さらに、この停滞や疲労を知らないダイナミックな祝祭性が、迅速に進む文体によって支えられていることも見逃せない。『水滸伝』は好漢たちのアクションを再現できる口話的な「白話文《ぶしょう》」を仕上げたことによって、中国小説の表現を飛躍させた。例えば、作中きっての豪傑である武松が虎と対決する場面は、その活気溢れるスピーディな実況中継によって名高い。

虎の方はひもじくもあり、のどが渇いてもいます。二つの足で地面をかくと、身体ごと上へ跳びあがり、空中から跳びかかってきます。武松、びっくりした拍子に、酒はすっかり冷汗となって出てしまいました。いえばおそいが、動作ははやく、武松、虎が跳びかかって来るのを見て、ひらりと身をかわし、虎のうしろにまわりました。虎というものは、うしろに人のまわるのが何よりの苦手、つと前足で地面をおさえ、腰をずっとはねあげて来ますのを、武松ひらりと身をかわし、かたえにのがれました。虎、はねあげそこねたと見るや、おうっと一声、まるで中空に雷が鳴ったよう、かの岡さえもゆれ動く中を、鉄棒にも似た虎の尾をさかさまに立て、さっとひとな

ぎするのを、武松又もやかたえにかわします。（第二三回）

武松の迅速な行動を評した「説時遅、那時快（語れば遅いが、動きは早い）」という名文句は、まさに『水滸伝』の文体の特徴をつかんでいる。つまり、ナレーターの語りでは到底追いつけないほどの速度で好漢たちが動き出し、まるで読者の眼前に迫ってくるかのような文体が、従来の中国語では描けないようなスペクタクルを演出したのである。現代ふうに言えば、それはテクストからキャラクターが飛び出してくる一種のＶＲ体験のようなものであっただろう。

もとより、口語を文章語（白話文）にうまく仕立てるのは、並大抵のことではない。『三国志演義』は伝統的な文言文をベースとするため、それを読み書くときの障害はさほど大きくなかったが、口話的な白話文はまだ書き方が成熟していなかった。だが、『水滸伝』はこの新興の白話文をいきなり高度な文体に飛躍させ、それまでの文体では描けない祝祭的・物質的な世界を象ってみせた。『水滸伝』が多くの前衛的な文人に愛好されたのは不思議ではない。

10、批評の新しいプログラム——真実・虚構・生成

このように、小説の内容（倫理）と形式（文体）にブレイクスルーを引き起こした『水滸伝』は、まさにそのことによって鮮烈な思想書としての一面をもった。『水滸伝』をどう読むかという問題が、中国の文芸批評と思想を大きく飛躍させたと言っても過言ではない。

ここで、『水滸伝』を取り巻いた思想的環境について改めて触れておこう。先述したように、当時の小説批評においては、出版文化人として活躍するものの、迫害されて獄中自殺した明末の李卓吾が

シンボリックな存在となったが、彼の思想はもともと陽明学左派の泰州学派の影響を受けていた。王陽明をパイオニアとする陽明学は「心学」と呼ばれる通り、外部の規範や道徳よりも、内なる心こそをより本源的なものと見なす、中国では異例の思想であった。

王陽明の死の二年前、一五二七年に福建の泉州で生まれた李卓吾（一説にはイスラム教徒の家系と言われる）はこの思想運動を引き継いで、旧来の絶対化された経書（聖人の考えを記したとされる正統的なテクスト）についても「六経はみな史なり」として歴史的限界をもつと見なし、むしろ自らの心の赴くままに多様な書物を読みふけった[22]。一六世紀の福建が、小説の一大生産地となったことも、この自由な読書生活を後押ししただろう。陽明学という思想運動は、出版革命を背景としながら、知識人の書物との関わり方を変えたのである。

そして、この李卓吾の名義を小説のブランディングに用いた文芸批評家たちは、内なるピュアな心（李の言う「童心」）の真実をことのほか重んじ、それを『水滸伝』の読み方にも適用した。例えば、『李卓吾先生批評忠義水滸伝』のコメンテーターの評によれば、『水滸伝』はもとよりフィクションではあるが、その描写は「真情」から出たもので、天地とともに生じたようなものであり、その文章の最大の長所は人間的感情への肉薄にある[23]。つまり、このコメンテーターは『水滸伝』を自然な真実性を帯びたリアリズム小説として読み解こうとする方向性を鮮明にした。

さらに、このコメンテーターは、魯智深や武松ら多くの好漢たちの描写が「同じであって同じではない」ことに注目する。彼らはみなせっかちで、気性の荒いキャラクターだが、その個性がきっちり描き分けられているため印象が混ざりあうことがなく、まるで「眼前」にいるかと錯覚するぐらいに真に迫っている[24]――この興味深い批評から分かるのは、『水滸伝』が人物や風景をかつてない高解像度で描く小説、いわば２Ｄ（紙の小説）から３Ｄのキャラクターをポップアップさせる効果を備えた小説として読まれたということである。先ほどの武松の虎退治のシーンもそうだが、テクストを飛び越すようなキャラクターの強烈な「現前性」が、『水滸伝』の発明したリアリズムの根幹にあった。

こうして、人間的な「真」の追求は、『水滸伝』をはじめ近世の小説を批評するときの核心的なアイディアとなった。しかも、面白いのは、この真実性への評価が虚構性への評価と両立したことである。つまり、歴史的事実から逸脱するフィクションが、かえって人間の「真」を浮かび上がらせるという新しい考え方が出てきたのである。この虚構的なリアリズムの肯定には、「事実尊重」という長年のパラダイムを転換させ得る可能性があった。

このような文芸批評の新しいパラダイムを先導したのが、一七世紀の特異な文芸批評家＝出版文化人の金聖嘆である。一六〇八年に生まれた彼は『水滸伝』を筆頭とする白話小説や戯曲を、過去の古典と並ぶ傑作として「正典化」した。その背景にあったのが「史記は文をもって事を伝え［以文伝事］、水滸は文によって事を生ず［因文生事］」という有名な意見である。金聖嘆はたびたび『水滸伝』を『史記』になぞらえたが、ここでは両者の違いを強調している。彼の考えでは、『史記』の文が歴史的事実を伝達するのに対して、『水滸伝』の文は現実を新たに生み出す力をもつ。金聖嘆の文芸批評の画期性は、歴史離れしたフィクションの生成力を肯定したことにあった。

しかも、『水滸伝』が高度なフィクションであったことは、それが「真」に迫る小説であったことと何ら矛盾しなかった。金聖嘆は『西遊記』があまりにも空想的で荒唐無稽であり、逆に『三国志演義』があまりにも歴史に拠りすぎているのに対して、『水滸伝』はこの両者の中間で最良のバランスをとっていると評価した[25]。つまり、『水滸伝』が実現したのは、真実性と虚構性の高次の両立なのである。金の批評は、『水滸伝』に他の小説とは異質の能力を見出し、その魔術の秘密を探ろうとする野心的な試みであった。

もとより、中国の小説批評が完全に「歴史離れ」することはほとんどなかった。批評家たちの意見もこの点で割れることになる。例えば、『三国志演義』の代表的な批評家である毛宗崗は、金聖嘆とは逆に、むしろ「歴史化」に舵を切った[26]。彼の考えでは、『三国志演義』は総じて史実に忠実であり、だからこそ『水滸伝』よりも高く評価される。いずれにせよ、ここで重要なのは、これらさまざまなタイプの批評に対応できるほどに、当時の小説がその世界認識を成熟させていたことである。

11、家庭小説の系統——『金瓶梅』から『紅楼夢』へ

ところで、中国小説の世界認識のあり方を考えるとき、『水滸伝』や『三国志演義』のような軍事的・外向的な小説に加えて、日常の物質生活やエロスに着眼した『金瓶梅』や『紅楼夢』のような家庭的・内向的な小説があったことも見逃せない。ここではリアリズムの問題に絞って、後者のタイプの小説にも簡単に触れておこう。

『金瓶梅』は一人の作者によって書かれた、中国で最初の長編小説である。『水滸伝』や『三国志演義』が長期にわたって徐々に形成された集団的な制作物であったのに対して、『金瓶梅』は最初から最後まで、蘭陵笑笑生を名乗る一人の作者（その正体は定かではない）の意向が貫徹されており、文学史上の意義はきわめて大きい。といっても『金瓶梅』は完全にオリジナルの作品ではなく、『水滸伝』の一つのエピソードを百回本の規模に膨らませた小説である。『水滸伝』では武松が兄嫁の潘金蓮および彼女と密通したプレイボーイの西門慶を討ち果たして、二人に謀殺された兄の仇をとる。逆に『金瓶梅』は、西門慶を主人公として、潘金蓮、李瓶児、龐春梅という三人を中心とする女性たちとの性生活を描き出した。

もっとも、それをたんなるポルノ小説として片づけるのは正しくない。むろん、『金瓶梅』に性的な要素は不可欠であるとはいえ、それは一部であり、小説の多くは、日々の衣食住や接待、折々の行事等を、驚くほど細密に象った記述で占められている。詳しくは第一〇章で触れるが、『金瓶梅』とはある意味で、人間以上に物質が主役となったデカダン的な小説であった。

この『金瓶梅』のドメスティックな家庭小説を一世紀後に引き継いだのが、一八世紀（清）の作家・曹雪芹《そうせっきん》（一七一五年頃生まれ）の『紅楼夢』である。フランスのルソーやディドロと同世代人である曹雪芹は、デリケートな感情の襞を描き尽くすような繊細優美な世界を造形した。『金瓶梅』が市民的な家族生活のディテールを再現したのに対して、『紅楼夢』は貴族の大邸宅である「大観園」を舞台として、思春期の中性的な男性・賈宝玉《かほうぎょく》と、林黛玉《りんだいぎょく》や薛宝釵《せつほうさ》ら少女たちとの戯れを、実に詳細に再現してゆく。このような大家族のモデルは当時すでに時代錯誤なものであったが、曹雪芹はそれを想像的に再興したのだ[27]。

中国文学者のマーティン・ホアンが指摘するように、『金瓶梅』が「欲」の小説だとしたら、『紅楼夢』は「情」の小説である。『水滸伝』をアレンジした『金瓶梅』が野性的であり、露骨に性愛を語ったのに対して、一八世紀の『紅楼夢』は、むしろ中性的な賈宝玉および少女たちを中心として、ロココ的な洗練を際立たせた。ここには、物質的な「欲」からセンティメンタルな「情」への美学的転換が認められる[28]。むき出しの野性的な欲望を磨き上げ、より優しく繊細な感情に変換すること――それが『紅楼夢』を導く洗練化のプログラムであった。

それは、『三国志演義』や『水滸伝』のようなホモソーシャルな関係性（俠）の倫理とはちょうど正反対である。大観園の事実上の統治者は賈宝玉の祖母であり、その庇護のもとで、中華文明の優雅さを凝縮したような詩文がやりとりされる。この女性化された空間は、父権的で男性中心主義的な中国社会の権力構造を反転させたものでもある。政治的な責任を負った男性の士大夫ではなく、未成熟ではあるが、きわめて繊細な感情を備えた少年少女の関係性が、粋を凝らした中華文明のテーマパークのような大観園のムードを決していた。この虚構的なユートピアにおいては、文学的に陶冶された優雅な感情が「真」の基盤となるだろう。

先述したように、陽明学の影響下にあった李卓吾以降の批評家たちにとって、小説の役割は、虚構を利用して「心」の真実を追求することにあった。一八世紀の『紅楼夢』は、この真実性と虚構性の両立というリアリズムのプログラムを最も洗練させた小説である。甄士隠（真事隠と同音）と賈雨村（仮語存と同音）の交友から始まるその物語は、虚構（仮語）のなかに真実があるという『紅楼夢』全体のアレゴリーをあらかじめ説明していた。真（まこと）と仮（うそ）のあいだの戯れは、作中で何度も繰り返される。例えば、序盤で賈宝玉が訪れる「太虚幻境」（神仙のユートピア）のゲートには、次の謎かけ的な聯が記されていた。

仮の真となる時、真もまた仮
無の有となる処、有もまた無
（第五回／引用は伊藤漱平訳［平凡社ライブラリー］に拠る）

真実が虚構であり、虚構が真実であるというこのメッセージには『紅楼夢』の思想が凝縮されている。ただ『紅楼夢』の著者にとって、この繊細優美な世界はあくまで期限つきであった――社会的現実から隔離された大観園というテーマパーク＝ユートピアは、やがて経済的苦境に陥って終焉を迎え、賈宝玉は科挙を受けるための勉強を続けるが、ついに失踪してしまうのだから。現実と虚構を行きかうゲームは、自壊を宿命づけられていた。しかも、この大観園の終わりは、中国小説史の発展のサイクルが閉じたことも意味している。なぜなら『紅楼夢』を質的に超える近世小説は、その後現れなかったからである。

12、文学史上の「大分岐」

本章ではここまで漱石の『文学論』を起点として、中国小説の進化史のデッサンを試みてきた。小説という非公式的なジャンルをどう評価するかは、中国思想の試金石になったと言えるだろう。小説は肯定的評価と否定的評価のはざまにあって、起伏に富んだ歴史の経路を歩んできた。特に、明清時代の小説はその隠れた内的対話によって特徴づけられる。すなわち、『三国志演義』の英雄を批評するように『水滸伝』の好漢が描かれ、『水滸伝』の豊かな物質生活をより市民化・家庭化するように『金瓶梅』が書かれ、『金瓶梅』の市民性を中華文明のテーマパークにスライドさせるように『紅楼夢』の大観園が描き出される――ここには小説どうしの豊饒な相互批評性があった。

では、この高度でユニークな中国小説の文化が、おおむね一八世紀を境にして、ヨーロッパ小説に質的な差をつけられてしまったのはなぜなのか。第一章で述べたように、ケネス・ポメランツは一七五〇年頃の「大分岐」を境にして、ヨーロッパ経済が東アジアの経済を凌駕し始めると論じたが、それは小説の「大分岐」の時代でもあった。それが起こった理由として、さしあたり二点を挙げておこう。

第一のポイントは、植民地の有無と関係する。ポメランツの考えでは、中国がヨーロッパのような広大な海外植民地をもたなかったことが、大分岐の要因となった。これは、文学の世界認識にも大きな影響を与えたと思われる。ディドロが『ブーガンヴィル航海記補遺』で南太平洋のタヒチ島からヨーロッパ文明を批判的に照射したのと違って、その同世代の曹雪芹はあくまで中国の内陸部にとどまって、中華文明の想像上のテーマパークを作った。その執筆の時期は、中国の版図が乾隆帝のもとでピークに達するものの、その後は成長が飽和し始める時代と重なっている。中国のユートピア的想像力は、総じてドメスティックな次元にとどまった。

もう一つのポイントは、営利出版と小説の関わりである。一七世紀中国の作家が出版に強い関心をもち、それを思想のプラットフォームとしたのに対して、一八世紀の文人小説は総じて営利出版に背を向けて、一部のエリート文化人のあいだでのみ流通した。現に、『紅楼夢』はちょうど一七五〇年代に書き出され、三〇年ほど手書きの写本として流通した後、曹雪芹死後の一七九一年にようやく出版物として刊行されたという、異例の展開をたどった小説である。同じく、『紅楼夢』と並ぶ一八世紀小説の代表作『儒林外史』も、市場の読者というよりは、文人のコミュニティを相手にした諷刺小説であった[30]。逆に一八世紀ヨーロッパでは、デフォーやリチャードソン、ディドロら出版を根拠とする社会思想家が、小説の読者層を開拓していた。

一八世紀ヨーロッパの作家が初期グローバリゼーションと出版業を背景としながら、他者を探索するプログラムとしての小説を創出したことは、決定的に重要である。漱石は『文学論』で、抽象的観念を好み、理屈を愛することにかけては一八世紀ヨーロッパの文学者に勝るものはないと評したが（下・二二三頁）、このような観念的な「思想性」は、新しい世界と新しい読者とのコンタクトによって裏打ちされている。逆に『紅楼夢』の洗練された文体は、新しい他者の探索よりも、中国文化の高度な自己確認にとどまった。『紅楼夢』はそれまでの中国小説の進化の総決算であり、かつその進化の飽和を暗示する小説であったように思える。

漢文学と英文学のあいだの「同一性」を疑った漱石の『文学論』は、このような小説の進化史に続いて書かれた理論書である。もし『紅楼夢』を凌駕するような小説が一九世紀の中国で書かれていれば、あるいはフィクションの自律性をいっそう強く推進する文芸批評家が出ていれば、漱石は中国文学を「左国史漢」という歴史書ではなく、むしろ小説によって代表させただろう。そうなれば、イギリスの小説と中国の小説が同じ土台で検討されることになっただろう。しかし、幸か不幸か、世界文学の歴史はそのようには進まなかった。要するに、漱石の『文学論』は、一八世紀の文学史上の「大分岐」の帰結なのである。

［1］石川淳「解説」森鷗外『諸国物語』（上巻、ちくま文庫、一九九一年）四五一、四五三頁。

［2］吉川幸次郎『中国文学入門』（講談社学術文庫、一九七六年）八四・五頁。

［3］目加田誠『詩経』（講談社学術文庫、一九九一年）二五一頁以下。アリストテレス以来の西洋哲学が、再現的な「ミメーシス」（模倣）を重視したのに対して、中国ではむしろ人間や天地を強く動かす「興」を詩論の中心に据えた。この点は、羅青『興之美学』（初文出版社、二〇一八年）参照。「力をも入れずしてあめつちを動かし」という日本の『古今集』仮名序の詩学も、中国の「興」の詩学と無関係ではないだろう。

［4］Sheldon Hsiao-Peng Lu, *From Historicity to Fictionality*, Stanford University Press, 1994, p.42-3. その後、唐代に編纂された『隋書』経籍志にも「小説家」という部門は引き継がれた。

［5］ibid., p.116.

［6］Sarah M. Allen, *Shifting Stories: History, Gossip, and Lore in Narratives from Tang Dynasty China*, Harvard University Asia Center, 2014, p.1.

［7］ロラン・バルト『物語の構造分析』（花輪光訳、みすず書房、一九七九年）二頁。

［8］小川環樹「中国散文の諸相」『小川環樹著作集』（第一巻、筑摩書房、一九九七年）所収参照。陳平原『中国散文小説史』（上海人民出版社、二〇〇四年）もやはり「記事」と「記言」の系統を整理しつつ、散文の技術の変化がいかに小説の展開と結びついたかを、詳しく跡づけている。

［9］夏志清『中国古典小説』（何欣他訳、聯合文学出版社、二〇一六年）が指摘するように、『三国志演義』における人間の描写は、戦争そのものよりも戦前に集中している。赤壁の戦いはまさにその典型であり、戦前の細かい駆け引きや計略こそがストーリーの核心となった（一〇八頁）。

［10］陳洪『中国早期小説生成史論』（中華書局、二〇一九年）一〇八頁以下。

［11］印刷術そのものはすでに八世紀に存在していたが、それが出版という業態に進むには相当の時間がかかった。例外は、仏教が布教のために印刷術を利用したことである。韓国で発見された「大陀羅尼経」や日本の「百万頭陀羅尼」が最初期の印刷物とされることからも分かるように、東アジアの印刷の歴史は仏教と深い関係がある。大木康は『中国明末のメディア革命』（刀水書房、二〇〇九年）で「印刷術はほぼまちがいなく仏教の世界、あるいは少なくとも仏教にごく近いところで発明されたといってよいのではないかと思う」と述べている（一九頁）。
なお、手書きによる伝承は、テクストの変容を不可避的に生じさせる。例えば、四〜五世紀の詩人陶淵明の詩には多くの異本が存在し、どれが正しいテクストかを定めるのは困難をきわめた。だからこそ、異本の海をかきわけて「真正の陶淵明」を求める欲望が、後世の文人たちにおいて加速した。「真」への渇望は、伝達のエラーの多さとコインの裏表なのである。田暁菲『塵几録』（中華書局、二〇〇七年）一五頁以下。さらに、この異本の問題は、八世紀の盛唐の詩人を考えるのにも重要である。例えば、李白は広く愛唱された流行詩人であったため、その詩には陶淵明と同じく多くの異本が存在する。逆に、李白の後輩である杜甫（陶淵明の詩集をテーマとする文芸批評的な詩も残している）は、自作の詩の「定本」を作ろうとした最初の詩人であった。鈴木修次『唐詩』（ＮＨＫ出版、一九七六

年）三〇頁以下。

［12］井上進『中国出版文化史』（名古屋大学出版会、二〇〇二年）一五三、一七八 - 九頁。

［13］大木前掲書、三三頁以下。

［14］イアン・ワット『イギリス小説の勃興』（橋本宏他訳、鳳書房、一九九八年）第二章参照。

［15］金文京『三国志演義の世界』（増補版、東方書店、二〇一〇年）二一九頁以下。

［16］むろん、出版革命には当然弊害もあった。例えば、東アジアでのキリスト教伝道に尽力した一九世紀のイギリス人宣教師で出版人のウォルター・ヘンリー・メドハーストは、大量の印刷物のせいで、中国人の思想が「ステレオタイプ」になり、社会を「永遠の停滞」に落ち込ませたと厳しく批判した。レイモンド・ドーソン『ヨーロッパの中国文明観』（田中正美他訳、大修館書店、一九七一年）一〇八頁以下。裏返せば、このような社会の平均化や停滞が懸念されるほどに、中国では多くの印刷物が溢れていたのである。

［17］小松謙『水滸伝と金瓶梅の研究』（汲古書院、二〇二〇年）八〇頁。なお、『水滸伝』の後半部は後世に付与されたパートなので、金聖嘆による「腰斬」もたんなる恣意的な改変ではなく、むしろアップデートされてきた『水滸伝』をもとのヴァージョンに戻す修復作業とも考えられる。この点は、小松謙『「四大奇書」の研究』（汲古書院、二〇一〇年）二三二頁以下が詳しい。

［18］倫理思想としての「侠」には、古代から続く長大な歴史がある。詳しくは、陳平原『千古文人侠客夢』（百花文芸、二〇〇九年）参照。また、李卓吾をはじめとする思想家の背景には王陽明の心学があったが、優れた軍人でもあった王陽明が「侠」の価値観のもとで小説の題材にされたことも興味深い。林文孝「王陽明」上田信編『侠の歴史　東洋編』（下巻、清水書院、二〇二〇年）参照。

［19］よく知られるのは、毛沢東による『水滸伝』批判である。しばしば演説で『水滸伝』を引用した毛は、好漢たちが朝廷に帰順したことを敗北主義・修正主義と見なしつつ、革命家はその道をとってはならないと釘をさした。その一方、『西遊記』の孫悟空は、その天宮へのレジスタンスによって革命的な階級闘争のシンボルと見なされる。毛は徹底して、政治的有用性の観点から小説を読み解いていた。さらに、カール・シュミットやレオ・シュトラウスを中国に導入した思想史家の劉小楓は『《水滸伝》与中国古典政治哲学』（四川人民出版社、二〇二〇年）という論文集で、『水滸伝』を政治哲学と接合したが、そこでもやはり「国家の敵」を経て「国家の友」になるという『水滸伝』の弁証法的展開の意味が問われている（七三頁）。

［20］金文京＋福嶋亮大「世界認識としての「三国志」」『ユリイカ』（二〇一九年六月号）。

［21］ミハイル・バフチン『フランソワ・ラブレーの作品と中世・ルネサンスの民衆文化』（杉里直人訳、水声社、二〇〇七年）二四八頁以下。

［22］井上前掲書、二八九頁以下。

［23］葉朗『中国美学史大綱』（上海人民出版社、一九八五年）三六六頁。

［24］同右、三八八頁。

［25］Lu, op.cit, p.138.

［26］金前掲書、一三五頁。

［27］この時期の中国の漢人社会では、大家族は実態にあわず、家族を束ねる「礼」も形骸化しつつあった。満州貴族の出身である曹雪芹は大

家族の理想の終わりを予感しながら、それを想像上のフィクションとして温存する道を選んだ。余英時『紅楼夢的両個世界』（聯経出版事業公司、一九七八年）二三九頁。

［28］Martin W. Huang, *Desire and Fictional Narrative in Late Imperial China*, Harvard University Asia Center, 2001, chap.3.

［29］商偉『礼与十八世紀的文化転折』（生活・読書・新知三聯書店、二〇一二年）序論参照。

第五章　エスとしての日本

1、エスとしての日本

文芸批評家のテリー・イーグルトンはアイルランドをイギリスの無意識と見なす立場から、エミリ・ブロンテの『嵐が丘』（一八四七年）のヒースクリフが、わけの分からない言葉を話す薄汚れた黒髪の孤児として登場することに注目した。彼の考えでは、リヴァプールの街角で飢えていたところを拾われたヒースクリフは、一八四〇年代後半に未曽有のジャガイモ飢饉に襲われたアイルランドの難民のアレゴリーである。フロイトの精神分析に立脚するイーグルトンは、この黒々とした難民的存在のもつ不気味さに、イギリス（自我）にとって目を背けたい「エス」（無意識）の露呈を認める。

われわれは、エスの領域にあっては自我にとって許容しがたい行為に耽る。それと同じように、十九世紀のアイルランドという場所にあっては、イギリス人たちは、自らの意識的な信念の否定あるいは逆転という形で、自分自身の諸原則を明るみに出してしまうことを余儀なくされたのである［1］。

このイーグルトンの見解を応用すれば、日本にも中国の「エス」としての一面がある。結論を先取りして言えば、日本は長く中国の文化圏にありながら、中国的な価値基準から見れば「許容しがたい」文化を育成し、ときには道徳的な信念を「逆転」させてしまうミステリアスな存在であった。中国にとっての日本は、イギリスにとってのアイルランドと似ている。しかも、一九世紀後半以降の日本は急速に軍事化し、中国を侵略するに到ったのだから、その存在は中国からすればなおさら不気味に映るに違いない。

現代の日本研究者である李永晶は、このエス的な不気味さを「変態」と言い表した。それは性的な「変態」を指すとともに、日本が中国から文化的影響を受けつつ、中国の想像を超えた方向に自らを「変異」させたことも意味する。日本は中国の文化から多くを受け取ったが、全面的に順応したわけでもなかった。李によれば、中国人はこの捉えどころのない日本に対して、潜在的な「情結」（コンプレックス）を抱いた[2]。私の考えでは、この入り組んだ感情は、日本が中国の意識を脅かす「エス」であったことに由来する。

その一方、中国文化の内部にも私生児的なサブカルチャーがあったことも見逃せない。それが前章で述べた「小説」である。『水滸伝』にせよ『金瓶梅』にせよ『紅楼夢』にせよ、そこには儒教的な規範意識によって抑圧されたエス的なもの（カーニヴァル性、性愛、少女性……）が回帰している。前章で述べたように、李卓吾をシンボルとする明末以降の先進的な批評家は、中国のオーソドックスな文化の変態であるサブカルチャー＝小説に積極的な価値を認めた。

しかも、このエスとしての中国小説は、同じくエスとしての日本の思想も強く触発した。中国小説と早期に接触した思想家として、唐で密教を学んだ空海が挙げられる。二〇代の空海が『聾瞽指帰《ろうこしいき》』（七九七年）の序文で、唐の張文成（張鷟）の伝奇小説『遊仙窟《ゆうせんくつ》』——運命の行き詰まりを感じていた著者が、仙女のいる家に迷い込み、詩の巧みな応酬によって彼女の心をつかんで一夜の性的な交歓にふけるエロティックな小説――に言及していたことは、きわめて興味深い。

中国に張文成という人がいて、疲れやすめの書物を著した。その言葉は美しい玉をつらぬくようで、その筆力は鸞鳥や鳳凰を高く飛ばすようである。ただし残念ながら、むやみに淫らなことを書きちらして、まったく優雅な言葉［雅詞］がない。その書物にむかって紙面を広げると、魯の賢者柳下恵も嘆きをおこし、文章に注目して字句を味わおうとすれば僧侶も動揺する（原文は漢文）［3］。

『聾瞽指帰』は空海の名高い思想書『三教指帰《さんごうしいき》』――中国の「賦」をモデルとする対話体の作品であり、儒教・仏教・道教の三教を競わせた末に、仏教の優位性を示す――の原型になったテクストだが、そのおよそ三〇年後の『三教指帰』では序文が書き直され、このくだりは削除された。それだけに、『聾瞽指帰』の記述にはどこか過剰で不穏なものが感じられる。空海は確かに『遊仙窟』の「淫らさ」は文章の標準にならないと記すが、そのような不埒な小説が賢人や僧侶の心を動揺させるほどの魔力をもつことも、はっきり認めている。小説を批判しつつ、その文章には抗しがたい魅力を覚えるという両義的な態度が、この序文からは読み取れるだろう。

では、なぜ空海は宗教者でありながら、自身の信条とは無関係の小説にわざわざ言及したのか。仏教学者の阿部龍一によれば、それは、若き空海がエリート的な立身出世コースからドロップアウトした私度僧、つまり律令体制のアウトサイダーであったことと関わっている［4］。その濃厚なエロスによって信仰心をかき乱す『遊仙窟』は、あくまで非公式的なサブカルチャーにすぎない。しかし、日本の律令国家を支える政治的・宗教的な言説に飽き足らなかった私度僧の空海には、そのような異国のサブカルチャー＝小説に感応する余地が大いにあった。「文」（エクリチュール）のもつ力に対する空海の鋭敏さは、当時の日本において比類なかったが、それは『遊仙窟』への両義的なコメントからもうかがえる。

象徴的なことに、遣唐使の持ち帰った『遊仙窟』は、中国では早くに散逸し、日本でしか現存していない（近年、敦煌で唐写本が発見された）。しかも、日本人はこの舶来の『遊仙窟』を神聖視し、その影響は『万葉集』や『源氏物語』のような日本文学の中枢にも及んだ。中国では抑圧されたエス的なサブカルチャーが、かえって日本では文化の表面に堂々と現れて、空海や紫式部のような優れた知識人をも魅了する——私はここに、中国の「辺境」における文化の存在形態の特性を認めたい〔5〕。

2、本居宣長と一八世紀のパラダイム

中国大陸では傍流のサブカルチャーが、日本では文化の表層に現れ、ときに中国の公式的な信念を反転させる——このような特性は近世（江戸時代）になると、美学的な思想に仕上げられた。それを先導したのが、一七三〇年に松坂で生まれた国学者の本居宣長である。

周知のように、宣長は中国の道徳的な「からごころ」に対して、日本固有の「やまとだましい」や「もののあはれ」の独立性を証明しようとした。それは、人間の弱さに積極的な価値を与えるものである。例えば、宣長によれば、中国の聖人とは違って、日本の神は平気で不埒なことをする。しかし、それは決して恥ではなく、むしろ日本が中国とは異なり、厳格なルールを作らずともうまく治まっていたことの証明である。荻生徂徠のような学者は、社会秩序の回復のために制度の創設をしきりに訴

えるが、それは中国かぶれの悪弊にすぎない（『直毘霊《なおびのみたま》』等参照）。

宣長の考えでは、日本の古代文学は儒教的な道徳とは違って、人間のありのままの心情にアクセスするが、その核心にあったのが「歌」である。宣長は初期の歌論『排蘆小船《あしわけおぶね》』の冒頭で、歌は政治の助けでも修身のためにでもなく、あくまで「心に思ふこと」を言うものだと断言した。歌とは実利的な目的とは無関係に、ただ「人情」をすなおに伝えるものである。人情は「はかなく児女のよう」なものであり「男らしく正しくきっとしたること」の対極に位置する。宣長は男性中心的な武士の価値観からすれば未成熟に見える「児女」の感受性こそを、歌の根源と見なした［6］。

この繊細な弱音で奏でられる「もののあはれ」に耳を傾けるには、言葉に接する態度そのものを変更せねばならない。宣長によれば、古代のゆかしい言葉遣いは、近代になってひどく俗化してしまい、すなおな心を表現することが難しくなった。ゆえに、彼は雅言を保存している古代の「歌」を深く理解することが、この不用意な近代化への一種のデトックスになると考える［7］。この思想には復古的な性格があるが、それは頑迷な保守主義とも異なる。近年のクラシック音楽の潮流になぞらえるならば、宣長が企てたのは、よく鳴るモダン楽器が打ち消してしまう繊細なニュアンスや響きを、作曲家の生きた当時のピリオド楽器で回復する「古楽運動」のようなものである。『古事記』や『源氏物語』の真の姿を明らかにしようとする宣長の文献学は、いわばピリオド楽器による楽曲演奏に近い。

このような宣長の文学観は、実は近世社会のコンテクストからかけ離れたものでもなかった。むろん、宣長はあくまで雅語を支持する古典学者であり、中国の金聖嘆のような俗語小説の擁護者ではなかったが、その美学は同時代の文学と共鳴するところが多い。例えば、当時の時代物の浄瑠璃には「もののあはれを知る」という言葉がしきりに用いられ、一九世紀前半の流行作家である為永春水も、まさに「あはれ」という同じキーワードを用いた。若き宣長自身、京都での遊学中に、人形浄瑠璃や歌舞伎に通いつめていたことが知られている［8］。「もののあはれ」をキーワードとする宣長の古典研究は、その近代批判のポーズにもかかわらず、繊細な「人情」を評価する同時代の文芸と通底していたのである。

さらに、ここで中国との比較を交えると、宣長が『古事記伝』にとりかかった一七六四年が、曹雪芹の最晩年にあたるのは興味深い。曹のライフワークである『紅楼夢』が最終盤に近づいていたときに、宣長は図らずもそれと入れ替わるように、自らのライフワークである『古事記伝』を開始した。

興味深いことに、『紅楼夢』の賈宝玉にはまさに男性中心主義的な「からごころ」への強い反発がある（前章参照）。口中に美しい玉を含んで誕生した賈宝玉は「女の子はみな水でできた身体、男はどれも泥でできた身体。女の子になら会っただけでわたしは気がはればれする。だのに男に会うと臭くて胸がむかつくのだ」（第二回）と大胆に言ってのける。この男性嫌いの中性的な主人公にとっては、『水滸伝』ふうのホモソーシャルな絆でも、『金瓶梅』ふうの大人の性的な欲望でもない、清潔かつ繊細な少女的感受性こそが人間の「真」を内蔵している。ここには、宣長とよく似た考え方が読み取れるだろう。

そもそも、宣長は中国の儒教的な道徳を厳しく批判しながらも、中国を無視したわけでもない。宣長が若いころから、中国の思想や批評にも目を通していたことは、初期の『排蘆小船』で李卓吾に言及したことからも分かる。加えて、宣長はそこで「欲」と「情」を区別し、より洗練された「情」が歌の根幹にあると述べたが、これも『紅楼夢』の思想と図らずも符合する［9］。男性的できりっとした「からごころ」を偽りとし、たとえ未完成・未成熟であったとしても、ありのままの心情を肯定する宣長の美学は、「真」や「情」を高く評価する近世中国の思想的な潮流と共鳴していた。日本の知的文脈だけで見ていると、宣長の思想の意義をつかむことはできない。

宣長自身、中国の書物を読むように推奨していた。彼の考えでは、中国人は自国の文献しか読まないエゴイストであり、西洋の学問状況も知らず、そのせいで知的停滞に陥っている（『玉勝間』七の巻）。宣長は異文化を知る学問的利点を深く理解していたからこそ、あくまで中国との比較によって、日本文学の独立性を際立たせようとした。その結果、宣長の美学はかえって、李卓吾をシンボルとする中国の先鋭な小説批評とも共振したのである。逆に、今日の日本で宣長を論じる研究者が、日本のことしか見ていないのは奇妙である。それは、宣長よりも保守的で退行的な態度にすぎない。

3、反哲学としての文献学

ともあれ、近世東アジアの思想には、中国のオーソドックスな文化において抑圧されてきた「エス」の発見を促す機運があった。ここで改めて、東アジアの思想史のコンテクストを確認しておきたい。

一七世紀以降の中国や日本の思想を特徴づけるのは、その「反理学」の潮流である。宋以降に確立された理学（朱子学）は、世界の根本原理を「理」と「気」の二元論に求め、そこから森羅万象を合理的に説明しようとするメタナラティヴ（大きな物語）であった。それ以前の儒教は、もっぱら政治的な実践のなかに道徳を求めたが、理学はそこに形而上学的な基礎を与えた。しかし、このような哲学では説明や対処の難しいことが生じたとき、近世の東アジアではさまざまな反理学的（ないし反哲学的）な構想が浮上したのである［10］。

例えば、日本の荻生徂徠は「理」の限界を「制度」で補うことをめざして、よりモダンな政治学への道を開きつつ、古文辞学派のリーダーとして中国古典の思想や文学を原文のリズムで読み解くことを試みた。この「中国化」した徂徠の制度論に反発し、自然生成的な「神の道」（古道）を復権させたのが、徂徠の死の二年後（一七三〇年）に生まれた本居宣長である。ただ、アプローチは異なるとはいえ、徂徠や宣長の企てはいずれも、広義の反哲学に連なるものである。宣長にとって、弱くはかない「もののあはれ」を宿した古代文学は、反哲学の拠点であった。

その一方、中国では、陽明学の系統に属する李卓吾ら批評家が、「理」よりも内なる「情」に真正性を認めるようになったのに続いて、一七世紀以降の清になると、抽象的な「哲学」（理学）から実証的な「文献学」（考証学）への転回が起こる。特に、一八世紀に盛期を迎えた「清朝考証学」の担い手には、江南地方の商人の出身者が多かった[11]。それは政治の実務や立身出世とは一定の距離を置いて、実証的な学問――「実事求是」をそのスローガンとする――を自律させようとする在野の運動である。空理空論に陥った哲学では、明の滅亡を食い止められなかったという苦い認識が、その追い風となった。

ここで重要なのは、この反哲学的な文献学の運動が、テクスト＝言語への接近を促したことである。理学というメタナラティヴへの懐疑は、一種の《言語論的転回》を促した。一八世紀中国の考証学者は、一八世紀日本の本居宣長と同じく、言語に密着した市井の研究者であり、言語こそを最も確実な現実と見なす文献学者であった。宣長はこの言語論的転回に美学的転回を加えた点で画期的であった。宣長の文献学には、言語に徹底してフォーカスすることによって、中国的な「からごころ」以前の真正な「情」に近づくという美学的なプランが内在していたのである。

なぜ宣長のような文献学者が、近世日本における最大の思想家の一人になったのかという謎を解く鍵は、まさにここにある。一七世紀から一八世紀にかけての東アジアの知的環境で、形而上学的な理の代替物として「情」や「言」にフォーカスするという言語論的転回が浮上したとき、宣長はこの反哲学の機運を、古典文学を通じた「もののあはれ」の称揚という明快なコンセプトに仕上げた。彼には、言語への鋭いセンスがあった。そればかりか、幸運なことに、宣長が学者人生を送るうちに、さまざまな書物が格段に入手しやすくなっていった（『玉勝間』二の巻）。この出版業の発達に乗じて、彼は自らを文献学者としての思想家に育てたのである。

4、「呪われた部分」への潜行――上田秋成

ところで、このような近世の言語論的転回は、日本の小説史にも広範な作用を及ぼした。ここで重要なのは、人間の真実をテクストから探り当てようとする文献学が、日本の近代小説のプロトタイプと呼ぶべき「読本《よみほん》」（大衆的な絵入りの草双紙とは異なる、より高度な文学的技巧を駆使した物語）とも交差したことである。

特に、一七三四年に生まれた読本作家の上田秋成は、名うての文献学者であり、同世代の宣長にとっては学問上のライヴァルでもあった。古代のテクストに精通した秋成は、『雨月物語』（一七七六年）をはじめとする自らの物語では、時空間そのものの再創造を試みた。『雨月物語』に収められた諸短編は、不気味な廃墟や陋屋を舞台とする。そこでは時間はリニアに進まない。うっかり廃墟に迷い込んだ主人公は、死者の霊に憑かれ、粘りつくような情念に巻き込まれる。『雨月物語』の世界ではミステリアスな悪霊こそが時空の支配者となり、生者はその操り人形に変えられてしまう。

この生死を反転させる廃墟を象るとき、秋成は先行する日本の『源氏物語』や中国の『水滸伝』のような白話小説の表現を、効果的に再利用した。なかでも、名高い怪談「浅茅が宿」や「蛇性の婬」は、いずれも近世中国の小説集（瞿佑《くゆう》の『剪灯新話《せんとうしんわ》』や馮夢龍の『警世通言』）がアイディアの源泉になったことで知られる。秋成は中国語の小説を日本語の物語にいわば「翻訳」しつつ、それを巧緻

な美文に仕上げた。しかも、その洗練された文体は、たんに小綺麗な世界ではなく、むしろおぞましい悪霊や不気味な廃墟を描くためにこそ用いられたのである。

秋成が悪霊や廃墟にアプローチしたのは、日本の根底にある《呪われた部分》――現存の社会秩序を揺るがす過剰なエネルギー――を露出させるというバタイユ的戦略として理解できるだろう。もとより、あらゆる社会には一種の呪いがかかっており、暗黙のうちに周縁に排除されたものがある。秋成にとって、物語（読本）はこの「エス」に近づく手段であった。『雨月物語』巻頭の「白峯」で言えば、讃岐に配流された恨みを西行に長々と語る崇徳院の亡霊が、まさに高貴でまがまがしいエス的な呪いとして現れる。それは、宣長の「もののあはれ」の美学には回収されない。

さらに、秋成晩年の一八〇八年刊行の『春雨物語』、特にその最後の一編である「樊噲《はんかい》」になると、中国小説のシミュレーションは『雨月物語』以上にはっきりした。この鮮烈な印象を与えるピカレスク小説では、快足を誇る大蔵が、ふとしたはずみに殺人を犯してしまった後に「樊噲」（漢の劉邦に仕えた豪傑）を名乗る盗賊となって、日本各地を遍歴する。しかも、その悪行を仲間とともに戦術的に実行するシーンに、秋成は（いわば『ミッション：インポッシブル』のような？）精彩に富むイメージを与えた。

日本じゅうを陽気に駆け抜けてゆくアウトサイダー大蔵＝樊噲、この中国人に変身した日本人の姿には、明らかに『水滸伝』のカーニヴァル的想像力が引き写されている。彼は酒食を楽しみ、無心に笛を吹き、ときに間抜けな失敗をしでかしたあげく、ついには仏道への「回心」を果たすが、それは『水滸伝』の魯智深や武松を「翻訳」したものである。荒くれの好漢である魯智深が、いかなる知識人も及ばないほどに純真な人間であり、だからこそ死の前に悟達したように、大蔵＝樊噲もさまざまな不良の行いを経て、やがて心の純粋さに目覚める。この回心のドラマには、虚構性によって真実性に近づくという近世的な思想が受け継がれている。

ここから言えるのは、秋成が宣長と同じく、近世東アジアの思想的なパラダイムに属していたことである。この二人はともに、鋭い言語的なセンスを備えた文学者として、人間の「真」の姿に迫ろうとした。ただ、宣長がピリオド楽器の演奏のように、古代のはかなく繊細な歌＝情を復元したとすれば、秋成はむしろ最先端のモダン楽器（中国の小説）とピリオド楽器（日本の物語）を組みあわせながら、日本の《呪われた部分》への潜行を企てた。それは、一八世紀の美学の限界を超えるものである。とりわけ『春雨物語』は、不穏な一九世紀の開幕にふさわしい異例の小説だと言ってよい。

5、中国小説の思想的な相続者——曲亭馬琴

繰り返せば、中国小説には文化のエスに侵入し、その原則を明らかにするという精神分析的な性格があった。特に『水滸伝』は、カーニヴァル的な沸騰状態において規範を解体し、人間たちの秘められた欲望をリリースする。中国小説の「変異体」である秋成の物語にも、それに近いことが言えるだろう。そこでは悪霊や悪漢を主人公として、《呪われた部分》へのアクセスが試みられたのだから。

このような秋成の手法を別のやり方で引き継いだのが、一七六七年に生まれ、黒船来航を前にした一八四八年に亡くなった曲亭馬琴である。日本で最初に商業作家として生計を立て、実に半世紀にわたって出版の第一線で書き続けた馬琴は、明治期も含めて一九世紀日本の最大の小説家であった。一八一四年に初輯が刊行され、一八四二年に完結した『南総里見八犬伝』は、彼のマラソン・ランナーのような作家人生を象徴する大作である。

馬琴の旺盛な語りの力は、近世中国の小説批評への強い関心と切り離せなかった。彼は秋成と同じ

ように、先進的な中国小説とアフィリエーション（養子縁組）の関係を結んだが、洗練された美文家であった秋成と違って、脱線を恐れることなく、テクストにさまざまな学問的知見や文芸批評を盛り込んだ。彼が『八犬伝』の作家であるだけではなく、日本の「小説批評家の元祖」と呼ばれるのは、まさにそのためである[12]。馬琴は先行する本居宣長や上田秋成の学問を尊敬しつつも、日本人がほとんどやらなかった小説批評という新しい領野にチャレンジした。

そもそも、流行作家であった馬琴は、作品を眼で見ても、声に出しても楽しめるように多様な読者サービスに努めていた。葛飾北斎らとコンビを組んでイラストを作中に挿入し、音読に向いたリズミカルな文体を導入した馬琴の読本は、テクストを視聴覚メディアに変えたことによって、大人の男性だけではなく、家庭内の女性や子どもたちにも読み伝えられた[13]。その一方、より高尚な議論を期待する読者には、馬琴は文芸批評を提供したのである。

その際、馬琴がモデルにしたのは、金聖嘆や李漁のような近世中国の批評家＝思想家たちであった。『三国志演義』や『水滸伝』をはじめ中国の白話小説が、批評家のコメントを併記されたハイブリッドなテクストであったように[14]、馬琴の読本は文芸批評や雑学を、その語りの余白において展開した。彼の最も名高い物語論である「稗史《はいし》七則」（金聖嘆や李漁の影響を強く受けながら、稗史＝物語の制作にあたって心得るべき七つの法則をマニュアル化したテクスト）も、独立した評論ではなく、『八犬伝』第九輯中帙附言として記された。物語をデザインする秘訣を、当の物語のなかで説明すること――このような仕掛けは、中国小説の思想との接触なしにはあり得なかった。この点で、馬琴は中国小説の日本における相続者と呼ぶにふさわしい。

さらに、馬琴は自らの批評を読者との双方向のコミュニケーションに仕立てた。彼の熱烈なファンで宣長の弟子でもあった殿村篠斎《とのむらじょうさい》が、まだ完成途上の『八犬伝』について質問や批評を送ってきたとき、著者はそれに快く応じた。この両者のやりとりをまとめて刊行されたのが『犬夷評判記』である[15]。『八犬伝』を二〇年以上も書き続けるのに並行して、その創作の秘密の一端を教えるような自作批評も読者に向けて発信する――ここからは、馬琴が批評というコミュニケーションを戦略的に活用していたことがうかがえるだろう。

　こうして、小説と批評を交差させた近世中国のハイブリッドなテクストは、一九世紀日本の馬琴に受け継がれた。しかも、彼は中国小説の単純な形態模写をしたわけではなく、ときに中国にもないような先進的な文芸批評も試みた。特に注目に値するのが、彼の文体論である。例えば、馬琴は建部《たけべ》綾《あや》足《たり》の『本朝水滸伝』が雅語を用いることを厳しく批判し、中国小説（稗史）を「父母」として小説を書こうとするならば、俗語を用いなければならないと力説した。

> 稗史野乗の人情を写すには、すべて俗語によらざれば、得なしがたきものなればこそ、唐土にては水滸伝西遊記を初として、宋末元明の作者ども、皆俗語もて綴りたれ、ここをもて人情を旨として綴る草紙物語に、古言はさらなり、正文をもてつづれといはば、羅貫中〔『三国志演義』の名義上の著者〕高東嘉〔『琵琶記』の著者・高明〕もすべなかるべく、紫式部といふとも、今の世に生れて、古言もて物がたりふみを綴れといはば、必ず筆を投棄すべし[16]。

　ふつう日本文学史では、書き言葉を話し言葉に近づけようとする俗語化の始まりを、明治期の言文一致運動に求める。しかし、馬琴は早くも一九世紀前半に、「人情を写す」には俗語の力が不可欠であり、それは『水滸伝』や『西遊記』はもとより、日本の『源氏物語』でも変わらないと断言していた[17]。馬琴の考えでは、日本の物語にせよ中国の小説にせよ、その表現を富ませたのは「俗語」へのアクセスにほかならなかった。一六世紀の出版革命を経て大量の白話小説が刊行され、中国の文学環境を激変させたことが、このような方法論的な自覚を生んだのである。

馬琴にとって、中国小説のプログラムを日本語の環境にいかに移植するかは、重要なテーマとなった。それは俗語化だけではない。彼は『八犬伝』以前に大きな人気を博した『椿説弓張月《ちんせつゆみはりづき》』（一八〇七～一一年）において、中国小説の趣向を借りている。『椿説弓張月』は鎌倉時代の『保元物語』を下敷きとしつつ、弓の名手である亡命軍人・源為朝をその悲劇の運命から救済しようとするフィクションである。保元の乱で敗北し、伊豆大島に流された馬琴版の為朝は優れた統治者となるが、その後に朝廷に追われて琉球に落ち延び、そこで独立王国の父祖となる。この後半部のアイディアが一七世紀中国の陳忱《ちんしん》の小説『水滸後伝』から得られたことは、つとに指摘されてきた。

もともと、『水滸伝』を部分訳する一方、『水滸伝』の好漢のジェンダーを反転させた『傾城《けいせい》水滸伝』という物語も刊行していた馬琴は、陳忱の『水滸後伝』にも強い批評的関心を寄せていた。では、『水滸後伝』とはどんな小説なのか。少し回り道になるが、簡単に述べておこう。

6、遺民＝亡霊のユートピア的想像力

中国は一六世紀以降、文化的には出版革命という大きな変化を迎えた反面、政治的には一六四四年に明が満州族に滅ぼされるという劇的な事件に直面する。この出来事をトラウマ的なショックとして受け取ったのが、明の「遺民」たちである。彼らは新しい王朝（清）に仕えるのを潔しとせず、前王朝の記憶を保ち続けた。一七世紀後半の中国の文学や美術を考えるのに、漢民族の遺民という亡霊的な存在を欠かすことはできない。

この遺民の志を共有する知識人であった陳忱は、梁山泊の水軍を率いた李俊が後年シャムに逃れて王になったという『水滸伝』の一文をふくらませて、『水滸後伝』という新たな小説に仕立てた。そこでは、李俊をはじめ梁山泊のサバイバーたちが、やがて女真族の金に滅ぼされる宋から逃走し、シャムに理想の国家を樹立するまでの物語が語られる。それは、正義を失って腐敗した国家から、いかに退出（exit）するかを語った文学上のデモンストレーションである。この生き残りたちの行動には明らかに、満州族に制圧された明の遺民の苦境および願望が投影されていた。

もともと、著作権の概念のなかった当時、小説は一種のオープンソースとして用いられた。都市の盛り場でのパフォーマンスを母胎とする『水滸伝』や『三国志演義』はもとより、その『水滸伝』のエピソードをもとにした『金瓶梅』、さらには『水滸伝』の続書（続編）である『水滸後伝』は、いずれも間テクスト的なネットワークから発生したものである。ゆえに、これらの中国小説は、単独の作者の所有物としては理解できない。

そのことと一見して矛盾するようだが、ここで面白いのは、この匿名的なオープンソースからときに固有の「作家性」が産出されたことである。この現象はしばしば、続書において認められる。現に、『水滸伝』や『西遊記』の著者の実態があいまいであるのに対して、その続書である陳忱の『水滸後伝』や董説《とうえつ》の『西遊補』には、作者の遺民としての境遇が投影された。要するに、オリジナルよりも二次創作において作家の思想性がより鮮明になるという逆転現象が生じていたのである。

特に、一六六〇年代——ちょうど明の遺臣である鄭成功が、オランダ人から台湾を奪取しようとした時期にあたる——に書かれたと思われる『水滸後伝』には、前王朝の亡霊である遺民の立場からの政治批評という一面がある。そこでは、オリジナルの『水滸伝』に引き続き、奸臣に牛耳られた宋王朝の衰退が再現され、政治家や僧侶の堕落が次々とあばかれた。つまり、金に征服される前に、すでに宋の社会は自壊していたのである。陳忱がここに、明の滅亡というトラウマ的体験を重ねたのは明白である。

この内憂外患のなかで、『水滸後伝』の好漢たちには中国の「文化防衛」の役割が与えられた。シャムに亡命した彼らは、その地の奸臣と敵対するのみならず、悪辣な「関白」の率いる日本軍とも交戦し、魔術によってその全員を凍死させる。粗野でずるがしこい異民族の敵に対して、それを遥かに上回る中国人の叡智が誇示されること――それは宋のみじめな自滅に対する、象徴的な償い(redemption)として理解できるだろう。

もともと、あらゆる社会的職種が内戦に差し向けられる『水滸伝』は、祝祭的な総動員体制のような様相を呈していた。その体制を引き継ぐ『水滸後伝』の李俊は、生き残った好漢たちを再集合させて、海外のシャムでユートピア建設に乗り出すが、物語が進むにつれて原作のカーニヴァル性はどんどん希薄になってゆく。かつての荒くれのピカロ――悪漢にして好漢――たちは、最終回に到ってついに礼楽の担い手となり、優雅な詩会を開催するまでになった。こうして、李俊の統治するシャムは、中華文明のミニチュアとして再構築される。

ただし、ここには遺民=亡霊の文学ならではのアイロニーがある。李俊たちの「文明化」とその全面勝利は、はっきりとした限界を刻印されていた[18]。現に、この詩会の後に、宋江や燕青らの登場する芝居(水滸戯)が上演され、李俊らがそれを楽しむというメタフィクション的な場面が続くが、これはシャムに築かれた中華文明のユートピアそのものが、上演された虚構にすぎないことを暗示する。李俊たちが勝利しようと、トラウマ的な破局の歴史は何も変わらない。『水滸後伝』の末尾では、やがて南宋の滅亡が訪れることが仄めかされる。

7、『椿説弓張月』と野性の創造

馬琴の『椿説弓張月』は、この屈折したユートピア小説『水滸後伝』の枠組みを借用しつつも、その思想を根本的に作り替えた。陳忱は遺民として、道を誤って腐敗した社会からの退出のドラマを描きながら、シャムを中華文明のコピーに変えた。それに対して、馬琴はむしろ、ダイナミックな国家建設のプロセスのほうに力点を置く。しかも、その企ては、都市文化以前にある野性の再発見を伴っていた。

馬琴は江戸の読本文化の申し子でありながら、その自閉的な洗練から逃れようとする意志をもっていた。彼のパワフルな想像力は、江戸を出て地方を旅行することによって培われた[19]。彼がオープンソースとしての中国小説にしきりにアクセスし、そのアイディアや方法論を深く研究したことも、このような自己超越の意志のなせる業であっただろう。

繰り返せば、近世の中国小説は「真実性」と「虚構性」をともに追求するという批評のプログラムを提示した。秋成はこの新しい思想を利用して、日本の《呪われた部分》を暴くというバタイユ的な戦略を進めたが、それは馬琴にも共通する。馬琴は社会秩序の深層に、古代的な「呪い」を見出した。例えば、『椿説弓張月』では為朝の遺民＝敗者の情念が琉球の国家建設を準備し、『八犬伝』では悪女・玉梓のかけた呪いが、めぐりめぐって「八犬士」を生み出すことになる。もともと、日本の物語は『平家物語』を筆頭として、敗者に感情移入する傾向が強かった。『椿説弓張月』の馬琴は、この日本的抒情のパターンを利用しつつ、社会を規定する「未開」の力にまで到ろうとした。

例えば、伊豆大島に渡った為朝は、ちょうど『水滸後伝』の李俊がそうしたように、近隣の島々を巡歴するが、その途上で女性しか住まない女護島に渡る。島の一人の女性から、女護島の最初の住人が徐福の従者であったこと、それが女人だけで暮らす奇妙なならわしのもとになったことを説明されたとき、為朝は次のように考える。

為朝は、なるほど、巷談街説［街のゴシップ］も一概にそしることはできないものだと、はたと膝を打った。今この女の語るところは、世の伝説と、当たらずとも遠からずではないか。人はさまざまな世を経るものであるな。都会の繁華な地に生まれたものは、自ら耕さずに飯を食らい、織らずに服を着るから、田舎人の辛苦に同情がない。このような恵まれた環境があるのに、驕って満足せず、貪って飽きることを知らないので、最後には神仏に見放されて、子孫が途絶えてしまうものが多い。私は伊豆の島々を巡覧して、たとえようもない、もののあわれの感を催したが、そこにはこの［苦労の多いならわしを信じ込んだ］島すらあるのだ。今、彼らを教化して、男女を一つところに住ませて、この島を伊豆七島のうちに加えたら、後の世に裨益することだろう。（後篇巻之二）〔『椿説弓張月・上　日本古典文学大系60』〔後藤丹治校注、岩波書店〕に基づく拙訳〕

ここには、複数のテーマが慌ただしく語られている。為朝はまず①徐福伝説のような荒唐無稽な伝説も何らかの歴史的な真実を語っているという、いわば民俗学者のような認識を語る。そして②未開の島々の風習に、いわば文学者として「もののあはれ」の感を催している。続けて③この純朴な未開性と対比して、都会人の驕慢ぶりをいわば文明批評家として厳しく批判する。にもかかわらず、彼は最後には④植民地主義者のように島の迷信は正しい知識によって克服されるべきだと信じる。実際、為朝はまさにこのインフォーマントの女性と進んで結婚し、島の迷信を打破したのである。

こうして、『椿説弓張月』は近代的な都市の虚飾に代わって、素朴な未開性を浮上させた。宣長が『古事記』や『源氏物語』のような過去の古雅なテクストに、純真な「もののあはれ」を認めたとすれば、馬琴は辺境の「島」の風習にそれを認めた。一九世紀の馬琴は一八世紀の宣長と違って、人間の「真」を洗練されたテクストではなく、野性的な環境に見出し、しかもそれをいわば植民地主義者のように掌握しようとしたのである。

そのため、馬琴は琉球あるいは伊豆大島の環境を研究することに、並々ならぬ知的情熱を注いだ。『水滸後伝』のシャムが中華文明のミニチュアにすぎなかったのに対して、『椿説弓張月』の伊豆や琉球は、住民のもつ神話や歴史のみならず、地理、物産、習俗、音楽等に及ぶ百科全書的なデータで肉づけされている。ここにはエキゾティックな趣味を越えた、民俗学的なリサーチャーのような視点がある。馬琴は野性を保存した「島」のデータから、都会ではすでに失われた古い日本の亡霊を読み取ろうとした。これは、中華文明の復興を上演した『水滸後伝』とはまったく逆のヴェクトルである。

さらに、馬琴の想像力はそこから人間ならざるものとの融合にまで及んだ。現に、『椿説弓張月』の為朝にせよ『南総里見八犬伝』の八犬士にせよ、彼らは動物と感情的に交わる能力（物類相感）から、人間離れした超越的なエネルギーを引き出す。この二つの大作はともに、江戸から離れたローカルな風土に根ざしながら、国家建設の物語をパワフルに立ち上げてゆくが、その根底には動物と神を等置するアニミズムがある[20]。馬琴は世界の深層にアニミズム的な野性を認め、それを国家の起源の力として描いた。彼にとっては「未開」にこそ、真実の心が隠れているのである。

一八世紀の本居宣長の美学では、このような「未開」のもつ破天荒なエネルギーは到底得られないだろう。かたや、上田秋成の「呪い」や「悪霊」の文学は、馬琴と似ているところもあるが、建設的な力ではなく解体的な力を強く引き出すものであった。対して馬琴は、ちょうど牡丹の痣を共有する八犬士たちが、まさにそのスティグマを手引きとして結集するように、「未開」の痕跡を発見し、それをつなぎあわせる。馬琴がその知的探求を国家建設のヴィジョンに差し向けたことは、日本だけではなく東アジアの小説史において画期的な意味をもっていた。

8、琉球というコンタクト・ゾーン――馬琴・ペリー・ゴンチャロフ

このような飽くなき超越の意志が、馬琴を近世日本の異例の「思想家」にしたのは確かである。ただし、一九世紀の国際政治の圧力は、馬琴の文学的な企てを上回る勢いで日本に迫っていた。現に、『八犬伝』の完結した一八四二年に、中国はイギリスとのアヘン戦争に敗北し、その後は列強に国土を侵食されるという危機の時期に入っていた。それに続いて、日本もロシアとアメリカという未知の国家によって大きく揺るがされることになる。

ロシアはすでに一八世紀から、海上で日本の船と接触を繰り返し、徳川幕府に通商を要求するようになった。それは日本の政治家や学者にとって、新たな国難の到来を意味していた。特に、ロシアの南下政策に強い関心を抱いていた水戸学者の会沢正志斎は、一八二五年の『新論』――その「国体」論および「尊皇攘夷」論によって幕末の志士を強く触発した――というパンフレットで、イギリスと並んでロシアの脅威をしきりに語った[21]。馬琴が主に房総半島を舞台にする『八犬伝』という内戦の文学の執筆に取り組んでいたとき、水戸の会沢は対外戦争の到来を予感しながら、危機の時代のイデオロギーを組織したのである。

その一方、日本へのアメリカの接近は必ずしも予測されてはいなかった。現に、国防の必要性を訴

える会沢の『新論』でも、アメリカの脅威には触れられていない。しかし、日本を開国に踏み切らせたのは、実際にはロシアでもヨーロッパでもなく新興国のアメリカであった。当時の日本がヨーロッパ的洗練を超えた、エネルギッシュなアメリカ的野性に遭遇したことは、明治以降の国家の進路にも大きな影響を与えたと思われる。

しかも、「新しい国であるアメリカが古い日本を開国させる」というミッションに燃えるマシュー・ペリー提督とその大船団は、直線的に日本列島に向かったわけではなく、二年間をかけてシンガポール、香港、マカオ、そして琉球を経由し、外交上の成果をあげた。ペリーの遠征は日本を含めて、アジアへの進出の足場を築くものであり、彼が帰国後に提出した大部の報告書『アメリカ艦隊の中国海域及び日本への遠征記』では、現地の人間や地理についてのきわめて詳細な情報が記されている。

馬琴は『椿説弓張月』において、民俗学者のように琉球を観察したが、それは現地の取材ではなく、既存の文書に基づくものであった。逆に、ペリーの艦隊は琉球王国を四回も訪問した。ペリーの一行には画家や植物学者も随行しており、琉球の地質や植生、言語をはじめ、あらゆる観点からリサーチされた[22]。それに加えて、浦賀、下田、箱館の観察まで含むペリーの調査は、その質量ともに馬琴の文学とは比べ物にならない。日本の卓越した物語作家よりも、アメリカ人ペリーのほうが日本の地方を詳しく調査していたことは、初期グローバリゼーションのなかで鍛錬された西洋人の情報収集力の高さを物語る。

このペリーの報告書と好一対の関係にあるのが、ロシアの小説家イワン・ゴンチャロフの旅行記『フリゲート艦パルラダ号』である。代表作の『オブローモフ』(一八五九年)を書く以前、ゴンチャロフは一八五〇年代に日本との通商を求めるプチャーチン提督に随行し、ロンドンから南アフリカのケープタウンを経て日本、さらにはシベリアまで訪れた。日本に迫るロシアのプチャーチン艦隊の動向を察知したペリーは、予定を急遽早めて浦賀に向かった（上海の近辺でプチャーチンとペリーはニアミスしている）。もしロシア側のプチャーチンが日本に先着していれば、その後の歴史の進路は大きく変わった可能性もある。

ゴンチャロフが日本を含めて訪問先の様子をつぶさに記した『フリゲート艦パルラダ号』は、ロシア国内でベストセラーとなったが、今はその琉球の描き方についてだけ触れよう。すでに琉球には、ペリー率いるアメリカ人が先んじて到着しており、「メルヴィル港」と名づけた港にも進出していた。ゴンチャロフはその野心の旺盛なアメリカ人たちの姿を書きとめる一方、琉球人の生活には原始的な「古風純朴さ」を見出している。

これは、バイブルやホメロス描くところの古代世界がわずかに無事に残っている唯一の場所なのである。これは野蛮人ではなく、羊を飼って生計を立てている牧人たちであり、宗教や、人間の義務や、善行を完全にして高度に理解している、古風純朴の人々なのである。ここへ来てバイブルや、オデュッセイアに出てくる地方や、住居や、手厚いもてなしや、原始的な静けさや、素朴な生活の記述を確かめられるがよい。ここでは二千年前と同様に、何の変化もなく人が暮らしているのだという思いがして一驚されるであろう［23］。

馬琴が伊豆の島や琉球に、都会に汚染されていない未開の人心や物産を見出したように、ゴンチャロフもそこに聖書やホメロスの叙事詩の時代の風習を認めた。彼らはそれぞれ、琉球に古代のゆったりとした美風を投影した。ただ、そのような「純朴さ」は、加速する植民地主義の反動として発見されたものである。

アメリカ人とロシア人を遭遇させた琉球は、まさに一九世紀世界の縮図と言うべきコンタクト・ゾーンとなった。そこを物語の舞台に選んだ馬琴は、図らずも当時のグローバルな植民地主義の政治に近づいていた。もし馬琴がアメリカやロシアに生まれていれば、ゴンチャロフにも劣らないトラベローグ（旅行文学）の書き手になっただろう。しかし、現実には一九世紀半ば以降、馬琴の想像力を超えるスピードで事態は進んだ。馬琴の死後、日本はまさにヨーロッパともアジアとも異なるアメリカという「新世界」の海洋進出に導かれて、世界史のステージに登壇させられたのである。

では、いよいよ世界史の主役となり始めたアメリカやロシアは、世界文学史のなかでいかなる位置を占めるのか。このテーマに入る前に、まずは一九世紀という時代の特性を、次章で俯瞰的に考えてみよう。

［1］テリー・イーグルトン『表象のアイルランド』（鈴木聡訳、紀伊國屋書店、一九九七年）二七頁。イギリスの「エス」としてのアイルランドと日本をつなぐ存在としては、意外にも漱石がいる。一九〇〇年から二年間イギリスに留学した漱石は、社交のゲームに興じる拝金主義的なイギリス紳士に幻滅し、いっそスコットランドやアイルランドに行こうと考えたものの、それは英語の勉強に不適当と見なして断念する（『文学論』序）。折しも二〇世紀初頭のアイルランドのダブリンでは、漱石と同世代のウィリアム・バトラー・イェイツが、盟友のシングらとともにアイルランド演劇運動を牽引していた。漱石がもしダブリンに赴いていれば、イェイツはもとより、学生時代のジェイムズ・ジョイスとすれ違った可能性もゼロではない。加えて、晩年のイェイツが、唯心論的な観念論を掲げたアイルランド生まれのジョージ・バークリーに傾斜したことにも注意しておきたい。岩田美喜『ライオンとハムレット』（松柏社、二〇〇二年）一五二頁以下。これは、漱石がスコットランド生まれの経験論哲学者デイヴィッド・ヒュームに関心を寄せたことと比較できるだろう。イェイツと漱石の思想には「辺境性」への傾きがある。

［2］李永晶『変異　日本二千年』（広西師範大学出版社、二〇二一年）一〇頁。

［3］「聾瞽指帰」（村岡空訳注）『弘法大師空海全集』（第六巻、筑摩書房、一九八四年）一二六頁。空海は続けて、日本の作家「日雄」による『睡覚記』に言及している。これは現存しないが『遊仙窟』に似た小説であっただろうと推測される。なお、『遊仙窟』の日本への影響は、折口信夫が戦時下の小説『死者の書』でも問題にしている。折口はそこで大伴家持の口を借りて、エロティックな『遊仙窟』が日本人の感受性をハイジャックし、その精神を植民地化してしまったという認識を語った。この点について、詳しくは拙著『百年の批評』（青土社、二〇一九年）に収めた『死者の書』論参照。

［4］Ryuichi Abe, *The Weaving of Mantra: Kukai and the Construction of Esoteric Buddhist Discourse*, Columbia University Press, 1999, p.99.

［5］このようなエス的なものの表面化は日本文学に限らず、二〇世紀後半以降の香港文学でも生じた。金庸の武俠小説から、張愛玲のような女性作家の作品、さらに倪匡のSF小説に到るまで、香港の小説では中国文学の主流から排除された異端的要素こそが目立った。香港文学は確かに中国の地方文学だが、その辺境性によって中国をあべこべの姿で映し出してきたという意味では、むしろ反・中国的な「変態」の文学なのだ。この点で、金文京が指摘したように、香港は「中国の伝統文化の明暗を反転させた自画像」と見なせる。金文京「香港文学瞥見」可児弘明編『香港および香港問題の研究』（東方書店、一九九一年）二二三頁。

［6］本居宣長『排蘆小船・石上私淑言』（岩波文庫、二〇〇三年）一一、六三頁。

［7］同右、七三頁。

［8］日野龍夫『宣長・秋成・蕪村』（ぺりかん社、二〇〇五年）一五三頁以下。

［9］本居前掲書、一三頁。さらに、宣長の文献学的な手法そのものが、中国の学問の方法論と類似する。詳しくは、吉川幸次郎『本居宣長』（筑摩書房、一九七七年）参照。

［10］近年では台湾の思想史家・楊儒賓の『異議的意義』（台大出版中心、二〇一二年）が、伊藤仁斎や荻生徂徠の思想を、近世東アジアの反理学的パラダイムのなかに位置づけている。

［11］ベンジャミン・エルマン『哲学から文献学へ』（馬淵昌也他訳、知泉社、二〇一四年）。

［12］森潤三郎「曲亭馬琴翁と和漢小説の批評」日本文学研究資料叢書『馬琴』（有精堂、一九七四年）三六頁。

［13］馬琴文学の酵母となった、家庭内でのオーラル・コミュニケーション（音読）の環境は、明治期以降も持続した。詳しくは、前田愛「音読から黙読へ」『近代読者の成立』（岩波現代文庫、二〇〇一年）所収参照。

［14］中国小説と注釈の関係については以下が詳しい。David L. Rolston, *Traditional Chinese Fiction and Fiction Commentary: Reading and Writing Between the Lines*, Stanford University Press, 1997.

［15］高田衛『完本　八犬伝の世界』（ちくま学芸文庫、二〇〇五年）九六頁。

［16］「本朝水滸伝を読む並批評」『曲亭遺稿』（国書刊行会、一九一一年〔クレス出版が二〇〇七年に復刻〕）三一九頁。

［17］馬琴が俗語化を推奨したのに対して、宣長は『排蘆小船』で古代の美風を保存した雅語を評価し、俗語化を堕落と見なした。ここには、歌の批評家・宣長と小説の批評家・馬琴の違いがはっきり現れている。

［18］Ellen Widmer, *The Margins of Utopia: Shui-hu hou-chuan and the Literature of Ming Loyalism*, Harvard University Press, 1987, p.150.

［19］水野稔「馬琴の文学と風土」前掲『馬琴』。

［20］高田前掲書、七八頁以下。

［21］会沢の『新論』のもつ「動員のイデオロギー」としての性質については、片山杜秀『尊皇攘夷』（新潮社、二〇二一年）および片山杜秀＋福嶋亮大「水戸学のアクチュアリティ」『新潮』（二〇二一年、一〇月号）参照。

［22］M・C・ペリー『ペリー提督日本遠征記』（下巻、宮崎壽子訳、角川ソフィア文庫、二〇一四年）。

［23］イワン・A・ゴンチャローフ『ゴンチャローフ日本渡航記』（高野明＋島田陽訳、講談社学術文庫、二〇〇八年）三七九頁。補足すると、すでにイギリス海軍の軍人バジル・ホール（有名な日本研究者バジル・ホール・チェンバレンの祖父）が、ヨーロッパでベストセラーとなった『朝鮮・琉球航海記』（一八一八年）のなかで、朝鮮および琉球について詳しい記録を残していた。さらに、ホールが琉球訪問の後でセント・ヘレナ島に流されていたナポレオンと会見し、彼に琉球の平和ぶりを報告したことも、グローバル・ヒストリーの観点からは興味深い。ただし、ゴンチャロフもペリーも、ホールの記述を評価していない。

第六章　長い二日酔い――一九世紀あるいはロシア

1、消費社会と管理社会の序曲

一九世紀ヨーロッパの社会思想史は、大きく前半と後半で分けることができるだろう。アメリカ独立やフランス革命を経た一九世紀前半には、誰もが自由や幸福を追求する権利をもつという理念が、多くの思想家たちに抱かれていた。彼らは、恐怖政治に陥ったフランス革命の限界を見据えつつ、貧困をはじめとする産業社会の問題に立ち向かう新しい社会体制を構想した。

特に、一八二〇年代から四〇年代のフランスでは、サン＝シモンおよびその後継者たち――生産の優位を掲げ、人間による地球の開発を正当化し、社会を束ねる世俗宗教を支持した――からルイ・ブラン、ブランキ、さらにはプルードン――個人を国家に依存させるサン＝シモンとは異なり、自立した個人がその労働を通じて自由と尊厳を得るアソシエーションを構想した――に到る社会主義者が、さまざまな国家像や労働観を示した。彼らはイギリスの産業革命から強いインパクトを受けつつ、しかしイギリスを「反面教師」として、労働者を中心とする社会革命のシナリオを描いた[1]。

しかし、このような変革の機運は、一九世紀後半のヨーロッパでは萎んでしまう。革命運動が下火になる一方、自然科学や医学の重要な発見に伴って、形而上学よりも実証主義が優勢となり、経済的には繁栄期を迎えた。むろん、デンマーク戦争、普墺戦争、普仏戦争といった争いはあったが、それらはいずれも短期間に終わり、その戦域も限られていた。このおおむね安定した社会では、変革のエネルギーはビジネスや科学に向けられた。芸術家もそれと無関係ではいられない。例えば、一九世紀後半のドイツの教養市民層に根ざしたブラームスは、社会問題には無関心を貫く一方、ナショナリズムには強く反応した。彼の音楽も、人類全体に呼びかけるベートーヴェン的な交響曲よりも、小規模で親密な室内楽に傾いた[2]。

現代の政治学者ジョン・ミアシャイマーは、ナポレオン戦争後の一九世紀の大半が「多極的な安定構造」の時代であり「ヨーロッパ史の中で最も紛争の少ない時代になった」と評している[3]。一七八九年のフランス革命からナポレオン戦争（一八〇三‐一五年）に到る血なまぐさい沸騰を目の当たりにすれば、その後にすさまじい変革の時代がやってくると考えるのが自然である。しかし、一九世紀ヨーロッパはかえって、大国どうしがバランスをとる相対的な安定期に入った。このような政治的不発の感覚が、当時のヨーロッパ的精神風土の根底にある。

騒乱と変革の時代から、安定と均衡の時代へ――その折り返し点を示す象徴的な出来事が、フランスの二月革命のたどった奇妙な顚末である。日本の曲亭馬琴が亡くなった一八四八年に、経済政策に不満を抱いたブルジョワたちが、フランス国王ルイ＝フィリップの体制（七月王政）を倒して新政権を樹立した。このほとんど誰にも予見できない不意打ちとして起こった革命は、ただちにヨーロッパ各地に飛び火する。フランス革命以前のヨーロッパへの回帰を企てた「ウィーン体制」の旗振り役であった保守派のメッテルニヒも、オーストリアからロンドンへの亡命を余儀なくされた。フランスの革命はヨーロッパの「諸革命」へと発展したのである。

しかし、この不意に始まった諸革命は、あっという間に沈静化してしまった。革命運動が行き詰まるなか、ナポレオンの甥ルイ＝ナポレオン・ボナパルトが大統領に選ばれた後、一八五一年にクーデターを起こし、市民の絶大な支持を集め、翌年にはナポレオン三世として帝政を樹立した。彼がよく弁えていたのは、たとえ独裁者であってももはや民衆の「世論」を無視できず、禁止や抑圧という強権的なやり方では政権を保てないという、政治の新しいルールである。彼の体制はあくまで国民投票の結果であり、民意の支持なしには成り立たなかった。

こうして、いったん勝利したはずの市民革命が、皮肉なことにかえって反動的な帝政を呼び込んでしまう――しかも、このドタバタ劇の後、社会は表面的には安定と繁栄に向かった。オリジナルのナポレオンが軍事的な拡大をめざしたのに対して、そのシミュラークルとしてのナポレオン三世はむしろ商業的・平和的な社会を望んだ。彼の政権下で開催された一八五五年および六七年のパリ万博では、産業社会そのものが神聖化され、不衛生であったパリの街もジョルジュ・オスマンの指揮のもとで「改造」されてゆく。さらに、「貧困の根絶」を目標とするナポレオン三世は、金融と産業の発達によって貧困を除去しようとするサン＝シモン主義の継承者であり、労働者用の共同住宅やリハビリ施設を建設しつつ、新しいベンチャー・キャピタルの創設にも手を貸した［4］。

要するに「第二帝政期」のフランスを覆ったのは、ナショナリズムとポピュリズムを背景としながら、産業そのものを宗教として、労働者の福祉や社会保障にも配慮するマイルドな権威主義であった。この新たな統治システムは、上からの一方的な禁止ではなく、ミシェル・フーコーの言う「管理」の技術を駆使しながら、世論を味方につけようとする［5］。この一九世紀後半のフランスの情景を、今日のポストモダンな消費社会・管理社会の序曲と見なすこともあながち不可能ではない［6］。

2、「長い二日酔い」の世紀

ところで、市民革命の反転というこの奇妙な現象を、いち早くシャープに考察したのがマルクスである。マルクスは二月革命の顚末を分析した一八五二年の著作『ルイ・ボナパルトのブリュメール一八日』において、歴史の反復に関して「一度は偉大な悲劇として、もう一度はみじめな笑劇として」という有名な認識を記した。つまり、当時のフランス市民は「ナポレオン」という偉大な悲劇を「ルイ・ボナパルト」という退屈なコメディに取り換えたのである。

ゆえに、マルクスに言わせれば「彼らは昔のナポレオンのマンガ版を手に入れただけではなく、一九世紀半ばにはそう見えるにちがいないのだが、昔のナポレオン自身をマンガにしてしまった」[7]。この民衆の支持を受けた漫画的専制において、革命の理念はその反対物に転じた。マルクスはこの成り行きを「二日酔い」にたとえている。

一八世紀の革命である市民革命は、成功につぐ成功へと迅速に突進して、その劇的効果を競いあい、人間も物もダイヤモンドに囲まれたように輝き、恍惚が日々の精神となる。しかし、それは長くもたず、すぐにその絶頂に達し、社会は、その疾風怒濤時代の成果をしらふで習得するより前に、長い二日酔いに襲われる。

一九世紀の革命であるプロレタリア革命は、たえず自分自身を批判し、自分で進みながら絶え間なく中断し、成就されたと見えるものに立ち戻って改めてやり直し、最初の試みの中途半端さ、弱さ、みすぼらしさを情け容赦なく徹底的に嘲笑する〔…〕［8］。

一八世紀の革命は市民階級をうっとりさせたものの結局スカであり、フランス人はナポレオン三世の快適な専制政治に順応していった。だからこそ、マルクスはいわば革命の革命としてのプロレタリア革命、つまり虚偽の完成を拒み、何度でもやり直し続ける永続革命の必要性を強く訴えたのである。

マルクスの分析は、一九世紀そのものの二面性を鋭く言い当てている。当時のフランス人は、前世紀から市民革命の理念を受け継いだが、それは第二帝政の誕生という「中途半端」な結果をもたらした。しかも、この帝政は表面的にはうまくいっていたので、ラディカルな変革の機運はますます後退した。こうして、高揚した希望を抱きながら、退屈な現実にからめとられた一九世紀的な人間は、麻痺的な「長い二日酔い」を味わうことになった。私はこのマルクスの表現を導きの糸として、一九世紀の文学を考えてみたい。

3、『レ・ミゼラブル』と量子状態のパリ

一九世紀の折り返し点で、マルクスは市民革命以後の hangover（二日酔い／興奮の後の気抜け）を、時代の症状として捉えた。ここで重要なのは、ロマン主義的な高揚と、それに続くアンチ・ロマン的なみすぼらしい気抜けという二面性が、当時の文学や芸術にも出現したことである。いささか図式的になるが、引き続き一九世紀の前半と後半を分けてみよう。

日本の曲亭馬琴がロマンティックな大作『八犬伝』を書き継いでいた一八一〇年代から四〇年代にかけて、ドイツではゲーテが『イタリア紀行』や『西東詩集』に続いて、『ヴィルヘルム・マイスタ

ーの遍歴時代』および『ファウスト』第二部を刊行するとともに、一八二〇年代に世界文学論の構想を語った。一八三〇年代になると、フランスではバルザックが長大な「人間喜劇」シリーズを旺盛に書き進め、詩人にして政治家のヴィクトール・ユゴーが健筆をふるった。かたや三〇年代以降のイギリスでは、ディケンズの代表作（『オリバー・ツイスト』や『クリスマス・キャロル』等）が刊行された。ブロンテ姉妹の『嵐が丘』と『ジェーン・エア』の発表はともに一八四七年である。その翌年、パリの二月革命の直前に、ロンドンの出版社からマルクス＆エンゲルスの『共産党宣言』が出る。

これらには総じて、社会の底部にうごめく不穏な「エス」への注目がある。かつて哲学者のディルタイが評したように、一八三〇年代以降、社会の与える「重圧」に抵抗しようとした作家や思想家は、現実の醜さを解剖しながら「下から上」へと社会を突き上げる力、つまり不可視の欲動のエネルギーに注目した[9]。例えば、ヨークシャーの荒野を舞台としたエミリ・ブロンテの『嵐が丘』では、孤児のヒースクリフが荒々しい「エス」の化身として現れる（前章参照）。あるいはバルザックの一連の小説では、商品経済の渦に巻き込まれた人間たちの欲動を（『あら皮』に見られるフェティシズムのテーマも含めて）生理学的に把握しようとする態度がある。いずれも、人間を衝動的に突き動かす「下」からの力が主要なテーマとなった。

さらに、一八一〇年代から三〇年代のフランス社会を舞台としたユゴーの『レ・ミゼラブル』（一八六二年）の最終盤には、主人公のジャン・ヴァルジャンが、負傷したマリユスをかついで、革命のバリケードからパリの下水道へと降りる有名な場面がある。一八〇二年生まれのユゴーは、一九世紀前半の市民戦争（内戦）の時代を回顧しながら、革命家たちの足元に広がる不気味な地下水脈を再現した。下水道の歴史に関する作者の詳しい解説があった後、ジャン・ヴァルジャンはパリの不可視のアンダーグラウンドに、突然ワープする。

パリが海と似ている点がもうひとつある。大海と同じで、そこにもぐりこんだ人間は姿を消すことができる。

場面の転換は空前のものだった。ジャン・ヴァルジャンは町の真ん中にいながら、その町の外に出てしまっていたのである。彼は蓋を開けて閉める間もなく、真っ昼間から真っ暗闇に、正午から真夜中に、喧騒から沈黙に、雷鳴の渦巻から墓場の沈滞に、さらにあのポロンソー通りでの大波瀾をもしのぐ不可思議な急展開によって、これ以上はないくらい極端な危難から究極の安全へと移行したのである〔10〕。


ナポレオン三世の帝政に抵抗してベルギーに逃れた亡命作家ユゴーは、ここで、一九世紀の「二日酔い」的な時代精神を見事に浮き彫りにした。沸騰する地上から、死の静寂に包まれた地下への移動は、まさに「不可思議な急展開」として生じる。極端な危険と究極の安全は、このシーンにおいて背中あわせにされた。長大な『レ・ミゼラブル』を終局に向かわせるにあたって、ユゴーはいわば0と1が重ねあわせになった量子状態の世界として、革命下のパリを再創造したのである。

地上の革命が熱狂に達したとき、人間的なものを絶滅させた下水道が、その分身＝影として不意に現れる――この地下の「新世界」は、バリケードを築いて革命に邁進する気高いシトワイヤン（市民）の世界でもなければ、ポスト革命の快適な消費社会にすっかりなじんでしまった俗物的なブルジョワの世界でもない、死せるモノたちの世界である。そこには地上とは別の次元が開かれる。哲学者のジャック・ランシエールが指摘したように、『レ・ミゼラブル』の「下水道では、栄華と貧窮の遺品が混じりあい、社会的な壮麗と演劇的なまがい物の遺品とが混淆し、別の平等性が別の言語で表されている」[11]。

ゲーテのファウストが、自滅もいとわない上昇型の加速主義者として、悪魔やホムンクルスと接触したとすれば（第一章参照）、ユゴーのジャン・ヴァルジャンは自己犠牲もいとわない下降型の市民として、あらゆるものを「平等」に並列する下水道＝墓にワープする。『レ・ミゼラブル』の二年後に出たドストエフスキーの小説『地下室の手記』（一八六四年）もそうだが、一九世紀小説の重要な達成は、地上とは異なるオルタナティヴな世界としての「地下」を発明し、世界を二重化したことにあった。私はそれを隠喩的に、文学における《量子的な重ねあわせ》と形容したい。

4、不発弾を抱えた作家――ボードレールとフローベール

『レ・ミゼラブル』はロマン的な革命の沸騰とアンチ・ロマン的な墓の静けさを二重写しにしたが、ユゴー以下の世代の文学者はこの量子状態を引き継ぎつつも、二日酔い特有の麻痺の感覚をいっそう強調した。この一九世紀後半の精神風土を象徴するのが、詩人シャルル・ボードレールと小説家ギュスターヴ・フローベールである。ドストエフスキーも含めて、この三人の作家がみな一八二一年生まれであるのは注目に値する。一八一八年生まれのマルクスと一八二〇年生まれのエンゲルスをはじめ、この世代は近代の資本主義社会を内在的に批評する視点をもっていた。

ヴァルター・ベンヤミンは消費文化の爛熟したパリを「一九世紀の首都」と呼び、ボードレールをその化身と見なした。ベンヤミンによれば、ボードレールの詩を特徴づける「憂鬱」は「恒常的な破局に対応する感情である」。近代社会は表面的にうまくいっているが、まさにそのことによって、実はたえず壊れ続けている――それこそがボードレール的憂鬱に映じたショッキングなイメージである。

「ボードレールは、砕け散る波に向かって話しかける人のように、パリの街の喧騒に向かって話しかける」[12]。ボードレールは繁栄を謳歌する「近代」を、そのまま無数のカタストロフの集積として読み替えた。

そもそも、ベンヤミンが言うように、第二帝政期は「真の詩人をもはや必要としなく」なった商品経済の時代である。「人間を取り巻く事物の世界は、ますます仮借なく商品の姿をとってゆく。それと同時に広告が、事物の商品としての性格を被い隠しはじめる」。ボードレールにとって、万物が商品としてパッケージされる資本主義世界は近代の帰結であり、そこから逃れる術はない。ゆえに、彼は「心地よさ」を徹底的に拒絶する一方で「新しいものの永劫回帰」としての流行（モード）を生き抜こうとした。ボードレールの詩の冒頭は、しばしば「深淵からの浮上」という運動性を示すが、それはぐるぐると渦を巻く商品世界の迷宮から、逆説的な救済の可能性を引き出そうとする彼の文学のアレゴリーになっている[13]。

こうして、ボードレールが詩人を不要とする第二帝政期のパリの廃墟で、商品＝モードの永劫回帰を生き抜く内的亡命者になり、後にベルギーのブリュッセルへと逃走したのに対して、フローベールはパリから離れたクロワッセに早くから隠遁し、自らの散文の彫琢に取り組んだ。『サランボー』で成功を収めた後、ナポレオン三世に招待されたこともあったとはいえ、彼がもっぱら田舎の仕事場に釘づけにされていたのは確かである[14]。パリを舞台とした『感情教育』は別として、フローベールはもっぱら、俗物と因習に支配された田舎のブルジョワの社会を解剖し、そのすべてを語り尽くすという使命を自らに課した。

この前代未聞の苦行の果てに、『ボヴァリー夫人』（一八五七年）から晩年の『ブヴァールとペキュシェ』（一八八一年）に到るフローベールの小説は、民主主義（＝平等の理念）の文学的拡大という様相を呈する。ジャック・ランシエールが論じるように「[フローベールの]小説で実現されている平等性は、民主主義的な主体のモル的な平等性ではなく、ミクロな出来事、個体性の分子状の平等性である」[15]。政治上の民主主義は哲学者ドゥルーズの言う「モル的なもの」、つまり統合された主体を単位とする。しかし、フローベールはそれをさらに分割して、主体未満の「分子的なもの」の働きまで緻密に描写しようとした。

文学の仕事を戦略的な「数え間違い」に求めるランシエールにとって、フローベールの小説は文学の新しいパラダイムを予告していた[16]。亡命中のユゴーを支援したこともあったフローベールは、万物を平等化するユゴー的な下水道を、むしろ『ボヴァリー夫人』では地上の俗物的なブルジョワ社会にまで引き上げた。フローベール自身は「平等とは隷属です。だからこそ、ぼくは芸術が好きなんです」と述べ、一人一票の普通選挙を「人間精神の恥」として忌み嫌っていたが[17]、『ボヴァリー夫人』は世界をいわば分子的なレベルで数え直した小説であり、そこには人間とモノを区別しない平等性が書き込まれていた。

しかも、フローベールはこの分子の戯れに、高度な自律性を与えようとした。彼が自らを「精神の僻地」に置きながら「外部へのつながりが何もなくて、ちょうど地球がなんの支えもなしに宙に浮いているように、文体の内的な力によってみずからを支えている書物」を夢想したことは、よく知られている[18]。医者の父をもつフローベールには、もともと「腐敗」や「解剖」へのオブセッションがあった。表向きはうまくいっているが、実際にはすでにすっかり腐敗してしまったブルジョワ社会を徹底的に解剖することによって、彼は人間とモノのヒエラルキーを壊し、破局の予感の底にうごめく分子の動きを「地球」のように自律した芸術に仕上げようと企てた。

生粋の一九世紀人であるボードレールとフローベールは、いわば大量の不発弾を抱えた作家である。

彼らの捉えた「近代」とは、起こるはずの変革がいつまでも起こらないまま、ミクロな破局の予兆ばかりが堆積してゆく社会である。彼らはこのエクスタシーもカタルシスもない宙吊りの状態から、分子状のモノたちの螺旋状の運動を引き出した。そこには、何も始まらないうちに、何もかもがすでに終わってしまったという二日酔いの世紀特有のパラドックスが凝縮されている。

5、海の封鎖、極端なアゴーギク

ゲーテはエッカーマンとの対話で、パリを「大国の最高の頭脳」の集積地と評したが(一八二七年五月三日)、この当時最先端の知的中枢神経は、一九世紀後半になると、建設的なヴィジョンではなく、分子レベルに砕け散り溶解した社会に強く反応するようになる。パリの「恒常的な破局」に語りかけるボードレールや、地方社会に自らを封鎖するフローベールは、この不発の情景を示していた。

ボードレール的憂鬱やフローベール的腐敗からは、一八世紀と一九世紀のあいだの差異を読み取れる。初期グローバリゼーション(西方化)の申し子であるロビンソン・クルーソーは、家を出て大西洋に向かうという衝動に身を委ねることができた。しかし、グローバリズムからナショナリズムへの転換が生じた一九世紀ヨーロッパの文学では、もはやクルーソーやガリヴァーのような一八世紀型のグローバリストの出番はない。ボードレールは無限にうねり続ける海と人間の「格闘」を詩的に認識したが(「人と海」『悪の華』所収)、海にその全存在を賭けるクルーソー的実存は、彼の詩に居場所をもたない。ユゴーはパリの地下を内なる他者として出現させたが、これもヨーロッパの他者性の位置が、海から離れつつあったことを示唆する。

《海》という出口を事実上封鎖されたまま、憂鬱と破局の予感のなかで、分子状のモノたちが延々と運動し続けるという情景は、文学のみならず音楽にも見出せる。例えば、一九世紀後半生まれの異形の巨匠指揮者たち（フルトヴェングラー、クナッパーツブッシュ、メンゲルベルク等）の残した録音は、テンポの揺らぎをその特徴とする[19]。彼らの極端なアゴーギク（テンポの伸縮）は現代から見れば主観的・恣意的に思えるが、そうではない。というのも、ときに音楽の流れそのものを崩壊させかねないそのテンポは、むしろ主観を超えた分子レベルでの音の運動を出現させ、ときに超常的な時間感覚を聴き手にもたらすからである。

文学にせよ音楽にせよ、不発弾の堆積した一九世紀の精神風土では、一定のペースで規則正しく進むという「しらふ」の明晰さは維持できなかった。この精神的な二日酔いのために、文学上の人間の状況も、一種のアゴーギクによって表現されるようになる。例えば、狂気じみたエネルギーが夢のなかで次第に肥大化し、やがてその振動が現実を呑み込む。あるいは、干からびた現実から逃れようとするものの、かえってそこに足をずぶずぶととられ、間延びした退屈のなかに埋没する。さらに、表向きはうまくいっている社会が、憂鬱と疲労のなかでたえず破局のヴィジョンへと横滑りする……。

このような一九世紀特有の極端なアゴーギクを最も鮮烈に表現したのは、ヨーロッパ以上にロシアの文学だと思われる。この問題に進む前に、まずは一九世紀ヨーロッパの思想家が、アメリカやロシアのような新興勢力をどう捉えたのかを手短に確認しておこう。

6、ヘーゲル、トクヴィル、マルクス

一七七〇年生まれの哲学者ヘーゲルは、世界史をアジアからヨーロッパへと進歩するプロセスとして捉えた。ただ、その場合アメリカはどうなるのか。ヘーゲルはこの厄介な問いに対して、世界史と

「新世界」を分離させるという方策をとった。

ヘーゲルの独断的な見解によれば、アメリカ大陸は社会を結集させる力を欠いている。そこでは動物も人間も弱々しく、衰亡の瀬戸際にある。彼の『世界史の哲学講義』によれば「新世界は旧世界よりずっと脆弱であることが示されており、また鉄と馬という二つの手段が不足している。アメリカは新しく、脆弱で力を欠いた世界である。ライオン、トラ、ワニはアフリカのものよりも弱く、そのことは人間に関しても同様である」「この国［アメリカ］は生成途上の未来の国であり、それゆえこの国はわれわれにはまだ関わりのないものである」[20]。ただ、ヘーゲルの口調が自信たっぷりであるように見えて、「未来」のアメリカについては保留していることも見逃せない。彼はこの脆弱な《新世界》が、いつか世界史に関係してくる可能性を否定していなかった。

その一方、一八〇五年生まれのフランスの政治家にして思想家のトクヴィルになると、《新世界》の勃興は世界史の転換点として捉えられた。彼は『アメリカのデモクラシー』第一巻（一八三五年）の末尾で、アメリカおよびロシアという新興国が「いつの日か世界の半分の運命を手中に収めることになる」という、非常に正確な予想を記していた。後年カール・シュミットは、頑固なヨーロッパ中心主義者ヘーゲルと違って、若きトクヴィルが「ヨーロッパ精神の刻印を受けつつなおヨーロッパ的でないこの新興二大国」を明確に名指ししたことを「驚きの極みである」と絶賛した。シュミットがトクヴィルを「一九世紀最大の歴史家」と呼んだのは、いわばヨーロッパの私生児であるロシアとアメリカにこそ人類の未来を認めた、その並外れてシャープな時代認識のゆえである[21]。

しかも、慧眼なトクヴィルは、この両国の尋常ではない発展速度に注目していた。「［ロシアとアメリカは］どちらも人の知らぬ間に大きくなった。人々の目が注がれているうちに、突如として第一級の国家の列に加わり、世界はほぼ同じ時期に両者の誕生と大きさを認識した」[22]。トクヴィルは一種の速度論（kinetics）の見地から、この両国の地滑り的な変化の速度に注目した。私は先ほどから、フランスの二月革命や『レ・ミゼラブル』を例にして、事態の「不意打ち」や「急転」を一九世紀的な情景と見なしてきた。二日酔いでふらつく一九世紀的人間は、社会の安定構造のなかでまどろみながら、ときにそれを出し抜く急転に巻き込まれる。変化のアクセルを踏むようにして、ヨーロッパ人のしらふの意識を一気に追い抜いてしまったロシアとアメリカは、このような極端なアゴーギクを国家形成のプロセスにおいて実現した。

そして、ヘーゲルともトクヴィルとも異なるやり方で、ロシアの世界史的位置を考えたのが、一八一八年生まれのマルクスである。一八五二年に『ブリュメール一八日』を刊行したマルクスは、それに続いてロシアの分析に取り組んだ。彼のロシア論は、ヨーロッパとは異なる政治経済のシステムを「タタールのくびき」（モンゴル帝国による支配）以降のロシアの専制政治に認め、その形成プロセスを批判的に検討したものである。

亡命先のロンドンで『資本論』（一八六七年）を書く前の、一八五〇年代のマルクスによれば、ロシアの政治経済システムは資本化の作用をせきとめる専制主義を内包していた。それが障壁として残る限り、たんに資本主義の揚棄をめざすだけでは、人類の真の解放には到らない。マルクスはこの「東洋的専制」のシステムが、一八世紀初頭のピョートル大帝によって強化されたと見なした。ピョートルは西欧文明を効果的に利用しながら、国境に近いバルト海沿いに「中心から外れた中心」としての新都ペテルブルクを急ピッチで建設した。マルクスはこの驚くべき「速成的創造」に、ロシアが海の帝国に変わった瞬間を認めた[23]。モンテスキューの『ペルシア人の手紙』が、このピョートルの遷都に早くも注目したことは、第三章で述べたとおりである。

さらに、マルクスのロシア論が、クリミア戦争（一八五三～六年）の時期に構想されたことは見逃せない。一九世紀ヨーロッパは相対的な安定期であったが、クリミア戦争は例外的に、膨大な死者を出した史上初の「全面戦争」であった。ロシア帝国とオスマン帝国の軍事衝突で始まったこの戦争は、やがてカフカス（コーカサス）から黒海沿岸にまで戦域を広げ、ヨーロッパ諸国の参戦も招いた。そこでは、新型兵器や電報のような通信テクノロジー、最新の軍事医学までもが動員され、まさに総力戦の様相を呈した[24]。このヨーロッパとアジアの衝突した世界戦争を背景としながら、マルクスはロシア特有の政治経済システムを考察した。

ヨーロッパ中心主義者のヘーゲルにとって、いわば世界史の時計は一つであった。その途上でいかなる困難があろうとも、ヨーロッパの理念が次第に自己完成に向かうという原則は疑われていなかった。逆に、トクヴィルはむしろヨーロッパの外の《新世界》にこそ人類の未来を認めた。彼らに続いて、一八五〇年代のマルクスは人類が複数の時計をもつこと（ピョートルのロシア）、さらに時計が逆戻りし得ること（ナポレオン三世のフランス）を認めたのである。

7、負の祝祭あるいは人工都市の退屈——プーシキン

この三者三様の見解から分かるように、ヨーロッパの第一級の知識人にとっても、ロシアやアメリカは知的に解決しがたい謎であった。ここで興味深いのは、当のロシア人自身が自らを奥深い「謎」として了解したことである。まずは、ロシア近代文学の祖となった一七九九年生まれの作家アレクサンドル・プーシキンの作品から、そのことを考えてみよう。

ゲーテが一八二七年に《世界文学》の時代を予告する以前に、プーシキンは一八二二年に「ロシアはいまだ未完成である」と端的に述べた[25]。これはロシアが今後何にでも変わり得ること、根本的

に不確実な存在であることを意味する。ロシアの知識人は総じて、自らが創出したロシアという謎に酩酊し、「ロシアとは何か」という問いをたえず再創造しようとした。この未完の思想を先導したのが、まさにロシア文学のアーキテクト（建築家）と呼ぶべき詩人プーシキンなのである。

ロシア史家のオーランドー・ファイジズが強調するように、ロシアへの回帰を促したのは、一八一二年のナポレオン侵攻である。当時、ロシアの上流貴族はフランスにすっかり夢中であり、家庭内の教育もフランス語でなされていた。ナポレオン戦争の時代を描いたトルストイの『戦争と平和』（一八六五～六九年）がフランス語の会話で始まるのは、それを諷刺したものである。しかし、ロシアがナポレオンを撃退した後、農民とともに戦った兵士たちは、むしろロシア人のネーションとしての一体性を強く自覚するようになり、それが一八二五年のデカブリスト（農奴解放を訴える自由主義的な将校）の蜂起へとつながってゆく[26]。この新しいタイプのナショナリズムが、プーシキン以降のロシア近代文学の重要なテーマとなった。

もとより、ロシアが未完であることは、バラ色の未来を約束するものではない。現に、プーシキンはロシアを晴れやかな進歩にではなく、むしろ底なしの混沌に接続した。その文学上の拠点となったのが、ピョートルの築いた新都ペテルブルクである。バルト海沿岸の湿地に工学的に築かれたペテルブルクは、そのあまりに人工的な都市計画の代償として、たびたびネヴァ川の凶暴な洪水に襲われてきた。プーシキンの『青銅の騎士』（一八三三年執筆／作者死後の一八三七年発表）は、若く貧しい下級官吏エヴゲーニーの視点から、この自然からの復讐を描いた長編叙事詩である。

ピョートルの騎馬像が傲然とそびえたつペテルブルクに、あるとき獣じみた洪水が襲来する――この粗暴な侵略者の創造した黙示録的光景を前にして、エヴゲーニーをはじめ民衆はただ茫然とするしかない。見慣れた街角は戦場のような廃墟に変わり、都市の繁栄はリセットされる。しかし、洪水が収まった後、ペテルブルクの生活は再び元通りになり、冷たく無関心な通行人の表情がよみがえる。エヴゲーニーにとっては、洪水という負の祝祭よりも、悪夢をすっかり忘れたかのような冷たい日常こそが耐えがたい。世間からすっかり疎遠になった彼は、やがて荒々しいピョートルの騎馬像の幻影に取り憑かれ、狂気のなかで孤独な死を迎える。

もとよりペテルブルクは、ロシア最大の政治上のアーキテクトと呼ぶべきピョートルの発揮した、悪魔じみたエネルギーの所産である。『青銅の騎士』は本編に入る前に、色あせた古都モスクワに取って代わったこの「若い都市」の容姿の完全性を讃えていた。

百年の時がすぎた。暗い森と／ぬかるむ沼から、若い都市があらわれた。／威厳に満ちた、華麗な姿をあらわして、／北方の美の粋となり、驚異となった。

わたしは愛する、ピョートルの生み出した都市よ。／わたしは愛する、厳格で均斉のとれたおまえの姿を。（引用は郡伸哉訳［群像社］に拠る）

しかし、この美的均斉を誇示する偉大な人工都市は、それ自体が人間不在の巨大な空洞でもあった。そこでは、破局的な非日常と冷たい日常が《重ねあわせ》にされた。ボードレールはパリの商品世界を破局の集積として捉えたが、プーシキンは壮麗な人工物であるペテルブルクが、いわば誕生時にすでに破局を迎えており、その住民たちはたかだか人間の影絵でしかないことを示す。ネヴァ川の荒々しい暴力は、この非人間的な都市＝空洞を、何一つ変えなかったのである。

してみると、ロシア文学者のミハイル・エプスタインが『青銅の騎士』を「アンチ・ファウスト」

の文学として位置づけたのも、不思議ではない。「プーシキンの作品は『ファウスト』が事実上終結したところに始まる」[27]。究極の人工都市ペテルブルクは、まさに自然を克服しようとするファウスト的な労働の一大成果である。しかし、それが完成したとき、かえって人間らしい人間は衰滅する。エヴゲーニーは洪水を経て、誰にも理解されない二日酔いの状態にいっそう深く沈み込んでゆく。いわばファウストとメフィストを合体させたようなピョートルは、この都市の異物となったエヴゲーニーを罰するように、みじめな死に到らしめた。

かつて井筒俊彦は、意識の限界を超える黒々とした「ディオニュソス的暴風圏」――ペストや洪水のような負の祝祭も含めて――を、プーシキン文学の核心と見なした[28]。だが、このような視点では『青銅の騎士』の両義性を捉えきれない。というのも、黒い祝祭（洪水）を歌うディオニュソス的な声は、『青銅の騎士』ではたちどころにアンチ・ロマン的な冷たい声に反転するからである。ピョートルのファウスト的欲望の完成させたペテルブルクには、事実上、人間以上の災害か人間以下の影絵しか存在できない。

われわれはこの極端な分裂、あるいは文学上の《量子的な重ねあわせ》に、プーシキンひいてはロシア文学を規定する「パラドックス」（エプスタイン）を認めることができる。思えば、『青銅の騎士』と同時期のプーシキンの傑作小説『スペードの女王』（一八三四年）では、絶対に勝てるカードを教えられて大勝負のギャンブルに臨んだペテルブルクの野心家の主人公ゲルマンが、亡霊にたぶらかされたのか、それとも罪悪感ゆえに錯覚したのか、間違ったカードを出して破局を迎えるのであった。まさにカードがくるりと裏返るようにして、最高の勝利が一瞬で最悪の敗北に反転する――この両極端の《重ねあわせ》あるいはパラドックスが、ロシア文学のアーキテクチャに埋め込まれていた。

8、グローバルあるいはナショナル――ゴンチャロフとポストヒューマン

政治家ピョートルと詩人プーシキンは、建築家にして反建築家であるという一点で共鳴する。彼らはロシアのために新しい都市および新しい文学を建築したが、そこに出現したのは、人間不在の反建築的な空洞でもあった。『スペードの女王』のゲルマンは、ゲームの前に三→七→一という必勝のコードを与えられるが、このコードは勝負を決する瞬間に別のコードに差し替えられる。人間はこの反転に逆らえず、ゆえに永久に勝利できない。「ロシアは未完成である」というプーシキンの認識は、勝利がたちどころに破局に裏返るというパラドックスと切り離せない。

ところで、この「未完のロシア」という自覚は、ロシアが自己拡張してゆく状況とも深く関わっていた。プーシキン自身、南方のカフカス（コーカサス）に居住した経験がある。多民族の群居するカフカスは長くオスマン・トルコの支配下にあったが、一九世紀にはロシアの植民地となり、プーシキンはそこで半自伝的な『コーカサスの捕虜』を書いた。この作品はプーシキンの代表作とは言いがたいが、その後のカフカス表象の雛形となった。プーシキンはペテルブルクの詩人であっただけではなく「カフカスの発明者」でもあった[29]。

ロシアはヨーロッパに知的に植民地化される一方、その周辺地域を軍事的に植民地化し、その領土に限界をもたない帝国でもあった。ゆえに、プーシキン以来のロシア文学には、軍事的な支配者にして文化的な被支配者でもあるというロシアの二重性が刻印されている。この点で、最も興味深い作家の一人は、前章でも言及した一八一二年生まれのイワン・ゴンチャロフである。というのも、ゴンチャロフという作家には、まさにロシアの内に向かうヴェクトルとロシアの外に向かうヴェクトルが共

存していたからである。
一八四九年から十年がかりで刊行されたゴンチャロフの主著『オブローモフ』は、もっぱらロシアの知識人の苦境を描いた文学として読み解かれた。本来は「火山にも似た熱しやすい頭脳」をもつ主人公のイリヤー・イリッチ・オブローモフは、農奴にかしずかれながら「孤独と隠棲」に沈み込んでいる。彼の日中の脳裏には、自分が世の悪をなくす功業を立て、ナポレオンも凌ぐ百戦百勝の指揮官として、諸国民を従えるイメージが浮かんでいる。しかし、彼の興奮は日が沈むとともに静まり返る。唯一の理解者であるドイツ人のシュトルツがしきりに海外で活動するのに対して、オブローモフは退嬰的な生活に甘んじている。

イリヤー・イリッチのこうした内面生活を知るものは、誰ひとりとしていなかった。誰も彼もが、オブローモフは別にどうということもなく、ただごろごろ寝て、うまいものを食っているばかりで、それ以外なに一つあの男から期待するわけにゆかない、あの男の頭のなかには纏まった考えなんかほとんど宿ることはないのだ、とそう思っていた[30]。

オブローモフの知的情熱が行き場をもたず、むなしくくすぶり続けることに対応して、小説前半のテンポはずいぶんのろく感じられる。この文学上のアゴーギクは、大量の不発弾を抱え込んだオブローモフの二日酔い的な重苦しさを表現している。フランスの『レ・ミゼラブル』が革命と墓場を重ねあわせた賑やかな小説であったのに対して、同じく「惨めな人間」を主役としたロシアの『オブローモフ』は、終わりのない退屈と停滞を強く印象づける。
その一方、オブローモフの苦境は、実は必ずしもロシア人とのみ関連するものではなかった。そもそも、作者のゴンチャロフは当時のロシアで指折りの外国通であった。『オブローモフ』の執筆と並行して、ゴンチャロフは一八五〇年代にプチャーチン提督率いるパルラダ号に乗り込んで、アフリカから日本、シベリアまで訪問している（前章参照）。当時のベストセラーとなった彼の旅行記『フリゲート艦パルラダ号』（一八五八年）は、グローバルな帝国になろうとするロシアの欲望の記録でもある。途中クリミア戦争の勃発によって、パルラダ号が英仏の敵になるというアクシデントを経ながらも、この書物では主に分類学的な「人種」の概念を尺度としながら、グローバル世界の多様な人間を知的に把握しようとする態度が貫かれていた[31]。

ゴンチャロフは諸外国のなかで日本を比較的高く評価していたが、それでもこの「鍵をなくしたまま閉ざされた玉手箱」のような国、すなわちヨーロッパ的な法の一切に背を向けて「地理上、統計上、ほとんど唯一の空白域のまま残っている」国については、ずいぶん辛口のコメントも目立つ。特に、彼が苛立ったのは、日本人との交渉がのろのろとしか進まないことであった。「私にとって、もはやこの極東はさしあたり極端な退屈以外何の得るところもない！」とまで酷評するゴンチャロフは、眠そうにあくびをしては、外交にも無関心を決め込む一部の日本人についてこう述べる。

> 教練があったり、甲板で不意に騒音がしたり、何か彼らの注意を惹くようなことがあると、目をみはり、耳をそばだてるが、またすぐもとの無関心に落ち込んでしまうのだ。音楽もまた彼らをゆり動かすことはなくなった。活発なまなざし、勇敢な表情、生き生きとした好奇心、すばしこさ――こうしたヨーロッパ人が自覚して身につけているものすべてのものが、何一つないのである[32]。

これはオブローモフの無気力そっくりである。ゴンチャロフにとって、豊富な知識をもちながら精神的に麻痺してしまったオブローモフ的人間は、ロシア人に限らず日本人を含めた人類の一つの可能的未来を暗示する存在であった。グローバルな拡大とナショナルな同一化の交差点で、人類の退化の可能性を感知したゴンチャロフのテクストには、いわばポストヒューマンの想像力の先駆という一面があるだろう。

さらに面白いのは、ロシア作家（ツルゲーネフやゴーゴリ）の翻訳者であった日本の二葉亭四迷が、後に「平凡」や「退屈」というゴンチャロフふうのテーマを日本の知識人のあり方に見出したことである。四迷は日本近代文学の創始者となったが、近代化を袋小路としても捉えていた。そのことが、彼の主人公をロシア文学に現れる《余計者》に近づけたのである。ゴンチャロフが日本にオブローモフ的人間を認めたそのおよそ半世紀後に、今度は日本人の小説家がロシア文学の影響のもとでオブローモフ的人間を造形する――この興味深いリレーは、ヨーロッパの外部において、ポ、ス、ト、ヒ、ュ、ー、マ、ン、な世界文学の生態系が生まれつつあったことを物語る。

9、ウクライナあるいはロシア――ゴーゴリ

ゴンチャロフが自らのグローバルな航海記と並行して、ロシアの袋小路と人間の退化を描いたとすれば、その三歳年長（一八〇九年生まれ）のニコライ・ゴーゴリはウクライナの作家からロシアの作家へと変身した（ちなみに、『フリゲート艦パルラダ号』にはゴーゴリの戯曲を船内で上演する場面がある）。後に作家のウラジーミル・ナボコフが「彼［ゴーゴリ］が場所から場所へとあっという間に移り行くさまには、いつでも蝙蝠か影を思わせるなにものかがあった」と評したのは興味深い［33］。

この稲妻のような転換こそが、生粋の一九世紀作家ゴーゴリを特徴づけている。

以下、エディタ・ボジャノウスカの近年の見晴らしのよいゴーゴリ論に沿って述べていこう。一八三一年の『ディカーニカ近郷夜話』で世に知られる作家となったゴーゴリは、当初は批評家から、ウクライナのナショナリズムを背負ったウクライナ的作家と見なされていた。しかし、そのウクライナ性が次第に引っ込むにつれて、彼はむしろスラヴ的背景をもつロシアの主要な作家として読み替えられてゆく。ただ、ここで重要なのは、ゴーゴリ自身にこの二つの立場のいずれにも還元されない量子的な性格があったことである。

東ウクライナのポルタヴァ州に生まれたゴーゴリは、もともとロシア語とウクライナ語のバイリンガルであり、ポーランド語を読む能力もあった（ただし、著作では常にロシア語を用いた）。一八二八年にはペテルブルクに出るが、この魂を欠いた人工都市はゴーゴリを深く失望させた。そのことがゴーゴリを故郷ウクライナの再発見・再創造に向かわせたのである。彼はロシア人の読者に宛てて、土着のウクライナ性をロシア語の文学にいわば「翻訳」したが、その際にドイツの哲学者ヘルダー流のナショナリズム——文化・歴史・言語とリンクされた有機的共同体としてネーションを理解するもの——の影響下で、文学に一種のエスノグラフィー（民俗誌）としての性格を与えた。

ゴーゴリはウクライナ史の研究にも熱心に取り組んだ。短編集の『ディカーニカ近郷夜話』やコサックを主人公とした戦争文学『タラス・ブーリバ』をはじめ、ゴーゴリの再創造したウクライナには、平和的・定住的な農民のイメージと好戦的・遊牧民的なコサック（草原の民）のイメージが共存している。この「戦争と平和」の振幅のなかで、ゴーゴリは文化や言語が緊密に一体化した有機的全体性としてのウクライナ・ネーションを象った（ゆえにロマやユダヤ人のような周縁的存在は排除されている）。ボジャノウスカが指摘するように、コサックの栄光は当時すでに過去のものであり、ヘルダー的共同体としてのウクライナはロシア帝国の圧力のもとで存亡の危機に瀕していた。だからこそ、ゴーゴリは『ディカーニカ近郷夜話』で、ウクライナ固有の文化を想像的・回顧的によみがえらせたのだ［34］。

しかし、ゴーゴリがプーシキンに続いて、一八三〇年代に「ペテルブルクもの」の小説を書き始めたとき、このようなロマンティックな有機的全体性はむしろ解体される。ゴーゴリのウクライナものが「モル的」だとしたら、『外套』や『鼻』のようなペテルブルクものは「分子的」である。そこには、後のフローベールにも通じるモノたちの戯れがある。ナボコフが鋭く指摘したように「この不条理な世界にうごめいているのは人間ばかりではない。あまたの物体にも、人間に劣らぬ役割がふられている」［35］。

例えば、下級官吏コヴァリョフの鼻がさまよい歩く『鼻』では、ひとびとのかわすゴシップに寄生しながら、身体の一器官が人間になりかわって活動する。鼻は語りの環境のなかで、時空を超えて出没しながら、本来の持ち主のコヴァリョフを翻弄する。ゴーゴリの描くペテルブルクの住民の語りは、人間未満の奇妙な「モノ」たちを作り出し、それらを都市の亡霊のようにさまよわせた。面白いのは、ナボコフがゴーゴリの登場人物の語る逸話（アネクドート）に一瞬現れるだけの人間たちに注目し、彼らを「ホムンクルス」と評したことである［36］。都市のゴシップは、ゲーテが理想とした完全な人間よりも、ホムンクルス的な小人を創造する。どれだけ立派な人間でも、無責任なゴシップの口の端に上るときには、さまよう「鼻」のような滑稽な生命体にならざるを得ない。

そもそも、コヴァリョフ自身にロシア帝国の生み出したホムンクルスとしての一面があった。彼は植民地のカフカスで、かろうじて八等官の職を得た役人であった。ロシア帝国の辺境に住まう矮小な人物が、工学的に建築された都市ペテルブルクにおいて、身体を分子化・断片化される――そう考えれば、『鼻』に内在する政治性も見えてくるだろう。『タラス・ブーリバ』のウクライナ・コサックの身体がポーランドとの戦争によって殲滅されたのに対して、『鼻』では人工都市の作用として、モル的（統一的）な人間像は分子的なホムンクルスにまで解体されてしまうのである。

さらに、ゴーゴリの傑作『外套』になると、このポストヒューマンな想像力が人間的なものの絶滅に差し向けられる。市役所で筆耕を務める主人公のアカーキー・アカーキエヴィッチは、新しい外套を手に入れて「陽気な気分」で歩を進めるうちに、やがて人影のすっかり絶えた不気味な広場に行きつく。

　街並の方は、木造の家と塀になり、人っ子一人見かけない。通りに積もる雪だけが光り、鎧戸を閉めて眠りに落ちた低いあばら家がもの悲しげに黒ずんでいた。彼は通りの切れ目に来たが、そこはかろうじて反対側の家々が見えるはてなき広場で、まるで恐ろしい荒野であった[37]。

この人間の消え失せた広場で、アカーキー・アカーキエヴィッチは大切な外套を奪われて憤死し、都市を夜な夜なさまよう亡霊と化す。ここには、明るく酔った気分から暗い墓場へのユゴー的な急転直下がある。躁鬱的な気分に支配されたゴーゴリのペテルブルクものの主役たちは、二日酔いの揺らぎのなかでホムンクルスに、さらには都市＝荒野の亡霊に作り変えられた。

こうして、一八三〇年代のゴーゴリはウクライナ・ナショナリズムの作家から、ネーションの有機的統一性を分子レベルにまで解体するペテルブルクの作家へと変身する。しかも、このような極端な振幅は、やがて彼をロシアおよびキリスト教への極端な愛へと導いた。ゴーゴリは最後には、自ら断食によって、浄化された死を選んだのである。

10、《歴史の終わり》の後で――ドストエフスキー

一般にロシア文学と言えば、一八一八年生まれのツルゲーネフ、一八二一年生まれのドストエフスキー、一八二八年生まれのトルストイらに代表されるが、その想像力の土台そのものはすでに先行世代の「アーキテクト」によって形成されていたように思われる。黒人奴隷の血を引くプーシキンも含めて、ゴンチャロフやゴーゴリらは純血のロシア性からのズレを含む。帝国の周縁――ウクライナやカフカス、シベリアも含めて――を経由した作家こそが、ロシア文学のナショナリズムを担ったことは見逃されるべきではない。

加えて、ロシア文学の重要性は、ヨーロッパ的な「人間」のモデルからの逸脱がたえず生じていたことにある。プーシキンの『青銅の騎士』、ゴーゴリの『外套』、ゴンチャロフの『オブローモフ』には、いずれもアンチ・ファウストあるいはポスト・ファウスト的な要素がある。ドストエフスキーの文学も、このようなポストヒューマンな想像力の延長線上に置き直せるだろう。

ここでは、ドストエフスキーのヨーロッパ観に注目したい。私は先ほどトクヴィルやマルクスのロシア論を紹介したが、ドストエフスキーは逆にロシア人の立場からヨーロッパ、特に第二帝政期のフランス社会を鋭く観察していた。シベリアでの服役から帰還し、一八五九年に出た『オブローモフ』を絶賛した後、ドストエフスキーは一八六二年夏に最初のヨーロッパ旅行に出て、翌年その旅行記を『冬に記す夏の印象』と題して発表した。そこには、ヨーロッパ文明に対する諧謔と幻滅の入り混じったシニカルな見解が充満している。

バルザックの『ウジェニー・グランデ』の翻訳者でもあったドストエフスキーは、一八四〇年代の

ロシア文壇がフランスに拝跪していたことを回想する。当時の教養のあるロシア人で、フランスひいてはヨーロッパの圧力に屈しなかった者はいなかった。ヨーロッパは「あたかも押しかけ客のごとく」ロシアに入り込み「地球上のあらゆる都市のなかで最も幻想的な歴史を持った、最も幻想的な都市」ペテルブルクを生み育てたのである。

ドストエフスキーの考えでは、このロシアのヨーロッパ化は今や最終局面に入りつつある。しかし、それはロシア人がヨーロッパ人と同じく、欺瞞的なブルジョワになることと等しい。ロシア人は「フランスのブルジョワになりつつあるのだ。もうしばらく経てば、南部諸州のアメリカ人のように、聖書の言葉を引用して、黒人売買の必要を弁護するようになるだろう」。ドストエフスキーはこの辛辣な認識を語りながら、彼自身の見たヨーロッパの大都市――万国博覧会や水晶宮でひとびとを驚かせたロンドン、自己満足した市民たちで満ち溢れたパリ――の空疎な繁栄ぶりを強調した。

同い年のボードレールが「パリの憂鬱」の諸相を象ろうとしたとき、ドストエフスキーはパリやロンドンを空疎な「書割」として認識していた。この書割のなかで最高のブルジョワ支配が実現されたにもかかわらず、なぜかパリは皇帝ナポレオン三世の影で「何もかもが縮こまっている」。フランス社会の腐敗を描いたフローベールのように、ドストエフスキーもブルジョワの勝利と繁栄を黙示録的な「終末」の到来と結びつけた。

「これこそまさしく達成された理想なのではあるまいか？」と諸君は考える。「これこそ終末ではあるまいか？　これこそまさしく『一つの群』ではあるまいか？　これこそ全き真実であると考え、もはや何も言うことができなくなってしまうようなことになるのではあるまいか？」これらすべてがあまりにも堂々と、あまりにも傲然と勝ち誇っているので、諸君は息苦しささえ感じはじめる〔38〕。

ロシア文学者のマイケル・ホルクイストが指摘するように、ドストエフスキーはここで、第二帝政期フランスの中産階級を《歴史の終わり》に生きる人間、ニーチェふうに言えば「末人」として輪郭づけたが、それはそのまま一八六四年の『地下室の手記』における近代人の不安というテーマの予告編になっている。ドストエフスキーの描く「地下室人」は、「1足す1は2」という類の法則に支配された社会——彼はその象徴として、先端テクノロジーの結晶であるロンドンの水晶宮に言及する——にあえて逆らって、偶然性を擁護する〔39〕。それ以降の『罪と罰』(一八六六年)から『カラマーゾフの兄弟』(一八八〇年)に到るまでの驚異的な大作群は、ヨーロッパのブルジョワの入り込んだ袋小路、つまり《歴史の終わり》への応答という一面をもっていた。

11、量子状態としてのポリフォニー

大まかに言えば、ロシア思想史において、一八四〇年代世代(フォーティーズ)と一八六〇年代世代(シックスティーズ)を想定できる。ヨーロッパの市民革命の影響を受けたフォーティーズは、農奴制を残した後進国ロシアに不満を抱き、急進的な自由主義者・進歩主義者として活動したが、一八四八年以降に厳しく弾圧された(社会主義サークルに加わっていたドストエフスキーも逮捕され、処刑寸前にシベリア流刑を言い渡された)。その直後に刊行されたゴンチャロフの『オブローモフ』には、ロシアの知識人の入り込んだトンネルが表現されている。

しかし、一八四八年の二月革命後のヨーロッパとは違って、ロシアの変革の機運がそれで途絶えた

わけではなかった。政治哲学者のアイザイア・バーリンによれば、ロシアの革新派は一八四八年の後に「進歩という理念そのものへの不信」を抱くようになった。つまり、ヨーロッパからの輸入思想だけでは対処できない「ロシアだけが提示している特殊な諸問題」の解決が、最重要の課題として浮上した。クリミア戦争の敗戦後に、農奴制の解体をめざしたアレクサンドル二世の改革のもとで、シックスティーズがロシアの特殊問題を問うた結果、その進歩的運動はますます「内向的」かつ「非妥協的」なものになった。バーリンは、この非妥協性が二〇世紀のロシア革命の呼び水になったと論じている[40]。

一八四〇年代に新進気鋭の作家として華々しくデビューし、その後シベリアに送られ、一八六〇年代以降に巨大な長編小説を書き続けたドストエフスキーの人生は、ロシアの社会と知識人のたどったジグザグの――いわば『罪と罰』に出てくる酔漢マルメラードフ的な――足取りと並行している。ヨーロッパのブルジョワ社会を《歴史の終わり》と見なした彼にとって、一八四〇年代的な「進歩という理念」は懐疑の対象となった。それをよく示すのが、一八六一年の長編小説『虐げられた人びと』である。

『虐げられた人びと』はペテルブルクでうまく仕事が進まず憂鬱に囚われ、死を強く意識する作家の「私」の視点から語られるが、そこでは一八四〇年代ロシアの進歩主義サークルがアイロニカルに再現されていた。その象徴である若いアリョーシャは背が高く「優雅な容貌」をもち、誰にでも子どものように甘える「永久の未成年」として描かれる。しかし、彼の完璧な均整を保った美しいスタイルは、一切の社会的現実と関わりをもたない。

進歩的な民主主義を信奉するアリョーシャの語りは、きわめて明朗で正直であるがゆえに、無垢な思いを熱っぽく語ってはたえず自己弁明へと戻ってゆく。あまりにも素直で軽薄で愚かなアリョーシャは、精神的な二日酔いの状態にあり、二人の女性のあいだで無節操に揺らぎ続ける。彼は何一つ、独力では決断できない。「アリョーシャは自分を支配し命令を下してくれる人物にのみ愛着する男なのである」。しかも、彼以外の登場人物の語りも、他者を賞賛したかと思えば、いきなり侮辱や軽蔑を向けるという具合に、まさに酩酊状態にあるため、お互いの評価は乱高下することになる［41］。

このような極端な文学上のアゴーギクには、ヨーロッパ化したロシア人の陥った袋小路が見事に表現されている。優雅さだけが取り柄のアリョーシャには、ドストエフスキーなりの進歩主義へのアイロニカルな見方が凝縮されているが、それはアリョーシャを冷笑し小馬鹿にすることとは異なる。なぜなら、天使的にナイーブな永久の未成年者の熱っぽい語りや病的な興奮こそが、ドストエフスキー文学の不可欠な推進力になっているからである。アリョーシャの浮ついた語りは、他の登場人物にも（さらには読者にも）分子状にからみあって、不思議な化合物を生み出すだろう。このような語りの化学変化が、『虐げられた人びと』ひいてはドストエフスキーの文学を特徴づけている。

もともと、ドストエフスキーの語りが一種の分裂を孕んでいることは、文芸批評の大きなテーマとなってきた。ミハイル・バフチンがドストエフスキーの小説を「ポリフォニー」のメタファーで呼んだことは有名である。彼の小説では「それぞれに独立して互いに融け合うことのないあまたの声と意識」が、事件の竜巻的展開のなかであらわにされる。この複数の声＝意識を、作者ドストエフスキーの単一の声＝意識に解消することはできない［42］。バフチンによれば、ドストエフスキーは一人の声がすでにして複数の声であるという独特の文体を編み出した。私なりに言い換えれば、それはいわば0と1が重ねあわせになった量子状態の文体である。

繰り返せば、このような《量子的な重ねあわせ》はドストエフスキーに限ったものではない。ロマンティックな酩酊を引きずったまま、麻痺的な退屈に呑まれた一九世紀の二日酔いの風土は、それ自体がポリフォニックな性向をもつ。ただ、並外れて宗教性の強かったロシアでは、この酩酊がいっそう強められたと言えるだろう。オーランドー・ファイジズに言わせれば「ロシア帝国は、国境問題であれ、外交関係であれ、ほぼすべての問題を宗教のフィルターを通じて解釈する宗教国家だった」[43]。この「フィルター」が、ドストエフスキーのポリフォニックな語りを極端にしたのは確かである。

強い宗教性を含むドストエフスキーの小説では、一九世紀特有のアゴーギクがその極致に達している。そこにはユゴー的な反転もあれば、ゴンチャロフ的な麻痺もある――つまり、事態が何の前触れもなく急展開するかと思えば、現実を置き去りにした語りが延々と続くこともある。《歴史の終わり》に直面したドストエフスキーは、この揺らぎ続ける極端なアゴーギクから、一筋の救済の可能性を探り出そうとした。『虐げられた人びと』はその一つの原型となったと言えるだろう。

こうして、ドストエフスキーの文学は、そのもろもろの量子的な特性――病的な興奮、矛盾したものの重ねあわせ、唐突な心境の変化――ゆえに、一九世紀文学の一つの極北を示す。ただし、このような特性は一九世紀で終結したわけではないし、あるいは文学だけに閉じた問題でもない（例えば、ソヴィエトあるいはロシアという二〇世紀の政治的二重体制を考えてみてもよい[44]）。一九世紀に急成長した量子状態の文学は、その後の世界文学にもさまざまな爪痕を残した。そのことは本書でおいおい示すことになるだろう。

［1］阪上孝『プルードンの社会革命論』（平凡社ライブラリー、二〇二三年）三三、一〇四、二〇八頁。その一方、サン＝シモンと決別したオーギュスト・コントは、反革命の立場から、実証主義的な社会学の創始者となった。

［2］クリスティアン・マルティン・シュミット『ブラームスとその時代』（江口直光訳、西村書店、二〇一七年）五六頁以下、一〇三頁以下。

［3］ジョン・ミアシャイマー『大国政治の悲劇』（奥山真司訳、五月書房新社、二〇一七年）一四頁。

［4］鹿島茂『怪帝ナポレオン三世』（講談社学術文庫、二〇一〇年）第四章参照。

［5］阪上孝「一八四八年をどうとらえるか」阪上編『1848　国家装置と民衆』（ミネルヴァ書房、一九八五年）参照。

［6］第二帝政時代にポストモダンの問題を重ねる試みとしては、蓮實重彦の一連の批評（フローベールの友人マクシム・デュ・カンを主役とする『凡庸な芸術家の肖像』等）が挙げられる。

［7］カール・マルクス『ルイ・ボナパルトのブリュメール18日』（植村邦彦訳、平凡社ライブラリー、二〇〇八年）二〇頁。

［8］同右、二二頁。

［9］ディルタイ『近代美学史』（澤柳大五郎訳、岩波文庫、一九六〇年）八頁以下。

［10］ヴィクトール・ユゴー『レ・ミゼラブル』（第五巻、西永良成訳、平凡社ライブラリー、二〇二〇年）一七七頁。

［11］ジャック・ランシエール『文学の政治』（森本淳生訳、水声社、二〇二三年）四〇頁。

［12］「セントラルパーク」『ベンヤミン・コレクション1』三六四、三八九頁。

［13］同右、三六九、三八二、三五九頁。

［14］ジャック・デュボア『現実を語る小説家たち』（鈴木智之訳、法政大学出版局、二〇〇五年）二六九頁以下。

［15］ランシエール前掲書、四七‐八頁。

［16］同右、六八頁。なお、フローベールと好一対なのが一八二八年生まれのジュール・ヴェルヌである。ヴェルヌはユゴー的な深層を再創造したが、それはもはや都市の地下ではなく、新奇な事物に満ちた崇高な自然環境（火山、地底、海底等）である。特に、『海底二万里』（一八七〇年）の貴族的な科学者ネモ船長は、清潔な潜水艦ノーチラス号で海底を調査し、世界の縮図と言うべき壮麗なコレクションを築いている（この点で『海底二万里』は、科学的調査のパロディでもあるフローベールの『ブヴァールとペキュシェ』と比較されるべきだろう）。ヴェルヌ的な深層は、世界の事物を科学の力で数えあげようとする欲動が全面化される場なのだ。

［17］ギュスターヴ・フローベル『ボヴァリー夫人の手紙』（工藤庸子編訳、筑摩書房、一九八六年）一三〇頁。菅谷憲興「民主主義のなかの小説家」松澤和宏＋小倉孝誠編『フローベール　文学と〈現代性〉の行方』（水声社、二〇二一年）一五八頁。

［18］『ボヴァリー夫人の手紙』一〇一頁。

［19］参考までに言えば、坂本龍一のキュレーションによるCD『耳の記憶』（commmons）所収のブックレットで、この一九世紀的なテンポの問題が強調されている。

［20］G・W・F・ヘーゲル『世界史の哲学講義』（上巻、伊坂青司訳、講談社学術文庫、二〇一八年）一三七‐八、一四〇頁。ただ、ヘーゲルが植民地生まれの混血のクレオールには独立の気概を認めたことは注意されてよい。

[21] 「獄中記」（長尾龍一訳）『カール・シュミット著作集』（第二巻、慈学社出版、二〇〇七年）一四三頁。

[22] トクヴィル『アメリカのデモクラシー』（第一巻下、松本礼二訳、岩波文庫、二〇〇五年）四一八頁。

[23] カール・マルクス『一八世紀の秘密外交史』（石井知章他編訳、白水社、二〇二三年）一九五頁。

[24] オーランドー・ファイジズ『クリミア戦争』（上巻、染谷徹訳、白水社、二〇一五年）二一頁以下。ロシアでは長らく、クリミア戦争という「世界戦争」の敗北の悲劇が国民意識の核になった。ロシアが敗北を喫したセヴァストポリは恥辱のシンボルである一方、西欧諸国とトルコを相手に兵士たちが勇敢に闘った、気高い祖国防衛の場でもあった（逆に戦勝国トルコでは、この戦争の記憶は意図的に抹殺された）。クリミア戦争に従軍したトルストイの『セヴァストポリ物語』は、この英雄的な敗北をロシア・ナショナリズムの神話に変えるのに大いに役立った。ファイジズ『クリミア戦争』（下巻）二九八頁以下。
さらに、トルストイは『戦争と平和』の構想段階では、クリミア戦争直後のロシアを舞台に、デカブリストを主役にした小説を予定していた。それがやがてナポレオン戦争というテーマに移行したのである。トルストイにとって、この二つの戦争はロシア国民の自己犠牲的な愛国精神を顕現させた、国民統合のシンボルと言うべき出来事であった（同、三〇四頁）。ただ、一見して「モル的」なトルストイの国民文学の底に、その統一性をひび割れさせる「分子的」な戯れを見出すことも十分可能だろう。

[25] エレーヌ・カレール＝ダンコース『未完のロシア』（谷口侑訳、藤原書店、二〇〇八年）二六七頁。

[26] オーランドー・ファイジズ『ナターシャの踊り』（上巻、鳥山祐介他訳、白水社、二〇二一年）九五頁以下。

[27] Mikhail Epstein, *The Irony of the Ideal: Paradoxes of Russian Literature*, Academic Studies Press, 2018, p.11. エプスタインによれば、ゲーテのほうも一八二四年のペテルブルクの洪水のニュースを、『ファウスト』第二部の構想に生かした可能性がある。

[28] 井筒俊彦『ロシア的人間』（中公文庫、一九八八年）一〇〇頁。

[29] Susan Layton, *Russian Literature and Empire: Conquest of the Caucasus from Pushkin to Tolstoy*, Cambridge University Press, 1994, chap.2. さらに、乗松亨平『リアリズムの条件』（水声社、二〇〇九年）はカフカスの植民地化とロシア近代文学の誕生を結びつけている。

[30] ゴンチャロフ『オブローモフ』（上巻、米川正夫訳、岩波文庫、一九七六年）一四〇頁。

[31] Edyta M. Bojanowska, *A World of Empires: The Russian Voyage of the Frigate Pallada*, Belknap Press, 2018, chap.5.

[32] イワン・A・ゴンチャローフ『ゴンチャローフ日本渡航記』五九、九七、一〇八頁。

[33] ウラジーミル・ナボコフ『ニコライ・ゴーゴリ』（青山太郎訳、平凡社ライブラリー、一九九六年）四八頁。ナボコフ自身、場所（ロシア）から場所（アメリカ）に移り住み、最後はスイスのホテルに定住した蝙蝠的な亡命作家であったことを、ここで思い返しておこう。

[34] Edyta M. Bojanowska, *Nikolai Gogol: Between Ukrainian and Russian Nationalism*, Harvard University Press, 2007, chap.2. 加えて、青山太郎『ニコライ・ゴーゴリ』（河出書房新社、一九八六年）によれば、ゴーゴリの「ウクライナもの」にはドイツ・ロマン派からの影響が色濃い。フォークロアふうの小説『ヴィイ』もウクライナの伝承というよりは、グリム童話をはじめドイツ文学の影響下にあった（一五八頁）。

[35] ナボコフ前掲書、八七頁。

[36] 同右、七五頁以下。

［37］ゴーゴリ『外套　鼻』（吉川宏人訳、講談社文芸文庫、一九九九年）三八頁。

［38］以上、「冬に記す夏の印象」（小泉猛訳）『ドストエフスキー全集』（第六巻、新潮社、一九七八年）一三、二〇、二四、四二、四九頁より引用。

［39］Michael Holquist, *Dostoevsky and the Novel*, Princeton University Press, 1977, pp.48, 54.

［40］バーリン『ロシア・インテリゲンツィヤの誕生』（桑野隆編、岩波文庫、二〇二二年）一八、一九、四六頁。

［41］ドストエフスキー『虐げられた人びと』（小笠原豊樹訳、新潮文庫、一九七三年）六九、三六九頁。そのうえ、自分で自分の評価を下げることに、隠微な喜びを覚える人物も登場する。それがアリョーシャの父の公爵であり、彼は自らの悪辣な本性を嬉々として語る。「いきなり仮面をかなぐりすてて、恥も外聞もなく他人の前に自分をさらけ出すというシニシズムには、独特の快感があるんです」（三九七・八頁）。貴族的であれ、ブルジョワ的であれ、一八六〇年代以降のドストエフスキーの小説では、まさに「仮面」を取り去って、自らの社会的評価を貶めることを快楽とするマゾヒストたちが目立つ。しかも、プーシキンの『スペードの女王』の場合、勝ち負けの反転は一瞬のうちに生じるが、ドストエフスキーの場合、むしろ異様に長い語りのなかで、評価の反転が発生するのである。

［42］ミハイル・バフチン『ドストエフスキーの詩学』（望月哲男他訳、ちくま学芸文庫、一九九五年）一五頁。

［43］ファイジズ『クリミア戦争』（上巻）四一頁。

［44］二〇世紀のソヴィエト連邦は、いかなる具体的な地名にもよらずに、政治計画をその名に冠した異例の国家であった（ソヴィエトとは「評議会」の意）。ホモ・ソヴィエティクス（ソヴィエト的人間）という新しいタイプの人間を創設し、全世界を永続的に変革すること——この前代未聞のプロジェクトが「ソ連」の核心にある（カレール＝ダンコース前掲書、一〇頁）。このプロジェクトの推進のために、ロシアの伝統は社会主義にいったんその座を譲った。ただし、ロシア的人間がソヴィエト的人間にすっかり上書きされたわけでもない。

第七章

世界文学は新世界文学である——シェイクスピア・デフォー・メルヴィル

1、世界文学としてのアメリカ独立宣言

アメリカの生み出した最初の、そして最も強い衝撃力を備えた《世界文学》は、一七七六年に発せられたアメリカ独立宣言（United States Declaration of Independence）である。政治学者のデイヴィッド・アーミテイジが指摘するように、この宣言は「現在まで存続し続けている政治的著述の一ジャンル」の誕生を告げた[1]。そのユニークさは主権国家としての対外的な独立のみならず、諸個人の「生命、自由、そして幸福の追求」の権利を強く主張したことにある。独立宣言というジャンルは、国家の権利と人間の権利を、世界に向けて「宣言」し、それらを現実に変えるための創設的な言説である。それはちょうど一八世紀のヨーロッパ人が「小説」を飛躍させたことに匹敵するような、驚くべき発明であった。

しかも、この新しい政治的著述のジャンルは、強力な感染力を備えていた。アーミテイジの表現を借りれば「アメリカ革命は、主権という名の伝染病の最初の大発生であり、この伝染病は一七七六年以降の数世紀の間、世界に大流行した」。この主権のパンデミックによって、アメリカ大陸やアジア、アフリカも含めて、世界じゅうに諸国家がひしめく新時代の扉が開かれた。一九世紀のヨーロッパが

多極的な安定構造の時代であったのに対して（前章参照）、同時期の南北アメリカ大陸ではハイチ、ベネズエラ、ブラジル等が相次いで独立を宣言し、二〇世紀になるとアジア、アフリカ、中東、バルカン半島、旧ソ連、東欧等で「主権という名の伝染病」が再燃した[2]。独立宣言というジャンルは、この政治的感染症を広げる媒介物になったのである。

私がアメリカ独立宣言という「ノンフィクション」の文書を《世界文学》に数え入れるのは、そこにヨーロッパ文学の財産が受け継がれているからである。一八世紀後半まで、文学（literature）は今ならばノンフィクションに分類される著述（歴史、旅行記、哲学、科学等）を含む多義的な言葉であった[3]。当時のイギリスの『ロビンソン・クルーソー』や『ガリヴァー旅行記』は、いずれもノンフィクションの体裁で書かれた作品である。逆に、それ以降のロマン主義者たちは、オリジナリティや天才、想像力のような概念を駆使して、literatureを独立したフィクションに近づけた。一八世紀のクルーソーやガリヴァーが後に本格的な文学というより、しばしば児童文学のキャラクターとして扱われたのは、この大きな変化と関係している。一九世紀のliteratureの観念からすれば、一八世紀のliteratureは不純なテクストに映るだろう。

しかし、ここではむしろ、今で言うノンフィクションからフィクションまでを横断する一八世紀的な「文学」の概念を基準にしよう。なぜなら、アメリカ独立宣言という第一級の政治的文書のなかにも、大西洋を横断する（transatlantic）文学の痕跡があるからだ。

現に、独立宣言の起草に関わったトマス・ジェファーソンは、ジョン・ロックの啓蒙思想に加えて、イギリスの小説家ローレンス・スターン、特にその最も実験的な『トリストラム・シャンディ』の愛読者でもあった。transatlanticな文学の研究者ポール・ジャイルズによれば、一七四三年生まれのジェファーソンが一世代上のスターンの稀に見る多面性——センティメンタルなモラリストにしてコスモポリタンな旅行者——に魅了されていたのは、大いにありそうなことである。ジャイルズはこの見地から、独立宣言の掲げる「幸福の追求」の権利もスターンの思想と関連づけた。

ふつう「幸福」の意味は、共和主義的な公共的参加か、あるいはジョン・ロック的な私的財産の獲得と結びつけられることが多い。しかし、ジェファーソンの好んだ文学を鑑みると、彼の幸福概念が、身体と心を舞台とするスターン的な「感覚の衝動」のテーマと深く関わっていたことが分かる。たえず揺れ動きながら、人間を「自然」と結びつける感覚（sensibility）は、一八世紀の知的パラダイムのなかでことさら強調されたものである。もしジャイルズのように、公共的な生と個人的な生をともに包み込む「感覚」の哲学者としてジェファーソンを位置づければ、独立宣言の思想も、小説や哲学を含む一八世紀の言説空間の一部として理解されるだろう[4]。

実際、ジェファーソンはフランス人からの質問に答えた『ヴァージニア覚え書』（一七八一年）でも、共和国の政治の根底に、地域の風土や気候、動植物や天然資源のありさまを理解する能力を置いていた。彼の考えでは、工業的なシステムは、人間の依存と「徳の窒息」を招くため、共和国の理想とは両立しない。ゆえに、ジェファーソンは農本主義的な立場から、システムに汚染されない自然の美を感覚するのに役立つ詳細な情報を記したのである。感性の力を褒めたたえたアメリカの政治家ジェファーソンは、一八世紀の環太平洋世界の思想家でもあった[5]。

2、すべてを変えてしまった革命

私はこれから、アメリカという新世界で産出された《世界文学》の一端を探ろうと思う。ただ、この本題に入る前に、ヨーロッパ人がアメリカ、つまり大西洋を隔てた植民地をどう理解していたかという重要なテーマを考察しておきたい。
アメリカ独立宣言が発せられた一七七六年に、イギリスのアダム・スミスが『国富論』を刊行した。スミスはそこでヨーロッパ人の植民史を大きく取り上げている。彼によれば、古代のギリシア人やローマ人にとって植民地建設には居住空間の拡大という明快な目的があったのに対して、アメリカ大陸の植民地ははっきりしたニーズがないままに創設された。

アメリカと西インド諸島における植民地の設立は、必要性から生じたものではなく、その結果生じた効用がきわめて大きなものであったとはいえ、それは、まったく明白かつ明瞭なものではなかった。それは最初に設立された時に理解されておらず、しかも、その設立の動機や、それを発生させることになった発見の動機でもなかったから、その効用の性質、程度や限界は、おそらく今日でも十分に理解されていないのである［6］。

ヨーロッパ人は自らがなぜ植民地を欲望するのかも、植民地がいかなる効用をもつのかも十分に理解しないうちに、アメリカと西インド諸島に植民地を創設した。しかも、この単純なニーズを超えた集団行動こそが、世界を劇的に変容させたのである。ミクロな個人の行動がマクロな「意図せざる目的」を達成するという《見えざる手》の作用に注目したアダム・スミスは、ヨーロッパの植民史にも人間の意図を超えた力を認めた。
さらに、フランスのディドロも同時代のスミスとよく似た認識を記していた。それは、フランス革命前夜の一七七〇年に初版刊行され、彼自身が執筆にも関わった植民史をテーマとする大著『両インド史』からうかがい知ることができる。それは誠に時宜を得た書物であった。ウォーラーステインによれば、一七五〇年前後を境にして、インド亜大陸、オスマン帝国、ロシア、西アフリカといった諸地域が、世界経済に組み込まれた[7]。ヨーロッパがアジアを経済的に凌駕し、資本主義を世界規模に拡大し始める「大分岐」のさなかに、『両インド史』はそれ以前の植民地化のあり方を総括する巨大な歴史書として現れたのである。

その編纂をリードしたのは、腕利きのジャーナリストであったギヨーム＝トマ・レーナルである。「啓蒙の世紀」の一翼を担ったレーナルの指導のもと、『両インド史』は信じがたいほど情報豊富な百科全書的な書物として編まれ、ヨーロッパ各国でベストセラーとなった。そこには、ヨーロッパ人の進出した東インド（その範囲はあいまいだが、おおむねアジアの「旧世界」を指す）と西インド（南北アメリカ大陸という「新世界」を指す）についてのデータと考察が大量に集積されていた。コロンブス以来の植民史の帰結を、ジャーナリズムと哲学を横断しながら忖度なく論述し尽くすこと――このレーナルやディドロの戦略によって、「新世界」と「旧世界」を結びつけた初期グローバリゼーションや植民地化の意味が徹底的に問い直されたのである。

ディドロの考えでは、アメリカの発見は「革命」にほかならない。それは、従来のコミュニケーションの限界を突破し、世界規模の商業的なネットワークを作り出した。「新しい関係と新しい欲望によって、もっとも離れた国の人間同士が相互に近づいた」。その結果として「いたるところで、人びとは意見や法律や慣習や病気や薬や美徳や悪徳をお互いに交換してきた」。つまり、思想や病原菌も含めて、あらゆるものが交換されるグローバルな市場の出現そのものが、時代を転換させる事件なのである。これは明らかに、ゲーテの世界文学論を先取りする考え方である。ディドロがアメリカ独立宣言とフランス革命の直前に、グローバリゼーションこそを「革命」と捉えたのは、この卓越した思想家らしい慧眼であった。

その一方、ディドロによれば、自らの行動で世界各地を植民地化したにもかかわらず、ヨーロッパ人はこの革命的な転回の意味を理解していない。「ヨーロッパはいたるところに植民地を作ってきた。しかし、ヨーロッパは、植民地がどのような原理にもとづいて作られなければならないかを知っているだろうか」。このスミスと似た問いかけは、人類の未来に対するディドロの懸念をいっそう深くした。

すべてが変わってしまったし、今後も変わっていくに違いない。しかし、過去に生じた革命は、人間本性にとって有益なものであっただろうか。また、今後、まちがいなく起こると思われる革命は、人間本性にとって有益なものになるだろうか。いつの日か人間は、これらの革命のおかげで、よりいっそうの平安と幸福と快楽を得ることになるだろうか。人間の状態は、よりいっそうよくなるだろうか。それともただ変化していくだけなのだろうか[8]。

ヨーロッパの植民史の帰結である巨大な世界システムは、アジアやアメリカだけではなく、ヨーロッパのすべてをも根本的に変えてしまった。ディドロはこの前例のない状況を目撃しながら、それが人間の自然=本性（nature）すら、いつしか変質させかねないという懸念を抱いた。彼にとって、グローバル化はヨーロッパを退化させる可能性も内包していた。植民地とは何かを知らないまま、すべてを変化させつつあるヨーロッパという存在を、膨大なデータをもとに再検証すること――この点で『両インド史』は、初期グローバリゼーションへの最も徹底した批判書と呼べるだろう。

スミスとディドロはいずれも、新世界の植民地化に、計画や意図を超えた《見えざる手》の作用を認めた。それはヨーロッパを強大化するとともに、ある面では脆弱化した。この両義性は、デフォーの『ロビンソン・クルーソー』で鮮明にされたテーマでもある。クルーソーは南米植民地の経営者、海賊の捕虜、さらに孤島の漂流者に次々と生まれ変わるが、そこには植民地の支配者であることによって、かえって不慮のアクシデントにさらされやすくなったヨーロッパ人の姿が見事に描かれている。スミスとディドロは、この強さと弱さがめまぐるしく反転するクルーソー的な状況を、理論的・歴史的に分析したのである。

3、空間革命――有限の地中海から無限の大西洋へ

むろん、アメリカ大陸の住民からすれば、入植者であるヨーロッパ人のジェノサイドは最悪の蛮行以外の何ものでもなかった。スペイン人によるインディオの虐殺は、ラス・カサスの告発文書によって広く知られたが、アメリカ大陸で残虐行為を働いたのはイギリス人やオランダ人も同じであった。それは相手の人間性を破壊し「モノ」に変えるような殺戮において、最も顕著であった〔9〕。ヨーロッパの文明人が野蛮人を征服したというより、むしろ彼らの征服行為こそが恐るべき野蛮を生み出したのだ。

レーナルもディドロも、スペイン人の暴虐さおよびイエズス会の宗教的狂信への嫌悪や怒りを隠していない。特にディドロにとって、コロンブスに始まるヨーロッパの三〇〇年の植民史は「人間の背徳の年代史」そのものであった。スペイン人は新世界を搾取し、その富をむさぼったばかりか、この大規模な犯罪をキリスト教の名のもとに正当化した。ディドロは自国フランスの植民地政策の失敗も含め、従来の植民地化がいかに非人道的で誤ったプロジェクトであったかを立証しながら、この血塗られた植民地化事業を克服するために、より文明的・平和的な貿易を推奨した〔10〕。

アダム・スミス、ディドロ、レーナルらが象徴する一七七〇年代の知の驚くべき多産性は、旧来の

地中海中心のヨーロッパ的世界像が、重大な転換点にさしかかっていたことを示唆している。『国富論』や『両インド史』のような画期的な書物は、ヨーロッパ人が環大西洋世界の経済圏に深く関わり、地中海周辺で自己完結できなくなった状況から生まれている。ディドロが「革命」と呼んだのは、まさにこの世界像の革命であった。

実際、カール・シュミットに言わせれば、地中海やアドリア海はたかだか「海の盆地」にすぎず、「世界の海洋の無限の広がり」と比べれば、はるかに矮小なものであった。有限の海から無限の《海》への転換がはっきりしたのは一六世紀である（第三章参照）。地中海の「内海文化」や「海岸文化」を象徴するヴェニスは、一五七一年のレパントの海戦を経て海の主役の座から降り、それ以降はイギリスを中心として、遠隔地どうしを結ぶ「海洋文化」の時代に入った。シュミットは大胆にも、このイギリスの導く新しい海洋の時代になって、大地に直立する人間とは異なる存在、つまり「海のエレメント」を基盤とする「別の人間存在」が誕生したと述べている[11]。

有限の地中海から無限の大西洋へ――シュミットはそれを「空間革命」と呼んだ。では、文学はこの革命とどう関わるのか。この問いを考えるのに、シェイクスピアの名を欠かすことはできない。なぜなら、ヴェニスを特権的な場として描いてきたシェイクスピアは、晩年の劇『テンペスト』に到って、地中海から大西洋へというグローバリゼーション（西方化）の方向性を鮮明にしたからである。

4、シェイクスピアにおける《海》の諸相

政治思想家のアラン・ブルームによれば、一六〇〇年前後に書かれたシェイクスピアの『ヴェニスの商人』や『オセロー』の舞台であるヴェニスは、当時数少ない「共和国」の成功例であった。ヴェ

ニスが世界有数の貿易都市として発展したのは、そこが「様々な種類の人間が自由に交わることができる」寛容な場所であったからである。ユダヤ人貿易商のシャイロックやムーア人のオセローのような異質なマイノリティも、この地中海に面した共和国では存在が許される。シェイクスピアはこの先端的な都市を、文学の酵母としたのである。

特に、シャイロックのようなユダヤ商人は、ヴェニスに資本投下するベンチャーキャピタルの担い手であった。ヴェニスの商業的繁栄の基礎を築いたのは、ユダヤ人という「よそもの」の商人にも人間的な権利を与える法の力である。ゆえに、シャイロックは法を行動の基準として尊重する。にもかかわらず、シャイロックを法廷で破滅に追いやるのは、まさに彼を保護してきた法の機械的な作動である。シャイロックは自らをいったんは人間にした法のえじきになり、その厳格な判決によって社会的地位を剝奪されてしまう[12]。

ブルームによれば、シェイクスピアは「人間が人間に、ただひたすらに人間になろうとする試みに関心を抱いていた」[13]。そして、この人間になろうとする意志が強く発揮されるのは、どこにでもある一般的な環境においてではなく、ヴェニスのような高度な政治的秩序をもつ都市国家においてである。シェイクスピア劇の政治性は、ある存在を人間に仕立てたり、逆に人間の座から追い落としたりするさまざまな権力——法、恋愛、人種、貨幣等——と切り離せない。シェイクスピアの舞台の主役は、たんなる人間というよりも、人間に強く作用する「力」の束であり、シェイクスピア的人間とは多数の権力の交差点なのだ。地中海の首都＝資本（capital）と呼ぶべきヴェニスは、これらの力をまとめて上演できる先端的な都市＝劇場として描かれた。

ただ、繰り返せば、地中海はあくまで「海の盆地」にすぎない。ヴェニスは確かに当時有数の世界都市ではあったが、その力の及ぶ範囲は内海に限られており、しかもその勢威はレパントの海戦を経て曲がり角にさしかかっていた。第三章で述べたように、シェイクスピアと同時代人セルバンテスの『ドン・キホーテ』はまさにその「戦後」の文学である。セルバンテスは「ガリレイ的言語意識」（第二章参照）を縦横に駆使し、重層的なメタフィクションを書いたが、そこでは無限の《海》は遮断される。むろん、『ドン・キホーテ』というスペイン語の小説そのものはやがて大西洋を渡り、ラテンアメリカ文学の始祖として再創造されるのだが、セルバンテス自身はあくまでコロンブスとは違って「海の盆地」の作家であった。

ただ、シェイクスピアは新興国イギリスの作家らしく、セルバンテス以上に海への意志を強く示してもいた。例えば、『ハムレット』の主人公は「デンマークは牢獄だ」（第二幕第二場）と言い放つが、この閉塞的な状況に風穴をあけたのが海との遭遇である。煮え切らなかったハムレットが、叔父である国王クローディアスに復讐を決断するのは、デンマークからイギリスに出港したとき、海賊に襲撃されて（ちょうどロビンソン・クルーソーのように）捕虜になり、その際に国王の陰謀に気づいたときである。ハムレットは《海》の与えるショックによって、政治的な決断を促された。ゆえに、カール・シュミットがハムレットを「海的実存」の先駆と呼んだことにも、それなりの説得力がある[14]。

それでも、ハムレットは海から陸に戻って、地上の権力者に挑戦することを選んだ。そう考えると、一六一一年に初演されたシェイクスピア最後の劇『テンペスト』の画期性は、いっそうはっきりするだろう。なぜなら、そこでは世界性の位置が、地中海から大西洋へと移し替えられたからである。晩年のシェイクスピアは、力を上演する空間＝世界そのものを転位してみせた。それはまさに、文学上の空間革命と呼ぶにふさわしい。

5、『テンペスト』における世界性の転位

『テンペスト』の舞台となった島の位置は明示されないが、劇中では海難事故の多かった北大西洋のバミューダが「あらしの絶え間無い魔の島」として言及されている。『テンペスト』の事実上の舞台は、地中海の外の海、つまりおおむね大西洋にあったと考えてよい。その一方、『テンペスト』の作劇法そのものは、地中海を舞台とした従来のシェイクスピア劇の延長線上にあった。したがって、ピーター・ヒュームが指摘するように、『テンペスト』では「もともとの地中海テクストに重なるようにして、大西洋的テクストが地中海的言語のあいだに書き込まれている。唯一の例外はキャリバンで、彼はどちらにも属する一種の言説の怪物であり、彼を作り出した闘争の名残をとどめる妥協の産物ともいえる」[15]。

島の支配者であるプロスペローはもともとイタリアのミラノ公であったが、弟アントーニオーのクーデターによって放逐された後、一人娘のミランダとともに島に渡り、魔術を駆使して怪物キャリバンを奴隷化し使役する。キャリバンは島に響く不思議な音楽にうっとりし、反抗心をもちつつも骨抜きにされている。つまり、プロスペローはキャリバンを武力で屈服させるのではなく、むしろ彼に未知の感覚的快楽を植えつけることによって、権力を掌握した。地中海から追われた高貴な亡命者プロスペローが、魔術師のように支配する大西洋上の島——それが『テンペスト』の舞台である。

もとより、プロスペローはミラノを追われた屈辱を忘れていなかった。彼が大気の妖精エーリアルに命じ、宿敵アントーニオーやナポリ王アロンゾーの乗った船を嵐で沈没させる恐ろしい場面から、この劇は開幕する。島に流れ着いたアントーニオーはナポリ王の殺害を企てる一方、キャリバンはプ

ロスペローに攻撃を仕掛けようとするが、今回のクーデターはあっけなく鎮圧される。そして、アロンゾーの息子ファーディナンドがミランダと結婚することによって、プロスペローは再び返り咲きの機会を得る。

クーデターで力を失った人間が、新世界において権力を奪回する。あるいは逆にクーデターで不正に権力を握った簒奪者が、魔術的な力の渦のなかで失墜する——ここには『ハムレット』や『マクベス』でもおなじみの、いかにもシェイクスピア的な力の転換がある。ただ、『テンペスト』の場合、この転換のドラマは、血や暴力ではなく「夢」や「眠り」によってやさしく包み込まれていた。「吾らは夢と同じ糸で織られているのだ、ささやかな一生は眠りによってその輪を閉じる」（第四幕第一場／以下、シェイクスピア劇からの引用は福田恆存訳［新潮文庫］に基づく）というプロスペローの言葉は、『テンペスト』の核心を見事に捉えている。未知の感覚に呑み込まれ、その自由を奪われたキャリバンをはじめ、島の人間たちは半ば夢見心地で動いているのだ。

ここで再びアダム・スミスやディドロの見解を繰り返せば、ヨーロッパの植民地建設は、理性的な計画を超えた企てであった。いわばヨーロッパ人の入植行為そのものが「夢と同じ糸で織られて」おり、しかもこの夢見心地のなかで、最悪のジェノサイドが引き起こされたのである。「夢」はシェイクスピアの核心的なテーマだが、『テンペスト』ではそれが地中海と大西洋、旧世界と新世界のギャップ（間隙）で発生している。

ヒュームの見解を繰り返せば、『テンペスト』は地中海的言語によって書かれた大西洋的テクストである。ミラノの権力者プロスペロー、そしてアルジェリア生まれの魔女を母とするキャリバンは、ともに地中海世界の住人でありながら、大西洋世界に（いわば『スタートレック』のように）転送された。このワープの結果、しかるべき人間がしかるべき場所でしかるべき役割を演じるというわけにはいかず、しばしば場違い（out of place）の感覚が上昇してくる。『テンペスト』は、このちぐはぐな状況を夢見心地のまま受け入れる人間たちを描いた。それは、ヨーロッパの植民史への注釈として読めるだろう。

シェイクスピアの作品とは、それ自体が時空を転位させる超劇場である。ヴェニス、デンマーク、アテネ等を舞台としたシェイクスピアは、演劇的空間の弾力性を最大限に高めたが、なかでも『テンペスト』における地中海から大西洋への転位は、その後のアメリカ文学の登場をも予告していた。文学研究者のレオ・マークスが『テンペスト』を「アメリカ文学への序論《プロローグ》として読まれるべき作品」と評したことにも、十分な根拠がある。シェイクスピアは恐らく、エリザベス女王時代に書かれたアメリカ旅行記を読んでいた。そこで描かれたアメリカ像は、歴史にさらされていない楽園（処女地）であり、恐るべき荒野でもあるという二重性において、『テンペスト』の島とよく似ていたとマークスは論じている[16]。

と同時に、ラス・カサスの死の二年前に生まれたシェイクスピアは、新世界との接触から血の要素を取り除いた。『マクベス』や『ハムレット』等で血なまぐさいクーデターや内戦をテーマとしたシェイクスピアにとって、『テンペスト』を暴力的な劇に仕立てることは、容易であっただろう。しかし、プロスペローは一滴の血も流さずに島のトラブルを解決した。大西洋の娘ミランダと地中海の息子ファーディナンドの結婚が象徴するように、この島では政治的な対立は相互浸透や和解へと導かれる。マークスが指摘するように、ミラノにいたとき現実にうとい学者にすぎなかったプロスペローは、島ではソーシャル・プランナーとして手腕を発揮し、一種の独立国家を創出したのだ[17]。

6、愚かさを拡大する新世界——デフォー『モル・フランダーズ』

このように、ヨーロッパの近代文学の出発点には、植民地化の素朴な肯定ではなく、むしろ従来の横暴なコロニアリズムを反省的に修正し、無害化するプログラムが含まれていた。『テンペスト』からおよそ百年後のデフォーは、やはりスペイン人の暴虐さを批判しながら、ロビンソン・クルーソーとフライデーを擬似的な親子として和解させた（第三章参照）。シェイクスピアとデフォーという二人の巨匠は、ともに新世界との暴力的接触を回避し、むしろ新旧二つの世界のあいだに家族的な親密さを成立させた。彼らのコロニアルな文学は、すでにポストコロニアルな操作を含んでいたと言えるだろう。

要するに、新世界の未知の他者に出くわしても、そこから正面衝突の因子を取り除いて、主体を安全に保つ免疫システムが、彼らの文学には作動していた。そこに、プロスペローとクルーソーが島の領有を首尾よく実現できた理由がある。私は先ほど、一七七六年の独立宣言を契機にした「主権というパンデミック」の発生について述べたが、イギリス文学はそれに先んじて、プロスペローやクルーソーを独立国家の「主権者」のように描いた。彼らの魔術やテクノロジーは、野蛮状態への転落を抑止しながら、人間の再創造という実験を進める。

このような文学上の操作は、ヨーロッパのアメリカ観とも関わってくる。興味深いことに、シェイクスピアの活躍からおよそ一世紀後の一六八九年に、アメリカのカロライナ憲法の制定にも関わった哲学者のジョン・ロックは「最初の頃は、全世界がアメリカのような状態であった」（『統治二論』後篇・四九節）と述べながら、貨幣ももたずに「生存の必要」（同・四六節）だけで動いている初期状態の人間のモデルとしてアメリカ人を描いた。ロックがここでアメリカを自己流に理想化しているのは否めないとはいえ、ヨーロッパ社会の背負ってきた重荷を、まとめて初期化できるジョーカー的存在としてアメリカが現れたことは重要である。

このような「初期化」を戦略的に利用したのは、やはりデフォーである。彼はロビンソン・クルーソーを環大西洋的存在として造形した後、一七二二年の『有名なモル・フランダーズの運不運』で、新世界アメリカを小説の核心に据えた。ロンドンのニューゲートの牢獄で生まれた女性主人公――本名を隠してモル・フランダーズという変名を名乗る――は、虚栄心にとりつかれ、自ら破滅への道を歩まずにはいられない。その美貌を駆使して結ばれた二人目の夫は、彼女をアメリカのヴァージニア州のプランテーションに連れてゆく。しかし、この夫が実の弟であったというショッキングな事実が判明し、彼女は一人で帰国するのである。

当時のヴァージニアは「ニューゲートやその他の牢獄」から流刑になった人間たちで溢れていた。イギリスでは罪人であった彼らは、うまくやればアメリカの植民地で出世することもできた。夫＝弟の母（つまりモル・フランダーズの実母）が「ニューゲートにいた連中でえらぶつになっている人がたくさんいるよ。ここには治安判事や民兵団の将校や自分の住んでいる町の判事でも、腕に焼印のある人が何人もいるんですよ」と語るように[18]、ヴァージニア植民地はシェイクスピアのヴェニスにも似た「共和国」であり、モル・フランダーズも含めたアウトローですら、統治者に生まれ変わる可能性をもった土地であった。デフォーのアメリカは、まさに過去を初期化する世界なのである。

加えて、この小説のテーマは、犯罪者たちがお互いに秘密を隠しながら、騙し騙される関係を生き延びてゆくことにあった。ロビンソン・クルーソーが無人島を計算づくで経営し管理するのに対して、モルは逆に、人間関係を巧妙に計算し操作する（さらに、クルーソーがフライデーと擬似的な親子になるのに対して、フランダーズが自らの家族を築いてはそこから逃れる人物であるのも、好対照である）。その知性によって、彼女は、社会の下層のアウトサイダーが人間に生まれ変わろうとするシェイクスピア的なゲームを続行した。

モルは盗みと結婚に惜しみなく才能を発揮するが、それは何かのためというよりも、そのゲーム自体が目的化しているように思える。文学研究者のアーノルド・ワインスタインが指摘したように「彼女は明らかに、自らの技能を必要性の領域から離れて用いている。彼女のパフォーマンスは奇妙なほど、私欲がない」。つまり、経済的な関心は、戦略や技術を駆使することの快楽に凌駕されるのだ。これは実はクルーソーの態度ともよく似ている。というのも、無人島の彼は、技術を用いて道具を作り、自らの状況を日記的に記録することそのものを楽しんでいるように見えるからである[19]。

もっとも、このような自己目的化した戦略はそのまま「愚かさ」へと反転する——モルは虚栄心に導かれるままに、新世界の社会に滑り込んで、結婚のゲームに身を投じるが、結局は弟との近親相姦というこれまた愚かしい予想外のエラーによって、その企ては失敗に終わるのだから[20]。彼女のアメリカ渡航は、理性的なコントロールの利かない領域、つまり「愚かさ」を際立たせる。シェイクスピアの『テンペスト』が「眠り」や「夢」として描いた問題は、『モル・フランダーズ』では連続する「愚行」として描き直されたと言ってもよい。

7、世界文学は新世界文学である

デフォーは強いショックによって、主人公をヨーロッパの外部へと連れ出す。彼の近代性の核は、ヨーロッパ社会を動かす「法」を強制停止し、別の世界へと人間を連行したことにある。『ロビンソン・クルーソー』の漂流、『疫病の年の日誌』のペスト、『モル・フランダーズ』のヴァージニア渡航と近親相姦——これらはいずれも、人間をその安全な進路から突き落とすショッキングな不意打ちであった。後のディドロと同じく、デフォーも植民地の創設を、人間性のひび割れの拡大として捉えた。では、デフォー以降のヨーロッパの作家は、アメリカにどのような意味を与えたのか。ここで、デフォーからおよそ一世紀後の晩年のゲーテの作品を簡単に見ておこう。

ゲーテはアメリカを組織的・集団的な起業の場として描いた。彼の『ヴィルヘルム・マイスターの遍歴時代』(一八二九年)では、主役の一人であるレナルドがアメリカ移住を志す。レナルドは紡績工を募集し、「真に活動的な人間」たちとともに新天地アメリカに工場を設立しようと試みた。彼の長い演説によれば、その企ては土地所有を最善とするヨーロッパ的な価値観を乗り越えて、むしろ最高の理念を「動産」および「行動に富む生」を認める[21]。新世界アメリカに適した人格は、デフォー的な犯罪者からゲーテ的な企業家へと移り変わったが、そのいずれも私的所有に拘束されない「生」を求めるタイプであったことは注目に値する。

ゲーテはアメリカに、私的所有制を超克するアソシエーショニズムの理想を投影した(すでに前作の『ヴィルヘルム・マイスターの修業時代』でも、フリーメイソン的な「塔の結社」を主宰するロタリオにアメリカ経験があった)。この理想の背景には、全人類を結びつけるフリーメイソン的な「世界同盟」(Weltbund)のアイディアがあった。世界同盟とは遍歴=さすらい(Wandern)を宿命づけられた人間たちの集うアナーキズム的な結社だが、レナルドがその樹立を試みるとき、ヨーロッパの土地所有制度は批判の対象となった[22]。ヨーロッパとは異なる人間的結合を実現し得るアメリカという《新世界》は、このアソシエーションの最大の実験場になったのである。

レナルドの壮大なプロジェクトは、明らかにゲーテ自身の世界文学論——各国が文学を所有するのではなく、活発な翻訳と相互浸透を通じて世界規模の文化的コモンズを創設しようとする企て——と通底している。ゲーテは《世界》の名のもとに旧世界と新世界を結合しようとしたが、それは彼にとって、世界文学の理念が新世界の上昇と不可分であったことを示す。一七世紀のシェイクスピア、一八世紀のデフォー、一九世紀のゲーテの三人を並列するとき、そこには世界文学とは新世界文学であるというテーゼが浮かび上がってくるだろう。

8、問いを発するべくして生まれたアメリカ

ただ、実際にアメリカ大陸に渡ったアレクサンダー・フォン・フンボルトやトクヴィルのような後続世代と違って、アメリカに足を踏み入れなかったゲーテが現地の認識において後れをとったことは否めない。ゲーテに限らず、一九世紀のヨーロッパ文学は、アメリカあるいは海という巨大な怪物を扱いきれなかったように思える。『海底二万里』のジュール・ヴェルヌを例外として、一九世紀ヨーロッパ文学はシュミットの言う「海的実存」を描く手法を発明できなかったのではないか。

逆に、E・A・ポーの『ナンタケット島出身のアーサー・ゴードン・ピムの物語』（一八三八年）やハーマン・メルヴィルの『白鯨』（一八五一年）を筆頭に、一九世紀のアメリカ文学は《海》なしにはあり得なかった。彼らの先輩の超越主義者R・W・エマソンは、アメリカは歴史のない国であり、だからこそ「人間が問いを発するべくして生まれた土地」であると見なしたが[23]、その問いの文学上の拠点となったのが海である。アメリカの作家たちは海との接触によって、世界への問いかけをヨーロッパ人とは異なるやり方で組織してきた。

一九世紀後半のヨーロッパがナショナリズムの時代であったとしたら、ポーやメルヴィルはむしろ、

ナショナルな領土支配の及ばない海洋にアクセスした。政治学者アイザイア・バーリンは「一九世紀ロシアは、一八世紀のヨーロッパの方に類似している」と述べたが〔24〕、これと似た時差は一九世紀アメリカにも認められる。一八世紀のグローバリゼーションの思想を一九世紀において再生したのは、ヨーロッパのゲーテやボードレールではなく、エマソン以降のいわゆる「アメリカン・ルネッサンス」の作家だと言ってよい。彼らのルネッサンス（再生）は、海的実存の再生でもあった。

特に、フローベールやドストエフスキーとほぼ同世代である一八一九年生まれのメルヴィルの文学的成長において、海の経験は不可欠であった。好評を博した彼のデビュー作『タイピー』（一八四六年）からして、自身が船乗りとして長期滞在した南太平洋が舞台となっている。一七一三年生まれのディドロの『ブーガンヴィル航海記補遺』のタヒチ島は、あくまで伝聞に基づく想像物であった。それに対して、百年後のメルヴィルは自らの実体験をスリリングな冒険物語に仕立てることによって、新奇でセンセーショナルな情報を求めるアメリカの読者の期待に応えたのだ。

だとしても、メルヴィルの文学は明らかに、単声的な私小説ではない。彼の海洋文学の最高峰は、一九世紀の折り返し点に登場した規格外の小説『白鯨』であり、そこでは「私」は多様な語りのなかでたえず乱反射し続け、一つの像を結ぶことがない。一九世紀のあらゆる小説のなかで、『白鯨』くらい一八世紀的な知の風土——百科全書や初期グローバリゼーション——に深く関連する多声的な作品はない。と同時に、メルヴィルは一八世紀までの世界性の描き方に干渉し、それを異常化した小説家でもあった。この点で、『白鯨』には二重のアナクロニズム（時代錯誤）がある。それは一九世紀にありながら一八世紀的であり、しかも一九世紀をも飛び越して、未来へと延びてゆくような小説なのである。

9、異常な思考——メルヴィルの『白鯨』

鯨というリヴァイアサン（『ヨブ記』に登場する海の巨獣）をテーマとする『白鯨』は、「テーマ」そのもののインフレーションを示している。メルヴィルによれば「鯨は巨体を誇るがゆえに、こちらが拡大し、増幅し、ひろく敷衍するにふさわしい豊富な主題を提供してくれる。それを縮小したり凝縮したりするのは、したくともできる相談ではない」（104／以下『白鯨』の引用は千石英世訳［講談社文芸文庫］に拠り、章数を記すが、訳語を一部変更した）。人間ではその全貌を把握しきれないからこそ、思考のテーマをとめどなく産出する怪物は、まるで神学を誤作動させたような巨大な知的システムへと人間を導く。『白鯨』とは何よりまず、怪物に呼び覚まされた異常な思考をめぐる小説である。

メルヴィルの企ては、たんに冒険小説ふうに怪物を探求するだけではなく、その探究の手法（マニエラ）を発明することにあった。『白鯨』をマニエリスム文学の最高峰と呼んでも、言い過ぎには当たらないだろう。そこには「鯨学」という学問的な語りがあるかと思えば、鯨の生々しい解体も含む船員体験のレポートがあり、鯨と闘うセンセーショナルな光景がある。モービィ・ディックと呼ばれる伝説の鯨は巨大な迷宮であり続ける一方、鯨についての語りはとめどなく増殖し、この怪物をミステリアスな多面体として再創造する。そこには、グローバリゼーションの「闇の奥」にまで入り込もうとするエネルギーが充満していた。

もともと、捕鯨は初期グローバリゼーションにおける中核的な産業であった。すでに一八世紀初頭にデフォーの提出した通商案でも、捕鯨は商業国家のシンボルと見なされた。デフォーはジャーナリストとしての立場から、イギリスを「貿易によって国威を高めた国」と讃えながら、貿易がいかに富を増大させ、いかに人間の心を劇的に変えたかを雄弁に語っていた。彼によれば「商いのない国民は元気がなく悲しげに見える」が、商業国の国民は「生気と活気」にみなぎっている。そして、ぞっとするような恐怖をふりきって、寒冷地で捕鯨に従事する勇敢な商人こそが、まさに快活な商業人（起業家）の最上位に位置していた[25]。

逆に、『白鯨』ではグローバリゼーションの最先端を進む捕鯨者こそが、底なしの陰鬱な気分に包まれている。語り手のイシュメールは「財布の中身は底をついて、加えて我が心をひきつけるものはもうこの地上には何もないということになった」（1）という無一文の状態にあり、自らの剣に身を投げた古代ローマの政治家カトーを引きあいに出しながら、海に行くことは「拳銃と銃弾」の代わりだとうそぶく。デフォーの称揚した「快活」な捕鯨者＝商業者は、『白鯨』においては、自殺の手前のがけっぷちの実存に反転したのだ。彼に残されたのは、鯨によって自らの心を作り変えることだけである。メルヴィルの鯨は、莫大な富を生むだけでなく、心や思考をも徹底的に再創造する怪物＝リヴァイアサンであった。

『白鯨』の特異さは、自らの片足を奪ったモービィ・ディックへの復讐心に駆り立てられた船長エイハブを筆頭として、まさに思考の異常化を留保なく進めたことにある。そもそも、メルヴィルによれば、どれほど飲みにくく、ごつごつしたものであったとしても、人間は「やたら強靭な胃袋をした駝鳥」（49）のようにその奇怪なものを呑み込んでしまう。『白鯨』の思考システムはまさに駝鳥のように、崇高なものからコミカルなものまで見境なく貪り続ける。その結果、読者は「全宇宙を巨大な冗談と考える奇怪な瞬間、奇異な場面」の訪れをたびたび体験することになるだろう。

10、量子論的な単独者の文学

私は先ほど『白鯨』の多声性について述べた。そう言えるのは、たんに人間やデータが多数出てくるからだけではなく、捕鯨そのものに死と生をめまぐるしく反転させる《量子的な重ねあわせ》の要素があるからだ。現に、語り手からして"Call me Ishmael."という冒頭の有名な宣言によって、一九世紀アメリカの無名の船乗りでありながら、旧約聖書の登場人物イシュメールにまんまとなりすます。デフォーの『モル・フランダーズ』の冒頭も連想させる、このすばやい詐欺師的な変容は、彼が死の一歩手前の境遇にあることと切り離せない。イシュメールは聖書的な人間に変装し、命がけで海に出ることによって、かろうじて生き延びる。

資金も情熱もすべて枯渇し、陸地ではすっかりout of place（場違い）の状態になった経歴不詳のイシュメール――この死と戯れる語り手が、自殺する代わりに「しずかに無言で海に行く」ことを決断するところから、小説は音もなく始まる。彼はニューヨークのマンハッタン島を出て、マサチューセッツ州の捕鯨の街ニューベドフォードに移動し、ナンタケット島でピークオッド号（これは絶滅したアメリカ先住民の部族の名である）に乗り込む。船は東進して大西洋から喜望峰を経由してインド洋、さらには日本列島の近海にまで向かう。イギリス人のモル・フランダーズやクルーソーが、西方化としてのグローバル化を背景としたのに対して、アメリカのピークオッド号はまるで地球儀の完成をめざすように、東方化としてのグローバル化を演出した。

メルヴィルは捕鯨にかこつけて、いわば地球そのものを象った。しかも、このグローバル化の担い手たちには、徹底して男性的かつ独身者的なイメージが与えられた。ピークオッド号の乗組員は「すべてが島生まれ、島育ち」であり、各自が「孤島」として独立している（27）。『白鯨』では発展的なダイアローグは希薄である代わりに、鯨や海について証言する孤島のような船員たちのモノローグが強調される。彼らは、家庭的な安らぎにはほとんど関わらない。そのため『白鯨』には、常軌を逸した怪物を求めるというそれ自体怪物的な事業に引き寄せられた、独身者たちの証言集という趣がある。

彼らの絶対的な孤独は、たんに心理的なものではなく、あくまで《海》との接触から来るものである。あまりにも大きなショックを受けたとき、ひとは安らいだ感情を断ち切られ、ただ絶句するか、ぶつ切りの独白を続けるしかなくなる。モービィ・ディックとはトラウマ的対象であり、ただ断片的な「証言」で語られるだけである。メルヴィルはデフォー的な漂流だけでは飽き足らず、世界そのもののように謎めいた怪物との遭遇によって、人間がその言葉ごと捻じ曲げられるところに、最大のショックを認めていた。

このように、メルヴィルが描いたのは、《海》という怪物の腹中に生きる複数の単独者である。その一方、彼らの孤独が心理学的なものをはるかに超えてゆくのは、この単独性が《量子的な重ねあわせ》を伴ったからだ。あくまで比喩だという断り書きのもとで言えば、『白鯨』は量子論的な単独者の文学なのである。

実際、『白鯨』の仕掛けとは、生存の条件をもぎとられた絶体絶命の人間こそが、怪物にアクセスできるという逆説を示したことにある。精神的にも経済的にもゼロになった陰鬱な独身者＝単独者イシュメールが、絶対的な孤独を極めたエイハブとともに、最大最強の怪物に引き寄せられる——ゼロがすべてに変じるこの逆転（inversion）は、『白鯨』の全体を特徴づけるものである[26]。

それを象徴するのが次の終盤のシーンである。イシュメールは「闇の奥」へと進むピークオッド号を操舵するうちに一瞬居眠りしてしまい、目覚めたときには一八〇度身体を回転させている。そのとき、何処かへ向かうことと何処かから遠ざかることが識別できなくなり、彼はひどい混乱に陥る（96）。これはたんなる方向喪失というよりも、ピークオッド号の内部で順行と逆行がクラッシュしているような状況だと考えたほうがよいだろう。

捕鯨はグローバリゼーションの先端を進むプロジェクトであったが、それは『白鯨』では未来へのリニアな進歩を意味しなかった。なぜなら、ピークオッド号は「古さびて珍奇な」老いた船であり、骸骨のような外観をさらしているのだから（16）。『白鯨』では最新のものと最古のもの、資本主義の世界と聖書の世界が《量子的な重ねあわせ》の状態になっていた。未来と過去、そのどちらに向かっているかは『白鯨』では決定不能である。メルヴィルはこの量子情報の累積から「異常な思考」を力強く展開していった。

11、鯨の不確定性

比喩的に言えば、私は『白鯨』を「1」の原子的な個の集合体ではなく、いわば「0」と「1」を重ねあわせた量子情報の集合体として読んでみたい。柴田元幸をはじめ多くの研究者が注目するように、『白鯨』にはナルシスやドッペルゲンガーに象徴される「分身」のテーマがあるが[27]、このテーマが目立つのも、『白鯨』がふつうの文学とは「単位」が異なるためである。

前章で述べたように、こういうタイプの文学は一九世紀の発明である。ユゴーやドストエフスキーの小説では、生と死が量子状態で重なっていた。ただし、彼らが文学の実験場に選んだのは、あくまでパリやペテルブルクという人工的な都市である。逆に、ニューヨークを離脱して海に向かう『白鯨』は、その脱都市性において、フランスやロシアの文学とは質的に異なっていた。このことは、メルヴィルが一八世紀的なグローバリゼーションの文学を、他の誰とも異なる独創的なやり方で引き継いだことを意味する。

言うまでもなく、この異例の文学の震源となったのはモービィ・ディックである。ただし、それは不動の超越者ではない。『白鯨』の鯨はときに聖書的な怪物であり、ときに資本主義経済を駆動させる豊富な素材であり、ときに虐殺され食い尽くされる哀れな肉であり、しかもそのいずれにも還元されない。鯨こそが、観測するたびに様態を変える量子論的対象なのだ。「鯨学なる学問の不安定、かつ不透明な現状」（32）を誇張とユーモア交じりに示す『白鯨』は、鯨を一つの「像」に定着させない。「捕鯨船こそは、おれのイェール大学であり、おれのハーヴァード大学であったのだ」（24）というイシュメールの言葉はよく知られているが、この「大学」は鯨に関する確実な知を与える代わりに、知を百科全書的にどんどん増殖させたのである。

要するに、メルヴィルがやったのは、鯨から不確定性のテーマを引き出すことであった。そこにはいくつかの水準がある。第一に「捕鯨船は不慮の事故に見舞われる確率が他のどんな船にもまして高い」（20）。捕鯨は多大なリスクを背負っているが、それでもエイハブやイシュメールたちは危険を冒して「海を耕す」（14）のをやめない。それは、彼らが命を賭けてギャンブルするという「危険の威光」（45）に魅惑されているからだ。

第二に、神出鬼没に動き回る鯨そのものが確率論的存在である。その出現を前もって予測することはできない。だからこそ、エイハブはその限界を超えて、ありもしない確実性を求める。「可能性がやがて蓋然性となり、エイハブの期待するごとく、蓋然性がやがて確実性となり、ついにはこの日この時この場所でということにはならぬものなのか」（44）。可能性を確実性に変えようとする独裁者エイハブの異常な思考こそが、骸骨のようなピークオッド号を地球遍歴へと駆り立てる。

第三に、海の事件を伝えるコミュニケーションの不確実性がある。例えば、捕鯨者が鯨もろとも海底に沈んでしまったとしても、この大ニュースは陸地にうまく伝達されない。「なぜなら、ここと二ューギニアの間を結ぶ郵便はかなり不規則なのだ。事実、ニューギニアからのいわゆる定期便によるニュースなるものを、直接にしろ間接にしろ聞いたことなど一度もないはずだ」（45）。海の恐ろしい出来事を伝達しようとしても、郵便網に不備がある限り、それは常に失敗のリスクにさらされている。

このように、鯨は恐ろしく巨大であるにもかかわらず、その行動は予測できず、観測次第で存在したりしなかったりする。しかも、その情報を遺漏なく陸地に届けようにも、《海》はその伝達の回路をしばしば故障させてしまう。メルヴィルの描く鯨には、フィジカルなものとメタフィジカルなものが共存しており、そのことが鯨のイメージを分裂的なものに変える。つまり、鯨は確実に存在するモノでありながら、同時に明滅する幽霊に近づくのだ。

さらに、このような不確定性は、捕鯨というプロジェクトにも見出される。面白いことに、一九世紀の捕鯨業は現代のベンチャーキャピタルと同じく、ほんの一握りの航海（投資）だけが莫大な利益をあげ、その他の航海はほとんどリターンを得られずに終わる。しかも、その航海は死と隣りあわせの過酷なものであり、どれだけの成果を得られるかも予測できなかった。この損益の幅の大きさにもかかわらず、成功すれば途方もない報酬を得られるという期待は、乗組員たちの強烈なインセンティヴになった。

現代の歴史家によれば、捕鯨船は「エージェントと船長が一等航海士からキャビンボーイまで、平均するとおよそ三〇名に及ぶ乗組員」を雇用したが、その規模は「スタートアップ企業とよく似ている」[28]。つまり、捕鯨業者の集まった一九世紀のニューベドフォードやナンタケット島は、ちょうど二一世紀のシリコンバレーと同じく、一獲千金を狙う冒険的なビジネスの集積地でもあった。良質の鯨油のとれる抹香鯨からは、特に多くの利益があがった。狂気じみた船長エイハブと市民的理性の持ち主の一等航海士スターバックが、ともにこのギャンブルに関与するのは、今日のシリコンバレーを考えればよく納得できるだろう。捕鯨船とは狂気と理性を共存させる特異な場なのである。

12、敵の誤認、ホモセクシュアルな友愛

先述したように、一八世紀のディドロは、万物を商品化するグローバルな市場の成立を強調した。それに対して、一九世紀のメルヴィルになると、世界は株式会社のように捉えられる。「世界はどこへ行こうと、相身互い、相互に株式を持ち合う世界のようなもの。我々人食い人種がこのキリスト教徒たちの力になってやらなくてはならぬ」(13)。捕鯨を中心とするとき、世界はたえずものごとの価値を変動させる相互依存的な市場として現れてくる。

一八世紀の思想の先に進んだメルヴィルは、不確実性そのものを小説の核心に置いた。彼の描いた「海的実存」は確実な地盤をもたず、一切の安らぎを失っており、それが読者に強烈なショックを与え続ける。エドワード・サイードが巧みに言い表したように、『白鯨』は「やりすぎること、追求しすぎること、限界を超えることについての小説」である。文学史上稀に見る過剰さを演じながら、メルヴィルは「不安や不確実性の両方を生み出す物語行為」に読者が参加するよう、強く要請した[29]。

この限界を超えようとする意志は、エイハブ船長の思考においてピークに達する。自らの安全を省みず鯨を追い求めるエイハブは、海と誰よりも深く同化しつつ、海と敵対する。その結果、心身をさいなまれた「海の王者」(30)は、シェイクスピアの描いたリア王のように、甲板上をよろめきながらさまよい歩く。この満身創痍の船長に対して、語り手はおごそかな口調で宣告を下す。

悲しきかなエイハブ、老いたる人よ、あなたの心の思いはあなたのうちに、ついに一つの生き物を作ってしまったのだ。その激烈なる思いによって自らをプロメテウスと化してしまった人間、それがあなたなのだ。(44)

自然を支配しようとするプロメテウスの化身エイハブにとって、白鯨の追跡は悪=自然との闘いを意味している。片足を奪われた彼の怨念は、桁外れのエネルギーを生み出す。しかし、鯨との戦争は実は不可能である——存在を誇示しながら、同時に存在を隠す巨鯨の不確定性は、面と向かった「闘争」という概念そのものを解体してしまうのだから。ボルヘスが鋭く指摘したように、『白鯨』は「悪との闘いの物語」だが、その闘争は「誤った方法で企てられる」[30]。エイハブは戦争できない相手に、間違ったやり方で闘いを挑む。それこそが彼の狂気の源泉なのである。

この点で、エイハブには錯乱したテロリストという一面がある。テロリストとは他者に恐怖を与える存在であるとともに、恐怖を最も強く感じ取る人間にほかならない。エイハブの思考は鯨を恐怖(テロル)の対象として「創造」し、船員にも恐怖を与えながら、鯨に戦争を仕掛ける。彼は鯨そのものというよりも、鯨についての自らの思考に基づいて行動する。彼の思考は、超自然的な怪物を熱烈に創造してやむことがない。

こうして、エイハブとモービィ・ディックが常軌を逸したカップルになったとしたら、それと好対照をなすのがイシュメールとクイークェグのカップルである。モービィ・ディックがエイハブの異常な思考において不倶戴天の「敵」として捏造されるのに対して、クイークェグは当初恐るべき「敵」として認識されながら、やがて最も親密な「友」へと反転する。このメルヴィル的逆転は実に強烈な印象を与える。

クイークェグはもともと、食人種の酋長の息子であった。イシュメールは彼に恐れを抱くが、やがてその貴族的な野蛮人というたたずまいに触発されて、たちどころに親密な関係となる。イシュメールとクイークェグはホモセクシュアルな肉体的接触を経て、仲睦まじいカップルとなる。「翌朝、陽光さわやかなるなかに目覚めてみると、クイークェグの腕は慈しむかのごとく、愛するかのごとくおれの体に巻きついていた。まるでおれがかれの妻であるかのようだった」（4）。「おれとクイークェグのふたりは、心地好く愛しあう夫婦となって、新婚の新床にもぐりこんだのであった」（10）。イシュメールは女へと反転し、食人種クイークェグの妻となる――これは文学史上、ほとんど類例のない場面ではないか。

もとより、メルヴィルのクイークェグは、シェイクスピアのキャリバン、デフォーのフライデーの系譜に属する野生人である。ロビンソン・クルーソーとフライデーのあいだに、潜在的なホモセクシュアリティを認めることはたやすい。しかし、メルヴィルはより大胆かつセンセーショナルなやり方で、食人（カニバリズム）をホモセクシュアルへと横滑りさせた[31]。しかも、キャリバンやフライデーが島に隔離されていたのに対して、クイークェグは港町のニューベドフォードという市民的空間を堂々と闊歩する。

クイークェグのごとき風体異様の人物が、文明社会の上品なる社交の場を闊歩するのを見て、おれとしては、最初はやはり驚愕の念に打たれた。だが、いまはじめて明るい午前の光のなかで、ニューベドフォードの街を散策してみると、そうした驚きもまもなく消えていった。（6）

メルヴィルはこの多人種的な世界に「民主主義的威厳」(26)を認める一方、そこに「狂乱のデモクラシー」(34)を重ねあわせた。クイークェグ、エイハブ、スターバック、イシュメールらを共存させるピークオッド号とは、文字通り超民主主義的な空間である――なぜなら、そこではデモクラシーがどこよりも徹底され、そのことによってデモクラシーが異常で狂乱的なジョークに近づくからである。

さらに、クイークェグは自らの「傷」だらけの身体を隠さない。彼の顔には「一面切り傷の跡が刻み込まれて」おり、その姿形は「まるで三十年戦争に従軍していた負傷兵、体中に手当の膏薬を張り巡らせて帰ってきた帰還兵」(3)のように見える。つまり、クイークェグはたんに異人種であるだけではなく、近代の戦争の痕跡を思わせる暗号的な身体性を帯びていた――ちょうど片足を失ったエイハブのように。

しかも、骨相学にも詳しい語り手は、この「野蛮人」の頭の形状から、あろうことか建国の英雄ワシントンの胸像の頭部を連想する。「ジョージ・ワシントンが食人種として成長して行くとクイークェグになる」(10)。メルヴィルはこの狂乱的なジョークによって、野蛮から文明へというお決まりの図式を反転させた――ワシントンが進化して食人種になるというのだから。『白鯨』がグローバリゼーションの文学であるとともに、きわめてアメリカ的な文学であるのは間違いないが、そのアメリカ性はアメリカの民主主義を徹底的に冗談にすることによって獲得されたものである。

13、海の象形文字

本章冒頭で述べたように、アメリカ独立宣言は、地球上に「主権というパンデミック」を引き起こした《世界文学》であった。メルヴィルは編集者への手紙で、シェイクスピアさえときに率直さに欠けると批判しながら「独立宣言だけは他との違いを際立たせています」と述べている〔32〕。このような言い方は、メルヴィルがアメリカを創設した言説の力に魅せられていたことを示唆する。

　実際、それぞれ「孤島」のように独立した船員たちを描いた『白鯨』は、メルヴィル流の独立宣言でもあった。ただし、《海》は大地と違って、主権の確立を拒む。つまり、決して独立があり得ない世界での独立というパラドックスが、『白鯨』には内包されていた。そのため、イシュメールの心は独立したまま、底なしの状態にどこまでも深く沈み込んでゆく。「わたしという時計全体が下へ下へと沈んで行く。心が錘になってしまっているのだ。引き上げる鍵がどこにも見当たらない」（38）。

　にもかかわらず、イシュメールは無限の海を東進することもやめない。がけっぷちの彼を生きながらえさせるのは、鯨という海の象形文字である。語り手は「この抹香鯨という巨鯨の顔の皺をたどり、頭の隆起に触れるということは、いかなる人相学者も、また骨相学者もいまだ手をつけたことのない仕事だ」と述べながら、エジプト象形文字の解読者シャンポリオンの仕事に言及するが、それは鯨こそが解読されるべき最大の暗号であることを示す〔33〕。しかも、この「顔」をもたない鯨＝象形文字はこれみよがしに現れるわけではない。というのも「ピラミッドのごとき沈黙のなかにこそ、かれ［鯨］の天才は表れている」（79）からである。

　『白鯨』は恐ろしく多弁な小説だが、その背後に音のない空間が広がっていたことを忘れてはならない。冒頭でイシュメールは誰にも告げることなく、一人黙って海に向かい、鯨は「ピラミッド」のように沈黙を守る。『白鯨』はこの大いなる静寂のなかで、鯨という暗号を解読する装置として動き続ける。それはやがて、死の先にある領域をも開くだろう。『白鯨』には何度でも読み直されるべき素晴らしい文章がある。

死ぬということは、まだ見ぬ未踏の世界へ一歩踏込んだということを意味するのみ。死ぬということは、無限に遠いものが持つ可能性に対するあいさつである。すなわち、荒野のもの、水からなるもの、陸を失ったものへのあいさつである。だから、自殺への内なる良心の呵責を持ちながら、しかしなおも死を望む人の前には、すべてを受け取り、すべてを与えられた海が、想像を絶する恐怖と驚くべき新生の冒険の場となり、いざなうようにそのすべてを広げているのだ。(112)

海は無限のアーカイヴであり、それが語り手を導く。この誘惑的な太平洋から、人魚はこのように呼びかける。「ここは死ぬことなしに、世界を越え、驚異に出会うことができるところ。ここへお出なさい！　ここに来て、自分を新しい生に埋めなさい」(112)。

いささか唐突だが、私はここで親と子の関係に思いいたる。親にとって子は象形文字である――子を完全に解読することはできないが、親はそこに未来を、つまりメルヴィルの言う「新たな生」を読み込まずにはいられない。『白鯨』の独身者たちは、子の代わりに、鯨という海の象形文字を解読し続けた。イシュメールの心がどこまでも沈没しながらそれでも思考できるのは、ひとえにこの象形文字のおかげなのである。

［1］デイヴィッド・アーミテイジ『独立宣言の世界史』（平田雅博他訳、ミネルヴァ書房、二〇一二年）一二頁。

［2］同右、一二三頁。

［3］Jonathan Arc, *The Emergence of American Literary Narrative 1820-1860* (Harvard Univercity Press.2005), Cambridge University Press, 1995, p.2.

［4］Paul Giles, *Transatlantic Insurrections: British Culture and the Formation of American Literature, 1730-1860*, University of Pennsylvania Press, 2001, p.p.101, 116.

［5］ジェファソン『ヴァジニア覚え書』（中屋健一訳、岩波文庫、一九七二年）二九七頁。ジョン・ミーチャム『トマス・ジェファソン』（上巻、森本奈理訳、白水社、二〇二〇年）二四五頁。アメリカがヨーロッパの言説に及ぼした思想的影響も大きかった。ヨーロッパの思想家たちの観念は、環大西洋世界から強い作用を受けた。『カンディード』や『ロビンソン・クルーソー』の心象地理には、さも当然のように大西洋が組み込まれていたし、イギリスのデイヴィッド・ヒュームの哲学的著述も、環大西洋世界から得られる多くの情報によって支えられていた。バーナード・ベイリン『アトランティック・ヒストリー』（和田光弘他訳、名古屋大学出版会、二〇〇七年）七五頁。

［6］アダム・スミス『国富論』（下巻、高哲男訳、講談社学術文庫、二〇二〇年）一〇四頁。

［7］I・ウォーラーステイン『近代世界システム』（第三巻、川北稔訳、名古屋大学出版会、二〇一三年）一六三頁。

［8］ギヨーム＝トマ・レーナル『両インド史　東インド篇』（上巻、大津真作訳、法政大学出版局、二〇〇九年）七頁。以下の『両インド史』に関する記述は、『両インド史』の続刊も含めた大津の訳者解説に多くを負っている。

［9］ベイリン前掲書、一〇頁以下。

［10］Anthony Pagden, *Lords of All the World: Ideologies of Empire in Spain, Britain, and France c.1500-c.1800*, Yale University Press, p.165.

［11］カール・シュミット『陸と海』（中山元訳、日経BP、二〇一八年）一九、四九、六一、一二九頁。

［12］アラン・ブルーム『シェイクスピアの政治学』（松岡啓子訳、信山社、二〇〇五年）二八頁以下。ヴェニスのもつ共和国的な寛容性は、後に第一次大戦前夜のトーマス・マンの『ヴェニスに死す』（一九一二年）でアイロニカルに再現された。ヨーロッパ人の集うヴェニスのホテルは、ポーランド人の悪魔的な美少年タッジオからインド由来のコレラまでを「寛容」に受け入れる。その結果、生粋のヨーロッパ的教養人である主人公のアッシェンバッハは、海を夢見ながら浜辺で滅び去るのである。

［13］同右、五九頁。

［14］カール・シュミット『ハムレットもしくはヘカベ』（初見基訳、みすず書房、一九九八年）。

［15］ピーター・ヒューム『征服の修辞学』一四八頁。

［16］L・マークス『楽園と機械文明』（榊原胖夫他訳、研究社、一九七二年）八四頁。

［17］同右、六三頁。

［18］デフォー『モル・フランダーズ』（上巻、伊澤龍雄訳、岩波文庫、一九六八年）一三七頁。

［19］Arnold Weinstein, *Fictions of the Self, 1550-1800*, Princeton University Press, 1981, p.91.

［20］Dennis Todd, *Defoe's America*, Cambridge University Press, 2010, p.123.

［21］『ゲーテ全集』（第八巻、登張正實訳、潮出版社、一九八一年）三三九頁以下。

［22］登張正實『ゲーテ『ヴィルヘルム・マイスターの遍歴時代』』（郁文堂、一九八六年）一九七、二二一頁。なお、ゲーテの文学は、エマソンからメルヴィルに及ぶアメリカの作家たちに絶大な影響を及ぼしたが、そこには女性の主体性に関わる問題がある。例えば、アメリカ屈指のベストセラー小説『若草物語』（一八六八年）の著者ルイーザ・メイ・オルコットは、父親の影響から超越主義者のエマソンに傾倒し、そのエマソンから贈られた『ヴィルヘルム・マイスター』を読んでゲーテを信仰するようになった。ただ、彼女は父権的な環境のなかで育ちながらも、『若草物語』ではその男性文化を女性版のビルドゥングス・ロマンへと変奏した。オルコット自身が色濃く投影された二女のジョーらはセルバンテス、シェイクスピア、ディケンズ等の文学をモデルに、女性の自立に向けた自己教育の場を形成する。父の超越主義を娘の教養主義に転用したオルコットの戦略については、エレイン・ショウォールター『姉妹の選択』（佐藤宏子訳、みすず書房、一九九六年）第三章参照。

［23］マークス前掲書、八〇頁。

［24］バーリン『ロシア・インテリゲンツィヤの誕生』一一頁。

［25］ダニエル・デフォー『イギリス通商案』（泉谷治訳、法政大学出版局、二〇一〇年）一、三五頁。

［26］カレブ・クレイン「友の肉の求者たち」（田村恵里訳）『ユリイカ』（二〇〇二年四月号）二四二頁。

［27］柴田元幸『アメリカン・ナルシス』（東京大学出版会、二〇〇五年）第一章。Kevin J. Hayes, *The Cambridge Introduction to Herman Melville*, Cambridge University Press, 2007, p.57.

［28］トム・ニコラス『ベンチャーキャピタル全史』（鈴木立哉訳、新潮社、二〇二二年）三三頁以下。

［29］エドワード・W・サイード「『白鯨』を読むために」『故国喪失についての省察』（第二巻、大橋洋一他訳、みすず書房、二〇〇九年）六五、七四-五頁。

［30］ホルヘ・ルイス・ボルヘス＋オスバルド・フェラーリ『記憶の図書館』（垂野創一郎訳、国書刊行会、二〇二一年）四六頁。

［31］クレイン前掲論文、二四七頁。なお、メルヴィルはデビュー作から、大衆好みのセンセーショナリズムを巧みに操作した作家でもあった。この操作によって、彼の小説は民主的な広がりをもつばかりか「転覆的な想像力」を引き寄せた。David S. Reynolds, *Beneath the American Renaissance: The Subversive Imagination in the Age of Emerson and Melville*, Alfred A. Knopf, 1988, p.279.

［32］牧野有通『世界を覆う白い幻影』（南雲堂、一九九六年）一二頁。

［33］なお、当時のアメリカ文壇ではエジプトへの強い関心があった。エマソン以降のアメリカの作家たちはエジプト象形文字に魅せられており、ポーやホーソーンも暗号解読を小説に組み入れていた。リチャード・ジェルダード『エマソン　魂の探求』（澤西康史訳、日本教文社、一九九六年）九三頁。サイード「エジプトの儀礼」『故国喪失についての省察』（第一巻）一五三頁。John T. Irwin, *American Hieroglyphics: The Symbol of Egyptian Hieroglyphics in the American Renaissance*, Yale University Press, 1980.

第八章 「超感覚的なもの」の系譜――リアリズムからモダニズムへ

1、五感に根ざしたリアリズム

小説の出現と拡大は、それ自体が世界認識のパラダイムの変化と結びついている。私はここまで、それを主に初期グローバリゼーションと植民地化という政治的・経済的な観点から説明してきたが、そこに「心」の次元での変革が関わっていたことも見逃せない。例えば、英文学者のイアン・ワットは一九五七年の古典的な研究書『小説の勃興』のなかで、デカルトやジョン・ロックの哲学と、それに続くデフォーやリチャードソン、フィールディングら一八世紀イギリス小説のリアリズムの共通性について論じた。「近代のリアリズムは〔…〕真実は個人の五感を通じ、個人によって発見され得るという立場から始まっている」〔1〕。

ワットによれば、近代以前の世界認識では、神やイデアこそが不動の「リアル」であり、人間の移ろいやすい五感で捕捉された情報は、あてにならない不規則な現象として処理された。しかし、近代のリアリズムはこの前提そのものを転倒させ、むしろ個人の感覚器官において時々刻々と受容されるデータこそをリアルなものと見なした。それは「新奇《ノヴェル》なるものを前例のないほど高く評価」する文化への転回であり、小説は「個人的な経験に対する忠実さ」によって、この新しいリアリズムの文化における中心的な地位を獲得した。

　ワットの見解は相当古いものであるとはいえ、文学のリアリズムを、ジョン・ロックに代表される経験主義的哲学のより世俗的なヴァージョンとして理解する方向性そのものには、やはり説得力がある。小説のリアリズムは、個人の束の間の感覚的反応の記録を「真実」の基盤として受け取ることから始まった。もともと、ロックの考えでは、観念や知識は揺れ動く物質との関係において捉えられる。そして、小説家たちはこのロックふうの感覚する「心」に、言語によって具体的な姿形を与えたのである［2］。

　要するに、リアリズムは小説だけの現象ではなく、哲学も含めて、人間の心を新たに捉え直そうとする思想運動の一環である。この新たな真実性のモデルの背後には、先端的な記録装置があった。ロックの『人間悟性論』（一六九〇年）やニュートンの『光学』（一七〇四年）は、知覚のモデルを当時の写真装置であるカメラ・オブスキュラ（「暗い部屋」の意）に求めた。これは外部から入力された刺激をノイズも歪曲もなく正確に記録する「暗い部屋」として、人間の知覚の仕組みを理解するものである。もし人間の知覚がカメラ・オブスキュラのように外界を複写するならば、そこで得られる無数の表象は、でたらめな幻想ではなく、ある程度世界に近似するものと見なされる。

　小説のリアリズムに引きつけて言えば、このような機械的な透明性への信頼は、デフォーの『ロビンソン・クルーソー』の文体に見出せるだろう。漱石は『文学評論』で、何事ものべつに記録し、詩的センスのないデフォーの散文を「実用的器械」と形容した（下・二八二頁／引用は岩波文庫に拠る）。実際、クルーソーはまるで帳簿をつけるように、自身の冒険の顚末や島での孤独な生活を詳細に記録したが、それはまさに機械的な正確さを思わせる。要するに、クルーソーの島、この「他者のレプリカ」（第三章参照）は、世界の情報を取り込むカメラ・オブスキュラ、より現代的なメタファーを使えば、彼の行動履歴をビッグデータとして逐一保存する再現性の高い記録装置となった。これが、デフォーの作品ひいては近代小説の基体となったのである。

2、ゲーテと感覚の生産力

このように、小説のリアリズムの背景には、それまでは浮かんでは消えるばかりであったエフェメラルな個人的経験のデータの保存に、重要な価値を認めようとする新しい思想がある。読者はこれらのテクスト上のデータを、自らの経験上のデータと照合しながら、架空のキャラクターに想像上の肉づけをおこなう。小説のリアリズムは、この相互作用によって根拠づけられている［3］。

ここで問題をさらにもう一歩進めると、五感に基づく近代のリアリズムは、実はカメラ・オブスキュラのモデルだけでは捉えきれない、ダイナミックな創造の動きも含むことが分かる。人間の感覚は外界の複写であるばかりではなく、それ自体として動的な生産力を備えている。つまり、外界をデータとして引き写しながら、そのデータから新たな現実を創作する――それが感覚のもつ生成的な能力である。

この考え方を前進させたのが、自然研究者にして自然愛好者のゲーテの理論であった。ゲーテは一八一〇年の『色彩論』で、ニュートンの視覚理論を批判し、人間の身体感覚がいかに生産的な力をもつかを示そうとした。ゲーテおよび彼に続くショーペンハウアーは、観察者の眼が閉じているときも、色彩のイメージが生起することに注目した。つまり、身体はただ外的な刺激をカメラ・オブスキュラのように受容し所有するだけではなく、自ら工場のように外界の表象を創作する。ジョナサン・クレーリーの表現を借りれば、ゲーテとショーペンハウアーは「感覚の場であると同時に生産者でもあるような主体」、つまり「表象の形成が行われる場としての主体の生理学的構造」を際立たせた〔4〕。それによって、身体は感覚を生産する「工場」と見なされる。

ロックの哲学において、カメラ・オブスキュラは外界を透明に秩序化し、データ化する精密な記録装置のモデルであった。しかし、一九世紀のゲーテやショーペンハウアーになると、生理学的な身体が表象を自ら生産するという新たな思想が台頭し、静的な「暗い部屋」のモデルは、動的な表象の「工場」のモデルに取って代わられた。しかも、ゲーテにとって、このような感覚の力への信頼は、彼自身の学問的探究を基礎づけるものでもあった。彼はエッカーマンにこう明快に語った。

私の研究の方向は、いつもこの地上にあって私のすぐ周りに存在し、私が感覚でじかに知覚できるような対象にだけ向かっていた。だからまた私は、天文学には決して手をつけなかった。天文学では、感覚ではもはや役立たず、それればかりかこの分野ではきっと器具や計算や力学の世話にならなければだめだが、これは優にそれだけのための一生を必要とするもので、私の本分ではなかったからだよ。（一八二七年二月一日）

ゲーテは「器具や計算や力学」を使って超感覚的なものにアプローチしようとする天文学を忌避し、あくまで対象を感覚的に把握する色彩研究や植物学、動物学、地質学、気象学等にその関心を集中させた。ゲーテが感覚の機械化を拒絶したことは、個人的な体験や感覚への彼の忠誠心が、それだけ深かったことを物語っている。つまり、彼は五感に根ざした近代リアリズムのプログラムを、よりダイナミックなものに仕上げたのである。

もとより、政治家でもあったゲーテが、科学的な器具一般をすべて排除したわけではない。植物学における顕微鏡、気象学における気圧計の使用については、彼はむしろ肯定的であった。その反面、石原あえかが指摘するように、天体望遠鏡はゲーテの後期小説、特に『ヴィルヘルム・マイスターの遍歴時代』で否定的に扱われている[5]。主人公ヴィルヘルムはかつてガリレイの発見した木星と衛星を望遠鏡で観察するうちに「息苦しく」「不安」になり、「私たちの感覚を補助するこうした道具が、人間に決して倫理的に良い影響を及ぼさない」という考えに到る。彼にとって、人間の五感を超える機械は、心と社会を危険にさらす元凶と見なされたのである。

一般に『ヴィルヘルム・マイスター』は、文学における教養小説（ビルドゥングス・ロマン）、つまり精神的な成長のモデルを樹立した作品と目される。ゲーテはこのたえまない運動と成長、つまり「ビルドゥング」の力を、人間の精神だけではなく有機物にも認め、とりわけ植物の「変態」（メタモルフォーゼ）に強い関心を示した[6]。ゲーテの考えでは、自然も精神も内側から湧き上がる力によって自己形成する。しかし、天体望遠鏡はこのしかるべき「形成」のプロセスを省略し、感覚の尺度を超えたものにいきなり人間の眼を出会わせてしまう。彼はこの感覚の「補助」の行き過ぎに、心への悪影響を認めた。身体の感覚と頭脳の判断力のつりあいがとれなくなれば、認識能力や倫理観も狂ってしまうという深い懸念が、後期ゲーテのテクストには書き込まれていた。

3、超感覚的な音楽機械——ディドロの『ラモーの甥』

このように、身体的な感覚の生産性を信じる詩人科学者のゲーテは、高度な光学機械や計算に依存した学問には足を踏み入れなかった。しかし、ゲーテの生きた一九世紀の科学や文化の進歩が、人間の感覚の限界を超過しつつあったことも確かである。

興味深いことに、エッカーマンはゲーテの邸宅で、メンデルスゾーンの新作の弦楽四重奏を聴いた日のことを記録している（ゲーテの友人カール・フリードリヒ・ツェルターの門弟であったメンデルスゾーンは幼少期にすでにゲーテと面会しており、この弦楽四重奏を作曲したのは一八歳のときであった）。ゲーテはそれを「技術と楽器構造が極度に発達」した音楽、つまりテクニックとメカニックの高度な融合体として理解し、次のような感想を述べた。

かれらの仕事はもう音楽の域にとどまっていない。人間の感覚の水準をこえてしまって、こういうものにはもう自分の精神や心ではついていけないところがある。きみはどうかね、私にはすべてが耳にひっかかって、まだそのままガンガンいっている。（一八二七年一月一二日）

晩年のゲーテの耳には、神童メンデルスゾーンの弦楽四重奏は、いわば人間の可聴領域の限界で響く未知の電子音のように感じられたのかもしれない。それは心地よいサロン的な音楽というよりも、耳もとでいつまでも執拗に鳴り響き続ける魔術的な音響に近かった。

実際、ゲーテはこの曲の高速の部分を「永遠の渦と旋回」と評しながら、そこに自作の『ファウスト』の「ヴァルプルギスの夜」で描かれたブロッケン山の魔女のサバトを重ねあわせている。ゲーテの誇らしげな自評によれば、『ファウスト』は「とんでもない代物で、あらゆる日常の感覚を超越」（一八二五年一月一〇日）した文学作品であったが、若きメンデルスゾーンの音響は、まさにそれに匹敵するような異常な「渦と旋回」を室内に出現させたと彼には感じられた[7]。しかも、この超感覚的なものの領野は、ゲーテにおいて永遠の渦や旋回という「無限」の観念と結びつく。つまり、感覚の超越は時間の超越を呼び起こしたのである。

ヴァルプルギスの夜の饗宴を思わせるほどに、日常的な感覚や認知能力を超えてゆく新しい音楽——このテーマは実は、すでにゲーテ以前にフランスのディドロによって先取りされていた。ディドロの生前には刊行されず、ほかならぬゲーテの翻訳・紹介によって有名になった『ラモーの甥』は、この厄介な問題を正面から扱った対話体小説である。

音楽家ラモーの甥は心理的に屈折した複雑な人物であり、哲学者の「私」を相手に、音楽から人物談義まで気ままに議論を繰り広げるが、そのうちに楽器のパントマイムを即興的に披露し始める。彼は自意識の空転を、激しい身体的なパフォーマンスにまで転位させずにはいられないのだ。ただし、この楽器のミメーシス（模倣）は、やるせないほどに滑稽なパフォーマンスとして演じられる。

しかし読者とても、彼が色々な楽器をまねる恰好を見ては、思わず吹き出さずにはいられなかったことだろう。両頬をはちきれんばかりにふくらまし、しゃがれた陰気な音を出して、彼はホルンとファゴットをまねてみせた。オーボアをまねるためには、爆発するような鼻にかかった音を出した。弦楽器をまねるには、信じられないほどの速さで自分の声をせきたてて、楽器にごく近い音まで出そうとした。

こうして、一人でオーケストラを即興的に演じ尽くそうとするラモーの甥は、正気を失って、口から泡を吹き、汗だくになって泣き笑いする。彼がヴァイオリン奏者を模倣すると「苦悶」や「苦痛」が際立ち、クラヴサンの演奏を汗だくで真似ると、その表情には「愛情と憤怒と快楽と苦痛」が浮かび上がる[8]。つまり、他者のあらゆる感情および感覚が、彼の身体を押しつぶさんばかりに雪崩のような負荷をかけてくるのである。

ディドロはここで、ラモーの甥を狂気じみた音楽機械として描き出した。彼の身体はヴァイオリンからクラヴサン、さらにオペラ歌手の声まで、あらゆる楽器の音を合成できるシンセサイザーになりきるが、それは彼を音楽的な快楽にではなく、いわばミメーシスの苦行とでも呼ぶべき強烈な受難に導く。音楽家として傑出した才能をもち得なかった彼は、どこにも定点がなく、次から次へとひたすら楽器を模倣するだけであり、しかもその滑稽なパフォーマンスには内在的な終わりや限度がない。人間に経験可能なすべての感覚を脈絡なく引き写そうとするラモーの甥は、近代のリアリズムのプログラムを自己崩壊する瀬戸際に追い込んだと言えるだろう。

こうして、『ラモーの甥』における音楽のシミュレーションは身体をひどく歪曲させ、消耗させ、不自然な苦痛を強いる。メンデルスゾーンの悪魔的な音響の渦がゲーテの耳を混乱させる前に、ディドロ的音楽機械はあらかじめ、人間の感覚の限界、つまり超感覚的な次元を輪郭づけていた。ゲーテが感覚の高度な補助装置（天体望遠鏡）が人間を荒廃させると見なしたのに先立って、ディドロは感覚がとめどなく膨張し、その自重でつぶれてしまう悲喜劇的状況を捉えたのだ。

4、ディドロからメルヴィルへ

いったんまとめよう。イアン・ワットはデフォーらの一八世紀イギリスの小説をモデルとして、近代小説のリアリズムが移ろいやすい五感に根ざすことを強調した。この根源的な不安定さは、デフォーの半世紀後のディドロにおいて、早くも狂気じみたミメーシスとして描き直された。この明敏な哲学者が見抜いたように、近代のリアリズムを根拠づける感覚は、ときにインフレーションを起こして人間の心身に強い負荷をかけ、その収容能力を超過してしまう。ゲーテはこの「超感覚的なもの」の次元を自らの学問的探究においては抑圧し、『ファウスト』のような文学においてはむしろ解放したのである。
近代のリアリズムはあくまで個人的な感覚に根ざしながらも、感覚の限界を超えたものにも引き寄せられるという二重性をもつ。ディドロとゲーテに続いて、このテーマを飛躍させたのが前章で論じたアメリカのメルヴィルである。ゲーテの『ファウスト』が魔女の集う神話的なブロッケン山で永遠の渦を演出したとすれば、メルヴィルの『白鯨』はその渦をよりフィジカルかつメタフィジカルな《海》に置き直した。『白鯨』の海は「非情の無限空間」(93)であり、耐えがたい高密度の孤独とともに、人間を惑わす幻を作り出す。

世界が終わりなき平面であるならば、東へ東へ航海を航海をつづけることはつねに新たな距離を創造することとなる。〔…〕しかし、夢に見る神秘をはるかに追跡しつづければ、いや、いつも人間の魂の直前を遊弋するあの魔の色を帯びた幻を苦しみ抜いて追跡しつづければ、しかもそれをこの球形の天体の上に追いつづければ、我々はいずれ不毛の迷宮に迷い込むか、途中で海にのみ込まれるか、そのいずれかである。(52)

この迷宮的な「非情の無限空間」では、陸地を境界づける所有の観念は成立しない。カール・シュミットの言う「海的実存」は、大地の取得者にはなれない。狂気じみた船長エイハブは、せいぜい船上でほんの小さな領土、つまり自らの義足をつっこむ穴を占めるだけである。しかし、彼は何も所有せず身体や大地を奪われてしまった(dispossessed)からこそ、白鯨に取り憑かれる(possessed)。つまり、大地との結びつきの希薄さが、かえって海への没入を深めるのだ。

しかも、この没入は、実りのない「不毛の迷宮」に男の船乗りたちを引きずり込む。メルヴィルの多くの小説は、潔癖なまでに男性的である。特に『白鯨』は、女が不在であることに何の感傷も抱かないまま、無限の彼方にいる怪物を追跡し続ける男たちのホモソーシャルな小説であり、それが作品の「非情さ」をいっそう際立たせた。感覚的なデータを収容するジョン・ロック的な「暗い部屋」は、『白鯨』に到って、そこに入りきらない異常な感覚が爆発的に増えたことによって、出口のない迷宮に変わってしまう。

繰り返せば、カメラ・オブスキュラ（暗い部屋）は外界を表象として取り込む写真装置であり、それが近代リアリズムの一つの原型となった。そして、カメラ・オブスキュラに映じた表象は、ジョージ・バークリーのような一八世紀の哲学者によって一種の「私有財産」のように語られた[9]。これは、感覚そのものが所有可能な対象と見なされたことを意味する。

逆に、ディドロの『ラモーの甥』に始まり、ゲーテの『ファウスト』やメルヴィルの『白鯨』に到る迷宮的な作品群が示すのは、到底データとして所有できそうにない、五感を超えた「怪物」が成長したことである。楽器をひたすら模倣し、身体の限界にまで到る音楽家ラモーの甥は、ついにメルヴィル的な「鯨」にまで巨大化・怪物化した。アーシュラ・ル＝グウィンの有名なＳＦの題名を借りるならば、この三者はいずれも《所有せざる人々》（*The Dispossessed*）、つまり感覚を「部屋」のなかで正常に「所有」できない人間たちの状況を描いた。そのため、彼らの小説では、デフォー流の具象的・実用的なリアリズムを超えて、超感覚的なものが異常な思考を呼び覚ますことになる。

このような異常な思考は、当時の既存のアカデミックな学問を逸脱するものであった。メルヴィルにとって、鯨は学問的に適切な場所を割り当てられない不可解な存在にほかならない。彼は「鯨学なる学問の不安定、かつ不透明な現状」を強調し、博物学も「組織的体系化」の限界に直面せざるを得ないと記す（32）。無限の変身能力を備えたミステリアスな鯨は、その全貌を捉えようとする知への欲望を強くかきたてるが、しかし「鯨学」はその自重によって座礁することになる。後に、二〇世紀のSF作家スタニスワフ・レムはミステリアスな「ソラリスの海」を象りつつ、そこに恐ろしく巨大でかつ細分化された「ソラリス学」を付随させたが、それはメルヴィルの「鯨学」のSF版と呼んで差し支えない。

さらに、『白鯨』は知のシステムを狂わせるだけではなく、従来の絵画的表象の臨界点もあらわにした。イシュメールは、出航前にニューベドフォードで「潮噴き荘」という寂れた宿に泊まるが、その壁には「何ともどろりとしてぬらぬらとした粘液質を帯びた絵」がかかっていた。この謎の絵が、三本のマストの真上に「長く、しなやかな、禍々しい黒い塊」（3）を描いたものだと気づいたイシュメールは、この不気味な塊が巨大な鯨のイメージではないかと推測する。白い鯨は、黒い塊という影（分身）を伴っていたのだ。

この想像を絶する「崇高さ」を感じさせる異常な絵は、イギリスの画家J・M・ターナー――海難事故を含めて海を執拗に主題化し、抽象画の先駆者となった――の作品を思わせる[10]。ターナーと同じく、メルヴィルも禍々しい抽象性に強烈な重力を与えた。巨大な鯨はその存在を一望できるような具象的なイメージを結ばず、視覚と想像力を限界に行き当たらせる。それをあえて絵画的に表象しようとすると、ぬらぬらとした黒いマチエール（材質感）を強烈に感じさせる抽象的なイメージにならざるを得ない。メルヴィルの文学はターナーの絵画とともに、視線をからめとる「崇高」な抽象表現の源流に位置している。

5、メルヴィルの再評価

このように、メルヴィルは海というボーダーレスな「非情の無限空間」の化身である鯨に執拗にアプローチし、そこから多くの異常な問題を引き出した。彼の小説は人間の感覚能力を超えたものを文学が志向するようになった、その最も力強い実例の一つである。しかも、メルヴィルの先見性を示すのは『白鯨』だけではない。『ピェール』(一八五二年)や『ベニート・セレーノ』(一八五五年/邦題『漂流船』)で不確実性のテーマを前景化する一方、『バートルビー』では主人公の無感覚性を強調したメルヴィルは、まさに二〇世紀文学の父祖と呼ぶにふさわしい[11]。

なかでも、船を舞台として、詐欺やなりすましのテーマを扱った『ベニート・セレーノ』は、『白鯨』を引き継ぐ小説である。アザラシ漁に従事するアメリカ人のアメイサ・デラーノ船長は、漂流中の奴隷輸送船と出会ってその支援にあたるが、この謎めいた船のスペイン人船長のベニート・セレーノは不可解な言動を繰り返し、デラーノは不審の念を募らせる。しかし、ベニートの船は実は、反乱を起こした黒人奴隷バボウに支配されており、彼はその操り人形にすぎなかったことが終盤に明かされる。黒人奴隷に主人の役割を演じさせられてすっかり消耗したベニートの生命は、救出された後にあえなく尽きてしまう。

メルヴィルが《海》という規格外の超感覚的な怪物から引き出したものは、海的実存の感覚は自らを欺くので、確かなリアリティの足場にはなり得ないという認識である。《海》に向かうとき、人間は五感の情報だけでは、正しい認識には到達できない。なぜなら、そこは、人間の感覚を欺く罠だらけだからである。メルヴィルの小説においては、世界そのものが詐欺師となる。これが示すのは、近代リアリズムの土台が、メルヴィルにおいてその根本から揺らいでいたということである。

そもそも、長く忘却されていたメルヴィルの復活に貢献したのは、第一次大戦後のイギリスの小説家による評論であった。D・H・ロレンスの『アメリカ古典文学研究』(一九二三年)やE・M・フォースターの『小説の諸相』(一九二七年)が、メルヴィルの再評価を力強く推進した。特に、ロレンスはメルヴィルについて「海棲動物特有の、不可解でうす気味悪い魅力があり、嫌悪感を抱かせるところもなくはない」と無遠慮に評しつつも、『白鯨』を「かつて書かれた最も偉大な海の本」と絶賛し、そこに「白さ」という「壮大な抽象」を求める強靭な意志を認めた。さらに、メルヴィルの『ピエール』については「善良になろうとすればするほど、人間はますます混乱して収拾がつかなくなり、正義の道を歩むことは破滅に至ること」を示した小説だという鋭い批評もなされる[12]。

折しも、アメリカは享楽的な「ジャズ・エイジ」を迎え、人気作家スコット・フィッツジェラルドの『グレート・ギャツビー』(一九二五年)が、ニューヨーク郊外を舞台として華やかな都市生活の裏面にある孤独や荒廃を描いていた。ゆえに『グレート・ギャツビー』とは逆にニューヨークを退出して海に向かう『白鯨』、および得体の知れない海の作家としてのメルヴィルが、同じ時期に再評価されたことは興味深い。この再来したメルヴィルは、都市の作家フィッツジェラルドをちょうど反転させたような作家ではなかったか。

ロレンスをはじめモダニストの文学は、第一次世界大戦というトラウマ的なショックと切り離せない。例えば、D・H・ロレンスの代表作『チャタレー夫人の恋人』(一九二八年)は「現代はまさに悲劇の時代である。だから時代に絶望だけはするまい。先の大戦であらゆるものが破壊され、あとには瓦礫だけが遺された」と書き出された後、大戦で下半身不随になり心に「無感覚の空白」をうがたれた作家クリフォード・チャタレーの姿を描く[13]。まるで傷痍軍人のような男たち——片足を失ったエイハブや戦争帰りの兵士のように傷だらけのクイークェグ――を登場させる『白鯨』が、あらゆるものを「破壊」した世界戦争の時代に新たな意味を帯びたのも、偶然ではない。メルヴィル・リヴァイヴァルには、世界戦争後の小説をどう構想するかという問いへの応答という一面がある。

6、海の隣人としてのモダニスト――無感覚と超感覚

批評家のジョージ・スタイナーは、第一次大戦がヨーロッパの未来を担うべき世代、つまり「精神的・肉体的な潜在力を持つひとつの人間集団」をごっそり消滅させたという事実を強調した。それはたんなる多くの生命の消失ではなく、未来の知性や制度を建設する「文化」の破壊を意味している[14]。

しかし、思考し感覚する人間が世代ごと消失し、ロレンスの言う無感覚の「瓦礫」がヨーロッパを覆ったときにこそ、モダニズムの運動は活気づいた。モダニストたちはメルヴィル同様、通常の感覚を超えたものを象ったが、それは世界戦争によって、文化の根拠となる「人間集団」そのものが根絶されたこととの作用でもある。ヴァージニア・ウルフの戯曲のタイトルを借りれば、モダニズムとはまさに、無数の若者の前途を奪った二つの世界戦争の「幕間」で生じた運動なのだ。そのとき、禍々しい黒や白という極端な抽象への意志を備えた『白鯨』は、まさに黙示録的な二〇世紀を予告した恐るべき先祖として再創造された。

無感覚への転落が、かえって超感覚的なものを呼び覚ます――この逆説は特に、ウルフの『ダロウェイ夫人』（一九二五年）で鮮明にされたテーマでもある。戦地から帰還した男性セプティマスは、自分にもはや感情や感覚がないことに気づいてパニックになる。この絶対的な無感覚のなかで、彼は「神経繊維」の束になった自分が、木々と結ばれたと信じる。その一方、ビッグベンの鐘の音の響く

ロンドンの街を歩く女性クラリッサは、自らの生活の中心に空虚、つまり「空っぽの屋根裏部屋」を見出す。心に空虚を穿たれた彼女は、しかし歩行のリズムのなかで、自分が「はるか遠くの海に届くまで外へ」飛び去っていけるようにも感じる[15]。

ウルフはここで、ロレンス的な無感覚性を際立たせながら、それを超感覚的なものへと反転させた。クラリッサもセプティマスもその心に虚無を抱えているが、それがむしろ彼女らを自己ならざるものと連合させる。ジョン・ロック的(リアリズム的)な感覚の「部屋」を、ミクロな屋根裏部屋にまで収縮しつつ、マクロな都市にまで一気に膨張させる——この激しい運動を備えたウルフの小説は、ディドロからゲーテ、メルヴィルへと到る超感覚的なものの文学の系譜を継ぐものである。

ただ、一九世紀のメルヴィルと二〇世紀のモダニストとではやはり根本的な違いもある。それは前者が怪物的な《海》に没入するのに対して、後者がそこから一歩退き、海を美学化したことである。

例えば、ジェイムズ・ジョイスの『ユリシーズ』(一九二二年)の冒頭で、主人公スティーヴン・ディーダラスは、ダブリンの海辺の崖のそばにある塔で友人たちと暮らし、海からの呼びかけに耳を傾ける。この海は対岸のイギリスを飛び越して、古代ギリシアの文化的な記憶を内蔵したものである。『ユリシーズ』は一九〇四年六月一六日というダブリンの特定の一日を、ホメロスの神話『オデュッセイア』との緻密な照応関係に置いた。それによって、『ユリシーズ』の登場人物たちはギリシア＝アイルランド人という二重人間になり[16]、ダブリンの一日は壮大なものと卑小なもの、頭脳的なものと猥褻なもの、古代的なものと現代的なものが複雑に絡みあう不可解な時空として再創造される。

かたや、ヴァージニア・ウルフの一九一五年の『船出』(*The Voyage Out*)と題されたデビュー作は、南米大陸に向かう船を舞台とするが、そこは過去のヨーロッパの文学や美術について自由に語りあうサロンのように機能した。ウルフの海は、メルヴィル的な「不毛の迷宮」ではなく、文化的なコミュニケーションの場に仕上げられた。一九二七年の『灯台へ』になると、この海の美学化はいっそうはっきりした。というのも、その主役のラムジー一家は、スコットランドの孤島の波打ち際のリズムを聴きながら、感覚を精妙化させてゆくからである。

『ユリシーズ』と『灯台へ』というモダニズムの金字塔的作品が、いずれも浜辺を舞台としたことは重要である。西洋の小説史は一八世紀のデフォーとともに環大西洋世界に船出し、一九世紀のメルヴィルの海洋文学を経て、二〇世紀のモダニストにおいて海と陸のあいだの波打ち際に帰還した。ジョイスもウルフも確かに海を必要としたが、両者の関心はあくまで、海を思考や感覚の増幅回路として利用することにあった。岸（shore）への関心を失った「海的実存」を描いたメルヴィルとは異なり、モダニストは《海の隣人》であろうとしたのだ。

7、感覚の爆縮——ヴァージニア・ウルフ『灯台へ』

では、モダニズム小説はこの見かけ上のスケールの縮小によって、何を企てたのか。ヴァージニア・ウルフの一九一九年のマニフェスト的な評論「現代小説」には、その重要な手がかりが記されている。

ちょっとの間、普通の一日の普通の心を調べてみよ。心は無数の印象を——些細な、とてつもない、はかない、あるいは鋼の鋭さで刻まれた印象を受け取っている。あらゆる面からその印象はやってくる。それはおびただしい原子のたえまないシャワーだ。そして、それらの印象のシャワーが落下し、月曜日ないし火曜日の生活へと自らを形成するにつれて、そのアクセントは以前とは変わる。重要な瞬間は、ここではなくあちらに訪れるのだ［17］。

普段の心を仔細に観察すると、そこには無数の原子化した印象が離合集散するさまが浮かんでくる――こう述べるウルフは自らの小説においても、五感に根ざしたリアリズムのプログラムを、限界ぎりぎりまで細分化した。彼女の狙いは、不定形のまま揺らめく無数の印象の戯れを、心の「カメラ（部屋）」のなかに固定するのではなく、運動的な「ヴィジョン」として図示することにあった。絵画で言えばセザンヌのような後期印象派に対応するこの手法は、『ダロウェイ夫人』に続く傑作『灯台へ』で頂点に達した[18]。

このそっけなく無造作なタイトルからは、ウルフが印象の戯れを妨害することのない、控えめで重量感のない目標物を求めたことがうかがえる。ディドロの『ラモーの甥』はあらゆる感覚を一人の音楽機械に集中させ、メルヴィルの『白鯨』は鯨を異常な「海の象形文字」に仕立てたが、ウルフの『灯台へ』は逆にそのような中心からたえず逸れようとする。ウルフ自身「人生は、光まばゆい暈輪である。意識のはじめから終りまでわれわれをとり巻く、半透明の包被である」と述べて[19]、人生からおのずと滲み出す半透明の暈（halo）を捉えようとした。

このような脱中心化の志向は、ウルフが女性の生活を描こうとしたこととも深く関わっている。ウルフの評論によれば、女性の担ってきた家事や育児は「試験され検討されることが男性よりはるかに少ない」。ゆえに「女性の生活は名なしという性格を帯びていて、極端に不可解で謎めいている。この暗黒の国がはじめて小説の中で探検され始めている」[20]。『灯台へ』でも、従来は名を与えられてこなかった女性の生活と感情が、大きな比重を占めている。その際、ウルフは女性の人生を昼の光のもとで鮮明にするのではなく、むしろ感覚を波のように揺らめかせる「夕暮れ」に置き直したのである[21]。

このウルフの手法は、一家の精神的な支柱であったラムジー夫人の描き方によく示されている。第一章では彼女がいかにその細やかな神経によって周囲を支えてきたかが述べられるが、時の流れを見事に造形した第二章に続いて、第三章では彼女がもう亡くなったことが前提となっている。ウルフは彼女の死そのものには、故意に焦点をあわさなかった。だが、それはラムジー夫人を、この一家を取り巻く半透明の「暈」の領野に移行させるためである。彼女が純粋な印象の束になったとき、その存在の本質は生き残ったひとびと、さらには読者においてかえってより強く感じられる。

世界戦争と大量死の時代を背景とするウルフにとっては、人生の「暈」における不定形の揺らぎ、その弱くはかない運動にこそ、探検されるべき現実があった。興味深いことに、ラムジー一家を観察する画家リリー・ブリスコウの感受性は、ウルフの手法そのものの見事な絵解きになっていた。リリーは知人のバンクスの誠実さや几帳面さに触れたとたん、強烈なショックを感じる。

> リリーがバンクス氏について密かに抱いてきた印象の山が少し傾いだかと思うと、彼女の思いのすべてが、大きな雪崩となって一気に溢れ出した。一方でそのような感覚に押し流されつつも、他方バンクス氏の存在のエッセンスが、そこに霧のように立ち昇るのを見届けた気もした。彼女は自ら知覚したものの激しさ、強さに圧倒されたが、それはバンクス氏のこの上なく厳格で善良な姿にほかならなかった。（44／以下『灯台へ』の引用は御輿哲也訳［岩波文庫］に拠り、頁数を記す）

ウルフ的印象には明確な形が与えられず、たえず不可解なショックにさらされるために、いつでも唐突なインフレーションを起こす可能性がある。ウルフにとっては、この不意の「感覚の雪崩」こそが、存在のエッセンスを瞬間的に顕現させる。つまり、感覚や印象が部屋のなかに留まらず、アンビエントな広がりをもったとき、それを地（ground）として存在の図（figure）が改めて描き直されるのだ。

無限の海を舞台にして、感覚と意味のビッグバンを引き起こしたメルヴィルがいわば《爆発》(explosion）の作家だとしたら、ごく限定された空間のなかで思考や印象のインフレーションを仕掛けたウルフは《爆縮》（implosion）の作家であったと言えるだろう。『灯台へ』はあくまで静謐であり、抑制的な印象を与えるが、その内部には無数の爆縮が閉じ込められていた。

ここで重要なのは、この感覚の爆縮が、語りによる評価や判断にも関わってくることである。リリーは次のように思考をめぐらせる。

人を評価し判断するとはどういうことなのか？　あれこれ考え合わせて、好き嫌いを決めるためには、どうすればよいのだろう。それに「好きだ」「嫌いだ」っていうのは、結局どういう意味なのか？　梨の木のそばに釘づけにされて立ちつくしていると、二人の男性のさまざまな印象が降りかかってきて、目まぐるしく変わる自分の思いを追いかけることが、速すぎる話し声を鉛筆で書きとめようとするのにも似た、無理な行為に思われてくる。(45)

語りとはまずは人間や出来事を評価し、それを他者に伝達する行為である。ジェーン・オースティンの代表作『高慢と偏見』（一八一三年）では、結婚相手の資質や性格を見定めようとする女性たちの評価が、会話や手紙のような複数のチャンネルでなされる。当初の低い評価が、さまざまな指標の追加によって次第に逆転してゆく――このような評価の揺らぎの緻密な再現にこそ、オースティンのリアリズムの本領があった。

それに対して、『高慢と偏見』のおよそ一世紀後の『灯台へ』ではむしろ、そのような環境の評価や個体の識別そのものがしばしば不可能になる。「人間の心も体もすっかり闇に包みこまれてしまい、「これは彼だ」「こっちは彼女だ」と言える手がかりすらなくなった」(240)。画家リリーが人間を「評価」し「判断」しようとしても、その評価は印象のシャワーのなかで、たえず爆縮しては変質してゆくのだ。ここに、あらゆる物体の輪郭を揺らめかせるウルフ的な「夕暮れ」の光景がある。

8、ムージルの《可能性感覚》

シェイクスピアの『テンペスト』からメルヴィルの『白鯨』に到るまで、英米の文学は地中海から大西洋、さらには太平洋へと認識の地平を拡大してきた。それに対して、ウルフやジョイスら二〇世紀のモダニストは、むしろ浜辺という海の隣に回帰したように思える。私はそれを《爆発から爆縮へ》と要約した。彼らはこの見かけ上の収縮によって、メルヴィルの提示した問題群――超感覚的なものや不確実性の上昇――に、別の手法でアプローチしたのである。

二〇世紀のモダニズムを突き動かしたのは、一九世紀の実証主義的なリアリズムへの強い不信である。特に、世界戦争という強烈なショックに直面したモダニストたちは、客観中立的な立場から現実を把握できるという実証主義の信念を捨てて、むしろ言語に強い負荷をかけながら、空間や時間を根本的にリプログラミングする戦略をとった。作品の舞台をダブリンやロンドンの一日に限定しながら、言語や感覚の「爆縮」をたえまなく生じさせること――それは映画や絵画とは異なる、いわば小説の小説性を際立たせる企てにほかならない。

こうして、モダニズムは超感覚的な領野にどうアプローチするかという難題に取り組んだが、マージョリー・パーロフも指摘するように、文学上のモダニズムにも大きく二つの系統があったことは重要である。一つはウルフやジョイス、プルースト、フォークナー、トーマス・マンら巨匠的な作家たち、もう一つはオーストリア＝ハンガリー帝国を母体とするよりマイナーで、鋭利なアイロニーを武器とする作家たち、すなわち一八八〇年生まれのオーストリアの作家ロベルト・ムージルをはじめ、カール・クラウスやヨーゼフ・ロートらである[22]。

ウルフやジョイスが極度に圧縮された時空のなかで、感覚の爆縮を仕掛けたのに対して、その同世代のムージルは現実感覚そのものが実は穴だらけであるというアイロニカルな認識を、エッセイの形式によって結晶化した。ムージルのエッセイズムの極致である一九三〇年代の大作『特性のない男』では、《可能性感覚》というユニークな概念が提示されている。それは「ありうることを、実際にあることより、軽くとらない能力」あるいは「実際にあることを、あるかもしれないことより、重くはとらない能力」として定義される[23]。ムージルは属性や内面をすっかり分解した後で、感覚を微細な原子の運動として観察し、それらをモンタージュする——そのとき、五感に根ざした現実感覚は、むしろ「ありうること」を重くとる可能性感覚に取って代わられる。それがムージルの哲理である。

繰り返せば、カメラ・オブスキュラ的なリアリズムのモデルは、感覚をモノとして所有し記録できるという幻想を与えた。それに対して、機械工学を学んだエンジニアでもあったムージルは、感覚を現実的なモノではなく、痕跡や働きとして組みあわせようとする。ムージルの主人公は、特性（社会的な属性やラベル）をもたず、出来事を産出する内面性もないが、この虚無ゆえに、所有不可能で穴だらけの《可能性感覚》が際立つ。ムージルはもはやほとんど言語化できないような感覚未満のもの、あるいは感覚以上のものを浮上させようとした。この力業は、無感覚と超感覚を往復するモダニズムの企てを、その極北において試行したものである。

9、ジェノサイドの幕間——コンラッドの『闇の奥』

ともあれ、ウルフやジョイス、フォークナーら英米系の文学にせよ、ムージルやトーマス・マンら独墺系の文学にせよ、言語や物語に前例のないほど強い負荷をかけることによって、旧来のリアリズムの現実感覚や時空を大胆にリプログラミングする実験的な運動であったことに違いはない。

ただ、繰り返せば、それは海からの撤収と引き替えであった。『白鯨』とは違って、モダニズムの小説には海の怪物はもちろん、鯨を資源として獲得し加工する労働者も出てこない。ジョイスの『ユリシーズ』の主人公レオポルド・ブルームが、消費を刺激する広告産業に属しながらも、消費への満たされなさを感じていたのは象徴的である[24]。ジョイスの小説は恐ろしく手の込んだジョークとして読めるが、その異様な笑いの源泉は、海の労働（物質の世界との濃密な関わり）ではなく、都市の消費にあった。

ゆえに、われわれは超感覚的なものにアクセスしたモダニズムを評価するだけではなく、モダニズムの実験が何を失ったのかという問題にも注意するべきである[25]。それを考えるのに最も重要な作家は、一八五七年に帝政ロシアの支配下にあったポーランド領ウクライナのベルディチェフに生まれたジョセフ・コンラッドである。というのも、コンラッドは一九世紀のメルヴィルと二〇世紀のモダニズムを橋渡しする作家だからである。

革命運動にコミットしてロシア当局に逮捕された両親をもつコンラッドは、孤児になるものの数か国語をマスターし、海に強い憧れをもった。イギリス商船に乗り込んで、ロシア国籍を捨ててイギリスに帰化した後の彼が、船乗りを続けながら、母語でない英語で小説を書き始めたことは、彼の「二重人間」としてのあり方を際立たせた。ポーランド語と英語、船乗りと小説家——この二重の存在様式のあいだの「隔たり」が、コンラッドの文学を複雑なものにしている[26]。

コンラッドはまさにポスト・メルヴィルの小説家と呼ぶにふさわしい。ともに海に魅せられた両者は、エドワード・サイードが指摘するように、その文体においても「言語の異質さ、その語法の異様なまでの不規則性」を共有している。「言語を絶する経験」を描き出そうとするこの二人の作家は、異常で怪物的な世界を象るのに、文体に強力な負荷をかけることを恐れなかった[27]。そして、このコンラッドの企図が、世紀の変わり目に書かれた『闇の奥』（一九〇二年）で一つの頂点に達したことは間違いない。

この小説には、船員時代にコンゴに赴いたコンラッド自身の体験が反映されている。当時のコンゴでは、ベルギー国王レオポルド二世による非人道的な植民地政策が実施されていた。作家のマリオ・バルガス・ジョサは、レオポルド二世をヒトラーやスターリンにも比すべき「二〇世紀における最も残酷な政治犯罪者」と捉えているが、この商売上手の君主はコンゴの民衆を拷問し、搾取し尽くすことに、何ら躊躇いを覚えなかった。その結果、コンゴの社会は尊厳も伝統も粉々にされ、陰惨な内戦に追い込まれた[28]。つまり、レオポルド二世は、たんに人命を奪っただけではなく、コンゴ社会の成立条件そのものを破壊したのである。それは、イスラエルがパレスチナ自治区ガザを「開発」の名のもとに破壊してきたことにも通じる暴挙であった。

シャーロック・ホームズの生みの親コナン・ドイルは、一九〇九年にこの恐るべき蛮行を『コンゴの犯罪』で告発したが、『闇の奥』はそれに先駆ける小説である。『闇の奥』は、ヨーロッパの植民地主義がいかにアフリカの人間と大地を荒廃させたかを物語っている。語り手の船乗りマーロウが、白人に酷使されるアフリカの黒人労働者の惨状を目撃する場面を見てみよう。

その木の近くには、もう二つ、坐り込んで身体を鋭角に折り、両膝を胸に引きつけている人影があった。一人は顎を膝頭に載せ、虚ろな眼をしていて、見るに堪えないおぞましい姿だった。その兄弟分の幽霊は、疲労困憊して打ちのめされたように、額を膝頭につけている。そのほかありとあらゆるねじ曲がった姿勢の男たちがあちこちに散らばり、まるで大虐殺か疫病の流行を描いた絵のようだった。（45／以下『闇の奥』の引用は黒原敏行訳［光文社古典新訳文庫］に拠り、頁数を記す）

身体を不自然に捻じ曲げられて姿勢を保てず、尊厳も活気も失ったコンゴの奴隷たちの惨状は、ヨーロッパにとっての「象牙の国」で、おぞましい非人間的な暴力がふるわれたことを示唆している。コンラッドは暴力的なシーンそのものを描写するよりは、暴力の結果こそを詳細に記述した。それはヴァージニア・ウルフの『ダロウェイ夫人』が、世界戦争の痕跡を戦争帰りの兵士セプティマスに書き込んだことを髣髴とさせる。ただし、徹頭徹尾ヨーロッパの作家であったウルフとは違って、コンラッドはヨーロッパとその外部のコンタクト・ゾーンに、おぞましいジェノサイドの痕跡や証拠を認めたのである。

本書で説明してきたように、ヨーロッパのキリスト教徒による暴虐な植民地化は、ラス・カサスからデフォー、ディドロらに及ぶ知識人たちによって、文明の野蛮化というトラウマ的な事件として理解されてきた。他者の探索をプログラミングされた小説は、他者に対する暴力の発見装置でもあった。コンラッドの小説もこの系譜に連なっている。のみならず、植民地でのジェノサイドの後に書かれた

『闇の奥』は、ナチズムやスターリニズムに起因する未来のジェノサイドをも予告していた。要するに、移動する二重人間コンラッドは、ジェノサイドの幕間に位置する作家なのである。

10、超感覚的なものの伝達

コンラッドは二〇世紀のモダニズムの先駆者であり、かつ一八世紀以降のグローバリゼーションの文学の継承者でもある。とりわけ『闇の奥』には、モダニズム的な脱中心化の技法を用いて、ヨーロッパ以外の土地、つまり他者の世界を描くという複雑な戦略が書き込まれていた。

そもそも『闇の奥』とは何よりもまず、他者を探索する小説である。マーロウがコンゴに赴いたのは、現地での象牙取引によって莫大な利益をあげるもののやがて消息不明となった社員のクルツを捜索するためであった。マーロウはコンゴ川を上流へと遡ってゆくが、そこは不吉な予感が満ちている（ボルヘスが指摘するように、『闇の奥』は海よりは川ないし三角州を思い起こさせる小説であり[29]、その点でも《海の隣人》であるモダニストたちに先駆けている）。合理主義も進歩主義ももはや信じていないマーロウにとって、この旅は「有史以前の地球」への遡行として感じられる。そして、この旅の果てに奥地出張所という「闇の中心」に到ったとき、彼は現地のアフリカ人を支配する異常な王となったクルツと対面することになる。

植民地主義の尖兵であり、カリスマ的な人心掌握術をもつクルツは、ヨーロッパの達成の象徴でもある――「ヨーロッパ全体がクルツという人物を作り上げるのに貢献していた」（123）とまで評されるのだから。しかし、このヨーロッパの生み出した気高い「作品」こそが、故郷に背を向けて、未開の状態へと退行してゆく。ここには、メルヴィルの『白鯨』にも似たショッキングな反転がある。しかも、クルツの反転の理由は明快さを欠いており、想像を超えた不確かな印象も与える。このあいまいさこそが『闇の奥』の中心《ハート》にある。

加えて、物事のくっきりとした輪郭の融解は、感覚能力にヴェールをかぶせたようなマーロウの語り口とも深く関係している。小説の冒頭では、ロンドンのテムズ川の停滞した雰囲気が描写される。薄黒くて陰鬱な空気が重たくのしかかるなか、マーロウは河口に停泊する遊覧船ネリー号の一室で、四人の聴き手を相手に、クルツの物語を、まるで内緒話を打ち明けるようにして思わせぶりに語ってきかせる。

コンラッドはこのような非公式的でくだけた語り口を好んで採用してきた。マーロウの語りは、たびたび眼前の聴き手を意識して中断をはさみつつ——まるでダイビング中の束の間の息継ぎのように——、クルツというミステリアスな怪物に、川のようにうねうねと蛇行しながら近づこうとする。マーロウはトラウマ的な秘密を同乗者に伝えようとする証言者であり、しかもその恐ろしい悪夢を語り尽くせないことも弁えた経験豊富な語り手であった。

むろん、このマーロウの不規則でときに突飛な語り口を、客観中立的な証言として扱うのは難しい。それでも、彼の語り口は五感を超えたもの、つまり超感覚的なものにアクセスする唯一の手段となった。例えば、出張所の惨状を語り始める前に、彼は「まるで地球がすさまじい速度で宇宙の中を飛ぶ音が、不意に聴こえ始めたかのようだった」(43)と告げる。このいかにも大袈裟な表現は、マーロウが地上の感覚では捉えられないものに接触したことを示している。実際、川を遡るうちに、マーロウたちの感覚の機能は極度に制限されたものとなった。

世界のほかの部分は、俺たちの眼と耳にとってはどこにも存在していない。どこにもだ。それは

消えてしまった。なくなってしまった。囁きも影も残さず、掻き消されてしまったのだ。（100）

マーロウはこのひどく制限された感覚を手がかりとして、クルツという「闇の中心」の怪物に近づくが、それは一向に明快な像を結ばない。イアン・ワットがその優れたコンラッド論で指摘したように「コンラッドの方法は、知覚を因果的ないし概念的な用語に翻訳することの困難を反映している」[30]。多くの感覚を遮断され、しかもそれを概念に変えることもままならないマーロウは、クルツの「声」だけを特別に強く感じ取る。ここには、無感覚なものがかえって超感覚的なものを呼び覚ますというモダニズムの逆説が先駆的に現れていた。

クルツは語った。声！　声！　声は最後の最後まで深く響いた。体力が尽きたあとも生き残り、雄弁の華麗なひだの中に心の不毛な闇を潜ませた。（168）

その後、すでに容体の悪化していたクルツは「二度、囁くような、ほとんど息だけの声」で「怖ろしい！　怖ろしい！（The horror! The horror!）」（171）という言葉を残して、世界から消滅する。ただ、マーロウはその死の瞬間から目を背け、ただ「クルツの旦那――死んだよ」という黒人召使のふてぶてしい報告を聞いて、遅れて死を理解するだけである。

メルヴィルの鯨は、学問・芸術・経済等の多角的なアングルから観察される巨大な怪物であり、フィジカルな資源としてのリアリティも備えていた。逆に、もともと「声」だけの空虚な幽霊的存在であり、最後は息だけになって消失するクルツは、マーロウらの語りのなかでのみ存在している。繰り返せば、植民地主義の優秀な尖兵としてコンゴに入り、やがて狂気に陥ったクルツが、ヨーロッパの理想そのものの破局を体現するのは確かである[31]。しかし、この恐ろしい怪物は、証言者の語りに一方的に創作される脆弱な人間でもあった。

現に、帰国したマーロウは、クルツを立派な人物と信じる婚約者に「彼が最期に口にした言葉は――あなたのお名前でした」(191)と嘘をついて、彼女のはかない幻想を守ろうとする。この過去の改竄の捉え方をめぐって、多くのコンラッド研究者が議論を交わしてきた。私の興味をひくのは、超感覚的な受容能力をもち、闇の世界を誰よりも鋭く感じ取った強烈な怪物クルツの人生が、語り手によってあっけなく印象操作されてしまったことである。マーロウの語りは確かに、クルツという存在の一部を「闇の奥」から救出し、聞き手に伝達したが、彼が最期の力で振り絞ったメッセージを歪曲することも厭わなかった。クルツの存在の仕方は、その不気味さに比してひどくはかない。

繰り返せば、二〇世紀のモダニズムは、旧来のリアリズムの感覚の「部屋」を飛び出して、超感覚的な次元へとアクセスした。ウルフは無数の原子的な印象を、ムージルは可能性感覚を、それ自体独立した生き物のように操作してみせた。それは逆に言えば、もはやいかなる事実も確定的でなく、あらゆる人間がミクロな《爆縮》のショックにたえずさらされるということでもある。そして、この超感覚的なものを感覚的に伝達しようとするとき、そこには改変が加えられざるを得ない。超感覚的な息=声となった植民地の怪物クルツの遺言を、語り手が修正する『闇の奥』は、この二〇世紀文学の危うさを先取りしていた。この修正の容易さこそが「怖ろしい」のではないだろうか。

［1］イアン・ワット『イギリス小説の勃興』（橋本宏他訳、鳳書房、一九九八年）七頁。なお、ヴァージニア・ウルフは『自分ひとりの部屋』（片山亜紀訳、平凡社ライブラリー、二〇一五年）において、「新奇」な小説はその歴史の浅さゆえに、様式が硬化していた他の古い文芸ジャンルとは違って、女性の作家や読者の手に馴染みやすかったと見なしている（一三六頁）。

［2］William Walker, *Locke, Literary Criticism, and Philosophy*, Cambridge University Press, 1994, pp.193,195.

［3］小説を読むことは、キャラクターの心や思考を、断片的な情報を手がかりとしていわば「即興」で創作する作業である。ニック・チェイターの『心はこうして創られる』（高橋達二他訳、講談社、二〇二二年）によれば、作者は独立した架空の人生をそっくりそのまま再現するというよりは、むしろ読者側で起こる即興的創作をあてにして、前後のつじつまがあうようにキャラクターの記述を編集する。小説のリアリズムは、ごく限られた記述に深みを与える、読者の心の動きに依存している。つまり、小説における「心」を創作するのは、作者である以上に、実は読者である。

［4］ジョナサン・クレーリー『観察者の系譜』（遠藤知巳訳、以文社、二〇〇五年）一一八、一二〇頁。

［5］石原あえか『科学する詩人ゲーテ』（慶應義塾大学出版会、二〇一〇年）一三四頁以下。

［6］「形態学序説」（前田富士男訳）『ゲーテ全集』（第一四巻、潮出版社、一九八〇年）四四頁。E・カッシーラー『十八世紀の精神』（原好男訳、思索社、一九七九年）が指摘するように、ゲーテはカントと違って「造られた自然」に満足せず、あくまで「生成する自然」を考察の対象とした（一四一頁）。それが「形成」や「変態」への彼の強い関心として現れている。

［7］なお、器楽曲よりも声楽曲を好んだゲーテは『ファウスト』にも音楽劇との親和性を与えたが、『ファウスト』の音楽性を本格的に顕在化させたのは、その後のロマン派の作曲家たち――シューベルト、シューマン、ベルリオーズ、リスト、グノー等――である。詳しくは、ハンス・ヨアヒム・クロイツァー『ファウスト　神話と音楽』（石原あえか訳、慶應義塾大学出版会、二〇〇七年）参照。

［8］ディドロ『ラモーの甥』（本田喜代治他訳、岩波文庫、一九四〇年）三九、四〇、一二一－二頁。ミシェル・フーコーはラモーの甥の錯乱的なパントマイムに「狂気の言葉なき偉大な紋章」を認める一方、それをサドの厳密にコントロールされた不動性の狂気と対比している。『フーコー文学講義』（柵瀬宏平訳、ちくま学芸文庫、二〇二一年）四五頁以下。

［9］クレーリー前掲書、六八頁。

［10］メルヴィルとターナーの関係については以下の論文を参照。Robert K. Wallace, "Bulkington J. M. Turner, and "The lee Shore"", in Christopher Sten ed., *Savage Eye: Melville and the Visual Arts*, The Kent State University Press, 1991.

［11］『ピェール』の主人公の容貌は、母と瓜二つであり、両者はお互いを姉弟と呼びあっている。その一方、ピェールの前に唐突に現れた女性イザベルは、ピェールの姉を自称し、ピェールも最初は当惑しつつもその宣言を受け入れる。彼女らはあっという間に血縁関係を「創作」するが、それを裏打ちする客観的な根拠は読者には与えられない。家族の再創造がほとんど批判的な内省なしに進められるため、読者は確からしさの地平が融解してしまったような不安を感じるだろう。かたや『バートルビー』においては、ウォール街の法律事務所に書記として雇われたバートルビーが、最小化された拒否のプログラム（「しない方がいいと思います」）を機械的に反復し、雇い主を翻弄する。ここには、主人が奴隷に支配されるという『ベニート・セレー

ノ』と同種の反転現象があるが、それに加えて、デッド・レター（配送不能の郵便物）になぞらえられるバートルビーの感覚が完璧に「デッド」であることが重要である。石柱や死人を思わせるほどに無感覚のバートルビーは、リアリズムの成立する条件そのものを拒絶する不可解な空白地帯であった。

[12] D・H・ロレンス『アメリカ古典文学研究』（大西直樹訳、講談社文芸文庫、一九九九年）二五〇、二七一、二九〇、三〇四頁。

[13] D・H・ロレンス『チャタレー夫人の恋人』（木村政則訳、光文社古典新訳文庫、二〇一四年）一五、一七頁。

[14] ジョージ・スタイナー『青ひげの城にて』（桂田重利訳、みすず書房、二〇〇〇年）三五頁。

[15] ヴァージニア・ウルフ『ダロウェイ夫人』（土屋政雄訳、光文社古典新訳文庫、二〇一〇年）二〇、四四、五八、一二一、一五三頁。

[16] リチャード・エルマン『リフィー河畔のユリシーズ』（和田旦＋加藤弘和訳、国文社、一九八五年）一九頁。

[17] ヴァージニア・ウルフ「現代小説」（大沢実訳）『世界批評大系』（第五巻、筑摩書房、一九七四年）一九頁。ただ、訳は原文をもとに変更した。

[18] ウルフは、後期印象派のセザンヌを評価した批評家ロジャー・フライと付き合いがあった。『灯台へ』の美学を、印象派と後期印象派の中間点において解釈した論文に、丹治愛「印象主義とフォーマリズム」『モダニズムの詩学』（みすず書房、一九九四年）所収がある。

[19] ウルフ「現代小説」一九頁。

[20] 「女性と小説」『ヴァージニア・ウルフ著作集』（第七巻、朱牟田房子訳、みすず書房、一九八二年）一九九頁。

[21] 『灯台へ』における夕暮れの特権性については、丹治前掲書、一四四頁。

[22] Marjorie Perloff, *Edge of Irony, Modernism in the Shadow of the Habsburg Empire*, The University of Chicago Press, 2016.

[23] 古井由吉『ロベルト・ムージル』（岩波書店、二〇〇八年）一三八頁以下。

[24] フランコ・モレッティ『ドラキュラ・ホームズ・ジョイス』（植松みどり他訳、新評論、一九九二年）二三〇頁。

[25] ヨーロッパのモダニズム運動は一九二〇年代が全盛期であり、三〇年代以降はその実験も次第に飽和し始める。その衰退の兆しを鋭く捉えていたのが、アメリカのフィッツジェラルドである。晩年の彼は一九三四年の長編小説『夜はやさし』（*Tender is the Night*）で、南仏のリヴィエラ海岸を舞台として、精神科医ディック・ダイヴァーの崩壊のプロセスを描き出したが、面白いのは、ジョイスの『ユリシーズ』の影響を受けて自分でも小説を書こうとしている——しかし「肉体で感じられる世界」については何も知らない——自称社会主義者がそこで戯画化されていたことである。ダイヴァーらが戦場のガイドブックを片手に、第一次大戦時の塹壕の跡をめぐる場面も、モダニズムを加速させたヨーロッパの戦争がすでに回顧的対象となっていたことを物語る。
同世代のモダニズム最後の巨匠フォークナーが非妥協的な怒り（fury）を文体に転移させたのに対して、フィッツジェラルドはヨーロッパの前衛的・戦闘的なモダニズムの終焉を、まもなく有名なリゾート観光地となるリヴィエラの弱く優しい（tender）情調のなかに包み込んだ。一九三〇年代は、ヨーロッパの大戦からアメリカに帰還したヘミングウェイら「ロスト・ジェネレーション」——彼らは伝統を根こそぎにされた、いわば「白紙」の状態からアメリカ的現実を再発見したと評される——が国際的に評価された時代だが、この世代の中心人物であったフィッツジェラルドは逆にヨーロッパの浜辺で、文学的実験の熱量が静まってゆくさまを捉えたのである（なお、

パリおよびリヴィエラ滞在中の衰弱したフィッツジェラルドの様子は、ヘミングウェイの『移動祝祭日』で回顧されている）。

［26］J・H・ステイプ編『コンラッド文学案内』（社本雅信監訳、研究社、二〇一二年）第一章参照。

［27］サイード「『白鯨』を読むために」『故国喪失についての省察』（第二巻）六一－二頁。

［28］マリオ・バルガス・ジョサ『嘘から出たまこと』（寺尾隆吉訳、現代企画室、二〇一〇年）二九頁以下。

［29］ボルヘス『記憶の図書館』四八頁。

［30］Ian Watt, *Conrad in the Nineteenth Century*, University of California Press, 1979, p.178. ワットはここで「光の暈」を捉えようとするヴァージニア・ウルフ流のモダニズムを、コンラッドの印象主義と巧みに結びつけた。

［31］なお、空虚な野心家クルツを後年図らずも反復したのが、アラビアのロレンスことT・E・ロレンスである。一八八八年生まれのロレンスはヨーロッパ列強の植民地獲得という《グレート・ゲーム》（ハンナ・アーレント）に没入し、ストイックな砂漠の民ベドウィンと共闘した後、自らの身体をマゾヒスティックに痛めつけ、最後は速度の快楽に憑かれてバイクで事故死した。この自己消滅を求める「空っぽの主体」の陥った罠については、宇野常寛『砂漠と異人たち』（朝日新聞出版、二〇二二年）第二章が詳しい。植民地主義という大掛かりなゲームの突端で非ヨーロッパ人と交わりながら、自滅的な「変身」に雪崩れ込んでいった点で、クルツはロレンスに先駆けている。

第三部　思考のテーマ

イントロダクション

文学史の歩みは、生物の交配や成長、世代交代のプロセスを思わせる。この擬似生物学的な観点から言えば、ゲーテやマルクスは文学の遺伝子の交換、つまり「翻訳」に画期性を認めた著述家であった。翻訳家はいわば園芸家のように、文学上の変異を選択し、それを保存するという役割を担う。このような仕事が、ゲーテやマルクスの考える《世界文学》のベースとなった。

ゲーテは翻訳が文学をネットワーク化し、古い作品をたえず生まれ変わらせると見なした（第一章参照）。翻訳によって相互接続された《世界文学》の環境では、一つの作品はすでに潜在的には他の作品となる。ゲーテによれば、生物が発展するように、文学も翻訳のネットワークのなかで有機体のように成長するが、この「ビルドゥング」の運動は他者のビルトインを伴わねばならない。彼はいかなる文学であれ、異なるものの導入、つまり翻訳がなければ再生されないと考えていた[1]。ゲーテ的な世界文学とは、それ自体が強力な翻訳機関にほかならない。

ゲーテに続いて、シュレーゲル兄弟やノヴァーリスのようなドイツ・ロマン派の批評家は、自己に自己以外のものを巻き込む翻訳のプログラムを、留保なく推し進めた。特に、ドイツ最大の翻訳者であったアウグスト・ヴィルヘルム・シュレーゲルは「あらゆるものを翻訳する」という総翻訳のプログラムを構想したが[2]、その企ては、世界じゅうの文学を翻訳のネットワークに巻き込もうとする全体化の欲望に根ざしていた。このようなドイツ・ロマン派の翻訳理論は、万物を電子的なデータに変換するという二一世紀のグーグル的な欲望も先取りするものだろう。

もともと、ゲーテの理念には、世界市場の到来という現実を承認するだけではなく、より高次の世界文学を実現せよという「規範的」な意味があった。ゆえに、哲学研究者のフェン・チャーが指摘するように、ゲーテの世界文学論はヘーゲルの哲学と同じく、歴史の「目的論」を前提としている[3]。シュレーゲルの「総翻訳」の企ても、隔たった文化のテクストを漫然と結合するのではなく、その先に理想の文学を実現しようとする目的論的な動機を秘めていた。

むろん、世界文学という普遍的な「目的」に向かって、すべてのローカルな文学を糾合しようとする進歩主義的な企ては、植民地主義と切り離せない。そこにはオリエンタリズム的な偏見が含まれている。例えば、イラン人思想家ハミッド・ダバシは、世界文学というヨーロッパ中心主義的な理論には、一一世紀初頭のペルシアの叙事詩『シャー・ナーメ』を入れる余地がないことを強調している。ヨーロッパの通念では、勝者の叙事詩と敗者の叙事詩とが分けられるが、詩人フィルドゥーシーの手になる『シャー・ナーメ』はそのいずれにも属さず、むしろそのような分割に挑戦している[4]。しかし、この帝国的な世界性を備えたペルシアの文学は、ヨーロッパの世界文学の理念によって、かえって脱世界化、つまり周縁化されてしまった。

このダバシの批評は、きわめて重要な問題提起を含んでいる——世界文学はすべての他者の文学を包摂するように見えて、実際には、あるタイプの他者のもつ世界性を排除しているのだから。それでも、ゲーテやシュレーゲル兄弟の推進した翻訳の大規模化が、その後の文学に決定的な影響を与えたことも否定しがたい。翻訳（異なるものの導入）は文学の「変異」を加速しつつ、何をもって好ましい作品と見なすかという趣味判断に方向づけを与える。一九世紀以降の文学は、このような翻訳のグローバル化の作用を免れなかった。

もっとも、文学の進化をダーウィン流の自然選択（自然淘汰）のモデルで考えようとすると、さまざまな厄介な問題に直面するのも確かである。ダーウィン自身は「わずかな変異でもそれが有用なものならば保存されるという原理」を自然選択の原理と呼び、それを「篩《ふるい》」の機能になぞらえている［5］。しかし、小説の構成要素のうち、何が「有用」かを見定めることは難しい。テクストの流通に不利なように思えるきわめて難解な表現ですら、小説では必ずしも淘汰されず、ときには歓迎すらされてきた。

そもそも、詩や演劇のような先行するジャンルが、強い形式的制限を備えていたのに対して、小説はむしろ明示的なルールを取り払って、それまでの散文の技術（旅行記、書簡、物語、エッセイ等）を貪欲に吸収してきた。このメタジャンル的な拡大の副反応として、小説はしばしば、人間の認知能力への合理的な「適応」や「有用性」から逸脱した。例えば、一八世紀のサミュエル・リチャードソンの書簡体小説『クラリッサ』や『パミラ』があまりにも長く、冗漫であることは、当時の読者にも実感されていた。だからこそ、ディドロはリチャードソン擁護の論陣を張ったのである（第一一章参照）。

その後、小説＝散文の「長さ」を明確に問題にしたのはE・A・ポーである。ポーは一八四二年の論説で、同時代の作家ナサニエル・ホーソーンの物語（tale）を評価する脈絡で「物語には小説にはない特異な利点がある」と述べながら、ホーソーンが「半時間から一、二時間の間に読める短い散文による物語」の名手であることを高く評価した。

ふつうの小説は長すぎるところに問題がある。〔…〕長篇小説は一気に読めないので、当然ながら、全体性から汲み取れる膨大な力をみずから放棄することになる。読書を中断しているうちに、くだくだの世事が介入してきて、本の印象を、大なり小なり、ねじ曲げ、無化し、中和してしまう。単純に読書を中断するだけでも、真の統一はそこなわれるものである。ところが、短い物語では、作者は、その意図が何であれ、それを十全に達成することができる。読んでいる間、読者の魂は作者の掌中にある[6]。

ポーは詩と物語と評論で卓越した仕事を残したが、この多面性は、彼が自らの作品を「小説」という新しいカテゴリーに還元しなかったことに関わる。彼にとって、詩はその短さと純粋さゆえに、作者が読者に及ぼす効果を「哲学」に仕上げられるジャンルであった。逆に、長い小説の場合、作者が読者を掌握することも、その創作原理を体系化することも、ポーには不可能だと感じられた。

しかし、その後の小説は「長すぎる」というポーの批判をものともせず、しばしば読者の理解力の限界を超えるほどに、複雑かつ難解なものになった。プルーストの『失われた時を求めて』を通読するのは、至難の業である。あるいはジョイスは自作の『ユリシーズ』とホメロスの『オデュッセイア』の対応表を作成して友人に渡したが、このようなマニュアルが必要なほど『ユリシーズ』の暗号は複雑怪奇である。かつて批評家のエドマンド・ウィルソンが指摘したように「ジョイスもまたプルーストと同じように、読者の注意力の限度というものをほとんど顧慮していない」[7]。

そもそも、ジョイスの小説は、それ自体が人類の言語の「総翻訳」を実行しようとする複雑きわまりない企てである[8]。彼の『フィネガンズ・ウェイク』は翻訳不可能だとされるが、その不可能性はこのきわめて異様な小説が、むしろ翻訳の集合体であることに由来する。ジョイスは人類の諸言語をアルファベットに変換して圧縮し、新たな合成語を作成した。このジョイス的な「翻訳」によって、『フィネガンズ・ウェイク』における一つの語は潜在的には複数の言語となるだろう。それは、あらゆる所属から解き放たれた場所なき言語、いわば亡命状態の言語なのである。

むろん、ポー的な論理から言えば、『フィネガンズ・ウェイク』を極北とする二〇世紀の小説は、合理性を欠いた変異体にすぎない。だとしても、小説はその進化のプロセスにおいて、いかなる形式上の制約ももたない、本質的に不定形なジャンルとして自己を形成してきた。「小説というものは何をどんな風に書いても好い」と言い切った日本の森鷗外から（第二章参照）、「すべてを言うことを許容する」というライセンスを発行する「奇妙な機構」として文学を論じるジャック・デリダに到るまで[9]、二〇世紀の多くの思想家が、小説の可塑性や自由を強調してきた理由も、この不定形性にある。

では、ダーウィンの言う「篩」は、小説の進化史では機能しなかったのだろうか。だが、そう決めつけるのも安易である。小説は確かに「何をどんな風に書いても好い」アナーキーで不定形な散文だが、かといって、乱雑ででたらめな状態に向かったわけでもない。私には、ダーウィン的な「自然選択」が、小説の思考のシステムにある程度の作用を及ぼしてきたように思える。進化の「篩」にかけられて保存され伝承された思考のテーマ――それが世界文学のアーキテクチャの強度を保証したのではないか。

このような問いを出発点としながら、第三部では世界文学のアーキテクチャに内包された思考のテーマとして、環境、絶滅、主体、制作、可塑性、不確実性、時間を順に取り上げる。私は個々の作家や作品を中心とするのではなく、むしろ七つのテーマそのものを主人公として、その進化史の一端を再現することを試みたい。これらのテーマから観察するとき、小説は乱雑で無秩序なテクストではなく、むしろ一定の傾向性を備えた思考のシステムであることが浮かび上がってくるだろう。それは、文学が「すべてを許容する」というデリダ的な認識とも矛盾しない。

ここで重要なのは、これらのテーマの根幹に、世界との遭遇にどう対応するかという根本的な課題があったことである。それを輪郭づけるために、私は狭義の文学者にとどまらず、新世界の与える知的・道徳的なショックを体系的に捉えた神学者のラス・カサスや地理学者のアレクサンダー・フォン・フンボルトらの言説にも重要な意味を与えた。あるいはヘンリー・ソローやラルフ・エリスン、フォークナーのように、新世界（アメリカ）の内部でもう一つの世界を差異化した作家にも注目した。彼らの作品は、主体に対して世界が先行することを、さらに世界性の座標も変化し得ることをそれぞれ独自の方法論によって示していたように思われる。そして、変異と選択というダーウィン的な進化のメカニズムを活性化させるのは、まさに世界を差異化する力なのである。

要するに、私の言う《世界文学》は、世界との接触や世界の分化において成立する構造体である。ゆえに、そこでは世界の単一性や完結性、確実性はすべて懐疑の対象となるだろう。小説的な思考は、つまり文学を「構築する力」（磯崎新）は、まさにこのような批評的態度から生じた。第三部ではそのことを論証する。

[1] アントワーヌ・ベルマン『他者という試練』一三五頁。
[2] 同右、二七七頁以下。
[3] Pheng Cheah, *What is a World?: On Postcolonial Literature as World Literature*, Duke University Press, 2016, p.6.
[4] Hamid Dabashi, *The Shahnameh: The Persian Epic as World Literature*, Columbia University Press, 2019, pp.23, 54.
[5] ダーウィン『種の起源』（上巻、渡辺政隆訳、光文社古典新訳文庫、二〇〇九年）一一九頁。
[6] 「ホーソーンの『トワイス・トールド・テールズ』」『ポオ評論集』（八木敏雄編訳、岩波文庫、二〇〇九年）一一七、一二三頁。
[7] エドマンド・ウィルソン『アクセルの城』（土岐恒二訳、ちくま学芸文庫、二〇〇〇年）二七九頁。
[8] なお、ジョイスの小説と並ぶ特異な「翻訳」の企てとして、私はフロイトの精神分析を挙げたい。性的欲動の「可塑性」を強調するフロイトは、諸欲動の舞台である夢について「夢の働きとは夢の思想を象形文字に類似した原始的な表現法に翻訳すること」だと定義する。フロイトによれば、夢の翻訳とは、二つの異なった観念を区別せずに「結合」や「凝縮」、あるいは「置換」を施す作業である。フロイト『精神分析学入門』（懸田克躬訳、中公文庫、改版二〇一九年）二六九、三六三、五五四頁。このフロイト的翻訳は、ジョイス的な言語操作を思わせる。
[9] Jacques Derrida, *Acts of Literature*, ed. Derek Attridge, Routledge, 1992, p.36.

第九章

環境——自然から地球へ

1、物質ともつれあった心の発明

近代文学が発明したのは、環境に心を創作させる技術である。物質的な環境（自然）の記述が、心的なものの表現として利用される——この心と自然の共鳴現象が、近代文学を特徴づけている。例えば、小説における風景描写はたんなる記録という以上に、しばしば語り手の心の動きと相関関係にある。つまり、ある特定の風景の選択は、心のステータスを間接的に説明しているのである。

むろん、心的なものと物質的なものは、さしあたり別個のシステムである。しかし、近代文学はこの二つのシステムを交差させることによって、自然の物質を心のあり方の隠喩として使用する道を開いた。そのパイオニアの一人であるアメリカの詩人エマソンは、有名な論文「自然」（一八三六年）で「そもそも人間はアナロジストであり、あらゆる物象のなかに関係を探る」「自然全体が人間精神の隠喩だ」と記し、心と自然のあいだの相関関係を強調した。エマソンによれば、この両者は「鏡」のように顔を向きあわせているため〔1〕、自然を深く理解することが、そのまま心の理解につながる。

エマソンをはじめ欧米のロマン主義者は、この「鏡」のアナロジーを推し進めた。それが意味するのは、自然環境ともつれあった新しいタイプの心が、文学にプログラミングされたということである。

このような現象が生じたのは、近代における文化的・学問的関心の中心が、神学から人間学に移ったこととも対応する。

神とは隠喩的に語られるしかない存在である。ドイツの神学者エーバーハルト・ユンゲルの言い方を借りれば「神自体はただ隠喩的にのみ表現しうる。言いかえれば、そもそも隠喩的に語られる時にのみ、神について語りうるのである」。神は「この世の言語」では記述できない何ものかである[2]。したがって、神をこれこれと言語的に定義するのは、すべてメタファーとなる。

それに対して、近代文学はもっぱら神ではなく人間を説明するジャンルである。ただ、人間の心も神と同じく、隠喩なしには語れない何ものかであった。近代文学は、心を表現するのに、環境（風景）を隠喩として導入するという技法を育てた。それによって、文学の心は個人に属するものでありながら、ジョルジュ・バタイユの言う意味での霊的な「コミュニケーション」の舞台に変わる[3]。つまり、文学が書き取る心は、自然物ともつれあう交通の場になったのである。

では、近代の文学者たちは、心と環境をいかに「もつれ」させたのか。そして、自然との接触を反映した文学的言語、すなわち「エコ言語」（ecolect）は、文学史においていかなる変化を遂げてきたのか[4]。これらの問題を展望するために、本章では一八世紀的な自然（エマソン、ルソー、ワーズワース）から一九世紀的な地球（フンボルト、ヘンリー・ソロー、メルヴィル）へというパラダイムの変化を想定し、論述を進めていきたい。

2、自然の即興演奏――ルソーの『孤独な散歩者の夢想』

心的《サイコロジカル》なものと環境的《エコロジカル》なものの「もつれ」を仕掛けた先駆者――それは一八世紀のジャン・ジャック

・ルソーである。彼の手法は、晩年の美しい散文作品『孤独な散歩者の夢想』（一七七六年執筆開始／以下の引用は永田千奈訳［光文社古典新訳文庫］に拠る）において高度な水準に達した。

ルソーはそこで、かつて『告白』を書いたときからの心境の変化を語っている。市民社会から自分自身を追放した老人のルソーにとっては「今さら、告白するような自慢も自責もありはしない。私はもはや人間のうちに数えられていないのだ」。彼は自らを「どこかよその惑星から落ちてきた異星人」、つまりエイリアンにたとえながら、自然科学者が「日々の気象状況」を調べるように、自らの心にメーターを取りつけ、その微細な推移をそのつど「計測」しようと試みた（第一の散歩）。

ルソーはもはや「告白」しない。彼が書き留めるのは、心の気象学的な観察であり、それによって散歩中のとりとめのない不定形の夢想が、まるで生まれたばかりのようなフレッシュな姿で立ち上がってくるのだ。社会から逃れたエイリアンとなったルソーの心は、自然環境ともつれあい、たえず変化し続ける。『告白』が作者の人生の唯一無二性を証明しようとするのに対して、『夢想』では自己の明瞭な輪郭が崩れ、ルソーの不定形な気分が雲や波のように広がってゆく。彼がスイスのビエンヌ湖に浮かぶサン・ピエール島に住んだときの回想場面には、次のような有名な記述がある。

寄せては返す波の音。いつまでも続き、ときに大きく聞こえてくる波の音。夢想が心のざわめきを消し、空っぽになった内面を満たすように、水の音と眺めが私の耳と目に休みなく流れ込んでくる。そうしていると、わざわざ頭を使って考えなくても、ただこうしているだけで存在することの喜びを感じることができるのだ。

この世のすべては絶えざる流れのなかにある。同じ形のまま、不動のままでいられるものはない。

自分以外の事物に執着する私たちの心も、それらの事物と同じように移り変わっていかざるを得ない。（第五の散歩）

夕暮れの波打ち際にたたずむルソーは、およそ六〇年後のエマソンを先取りするように、湖と心を透明な「鏡」のように向きあわせた。『夢想』のテクストは、音楽のインプロビゼーション（即興演奏）を思わせる――ルソーは移ろいやすい自然を楽器として、それに反応する「空っぽ」の心を随時アドリブで浮かび上がらせるのだから。ルソーの内面はとりとめのない夢想に沈み込むが、その空っぽの心には、寄せては返す「波」のリズムが響いていた。

もとより、ルソーの深い充足感は一時的なもの、つまり「はかない幸福」に留まる。それでも、ルソー的な心＝自然は、その最も純粋な形態においては有限の時間を超えて、神秘的な永遠の領域を垣間見せている。サン・ピエール島の幸福な時間を想起しながら、ルソーはこの永遠性を神的な状態になぞらえた。「この幸せな境地が続く限り、自分が自分であることだけで神のように満足できるのだ」。寄せては返す波のような自然＝テクストの演奏のなかで、心的なものは次第に神的なものに近づいてゆく――この繊細な音楽的運動によって、晩年のルソーは自己の心を自由で神秘的な境地に到らせようとした。

湖を鏡として、環境と心のあいだの限りなく透明なコミュニケーションを再現した『夢想』において、他者はわずらわしいノイズにすぎない。サン・ピエール島はちょうどロビンソン・クルーソーの島と同じく、一種の無人島として描かれる。驚くべきことに、ルソーはこの島を「バスティーユの監獄」に類比した。「私は、この孤島を永遠の監獄とし、人々が私を一生ここに閉じ込めておいてくれればと願った」。ルソーは自然の牢獄としてのサン・ピエール島に、甘美な絶対的孤独を見出したのである。

この人間が事実上消滅した世界では、植物だけが隣人となる。野趣にあふれた孤島にすっかり魅了されたルソーは、「サン・ピエール島植物誌」を作ろうと思い立ち、スウェーデンの植物学者カール・フォン・リンネの図鑑『自然の体系』とルーペを携帯して、植物観察にいそしんだ。孤島のルソーにとっては、自然の精緻なシステムを自らの瞳と手でじっくり検証することが、至上の喜びとなった。ルソーの「夢想」とは劇的な新発見ではなく、既存のものを再認し反復する心的作業なのであり、しかもその心の動きそのものが快楽的なものとして現れる。

現在、夢想が深みに向かえば向かうほど、私はあの島の光景をありありと思い浮かべることができる。実際にあの島にいたときよりも、パリにいる今のほうが、あの島を五感でとらえ、さらに心地よく感じているのだ。

ここには島そのものではなく、島について反復された記憶、いわば島のＶＲ（ヴァーチャル・リアリティ）こそが、最も感覚的に豊かであるという逆説が明示されている。この記憶の空間では、他者は音もなく退場し、波と植物の与える音楽的な快楽がいつまでも続くかのように感じられる。環境と心のルソー的な「もつれ」は、無人のＶＲ空間において最も純粋に表現された。そこにルソーのエコ言語の特異性がある。

3、ユートピアのなかのユートピア――『新エロイーズ』の庭

ここで重要なのは、この甘美な無人島＝牢獄のイメージが、すでに『夢想』以前のルソーの著作、当時ベストセラーとなった『新エロイーズ』で出現していたことである。一二世紀フランスのエロイーズとアベラールによる名高い往復書簡文学を下敷きとしながら、ルソーはジュリとサン＝プルーの恋愛を書簡体小説の形態で描いた。再び音楽になぞらえれば、『新エロイーズ』は伝統あるスタンダード・ナンバーをルソー流の新しいテクニックで演奏し、大胆に生まれ変わらせた文学だと言えるだろう。

その記述のユニークさは、恋愛を主軸としながら、ルソーならではの風景論やユートピア論をあわせて展開したことにある。サン＝プルーは故郷のヴァレ地方を旅し、その山岳のありさまをジュリに手紙で書き送った。巨大な廃墟のような岩、ごうごうとなる滝、そして底の見えない深淵――これらの思いがけない風景が旅人の視点から描き出される。しかも、山の透明な空気は「激しすぎる欲望」を和らげる鎮静効果をもっていた。

実際、空気が清く至純な高山の上では呼吸がいっそう楽に、肉体がいっそう軽く、心がいっそう晴朗に感じられるということは、皆が皆、そういう印象に注目するわけではないにしましても、あらゆる人々の感ずる普遍的な印象で、そこでは快楽の熱度は低まり、情熱はいっそう穏和になります。（1・126／以下『新エロイーズ』の引用は安士正夫訳［岩波文庫］に拠り、巻数と頁数を記す）

こうして、サン＝プルーの心は環境化し、瞑想的な気分のもとで再創造される。心は平静かつ透明になり、山の清浄な大気のなかに溶けこんでゆく。「人は一切を忘れ、自分自身を忘れ、自分がどこにいるのかも分からなくなるのです」（1・127）。しかも、この没我的な幸福感は読者にも感染し、登山を広く流行させた。『新エロイーズ』は「山と共鳴する心」を創出したという点でも、画期的なテクストである。

その後、ジュリの結婚でショックを受けたサン＝プルーは、世界周遊の旅に出て、ブラジル、メキシコ、ペルー、アフリカにおける貪婪なヨーロッパ人入植者の暴虐ぶりを確認した後、スイスに帰還する。折しもジュリの夫となったロシア貴族出身のヴォルマール——その無神論と理性への信奉は、どこかドストエフスキーの登場人物にも通じる異常性を感じさせる〔5〕——は、レマン湖のほとりのクラランに理想の共同体を創設していた。ヴォルマールはサン＝プルーとジュリの過去の関係を知っていた。そのうえで、彼はサン＝プルーの過去の記憶を現在の状況によって上書きするようにして、わざわざこの恋敵を招待し、妻と自分の作った共同体のありさまを見せるのである。

ヴォルマール夫妻の築いたクラランの小さな農園では、農民たちが親密で平等なコミュニティを築いていた。そこでは労働の成果は他者に収奪されず、共同体の内部で享受され、外界から干渉を受けることもない。経済的に完全に充足した、自己完結的なユートピア〔6〕——このヴィジョンは秋の葡萄の収穫祭において、最も鮮烈に描き出される。音楽家ルソーの才能が存分に発揮されたこの箇所では、樽の物音、農民の歌声、素朴な楽器のしわがれた音が、歓喜にあふれた「音響」となった〔7〕。労働そのものを音楽に変えながら、誰もが分け隔てなく楽しむ祝祭の光景には、ルソー自身のユートピア観が凝縮されている。

人々は一日中歌を唄い、笑いさざめきますが、そのために労働はますます捗るばかりです。すべての人々はこの上なく親密に暮し、あらゆる人々は平等でありながら、しかも自分の身分を忘れる者は一人もいないのです。(4・40)

もっとも、クラランは立法者ヴォルマールに完全に制御されたコミュニティである。共同体の成員は強制されているという意識なしに、ヴォルマールの定めたルールに服従している。秋の収穫祭は一見すると完璧なコミュニティの像を示すが、農民の労働は理性によってコントロールされている。ヴォルマール＝ルソーの描くユートピアは、その完成された幸福ゆえに、一切の逸脱を不可能にする《歴史の終わり》の空間である。ルソー自身、実は別のテクストでは、村祭りの音楽やダンスの「退屈さ」に言及していた[8]。

だからこそ、クララン共同体の内部に、もう一つのユートピアが隠れていたことは見逃せない。それは、ジュリの最高の作品と呼ぶべき《エリゼの庭》である。この庭は思わせぶりに鍵がかけられた、秘密めいた場所である。ジュリはサン＝プルーと初めてキスをかわした運命の木立に代わって、その庭(作中では「果樹園」と呼ばれる)でさまざまな植物を育てていた。花々が咲き誇り、清らかな水が流れ、鳥の歌声が響くこの清涼な庭は、サン＝プルーに南米のファン・フェルナンデス島を連想させる。「わたしは自然界の中で最も未開の、最も寂しい場所を見る思いがし、わたしこそこの荒涼たる所にかつて足を踏み入れた最初の人間であると思われました」(3・128)。

ジュリは過去の愛の記憶を、自然の美しさや多様性を最も高度に実現した人工の庭に置き換えたが、それは同時に、無人の荒涼とした「島」として現れてくる。サン＝プルーはこのジュリを作者とする美しくも寂しい庭に、否応なく魅了される。

今朝わたしは早く起きて、子供のようにいそいそとあの無人島に引き籠りに行きました。〔…〕これからわたしを取巻くあらゆるものは、あれほどわたしに愛しかった人の造られたものです。これからわたしは自分のまわり至る所にその人を眺めるのです。眼にふれるものでその人の手が触れなかったものは一つもないのです。その人の足が踏みしだいた花々に口づけするのです。その人の呼吸した空気を朝露と共に呼吸するのです。（3・150）

サン＝プルーはジュリの痕跡に満ちあふれた無人の庭を歩きながら、その一つ一つの細部に身体的に同化しようとする。このいささか変態的なフェティシズムによって、エリゼの庭はまさに「エロスの庭」の様相を呈する〔9〕。サン＝プルーが探索するのは、もはや生身のジュリではなく、ジュリの残した過去のログ、つまりVR的な記号となったジュリである。ここには、『夢想』で回想されたサン・ピエール島と同じ仕掛けが認められる。

クラランとエリゼの庭は、ヴォルマール夫妻というデザイナーによって構築された。しかし、後者が前者に吸収されることはない。鍵のかかったエリゼの庭はユートピアのなかのユートピア、ヴォルマールの理性的・父権的なユートピアに穿たれた母性的なユートピアである。この秘密の庭では、心的なものと環境的なものがエロス的に融合している。逆に、共同体のメンバーが全員参加するクラランの祝祭＝労働の空間には、このような心的装置が欠けていた。

これが示すのは、『新エロイーズ』のユートピア思想が二重底になっていることである。政治的なユートピアをめざす理性の革命は、そこから零れ落ちる「心」を収容する環境のデザインによって補われなければならない。優れたルソー論を書いた批評家ジャン・スタロバンスキーが、クラランとエリゼの庭の関係について「止揚（社会そのもの）は、いったんそれが止揚したものを保持している」と簡潔に評したように[10]、クララン（社会）において消化吸収（止揚）しきれなかったエロス的なものが、エリゼの庭に「保持」されたのだ。

4、模型と歩行——ワーズワース的景観

クララン共同体は理性の産物だが、人間に関わる問題のすべてを解決することはできない。逆説的なことに、ユートピアを樹立したロシア人ヴォルマール自身のもつ異常性は、その当のユートピアには決して回収されないだろう。だからこそ、『新エロイーズ』では無人のエロスの庭が（『夢想』における無人島のように）心の収容所として導入される。このような理性の剰余こそが、ルソーの環境文学の見出したものである。

では、ルソー以後、理性的なユートピアには還元されない心＝環境は、いかに描き出されたのだろうか。ポスト・ルソーの自然詩人として最も注目に値するのは、一七七〇年生まれのイギリスのロマン主義者ウィリアム・ワーズワースである。

サン・ピエール島のルソーがたった一人で自然を観察し享受したのに対して、ワーズワースは自然と接触する主体を複数化した。彼の代表的な詩「グラスミアの我が家」が、妹ドロシーとのカップルの視点からエデンの園のアダムとイヴのようにして、谷間の自然を称揚したのは、ルソー的な孤独と好対照をなすものである。あるいは、自己の精神の成長を描いた長編の詩『序曲』でも、過去と現在の「私」が位相を異にしながら重ねあわされた。ワーズワースのエコ言語は、自然環境とのコンタク

トを「共存在」(co-existence)に託したのである。

さらに、ワーズワースが散文的な著作でも「私」以外の他者、つまり読者に自然への参加を呼びかけたことは特筆に値するだろう。彼の『湖水地方案内』(一八三五年)は、イギリスのウィンダミア湖を中心とする湖水地域——彼自身、その近辺のコッカマスに生まれた——の旅行者に向けたガイドブックであり、「私」がその風景の魅力や歴史を伝えるという体裁をとる。その目的は「イギリス人に自国の景色の価値を認識してもらうこと」にあった[11]。ルソーはアルプスの山岳のブランド価値を高めたが、ワーズワースはアルプスよりも湖水地方のほうがずっと優れていると述べる。この明快なメッセージ性もあいまって、『湖水地方案内』は当時のイギリスで、彼の詩以上に評判となった。

ワーズワースがそこでブランド化したのは、湖水地方の谷の地形である。複雑に入り組んだ谷間は、光と影のコントラストを効果的に作り出す。「光と影が風景の崇高な、あるいは美しい様相に与える影響が、これほど狭い地域内でこれほど多様なところを、私は他には知らない」[12]。自然の魅力は、決して雄大さに尽きるものではない。たとえ小ぶりであったとしても、切り立った山と峡谷の組みあわせの妙から、無限の多様性が生み出される——それがワーズワースの発見した《谷》の風景であり、彼はその景観の保護を訴えた。

もとより、このすばらしい景観を四角い額縁に嵌め込み、そのリズミカルな躍動を殺してしまっては意味がない。ワーズワースの詩は伝統的な自然詩とは異なり、まるで風景全体が動き出すような運動性を内包していた[13]。彼は自然体験を、いわば動画にしたのだ。『湖水地方案内』でも山と谷にアプローチする方法論が詳しく記述されるが、その歩行のマニュアルは、ワーズワース自身の詩作とも深く関わっている。ある歩行コースの説明のなかで、彼は自作の『逍遥』の詩の一篇を引用して、それを体験のモデルとした。

すると突然、／足元に小さく、ちっぽけな谷が見えてきた。／確かにちっぽけではあるが、山々に抱かれ／高所に位置していた。この谷はあたかも／それを人間界から隔絶したいという願いにより／太古にここに据えられたかのようであった[14]。

社会から隔離された小さな谷を、歩行者が高所から見下ろし、その内部に視覚的に分け入っていく――このようなクロースアップの技法にはワーズワースの自然体験の方法論が反映されている。ルソーの主人公が無人島のような《庭》を歩き回ったとしたら、ワーズワースの旅人は視線と身体を動かしながら、ミニチュア的な《谷》に入ってゆく。私はこの手法を風景の模型化と呼びたい。実際、彼自身が『湖水地方案内』で模型のメタファーを用いていた。

スイスのルツェルンには、四つの州に及ぶ湖を内包したアルプス地方の模型が展示されている。〔…〕この展示物に接すると想像力は大きな喜びを感じ、谷から谷へ、山から山へと、アルプスを隈なく飛び回ろうとするだろう。だが、この模型はより実体のある喜びも与えてくれる。つまり見物者は、アルプスの崇高で美しい地域を、そこに隠れている珠玉の光景や地域間に存在する関連性とともに、一瞬のうちに会得できるのである[15]。

この精彩に富んだ記述は、ワーズワースの詩そのものの注釈として読める。彼は、谷と山をくまなく歩き回る熱心な歩行者であり、かつその歩行のログを「碑文」のように定着させる模型作家でもあった[16]。

この自然の模型的把握を足場としながら、ワーズワースのエコ言語は、ルソーにも通じる倫理的なテーマも射程に含んだ。彼は人里から隔離された《谷》の住民たちの素朴な生活に、ユートピア的な理想を見出した。彼の考えでは、湖水地方のグラスミアの谷では羊飼いと耕作者が身分差のない共同社会、つまり「純粋な共和国」の形態を保存していた。ワーズワースにとって、人間が野生とともに生きるこの平等社会は、まさに「国民の財産」にほかならない。ワーズワースの《谷》は、ルソーの描いた「クラランの共同体」(平等主義的なコミュニティ)と「エリゼの庭」(豊かな感情の場)を統合した場だと言えるだろう。

むろん、このようなロマン主義的なヴィジョンは、一見するとナイーブにも思える。現にワーズワースに対しては、フランス革命への幻滅をきっかけに、非政治的なエコロジーの幻想に転向しただけだという批判が、しきりに向けられてきた。ただ、それは完全な誤りではないにせよ、いささか偏狭な意見だろう。どのみち政治的な革命だけでは人間の真の解放に到らないからこそ、ワーズワースは自然とのつながりを回復する方法を求めたのである。

ゆえに、ジョナサン・ベイトの研究によれば、ワーズワースはたんに社会や政治から逃避して、自然に引きこもったわけではない。彼の考えでは、人間たちが広大な自然に背を向けて、人工的な社会に閉じこもる限り、よりよい生を実現するための政治はいつまでも実現しない。グラスミアの谷の生活様式は社会主義に似ているが、それはあくまで「自然と人間界との接合」によって実現されるものである。自然のなかでよりよく生きる可能性を追求し、たゆまぬ歩行を続けたワーズワースにとって、自然との接触はそれ自体が政治的・知性的なテーマなのである[17]。

そう考えると、ワーズワースのエコ言語には、社会の価値観の変化を強く促す機能があったことが分かる。エコロジー(緑)と社会主義(赤)のワーズワース的融合は、その後イギリスの思想家ジョン・ラスキンやウィリアム・モリスらにも引き継がれた。湖水地方の観光案内を書くことは、まさに社会運動の一環であり、その試みは後の国立公園創設や景観保護運動を準備することになった。『ピーターラビット』で有名なビアトリクス・ポターが湖水地方の保護を訴え、ナショナル・トラストの支援者となったのも、ワーズワース的運動の延長線上で理解できるだろう。

5、思想としての歩行

ところで、柄谷行人は『日本近代文学の起源』でルソーを例にして、先行する意味をもたないニュートラルな「風景」の発見を近代文学の核心と見なした。この鋭い着想は非常に啓発的なものである一方、風景というテーマのもつ運動性・多面性を切り捨てているという印象も与える。というのも、風景というテーマを自律させるのにルソーやワーズワースらがいかなる技術や手法を駆使したのか、また風景の内実が一九世紀以後いかに変化したかが論じられないからである[18]。風景の発見は、決して一度きりの出来事ではない。柄谷の風景論は、風景を象る知や技術の進化の分析によって補われなければならない。

現に、ルソーやワーズワースのテクストが語るのは、ただじっと座っているだけでは、心と環境の「もつれ」は起こらないということである。彼らがともに、物質的環境との関係を変えるための最良の技術として見なしたのは、散歩であった。ここで、歩行という技術の特徴を、連続性と即興性の二点にまとめておこう。

第一に、歩行のリズムは風景を細かく分割し、それをなめらかな運動に吸収する。例えば、ワーズワースの『序曲』では、たゆまぬ歩みが作品の思想そのものを形作っている。レベッカ・ソルニットが言うように、『序曲』では「この歩く者のイメージがさまざまな逸脱やまわり道のなかに連続性をつくりだしている」[19]。

この断絶や陥没のないなめらかさゆえに、歩くことは自然環境との家族的な親密さを生み出す。ワーズワースの『逍遥』では、カークストーン峠の山々が「兄弟」と呼ばれる。山と谷のアップダウンをくまなく確認し、その歩行（逍遥）のログをとるうちに、人間と自然はおのずと家族に近づいてゆく。これは『新エロイーズ』のサン＝プルーがエリゼの庭を歩きながら、愛するジュリの痕跡を一つ一つ収集することを思わせる。歩くことは自然と身体の接触面を広げ、そこに兄弟的ないしエロス的な関係を成立させる「手法」なのだ。

第二に、歩くことは即興的な連想を引き起こす[20]。ルソーは『告白』の第四巻で「わたしがひとり徒歩で旅したときほど、わたしがゆたかに考え、ゆたかに存在し、ゆたかに生き、あえていうならばゆたかにわたし自身であったことはない。歩くことはわたしの思想を活気づけ、生き生きさせる何ものかをもっている」と記して、次のように続けた。

［歩行によって束縛から遠ざかることが］わたしの魂を解放し、思想にいっそうの大胆さをあたえ、いわば万有の広大無辺の中にわたしを投げこんで、何の気がねも、何の恐れもなく、存在するものを結合、選択させ、思いのままに自分に従わせるのである。わたしは全自然を自由に処理する。心は一つのものから他のものへとさまよい、好きなものに結びついて同化し、美しいイメージにとりかこまれ、快い感情に酔う[21]。

ウォーキングは思想を活気づけ、ルソーの傷ついた自己を修復する。ルソーは散歩によって、自然を心の思いのままに結合し、即興的にサンプリングする。歩行という即興演奏は、主観をのびやかにするとともに、自然を操作可能なデータの集合に変えたのである。

ルソーやワーズワースら歩行する思想家たちにとって、散歩は自然と人間の関係をなめらかに連続させつつ、恐怖や気がかりを除去し、即興の自由を作り出す不可欠の技術である。この穏健なウォーキングにおいて、強烈な刺激に身を委ねるのは禁物である。ゆえに、ワーズワースが当時の煽情的・暴力的なゴシック小説に対する厳しい批判者であったことは、決して不思議ではない。盟友コールリッジとともに刊行し、ロマン主義運動の金字塔となった『抒情歌謡集』の序文で、ワーズワースは民衆の平明で穏やかな言葉づかいにこそ「詩」の資格を認めながら「人間の心は、粗野で強烈な刺激を加えずとも、結構興奮させられるのである」と記したが、これはゴシック小説の大流行を念頭に置いた言葉であった[22]。

ワーズワースにとって、強烈な暴力やホラーで読者をノックアウトすることは、自己を活気づけつつ鎮静化するウォーキングの対極にある。ただ、このゴシック小説への批判は、散歩の思想が、それを脅かすショッキングな表現に取り囲まれつつあったことを意味している。ワーズワース自身『序曲』の第一巻で、幼いときに鳥を罠にかけ、ボートを盗んだ記憶を呼び起こしつつ「自然の美しさとともに、自然の恐ろしさによっても養われて、私は生長した」（三〇六行）と記していた[23]。ゴシック小説はまさにこの「恐ろしさ」の部分を際立たせた。

実際、ゴシック小説の流行を加速させたアン・ラドクリフの『ユドルフォ城の怪奇』（一七九四年）では、鬱蒼とした森の散歩を好む主人公のエミリーが、フランスのガスコーニュからトゥールーズを経て、イタリアのヴェニスの美しい海岸を見た後に、谷間の荘厳な城で恐ろしい事件に出くわす[24]。そこには、恐怖と崇高を結びつけるエドマンド・バークの著作の影響が認められるが、同時にワーズワースの環境文学のカウンターパートと呼べる要素もある。ワーズワースはホラーを抑圧したが、ラドクリフはむしろ自然の美しさを恐ろしさへと転調させた。それによって、心と環境を和解させるはずの散歩は、強烈なショックの源になるのである。

6、環境文学のビッグバン——フンボルトの惑星意識

ともあれ、ルソーやワーズワースは《自然》を心と同調させる歩行の技術を定着させた。レベッカ・ソルニットが示すように、この技術は二〇世紀のモダニズム文学にまで及ぶ[25]。主人公の行動履歴を細かく記録したヴァージニア・ウルフの『ダロウェイ夫人』やジョイスの『ユリシーズ』は、歩行のログを感覚や思考の触媒とした。

その一方、ルソーやワーズワースの自然観や風景観が、あくまでヨーロッパの風土に限定されていたことも確かである。彼らのエコ言語の限界は、ワーズワースと同世代のドイツの知的巨人、一七六九年生まれのアレクサンダー・フォン・フンボルトと比べるとき、いっそうはっきりするだろう。結論から言えば、フンボルトのエコ言語は、一八世紀的な自然ではなくより物質的な《地球》に根ざしていた。

博物学者にして地理学者、そして何よりも野心あふれる冒険家であったフンボルトは、地球の全体性を思索の対象とした画期的な著述家であった。ルソーの主人公サン＝プルーが海の向こうの忌まわしい新世界から、スイスの静謐な庭に引き返したのに対して、フンボルトはむしろ南米への冒険を敢行し、その驚くべき世界のありさまを詳しく報告した。フンボルトは名文家とは言えなかったが、本人もお気に入りの『自然の諸相』（一八〇八年）はベストセラーとなり、その後の科学者や文学者に

多大な影響を与えた。彼の一連の著作は、それ自体がまさに環境文学のビッグバンと呼ぶにふさわしい。

シニカルなゲーテですら、この猛烈な知識欲を備えた二〇歳下の若者のとりことなり、その来訪を心待ちにしていた。彼はフンボルトから献呈された『アンデス山脈の景観と先住民の遺跡』に熱中し、新世界の未知の景観にすっかり魅了された。ゲーテのファウストについて、当時からフンボルトとの類似性が指摘されていたのは興味深い。フンボルトの優れた評伝を書いたアンドレア・ウルフが指摘するように「ファウストもフンボルトも猛烈な活動と探究が知識につながると信じ、どちらも自然に強靭さと一体性を見ていた」[26]。

フンボルトは同時代人にとって驚異的な存在であったが、それは何よりも、彼のファウスト的な冒険がグローバルな地平に及んでいたためである。もともと、ジェイムズ・クック船長の同行者に触発され、フランスの著名な探検家ブーガンヴィル——ディドロの『ブーガンヴィル航海記補遺』の着想の源泉でもある——を訪問したこともあったフンボルトは、一八世紀の初期グローバリゼーションの遺産の継承者でもあった。のみならず、彼の活動は非ヨーロッパ的な異文化との出会いというディドロの人類学的なテーマを超えて、物質としての地球の発見を伴っていた。

一七九九年にベネズエラに渡った際には、フンボルトはその眩暈をもたらすような魔術的な自然に熱中しながら、博物学的な調査にいそしんだ。なかでも、彼を強く触発したのは火山である。フンボルトは一八〇二年には六千メートル級のチンボラソ山の初登頂に成功し、その後もエクアドルの火山を踏破した。この一連の探検は地球物理学の基礎となり、彼の数多い知的貢献のなかでも突出した事例となった。

火山は人間の諸文化をはるかに凌駕し、地球そのものの力を顕現させる。この「崇高」な自然に接したフンボルトの冒険は、ヨーロッパのエコ言語にも質的な変化をもたらした。メアリー・ルイーズ・プラットの指摘によれば、従来のヨーロッパの旅行記では自己中心的で情緒的な書き方が主流であったのに対して、フンボルトの文章はむしろ科学的な客観性に根ざしていた。強靭な「惑星意識」(planetary consciousness)を備えたフンボルトは、人間の主観の尺度をはるかに超えて、自然を惑星的なスケールで把握しようとした[27]。非人称的な科学のスタイルが、この意識の拡大を支えたのである。

この新しい「惑星意識」は、ゲーテのような先行する学者の想像力からは逸脱する。一七八七年にイタリアのナポリを訪れたゲーテは「ナポリは楽園だ。人はみな、われを忘れた陶酔状態で暮している。私もやはり同様で、ほとんど自分というものが解らない。全く違った人間になったような気がする」とあけすけに記し、動揺を隠さなかった。ゲーテをこの錯乱の危機から救ったのは、ナポリ近辺のヴェスヴィオ山であった。彼はこの火山に三度も登り、そのつど測量をおこなった。ルソーの孤独な人生を反面教師としながら、狂気じみた世界に秩序を与えようとしたゲーテにとって、エネルギーの充満する火山を科学的に観察することは、精神を治癒する手段になったのである[28]。

逆に、南米で苛酷な冒険を経てきたフンボルトにとって、ヨーロッパの自然は地球のほんの一部にすぎなかった。彼はたまたまイタリア滞在中にヴェスヴィオ山の噴火を目撃したが、その迫力は南米の火山とは比べ物にならないと感じられた。地球そのものと接触し続けてきた冒険家フンボルトからすれば、ナポリ程度で自分を見失ってしまうゲーテはヤワな文人ということになるだろう——むろん、フンボルトが偉大な先人ゲーテから多大な知的影響を受けたことは確かだとしても。

してみると、フンボルトの惑星意識が、一九世紀の先進的な自然科学者たちを鼓舞したことも不思議ではない。若きダーウィンはフンボルトの著作に魅了され、ガラパゴス諸島に向かうビーグル号の船内でも手放さなかった。ダーウィンの進化論に影響を与えた地質学者チャールズ・ライエルも、フンボルトの研究を継いで、地球の形成を考察するなかで、数億年にも及ぶスケールの「深い時間」を見出した。フンボルトはまさに「地球というウェブ」（アンドレア・ウルフ）に基づく思考を、自然科学の基盤に据えつけたのである。

7、資本主義というウェブ、地球というウェブ

この《自然から地球へ》という意識革命が、従来の自然観に及ぼした影響はきわめて大きい。ヨーロッパに帰還したフンボルトは、一八〇五年に「植物地理学上のエッセイと熱帯世界の自然画」をゲーテに捧げる。喜んだゲーテは、リンネの限界を超えて、フンボルトが植物を生きた集団として把握したことを絶賛した[29]。

リンネおよびビュフォンは、一八世紀ヨーロッパの博物学を代表するスターであった。リンネが植物の分類法を整備する一方、ビュフォンはむしろリンネ的なシステムを忌避して、人間との近さを基準にしたアナログな序列化に向かったという違いはあるものの、両者ともに自然を分類学的に把握したことに変わりはない。ビュフォンがフランスの王立植物園の園長となり、リンネがスウェーデンの中心都市ウプサラの植物園で研究を進めたことも、彼らがヨーロッパ的な風土に適応した植物の生態を前提として、思考を立ち上げたことを示す。先述したように、リンネの図鑑を片手にサン・ピエール島を歩き回ったルソーも、新しい植物の発見ではなく、あくまでリンネ的システムの内部で既知の植物の「同一性」を再認して、心を鎮静化させた[30]。

逆に、フンボルトがやったのは、まさにこの一八世紀の分類学的な《自然》を克服することである。

メアリー・ルイーズ・プラットは、フンボルトのモデルが、リンネの自己完結的にカテゴリー化された自然と明らかに異質であったことを強調している。「フンボルトが呼び出すのは、見えるものに依拠した自然のシステムではなく、見えない力の終わりなき拡大と収縮である。この観点から、フンボルトの言説はリンネ派の先人とはっきりした対照をなしている」[31]。

リンネが自然を可視的なもののシステムに還元したのと違って、フンボルトは地球のもつ不可視の「力」を解明するために、自然科学的なアプローチを試みた。例えば、気象学への一大貢献となった彼の「等温線」の発明は、地球というウェブの作り出すパターンを図示し、比較気候学への道を切り拓くものとなった。その一方、彼は南米の火山の観察から、万物は地下ではつながっていることを察知していた。火山は個々に独立した存在ではなく、地球のネットワークの一部なのだ。驚くべきことに、二〇世紀後半にプレートテクトニクス論が証明されるはるか以前に、フンボルトは大陸移動を促す「地中の力」があることを理解していた[32]。

さらに、フンボルトがヨーロッパ人の植民地化による南米の生態系の破壊のもたらす諸問題を早い段階でつかんでいたことは、特筆に値する。ベネズエラのバレンシア湖でヨーロッパ人の入植者たちによる森林の過剰伐採を目撃したフンボルトは、それが将来世代に禍根を残すと警告した。この明快な植民地主義批判から分かるのは、フンボルトが一八世紀の思想家とは異なる世界性にアクセスしていたということである[33]。

ゲーテはエッカーマンに、画期的な事業をなすには「頭がいいこと」と「大きな遺産を受け継ぐこと」が肝心だとあけすけに語ったが（一八二四年五月二日）、抜群の知力と活動力を備えたフンボルトにとって、地球そのものが最大の「遺産」であったと言えるだろう。彼は多くのヨーロッパの知識人が空想するしかなかった新世界の景観を、ビッグデータとして集積して、参照可能なものに仕立てた。フンボルトが「物質的な世界全体を一冊の本にしようという狂気」に憑かれ[34]、地球環境そのものの網羅的な把握を試みた『コスモス』(第一巻は一八四五年刊行)は、まさにそのビッグデータの集大成と呼ぶべき大著である。

このフンボルトの狂気じみた環境文学が、後続の作家たちにも強烈なインパクトを与えたのも不思議ではない。例えば、アメリカのエマソンやヘンリー・ソローは、フンボルトの『自然の諸相』から大きな影響を受けた。E・A・ポーの『ユリイカ』はフンボルトの『コスモス』に捧げられ、フランスのジュール・ヴェルヌの『海底二万里』に登場するネモ船長は、フンボルトの著作のコレクターとして描かれた。そればかりか、フンボルトの地球像はときに政治的なエネルギーの源泉にもなった。彼の描いた崇高な景観は南米の革命家たちにとってナショナル・プライドの源泉となり、フンボルトと交友のあったシモン・ボリバルらによる南米の独立運動を鼓舞した。

ドイツの知的文脈に即せば、フンボルトの『コスモス』は、ゲーテの構想した「世界」をより物質的な《地球》に変えるものでもある。それ以降、西洋の知的システムはこの両者の象徴する二つの《世界性》、ないし二つの《ウェブ》をもはや無視できなくなった。一つは、文学や学問を商品として結びつける資本主義というウェブである。諸国民の「精神的交易」を加速させよと宣言するゲーテのフリーメイソン的な構想は、このグローバルな市場に根拠づけられる。もう一つは地球というウェブである。フンボルトは万物が相互につながりあった有機的全体性として、地球を再発見したのである。

8、地球との接触――ソローのエコ言語

では、一九世紀のエコ言語に導入された《地球》は、その後の文学でどのように展開されたのか。

この問いを考えるのに不可欠なのが、一八一七年にボストン近郊のコンコードに生まれたヘンリー・ソローである。

ソローはルソーとワーズワースに続く歩行の巨匠と呼ぶべき作家である。ソローにとって、歩くことは生活と思索の根幹にあった。有名なエッセイ「ウォーキング」では、彼を「野生的なもの」(Wildness)と接触させる散歩が、何かのための手段ではなく、それ自体「その日の事業」だと記される。ソローはワーズワースのようなイギリスの湖畔詩人の示す飼い慣らされた穏健さを批判しながら、野生の回復を訴えた[35]。

ルソーやワーズワースの自然とは異なり、ソロー的な自然は原生林や荒野によって特徴づけられる。コンコードを拠点とした超越主義者エマソンを師と仰ぎつつも、ソローはフンボルトと同じく有機的全体性、つまり野生を蓄えた《地球》への接近を試みるようになった。ただし、フンボルトの冒険がグローバルな範囲に及んだのに対して、ソローの散歩＝冒険はアメリカ東海岸の一地域に集中した。例えば、ソローの『メインの森』では、メイン州を覆う原始の森で《地球》の地肌と接触した経験が再現されている。

ここは世にいう「混沌」と「いにしえの夜」とから造られた大地であった。ここには人の園はなく、ただ封印をしたままの大地があるのみだった。それは、芝地、牧草地、採草地、森林地ではなく、詩にうたわれる草原や耕地でも、荒地でもなかった。それは地球という星の真新しい、天然のままの表面であった。〔…〕それは世にいう母なる大地ではなく、巨大で恐るべき物質であった[36]。

もともとアメリカ文学の伝統には、アメリカを超越することこそが最もアメリカ的であるという逆説が刻印されている（ヨーロッパ各国を舞台とするワシントン・アーヴィングの『スケッチ・ブック』、パリの探偵デュパンを主役とするポーの推理小説、メルヴィルの一連の海洋文学……）。ソローが原生林のなかで、アメリカよりもずっと古い「巨大で恐るべき物質」としての地球と接触したことも、まさにその逆説の一例と言えるだろう。

しかも、ソローは人間社会を超越して森に向かうだけではなく、自然を試食し、味わい、取り込む次元に達しようとする。彼の日記に「私は一塊の土を食べることができそうな気がする。私はこれほど土的な存在だと感じたことも、大地の表面とこれほど共鳴したこともなかった」と記されるのは、その好例である[37]。ソローはドストエフスキーの登場人物のようにロシアの大地にキスするだけでは飽き足らず、地球そのものを食する人間を演じていた。

ソローの惑星意識は、自覚的に土に根ざすことによって活気づいた。自然との共生を思索的かつ実践的に語った主著『ウォールデン——森の生活』（一八五四年）では、彼は自らを故郷に根ざした「土の子」（native of the soil）と称する（上・281／以下『ウォールデン』の引用は飯田実訳［岩波文庫］に拠るが、訳語を一部変更した）。『ウォールデン』はコンコードに近いウォールデン湖と森のなかを歩きながら、日々の生活のなかで土着の野生を味わい尽くす《私》を生成した著作であり、旧来のエコ言語からの飛躍を多く含んでいる。

一八世紀のルソーは『夢想』で「植物学は孤独で怠惰な暇人の趣味にぴったりなのだ。観察に必要なのは、ピンセットとルーペだけ」（第七の散歩）と述べる一方、体力勝負で解剖もせねばならない動物界の研究は面倒だと言ってはばからなかった。逆に、ほぼ一世紀後のソローは、ルソーの怠惰さを蹴散らすように、ヘラジカを追って原始の森林に入る一方、豆畑を一人で耕作して自給自足の生活を営む。それは『夢想』ふうのVR的空間への没入ではなく、むしろ物質との共生を意味していた。イギリスの湖畔詩人の環境文学に批判的であったソローは、ワーズワースふうの自然の模型化を拒んで、土との直接的な接触を記録したのである。

加えて、ユーモア作家としての一面をもつソローは、街の人間に噂される自らの風変わりな生き方を客観視しながら、地球との接触をほとんどまじめな冗談のように語った。その際、アメリカ文学者のマイケル・ギルモアが指摘したように、ソローのユーモラスな《私》が「交換の呪い」から離脱するための拠点となったことが注目される。

ソローは、テクストを書くことと作物を植えることをアナロジーで結んだ。この作家＝農民は、自然をコモディティ（商品）に還元することに強く抵抗する[38]。なぜなら、ソローの考えでは、商売と関連するものには、ことごとく「呪い」（curse）がかかっているからである（上・125）。かつて農本主義者トマス・ジェファーソンが共和国の担い手として理想化したアメリカの自営農民は、当時すでに交換経済に巻き込まれていた。だからこそ、ソローは交換経済に毒されない農村および「聖なる技術」であった農業を、太陽に照らされる大地＝庭において再興しようとする。「太陽から見れば、地球全体が菜園とおなじように等しく耕されているのだ」（上・295）。

ソローという「土の子」は、自らが居住し耕作するウォールデンにかけがえのない固有性を与えた。そのとき、ウォールデンは人格をもった親友に生まれ変わる。「ホワイト湖とウォールデン湖は、地上の大きな水晶であり、「光の湖」である。〔…〕彼らは市場価値をもつには純粋すぎるのだ。不純なものはいっさい含まれていない」（下・53）。ソローの《私》は「市場価値」をもたない純粋なウォールデンを鏡としながら、既存の経済の「呪い」から自らを解き放とうとした。

9、思考を思考する――メルヴィルとソロー

私はここまで、近代文学が環境によって心を象る技法を成長させたこと、そのエコ言語が一九世紀の惑星意識の浮上のなかで大きく変容したことを指摘してきた。フンボルトとソローはこの変容を加速させた著述家であり、なかでもソローのエコ言語は同時代の作家と比べても異彩を放っている。

特に、ソローの『ウォールデン』がさまざまな意味で、同時期のメルヴィルの『白鯨』と好対照をなすことは注目されてよい。両者はともに一八五〇年代に、人間を圧倒する「巨大で恐ろしい物質」としての地球との接触を記録した。ただし、『白鯨』が捕鯨船という冒険的な企業を核として、地球のあらゆる物質を交換可能な商品に変えようとする資本主義の欲望を象ったのに対して、『ウォールデン』は逆にそのような「交換の呪い」から自らを解放するために、野生的なものに《私》の基盤を求めた。

さらに、メルヴィルと同じく、もともとソローにも海への意識があったが、それもやはり『白鯨』を反転させたものである。『ウォールデン』のむすびには「寒気と嵐と食人種」の危険をかいくぐり遠方を航海することは、実は「私有の海」(private sea) つまり「自己という存在の大西洋や太平洋」(下・272) を探検するよりも、はるかに容易だと記される。これは、デフォーやスウィフトからメルヴィルに到る世界文学の「海的実存」に対する異議として読めるだろう。ソローにとって、探索すべき海は、自己の外部ではなく内部にあった。だからこそ、ソローは「汝自身を探検せよ」と説くのである。

メルヴィルが捕鯨船とともにグローバリズムの迷宮をひた走る「海の子」だとしたら、ソローはポスト・グローバリズムの森のなかで自己を探検する「土の子」である。しかも、ソローの土の世界は

ローカルでありながら、地球というウェブの全体性を表出しており、それが心的世界の形成に強い作用を及ぼす。ソローがディープ・エコロジーの祖となったのは、この地球化した心の諸相を、誰よりも入念に記録したからである。メルヴィルの鯨がときに「白と黒」から成る抽象画に近づいたのに対して、ソローの動植物はあくまで具象的であった。

この具象性とも関わるが、メルヴィルが小説をエイハブやイシュメールらの異常な思考の依代にしたのに対して、ソローが二〇年以上書き続けた日記によって、瞑想的な思考を育てたことも重要である。一八五一年の日記の記述を読むだけでも、なぜソローが日記を思索の道具としたのかは理解できるだろう。


いかなる思考も花と同じようにしっかりと大地に結びついている以外にはありえない。

自然のなかにはフランス革命はない、いかなる行き過ぎもない。

私はさらに絶えることなく自然にとけこんでいくように思える。〔…〕自分の低さに馴れつつある。自分の低い地位を受け入れつつある[39]。


日々のリズムを思慮深く守る自然においては、いかなる革命も起こらない。だからこそ、大地にしっかりと根を張って、自然の一つ一つの小さな出来事を理解する日記の「低い」思考が必要なのである。ソローの日記には、思考を思考するというパスカル的な態度があった。それは、大地とともに呼吸し、大地とともに成長する思考のデモンストレーションなのである。

10、野生の翻訳者

ともあれ、生態系と直接的にコンタクトした一九世紀半ばのソローとメルヴィルは、書斎の文学者ではなく、野生の翻訳者である。ソローの明快な定義によれば「人間の統治下にはいらないものが野生である」[40]。人間の管理の外にあるものを、人間の言語で表現すること——ソローの日記はまさにこの「翻訳」の集成である。

メルヴィルの場合、この生態系の「翻訳」は、万物を商品化しようとする資本主義のシステムと切り離せない。『白鯨』では鯨がいかに加工され、別の物質に変化するかが語り尽くされた。世界市場の商品として流通するとき、鯨というオブジェクトは、潜在的にはいつでも別のオブジェクトに変わり得る。つまり、この多物質性を内包した鯨は、常に「翻訳」される途上にあるのだ。それは、鯨が過剰な翻訳を生み出す物質だということと等しい。メルヴィルはドイツのシュレーゲルらのお株を奪うようにして、鯨の「総翻訳」を試みていた(第三部「はじめに」参照)。

しかも、鯨の翻訳はたんに物質的な次元だけでは終わらない。というのも、そこからはグローバリズムのエネルギー(捕鯨船の世界進出)や精神のエネルギー(エイハブの狂気)も引き出されたのだから。メルヴィルはそれぞれに独立した船員、つまり孤島=独身者を象りながら、鯨という物質を集団的なエネルギーに「翻訳」し続けた。単独的であることと集団的であること、極端な変わりにくさと極端な変わりやすさ、翻訳に抵抗するものと翻訳を加速させるもの——『白鯨』はこの両極をテクストに封じ込めたのである。

その一方、歩行しつつ思索し、果実を摘んで食しては木登りを楽しむソローは、森で思考することを一種の運動体に翻訳した。ソローが試みたのは、大地との密接なコンタクトによって、自己を広大な物質環境のなかに移転させることであった。この生態的な次元での「翻訳」が、ソローの野生の文学を特異なものに仕立てた。

　このような物質間の「翻訳」は、実は生態系そのものがたえず実行していることでもある。ソローの歩く野生の森は、彼がこよなく愛した楽器エオリアン・ハープのように、街から流れてくる鐘の音を増幅させる「弦」となって、森の精霊の声を生み出す。今福龍太が注目したように、『ウォールデン』における森の記述には、ヴァイブレーション（震え）という語が効果的に用いられているが、森を「震える弦」と捉えるソローの文体は、後に作曲家チャールズ・アイヴスを驚かせるほど優れた音楽性を獲得した[41]。ソローにとっては、森こそが最上の音楽的な翻訳装置なのである。

　もっとも、ソローの豊饒な「翻訳」の企てにも、晩年の傑作『コッド岬』（一八六五年）になると質的な変化が生じていた。この思索的なエッセイで、彼の記述の対象は森から海へと移動したが、それは心的なものと環境的なものとの関係の変化も伴っていた。かつてピルグリム・ファーザーズが上陸したマサチューセッツ州で、ソローは彼ら神話的父祖たちの感動を反復するようにして、コッド（タラ）のとれる岬を歩く。ただし、ソローの海は、神話的というよりはむしろ即物的に描かれた。『ウォールデン』の森や湖が、人間と自然の交流する場であったのに対して、『コッド岬』の海はむしろ「人間のことなど一顧だにしない裸の自然」として現れる[42]。

　この非人間的な海の岸辺は「難破」と「死」という破局のイメージで満ちあふれていた。冒頭から広大な海が「その形状すらしっかり捉えることができない、いわば別世界」であることを強調するソローは、不慮の海難事故のニュースに接する。彼がコッド岬で最初に直面したのは、難破船の残骸と多くの無惨な遺体であった。しかし、ソローはそのことを嘆き悲しむそぶりを見せない。「そもそも遺体に対して気遣うような態度で接する意味が分からない。もはや屍は蠕虫が寄生し、魚が群がる単なる物体だというのに」[43]。

このアモラルで即物的な態度は、コッド岬が「砂漠に近い不毛の地」であることと対応している。さまざまな漂着物で満たされた「死体安置所」のような海岸は、海の生態系の現実をソローに教える。しかし、この悪臭の漂う荒々しい場で、ソローの思索は最も自由に動き始める。

海岸はいわば中立地帯のような場所であり、この世界について熟考するにはとても適していると思われる。と同時に特段珍しくもないありふれた場所でもある。いつまでも尽きることなく陸地に打ち寄せる波は遥か遠方まで漂うので、どうにも意のままにすることはできない。私たちは局地的な大雨に見舞われたり、波の白い飛沫や泡を浴びながら、浜辺を這うように進んだ。その際に、私たち人間も海成軟泥から生まれた産物であると、そうつくづく思った[44]。

森がエオリアン・ハープのように音楽を奏でるとしたら、海岸は死を思わせる物質やその匂いを漂流させる。ソローにとって、海は生命を物質に、物質を生命にたえず変換し続ける巨大な翻訳装置である。そして、このアモラルな翻訳装置こそが、人間社会での利害にわずらわされることなく、世界について「中立的」に考える術を教える。

それでも、『コッド岬』の海岸が『ウォールデン』の森と違って、生命の絶滅した不気味な世界であるのは間違いない。海岸=砂漠を歩くソローの思考は、人間を「軟泥」に引き戻すタナトス（死の欲動）を伴っていた。『コッド岬』のソローは、ある意味ではメルヴィルに多少近づいたように思える——白骨のような外見のピークオッド号に《地球》を探索させたメルヴィルに。

11、ひび割れた鏡

まとめよう。一九世紀の小説が直面したのは、資本主義というウェブと地球というウェブ、この二つの世界性である。環境文学の系譜において、後者の地球の発見はまさに最大の事件の一つであった。ルソーやエマソン、ワーズワースのような一八世紀的な《自然》の著述家たちは、自然と心が「鏡」のようにお互いを照らし出すと考えた。それに比べると、《地球》に身をもってコミットした一九世紀のメルヴィルやフンボルトは、より唯物論的である。彼らの接触した環境は、一人の人間の心には到底収容しきれない怪物であり、ゆえに『白鯨』の惑星意識は独身者たちの多声的空間へと展開され、フンボルトの『コスモス』は不可視の地球がおのずからその全体の姿を現すように書かれた。

フンボルトに続いて、森で生活するソローは「巨大で恐るべき物質」としての地球に接触し、《自然から地球へ》という意識革命を文学のエコロジーに導入した。ソローにとって地球は、詩によって模型化（観光地化）できるワーズワース的な自然とは異なり、人生のすべての時間をかけて探究すべき対象となった。そのとき、心と環境の関係はもはや対等ではない。それは、エマソンの言う「鏡」がひび割れ始めたことと等しい。現に、『コッド岬』の非人間的な砂漠のような海岸の記述は、このひび割れを露呈させていた。

怪物化した環境によって心を隠喩的に創作するとき、心は人間らしさをすっかり失って、見慣れない物質に近づく——このテーマを過激に推し進めたのがソローやメルヴィルからおよそ百年後のSF、特にイギリスのJ・G・バラードによる一九六〇年代の一連の作品群である。バラードの『沈んだ世界』、『旱魃世界』、『結晶世界』は、核戦争や遺伝子工学の時代を背景としながら、一九世紀的なエコ言語を更新した文学として解釈できる。環境によって心を創作するという近代文学のプログラムは、バラードに到って一つの極点に達したと言えるだろう。

実際、ひとたび核兵器が炸裂すれば、異様な物質的世界が出現するだろうし、遺伝子操作は心のあり方そのものを技術的に変えてしまいかねない――バラードのSF的エコ言語は、この前代未聞の状況をクールに記述する。哲学研究者のダヴィッド・ラプジャードが指摘するように、バラードには「心的なものと物理的なものがあわさって、唯一の同じ現実を構成しているという考え」がある。シュールレアリスムから出発したバラードは、怪物化した環境を心的なものと一体化させる。ということは、心は外部の物質的な環境にそのまま露出してしまうのだ。ラプジャードが言うように、バラードのSFでは「人間は塵埃と区別がつかない」[45]。しかも、バラードは一切驚いたそぶりもなく、冷静沈着なエンジニアのようにこの心の物質化を遂行するのである。

このような環境文学の極北は、われわれを新たなテーマへと向かわせる。そもそも、近代文学は環境との関係を結び直しながら、人間的なものが事実上死滅した状況に密かに接近していた。バスティーユ牢獄を思わせるルソーのサン・ピエール島から、ソローのコッド岬に到るまで、環境文学には絶滅へのオブセッションが潜んでいる。ならば、バラードの黙示録的なSFも、異常な突然変異というよりは、むしろ近代文学のもつプログラムを純粋形態にまで推し進めた作品として読み解けるだろう。次章ではこのテーマをさらに深化させたい。

［1］「自然」『エマソン論文集』（上巻、酒本雅之訳、岩波文庫、一九七二年）五九、六四頁。

［2］P・リクール＋E・ユンゲル『隠喩論』（麻生建＋三浦國泰訳、ヨルダン社、一九八七年）一九〇‐一頁。

［3］ジョルジュ・バタイユ『文学と悪』（山本功訳、ちくま学芸文庫、一九九八年）一四頁。

［4］「エコ言語」という表現は、ジェイムズ・C・マキューシック『グリーンライティング』（川津雅江他訳、音羽書房鶴見書店、二〇〇九年）に拠る（六七頁）。

［5］小西嘉幸『テクストと表象』（水声社、一九九二年）九七頁。なお、東浩紀は『訂正可能性の哲学』（ゲンロン、二〇二三年）で『新エロイーズ』のクララン共同体について込み入った解釈を施しているが（第八章）、肝心のエリゼの庭についてはなぜか無視している。

［6］J・スタロバンスキー『透明と障害』（山路昭訳、みすず書房、一九七三年）一七六頁。

［7］ジャン＝ルイ・ルセルクル『ルソーの世界』（小林浩訳、法政大学出版局、一九九三年）二七五頁。なお、サン＝プルーはハーモニーを誇張するフランス音楽を厳しく批判し、力強いアクセントをもったイタリア音楽をジュリに推奨している（1・224）。この考え方はルソーの『言語起源論』と共通する。

［8］ルソーは理論的には都市の演劇を批判し、農民の素朴な祭りやダンスを称揚したにもかかわらず、感情的には好んでいなかったことをさりげなく告白している。「わたしは踊っているのを見ると退屈する。〔…〕わたしは道楽といってもいいほど芝居が好きなのだ。〔…〕事実は、ラシーヌはわたしを魅了するし、モリエールの上演を気が進まないので見なかったことも一度もない」。ルソー『演劇についてダランベールへの手紙』（今野一雄訳、岩波文庫、一九七九年）二七七‐八頁。訳文一部変更。

［9］小西前掲書、一一二頁。

［10］スタロバンスキー前掲書、一七七頁。

［11］ウィリアム・ワーズワス『湖水地方案内』（小田友弥訳、法政大学出版局、二〇一〇年）一一四頁。

［12］同右、三〇頁。

［13］マキューシック前掲書、一〇六頁。

［14］ワーズワス前掲書、七‐八頁。

［15］同右、二五頁。

［16］ワーズワースの詩における場面の碑文化については、ジョナサン・ベイト『ロマン派のエコロジー』（小田友弥＋石幡直樹訳、松柏社、二〇〇〇年）一四六頁。

［17］同右、六二、七四頁。加えて、ワーズワースの詩では、古い森林との精神的感応が表現された。しかも、それはたんなる情緒的な共感にとどまらず、森を「高次の知識の源泉」と捉える知的な態度と結びついた。川崎寿彦『森のイングランド』（平凡社ライブラリー、一九九七年）三二〇頁。

［18］柄谷行人『定本　日本近代文学の起源』（岩波現代文庫、二〇〇八年）第一章参照。ポール・ド・マンは『ロマン主義と現代批評』（中山徹他訳、彩流社、二〇一九年）で、環境と心が「鏡」のようにお互いを照らしあうというワーズワースのヴィジョンが、いかに不安定

なものかを詳細に論じている（一三〇頁以下）。

[19] レベッカ・ソルニット『ウォークス』（東辻賢治郎訳、左右社、二〇一七年）一七二頁。

[20] 同右、三九頁。

[21] ルソー『告白』（上巻、桑原武夫訳、岩波文庫、一九六五年）二三二頁。

[22] ディヴィッド・パンター『恐怖の文学』（石月正伸他訳、松柏社、二〇一六年）一二頁。

[23] ワーズワース『序曲』（岡三郎訳、国文社、一九六八年）二六頁。

[24] なお、ワーズワースが歩行と観察によって自らのエコ言語を構築したのと違って、ラドクリフの自然描写はもっぱら当時の絵画のイメージに依拠していた。アン・ラドクリフ『ユドルフォ城の怪奇』（下巻、三馬志伸訳、作品社、二〇二一年）訳者解題参照。

[25] ソルニット前掲書、三九頁。

[26] アンドレア・ウルフ『フンボルトの冒険　自然という〈生命の網〉の発明』（鍛原多惠子訳、NHK出版、二〇一七年）六八頁。

[27] Mary Louise Pratt, *Imperial Eyes: Travel Writing and Transculturation*, Second Edition, Routledge 2008, p.122.

[28] ゲーテ『イタリア紀行』（中巻、相良守峯訳、岩波文庫、改版二〇〇七年）五三、六〇頁。

[29] 西川治『地球時代の地理思想』（古今書院、一九八八年）一九頁。

[30] スタロバンスキー前掲書、三七七頁。

[31] Pratt, op.cit., p.121.

[32] ウルフ前掲書、二六三、二八七頁。

[33] 例えば、一八世紀のビュフォンの『博物誌』は人間を中心として、それに近い動物を順々に並べた。ゆえに、彼が原生林をおぞましいものと感じ、人間による自然の開発を正当化したのも偶然ではない。逆に、新世界で自然の連関に気づいたフンボルトは、人間中心主義を脱し、地球＝ウェブの有機的全体性を先行させることによってエコロジーへの道を開いた。興味深いことに、リチャード・グローヴによれば、ヨーロッパにおける「グローバルな環境主義の起源」そのものが、ヨーロッパの公害以上に、エデンの園のように目されていた熱帯地方の生態系の破壊にあった。フンボルトの著作は、ヨーロッパの環境意識にも変化を促した。Richard H. Grove, *Green Imperialism: Colonial Expansion, Tropical Island Edens and Origins of Environmentalism 1600-1860*, Cambridge University Press, 1995, chap 7.

[34] ウルフ前掲書、三四〇頁。

[35] H・D・ソロー「歩く」『市民の反抗　他五篇』（飯田実訳、岩波文庫、一九九七年）一一三、一一七、一三七頁。

[36] ヘンリー・D・ソロー『メインの森』（小野和人訳、講談社学術文庫、一九九四年）一〇四頁。

[37] ドナルド・オースター『ネイチャーズ・エコノミー』（中山茂他訳、リブロポート、一九八九年）一〇九頁。

[38] Michael T. Gilmore, *American Romanticism and the Marketplace*, The University of Chicago Press, 1985, p.48.

[39] 『ヘンリー・ソロー全日記　一八五一年』（山口晃訳、而立書房、二〇二〇年）四九、六九、二五七頁。

[40] 同右、一八九頁。

［41］今福龍太『ヘンリー・ソロー　野生の学舎』（みすず書房、二〇一六年）一六三頁以下。ジェーン・ベネット『震える物質』（林道郎訳、水声社、二〇二四年）も、肉食をやめる一方、野生のハックルベリーの実のような「小さなもの」を食べて、物質と同盟関係を結ぶソローの手法を描き出している（一一〇頁以下）。

［42］伊藤詔子『よみがえるソロー』（柏書房、一九九八年）一三〇頁。

［43］ヘンリー・デイヴィッド・ソロー『コッド岬』（齊藤昇訳、平凡社ライブラリー、二〇二三年）一〇、二三頁。

［44］同右、二六三、二七八頁。

［45］ダヴィッド・ラプジャード『壊れゆく世界の哲学』（堀千晶訳、月曜社、二〇二三年）七七・七八頁。

第一〇章

絶滅――小説の破壊的プログラム

1、冒険の形式、絶滅の形式

小説をそれ以前のジャンルと区別する特性は何か。この単純だが難しい問いに対して、ハンガリーの批評家ジェルジ・ルカーチは『小説の理論』（一九二〇年）で一つの明快な答えを与えた。彼の考えでは、小説とは「先験的な故郷喪失の形式」であり、寄る辺ない故郷喪失者である主人公は「冒険」を宿命づけられている。

小説は冒険の形式であり、内面性の固有価の形式である。小説の内容は、自らを知るために着物を脱いで裸になる心情の物語であり、冒険を求めて、それによって試練を受け、それによって自らの力を確かめながら、自らに固有の本質性を発見しようとする心情の物語である［1］。

ルカーチによれば、近代小説の主人公は「神に見捨てられた世界」でさまざまな試練をくぐり抜けながら、固有の魂を探し求める存在である。今でも多くの小説は、欠損を抱えた主人公の冒険の物語として書かれる。根拠を喪失し、世界とのギャップ（疎隔）を抱えた「ホームレス・マインド」（社会学者ピーター・バーガーの表現)が、冒険によって固有の魂の獲得をめざす――このような精神の運動が、小説というジャンルには内包されている。

近代小説は安定した意味の宇宙をあてにできない。ルカーチが言うように、神に見捨てられ、世界との「疎遠さ」を宿命づけられた小説的冒険は「絶対的に解消されない不協和」を伴う。いかなる「生」も世界とぴたりと意味的に一致することはない。この本質的なギャップゆえに、ルカーチの言う「冒険の形式」はセルバンテスの『ドン・キホーテ』を筆頭として、しばしば狂気に接近した[2]。絶対的な根拠=故郷をもたないまま、自己の限界を超えた冒険に乗り出すことは、それ自体が狂気じみたエネルギーを要求したのだ。

精神的なホームレスである小説の主人公は、自己の魂の探究と再創造という冒険に駆り立てられる。ルカーチが、この仕組みを理論的に明示したことの価値は揺るぎない。ただ、彼の力点はあくまで冒険者の「生」(主観)の側にあり、冒険のなされる「世界」の様相については深く考察されなかった。第一次大戦とロシア革命という大事件の後、祖国ハンガリーからの亡命直後にルカーチが刊行した『小説の理論』は、確かに「世界の崩壊とその不完全さ」や「世界構造の脆弱性」に言及するものの[3]、この不完全性のテーマはあくまで理論の周縁に留め置かれた。

この弱点を修正するために、私は冒険の形式の裏面に、もう一つの別の形式を想定したい。それを今《絶滅の形式》と呼ぼう。その前駆的形態はやはりセルバンテスの作品に認められる。

アルジェでの捕虜生活から解放された帰還兵セルバンテスは、『ドン・キホーテ』で名声を得る以前の一五八〇年代に、紀元前二世紀のスペインを舞台とする歴史劇の傑作『ヌマンシアの包囲』を書いた。小スキピオ率いるローマ軍に包囲されたスペインの都市ヌマンシアは、飢餓と病気が蔓延し、すでに勝利の見込みをなくしている。そのとき、占領の恥辱を受けることを潔しとしないヌマンシア人は、すべての財産を燃やし、街の全員を自ら殺戮し、統治者も自ら火中に身を投じることを決断した。その結果、スキピオ将軍の部下の報告によれば「ヌマンシアは赤い血の湖と化し、みずからの苛酷な決断によって殺された無数の死骸に埋まっています。彼らは恐怖をかなぐり捨て、迅速な大胆さを発揮して、他に類を見ないほど重くも辛い隷属の鎖から逃れることができたのです」[4]。

　これはまさに、自分自身に対して行使されたジェノサイドである。後の『ドン・キホーテ』は汲めども尽きぬ旺盛な語りの力によって、幻想の解体と再生産を推し進めた。逆に、古代ギリシア演劇にも通じる風格をもつ『ヌマンシアの包囲』は、そのようなアイロニカルな「語り」そのものを殲滅する過酷な暴力性を強調した。ヌマンシア人の迅速かつ徹底的な自己破壊は、ローマ軍の勝利すら空虚な敗北に変えてしまう。「ヌマンシア人は、みずからの敗北から勝利を引き出しました。驚嘆すべき意志と志操の固さを発揮して、将軍の手から勝利を奪い去ったのです」[5]。つまり、この作品の根幹には、都市の絶滅だけが解放＝勝利につながるという恐ろしい逆説がある。

　この勝利と敗北の反転は、後の『ドン・キホーテ』では狂気とユーモアによって遂行される。ラマンチャの憂い顔の騎士は、幻想と狂気を伴った語りによって、冒険を延々と引き延ばす。逆に、戯曲『ヌマンシアの包囲』のジェノサイドは遅延も躊躇もなく、既定のプログラムとして粛々と実行された。『ドン・キホーテ』が近代小説の祖だとしたら、『ヌマンシアの包囲』の自己破壊のプログラム、フロイトふうに言えば「死の欲動」は、近代小説に先立つおぞましい原風景と呼べるものである。セルバンテスにおいて、冒険と絶滅はコインの裏表の関係にあった。

2、物質の眼のインストール

冒険の形式の裏面に潜む《絶滅の形式》——それは一八世紀の小説では特殊な閉域のイメージとともに表面化した。前章でも言及したが、ともに無人島を描いたデフォーの『ロビンソン・クルーソー』とルソーの『新エロイーズ』には、この形式の強い効果を認めることができる。

クルーソーの無人島は人類絶滅後の世界を思わせる。難破船から運び出した文明の遺物を利用しながら、島で生き延びるクルーソーは、まるでポスト・アポカリプス的世界における唯一の生存者のように見える。かたや、『新エロイーズ』のサン＝プルーは無人島になぞらえられるエリゼの庭で、ジュリの痕跡を収集して恍惚となる。ジュリは無数の植物に投影されたVRとなって、サン＝プルーを魅了した。

いずれの「島」でも主人公以外の人間はいったん事実上絶滅するが、それがかえって、豊かな自然のモノたちの産出する実益や記憶を際立たせた。クルーソーもサン＝プルーも、社会的なものの死に絶えた島に没入し、無数のモノから快楽を引き出す。そのとき、島＝閉域そのものが擬似的な身体になると言ってもよいだろう。英文学者のレベッカ・ウィーバー＝ハイタワーが注目するように、島という他者には、白人男性である主人公の「体内化（incorporation）」の欲望が向けられるが、そのような幻想が生じるのは、島と身体がともに「境界に囲まれた空間」であるためである〔6〕。

その一方、デフォーとルソーの閉域の想像力に、質的な差異があることも見逃せない。プロテスタントの家系のデフォーが、植物をもっぱら生存の道具として用い、その使用価値にアクセントを置いたのに対して、少年時代にジュネーヴを出奔した直後「自分の宗教を売って」カトリックに改宗したルソーは、植物に聖なるものの面影を与えた［7］。内容的にも文体的にも実用性を強調し、恋愛小説には手を出さなかったデフォーが、ルソーの『夢想』のような音楽的な神聖性を帯びたテクストを書くことはあり得なかった。それでも、生身の他者をキャンセルしつつ、モノを自らの体内に取り込む無人島を物語の中枢とした点で、両者に違いはない。

そもそも、啓蒙（光）の世紀と呼ばれる一八世紀の思想は、人間以外の存在者にもあまねく認識の光を当てようとした。この百科全書的な欲望に駆動されて、人間をその一部とする広大な物質世界についての認識が、啓蒙思想の中枢に入り込んだ。バーバラ・スタフォードの大部の研究によれば「人間という要素の拭い去られた世界を回復したいと願う一八世紀的感性」は、古代ローマの学者プリニウスの衣鉢を継ぐ博物学によって推進されたが、そこには人間の眼ではなく、物質の眼によって世界を把握しようとする態度がある［8］。

特に、ディドロのすばらしくユニークでユーモラスな対話篇『ダランベールの夢』（一七六九年執筆）は、まさに物質の眼のインストールを企てる一八世紀的唯物論の好例である。ディドロの盟友の哲学者ダランベールのつぶやく寝言に即興的な夢分析を施すうちに、この対話篇は「感性ある物質」が集合し、蜘蛛の巣（ウェブ）の形状になるという斬新なヴィジョンへと到る。そのとき、モノはモノのままで心を宿すことになる。微小な物質にもそれぞれの感覚があるとすれば、人間はもとよりポリープや土星ですら感覚＝心をもつだろう［9］。そう愉快に議論を進めるディドロは、唯物論が汎心論に――すべての物質に心の可能性を認める哲学に――スライドしてゆく軌跡を、一種の哲学的なジョークとして見事に描き出していた。

3、モノと数字――サドのアルゴリズム

神と人間をともに脱中心化する一八世紀の唯物論的思想――それをいっそう過激化したところに、マルキ・ド・サドの異様な小説が現れる。サドはまさに《絶滅の形式》の極限を示す作家であった。バスティーユ牢獄に収監されたサドが、一七八五年に巻紙に蟻の字で書き継いだ『ソドムの百二十日あるいは淫蕩学校』――その巻紙は紛失し、サドを大いに悲しませたが、二〇世紀になって奇跡的に発見・刊行された――では、戦争の相次いだルイ一四世時代の末期（一八世紀初頭）を舞台に、リベルタンたちのおぞましい性的ゲームが繰り広げられる。フィロゾーフ（哲学者）として啓蒙思想を率いたヴォルテールが太陽王ルイ一四世時代の偉業を称え、アカデミー・フランセーズの保護をはじめ当時の学問・文化・芸術の進歩を強調したのとは逆に、啓蒙思想の鬼子サドはむしろその栄光の時代の終わりにこそ、汚職と放蕩に興じる悪人たちをはびこらせた。

サドは性的倒錯を設計することに、尋常ではない力量を発揮した。『ソドムの百二十日』では四人のリベルタンが共謀し、森の館に四二人の男女を集め、四人の熟練の放蕩女の語る「物語」を脚本として、カレンダー方式で日々規則的に乱交と虐殺を上演し続ける。この演劇的な世界は、「四」というシンメトリカルな数字を基礎とする厳密なアルゴリズム（計算手順）によって作動する。凄腕のエンジニアを思わせるサドの設計において、エラーやバグはまったく生じない。サドのテクストは一見すると反社会的な逸脱行為に満ちているが、内的には規則からの逸脱が一切起こらないのである。

そのため、ロラン・バルトが指摘したように、気の毒な被害者のみならず加害者の悪人たちも、『ソドムの百二十日』ではベルトコンベアー式の機械の「歯車」となる。サドの固執する「数量的計画」

は、あらゆる人間をオートマティックな機械的運動の精密な部品に変えてしまう[10]。醜悪きわまりないリベルタンたちは、フランソワ・ラブレーのカーニヴァル小説にも通じるグロテスクさを誇示するが、彼らの文字通り変態的な身体も、決して停滞することのないサドの繊細で肌理細やかな文体──それは同時代のモーツァルトの音楽すら連想させる──によって、数量化された記号に還元される。倒錯や暴力、乱交や醜悪さにぎょっとする良心は、サドのなめらかなコード進行のなかで、教育され矯正される。

この異様なサド的教育学は、生気潑剌とした三六歳の美貌の無神論哲学者ドルマンセが雄弁に語る『閨房の哲学』（一七九五年）で徹底される。ドルマンセの文化人類学的な見解によれば、ヨーロッパ人の考える「美徳」はせいぜいローカルで特殊なものにすぎない。「すべては自分が住んでいる場所の風俗とか風土次第だ」。より普遍的なものは《自然》の理法なのであり、特にその破壊のプログラムに全面的に従うことをドルマンセは要求する。

破壊は自然の基本法の一つなんだから、どんな破壊であっても犯罪になどなるもんか。これほどよく自然に仕える行為が、どうやったら自然に反することになるんだい。それに、人間はうぬぼれて破壊なんて言ってるけど、そもそもそれが間違いなのさ。殺人は断じて破壊ではない。殺人を犯す者は、あくまで形態を変化させるだけだ[11]。

このドルマンセの思想は、ディドロの『ダランベールの夢』を髣髴とさせる。ダランベールはそこで「死ねば、無数の分子となって作用し反作用する。……いったい僕は死なないのか?……いや、確かに、この意味では、僕もどんなものも死にはしない。……生まれ、生き、滅びるとは形を変えることだ」とぶつぶつ寝言をつぶやいていた[12]。サド＝ドルマンセは、このディドロ＝ダランベールの唯物論の「夢」を額面通りに受け取り、殺人も哲学的に正当化してみせる。

こうして、数値化された倒錯のアルゴリズムを設計し、ジェノサイドも厭わないサドは、近代の「無人島」の作家たちの極北に位置している。海を嫌ったサドの小説は、偶然性を生む外部との出会いを欠く。彼は確かに、書簡体小説『アリーヌとヴァルクール』でポルトガルやアフリカ等の諸外国を登場させ、『食人国旅行記』ではアフリカから南太平洋に到る架空の国——牢獄も死刑も廃止されたユートピア——を描いたが、これらの海外旅行がサドの哲学を揺るがすことはなかった。「旅行が多様であっても、サド的な場はただひとつである。これほど多く旅行するのは、ただ閉じこもるためにすぎないからだ」(ロラン・バルト)[13]。

してみると、サドを閉じ込めたバスティーユ牢獄は、この反冒険的にして倒錯的な作家にふさわしい執筆の場であったと言えるだろう。サドは冒険を最小限にする代わりに、《自然》の名のもとにヨーロッパの美徳を相対化し、破壊のプログラムを徹底させた。外部とのアクセスを遮断したサド的な閉域では、数値的にコントロールされたモノたちが永久運動を続ける。この絶滅の情景は、読者に近代小説のダークサイドの深淵を覗き込ませる。

4、多数性の操作、滅亡の形式——『金瓶梅』から『紅楼夢』へ

加えて、ここで強調されるべきなのは、絶滅のテーマがヨーロッパ小説の専有物ではなかったことである。現に、中国文学はサドに先んじて、早くも一六世紀末に『金瓶梅』という異形の小説を生み出した。『水滸伝』の一エピソードを拡大した『金瓶梅』は、明末の消費社会の爛熟を背景とするデ

カダン小説であり（第四章参照）、そこでは絶滅の中国的形式が鮮明にされた。

家族（特に母と娘）の絆を執拗に切断しようとするサドのリベルタン小説とは異なり、『金瓶梅』ではむしろ家庭こそが性愛の舞台に定められた。商人の西門慶は、主に三人の女性たちを相手に性的放蕩に明け暮れるが、そのエロティックな空間は日常生活のディテールに満ちていた。その驚くほど高精細の記述によって、西門慶の邸宅はまさに物質の天国に仕立てられた。

近年のアメリカの中国文化研究者（クレイグ・クルナス、李惠儀、ソフィー・ヴォルップ……）は、近世中国における「物質的転回」（material turn）に光を当ててきたが、衣食住に関わる膨大なモノが書き込まれた『金瓶梅』は、その最も範例的なテクストと見なされている。『金瓶梅』の家庭はサド的な森の閉域ではなく、むしろ都市の消費文化のネットワークの一部として描かれた。西門慶のもとに集合するモノは、商品として消費のサイクルに組み込まれている。西門慶自身の考えでは、モノは流動を好み、静止を好まない（第五六回）[14]。この尽きることのない運動性が、人間の欲望を刺激し続けるのだ。

モノの運動と消費を緻密に再現することによって、『金瓶梅』の記述はふつう隠されているプライヴェートな領域にも、どんどん侵入してゆく。マーティン・ホアンが指摘するように、『金瓶梅』では寝室でのスキルやディーラーとしての能力がものを言う。さらに、衝立やブラインドのような小道具が効果的に配置されるため、『金瓶梅』の読者はまるで主人公たちの生活を覗き見しているように錯覚するだろう[15]。消費の対象として家庭に侵入したモノは、一種のセンサーとなって、本来秘すべきエロスや謀略をあばきたてた。ヨーロッパの唯物論とはまったく系統が異なるものの、『金瓶梅』にもやはり物質の眼の優越性がある。

こうして、人間とモノの相互関係を深めた『金瓶梅』では、まるで物質世界の運動のなかから意識が生じてくるように見える［16］。ヨーロッパの近代小説が感覚に根ざした「内面への旅」を深化させたのに対して（その極限が第八章で論じたジョイスやウルフらのモダニズム小説である）、中国小説は総じてモノとのインターフェースにおいて、意識を組織した。その結果、『金瓶梅』ではしばしば、人間とモノのあいだの厳密な区別がなくなる。衣装、靴、宝石、はてはセックスの道具に到るまで、すべてが値づけされて計算可能になるとき、西門慶や女性たちもまた脱人間化され、モノと同等の存在に変容するだろう［17］。

もっとも、欲望を増大させる物質的繁栄は、やがて西門慶を荒涼とした死の世界へと滑落させてしまう。仏教的な「空」の概念を支柱とする『金瓶梅』では、後の『紅楼夢』と同じく「満ちていること」（fullness）と「空虚であること」（emptiness）が重ねあわされた［18］。つまり、物質的な豊かさは、それ自体が空虚の証なのである。『金瓶梅』には、物質生活の爛熟のもたらす快楽と退廃は底なしであり、救済の可能性はどこにもないというメッセージが隠れていた。

ここで重要なのは、このデカダン的な空虚さが、王朝（宋）の衰退および滅亡とパラレルであったことである。西門慶の気ままなふるまいの背後には、国家（宋）の末期的な光景が見え隠れしていた（第七十回）。腐敗した高官に牛耳られた宋の政治は、もはや修復不可能であり、やがて女真族の金に蹂躙されることが確定している。『金瓶梅』においてはミクロな家庭もマクロな国家も、ともに未来の地獄を避けることはできない。

ヨーロッパ小説がときにサド的な無神論（唯物論）に接近しながら《絶滅の形式》をあらわにしたとすれば、多くの中国小説は、かつて武田泰淳が指摘したように《滅亡の形式》に導かれた。武田によれば「彼ら［中国人］の文化が、いかに多くの滅亡が生み出すもの、被滅亡者が考案するもの、いわゆる中国的慧知をゆたかにたくわえているか、それは日本人には理解できないほどであろう」。武田は中国文学者かつ仏教者としての立場から、滅亡を『平家物語』ふうの詠嘆の対象としてではなく「もっと物理的な、もっと世界の空間法則に従った正確な事実」として捉えるべきだと主張した[19]。

このユニークな見解は、とりわけ中国の小説を読むときに想起されるべきである。というのも、小説における滅亡は、まさに厳然たる物理法則のように機能していたからである。『三国志演義』や『水滸伝』は、国家の衰退とともに、往年の英雄や好漢が死に絶えるところで終わる。それは男たちを結びつける古い人倫の世界、『三国志』の劉備・関羽・張飛の「桃園結議」に象徴されるホモソーシャルな「侠」の世界の終焉に等しい。そして、このような国家と人間の運命論的な衰亡は、一見して国家と深い関係をもたないように思えるドメスティック（家庭的）な『金瓶梅』でも繰り返された。

さらに、この《滅亡の形式》は、『金瓶梅』の後継作と呼ぶべき『紅楼夢』でも強力に作用した。『金瓶梅』の家庭内のモノたちが、消費のサイクルのなかで流動するのに対して、『紅楼夢』の母性的な大観園では、モノは特定のキャラクターに固く紐づけられ、ロココ的に洗練されたコミュニケーションのゲームの一部となった[20]。賈宝玉はまさにその名の通りに「宝玉」と切り離せない。この安定した物質的秩序に基づくユートピアが、儒教の男性中心的な価値観を相対化する（第四章参照）。『紅楼夢』は一八世紀の諷刺小説『儒林外史』と並んで、まさに「儒家文化を精神分析のソファに座らせた」小説と評するにふさわしい[21]。だが、この永遠のユートピアと思えた大観園も、最後には空虚に向かって崩壊してしまう。

『三国志』や『水滸伝』が英雄の多産性を誇示したのに対して、『金瓶梅』や『紅楼夢』は物質の多様性を際立たせた。デフォーやスウィフトが一人の冒険者を主人公（主体）として定めたのと違って、中国小説は多数性の操作によって成り立つ。ただ、この「多」の世界は自らを消去するプログラムを内包していた。次々と英雄が出てくる多産的な時代はいずれ必ず滅亡するし、驚くほど豊富な物質世界も「空」への転落を避けられない――この転調が中国小説の法則である。二一世紀最大の中国小説と呼ぶべき劉慈欣のＳＦ『三体』も、その例外ではない［22］。

5、社会の自己破壊――デフォーの『ペスト』

このように、中国小説には《滅亡の形式》への強烈なオブセッションがあり、繁栄と滅亡はコインの裏表の関係にあった。その対比として、一八世紀のヨーロッパ小説がグローバリズムを背景として《絶滅の形式》を作動させたことに、改めて注意しておきたい。ここでは、デフォーの『ペスト』とスウィフトの『ガリヴァー旅行記』を挙げておこう。

一六六五年にロンドンを襲った疫病を題材とする『ペスト』（一七二二年／原題は『疫病の年の日誌』）は、感染爆発から都市のロックダウンを経て、疫病の収束に到るプロセスをきわめて詳細に書き記した。それまでヨーロッパの交易の拠点として繁栄を謳歌し、その人口も爆発的に増加していたロンドンは、ペストの急拡大のなかで封鎖されて陸の孤島となった。デフォーはボーダーレスな世界に病原体が寄生したとき、おぞましい災厄に到ることを示した。

ロンドン市民の監禁は、明らかに無人島のクルーソーの監禁と通底している。ただし、クルーソーが入植者として海外に船出し、島の主人になったのとは逆に、ペストはむしろロンドンを植民地として占拠してしまった。この観点から言えば、『ペスト』は『ロビンソン・クルーソー』の植民地主義的な欲望を逆流させた自己批評的な小説として解釈できる。他者の土地を無遠慮に所有してきたイギリス人が、逆に他者＝疫病に所有され、むさぼり尽くされる――これはまさに反転したグローバリズムと呼ぶべき事態である［23］。

そもそも、ディドロやアダム・スミスによれば、ヨーロッパの植民地化は合理的に計画されたものでなかった。この偶発的な自己拡大は、自己のあるべき姿を見失う危険な漂流を伴っていた。「新世界」への入植は、かえって「旧世界」ヨーロッパ社会をある意味で脆弱にしたのである（第七章参照）。デフォーの『ペスト』はこの近代ヨーロッパの根幹にある自己喪失・自己破壊の不安を、疫病のテーマに即して顕在化させた。

後年のサドの性的倒錯が《自然》の名のもとに、人間どうしの共感を徹底して否定し、絶対の基準として君臨したように、ペストも自然の摂理の導くままにロンドンを強制収容所に変え、住民を絶滅寸前に追い込んだ。サドの『閨房の哲学』のドルマンセは「この世で危険なものはね、憐れみと慈善の二つだけだよ。人にやさしいというのは、どんな時も一つの弱点でしかない」と傲然と言い放つが[24]、ペストはまさにサド＝ドルマンセ的な反共感の哲学を忠実に実行した。デフォーとサドの文学から分かるのは、人間的な生に対する徹底した「無関心」が、一見して人間中心主義的に思える近代文学には潜伏していたこと、しかもこの非人間的なプログラムによって、一切の希望のない情景が高解像度で描き出されたことである。

『ペスト』の最大の特徴は、何よりもその書き方にある。デフォーは統計データをしきりに引用し、死者数や死亡率の日々の推移を詳細に記した。サドのカレンダー方式にも通じるこの書式は、「人間の眼」ならぬ「ペストの眼」による観察を思わせる。ペストが個体識別することなく大量の人間を淡々とモノ（死体）に変えてゆくように、デフォーも固有名を徹底的に消去し、死を統計的な数値に還元した。人間は人口に、質は量に変換される。語り手の名前すら「H・F」（恐らくはデフォーの叔父ヘンリー・フォーのイニシャル）という匿名的な記号で表示されるだけなのだ[25]。

このような死の数値化は、諸個人に顔を与える社会の崩壊とコインの裏表である。H・Fはロンドン市民の怠慢、教会の腐敗、インチキな便乗ビジネス等を次々と暴露するが、それらの堕落はもともと社会に内在していて、ペストをきっかけにして可視化されたものである。つまり、ペストそのものというより、ペストが明らかにした脆弱な社会構造が、この小説の核にある。特に、デッド・カート(死体運搬車)で運ばれた死者を葬る大穴に、生者まで飛び込むという錯乱的な集団自殺のシーンは、まさに社会の自己破壊を象徴している。

このような穴に衆人が近づくのを禁ずる厳重な法令が出ていたが、それはもっぱら病気の感染を防ぐのを主眼としていた。しかし、時日がたつにつれて、この法令はいっそう必要なものになってきた。なぜなら、病気に冒された人間で、死期が近づき、そのうえ精神錯乱をきたした者たちが、毛布とか膝掛けとかをまとったまま穴のところに駆けつけ、いきなり身を投じて、いわば、われとわが身を葬るからであった[26]。

デフォーの主人公はたいてい、ロンドンの街路について詳しい知識をもっている。研究者のシンディ・ウォールは、デフォーの小説を「ストリート中心的」と評しながら、特に『ペスト』のH・Fが終始一貫してロンドンを徘徊していることに注目する。語り手がストーリーに深く根ざしているからこそ、よく知っているはずのロンドンが、疫病によって見知らぬものに激変する、その反転現象がいっそう鮮烈なものになるのだ。この破壊された社会では、疫病の兆候(サイン)を正しく解釈しなければ、生き残ることはできない[27]。

もとより、冒険的要素をもたない『ペスト』は『ロビンソン・クルーソー』とは違って、典型的な近代小説とは見なされてこなかった。しかし、私の考えでは、グローバリゼーションの原史(一七世紀）に遡行しながら、絶滅のテーマに取り組んだ『ペスト』は、サドの作品群と並んで、近代小説のダークな一面を最も大胆に開示した作品である。『ロビンソン・クルーソー』と『ペスト』、植民地主義とその反転、個人の文学と統計の文学、冒険の形式と絶滅の形式——この両極こそが小説の世界認識を特徴づけている。

6、倒錯的な量的世界——スウィフト『ガリヴァー旅行記』

この冒険と絶滅という重要なテーマは、デフォーに続く小説家にも受け継がれた。『ロビンソン・クルーソー』への自己批評と呼ぶべき『ペスト』からほどなくして、一七二六年にジョナサン・スウィフトの『ガリヴァー旅行記』の初版が刊行される。この異様な冒険小説は、一八世紀の初期グローバリゼーションを背景として、人間の可塑性を誇張的に示していた。

イングランドの政治を批判する一方、故郷のアイルランドをも罵倒した非妥協的な著述家らしく、スウィフトはまさにルカーチ流の故郷喪失者としてガリヴァーを描き出した。海に出ることを「運命」と感じ、医者として船に乗り込んだガリヴァーは、何度も冒険と漂流を繰り返して、そのつど新たな国家に接触しては、ヨーロッパとは異質の文化的習慣を「ありのまま」に記録しようとする。そこには、人間はいかようにも変化し得る動物だというスウィフトのクールでシニカルな認識があった。

周知のように、ガリヴァーは第一部では小人国リリパットに漂着し、自身の十二分の一サイズの王侯貴族に歓待されるが、第二部では逆に、大人国ブロブディンナグで十二倍の巨人に小さな玩具のように扱われる。第三部では、飛行島ラピュタ（ラプータ）から日本の長崎に到る多くの土地が登場し、第四部では奇怪な「馬の国」が舞台となる。そこでは「フウイヌム」と呼ばれる理性的な馬たちが、特定の支配者をもたず「集会」によって政治を進める一方、人間は下等な「ヤフー」として使役されている。馬の国にすっかり魅せられたガリヴァーは、ヤフーの皮（！）でカヌーを製造して帰国し、妻子と再会した後も、人間の体臭に耐えられず馬たちと暮らす。

スウィフトは、人間をデフォルメする（＝形を崩す）ことに飽くなき執念を燃やした。人間の象徴的な優位性をさまざまな手口で失墜させること——それが『ガリヴァー旅行記』を貫く明晰な悪意である。それは究極的には、ジェノサイドの計画にまで到るだろう[28]。

馬の国のフウイヌムは理性の命令に従って、人口を完璧にコントロールする一方、醜悪で悪辣きわまりないヤフーを地上から絶滅（exterminate）させるべきか否かを議論する（第四部第九章）。『1984』の著者ジョージ・オーウェルは『ガリヴァー旅行記』の第三部に相互監視的な警察国家のモデルを認める一方、第四部の「馬の国」を順応主義がすみずみまで行き渡った全体主義体制の予告編と見なし、ヤフーをナチス・ドイツ統治下のユダヤ人になぞらえたが[29]、それはあながち突飛な解釈ではない。フウイヌムは恐ろしいホロコーストの計画を、何ら道徳的な負い目なく語る。それはちょうどデフォーの『ペスト』と同じく、馬の国では固有名が消失し、人間が操作可能な「量」に還元されているからである。

そもそも、『ガリヴァー旅行記』は子ども向けに思える前半から、すでに人間の量的操作を実行していた。『ペスト』や『ソドムの百二十日』がいわばエクセルのように犠牲者の数値的データを記録したとすれば、『ガリヴァー旅行記』はいわばフォトショップのように図像のサイズを伸縮させた。リリパットでは人間と動植物の「比率」が正確に決められている（第一部第六章）。ブロブディンナグでは万物のサイズが大きくなった結果、その図像の解像度も変わり、シラミが異様に拡大され、女性の皮膚の気味悪くでこぼこした様子がクロースアップされるのだ（第二部第五章）。

かつて批評家の花田清輝が鋭く指摘したように、『ガリヴァー旅行記』の認識と論理は「量的把握という一事につきる」。ガリヴァーの旅行は「量的変化をみちびきだすための力学的位置変化」であり、そこには「人間の質のみを強調するルネッサンス以来の人間主義にたいする批判」が含まれる[30]。この比率の操作された量的世界においては、シラミや皮膚のような平凡なものが平凡なままで吐き気や嫌悪感を催させる[31]――この倒錯的な量的世界にはスウィフトの悪意が凝縮されていた。

7、スウィフトのテクノロジー批評

ここで注目したいのは、『ガリヴァー旅行記』の第三部で、テクノロジーの進歩への夢が鋭く批評されたことである。天然磁石の力で飛ぶラピュタの住民は、数学と音楽に熱中して周囲を顧みず、ガリヴァーの存在には無関心である。この冷淡なラピュタを去ってバルニバーニの首都ラガードに赴いたガリヴァーは、さまざまな新規プロジェクトを推進するグランド・アカデミーを見学する。そこで「思弁的学問」の自動化を企てる教授は「どれほど無知な人間でも、費用も手ごろ、多少の肉体労働を行なうだけで、天賦の才や勉強の助けをいっさい借りずに、科学、詩、政治、法律、数学、神学に関する書物を著すことができるのです」と豪語し、百科全書を自動生成する機械を披露する。

表の面には、おおよそ骰子の大きさの――ただし一部はもう少し大きい――木片が並び、細い針金でたがいにつながっています。どの木片も、すべての面に紙が貼られ、それらの紙に、この国の言語の全単語が書いてあります。あらゆる時制、語形変化、直接法や仮定法等々すべての叙法も網羅していますが、ただし順番はバラバラになっています。（281-2／以下『ガリヴァー旅行

記』の引用は柴田元幸訳〔朝日新聞出版〕に拠る）

この木片の並んだ装置を弟子たちが回転させると、そのつど新たな文が出力される。単語を網羅的にデータ化し、その膨大な順列組みあわせを試して、あらゆる分野の書物を自動生成する機械――それはディドロやダランベールらの百科全書の夢のパロディであるのみならず、二一世紀の生成AIに象徴される知の自動化の欲望をも先取りするものだろう。

この教授をはじめ、ラガードの学者たちは人間の労力を減らすための「進歩」に駆り立てられているが、それをスウィフトは諷刺的に描いている。ラガードにおいて、テクノロジーの進歩は、オートメーションへの従属に等しい。それゆえ、オーウェルが注目したように、第三部で描かれるプロジェクトが、言語の全体主義的なコントロールに通じることは確かだろう。『ガリヴァー旅行記』では、人間のみならず言語も量的なものであり、いかようにでも操作され変形される。

ラガード訪問に続いて、ガリヴァーは降霊術を用いるグラブダドリッブ島で、偉人の亡霊（ホメロス、アリストテレス、デカルト……）に出くわした後、ラグナグ島で「ストラルドブラグ」と呼ばれる不死の人間たちを目撃するが、彼らは老醜をさらけ出し、身体も思考能力もむざんに衰えている。死ぬに死ねない不気味なゾンビのような不死人間たちは、長寿のおぞましさをその全身で表現していた。『ガリヴァー旅行記』において、ポストヒューマンな人工知能と不死の身体は、ときに滑稽で、ときにグロテスクなものとして描き出される。鋭敏なスウィフトは、ライプニッツやニュートンらが礎を築いた科学の欲望の帰結――AIからアンチエイジングまで――を見通し、諷刺の対象に変えた。

こうして、『ガリヴァー旅行記』の読者は馬の国で卑しいヤフー＝人間に出会う前に、人間の身体・知能・言語が可塑的なものであり、いかようにでも作り変えられるというシニカルな認識を何度も突きつけられる。世界の量的操作をアカデミックな「プロジェクト」に仕立て、人間の象徴的な優位性を何度でも転覆しようとするスウィフト的な教育学――その極限に、ヤフーを物理的に「絶滅」させようとする忌まわしい議論が現れるのだ。

8、ゾンビとエントロピー――ポーの『ピム』

一八世紀のデフォーとスウィフトの海洋小説においては、《冒険の形式》と《絶滅の形式》が共存している。初期グローバリゼーションの文学は、人間を人間たらしめながら、同時に人間的な生の意味を廃止するという二つの相反する力を備えていた。これはグローバリズムに根ざした「世界文学」の本質が、まさにこの分裂にあることを意味している。ルカーチのようにもっぱら冒険的な主体にフォーカスした理論では、世界文学の設計思想を十分に理解することはできない。

ここで注目に値するのは、一九世紀に入ると、この絶滅の問題がヨーロッパ文化の私生児と呼ぶべきアメリカやロシアの小説にリレーされたことである。以下、E・A・ポーとドストエフスキーという両国の巨匠を例にとって説明しよう。

アメリカのポーは、恐るべき「絶滅」の情景を強迫的に反復した作家である。異様な恐怖に囚われたロデリック・アッシャーが自邸もろとも沼に沈む「アッシャー家の崩壊」にせよ、ペスト（黒死病）をモチーフとした「赤死病の仮面」にせよ、一八四〇年前後のポーの小説では、厳粛な秩序をあっという間に解体する黒々とした力が働いていた。この力が破局的な絶滅をもたらすとき、人間は蜃気楼のようにはかない幻覚として描き出される。

だが、それだけではない。というのも、ポーの小説は、すっきりと消滅し損ねることの恐怖に呪縛されていたからである。それは、生前の死ないし死後の生に対するポーの異様なオブセッションとして現れる。例えば、生きながらに埋葬された男（「早まった埋葬」）、肉体的には死んでいるのに、催眠術のせいで意識だけが生に取り残されてしまった男（「ヴァルドマアル氏の病症の真相」）、息をなくしてうろたえる男（「息の喪失」）……彼らは正しく死に損なった人間、あるいは死んでも死にきれない人間である。しかも、猶予された死がついに訪れたとき、彼らはアッシャー家のように迅速に消滅してしまう。

もとより、人間とはある意味で誰しもが死に損ないであり、誰しもがサヴァイヴァー（生き残り）である。ポーはその側面を拡大して、生と死の境界線が融解することの恐怖を強調した。ポーの存在論は、生きることにも死ぬことにも失敗したとき、人間はどうなるのかという問いを土台としている。ゆえに、彼の小説がしばしば、死にながら生きている——あるいは生きながら死んでいる——ゾンビ的存在を伴ったのも不思議ではない。

そもそも、ゾンビとは何か。マキシム・クロンブの秀逸な評論によれば「ゾンビは人間のカリカチュア」であり、強烈なショックによるトラウマで「外的世界に対して広く無感覚になってしまった」主体である。「感情も意図も持たない、最小限まで縮減された主体」としてのゾンビ[32]——それは予期せぬ事故やトラブルにたえずさらされ、そのショックで呆然自失となってしまった近代人の戯画である。

興味深いことに、ポーの最長の小説『アーサー・ゴードン・ピムの冒険』（一八三七-八年）には無感覚なゾンビ的存在、つまり外見だけ人間のふりをしている「肉」が現れる。この小説では、生と死を分かつボーダーラインが故意にあいまいにされた。主人公のピムは冒険心に導かれて、捕鯨船の船倉に忍び込むが、その船で黒人の料理番らの反乱が起こったため、予定された助けを得られず、密室に閉じ込められる。生きながらに埋葬され、感覚麻痺の状態に陥った彼の恐怖は、まさにポー的な生前の死の典型と言えるだろう。

その後、ピムは仲間とともに船の支配を奪うものの、今度は船のトラブルのために恐るべき飢えと渇きに直面する。そのとき、彼らの眼前に船が現れる。ピムたちは天の助けと歓喜の声をあげるが、その船は疫病のせいで全滅しており、遠目には船員の動きと見えたものは、カモメについばまれる人肉のダンスであったことが判明する。


その一切れを食いちぎられたもとの死体は、例の通り、ちょうど綱の上に膝をつく格好のまま、それまであの肉食鳥がせっせとついばむたびごとに、苦もなくからだを前後にゆすぶっていた。だから、さっき、われわれがてっきりそいつのことを、生きているものだとばかり思いこんだのは、そういう動作のせいだったのだ。〔…〕両眼はなく、口のまわりの肉はすっかり食い取られて歯がむきだしになっていた。と、すれば、われわれに元気をつけて希望を持たせたあの笑顔というのはこれだったのだ![33]

この凄惨にして悪趣味な死後の生の情景は、ゾンビ映画を思わせる。ポーはピムの冒険に対して、人間がおぞましい肉に変形される《絶滅の形式》を与えた。『ピム』には飢えのあまり死んだ同僚を食べるシーンまであるが、そこには、人間的なものを絶滅させようとするポーの悪意が露出している。

しかも、ポーの想像力は「人間の終わり」にとどまらず「世界の終わり」まで具現化した。ポーは物語の終盤において、人間だけではなく生命そのものの零度を示した。ピムたちは漂流の果てに、ついに白以外には何もない南極のモノトーンの世界へと導かれる。出来事が何も起こらず、白い獣の死体が漂うばかりの荒涼とした世界で、ピムたちの感覚はすっかり麻痺し、生ける屍と化す。そのとき、彼らはあらゆる人間的なものの絶滅を体現するようなモノトーンの巨人と出会う。

その瀑布には、われわれを迎え入れる割れ目が開いていた。だがわれわれの行く手には、凡そその形が比較にならぬほど人間よりも大きい、屍衣を着た人間さながらのものが立ち塞がっていた。そしてその人間の姿をしたものの皮膚の色は、雪のように真っ白であった[34]。

ピムが「雪のように真っ白な巨人」に出くわしたとき、作品世界は熱力学で言うところの熱的死、すなわちエントロピーが最大化し、完全に均一になった静止状態に到達する（ちなみに、熱力学の法則が理論的に整備され始めたのは、ポーの死の直後の一八五〇年代である）。ポーの《絶滅の形式》は、純粋な「白」によって完成する。それは死すら死んだモノトーンの世界、つまり死後の死とでも呼ぶべき絶対零度の情景である。

『ピム』は、ゾンビや白い巨人によって《絶滅の形式》を徹底した。ゆえに、その後の海洋小説が『ピム』に対する応答のように読めるのも不思議ではない。現に、メルヴィルの『白鯨』は、このエントロピーが最大化したポーの海に、再び「世界」のダイナミズムを導入した試みとして解釈できる。ポーが白い巨人を「世界の終わり」を思わせる極地に立たせたとすれば、メルヴィルは真っ白な鯨を総翻訳することによって、海から新たなエネルギーを引き出した。生から滑落しかかっているイシュメールは、フィジカルにしてメタフィジカルな鯨を追跡することによって、かろうじて生き延びる。それは『ピム』の絶滅の情景からいかに転回するかという問題への応答でもあった。

9、ドストエフスキーにおける《絶滅の形式》

さて、謎めいた死体を描き続けたポーは、一八四九年に謎の死を遂げたが、ちょうどその年に銃殺直前の極限状態に追い込まれた後、シベリアに流刑されたのがドストエフスキーである。この強烈な臨死体験、つまり死と生が衝突し一つに結晶化した状態は、彼の文学の本質とも深く関わっている。なぜなら、ミハイル・バフチンが指摘したように、ドストエフスキーはがけっぷちに面した「土壇場」の生を、語りの原動力としたからである[35]。

私はすでに第六章で、ドストエフスキーにおける生と死の《量子的な重ねあわせ》について説明した。ここで注意を要するのは、このテーマが、彼の初期作品『貧しき人々』(一八四六年)および『白夜』(一八四八年)にすでに認められることである(以下、両作品の引用は安岡治子訳[光文社古典新訳文庫]に拠り、頁数を記す)。

ドストエフスキーのデビュー作として当時から称賛を集めた『貧しき人々』は、中年の善良なマカール・ジェーヴシキンと文学少女ワルワーラ・ドブロショロワの往復書簡として書かれた。書簡体小説は当時すでに時代遅れのスタイルであったが、ドストエフスキーは不器用だが直接的な語りを表現するのに、あえてこの一八世紀的な書式を採用した。

マカールの文章は未熟であり洗練されていないが、しばしば発作的・衝動的に突き進む。「何か話し出したら、夢中になってとんでもないことを口走ってしまうこともあるんです!」(25)。しかし、興奮して手紙を書いても、ふと我にかえるとそこには「灰色にくすんだ」現実があるばかりだ。「我々だって、昔は何でもくっきり見えたんです。ああ、年は取りたくないものですよ」(10)。この視野の狭さは、『貧しき人々』のリアリティの地盤があくまで主観にあることを示している。マカールとワルワーラを取り巻く社会は、堅固な実体ではなく、手紙のやりとりから間接的に浮かんでくるだけである。

この発作的な主観性にアクセントを置いた手紙の語りは、作中の「貧しき人々」の生のはかなさに光を当てることになる。彼らは、ほんの些細なきっかけで死へと急転する。例えば、ワルワーラの家庭教師で、プーシキンを愛読するポクロフスキーは、生来虚弱であり、肺病のためにあえなく死んでしまうし、マカールの隣人も雷にうたれたようにぽっくり亡くなる。ドストエフスキー的な「貧しさ」とはたんなる経済的困窮というよりも、生と死が一つに結晶化した特異な状態なのだ[36]。

そして、彼らはまさにその特異な貧しさゆえに、異常に神経過敏であった。マカールは手紙にこう記す。

> 貧しい人々というのは、わがままなものです――これはもう本質的にそうできているんですよ。〔…〕世間を見る目も一風変わっていて、通りがかりの誰のことでもじろりと横目で睨むし、不安げな視線をそこらじゅうに投げかけては、何か自分のことを言われていやしないかと一言一句聞き漏らしません――何であいつは、あんなに薄汚いんだ？ いったいどんな気持ちなんだろう？ あっちから見たらどうだ？ こっちから見たらどうだ？ などと言われてるんじゃないかとね――。(180)

彼らは手元にほとんど何ももたないからこそ、不安な眼を四方八方に動かし、ゴシップに耳をそばだてながら、神経症的に語り続ける。ここには、土壇場の人間こそが異常に生き生きするというドストエフスキー的な逆説がある。ゆえに、『貧しき人々』の末尾で「絶滅」の情景が呼び覚まされることも不思議ではない。マカールがだんだんと手紙を書くことに習熟し、文体の形も整いつつあった、まさにそのときにワルワーラは夫とともに「ただの曠野、木一本生えていない剝き出しの曠野」に赴くことになるのだ（304）。語りの完成（生）は、曠野の到来（死）へと転調された。

その一方、続く『白夜』になると、《絶滅の形式》は透明なリリシズムと結びついた。光と闇が重なりあった「白夜」の時間帯を背景として、友人のいない孤独な二六歳の青年が、運河のほとりで一人の少女と奇跡的に出会う――この感傷的なロマンスは、人工都市ペテルブルグの見る夢のような様相を呈していた。

ペテルブルグの住民たちは、夏の保養地の別荘に旅立ってしまい、都市は事実上空っぽになる。取り残された主人公は「ペテルブルグ全体が今にも荒野に変身してしまいそう」（16）という夢想に憑かれるが、これはゴーゴリの『外套』のペテルブルグが、亡霊の徘徊する荒野であったことを想起させる。ゴーゴリにせよドストエフスキーにせよ、他者が事実上絶滅してしまった空間で、即興的に語り続けずにはいられない語り手を設定した。

もとより、たった一人で生きてきた『白夜』の主人公には、語るべきことは何もない。「物語なんて、まるきり何一つないですよ！」（35）。にもかかわらず、この青年は「夢想の中でありとあらゆる物語《ロマン》」（25）を紡ぎ出してきたことを、見知らぬ少女に告げる。

> 夢想家とは、詳細に定義づければ、人間ではなく、そうですね、一種の中性的な生き物です。彼は大半の時間、人を寄せつけない片隅で生息し、日中の陽の光さえ避けるように、そこに身を潜めているんです。そして自分の中に閉じ籠るとなったら、まるでカタツムリみたいに、自分の一

隅にぴったりと貼りついたようになってしまう。(40)

ルソー的夢想家は多種多様な植物や打ち寄せる波をパートナーとして、自らの主観をたえず生まれ変わらせる即興演奏家であった(前章参照)。しかし、ドストエフスキー的夢想家は、音楽も鳴らない黙示録的な静寂のなかにひっそりと棲息する「中性的な生き物」であり、その空虚ゆえにかえって饒舌に語り続けることになる。

10、モダンな亡霊、ポストモダンなゾンビ

社会が音もなく消えた後、夢想と物語がとめどなく増大してゆく——それがドストエフスキーの初期文学の基本的パターンである。一八六〇年代のヨーロッパ旅行を経て、ブルジョワ社会に対するドストエフスキーの懐疑と敵意は明確なものとなったが(第六章参照)、彼の小説はすでに一八四〇年代の『貧しき人々』や『白夜』において、市民社会への不信を含んでいた。語り手が名状しがたい「中性的な生き物」に近づくのは、人間を人間たらしめる社会が、それがさも当然であるかのように、すっと消滅してしまうからである。

ここで、ドストエフスキーの主人公がしばしば亡霊的存在と唐突に接続されることにも注意しておこう。例えば、二人の老女を殺した『罪と罰』のラスコーリニコフは、地中からいきなり湧いたような男に「お前は人殺し」だと宣告され倒れ伏した後、夢うつつのなかでスヴィドリガイロフに出会う。そして、罪が発覚し、聖書の時代を思わせるシベリアの草原に流罪になった後、人類の絆を断ち切り、お互いを食い尽くさせる疫病の悪夢がラスコーリニコフを襲う。彼は憂愁にとらわれるが、そこに不

意に現れたソーニャの助けによって新しい人生へと踏み出す。ここにもやはり、絶滅の悪夢こそが奇跡を呼び覚ますという急転の構図がある。

このような不可解な飛躍がたびたび生じるのは、ドストエフスキー文学の社会的ネットワークが故障しているからである。そのせいで、ドストエフスキーの主人公は理不尽なまでの唐突さで、危機に陥ったり救済されたりする。特に最終場面のソーニャは、現実の人間というより、突然ワープしてきた亡霊的な存在のように思える。もっとも、その唐突さは決して作品内の論理に反するものでもない。というのも、たとえ社会が虚妄であるにしても、その底面には無数の霊を格納したロシアの大地が広がっているからである。ソーニャは大地的な存在であるからこそ、シベリアに急に現れて、ラスコーリニコフに新生の可能性を与えることができる。

逆に、ポーの海の文学は、大地という基盤をもたない。ゾンビ的な他者＝肉との忌まわしい遭遇は、言語を絶するものであり、ピムたちにひたすら吐き気を催させるだけであった。ドストエフスキーの大地とは違って、エントロピーの最大化したポーの《海》は、最後にはあらゆる生存の意志を絶滅させてしまう。

それゆえ、マキシム・クロンブが言うように、亡霊とゾンビを区別することは有益である。「亡霊とは、生から死への移行を取り巻く規則や規範がはっきりしている世界の産物である。〔…〕それは、過去を現在や未来と結びつける糸を保護するのである」。それに対して、生と死のあいだの修復不可能な亀裂をはっきりさせるゾンビは「生者を食らうために戻ってくる」おぞましい肉の塊、つまり亡霊をも殲滅する物質的存在であった[37]。

ドストエフスキーがモダンな亡霊小説の巨匠だとしたら、ポーはポストモダンなゾンビ小説の先駆者である。ポー的ゾンビとドストエフスキー的亡霊は、人間を絶滅させる力に呼び覚まされた、二つの存在様式なのだ。ただ、ドストエフスキーの存在論がその重ねあわせの性質ゆえに「救済」の可能性を宿すのに対して、ポーの存在論は時間的な不可逆性ゆえに「肉」から人間への回帰を許さない。死後の生であるゾンビ（さらには死後の死である白い巨人）は、亡霊と違って、生を決定的に踏み越えてしまった。この点で、ポーはドストエフスキー以上に《絶滅の形式》を徹底させたと言ってよい。

11、フィクションを飛び越す絶滅

以上のように、一六世紀末の『金瓶梅』から一九世紀のポーやドストエフスキーの作品に到るまで、小説というジャンルは、人間を物質的・意味的に抹消しようとする《絶滅の形式》を反復してきた。ペスト、ヤフー、ゾンビのような形象がたえず意識化してきたのは、人間を人間たらしめる幻想の脆弱性である。そして、この執拗な反復は、近代小説が無意味さへの意識、つまりニヒリズムと不可分であることを示している。

特に、一九世紀のロシア小説には、ニヒリズムとの交渉の記録という一面があった。そもそも、ニヒリズムという言葉を人口に膾炙させたのは、ツルゲーネフの小説『父と子』（一八六二年）である。その主人公である若き医師バザーロフは、「なにものをも尊敬」せず「すべてのものを批判的見地から見る」ニヒリストとして描かれるが、患者には献身的に接し続け、ついに医療体制の不備のせいでチフスに感染し死亡する。その死は一見すると立派な自己犠牲だが、明晰な頭脳をもつバザーロフに言わせれば、どれほどすばらしい人生もたかだかミクロな「数学的な点」のようなものにすぎない[38]。彼の言動には、人生の無意味さの意識が常に倍音として響いていた。

このニヒリスティックな意識は、やがてフィクションの圏域を超え出てしまう。というのも、二〇世紀の世界戦争とファシズムは、《絶滅の形式》を社会の全域に浸透させたからである。ベンヤミンが一九三〇年代に早くも指摘したように「芸術は行なわれよ、たとえ世界は滅びようとも」というファシズムの美学を典型として、人類は「自分自身の全滅を美的享楽として体験する」ようになった[39]。ファシズムの体制が凋落した後も、この「美的享楽」が大衆的な想像力のなかでむしろ活気づいたことは、戦後のハリウッド映画やアニメを見れば明らかである。

アウシュヴィッツとヒロシマの後、人類の絶滅は絵空事ではなく、現実的な危機となった。しかも、奇妙なことに、人類はその危機をも「美的享楽」として消費し始めたのである。こうして、二〇世紀半ば以降、絶滅のテーマは文学を超えて、人類の社会と文化そのものの形式となった。では、二〇世紀の文学は絶滅やニヒリズムのテーマにどう応答したのか。この問題は第一五章で改めて取り上げたいと思う。

［1］ジェルジ・ルカーチ『小説の理論』（原田義人他訳、ちくま学芸文庫、一九九四年）一一〇頁。

［2］同右、八一頁。

［3］同右、二六・七頁。

［4］ミゲル・デ・セルバンテス「ヌマンシアの包囲」『スペイン黄金世紀演劇集』（牛島信明訳、名古屋大学出版会、二〇〇三年）六七頁
［5］同右、同頁。スキピオの侵略によって、イベリア半島の「ローマ化」が決定づけられたが、それでもヌマンシアは「抵抗の伝統の象徴」であり続けた。カルロス・フエンテス『埋められた鏡』（古賀林幸訳、中央公論社、一九九五年）三九頁以下。セルバンテスが「ヌマンシアの包囲」でも『ドン・キホーテ』でも、イベリア半島の文化が他者の文化（ローマやアラビア）に強制的に上書きされる場面を書き込んだことは重要である。

［6］レベッカ・ウィーバー＝ハイタワー『帝国の島々』（本橋哲也訳、法政大学出版局、二〇二〇年）二一頁。

［7］ピーター・バーガー『聖なる天蓋』（薗田稔訳、ちくま学芸文庫、二〇一八年）によれば、カトリックが聖なるものに連なる多くのチャンネルを備えるのに対して、プロテスタンティズムはこのような「取次」を廃止して、神聖性の範囲を縮減した（一九八頁以下）。これはおおむねルソーとデフォーの差異に対応するが、デフォーの描く道具的なモノも、使用や加工の「快楽」を伴っていたことは重要である。Cynthia Sundberg Wall, *The Prose of Things: Transformation of Description in the Eighteenth Century*, The University of Chicago Press, 2006, p.109.

［8］バーバラ・M・スタフォード『実体への旅』（高山宏訳、産業図書、二〇〇八年）第四章参照。

［9］ディドロ『ダランベールの夢』（新村猛訳、岩波文庫、一九五八年）三五、四一、五一、五五頁。

［10］ロラン・バルト『サド、フーリエ、ロヨラ』（篠田浩一郎訳、みすず書房、一九七五年）四〇、一七〇、二〇五頁。

［11］マルキ・ド・サド『閨房の哲学』（秋吉良人訳、講談社学術文庫、二〇一九年）六五、九七頁。

［12］ディドロ前掲書、五四頁。

［13］バルト前掲書、二一頁。

［14］Sophie Volpp, *The Substance of Fiction: Literary Objects in China 1550-1775*, Columbia University Press, 2022, p.13.

［15］Martin W. Huang, *Desire and Fictional Narrative in Late Imperial China*, pp. 59, 93.

［16］浦安迪（Andrew H. Plaks）『浦安迪自選集』（生活・読書・新知三聯書店、二〇一一年）一〇六頁。

［17］Wai-yee Li（李惠儀）, *The Promise and Peril of Things: Literature and Material Culture in Late Imperial China*, Columbia University Press, 2022, p.49.

［18］浦安迪前掲書、二八六頁。

［19］武田泰淳『滅亡について』（岩波文庫、一九九二年）二二、二六頁。

［20］Volpp, op.cit, p.15.

［21］浦安迪前掲書、一〇八頁。

[22] 詳しくは、拙著『書物というウイルス』（blueprint、二〇二二年）に収めた『三体』論参照。

[23] なお、デフォーの示した「反転したグローバリズム」は、一九世紀末の英文学における「反転した植民地主義」を予告している。一九世紀末のブラム・ストーカーの『ドラキュラ』（一八九七年）やH・G・ウエルズの『宇宙戦争』（一八九八年）は、海外に植民地を築いた大英帝国の繁栄を反転させ、ロンドンが吸血鬼や火星人のような不気味なエイリアンに植民地化されるさまを描いた（そこにはアジア由来のコレラのパンデミックの記憶も投影されている）。詳しくは、丹治愛『ドラキュラ・シンドローム』（講談社学術文庫、二〇二三年）参照。この忌まわしい「反転した植民地主義」は、『ペスト』におけるロンドンのトラウマ的な惨状において先取りされていた。

[24] サド前掲書、二六〇頁。サドは「共感」に基づくルソーの社会思想を徹底的に拒絶し、社会の絆を耐えがたい束縛と見なす「切断の哲学者」であった。秋吉良人『サド　切断と衝突の哲学』（白水社、二〇〇七年）五八、一〇〇頁。

[25] 二〇世紀のアルベール・カミュの『ペスト』（一九四七年）は、デフォーの言う「監禁状態」をテーマとする小説だが、そこには疫病の脅威とともに、パリを占領したナチスに対するフランス人のレジスタンスの記憶が反響している。匿名化・数値化を徹底したデフォーと違って、カミュはペストに対抗する諸個人に、具体的な名前と役割を与えた。この両者の差異については、拙著『感染症としての文学と哲学』第三章参照。

[26] ダニエル・デフォー『ペスト』（平井正穂訳、中公文庫、一九七三年）一一三頁。

[27] Cynthia Wall, "Introduction", in Daniel Defoe, *A Journal of the Plague Year*, Penguin Books, 2003.

[28] Claude Rawson, *God, Gulliver, and Genocide: Barbarism and the European Imagination, 1492-1945*, Oxford University Press, 2001.

[29] ジョージ・オーウェル「政治対文学」『鯨の腹のなかで』（川端康雄編、平凡社ライブラリー、一九九五年）二七三頁以下。さらに、一九世紀のイングランドでは、下等でワイルドな怪物ヤフーに、アイルランド人労働者のイメージが差別的に重ねられるケースもあった。ヤフーは人種差別にたやすく利用されるが、同時にその差別のおぞましさを明るみに出すという二重性を帯びた形象なのだ。スウィフト自身がイングランド国教会に属するアイルランド人、つまりアングロ・アイリッシュという中間的存在であったことも注意を要する。富山太佳夫『『ガリヴァー旅行記』を読む』（岩波書店、二〇〇〇年）一七六、一九一頁。

[30] 花田清輝『復興期の精神』（講談社文芸文庫、二〇〇八年）一三一-二頁。

[31] Wall, *The Prose of Things*, p.81.

[32] マキシム・クロンブ『ゾンビの小哲学』（武田宙也他訳、人文書院、二〇一九年）六六、六八頁。

[33] 「ナンタケット島出身のアーサー・ゴードン・ピムの物語」（大西尹明訳）『ポオ小説全集』（第二巻、創元推理文庫、一九七四年）一三一頁。

[34] 同右、二六六頁。興味深いことに、ピアニストのヴァレリー・アファナシエフは『ピム』に言及しつつ、黒より不気味でほとんど耐えがたいポー的な「白い恐怖」を、シューベルトのピアノソナタ第一八番にも認めている。『音楽と文学の間』（平野篤司他訳、論創社、二〇〇一年）九二頁。

なお、物質が低級な組織に逆戻りし、ついには永遠の停滞に到るという「全面的なエントロピー」の状態は、ウィリアム・バロウズやトマス・ピンチョンをはじめとする二〇世紀の先端的な小説家の重要なテーマとなった。トニー・タナー『言語の都市』(佐伯彰一他訳、白水社、一九八〇年)第六章参照。ポーの『ピム』はこれらの二〇世紀アメリカ文学の先駆として位置づけられるだろう。

[35] ミハイル・バフチン『ドストエフスキーの詩学』(望月哲男他訳、ちくま学芸文庫、一九九五年)一四九頁。

[36] 社会主義的であるとともに宗教的な祈りを感じさせる『貧しき人々』については、サン゠シモン主義との類似性が指摘されている。Joseph Frank, *Lectures on Dostoevsky*, Princeton University Press, 2020, p.23.

[37] クロンブ前掲書、一〇三頁。

[38] ツルゲーネフ『父と子』(金子幸彦訳、岩波文庫、一九五九年)三六、二一三頁。

[39]「複製技術時代の芸術作品」『ベンヤミン・コレクション』(第一巻)六二九頁。

第一二章　主体――探索・学習・カップリング

1、主体に対する世界の先行性

ルソーが自伝文学『告白』の冒頭で「わたしひとり。わたしは自分の心を感じている。そして人々を知っている。わたしは自分の見た人々の誰とも同じようには作られていない」と大胆不敵に宣言したことを典型として、近代ヨーロッパの文学が唯一無二の創造物である「私」の探究に駆り立てられてきたのは確かである。故郷喪失に続く冒険を小説の基本的なテーマと見なしたジェルジ・ルカーチも、固有の魂を備えた単一の主体をその核に据えていた（前章参照）。

柄谷行人がルソーを引きあいに出しながら指摘したように、近代小説の根幹には「内面の発見」がある[1]。これは、他者や環境から区切られた内面が、小説の探究すべき対象になったことを意味する。ルソーの『告白』は、まさに内面を備えた「私」を他に依存しないスタンドアローンな存在に仕立てあげた、主体の独立宣言として読み解ける。

古代文学と比較すると、この独立宣言の意義はいっそうはっきりするだろう。例えば、古代のホメロスの叙事詩では、英雄たちの心は閉じた自我のなかに格納されず、環境の作用を強く受けていた。ホメロス的人間とは「周囲のあらゆる力の影響から人間を隔絶する境界をもたない、いわば「開かれた力の場」にほかならない[2]。逆に、カメラ・オブスキュラのモデルに近似する近代小説のリアリズムは、自我の感覚の部屋（＝カメラ）を、この種のボーダーレスな「力の場」から切り離し、自律性を与えた（第八章参照）。それによって、小説は唯一無二の「私」の自己認識を深める装置として進化してきた。

ともあれ、ルカーチにせよ柄谷にせよ、「一」なる内面的な主体を、近代小説の主人公の標準的形態として捉えたことに変わりはない。それは一見すると、疑問の余地なく正しい見解に思える。しかし、私の考えでは、このモデルには修正の必要がある。

私が本書で一貫して述べてきたのは、主体に対する世界の先行性である。まず初期グローバリゼーションとそれに続く新世界の他者の出現があり、その後に、現実を探索する戦略的拠点としての主体が創設される。カンディードやクルーソー、ガリヴァーは、ヨーロッパの中心性を解体する《海》に対応する主体であった。ルカーチと柄谷は、冒険や内面のテーマに気を取られて、この世界の先行性を見逃してしまったように思える。私が《世界文学》という枠組みを用いるのは、このような理論上の弱点を修正するためである。

その世界性を帯びたテクストの一つの原点は、狭義の文学ではなく、新世界でのヨーロッパ人の暴力を告発した一六世紀スペインの神学者ラス・カサスの『インディアスの破壊についての簡潔な報告』に求められる。歴史家のアンソニー・パグデンが注目するように、このautopsy（検死）を思わせる記録で、ラス・カサスは残虐非道の行為の現場に居合わせた目撃者として自己演出し、その記述に信憑性を与えた[3]。先住民の虐殺のカタログと呼ぶべき『報告』は、ヨーロッパの発明した「世界」が、他者の搾取と破壊から始まったことを証言するが、それは新世界、ひいては人間そのもののダークサイドを探索する「主体」の創設を予告するものでもあった。

2、主体——探索と学習のプログラム

さらに、私はルカーチ的なモデルに、もう一つ修正を加えたい。それは、小説的な主体性は純粋な「一」ではなく、その根源に「二」つまりカップルへの傾きがあったことである。私の考えでは、小説における主体性の歴史とは、カップリングの様態の変化の歴史である。

実際、狭義の恋愛小説に限らず、「二」の文学の具体例には事欠かない。『ドン・キホーテ』（ドン・キホーテ／サンチョ・パンサ）、『ペルシア人の手紙』（ユズベク／リカ）、『新エロイーズ』（ジュリ／サン＝プルー）、『ラモーの甥』（ラモー／哲学者）、『ロビンソン・クルーソー』（クルーソー／フライデー）、『白鯨』（モービィ・ディック／エイハブ）、『闇の奥』（クルツ／マーロウ）、『ロリータ』（ハンバート／ロー）、日本文学で言えば夏目漱石の『こころ』（先生／K）、大江健三郎の『万延元年のフットボール』（蜜三郎／鷹四）、村上春樹の『風の歌を聴け』（僕／鼠）等では、カップルが中心化される。さらに、ルソーの『ルソー、ジャン＝ジャックを裁く』、ドストエフスキーの『分身』、E・A・ポーの「ウィリアム・ウィルソン」、E・T・A・ホフマンの『砂男』、オスカー・ワイルドの『ドリアン・グレイの肖像』をはじめ、自己を二重化する分身（ドッペルゲンガー）のテーマも、特にロマン主義以降に何度も反復されてきた。

これらのカップルの文学を想定するだけでも、小説の主体性を「一」に還元するのは妥当でないことが分かる。このことは、小説の特性と深く関わるだろう。なぜなら、小説における「私」は他者との接触なしにはあり得ないからである。「小説は演劇ではないのだから、すべての人物を厳密にいって同時に、読者に《見せる》わけにはいかない。小説においては、人物は相互に他の人物を通してみ

られるのである」（ジャン・プイヨン）［4］。小説の自我（ego）は他我（alter ego）の介入を必要とする――ドン・キホーテがサンチョを介して、サンチョがドン・キホーテを介して表現されるように。そこに、「一」なる主体が潜在的に「二」への分裂を含む要因がある。

私はここで、小説の主体を、他者を探索し学習するプログラムとして定義したい。「我」が「汝」（他者）を探索し、読解し、学習するうちに、その他者と深くカップリングされる――それが小説を特徴づける運動である。近代文学の重要性は、この「汝」に「場所」も含めた多様な形態（デフォーの島、ゴーゴリのペテルブルク、メルヴィルの鯨、ソローの森、コンラッドのコンゴ、ジョイスのダブリン……）を与えたことにある。初期グローバリゼーションは、新世界との接触によって他者性のビッグバンを引き起こした。主体はこの急激に膨張した宇宙の一部と自らをカップリングし、世界と暫定的に「我と汝」の関係を結ぶための拠点なのである。

私は以下、小説が自らと世界をいかに構造的にカップリングし、探索と学習のプログラム（主体性）をどのように変化させてきたかを考察する。このカップリングの様態の違いに応じて、書簡体小説、ピカレスクロマン、ビルドゥングスロマンという三つのジャンルが順に取り上げられる［5］。それによって、近代小説における主体性の歴史をたどり直すことが、本章の目的となる。

3、書簡体小説――近況報告あるいは権力のホログラム

一八世紀ヨーロッパを代表する小説群が書簡体で書かれたことは、「我と汝」のカップリングが近代小説の基礎にあることを示している。もともと書簡文学の伝統は、医師ヒポクラテスの名を冠した古代の架空の書簡集や中世の『アベラールとエロイーズ』等に遡れるが、一八世紀になるとそれは啓

蒙思想の有力な手段として再創造された。

特に、書簡体小説の金字塔と呼ぶべきモンテスキューの『ペルシア人の手紙』は、ヨーロッパとアジアのあいだの異文化コミュニケーションを主題として、開明的な貴族ユズベクと若く生気に満ちたリカという二人のペルシア人を登場させた（第三章参照）。モンテスキューはペルシアとフランス、年長者と若者という二組のカップルを交差させたが、それを手紙というテレコミュニケーション・メディアで実行したところに彼の創意がある。

モンテスキューの創作した手紙は、遠隔地を結びつける一方、その両者の差異や異質性も浮き彫りにする。モンテスキューは異邦人の仮面をかぶり、フランス社会に対してわざと無知のふりをすることによって、その体制に加担せず、悪しき因習を暴露した。バフチンによれば、この「変わり者」の人物の示す「分からない」という態度こそが、小説の批評性を生み出す〔6〕。小説とは分からないこと、不可解であること、愚かであること、変わり者であることを積極的に利用して、社会の自明性を懐疑するジャンルである。『ペルシア人の手紙』で交わされる大量の通信は、まさに変わり者＝異邦人の態度に根ざしながら、見慣れた社会を見慣れないものに変えた。

さらに、モンテスキューの書簡体の採用には、はっきりした方法論的な狙いがあった。彼自身、書簡体小説の利点を具体的に説明している。


そもそも、この種の小説は、たいてい成功を収めるものだ。なぜなら、人物がみずから近況を報告するからである。このやり方は、人が語ることのできるどんな物語よりも、きちんと情念を伝えてくれる。〔…〕書簡集の形式では、役者たちは決まっておらず、扱われる主題は前もってあたためられたどんな意図や計画にも左右されないため、一つの小説に哲学や政治や道徳を盛り込み、全体を秘密の鎖で、ある意味では未知の鎖で束ねるという特権を著者は手に入れたのだ。
(「『ペルシア人の手紙』に関するいくつかの考察」)

現代のEメールやインスタントメッセージでも、そのやりとりはほぼ「近況報告」によって占められている。この種のレポートでは、語りの首尾一貫性や事前の入念な計画性よりも、相手にそのつど考えや感情を伝える即興性のほうが優越する。モンテスキューは架空のペルシア人たちがパリの異文化に出会ったときの新鮮な驚きを再現し、脱線もおおらかに許容しながら、哲学や政治の話題にフレッシュな生命を与えた。思考をその生成の瞬間に差し戻すこと——それが書簡体小説の効果である。

その一方、モンテスキューは書簡=報告が届くまでの時差も巧妙に利用していた。フランスとペルシアの遠さゆえに、ユズベクが故郷に向けて手紙で発する命令は遅延し、有効に機能しない。そのため、彼は権力者であるにもかかわらず、ハーレムで起こった女たちの叛乱を制御できない。この無力さは、ユズベクが手紙の通信のなかでのみ立ち現れるヴァーチュアル・リアリティ、いわばホログラム的な存在であることに起因する。

そもそも、パリでアイドルとなった若いリカとは違って、年長の知識人ユズベクは消費社会の見かけ(仮象)に騙されないように警戒している。つまり、ユズベクにはオーセンティックなもの(本物)への意識がある。しかし、手紙内の自己は、むしろ常に記号的な「見かけ」として現れざるを得ない。手紙は他者を操作し、望ましい状況を作り出そうとするが、その戦略はたやすく誤解されたり修正されたりする。いかに強大な専制君主であっても、手紙内で仮構されたホログラム的存在として現れるときには、本質的な脆弱性から逃れることはできない。

要するに、「我と汝」のあいだで交わされる手紙は、権力の増減、権力のキャンセル、権力のねじ曲げの発生する戦場であり、書簡体小説とは権力を乱高下させるゲームなのである。テリー・イーグルトンはそれをうまく説明している。

手紙は、主体の秘密をあかすもっとも生々しい記号であるがゆえに、干渉を受け、捏造され、奪われ、失われ、書き写され、引用され、検閲され、パロディにされ、曲解され、書きなおされ、からかい半分の注釈にさらされ、別のテクストに織り込まれることによって意味の変質をこうむり、書き手が予想だにしなかった目的のために使われる[7]。

現代でも、流出したメールは週刊誌的なゴシップの格好のネタになる。手紙は人間の隠された秘密を生々しく語る一方で、他者によってたやすく曲解されパロディにされ、権力者の威厳を失墜させる。限りなく「私」に近いのに、すぐに「他者」の干渉にさらされ、操作されるテレコミュニケーション・メディアとしての書簡——モンテスキューはその集積を「啓蒙の世紀」にふさわしい高度な文明批評に仕上げ、そこに「主体」を設置したのである。

4、倫理性と感傷性の交差

このように、モンテスキューは書簡の特性を存分に生かして、複数の文明をカップリングし、相互の盲点を照らし出す小説を書いた。改めてポイントをまとめよう。

第一に、手紙はよそもの（他者）の目から見た即興的でタブーのない近況報告によって、フレッシュな社会批評となる。比較人類学的な思想書『法の精神』の著者らしく、モンテスキューは『ペルシア人の手紙』でも法や文化の相対性を読者に強く意識させた〔8〕。ヨーロッパからペルシアを観察し、ペルシアからヨーロッパを観察する『ペルシア人の手紙』は、他者に自己を映し出す啓蒙のプロジェクトに連なっている。そこでは、文化的なアイデンティティはたえず相対化される。

第二に、手紙はその送信者を脆弱な記号的ホログラムに変える。書簡体小説では、他者がいなければ自己もない。送信者も受信者も、他者の地平のなかに、望ましい自己の記号を出現させなければならない。ただし、その試みはたえず失敗の危険にさらされている。地上の一角を支配する強力な権力者も、テレ・コミュニケーションの成り行きを管理することはできない。ユズベクの手紙はしばしば遅延し、事態の収拾を不可能にするだろう。政治的な権力の計算を超える不確実性に鋭敏であれ——それがモンテスキューという卓越した啓蒙思想家の教えであった。

加えて、第三のポイントがある。イーグルトンが指摘したように、書簡体小説では自己の最も大切な秘密の部分が、たえず他者に向けて流出してゆく。この点で、書簡体小説はたんに情報や考えをやりとりするだけではなく、かけがえのない真実の心を共有させるという戦術を含んでいる。手紙を読み書きする主体は、強固な真実性を装ったテクストにたえず出会うことになる。

一八世紀イギリスの作家サミュエル・リチャードソン（モンテスキューと同じ一六八九年生まれ）は、まさにこの手紙の現実効果を巧みに利用した。彼の書簡体小説『パミラ』（一七四〇年）、および驚くほど長大な『クラリッサ』（一七四八年）には、女性の心理が詳細に書き込まれている。主人公クラリッサの家族は貴族社会への参入を望み、伯爵のラヴレースに接近するが、クラリッサはその彼に監禁されて売春宿に送られ、ついには凌辱される。それでも節を曲げず、ラヴレースの求婚を断り続けたクラリッサには、しかし病ゆえの死が待ち受けていた。

フランスのディドロは『クラリッサ』を絶賛し、その詳細な細部のもつ豊かな表情を「イリュージョン」と評した[9]。リチャードソンの文体は心理の解像度がきわめて高く、繊細なニュアンスに富んでいた。ディドロがそこに認めたのは、通常のリアリティを凌駕する、眩暈をもたらすようなハイパーリアリティである。つまり、リチャードソン的な手紙は、いかなる真実らしさも超越する真実性を表現しており、だからこそそれはかえってイリュージョンに近づいた。

しかも、そのハイパーリアルな記述は読者を楽しませるだけではなく、読者を社会問題に目覚めさせるきっかけも提供した。イーグルトンによれば、当時有数の印刷業者であったリチャードソンは、新興の商人階層を代表し、貴族に闘争を挑んだ「有機的知識人」であった。彼にとって、小説の出版はたんなる泣けるエンターテインメントの提供にとどまらず、女性の読者をも巻き込んだ「対抗・公共圏」の創設に結びついていた。強烈な感情移入を伴いながら、社会の抑圧や不正を訴える彼のハイパーリアルな書簡体小説は、貴族の権力を切り崩す戦闘の旗印になった。

それゆえ、リチャードソンふうのセンティメント（感傷）は、たんなる感性の敏感さというより、むしろ社会性を伴った「倫理」として理解されねばならない[10]。モンテスキューが異邦人の「分からない」という態度によって、権力の自明性を疑ったとしたら、リチャードソンは世界に対する細やかな感情的反応、つまり感傷性によって、貴族社会の優位を相対化した。その後も、ルソーの『新エロイーズ』からドストエフスキーの『貧しき人々』に到るまで、書簡体小説のもつ感傷性は、社会の片隅で埋没しかかっている不幸や悲劇を鋭敏に捉えた点で、倫理的な問題につながっていた。

5、「我と汝」を同化するテレパシー的公共圏

このように、リチャードソンのセンティメンタルな書簡体小説は、読者を覚醒させ、それによって

支配層のイデオロギーを相対化するという感情教育の先駆けとなった。書簡体小説は他者を読解＝学習する主体を創設したが、そのとき書物の読み方にも変化が生じる。歴史家のロバート・ダーントンは、手紙や本を「読むこと」に熱中する『新エロイーズ』の主人公たちについて、次のように指摘した。

「『新エロイーズ』において」生きることは読むことと区別できず、恋することは恋文を書くことと区別できない。事実、恋人たちは愛し方を教えあうのと全く同じように、読み方を教えあう。サン＝プルーはジュリにこう勧めている。「わずかしか読まず、読んだことについては十分に考えること、あるいは同じことですが、それについておたがいに十分語りあうこと、これがよく消化する方法です」[11]。

ルソーはサン＝プルーの口を借りて、書物との関係を変えよと読者に助言している。『新エロイーズ』は読者をテクストの内部に誘導し、自らのライフスタイルをも変えるように方向づけた。このルソー的な教育学は因習的な文学と縁を切り、新たな読書法を示すことによって、平凡なブルジョワの読者たちに強い共感とともに受け入れられた。ダーントンが言うように、ルソーは「作者と読者、読者とテクストとの関係を変えてしまった」[12]。

『新エロイーズ』はリチャードソン的な感傷性の倫理を引き継ぎながら、テクストへの読者のシンパシー（共感）を強化した。読者はルソーを親しい「友人」と見なし、ジュリとサン＝プルーに深く同一化し、『新エロイーズ』の周囲に新たな精神的共同体を形成する——この「我と汝」のあいだの強力なシンパシーは、一種のテレパシー（遠隔感応）とも見紛うものになった[13]。精読する読者は、ルソーや架空のジュリやサン＝プルーとまで、まるで長年の友人のように心を通じあわせようとするだろう。

リチャードソンやルソーのハイパーリアルな書簡体小説は、読み方の技術も変化させながら、感傷的＝倫理的な言葉を強烈なイリュージョンとして体験させた。彼らは「読み」に向かう心の動きを拡大し、テクストの内と外をボーダーレスに結びつけて、一種のテレパシー的公共圏を創設した。逆に、モンテスキューの『ペルシア人の手紙』ではむしろ、ユズベクが故郷とのシンパシーないしテレパシーを樹立し損なって失墜するありさまが、克明に捉えられる。「我と汝」のカップリングを操作する小説的な技術は、一八世紀に早くもピークに達したように思える。

6、感覚の鋭い「もたざる」主体——ピカレスクロマン

小説の主体性は「一」に還元されない。「我と汝」のカップルがお互いのテクストを読みあう一八世紀の書簡体小説では、主体性は二者のテレパシー的関係に組み込まれる。漱石がすでに『文学論』で、リチャードソンの書簡体小説の「彼を変じて汝となす」（下・200）技法に、読者との距離を縮める効果を見出していたことも、ここで指摘しておこう。

その一方、「我と汝」を人間どうしのカップルではなく、主体と世界のカップルに求める技法もある。その先駆けとなったのが、一六世紀のスペインで発達したピカレスクロマン（悪漢小説）である。一四九九年に刊行されたフェルナンド・デ・ロハスの悲喜劇『セレスティーナ』にはじまり、作者不詳の『ラサリーリョ・デ・トルメスの生涯』（一五五三年頃）、マテオ・アレマンの大作『グスマン・デ・アルファラーチェの生涯』（一五九九年）、フランシスコ・デ・ケベード——当時の第一級の知識人

であり、その洗練された技巧的な文体は「刀や銀の指輪のような物体」（ボルヘス）とも評される[14]――の『ブスコンの生涯』（一六二六年）等が、その代表作として挙げられる。

スペインの文献学者フランシスコ・リコによれば、ピカレスクロマンの画期性は一人称の「視点」の発明にあった。自律的な視点を備えたピカロは、伝統的なコードによって世界を了解するのではなく、特定のとき・特定の場所・特定の人間に基づいて世界を観察する。そのとき、社会的なリアリティは一元化されず、それぞれの視点に応じて変容することが明確になった[15]。バフチンもまた、ピカレスクロマンの達成を高く評価した。

> 近代ヨーロッパ小説のゆりかごを揺らしていたのは悪漢、道化、愚者であって、彼らはその襁褓《むつき》の中に自分の帽子を玩具と共に残してきたのだ。
>
> 彼［ピカレスクロマンの主人公］は何に対しても不誠実であり、誰をも裏切る。しかし、まさにそのことによって、彼は自己に対する、自己の反パトス的、懐疑的な志向に対する忠実を守るのである[16]。

小説の進化史を考えるのに、これはきわめて重要な見解である。悪漢・道化・愚者という三つのカテゴリーは、社会環境を率直に評価するという態度を小説に定着させた。彼らは「愚かさ」を武器にして、社会的に公認された知が見過ごしている下層の世界に臆せず入りこみ、多くの物語に接触する。彼らは、社会に対して最も誠実に不実であろうとするのだ。

このピカロの文学の源流であるフェルナンド・デ・ロハスの『セレスティーナ』は、形式的には演劇であるものの、その登場人物たちはすでにそれぞれの「視点」から複雑で込み入った心理を語っていた。老女セレスティーナは、男女の色事の仲介業や娼婦のマネジメントをやりながら、さまざまなあやしげなビジネスにも手を出す戦略家である。彼女は道徳的な悪人というよりは、頭脳的な経済人であり、さまざまな悩みも抱えながら、社会のアンダーグラウンドで生き延びるための戦略や計算をたえず思いめぐらす。

このような感覚の鋭さは、その後のピカレスクロマンのアウトサイダーたちも特徴づけた。例えば、『ラサリーリョ・デ・トルメスの生涯』の主人公＝語り手のラサリーリョは、もともと黒人奴隷を継父とするが、母とも別れて無一物の孤児となった後、老いた盲人に引き取られる。明敏にして強欲なこの盲人をはじめ、聖職者や下級貴族が「主人」となってラサリーリョを受け入れるが、彼はそのいずれをも無遠慮に評価してゆく。社会的な後ろ盾をもたないからこそ、ラサリーリョは一種の変わり者＝異邦人として、主人たちの腐敗や無慈悲さ、いかさまを暴くことができる。

バフチンによれば、文学上のピカロ（悪漢）は道化や愚者と同じく「この世界に現にある実人生のなかの、いかなる地位・いかなる立場にも連帯せず同調しない」[17]。つまり、ピカロは地位も財産ももたないからこそ、誰にも忖度せずに鋭い社会批評を実践する。ラサリーリョ自身、人間の才覚は飢えによって研ぎ澄まされると考えていた。「飢えは私を導く光明であったと確信しています」[18]。この言葉は、前章で述べたドストエフスキーの書簡体小説『貧しき人々』を髣髴とさせる。『ラサリーリョ』がドストエフスキーのはるか以前に「貧しさ」や「もたざること」を認識の方法に高めたことは、特筆に値する。

さらに、『ラサリーリョ』を意識した『グスマン・デ・アルファラーチェの生涯』になると、社会批評はより多面的になった。セルバンテスと同年に生まれ同年に亡くなった作者のマテオ・アレマンは、この大作をいわば賢い不良の文学に仕立てた。語り手＝主人公のグスマンをはじめピカロたちは、多くの知識と鋭い感受性を武器にして、社会の欺瞞を見抜く俊敏な批評家である。彼らは言葉を尽くして、知識のすばらしさを褒めたたえる。

> いかなる場合でも、富より知の方が優っている。何故なら、仮りに運命の女神あるいは財産が人に背いたとしても、知識は決して人を見捨てたりはしないからです。〔…〕幸運や富など、何かちょっとした出来事によって壊され、奪い去られてしまいますが、消滅したものや見離されてしまったものを、知識はいとも簡単に修復してしまいます。まさに知識こそ、この上なく豊かに開かれた鉱脈であって、望む者はそこから、尽きることも涸れることもない大河の水のごとき無限の財宝を掘り出すことができるのです［19］。

富をもたないピカロたちは、酒場を「公開講座を開いている大学の講堂や教室」のようにして、時事問題について活発な議論を繰り広げる。そのとき、違法者の彼らこそが、酔っぱらった「立法者」に変身するだろう［20］。そもそも、ピカレスクロマンの流行した一六世紀のスペインでは、新世界の植民地獲得をきっかけとして一種の言語革命が進んでいた。ピカロたちがその旺盛な言語の力で、現実の探索に向かったのも、その革命の一環である［21］。

7、メタピカレスク作家としてのセルバンテス

ラス・カサスが司教として新世界の惨状を「報告」したのと同時期に、ピカレスクロマンの不良の

主体が、旧世界（スペイン）の腐敗した現実を探索したのは、実に興味深いコントラストをなす。世評にではなく知に忠誠を誓うピカロは、さまざまな主人と自らをカップリングしては、その綻びや欺瞞をすばやく読み解く。このような一人称的視点の獲得は、小説史の画期点となった。

その一方、ピカレスクロマンの隆盛はそれへの内在的な批評も生み出した。マテオ・アレマンの友人であったセルバンテスの『模範小説集』（一六一三年）に収録された「犬の対話」や「ガラスの学士」は、その好例である。「犬の対話」では、シピオンとベルガンサという二匹の犬が、膨大な知識をもつおしゃべりな哲学者となり、スペイン社会の「主人」たちを論評する。セルバンテスはピカロの役割を犬に割り振りながら「犬に哲学者ぶらせ、この犬の仮面の下でかつてなく本人に近い形で」（ミシェル・ビュトール）語った[22]。

さらに、「ガラスの学士」は流行のピカレスクロマンをパロディにした傑作である。大学生のトマスは重病から回復した後、自らの身体がガラスになったと妄想的に思い込む。トマスの狂気じみた知性は、ガラスという「繊細にして緻密な物質」と同一化し[23]、どんな難題にもすぐに的確な答えを出し、ありとあらゆる職業に論評を加える。その評判は、またたくまにカスティーリャじゅうに広まった。しかし、狂気が治療された後、トマスは経済的に困窮し、飛躍を求めて戦争に出るもののあえなく戦死してしまう。トマスの頭脳は『グスマン』のピカロたちと同じく大量の知識を収蔵しているが、その知のコレクションはガラスのように繊細で脆く壊れやすい。セルバンテスはそれを狂気のテーマに即して、巧みに造形した。

セルバンテスの批評性はもっぱら、騎士道文学をパロディにしたメタ騎士道文学の『ドン・キホーテ』に基づいて語られてきた。しかし、彼には『模範小説集』で、ピカロを犬やガラス人間に置き換えた「メタピカレスク」の作家という一面があった[24]。もともと、セルバンテスの物語理論はアレマンに多くを負っており、『ドン・キホーテ』のリアリズムにもその影響は及んだ。しかし、セルバンテスが向かおうとしていた新たな文学は、アレマンの『グスマン』のような人間像ではもはや描き出せなかったのである[25]。

この観点から言えば、セルバンテスの『ドン・キホーテ』はピカロ的人間の「一」の視点を「二」のカップルに変えた小説として理解できる。頭脳に大量の観念を備えたために狂気に駆り立てられるドン・キホーテは、サンチョ・パンサとカップリングされたおかげで、ガラスの学士のような自滅を免れた。しかも、スペインの哲学者マダリアーガが指摘するように、このカップルは冒険が進むとともに「魂の兄弟愛」を深め、ドン・キホーテはサンチョ化し、サンチョはドン・キホーテ化してゆく[26]。『ドン・キホーテ』には、「一」が「二」に分裂し、また「二」に融合するという運動がある。これもメタピカレスク的な操作の帰結である。

8、教師あり学習——ビルドゥングスロマン

もとより、冒険は決して無条件に成立するのではなく、それにふさわしい《世界》を必要とする。一八世紀の初期グローバリゼーションは、冒険の舞台となる《世界》を環大西洋的世界と関連づけ、カンディードやクルーソー、ガリヴァーのような「海的実存」を成立させたが、それはヨーロッパからの過剰なエネルギーの放出を受け止める外部＝海が発明されたことと等しい。

逆に、それ以前のセルバンテスのメタ騎士道文学やメタピカレスクロマンは、いわば内部に向かってとぐろを巻くようにして、観念の激しい運動を閉じ込めた。彼の小説には「一」に収納しきれないエネルギーが渦巻いているが、「ガラスの学士」ではその過剰なエネルギーが主人公を自己破壊的な

狂気へと導き、「犬の対話」ではそれがおしゃべりな犬たちの会話に変換され、『ドン・キホーテ』では「一」と「二」のあいだの戯れとして現れることになる。

こうして、セルバンテスはピカレスクロマンの臨界点を示したが、このジャンル自体はその後も持続し、一八世紀文学にはときに女性のピカロも登場した。デフォーの『モル・フランダーズ』にせよ、サドの『ジュリエット物語あるいは悪徳の栄え』にせよ、その主人公はいわば不良の女性である。特に、悪の快楽に染まったジュリエットは、美徳を象徴する妹ジュスティーヌとは対照的に、ヨーロッパの各地を旅して破壊の限りを尽くす。ジュリエット一行が道中で目の当たりにしたイタリアの火山は、まさにその放埒な破壊のエネルギーの象徴であった。

その反面、ピカレスクロマンの主人公には成長や発展の契機は乏しかった。一人称の視点を備えたピカロは、さまざまな社会環境を遍歴するが、それはしばしば単調でパノラマ的な反復に陥った。場面が劇的に変化しても、主人公はそこをサーフィンするだけで内面的な成長にはつながらない。漱石がすでに『文学評論』で気づいていたように、ピカレスクロマンではアフリカに行こうがイギリスに帰ろうが「似たり寄ったり」であり、場面が変わっても「性格の活動は単調である」(下・260)。

この限界を超えるようにして、一八世紀後半以降になるとドイツ語でビルドゥングスロマン(「教養小説」や「成長小説」と訳される)と総称されるジャンルが、精神的な発展のテーマを浮上させた。主人公が学習を通じて成長し、自律的な存在に到ること——それがビルドゥングスロマンの企図である。その中心地のドイツでは、一七世紀のグリンメルスハウゼンの『阿呆物語』をはじめ、一八世紀後半にヴィーラントの『アガトン物語』やノヴァーリスの『青い花』が現れた。なかでも、ゲーテの『ヴィルヘルム・マイスターの修業時代』(一七九六年)は、ビルドゥングスロマンの標準的形態として評価されてきた。

ジャンル論的な観点から言えば、ゲーテが『ヴィルヘルム・マイスター』以前に、書簡体小説をその限界まで進めていたことが重要である。彼の初期のベストセラー『若きウェルテルの悩み』(一七七四年)は、形式的には書簡体小説であるものの、その内容はロッテを思慕するウェルテルの一方的な語りによって占拠されている。ウェルテルは他者の書簡を読む代わりに、たとえ話をたびたび用いながら、自らの語りを重層化した。つまり、彼の手紙は、他者との対話ではなく、自己の想像力をヒートアップさせる媒体なのである。

そこにはもはや、書簡相手とのコミュニケーションが存在しない。というより、しきりに揺れ動くウェルテルの不安定な主観は、他者そのものの輪郭をあいまいにしてしまう。ウェルテルは愛するロッテの肖像を描こうとするが、うまくいかず、せいぜい彼女の影絵を作れるだけである。「あらゆるものがぼんやりとぼくの心の前を漂っているだけで、輪郭がつかめない」。彼自身認めるように、彼の愛の対象は幻灯機で映写された映像のようなもの、はかなくおぼろげな幻影であった[27]。

モンテスキューの『ペルシア人の手紙』が他者(ペルシア人)の表象の流通を描いたのに対して、『ウェルテル』ではむしろ他者の表象は失敗し続ける。この点で、『ウェルテル』は「書簡体構造の崩壊」を鮮明にした小説である[28]。さらに、ウェルテルは貧しさを武器とするピカロ的な不良とも異なる。ルカーチが言うように、ウェルテルはむしろ「高貴な情熱」を純粋化した挙句に、社会の法体系と矛盾してしまうのだから[29]。要するに、ゲーテはウェルテルを、書簡体小説やピカレスクロマンのような従来の文学形式には収容しきれない新種の人間として描いた。

こうして、『ウェルテル』が旧来のジャンルを解体したその二〇年後に、ビルドゥングスロマンのモデルとなった大作『ヴィルヘルム・マイスターの修業時代』が現れたことには必然性がある。そこには、ゲーテによる文学形式の再構築という一面があった。

現に、ウェルテルが自己破壊的な情動に囚われて、他者の表象を紛失するのとは違って、ヴィルヘルムはむしろ世界の観察に沿って記憶や経験を組織的に蓄積し、それを自己形成のプログラムとして利用する。コンピュータ・アルゴリズムの比喩を使えば、ビルドゥングスロマンとはいわば「教師あり学習」(supervised learning)のプロセスを緻密に再現した文学として理解できる。ヴィルヘルムはウェルテルの隘路から脱出するようにして、世界＝教師から学習し、現実を探索し、精神を段階的に建設してゆく「教養(ビルドゥング)」の企てに自らを差し向けた。

ゲーテにとって、教養とはまばらな知識の集まりではなく、自律性の獲得に向けた終わりのない知的運動を指す。バフチンによれば、この教養的な人間形成のモデルになったのが、自然環境のもつ「有機的」な「歴史的時間」であった。「空間のなかに時間を見るゲーテの驚くべき能力」は、生き生きとしたリズムで脈動する自然に強く感応し、この自然の生成力を人間の自己形成に重ねた[30]。ゲーテ的な教養とは死んだ知識の収蔵ではなく、世界を成長させるリズムと共鳴しようとする企てである。主人公の自律性の獲得を描くビルドゥングスロマンでは、主体が世界＝教師とカップリングされて成長する。バフチンが言うように、ゲーテはこのカップリングを「見ること」つまり鋭敏な視覚の力に頼りながら実行した。

9、二重化された亡霊――ブロンテの『嵐が丘』

それにしても、なぜドイツでビルドゥングスロマンが発達したのだろうか。そこにはドイツ特有の政治的状況が関わっている。フランスと違ってドイツでは革命が起こらず、多くの領邦国家が分立していた。この政治上の発育不全ゆえに、ドイツの統合に向けては、精神的な次元での「文化国家」のアイデンティティに訴えるしかなかった。そのとき、未成熟な状態からの成長を描くビルドゥングスロマンは、来たるべき精神的＝文化的共同体を描く道標になった〔31〕。

このような政治的動機をもつドイツの文芸を中心にするとき、ビルドゥングスロマンはきわめて男性的なジャンルとして現れてくる。ただ、このような見解に、ジェンダー的な偏向があるのも明らかだろう。

そもそも、小説的主体の歴史が男性に還元されないことは、スペインの『セレスティーナ』をはじめ、デフォーの『モル・フランダーズ』やサドの『ジュスティーヌ』のような女性のピカレスクロマンからも分かる。彼女らは社会的規範を出し抜く戦略家であり、ときにモルのように、大西洋を渡ることも辞さない旺盛な活動力を備えていた。さらに、リチャードソンやルソーの書簡体小説も、女性の心理という鉱脈の発見なしにはあり得なかった（この両者が幼少期から女性との接触の機会が多かったことも重要である）。

ビルドゥングスロマンについても、すでにゲーテ以前に女性作家が関わっていた。女性作家による女性を主人公とするビルドゥングスロマンの先例としては、フランスのラファイエット夫人の『クレーヴの奥方』（一六七八年）やイギリスのイライザ・ヘイウッドの『ベッツィ・ソートレス嬢の物語』（一七五一年）等が挙げられる。その後、アメリカではルイーザ・メイ・オルコットの『若草物語』（一八六八年）からマーガレット・ミッチェルの『風と共に去りぬ』（一九三六年）まで、広義のビルドゥングスロマンに数え入れられる小説が、商業的にも大きな成功を収めた。

ただ、私はここであえて、女性作家の書いた変則的なビルドゥングスロマンを重視したい。それはエミリ・ブロンテの『嵐が丘』（一八四七年／以下、引用は小野寺健訳［光文社古典新訳文庫］に拠り、頁数を記す）である。

周知のように、この小説はもはやふつうの意味でのビルドゥングスロマンの可能性が崩壊した、荒涼とした丘陵と渓谷を舞台にしている。孤児ヒースクリフの形象はアイルランド大飢饉の惨禍に通じるが（第五章参照）、この亡霊的なヒースクリフ自身も、同じ魂をもつ死んだ恋人キャサリン・アーンショウの亡霊に憑かれる。ヒースクリフの狂気は、望まない結婚を経て死に到った不幸な女性の狂気と重なりあった。その意味で、『嵐が丘』とは「二」の小説、つまりきわめて荒々しく凶暴な男性が、実は女性にハイジャックされているという両性具有的な作品である。

そして、この二重化された亡霊は暴風のように吹き荒れ、人間どうしの絆を断ち切り、幼い家族を虐待し、ついにヒースクリフの破滅へと到る。彼の前代未聞の凶暴なドメスティック・ヴァイオレンスは、ゴシック小説の伝統に連なりつつも、それを超えるような不可解な印象を与える。語り手の家政婦ネリー・ディーンは、本名も年齢も不詳のヒースクリフについて「いったいあの人は、どこから来たのだろう？」（下・394）と夢うつつでつぶやく。いかなる社会的属性ももたないヒースクリフは、来歴不明の異邦人であり、そのことがいっそう彼の不可解さを増すことになる。

10、ビルドゥングスロマンの廃墟における主体

一九世紀初頭のワーズワースは、煽情的なゴシック小説の流行を厳しく批判し、ウィンダミア湖周辺の穏やかな自然を、学ぶべき「模型」として提示した（第九章参照）。*The Tables Turned*（形勢逆転）という詩では、書物を捨てて、光を浴びて鳥のさえずりを聴き、自然を教師にせよというまっすぐなメッセージが発せられる[32]。ワーズワースにとって、自然は書物を超えた書物、学校を超えた学校なのであり、この自然＝教師のもとでの学習を記録した一種のビルドゥングスロマンが、彼の長編詩

『序曲』であった。

しかし、その半世紀後の『嵐が丘』では、ヨークシャーの自然＝教師はその暴力的な顔をむき出しにする。ヒースクリフ（ヒースの茂る荒野の崖）という名前そのものが、破局的な自然の記号にほかならない。キャサリンの亡霊と一人対話するヒースクリフの表情は「極端な楽しみと苦痛」にさいなまれ、苦しみのなかで恍惚としている（下・397）。このぞっとするような光景には、いかなる出口もない。破局的な苦痛にさらされたヒースクリフは、ビルドゥングスロマンの枠組みから完全に外れた存在である。

だが、『嵐が丘』にはキャサリンとヒースクリフという亡霊的なカップルとは別の、もう一組のカップルがある。ここで重要なのは、ヒースクリフの異様な暴力と謀略の支配のなかでも、自らの精神的な独立をめざした女性がいたことである。それが亡きキャサリンの娘キャシーである。一八歳のキャシーは二三歳のヘアトン（キャサリンの甥だが、同居するヒースクリフに虐待されてまともな教育を受けられず、すっかり退嬰的な気分に沈み込んでいる）を抱き込んで、「嵐が丘」という屋敷――ゴシック小説を特徴づける不気味な「城」の等価物――における非暴力的闘争を企てる。その際、キャシーとヘアトンをカップリングする助けとなったのが、ヒースクリフの忌み嫌った書物である。

「本があったときには、いつでも読んでいたわ」とキャシーは言いました。「でも、ヒースクリフさんは本を読まないの。だから、あたしの本も捨てちゃうような真似をするのよ。〔…〕それにねヘアトン、あたし、あなたの部屋に隠してある本を偶然見つけたのよ……ラテン語やギリシャ語の本に、物語や詩の本。みんな、あたしの昔の友達だったわ〔…〕」。（下・329）

キャシーはヘアトンに本をプレゼントし、二人で仲良く読書する。この自己教育によって、二人のあいだに親密な同盟関係が創設され、ヒースクリフの暴力の防波堤となる。ここで重要なのは、二人がともにキャサリンの亡霊を背負っていたことである。ネリーの報告によれば「二人の目はほんとうにそっくりでございますよ。亡くなったキャサリン・アーンショウの目なのです」(下・376)。キャサリンの亡霊はヒースクリフに苦痛に満ちた恍惚を味わわせる一方、若いカップルにはむしろ連帯の可能性を与えた。ヒースクリフを過去に閉じ込める亡霊は、キャシーとヘアトンにとって未来への唯一の活路となる。ケイト・ファーガソン・エリスが述べるように、ブロンテがここに世代的な差異を導入したことは明らかだろう[33]。

こうして、キャシーは「嵐が丘」という恐るべき紛争地帯において、読む行為をヘアトンに感染させながら、自己を戦略的に立て直そうとする。ビルドゥングスロマンを粉砕するほどの過剰な暴力の吹き荒れる閉域で、いかなる成長の物語を描くか——ブロンテはこの難題に「読む主体」どうしの連合によって応じたのだ。

11、ピカレスクロマンの再創造

ただ、ゲーテからブロンテに到る「成長する主体」のモデルそのものは、必ずしも順調に「成長」したわけではない。それどころか、二〇世紀の世界戦争の時代は、ビルドゥングスロマンにとって重大な試練となった。なぜなら、人間を圧倒する強烈なショックは、ゲーテ的な生成や発展のプログラムを強制的に停止し、小説の主体を「一」から「零」へと滑落させたからである。一九五〇年代のサミュエル・ベケットやロブ=グリエは、もはやショックを受ける人間そのものも消え失せた小説、つまり主人公らしい主人公が絶滅した反小説（アンチ・ロマン）を書いたが、それは成長する主体が《零度の主体》に取って代わられたことを意味している（この点は第一三章で改めて触れる）。

それでも、二一世紀のわれわれは、これら反小説が小説の可能性を焼き尽くしたわけではないことも知っている。ビルドゥングスロマンの主体を小説の標準的形態とするのをやめれば、それ以前にあった別の主体性の文学、つまりピカレスクロマンや書簡体小説を再評価することも可能になるだろう。

特に、ピカレスクロマンが重要なのは、ヨーロッパ以外の文学でも類似した形式があったからである。例えば、東アジアの文芸においては、中国の『水滸伝』から日本の上田秋成の「樊噲」に到るまで、法や規範を侵犯するアウトサイダー（好漢）を主役にした冒険小説が、プロト近代小説の領野を開いた（第五章参照）。スペインの『ラサリーリョ』や『グスマン』と同じく、これらの東アジアのピカレスクロマンでも、違法者こそが社会の裏側に隠れた欺瞞やごまかしを暴くことになる。

かたやアメリカ文学でも、聡明な少年ハックが黒人奴隷ジムとともにミシシッピ川を下るマーク・トウェインの『ハックルベリー・フィンの冒険』（一八八五年）や、同じく中年男性と少女の「二人組」がロードサイドを自動車でめぐるナボコフの『ロリータ』（一九五五年）等に、ピカレスクロマンの伝統が作用した。さらに、二〇世紀後半になると、ラテンアメリカ文学のブームのなかでロハスの『セレスティーナ』が再発見されるとともに、カルロス・フエンテスの『アウラ』、ガルシア＝マルケスの『エレンディラ』、セベロ・サルドゥイの『コブラ』等が『セレスティーナ』の遺産の相続者として現れた[34]。

私には、ゲーテ的なビルドゥングスロマンは文学史の一時期にのみ流行した限定的な形態であったように思える。むしろ、主人をたえず取り替えながら、変身を繰り返すピカレスクロマンのほうが、小説の主体性の歴史において持続性があったのは確かである。実際、ゲーテ的な「教養」を解体した二〇世紀の世界戦争の時代にも、ピカレスクロマンに類似した形式は再創造された。本章の締めくくりとして、その実例を、一八八八年に生まれたレイモンド・チャンドラーの探偵小説から引き出しておきたい。

12、探索する脳のミメーシス——チャンドラーの探偵小説

たいていの探偵小説は、ビルドゥングスロマンのような内面的な成長を欠くが、それは必ずしも弱点ではない。このジャンルの重要性はむしろ、ビルドゥングスロマン以前の主体性の形式を再来させたことにあった。ポイントを三点挙げよう。

第一に、探偵はピカレスクロマンの主人公と同じく「発展」や「成長」がなく、たいてい富ももたないが、知識や鋭敏さにかけては誰よりも秀でている。探偵のプロトタイプとなったポーのオーギュスト・デュパンは、生家の没落の後、わずかな資産をやりくりして生計を立てている（「モルグ街の殺人」）。労働者でも資本家でもなく、鋭い分析的知性の行使に熱中する快楽主義者——それがポー以来の典型的な探偵像である。

第二に、犯罪を解決しようとする探偵はピカロと同じく、社会のアンダーグラウンドと頻繁に接する。探偵にはたいてい家族がおらず、一匹狼である。探偵はこの束縛のない「変わり者」の視点から、しばしば社会を形作っている主人たちの欺瞞を明らかにする。つまり、事件の謎の探索が、同時に社会批評の機能を帯びることになる。

第三に、探偵小説は本質的に「二」の小説であり、犯罪者と探偵というカップルが不可欠である。このカップルは、書簡体小説における作者と読者の関係によく似ている。探偵は手紙をやりとりする

代わりに、犯罪者＝作者の残した痕跡を「読むこと」に集中する。探偵が読むのは、ふつうの人間の気づかない痕跡であり、犯罪者と探偵は秘密を共有するカップルに近づく。

加えて、一九二〇年代以降の探偵小説は、語り手の位置の変更によって、探索行為そのものを前景化させた。ポーの探偵デュパンやコナン・ドイルの探偵シャーロック・ホームズが三人称的に描かれたのに対して、アメリカ西海岸のいわゆるハードボイルド探偵小説家――レイモンド・チャンドラー、ダシール・ハメット、ロス・マクドナルドら――が、一人称的な語りによって、リアルタイムの探索に読者を巻き込んだのは重要な発明であった。それはまさに、スペインのピカレスクロマンが一人称の「視点」を発明したことを想起させる。

特に、チャンドラーの小説では、社会の各領域はバラバラに存在していて、それらはただロサンゼルスを拠点とする私立探偵フィリップ・マーロウの探索と移動によって、つかのま統合されるだけである。マーロウの関与する事件は、たいていそれほど人目を惹く事件ではなく、事実上社会から打ち捨てられており、彼にもたいした見返りはない。それでも、マーロウは二〇世紀のピカロ的な探索プログラムとなって、このすっかり分断されてしまった社会のなかで犯罪の痕跡を収集し続ける。このアウトサイダーの調査は、「法」や「民主主義」のシステムでは到底回収できない問題を、社会から拾い上げた。

チャンドラーを高く評価した批評家のフレドリック・ジェイムソンは、探偵小説にピカレスクロマンとの類似性を認めつつ、それがアメリカで果たす機能に注目した。社会が緊密に組織化されたパリとは異なり、チャンドラーの描くロサンゼルスは水平的に広がり、社会は相互に隔たった断片と化している。マーロウはそこでは純粋な思索にふけってはいられず、一つの社会的現実から別の社会的現実へと、ずっと探索するように駆り立てられる。この行動によって、ギャングやアルコール依存症者から上流階層までを含む社会の全体性が仮構される［35］。ジェイムソンが指摘するように、マーロウの探索は「全体性の捜査」という様相を呈している。チャンドラーの探偵小説を読むとき、読者はただ難事件の解決に驚くだけではなく、もはや一望できない社会について全体性の仮説を与えられる。そこには、ヨーロッパのモダニズムの抱えた問題を、アメリカの文脈でやり直すという一面があった。

現に、チャンドラーと同世代のジョイスやウルフのようなイギリスのモダニストも、やはり主人公に都市をさまよわせたが、その手法は二つの世界大戦の「幕間」でのみ機能した。そう考えると、アメリカのチャンドラーが一九三〇年代から戦後の五〇年代まで書き続けた、その持続性はモダニズムの形を変えた継承という点でも特筆に値する（なお、彼が幼少期にはイギリスで暮らしていたことにも注意されたい）。それが可能であったのは、恐らくチャンドラーのスタイリッシュな一人称ほど、探索する脳のミメーシスに近い文体はなかったからである。

13、《世界の終わり》から《大いなる眠り》へ

ここで重要なのは、チャンドラーの象る「全体性」が、生者の社会に限定されなかったことである。一九三九年に刊行されたチャンドラーの最初の長編小説『大いなる眠り』の末尾で、語り手マーロウは次のように思考する。

いったん死んでしまえば、自分がどこに横たわっていようが、気にすることはない。汚い沼の底であろうが、小高い丘に建つ大理石の塔の中であろうが、何の変わりがあるだろう？　死者は大

いなる眠りの中にいるわけだから、そんなことにいちいち気をもむ必要はない。石油や水も、死者にとっては空気や風と変わりない。ただ大いなる眠りに包まれているだけだ。(364／以下、チャンドラーの小説の引用は村上春樹訳［ハヤカワ文庫］に拠り、頁数を記す)

マーロウはたえず覚醒した頭脳と身体を駆使して、犯罪の調査を続ける。読者はその探索プログラムに巻き込まれる。しかし、生者たちの世界の足元では、死や眠りがこの上なく偉大なものとして横たわっている。鋭敏なピカロとして都市をくまなく探索することが、むしろ探索の及ばない「大いなる眠り」(big sleep)を浮かび上がらせる——それがチャンドラー的な逆説である。

特に、一九五三年に刊行された『ロング・グッドバイ』は、この逆説がテリー・レノックスという人物によって強調される。ナチス・ドイツとの戦争で顔に傷を負って帰国したレノックスは、マーロウと友人になるが、やがて失踪して妻殺しの容疑をかけられる。後日マーロウのもとには、彼がメキシコで自殺したというニュースが届けられる。この不可解な「レノックス事件」は公的な興味をひかず、ほとんどマーロウの個人的な探索によって、かろうじて存在するだけである。マーロウとレノックスという「カップル」は、世界戦争後の底なしの廃墟感覚を描き出していた。

マーロウはこの謎めいた事件と並行して、ロサンゼルス郊外の高級住宅地アイドル・ヴァレー(サンフェルナンド・ヴァレーがモデル?)に住居を構えるベストセラー小説家とその妻アイリーン・ウェイドと関わりをもつ。フィッツジェラルドに憧れている小説家は、俗世間から離れたアイドル・ヴァレー——「社会のいちばん上の段に属する、くもりなくこぎれいな、選び抜かれた人種だけが住人として受け入れられる」(390)楽園——で何不自由なく暮らしている。しかし、この上品で清潔なゲーテッド・コミュニティで、小説家は変死するのだ。

しかも、このセレブの死は無意味なものにすぎない。マーロウの探索によって、富裕層が繫栄を享受する、この申し分のない地区こそが、暗い荒廃に蝕まれていたことが明らかになってゆく。ただ、小説家がむざんに殺害され、その原因が究明されたところで「そこにある気怠いほどの静けさはみじんも揺るがされていない」(416)。つまり、アイドル・ヴァレーではいかなる出来事も事実上絶滅している。異常な生も死も、この静寂をきわめた楽園のシステムには一切干渉できない。それは、エントロピーの最大化した《世界の終わり》を思わせる。

そして、この空虚な楽園の調査を経て、帰還兵レノックスの正体が次第に浮かび上がってくる。心身に深い傷を負ったレノックスは、人生の抜け殻となってしまったように周囲には思える。かつてレノックスを愛したアイリーンの手紙によれば「時間はすべてをみすぼらしく、汚らしく、歪んだものに変えてしまいました」(515)。ここでは、まるで物理法則のような衰退が強調されている。マーロウの探索は、この法則をきわめて綿密に描き直しながら、生きているとも死んでいるとも決定し難いレノックスに近づくのである。

マーロウの「全体性の捜査」は、いわばドライな感傷性とともになされる。かつてリチャードソンやルソーの新興ブルジョワ向けの書簡体小説が、その感傷性によって貴族社会の罪を発見したように、大衆向けのパルプフィクションから出発したチャンドラーも、感傷性と倫理性を交わらせるのに長けていた。

〔…〕犯罪に満ちた夜の中で、人々は死んでいく。手足を切断されたり、飛んでくるガラスで切られたり、ハンドルに叩きつけられたり、重いタイヤに踏まれたりして。人々は殴られ、強奪され、首を絞められ、レイプされ、命を奪われる。人々は腹を減らせ、病気を患い、退屈し、孤独や後悔や恐怖で自暴自棄になり、怒り、残酷になり、熱に浮かされ、身を震わせてすすり泣く。都会なんてどこも同じだ。都市は豊かで、活気に満ち、誇りを抱いている。その一方で都市は失われ、叩きのめされ、どこまでも空っぽだ。

人がそこでどのような位置を占め、どれほどの成果を手にしているかで、その相貌は一変する。私には手にするものもなく、またとくに何かを求めているのでもなかった。(428)

私立探偵のマーロウには社会的な所属はもとより、富もアイデンティティもない。鋭敏なマーロウは、埋没してしまった他者の痕跡を探索し、その読み取りを続ける。このピカロ的な「もたざる主体」を探索のシステムとして、空虚な都市の全体性を仮構すること――チャンドラーにとって、それは二度の世界戦争後にほとんど唯一可能な主体化の経路であった。冒険と絶滅をパラレルに描いた村上春樹の『世界の終りとハードボイルド・ワンダーランド』(一九八五年)は、チャンドラーの手法を形式的に「翻訳」したものである。

ただ、『ロング・グッドバイ』の場合、マーロウとレノックスというカップルが、他のチャンドラーの小説とは別の回路を開いている。この小説には二つの「空虚」がある。一つはアイドル・ヴァレーであり、もう一つはテリー・レノックスである。前者の探索は、郊外の快適な高級住宅地という《世界の終わり》を確認する。しかし、戦争の傷を負った後者が、前者の恩恵に浴することはない。レノックスの「終わり」は、世界の終わりとは一致しないのだ。

物語の過半でミステリアスな自殺者として描かれるレノックスは、まさに『ロング・グッドバイ』における「大いなる眠り」そのものである。チャンドラー特有の思想は、longやbigのような形容詞を、ことさら別離や眠りに与えたところに現れている。探偵はふつう、眠りを忘れて都市を探索し続ける。

しかし、『ロング・グッドバイ』ではその覚醒時の探索プログラムが停止したときにこそ、つまり探偵小説が終わったときにこそ、マーロウがずっと探し求めた他者が現れる。チャンドラーはこの逆説に、《世界の終わり》の空虚を生き延びる術を見出したのである。

[1] 柄谷行人『定本　日本近代文学の起源』第二章参照。

[2] ベネット・サイモン『ギリシア文明と狂気』（石渡隆司他訳、人文書院、一九八九年）四五頁。

[3] Anthony Pagden, *European Encounters with the New World*, Yale University Press, 1993, pp.52, 69.

[4] ジャン・プイヨン『現象学的文学論』（小島輝正訳、ぺりかん社、一九六六年）二五頁。

[5] 小説はふつう単数的なジャンルとして扱われるが、実際にはそれ自体が複数のジャンルを取り入れたメタジャンルである。バフチンの考えでは、小説とはガリレイ的言語意識に貫かれたもの、つまり複数の「声」の遭遇や衝突の場であり、単一のジャンルには還元されない。「小説はほかのジャンルを（まさにジャンルとして）パロディ化し、それらの形式と言語の約束事を暴きだし、あるジャンルを排除したかと思えば、別のジャンルに新たな意味づけをし、重点を移し変えて、みずからの独自の構造に取りこんでゆく」。「叙事詩と小説」（杉里直人訳）『ミハイル・バフチン全著作』（第五巻、水声社、二〇〇一年）四七四頁。

[6] 「小説における時間と時空間の諸形式」（北岡誠司訳）同右、二六七頁。

[7] T・イーグルトン『クラリッサの凌辱』（大橋洋一訳、岩波書店、一九九九年）九一頁。

[8] モンテスキューには法の局所性・相対性の認識がある。『法の精神』によれば、学者はそれぞれの国の気候風土や民族の生活様式に応じて、つまり「事物の秩序」に沿って、望ましい法律を樹立せねばならない。アラン・シュピオ『法的人間　ホモ・ジュリディクス』（橋本一径他訳、勁草書房、二〇一八年）一〇九頁。

[9] 「リチャードソン頌」『ディドロ著作集』（第四巻）五六頁。

[10] イーグルトン前掲書、五、一二、二八頁。その一方、貴族を主人公とした書簡体小説としては、フランスのラクロの『危険な関係』（一七八二年）が重要である。リチャードソンやルソーの書簡体小説が市民的なセンティメンタリズムに根ざしたのとは逆に、『危険な関係』では戦略家の貴族たちが、他者を操作・利用しようとする謀略を互いに手紙で仕掛けあう。彼らの自己は、このめくるめく謀略の渦巻きのなかで創出される。

[11] ロバート・ダーントン『猫の大虐殺』（海保眞夫＋鷲見洋一訳、岩波書店、一九九〇年）一八三頁。

[12] 同右、一八四頁。

[13] ポール・ド・マンをはじめ「読むこと」をめぐる理論は、しばしばテクストの解釈が単一の決定的な意味に帰着しないことを強調してきた。それに対して、私がここで重視するのは、ド・マン的な「読むことの不可能性」ではなく、むしろ「読むことの感染性」である。現に、リチャードソンやルソー以降も、シンパシーないしテレパシーの問題はたびたび再来した。若き日の恋愛の最中に「テレパシーというものを確信していた」（一八二七年一〇月七日）と、後にエッカーマンに告白したゲーテはその一人である。ゲーテの文学はテレパシーと密接な関係がある。このテーマは、精神的なインフルエンザのように若者に感染した『若きウェルテルの悩み』のみならず、四人の男女の情動の化学反応を記録した『親和力』（一八〇九年）にも見出せるだろう。

[14] J・L・ボルヘス『序文つき序文集』（牛島信明他訳、国書刊行会、二〇〇一年）二四〇頁。

[15] Francisco Rico, *The Spanish Picaresque Novel and the Point of View*, Cambridge University Press, 1984, p.16.

[16] ミハイル・バフチン『小説の言葉』二六二、二六六頁。

[17] 「小説における時間と時空間の諸形式」二六〇頁。

[18] 「ラサリーリョ・デ・トルメスの生涯」（牛島信明訳）『ピカレスク小説名作選』（国書刊行会、一九九七年）四三頁。『ラサリーリョ』は今や出世したラサリーリョが、上司に提出した自己弁明の書簡として書かれている。もともと、ルネッサンス期のペトラルカをはじめ、文人たちは書簡文学を自伝的に用いてきたが、『ラサリーリョ』はこの伝統を引き継ぐ作品である。Rico, op.cit., p.3.

[19] マテオ・アレマン「グスマン・デ・アルファラーチェ（抄）」（牛島信明訳）『バロックの箱』（筑摩書房、一九九一年）一〇二頁。

[20] 同右、一一〇頁。テリー・イーグルトンは『テロリズム　聖なる恐怖』（大橋洋一訳、岩波書店、二〇一一年）で、法を新たに創設する「立法者」が、既存の法の適用をすり抜ける「違法者」でもあることを強調しているが（六頁）、これはアレマンの描いたピカロたちの特性にも当てはまる。

[21] Roberto Gonzalez Echevarria, *Celestina's Brood: Continuities of the Baroque in Spanish and Latin American Literature*, Duke University Press, 1993, p.50.

[22] ミシェル・ビュトール『レペルトワールII』（石橋正孝監訳、幻戯書房、二〇二一年）一五〇頁。

[23] 「ガラスの学士」『セルバンテス短篇集』（牛島信明訳、岩波文庫、一九八八年）。

[24] Echevarria, op.cit., p.54.

[25] Chad M. Gasta, "Cervantes and the picaresque", in J. A. Garrido Ardila ed., *The Picaresque Novel in Western Literature*, Cambridge University Press, 2015, p.100.

[26] サルバドール・デ・マダリアーガ『ドン・キホーテの心理学』（牛島信明訳、晶文社、一九九二年）二一三頁。加えて、ドン・キホーテとサンチョという「兄弟」の傍らには、あらゆる駄馬のなかで最高位の駄馬と称されるロシナンテがいた。セルバンテスの画期性は、物語の舞台に動物をエントリーさせ、兄弟のように似通ってゆく男性たちのあいだに割り込ませ、生を活気づけたことにある（逆に『ガリヴァー旅行記』では、馬は人間を絶滅させることも辞さない）。もし人間だけの旅であれば、『ドン・キホーテ』の面白さは半減したに違いない。

[27] ゲーテ『若きウェルテルの悩み』（酒寄進一訳、光文社古典新訳文庫、二〇二四年）七一、七四頁。

[28] モース・ペッカム『悲劇のヴィジョンを超えて』（高柳俊一他訳、上智大学出版、二〇一四年）九四頁。

[29] 「ゲーテとその時代」（菊森英夫訳）『ルカーチ著作集』（第四巻、白水社、一九八六年）八八頁。

[30] 「教養小説とそのリアリズム史上の意義」（佐々木寛訳）バフチン前掲書、九七頁。

[31] Todd Kontje, "The German Tradition of the Bildungsroman", in Sarah Graham ed., *A History of the Bildungsroman*, Cambridge University Press, 2019.

[32] Jonathan Bate, *Radical Wordsworth*, William Collins, 2020, p.201.

[33] Kate Ferguson Ellis, *The Contested Castle: Gothic Novels and the Subversion of Domestic Ideology*, University of Illinois Press, 1989, p.218.

［34］後世への『セレスティーナ』の影響を論じたロベルト・ゴンザレス・エチェバリアは、この作品が「スペイン語圏の文学上のモダニズムの先駆者」であり、近代小説の「種子」になったことを強調している。Echevarria, op.cit, p.10.

［35］Fredric Jameson, *Raymond Chandler: The Detections of Totality*, Verso, 2016, pp.7, 24.

第一二章　制作——ハードウェアの探究

1、読むこと、見ること、作ること

私は前章で、近代小説の主体性の源泉が「読むこと」の累積にあることを示した。一八世紀の書簡体小説では、登場人物たちが大量の手紙を送受信し、相手のテクストにエントリーし続ける。手紙はいわば瞑想用のアプリケーションであり、心（主観）の状態をその激しい揺らぎも含めて、きわめて詳細に書き込むことができた。さらに、近況を報告しながら、知識や感情を親しい相手とシェアする手紙は、速報性と共同性を兼ね備えた媒体でもある。書簡体小説はこのアプリケーションの動員によって、主観とコミュニケーションを文学の中心に据えた。

この文学的発明によって「読むこと」はたんなる情報の獲得ではなく、相手の心を深く了解するための没入的なコミュニケーション行為となる。他者の書いたテクストへの反復的なエントリー（学習）によって、書簡体小説の主人公たちは、心的な一貫性をもつ主体として組織された。しかも、彼らのプライヴェートな送受信の記録は、読者に漏洩し、覗き見されることになる。ゆえに、書簡体小説には「読むこと」そのものがテクストの内から外に転移するという構図がある[1]。

この書簡体小説をはじめ、近代小説は『ドン・キホーテ』からビルドゥングスロマン、さらにピカレスクロマンを再興した二〇世紀のハードボイルド探偵小説に到るまで、読む主体を核として進化してきた。日本文学でも、ダンテやセルバンテス、ポーを読み解く大江健三郎の主人公をはじめ、このタイプの主体性が相続された。村上春樹の『街とその不確かな壁』(二〇二三年)という曖昧模糊とした小説になると、何を読むかではなく、読むことそのものが何のてらいもなくロマンティックに美化されている。村上は読む主体から内容を抜き取り、その形式だけを磨き上げたのである。

もともと、ヨーロッパ小説で「読むこと」の進化を促したのは、宗教的権威からの離脱の動きであった。メキシコの作家カルロス・フエンテスによれば、『ドン・キホーテ』の母胎となったのは「ローマ教会とその一義的な世界の読みとりに背を向けたヨーロッパ」である[2]。世界の解読の方法がもはや一つの絶対的な規範=信仰に従属しなくなったとき、セルバンテスは「読むこと」を小説の中心的問題に引き上げた。一義的な読みへの圧力が弱まれば、世界の読みとりの方法は自由になるぶん、いつなんどきエラーや暴走を起こし、主体=読者を狂気や誤解に導くか分からなくなる——それが二一世紀のインターネット時代にも通じる『ドン・キホーテ』の教えにほかならない。セルバンテスにとって「読むこと」は、信仰とも理性とも異なるやり方で世界を学習する行為であり、それゆえに危機的かつ魅惑的であった。

ただ、読む主体を抽出するだけでは、小説のアーキテクチャを解明するにはまだ不十分である。われわれは「読むこと」に回収されない問題を把握せねばならない。例えば、ゲーテは『若きウェルテルの悩み』で書簡体小説の終焉を告げる一方、自然科学者として「見ること」の価値を高めた。彼にとって、科学は深遠な自然にアクセスする道を開き、感覚を豊富化する学問的アプリケーションであった。自然のもつ無尽蔵の生成力に沿いながら、ゲーテは『イタリア紀行』では火山の測量のような調査を含めて、自らの視覚的体験を詳しく再現した(第九章参照)。

生成する自然は、しばしば人知を超えた破壊をもたらす。少年時代にリスボン大地震の惨状を何度も聞かされたゲーテは、自然の過剰さに心を揺るがされた作家であった。リスボン大地震は哲学者や神学者による世界の説明を疑わしいものとし、前例のないスピードで恐怖を蔓延させた。彼の自伝『詩と真実』によれば「恐怖の悪霊がかくも迅速に、かつ強力に、その戦慄を地上にくり広げたことは、おそらくかつてないことであった」[3]。このメフィストのような悪魔じみた自然は、もはやテクストを「読む」だけでは理解できない。

ゲーテの創設した見る主体は、科学を足場としながら、生成＝震動する自然にアクセスしようと試みた。それは、手紙を読み書くウェルテル的な主体の限界を超えるものである。ウェルテルがその不安定な主観ゆえに、ロッテの輪郭をまともに捉えられなかったのに対して、ファウストは見る主体として、世界の真理に近づこうとした。ただし、停滞を拒む加速主義者ファウストが最後に盲目に到ったことは、見る主体も決して盤石でないことを示している。

ゲーテにおける視覚のテーマだけでも、優に大部の研究書が書けるだろう。しかし、本章ではこれ以上深入りせず、むしろ「読むこと」のちょうど対になる行為を取り上げたい。それは「作ること」である。まずは、このテーマが浮上してくる文学史的背景を整理しよう。

2、フィクションとノンフィクションを区別しない言説

ヘーゲルは『美学』の有名なくだりで、近代的な小説（Roman）の前提となるのは「すでに散文的世界として秩序づけられた現実」だと述べた。散文と化した現実は、神々や英雄の非凡な業績ではなく、取るに足らない日常的・偶然的な事柄によって構成される。ヘーゲルによれば、小説家の個性は

この平凡で、散発的で、とりとめのない現実の「捉え方」に現れるが、そこには二つの手法があった。一つは散文化＝日常化した現実を承認し、それと和解すること、もう一つは平凡な現実をより美的・芸術的な現実に置き換えることである［4］。

ヘーゲルが言うように、近代小説はまず前者に力点を置いたジャンルとして現れた。小説家が関心を向けるのは、前もって何が起こるか予測できない、平凡にして偶然的な出来事に満ちた社会である。この意味での小説は、一八世紀のイギリスで発達した。英文学（シェイクスピアやジョン・ドライデン）を吸収した明治日本の坪内逍遥は「小説の主脳は人情なり、世態風俗これに次ぐ」（『小説神髄』）と記したが、これは小説の散文性を的確に言い当てた批評である。

現に、書簡体小説は、まさに逍遥の言う「人情」（心）と「世態風俗」（社会）を記述する散文的なリアリズムを前進させた。リチャードソンやモンテスキューの小説に始まり、『新エロイーズ』や『若きウェルテルの悩み』に到るまで、手紙の記述はもっぱら身辺の出来事の報告に向けられ、超自然的な現象は排除された。加えて、書簡体小説はしばしば自らが本物の手紙の集まりであり、創作されたフィクションでないことを強調した。現に、ルソーやゲーテは創作家ではなく、ジュリやサン＝プルー、ウェルテルの書いた実在の手紙の編集者として自己演出したのである。

ゆえに、一八世紀の書簡体小説は自らを「フィクション」として規定しない。というより、当時はフィクションとノンフィクションの区別そのものが厳密ではなかった。テリー・イーグルトンによれば「リチャードソンの特異な文学生産様式は、言説を「フィクション」と「ノンフィクション」に厳密に分節化しない社会、つまり私たち自身の社会とは異なる社会において、はじめて可能な様式であった」［5］。現代のわれわれは、小説とはフィクションであると無造作に考える。しかし、一八世紀の小説はむしろ「心」と「社会」を高精度で再現するハイパーリアルな書式であり、その言説をわざわざ虚構の文書と宣言する意味はなかった。それはヨーロッパだけのことではない。中国でも小説は歴史書、つまり事実を集めた文書を擬態して書かれたのである（第四章参照）。

さらに、フィクションとノンフィクションをボーダーレスにつなぐ言説の形態は、書簡体小説に限らない。リチャードソンに先立って、デフォーは『ロビンソン・クルーソー』や『ペスト』を、出来事を忠実かつ詳細に記録した factual（事実的）な文書として提示した。デフォーにとって、文書の価値は虚構の創作にではなく、いわば factfulness（事実に満ちていること）にあった。後にヴァージニア・ウルフが『ロビンソン・クルーソー』について「この本は個人の労作というよりはむしろ、民族が生み出した作者不明の所産の一つに似ている」と巧みに評したように〔6〕、ジャーナリスト的な作家デフォーはクルーソーに関わる無数の「事実」の影に隠れている。一八世紀のリアリズムは、ノヴェルという新しい高精細の記録装置によって、散文化＝日常化した世界と和解したのである。

3、散文化した現実に抗するゴシック小説

続いて（こちらが本題だが）ヘーゲルの示したもう一つの手法、つまり現実の美学化について考察しよう。それは必然的に、散文的なリアリズムへの抵抗を含む。

この戦略を代表するのが、一七六〇年代から一八二〇年代にかけて盛期を迎えたイギリスのゴシック小説である。当時ベストセラーとなったホレス・ウォルポール『オトラントの城』を嚆矢として、ウィリアム・ゴドウィン『ケイレブ・ウィリアムズ』、アン・ラドクリフ『ユドルフォ城の怪奇』、マシュー・ルイス『マンク』、C・R・マチューリン『放浪者メルモス』、ジェイムズ・ホッグ『悪の誘惑』、さらにゴドウィンの娘メアリー・シェリーの『フランケンシュタイン』等がそこに含まれる。

女性のラドクリフやシェリー、アイルランドの牧師マチューリン、もとはスコットランドの羊飼いであったホッグが、それぞれ周縁的な存在であったことも見逃せない。

ゴシック小説はリチャードソン流のセンティメント（情緒）の表現を引き継ぎつつ、その主人公に神経過敏な感受性を与えた。このような異常感覚は社会生活には役立たないが、超自然的な「恐怖」の受信装置としてはうってつけであった。ゴシック小説は、人間を耐えがたいほどの極限状態に置いたとき、その心はどうなるかを実験する場となった。そこでは散文的なリアリズムに代わって、超自然的な要素が優位を築く。ラドクリフやマシュー・ルイスは散文や小説ではなく、むしろ詩や演劇に強い関心を寄せたが、これもゴシック小説が小説を踏み越えようとする小説、つまりノヴェルの領域を拡張する試みであったことを物語っている〔7〕。

散文的＝日常的な現実との和解を拒む以上、ゴシック小説が小説以前の形式に近づいたのも不思議ではない。なかでも、メアリー・シェリーの『フランケンシュタイン、あるいは現代のプロメテウス』（以下、引用は小林章夫訳〔光文社古典新訳文庫〕に拠り、頁数を記す）は、そのタイトルが示すように、自らを現代の神話として演出した。この神話は科学者のヴィクター・フランケンシュタインを主役として、怪物の制作という過剰な想像力を呼び覚ました。いったん散文的な現実と和解したはずの小説を、再び超自然的な神話に差し戻したという点で、『フランケンシュタイン』は文学史上の「スキャンダル」と評せるだろう〔8〕。

もともと、ゴシックの時代錯誤的で感情過多な表現は、しばしば小説のリアリズムの標的となった。ゴシック小説をパロディにしたジェーン・オースティンの一八一七年の小説『ノーサンガー・アビー』は、その典型である。だとしても、『ノーサンガー・アビー』の翌年に、シェリーが匿名で刊行した『フランケンシュタイン』が画期的な作品であったことに、疑問の余地はない。その画期性は、怪物の制作によって散文的な現実を超越するというスキャンダラスな試みに由来する。

4、最果ての人間——シェリーの『フランケンシュタイン』

クリス・ボルディックが指摘したように、『フランケンシュタイン』の基礎にあるのは「親子関係」である[9]。ただし、このカップリングは性愛を介さない。シェリーが描いたのは、女性を排除した生殖＝制作であり、男女の形作る既存の家族を破壊する怪物の誕生であった。

ルソーと同じくジュネーヴに生まれたヴィクター・フランケンシュタインは、錬金術に惹かれ、解剖学や生理学を学んだ後、独房で研究に没頭し、ついに死体の部位を集めて人間を創造するが、この被造物のあまりのおぞましさに戦慄し、自らの息子と呼ぶべき怪物を遺棄してしまう。哀れな捨て子は自分で自分を教育し、言語や感情を身につけるが、その醜さゆえに決して人間社会には受け入れられない。彼の怒りと屈辱が復讐心に変わったとき、怪物は生みの親フランケンシュタインとその家族を執拗に襲撃し、彼らを死に到らしめる。つまり『フランケンシュタイン』には、制作者が自らの制作物に食いつぶされるというモチーフがある。

その一方、逆説的なことに、科学者と怪物という擬似的な「親子」はお互いを憎悪しながら、お互いの境遇を理解できる世界でたった一組のカップルとなる。ちょうどドン・キホーテとサンチョ・パンサがお互いを模倣し始めるように、『フランケンシュタイン』でも「二」は次第に「一」へと横滑りする。そのため、この小説のモチーフは次第に、垂直的な親子関係というより、水平的な兄弟関係に近づいてゆく。制作者と制作物のカップルがともに憎悪と復讐心を燃やし、感情を複雑にもつれあわせながら、前代未聞のアマルガム（混合物）に変身してゆく——そこに『フランケンシュタイン』

の怪物性は凝縮されていた。科学者フランケンシュタインが怪物の名と混同されがちなのも、決して偶然ではない。

この奇怪なカップリングによって、女性の場所は失われてゆく。メアリー・シェリーはこの小説で、女性をただ排除するためだけに登場させたようにすら思える。あまりの孤独に苦しむ怪物は、フランケンシュタインに自らの伴侶を作ってくれるように懇願するが、科学者は結局、作りかけの女性を破壊する。怒りに駆られた怪物は、フランケンシュタインを追跡し、その婚約者を殺す。今度はフランケンシュタインが復讐心に駆られて、怪物を追跡し、ついに北極海にまで到る。つまり、この二人の孤独な男たちは周囲を顧みることなく、お互いにとって大切な女性を破壊し、お互いの行動を模倣し続ける。

人類の誰とも共有できない「呪い」を背負ったフランケンシュタインは、スコットランドの極貧の僻地やアイルランドの殺伐とした海辺をさまようが、それはまるで孤独な怪物のさすらいの模倣のように思える。次に引用するフランケンシュタインの激しい心の動きは、怪物のものか科学者のものか。判別は難しいだろう。

まるでさまよえる亡霊のように、島を歩き回りました。愛するものすべてから切り離され、惨めな思いにうちひしがれる亡霊。昼になって太陽がさらに高く昇ると、草の上に横たわって、深い眠りに襲われました。昨夜はずっと起きていたので、神経が興奮して、目は寝不足と苦悩で血走っていましたが、それが眠ったことで元気になり、目覚めると再び、自分はやはり人間なのだと思えるようになって、過ぎたことを冷静に振り返って考え始めました。(301)

フランケンシュタインと怪物のカップルは、お互いに強烈なショックを与えあっては、自らの惨めさやおぞましさのなかに沈み込む。その心は夜には極度の興奮状態に陥り、破壊的な行動へと彼らを導く。このような心の躁鬱的な動きは、一九世紀的な「二日酔い」を思わせる。

要するに『フランケンシュタイン』は、父と息子が鏡に映した双子に近づくミメーシス（模倣）の神話である。それは、子が父を殺すオイディプス・コンプレックスのモデルではなく、旧約聖書のカインとアベルのように、兄弟がお互いを憎悪するカイン・コンプレックスのモデルで考えたほうがよい[10]。そして、この兄弟は社会的な秩序に収容されない。現に、このカップルが最後に行き着くのは、社会も文化も尽き果てた北極海であった。「人類のなかでいちばん惨め」（318）なフランケンシュタイン＝怪物にふさわしい場所は、もはや社会性の絶滅した最果ての極地以外にはないのだ。

周知のように、プロメテウスは神から火を盗んで、人類に分け与えた。この神話が示すのは「作ること」に「盗むこと」（＝制作不可能なものの略取）が先立つということである（二〇世紀になって、この「盗み」のテーマをあらゆる有益な社会的生産性の解体と結びつけたのが、ジャン・ジュネの異例の同性愛小説『泥棒日記』である）。しかも、自然の一部をかすめとり、それを人類に贈与したプロメテウス自身は、火の恩恵にあずかることなく、神罰を下される。ただ、メアリー・シェリー版のプロメテウス神話では神は不在であり、主人公はむしろ怪物と合一する。この現代のプロメテウス＝フランケンシュタインが、地球上で最も冷えきった海で死ぬとき、制作のモチーフは、文化的・社会的な秩序を超えた未知の領域と結びついた。

フランケンシュタインが自然の秘密を盗んで制作した身体＝ハードウェアは、既存の理解の枠組みには回収されないからこそ、怪物と呼ばれる。この怪物の制作は、科学者フランケンシュタインに最上の喜びと最低の地獄を味わわせる。「長い間、自分の糧であり、喜びを与えてくれたあの夢が、今や地獄と化したのです」(108)。このような二日酔いの激しさは「息子」である怪物にもコピーされ、怪物はゲーテ的なビルドゥングスロマンのプログラムから排除される。

怪物の悲しみは、心＝ソフトウェアは正常に人間化されているのに、身体＝ハードウェアには一切の社会的な承認が与えられず、成長や成熟のチャンスを奪われていることに由来する。シェリーは怪物の置かれた状況の「耐えがたさ」を、驚くほど念入りに描いている。怪物は森をさまよい歩くうちに、その正義感のせいでパリを追放されてドイツの田舎に逃れ住む良心的な一家を知り、その家の老人による本の朗読に耳をすませる。知識を得た怪物はプルタルコスの『対比列伝』、ジョン・ミルトンの『失楽園』、そしてゲーテの『ウェルテル』を偶然に読んで、それぞれに自らの境遇を重ねて感情移入する。これは「読むこと」に支援されたビルドゥングスロマンの予兆を感じさせる。

しかし、勇気を振り絞って老人の前に姿を現した怪物は、その家の住人たちにただちに排除されてしまう。迫害を受けてきた良心的な人間にまで迫害される怪物――彼はアウトサイダーにすらなれない究極のエイリアンであり、ヘーゲルの言う「散文化」した社会では決して承認されることがない。そして、この孤独な怪物を制作したフランケンシュタインも、誰にも救済できない黒々とした意識に呑み込まれる。シェリーが描いたのは、成長と承認の可能性を完全に断たれた最果ての人間なのである。

5、ピュグマリオン神話――オウィディウスからルソーへ

ゲーテ的なビルドゥングスロマンは、主体が自らのソフトウェア＝知性をたえず修正しアップデートする軌跡を描いた。逆に、死体を盗んで構成されたハードウェア＝身体は、社会的な承認のネット

ワークから切り離される。フランケンシュタインは自らの子ども＝制作物から強い敵意を向けられ、怪物と同じく永遠のさすらいを宿命づけられる。
その一方、荒涼とした『フランケンシュタイン』とは逆に、制作物をエ、ロ、ス、的、な対象に変えるというモチーフもある。その代表がピュグマリオン神話である。紀元前一世紀のオウィディウスの『変身物語』によれば、女性たちの乱倫にうんざりしたキュプロス島のピュグマリオンは、理想の女性を雪白の象牙で彫刻し、自らの制作物にすっかり魅了される。彼がウェヌス（ヴィーナス）に「象牙の乙女」を与えてくれるように願った結果、彫像は生身の女性に変わり、ピュグマリオンと結ばれる（第一〇巻）。
ピュグマリオンの神話は、鏡面に映った自己像に恋して水死したナルキッソスの神話と比べたくなる。美術史家のヴィクトル・ストイキツァはこう要約している。

ピュグマリオンの話は錯乱の物語であるが、それは、神々が先例のない寛大さで遇した錯乱である。彼らは、自分自身の反射像に恋したナルキッソスを罰したのに対し、自分の作品に対する欲望に囚われたピュグマリオンの願いは叶えてやったのである。ナルキッソスとピュグマリオンのあいだの対照は、イメージへのエロティックな備給の二つの様態にかかわっている[11]。

ナルキッソス神話には手で触れられる作品がなく、逆にピュグマリオン神話は身体化された作品をもつ。前者が二次元のスクリーンに反射した図像に関わるのに対して、後者は三次元的（彫刻的）な物質と関わる。ストイキツァの考えでは、ピュグマリオンの錯乱的な願望は、この物質性ゆえに成就することになる。

ピュグマリオンには二面性がある。その一つは、アンチ・ナルキッソスとしての特性である。自己のはかない鏡像とともに滅びたナルキッソスと違って、ピュグマリオンは物質的な他者としての作品（ハードウェア）を制作し、その作品に神が心（ソフトウェア）を吹き込む。しかし、別の面から言えば、この「作品」を所有し、自己の願望を充足させたという点では、ピュグマリオンは新しいナルキッソスとも言える。なぜなら、そこでは自己が他者と合一し、拡張しているのだから。

ここで興味深いのは、ルソーがこの神話をリメイクしたことである。若くして戯曲『ナルシス』を書いた彼は、著述家として円熟期にあった一七六二年に音楽つきの劇『ピュグマリオン』を発表し、国内外で人気を博した。ナルキッソス神話では描き切れない問題、つまり作品制作の問題が、ルソーによるピュグマリオン神話のリメイクに託されたように思える。

オウィディウス版のピュグマリオンは、固い象牙から柔らかい身体への変身（メタモルフォーズ）を神の恵みとして受け入れるが、ルソー版のピュグマリオンはむしろ神の意志に頼らないアトリエの「芸術家」として現れる。だが、すでに冒頭から彼の「想像力」は凍りつき、冷たい大理石に熱を吹き込むことはかなわない。ルソーはピュグマリオンを、制作能力を失った制作者として描いた。つまり、この劇は「芸術の終わり」から始まるのである。

しかも、美を伝達する力を失ったピュグマリオンは、ちょうど躁鬱的なフランケンシュタインと同じく、自己の無力さにすっかり打ちひしがれながらも、ときに興奮に駆られて憤慨する。凍てついた空虚な心こそが激しく脈動する――それはまさに零度の熱狂と呼ぶにふさわしい。かたや、「ガラテ」と名づけられる女性の彫像も、冷たい大理石にすぎないのに、最も肉感的な他者として現れ、ピュグマリオンを燃え立たせる。ピュグマリオンとガラテのカップルはともに、空虚であることと過剰であること、0と1が重なりあった量子的な状態にある[12]。そのことがピュグマリオンの錯乱をいっそう激しくする。

この立像からは驚くべき火の矢が放たれて、わたしの五感を燃え立たせ、わたしの魂をともづれにもとへ引き帰していくようだ！　ああ！　それなのに、身動きもしないで、つめたいままだ、これの魅力に燃え立つわたしの心が自分の体を離れてその体をあたために行こうとしているのに。錯乱のなかにあって、わたしは自分の外へ飛び立つことができるような気がする。〔…〕いつまでもガラテとは別の存在であって、ガラテになりたいといつも思っている、彼女を見つめ、愛して、愛される……それがいい……［13］

ピュグマリオンは、ガラテとは別の存在でありたいと願い、かつガラテと同一化したいとも願う。彼の錯乱は、自己の独立と自己の譲渡が共存するというパラドックスに由来する。自己（制作者）と他者（制作物）が、存在のオンとオフをめまぐるしく切り替えながら、やがて一体化する——ルソーにおける制作のモチーフは、この奇妙な絡みあいを浮き彫りにした。

6、制作の哲学——他者性のオン／オフ

制作者は、素材＝ハードウェアとしての他者を象る。これは他者性の創設である。しかし、この制作物が制作者と合一するとき、他者性はむしろ打ち消される。制作者にとって、素材の他者性はときにオンになり、ときにオフになる。さらに、制作者自身も自らの制作物の魅力や恐怖に屈するとき、自己がオンの状態とオフの状態が重なりあう。『フランケンシュタイン』と「ピュグマリオン」が示

すのは、まさにこの量子状態である。

ここで議論の補強のために、哲学的な観点も導入しておこう。「制作的態度」を現象学的に分析したハイデッガーは、およそ次の二点を指摘している。

（α）制作的態度において、制作されるものはそれ自身に引き渡される。材料や素材がそれ自体として自立したものとして了解されるのは、作るという態度によってである。「材料や素材といった概念の起源はまさに、制作に定位した存在了解にある」。もう一歩進んで言えば、制作的態度こそが制作を必要としないもの、制作不可能なもの、つまり「自然」を浮上させる。

（β）制作者の狙いにおいては、制作物は「できあがれば自由に使用されるもの」として把握される。この態度において、制作物は「引き離して置かれるもの」ではなく「こちらへ招き立てられるもの」、つまり手元で自由に扱える存在となる[14]。

ハイデッガーによれば、制作者は素材＝ハードウェアをそれ自身の権利において確立し、自立的なものとして了解する。つまり、作るという構えのなかで、自己とは異なる他者が創設される。その一方、制作物は完成したとたん、使用者の手元へと招き立てられる。つまり、隔たった他者ではなく、むしろ自己に近接的な他者として現れ直すのだ。他者を創設する一方、その他者と自己が限りなく近づいてゆくという制作特有のパラドックスを、ルソーとシェリーは神話的な制作者（プロメテウス／ピュグマリオン）の導入によって明確化した。

ただ、一八世紀半ばの「ピュグマリオン」からおよそ半世紀後の『フランケンシュタイン』に到ったとき、制作のテーマがより厄介な問題を含むようになったことも見逃せない。ピュグマリオンとガラテが和解するのと違って、フランケンシュタインと彼の制作物は、お互いを最大最強の敵と見なし続ける。呪われたカップルとなった二人の男性には、もはや相手を殲滅する選択肢しか残されていなかった。制作物が制作者を圧倒する怪物として現れること——それがシェリーのつかんだ新たな問題なのである。

7、社会に先行する悪夢

『フランケンシュタイン』における素材＝ハードウェアの制作は、散文化した現実を超過しながら、制作者自身に破局をもたらす。この制作物の怪物化という問題を探究するには、ヨーロッパだけでなくアメリカ大陸の文学を考慮に入れるべきである。

そもそも、アメリカという国家そのものが、フランケンシュタインの怪物のような合成物である。アメリカの作家たちは総じて、自らの社会的現実が、稠密に組織されたヨーロッパとは異質だと考えていた。アメリカ的現実には穴があいていて、あちこちに飛躍や断絶がある。そのため、アメリカ文学は安定的な居住ではなく、踏破（メルヴィル、ジョン・ミューア）、探索（ヘンリー・ソロー、レイモンド・チャンドラー）、放浪（ナボコフ、ジャック・ケルアック）のような落ち着かない心情に由来する行為を描いてきた。二〇世紀半ば以降は、これらのモチーフはSFに受け継がれる。例えば、ロシア系移民のアイザック・アシモフは、銀河帝国のファウンデーション（創設）からロボットまで、既存の社会や人間の限界を超える「制作」のテーマを活性化した。

この安息を捨てたアメリカ文学の系譜のなかで、一八〇四年生まれのナサニエル・ホーソーンは特異な位置を占める。彼はE・A・ポーと並んで、ゴシック小説の陰鬱な想像力を駆使しながら、人工物の「制作」の問題に取り組んだ作家である。クリス・ボルディックが指摘するように、ホーソーンの一連の芸術家小説（「イーサン・ブランド」「美の芸術家」等）では「被造物は、きまって自律的な力を持つようになり、やがては自らを生み出した創造者を圧倒するに至るのである」[15]。ホーソーンには、制作者が制作物に食いつぶされるというモチーフがある。

ただ、これだけならば、ホーソーンの小説は、およそ半世紀前の『フランケンシュタイン』の亜流に留まるだろう。ホーソーンやポーの創意は「制作されたもの」に過去の悪夢的な重さを与えたことにある。ゴシック小説研究者のデイヴィッド・パンターによれば「ヨーロッパの過去の重圧は、美であると同時に恐怖を意味した。この過去の重圧によってヨーロッパは窒息死する危険にさらされていたのだ。ホーソーンやポーの全体にわたって存在しているのは、この窒息状態である」[16]。ホーソーンとポーの「制作」は、過去の呪いのせいで「窒息」しかかっている社会や人間を浮かび上がらせる。そのため、彼らの小説はたいてい陰鬱で安らぎを与えない。

特に、マサチューセッツ州のセイラムを拠点としたホーソーンは、散文的な「ノヴェル」を希求しつつも、それ以前の古い文学形態である「ロマンス」をあえて戦略的に選び取った作家である。彼の企ては、散文的な現実との和解を拒み、社会に先行する悪夢にアクセスすることにあった。しかも、そのあらゆる安息を奪う悪夢＝呪いを、制作されたハードウェアに結びつけたところに、ホーソーンの真骨頂がある。

8、ホーソーンのハードウェア思考

ハードウェアの作家としてホーソーンを位置づけるとき、彼の代表的なゴシック小説『七破風の屋敷』（一八五一年）の重要性ははっきりするだろう。そこでは、セイラムのピンチョン家がかつて強奪した土地に建てた屋敷が舞台となる。この呪われた屋敷に老いた妹と住むクリフォードは、興奮して次のようにまくしたてる。

電気の力によって、物質界が、あっという瞬間に数千哩にわたって震動するひとつの偉大な神経となったということは、事実でしょうか——それとも、ただ私が夢に見ただけなんでしょうか？　いや、むしろ、このまるい地球そのものが、巨大な頭、知性に満ちあふれた頭脳にほかなりません！　それとも、それ自身が思想であり、思想以外のなにものでもなく、もはやけっしてわれわれが考えていたような物質などではないとでも申しましょうか？〔17〕

地球というハードウェアそのものが、電気の力によって世界規模の「頭脳」として立ち現れる——この錯乱的なヴィジョンにはアレクサンダー・フォン・フンボルトふうの「惑星意識」が認められるが（第九章参照）、フンボルトとは違って、ホーソーンはそれを最新のエレクトロニクスと関連づけた。そして、もし地球が巨大な知性体なのだとしたら、人工のハードウェアが「思想」を宿しても不思議はないだろう。現に『七破風の屋敷』では二〇〇年前に制作されたハードウェア＝屋敷が、過去の呪いの重みを背負って、その居住者たちの思考をハイジャックするのだから。

ホーソーンの小説では、思考する権利は個人だけではなく、過去の記憶を蓄えた物質界にも付与される。『大理石の牧神』（一八六〇年／以下、引用は島田太郎他訳［国書刊行会］に拠り、巻数と頁数を記す）になると、思考するハードウェアはローマという都市にまで拡大された。ニューイングランド生まれで模写を得意とする画家のヒルダ、同じくアメリカ人の彫刻家ケニヨン、謎めいた黒眼の画家ミリアムという三人の芸術家に加えて、古代の彫刻家プラクシテレスの「牧神像」にそっくりなイタリア人のドナテロ、この四人が主要な登場人物として現れる。アートに深く関わる彼らは、まさにハイデッガーの言う制作的態度によって、ローマおよび古代芸術を把握しようとする。

『大理石の牧神』の語り手によれば、プラクシテレスの彫刻は「固い大理石」（Ｉ・15）を素材としながら、牧神特有の軽やかで奔放な運動性を内包している。牧神とは、純真で気まぐれな踊る獣である。プラクシテレスはこの活気あふれる半人半獣を、冷たい不壊の大理石のなかに封じ込めた。ホーソーンの象る大理石はちょうどルソーの「ピュグマリオン」と同じく、クールな不滅性にホットな野性が宿るという《量子的な重ねあわせ》を実現する物質である。大理石がときに「おぞましさ」（Ｉ・116）を感じさせるのも、この素材が二つの相反する属性をあわせもつからである。

ドナテロは、この牧神を先祖とする野生の血を受け継いだ自然児だとされる。ミリアムは純真なドナテロに「あなたは何世紀も遅れてこの世界に現れてきたのよ」（Ｉ・44）と告げる。世紀を跳躍したかに見える時代錯誤的なドナテロの育った土地を、ケニヨンは次のように観察する。

人間の注意深い技術と労働とがかつては飾っていたものを、長い歳月の間にいつの間にか荒廃がおおい尽す。その甘美で印象的な有様には、いかにも絵画的な美しさがあった。そして人間の力がもはや及ばぬとなると、「時」と「自然」とが手に手を携えてやって来て、落ち着きのある古色豊かな完成をもたらすのである。（Ⅱ・15）

ここで語られるのは、人工のハードウェアはその荒廃によって完成するという逆説である。ホーソーン的なハードウェアは、自然の作用を受け、人間のコントロールの限界を超えたとき、特異な「制作物」として立ち上がってくる。

同様に、ローマという「廃墟の本場」も、人知を超えたハードウェアとして現れる。ローマの「重苦しい記憶の堆積」は「過ぎ去った人類の生の過剰なまでに濃密な感じ」をたたえ、四人の芸術家たちは「ローマ人がその歴史を組上げてきた花崗岩の石材に比べれば、現在なるものは夢幻に近いという意識」を抱く（I・12）。つまり、大理石にせよ花崗岩にせよ、ホーソーンにとっては膨大な記憶を蓄えた物質であり、アーティストはこの素材によって人体や都市を制作し、過去の人類の記憶にアクセスする。『大理石の牧神』のローマは巨大な制作物であることによって、ハイデッガーの言う「制作を必要としないもの」、つまり自然の奥深い作用を引き出す。

もとより、小説家である以上、ホーソーンの仕事は彫刻でも都市建設でもなく、あくまでテクストを「書くこと」にあった。しかし、その彼が小説に「作ること」を執拗に組み入れるとき、テクストを超えたものへのアクセスが試みられたことも確かである。彼にとっては、世界を形作る物質＝ハードウェアこそが、あらかじめ多くを記憶し思考している。そして、この眩暈をもたらすような思考するハードウェアに没入するとき、今を生きる人間のほうが夢幻に近づくだろう。

9、ラテンアメリカ文学の量子的ハードウェア

ゴシック小説の盛期の最後尾に位置するメアリー・シェリーは、既存の文化的秩序には収容できない最果ての人間＝怪物を創出した。同じくゴシック的な想像力に根ざしたホーソーンは、クールにしてホットな大理石の牧神を象りながら、ローマという廃墟化した都市＝ハードウェアを作中で提示した。制作のテーマに即するとき、特にホーソーンは二〇世紀文学のパイオニアとしての地位を占める

だろう。

例えば、二〇世紀のラテンアメリカでは、グアテマラの作家アストゥリアスの『大統領閣下』を皮切りに、ファン・ルルフォの『ペドロ・パラモ』、カルロス・フエンテスの『アルテミオ・クルスの死』、ガブリエル・ガルシア＝マルケスの『族長の秋』に到るまで、多くの独裁者小説が書かれてきた。ラテンアメリカ文学が特異なのは、科学者や芸術家に代わって、独裁者や権力者を制作者のポジションに据えたことにある。それによって、都市や国家というハードウェアの制作＝創設が、小説の根幹的なテーマに引き上げられた。

このような制作的態度は、ホーソーンのハードウェア思考の延長線上にある。ラテンアメリカ文学のハードウェアは総じて、『大理石の牧神』のローマと同じく、自然のもたらす廃墟化の作用を強く受けていた。例えば、ガルシア＝マルケスの『百年の孤独』（一九六七年）の舞台となったマコンドは、ホセ・アルカディオ・ブエンディアとウルスラ・イグアラン夫妻によって制作＝創設され、商業的な繁栄を謳歌するが、やがて外来のバナナ会社に蹂躙され、最後には風とともに消滅する。マコンドは存在と不在、オンとオフが重ねあわされた腐食性の物質の総体、つまり量子的ハードウェアとして描き出された。

アストゥリアスやガルシア＝マルケスを典型として、ラテンアメリカの小説家たちは、政治と資本という複数の創設者＝制作者をもつ社会に注目した[18]。しかも、これらの創設的な小説（foundational fiction）は、かえってハイデッガーが言う制作不可能な自然条件を際立たせた。

特に、ガルシア＝マルケスの語りには「気候的・気圧的オブセッション」があり、熱帯的な暑さや雨の描写が頻繁に繰り返される[19]。彼が示すのは、マコンドのような人工の共同体が、いかにその特性を自然に負っているかということである。実際「町が暑さに浮いていた」という類の記述は、堅固な都市＝ハードウェアが次の瞬間、まるごと無に帰しかねないという印象を強めるだろう。人間の制作した都市と政治体制にフォーカスするとき、かえって不可視のアンビエントな気候の力が、読者に強く知覚される——このゲシュタルト心理学で言う「地と図の反転」のような現象が、ガルシア＝マルケスの想像力を特徴づけている。彼の小説では、都市を作ることが、人間には作れないものを浮上させることになる。

ルソーは『孤独な散歩者の夢想』で自己をランダムに変化する気象にたとえたが（第九章参照）、ガルシア＝マルケスの小説では、都市そのものが異常気象の産物であり、人間はそこを枯葉のように浮遊する。もともと、彼はデフォーの『ペスト』を愛読しており、疫病ゆえの「絶滅」のテーマも明らかに引き継いでいる。マリオ・バルガス＝ジョサによれば「マコンドへの余所者の到来は、疫病か自然災害のように描かれている」[20]。ガルシア＝マルケスは制作された図（figure）としてのマコンドを反転させて、疫病や自然災害という制作不可能な地（ground）を浮き上がらせた。マコンドとは、自己を「絶滅」させるスイッチに常時指をかけている都市なのだ。

さらに、ガルシア＝マルケスの『族長の秋』（一九七五年）になると、国家というハードウェアは冒頭から腐敗しきっており、植民地時代に築かれた大統領府は牛たちの闊歩する廃墟と化している。その最奥には、ハゲタカについばまれる無名の大統領の死体が孤独に横たわっている。しかも、この残虐非道の独裁者はいわば何度でも死に直すために、死体の<u>シミュラークル</u>として再生し続ける。

> ハゲタカにいいように食い荒らされた大統領が、おなじ執務室で、おなじ服装で、おなじ姿勢で、横たわっているのを発見したのは、それが二度めだったが、われわれの誰ひとりとして、一度めのことを記憶しているほど年を食ってはいなかった[21]。

死を何度もやり直し続ける存在、あるいはE・A・ポー的な死んでも死にきれない存在――それがガルシア＝マルケスの描く孤独な独裁者＝制作者の姿である。彼自身、バルガス＝ジョサとの対話で「ラテンアメリカ史における神話的怪物とでも呼ぶべき独裁者こそ、権力の孤独を表現するのに最適な人物だと思います」と述べている［22］。独裁者は確かに国家を「制作」したはずだが、その事実は本人も含めて、もはや誰も覚えていない。この孤独な独裁者は、自らの作品＝ハードウェアの最果てで、亡霊的な死体となって横たわる。しかも、彼は亡霊となることによって、いっそうその存在を濃密化する。ラテンアメリカにおける権力の根源は、特定の独裁者にではなく、独裁を反復する構造にあった。創設と絶滅、制作可能なものと制作不可能なものの重なりあったガルシア＝マルケス的なハードウェアは、ラテンアメリカの政治と社会に肉薄するための装置になったのである。

10、カフカの反建築的建築

こうして、一九世紀にシェリーやホーソーンが造形した怪物的なハードウェアは、二〇世紀後半のラテンアメリカの独裁者小説によって、都市や国家のスケールにまで拡張された。ただ、われわれはこの両者の「あいだ」に、もう一人の重要な制作者がいたことを忘れてはならない。それは二〇世紀前半の作家フランツ・カフカである［23］。

セルバンテス的な「読むこと」、ゲーテ的な「見ること」、シェリー的な「作ること」――これらは信仰とも理性とも異なるやり方で世界にエントリーするための手法であった。それに対して、カフカの小説にはそもそもエントランスがない。哲学者のギュンター・アンダースはカフカ特有の「円環構造」を強調しつつ、次のように述べた。

カフカの場合には、人間は生涯こういう挫折の人生に定められ、それを逃れることができないために、人間はいわば牢獄に繫がれている。事実、カフカは繰り返して——彼の日記でも『審判』でも『あるアカデミーへの報告』でも——牢獄の比喩を使い、たびたび窒息の比喩を用いている。——もっとも、彼の言う牢獄は負の牢獄である。というのは、カフカは閉じ込められていると感じているのではなくて、閉め出されていると感じているからである。彼は脱出しようとするのではなく、世界のなかへ入ろうとしている[24]。

サルトルの実存主義的な戯曲は「出口なし」の密室=牢獄を描いたが、それ以前のカフカの小説は、むしろ「入口なし」の状況を詳述した。しかも、この入口のない世界、つまり負の牢獄になぜか閉じ込められるという理不尽さが、カフカを特徴づけている。アンダースが言うように、負の牢獄の人間は「閉め出される」ことによって、特定の状況に「閉じ込められる」というパラドックスを強いられ、時間が「麻痺」してしまう。

この不可解な反転を考えるのに、カフカ最晩年の傑作「巣穴」(一九二三年執筆/もとは無題で生前は未発表)は不可欠のテクストである。この驚異的なパズルのような小説には、カフカ的ハードウェアの実態が見事に描き出されていた。

その無名の(もぐらのような?)語り手は、自らが制作中の「巣穴」について倦むことなく語り続ける。自慢の巣穴にはさまざまな回路や広場があり、それぞれに特有の機能をもつ。ただ、この独自の交通システムを発達させた「巣穴建築」は、その多孔性ゆえに、かえって反建築的な迷宮のような様相を呈するだろう。なぜなら、カフカ的な巣穴は、建築を崩壊させる無数の穴や経路の集まりでもあるのだから。制作と解体が同時にプログラミングされたために、ひたすら複雑になってゆく反建築的建築──そこでは建築の「変身」（メタモルフォーゼ）がたえず続行される。

しかも、もぐら的な語り手のポジションは、巣穴の内と外のボーダーラインにあった。巣穴のなかに入らず、しかもそのことに安らぎを感じるという、いかにもカフカ的なパラドックスが作中には書き込まれていた。

　どうしても巣穴のことが気にかかる。巣穴の入り口から素早く走り去っても、すぐに戻ってきてしまう。身を隠すのに都合のよい場所を探し出し、我が家の入り口の様子を──今度は外側から──昼となく夜となく、幾日も観察し続けることになる。馬鹿げたことだと言われるかもしれないが、そうすることが、言いようのない喜びと、またそれ以上の安らぎを与えてくれるのだ[25]。

語り手＝制作者はときに巣穴の入口を監視し、ときに制作の途中経過をレポートする。巣穴はまさに迷宮的な「負の牢獄」となり、語り手をそこからやんわりと追い出し、かつ閉じ込める。そのプロセスは文字通りエンドレスである。語り手は巣穴の改造に没頭し、ハードウェアをひたすら「変身」させ続ける。ホーソーン的ハードウェアが過去の重たい呪いで人間を窒息させるとしたら、カフカ的ハードウェアはむしろスカスカの穴の集合体であり、いつまでも結論の出ないプロセスに制作者と読者を導き入れる。

11、機械の怪物――カフカの「流刑地にて」

カフカ的な「制作」は、エンドレスな変身と結びつけられる。例えば、『変身』(一九一五年)では虫という形態学的な乱数の発生が、部屋＝ハードウェアの形状も含めて、家族をも「変身」させる。虫になったグレーゴルのケアは、家庭内の力関係を新たに組み直す。そして、最も献身的なケアラーであった妹が、ついに虫の世話を打ち切り、遺棄されたグレーゴルが「からっぽで平和な気持ちのなか」で一人静かに息絶えた後、幸せで朗らかな家族が再創造される。このような家族の変身を、超越的な視点から制御することはできない。奇怪な介護小説と言うべき『変身』は、一連の不可解な変身のプロセスの報告書なのである。

この場合、『変身』がサラリーマン家庭を舞台とすることは、重要な意味をもつだろう。なぜなら、カフカの小説において、家族的な「近さ」はしばしば破局を呼び込むからだ。例えば、『城』の測量士Kは目的の「城」にいつまでも入れずに、堂々巡りを続けるが、この近くて遠いというカフカ的なパラドックスは、一種の安全装置でもある。Kを閉じ込める「負の牢獄」は確かにつらいが、それと『変身』のつらさは異質である。ボルヘスが言うように「カフカのもっとも議論の余地のない長所は、耐えがたい状況を創り出したことである。忘れ難い状況を刻みつけるのに、彼はわずか数行あれば足りる」[26]。『変身』が耐えがたいのは、グレーゴルが家族のすぐ近くにいて、完全に隔離できないからである。

同じように「田舎医者」や「流刑地にて」「判決」のような短編小説でも、家族や病人、機械との近接性が、状況の耐えがたさを増大させる。なかでも「流刑地にて」(一九一四年執筆)の不気味な処刑機械を間近で観察する語り手は、おぞましい情景を目撃させられる。

無名の植民地を舞台とするこの小説では、機械が囚人の身体に罪を刻み込む。囚人は自らの判決を耳で教えられるのではなく、息絶える前に身体で知るのだ。この処刑機械はギロチンのような合理的な処刑機械とは異なり、実に十二時間にわたって受刑者を長々と責め苛む。しかも、精巧さを売りにするわりに、予算不足のために部品は古びて粗悪であり、それが処刑をいっそう陰惨なものにする。このひどくオンボロの機械を近くで観察するとき、正視に耐えない現実が浮かび上がってくる。

カフカより二〇歳ほど年長の社会学者マックス・ヴェーバーは、官僚制に基づく近代の合理性を「鉄の檻」のイメージで捉えた。それに対して、カフカはこの一見して堅固で合理的なシステムを、機械の怪物に置き換えた（プラハの労災保険局に勤務し、企業での事故防止の啓発運動に取り組んだカフカにとって、機械は事故の可能性と切り離せなかったことも、忘れてはならない）。このおかしな機械は機械のまねをして作動し、旅人には判読できない文字——「迷路のように幾重にも折り重なった無数の線」[27]——を受刑者に刻み続ける。ホーソーンの『緋文字』のヒロインであるヘスター・プリンに刻印されたAの文字は、重層的な意味を帯びた（adultery／angel／able……）。逆に、カフカ的文字は解読不可能であり、かつ受刑者の身体に苦痛をもたらす。

不完全な機械が機械的に作動したとき、いかに不気味で恐ろしい情景が出現するか——それが「流刑地にて」の差し出す問いである。フランケンシュタインが制作したのは、人間のように行動し思考するオルタナティヴな人間＝怪物であり、この怪物が恐るべき反逆者となった。同じく、カフカにとっても、怪物化した旧式の機械こそが、前代未聞のやり方で受刑者の身体を変身させる。ともに「変身」の作家であるメアリー・シェリーとカフカが記録したのは、制作されたハードウェアのもたらすトラブルとその耐えがたさである。

しかも、「流刑地にて」は必ずしも荒唐無稽なファンタジーではない。自壊寸前の姿をさらけ出しながら、それでも機械的に動く機械の怪物——そう聞くと、われわれはただちに事故を起こした原子力発電所を思い出すのではないか。完全な崩壊をかろうじて免れた事故後の原発は、しかし本来の機能を失ったまま、人間には判読できない放射性物質という「文字」を延々と環境に刻みつけている。この辺境のカフカ的機械は、物事に一瞬でケリをつけるどころか、だらだらと処罰を長引かせる。これはまさに、変身した機械のもたらす大惨事ではなかったか。

カフカは合理的な機械に基づく近代社会が、機械の突然の「変身」によって、きわめて厄介な状況に到ることを予告していた。壊れた原発とは、怪物的な負の牢獄にほかならない——われわれはそこに決して入れず、かといってそこから脱出もできないのだから。それはいつまでもたどり着けない「城」であり、囚人を長々とさいなむ怪物的な機械でもある。カフカの小説では、訴訟（プロセス）も刑罰も一向に終わらない。この間延びした麻痺的状態は、原発事故の本質を先取りする。幸か不幸か、二一世紀においても、カフカという制作者は依然として現代の作家であり続けている。

［1］一八世紀ヨーロッパでは、文通は共通の目的をもつ思想集団を結びつける公的な手段であり、「文芸共和国」の基礎となった。ジョン・ブルーア『スキャンダルと公共圏』（大橋里見他訳、山川出版社、二〇〇六年）六二頁。逆に、書簡体小説の特性は、公開を求めない秘密の手紙こそをおおっぴらに公開したことにある。最もプライヴェートな文書を、パブリックな視線にさらすという逆転の戦略がそこにはある。

［2］カルロス・フエンテス『セルバンテスまたは読みの批判』（牛島信明訳、水声社、一九八二年）二七頁。

［3］『ゲーテ全集』（第九巻、山崎章甫他訳、潮出版社、一九七九年）二七頁

［4］『ヘーゲル全集』（二〇巻c、竹内敏雄訳、岩波書店、一九九六年）二二八三頁。

［5］テリー・イーグルトン『クラリッサの凌辱』二九頁。

［6］「デフォー」『ヴァージニア・ウルフ著作集』（第七巻、朱牟田房子訳、みすず書房、一九七六年）八三頁。

［7］デイヴィッド・パンター『恐怖の文学』（石月正伸他訳、松柏社、二〇一六年）九八、一一〇頁。横山茂雄『異形のテクスト』（国書刊行会、一九九八年）三〇頁。

［8］クリス・ボルディック『フランケンシュタインの影の下に』（谷内田浩正他訳、国書刊行会、一九九六年）一五頁。近年でもゴシック的な想像力の評価は、スキャンダラスで転覆的な意味をもつ。作家ミシェル・ウエルベックや哲学者グレアム・ハーマンらによるH・P・ラヴクラフトの再評価は、その一例である。

［9］同右、二六頁。

［10］兄弟（分身）どうしの模倣と対立を激化させる「カイン・コンプレックス」については、ルネ・ジラール他『カインのポリティック』（内藤雅文訳、法政大学出版局、二〇〇八年）参照。

［11］ヴィクトル・I・ストイキツァ『ピュグマリオン効果』（松原知生訳、ありな書房、二〇〇六年）一六頁。

［12］ポール・ド・マンが『読むことのアレゴリー』（土田知則訳、講談社学術文庫、二〇二二年）のルソー論で指摘するように、「ピュグマリオン」は「過剰と欠如の力学的なシステムとして劇的に構造化されている」（三二二頁）。私はこのシステムを「量子的」と形容している。

［13］「ピグマリオン」（松本勤訳）『ルソー全集』（第一一巻、白水社、一九八〇年）一六三頁。なお、ピュグマリオン神話はルソーに限らず、近代文学においてたびたび再来した。理想の女性を創造し、それに翻弄されるE・T・A・ホフマンの「砂男」、ヴィリエ・ド・リラダンの『未来のイヴ』、谷崎潤一郎の『痴人の愛』はいずれもピュグマリオン神話の変種である。

［14］マルティン・ハイデガー『現象学の根本問題』（木田元監訳、作品社、二〇一〇年）一八九、一九一頁。

［15］ボルディック前掲書、一〇四頁。

［16］パンター前掲書、三一五頁

［17］「七破風の屋敷」（大橋健三郎訳）『ホーソーン　マーク・トウェイン』（筑摩書房、一九七三年）一六〇‐一頁。

［18］ラテンアメリカ社会における制作者の複数性というテーマは、ジョゼフ・コンラッドの長編小説『ノストローモ』（一九〇四年）を先駆

けとする。この特異な小説は、南米の架空の国家コスタグアナを舞台にして、「帝国の中の帝国」たるサン・トメ銀山を、大地と政治を盲目的に変形し続ける異様なメカニズムとして描き出した。コンラッドにとって、鉱山とは政治・経済を突き動かすフェティシュ（物神）であり、そこに二〇世紀後半のラテンアメリカ文学を先取りする諸要素（独裁、外資の導入等）が畳み込まれる。この『ノストローモ』に批評的に応答したコロンビアの作家フアン・ガブリエル・バスケスの『コスタグアナ秘史』（二〇〇七年）も興味深い。

[19] マリオ・バルガス・ジョサ『ガルシア・マルケス論』（寺尾隆吉訳、水声社、二〇二二年）八二頁。

[20] 同右、一四四頁。

[21] ガブリエル・ガルシア＝マルケス『族長の秋』（鼓直訳、集英社文庫、二〇一一年）六五頁。

[22] 『疎外と叛逆　ガルシア・マルケスとバルガス・ジョサの対話』（寺尾隆吉訳、水声社、二〇一四年）二一頁。

[23] 以下のカフカに関する考察は、拙稿「カフカ的牢獄、日本的密室、カフカ的二一世紀」『現代思想』（二〇二四年一月臨時増刊号）所収を再構成したものである。

[24] ギュンター・アンダース『世界なき人間』（青木隆嘉訳、法政大学出版局、一九九八年）一二三・四頁。

[25] 「巣穴」（由比俊行訳）多和田葉子編『カフカ』（集英社文庫、二〇一五年）二三二頁。

[26] J・L・ボルヘス『序文つき序文集』二〇二・三頁。

[27] 「流刑地にて」（竹峰義和訳）カフカ前掲書、一六〇頁

第一三章　可塑性——あるいは諸世界の狭間の悪

1、悪の発明——ラス・カサス的問題

文学にとって世界とは何か。私は歴史的な見地から、その問いを初期グローバリゼーションと紐づけた。世界とはたんに空間的な広さを指す概念ではなく、異質なものとの接近遭遇がたえず起こる場である。異なる歴史、異なる習俗、異なる人間との関係の集合体としての「世界」が、文学の思考システムに入り込む契機となったのが、アメリカ大陸へのヨーロッパ人の進出であり、「万物の商品化」を促す資本主義のプログラムであった。「世界文学とは新世界文学である」というテーゼは、以上の経緯から導き出されたものである。

その一方、グローバリゼーションの発端にはおぞましい暴力がある。ラス・カサスによれば、コロンブスがアメリカ大陸に到着した一五世紀末に「まったく新しい、過去のいずれにも似ても似つかない」時代の扉が開いたが、それはただちに黄金に目のくらんだキリスト教徒たちによる、先住民のインディオの殺戮へと到った。スペイン領植民地におけるエンコミエンダ制（先住民を労働力として使役する権利を征服者に認めた制度）を神への違反として厳しく批判した他のドミニコ会士とともに、ラス・カサスは「人間の破壊」という激越な言葉を使って、スペインの植民地政策の非合法性を訴え

た。彼が批判したのは、インディオを「絶滅」させることも厭わない残酷さであり、植民地で発生した数々の社会的不正である[1]。

ラス・カサスは新大陸で受けた精神的な衝撃を、神学的・法学的な枠組みのなかで厳密に思考し直した。二〇世紀ペルーの神学者グスタボ・グティエレスによれば、ラス・カサスの企ては「掠奪と不正の上に築かれた社会で福音を宣べ伝えること」にあった。彼は聖書の教えに従い、断固として貧しきものたち、つまり先住民（インディオ）の側に立った。本来、キリストの教えでは、神と富に同時に仕えることはできない。キリスト教徒たちはインディオを、異教の神々をあがめる偶像崇拝者として蔑んだが、ラス・カサスに言わせれば、富（マモン）を行動の基準とし、富にすべてを捧げた自称キリスト教徒たちこそが、本物の神をフェイクの神に取り替えた最悪の偶像崇拝者にほかならない[2]。

黄金という「偶像」に惑溺したキリスト教徒が、おぞましいジェノサイドに駆り立てられる——この植民地でのトラウマ的な「人間の破壊」は、悪の新たな形態の出現、つまり悪の発明と呼ぶにふさわしい。ラス・カサスは大部の『インディアス史』において、これら無数の邪悪な行為を歴史家として緻密に再現する一方、『インディアス文明誌』では非ヨーロッパ人のインディオがいかに理性的な人間であるかを、アリストテレスの哲学を根拠に論証しようとした。そこには、人類社会のさまざまな差異とその深層の同一性を同時にスキャン（走査）する文化人類学的な態度がある[3]。

アリストテレスの考えでは、あらゆる人間は政治的動物である。ラス・カサスはインディオもその例外ではないことを示した。ラス・カサスに続いて、ホセ・アコスタの驚異的な著作『新大陸自然文化史』（一五九〇年）になると、むしろアリストテレスの知的限界が厳しく指摘され、あわせてアメリカ大陸の自然誌（気象、動植物、鉱物等）およびインディオの多様な文化についての詳細な分析が記された。それは、ヨーロッパ人に根強くあった新世界＝怪物の住む土地という迷信を解体し、理性的な人間の住む範囲をヨーロッパ以外にも広げる試みであった[4]。スペイン人は破壊的な暴力を行使する一方、人間を再発見する体系的な知の創設にも深く関与したのである。

2、リハビリテーションの技法としての小説

ところで、新世界との遭遇が「まったく新しい時代」を開いたと言われるのは、それが「旧世界」にも無数の変化をもたらしたからである。スペイン史の泰斗ジョン・エリオットによれば「アメリカを発見したことによって、ヨーロッパは自らを発見した」。アメリカは大量の新しい事実を、ヨーロッパの人間に示した。アメリカはたんに「新しい」世界であるばかりか、自然や文化に関してもヨーロッパとは「違った」世界であった[5]。ゆえに、ヨーロッパ人は新世界の人間や風土を理解するのに、理性や信仰の問題を根本的に再検討するように強いられたのである。

このヨーロッパにおける自己の再発見は、小説の認識の基盤にも重大な作用を及ぼしたように思える。繰り返せば、新しい世界との遭遇は、新しい「悪」の発明でもあった。それは人間――というより人間以下とされた存在――を組織的に破壊するという悪であり、富の増大のために貧者を「資源」として酷使するという悪である。

このようなジェノサイドの光景は、ヨーロッパの近代小説において変奏された。デフォーの『ペスト』やスウィフトの『ガリヴァー旅行記』、そしてサドの一連のリベルタン小説から、ドストエフスキーの『死の家の記録』、コンラッドの『闇の奥』、ソ連の強制収容所（ラーゲリ）を告発したソルジェニーツィンの『収容所群島』等に到る小説は、人間のシステマティックな「破壊」というラス・カサス的問題を執拗に反復してきた（第一〇章参照）。近代ヨーロッパの発明した「世界」に根ざす小

説は、人間の脆弱さや傷つきやすさへのオブセッションを抱え込んだ。

その反面、近代小説はラス・カサスの言説と同じく、利益追求に由来する悪への批判、つまり富の有害さの暴露という一面をもった。われわれはここで、小説が悪からのリハビリテーションという仕事を自ら背負い込んだことに、注意を払っておこう。

現に、ラス・カサスの告発からほどなくして、フェリペ二世の統治時代（一六世紀半ば）のスペインではピカレスクロマンが流行し、無一物の「貧しきもの」の視点から、社会の富める主人たちの欺瞞があばかれた（第一一章参照）。スペインは新大陸から膨大な富が流入していたのに、財政的には赤字が膨らみ、苦境にあった。この繁栄のなかの危機を背景として、当時のスペイン社会では上から下まで、貧しきピカロの精神が浸透し、スペイン人の「人生哲学」を形成するまでになった［6］。財貨を軽蔑し、名誉を求める遍歴の騎士ドン・キホーテも、この哲学の延長線上に位置する。新世界に最初に進出したスペインが、小説の原初的なプログラムとして富＝偶像への批判を明確化したことは、その後の小説の進化を方向づけるものであった。

さらに、『ロビンソン・クルーソー』や『ブーガンヴィル航海記補遺』で新世界と旧世界の対話的なつながりを創出した一八世紀のデフォーやディドロの言説は、アメリカ大陸におけるスペインの暴虐、いわゆる「黒い伝説」への厳しい批判を含んでいた。異文化の人間との友好的な対話を描いたデフォーやディドロは、スペインの悪魔的な「進出」と自らを差異化しようとする。そのとき彼らの小説は、ヨーロッパ人の発明したトラウマ的な悪を修正する、リハビリテーションの技法になった。

3、諸世界性と可塑性――『ガリヴァー旅行記』再訪

新世界の発見に関わるもう一つの重要なポイントは、旧世界の流動性が高まったことである。スペインのピカレスクロマンや『ドン・キホーテ』に見られる「放浪癖」は、新大陸の発見によって加速された。ジョン・エリオットは次のように指摘している。

新大陸の発見と開発のひとつの結果が、セビーリャにおける社会的流動性の増大であったとすれば、それがもたらしたいまひとつの結果は、過去何世紀にもわたって放浪癖をつよく示していたこの国民のあいだに、よりいっそう地理的流動性を強めたことである〔7〕。

この「地理的流動性」の上昇は、一六世紀スペインの小説のみならず一八世紀イギリスのデフォーやスウィフト、ローレンス・スターンらの小説にも共通している。彼らの描く世界は、複数性に向けて開かれることになる。ここでは特に、スウィフトの『ガリヴァー旅行記』の末尾に注目しよう。フウイヌムの治める「馬の国」からイギリスに帰還したガリヴァーは、著名なスペイン人コンキスタドール（征服者）エルナン・コルテスを引きあいに出しながら、自らの旅した諸世界の征服がいかに困難かを雄弁に語った。

私が語った国々を征服するといっても、フェルディナンド・コルテスがアメリカ大陸に住む裸の者たちを征服したようなわけに行くでしょうか。〔…〕フウイヌム国は、たしかに戦争という術

にはまったく無知であって、戦闘態勢が整っているとは言えそうにありませんし、特に飛び道具に対してはまったく無防備に思えます。しかし、かりに私が大臣であったなら、ぜひフウイヌム国に侵攻を、などとはとうてい進言できません。フウイヌムの方々の思慮深さ、一致団結ぶり、恐れを知らぬ豪胆さ、そして愛国心をもってすれば、戦の技の不足すべてを補って余りあると思うからです。彼らが二万頭、欧州の軍の只中に突入してきて、隊列を混乱させ、馬車を転覆させ、後ろ足のひづめの恐ろしい蹴りによって兵士たちの顔を見る影もなく叩きのめしてしまう……そんなさまを想像していただきたい。(453)

スウィフトはここでガリヴァーの口を借りて、過去のアメリカでの軍事的征服が、いずれヨーロッパに跳ね返ってくる可能性を示唆している。仮にこのような反転が生じれば、虚弱なヤフーと同じく、旧世界のヨーロッパ人もただちに絶滅の危機に瀕する。高度な理性と忠誠心を備えた「新世界」の馬たち――その姿はラス・カサスやホセ・アコスタが詳細に記述した理性的なインディオの変奏としても読み解ける――は、ヨーロッパの優越性を文字通りキックして叩きのめすだろう〔8〕。ヨーロッパが自らの発見した怪物＝アメリカに圧倒されるというフランケンシュタイン的な未来を、スウィフトは強く予感していたように思える。

このような文章が書かれたのは、スウィフトが諸世界性の作家であったことと切り離せない。『ガリヴァー旅行記』が提示したのは、世界がキリスト教の教義のもとで一つにならず、それぞれに隔離された「諸世界」になった状況である。ガリヴァーはどの特定の国家にも帰属せず、諸世界の狭間をさまよい続ける。この永遠の遍歴者のまなざしのもとでは、人間の身体の形状は安定せず、フォトショップの画像のように操作や加工が随時施されることになる。

ガリヴァーがリリパットやブロブディンナグ、馬の国のような極端な諸世界を横断するとき、人間は身体的にも知的にも、いかようにでも変化し得る不確定な存在、つまり可塑的な存在として現れてくる。そして、小説末尾での、スペイン人コルテスへのさりげない言及からうかがえるのは、スウィフトがこの諸世界性の起源に、新世界における悪＝ジェノサイドを認めたことである。辺境のアイルランドに生まれたスウィフトは、特定のアイデンティティに帰属する代わりに、むしろ人間の可塑性をクールに、しかもグロテスクに誇張した。彼が人口問題の解決のために、アイルランド貧民の子を食肉に供すればよいという露悪的な提案をしたことを、ここで思い出すべきだろう。

私の考えでは、近代小説は二つの相補的なプログラムを内包していた。一つは『ペスト』や『ガリヴァー旅行記』のプログラム、つまり人間の無制限の変容という悪の深淵を覗き込むことであり、もう一つは『ロビンソン・クルーソー』のプログラム、つまり人類がほぼ消え失せた絶滅の瀬戸際で、人間と社会を新たに再創造することである。このプログラムが進行するうちに、ラス・カサスの時代であれば神学や法学に属した問題を、文学がやがて積極的に引き受けるようになる。現に、「貧しきもの」や「もたざるもの」の側に立つラス・カサス的な精神は、一九世紀になると神学者以上に、ロシアのドストエフスキーやトルストイにおいて再創造された。

4、悪とは無制限の悪化である——ベケットとバラード

本書では一貫して、異質な世界どうしの相互作用を生じさせるインターフェースに注目してきた。諸世界のあいだのギャップこそが「世界」を——異質なものとの関係が無尽蔵に発生する場を——生み出す。この意味での世界を背景とする文学を、私は《世界文学》と呼ぶ。一八世紀ヨーロッパのモ

ンテスキュー、ヴォルテール、デフォー、スウィフト、ディドロらが飛躍させた近代小説は、最初からこの意味での《世界文学》、つまり諸世界性の文学であった。

この諸世界の相互作用のなかで、人間はしばしば極度に可塑的な存在として立ち現れる。『ガリヴァー旅行記』はこの人間の揺らぎを、外見(仮象)の伸び縮みとしてユーモラスに示すとともに、その漫画的な操作がジェノサイドを容易化することも示唆した。「世界」の発端に悪の発明があった以上、『ガリヴァー旅行記』をはじめとする近代小説=世界文学の歴史は、悪をなす人間とは何か、あるいは不条理な悪にさらされるとはどういうことかという検証作業を避けられなかった。

その作業が徹底されるとき、人間はたんに物理的に破壊されるだけでなく、その存在の条件もタブーなく吟味されることになる。小説の中心には常に人間がいるが、その人間の存在の仕方は決して不変ではない。一八世紀のイギリスおよびフランスの思想家=小説家たちは、小説というジャンルを、人間がどこまで変わり得るかをテストする不穏な実験の場に仕立てた。そして、この企てが二〇世紀になっていっそう加速したとき、悪は無制限の悪化という不気味な様相を呈することになった。

二度の世界戦争の起こった二〇世紀は、人間のシステマティックな破壊というラス・カサス的問題を再来させた。文化的なコンテクストにおいては、人間の存在論的なステータスがいかに不安定で、いかに変わりやすいかが強く意識されるようになった。ある条件の下では、良識ある人間でも平然と悪をなす。しかも、この悪化には内在的な歯止めがかからない。そこに二〇世紀に発見された根本問題があった。人間をそのままの状態で安置せず、その存在の条件にたえず干渉し続けること、場合によってはその条件をどこまでも「悪化」させること——この強力な介入のプログラムが文学、哲学、アートなどの諸領域で活気づいたのである[9]。

要するに、人間を別様に思考することこそが、二〇世紀思想の核心にほかならない。この企ての極限は、サミュエル・ベケットの小説に認められる（第一一章参照）。ベケットの場合、それは言語を別様に思考することと切り離せなかった。

　この問題にアプローチするには、ベケットをその師ジェイムズ・ジョイスと比較するのがよいだろう。ジョイスの小説では、言語は社会的な流通のなかで、ウイルスのように変異しながら無限に増殖してゆく。その特性は、『ユリシーズ』のユダヤ系の主人公レオポルド・ブルームの関わる広告とよく似ている。ジョイス自身、広告のコレクターであり、宣伝標語の駄洒落を好んでいた。ジェニファー・ウィキーによれば「広告こそがモダニズムの、なかんずくはジョイスの『ユリシーズ』にとっての、模範的な言語体系なのである」[10]。広告のメッセージの迷宮的な反復と増殖こそが、『ユリシーズ』の言語ゲームの基盤となった。

　それに対して、ベケット的人間は広告をとるどころか、職業ももたず、常にみすぼらしい欠乏状態にある。しかも、この人間（？）は、発話するごとにエラーを宣告される。「言うこと、それは言い間違えること」というベケットの有名な逆説は、「言うこと」がもはや「言われること」と決して一致しない状態で発せられる。言語と現実が必ず不一致に終わるのであれば、ベケット的人間はひたすら「言い間違え」を続けるしかない。ゆえに、哲学者のアラン・バディウが指摘するように、ベケット的人間は小説ともども、終わりなき「悪化」のプログラムという様相を呈する[11]。

　ベケットの小説とは、免れがたい失敗の膨大な履歴である。もっと良く間違えるか、あるいはもっと悪く間違えるか——この不毛な空回りをひたすら続行するベケット的人間は、あらゆる社会的属性を取り消され、言語からも見捨てられ、名前を所有する権利も失う。この脱人間的人間にとって、言語はもはやガラクタにすぎず、意味や文化を与える拠りどころにはならない。そのため、ベケットの小説では、人間の存在の地盤は一瞬ごとに崩壊し続けることになる[12]。世界の諸相を広告的にアーカイヴしようとするジョイス的な全体化の欲望は、ベケットにおいて極限的な貧しさと絶対的な失敗に反転したのだ。

その後一九六〇年代になると、J・G・バラードのSFが、属性を失った人間が物質化されるという新しいテーマを展開した。旱魃や暴風のような異常気象に巻き込まれた人間は、その心も含めて鉱物的なモノへと変質する（第九章参照）。しかも、この変身はもはや意外さや驚きを伴わない。コンラッドであれジョイスであれヴァージニア・ウルフであれ、モダニズムの小説にはまだショックを受け入れる主体があった。しかし、第二次大戦後のバラードの小説では、ショックを受ける主体すら蒸発してしまっている。主体は完全にインターフェースとなり、都市生態系との関係の束に還元される。この過剰な接続の情景こそが、バラードの言う「夢」なのである[13]。

ベケットの場合、人間は世界とは端的に無関係であり、その無関係さが近似的に「間違い」と言い表される。逆に、バラードの場合、人間は狂った生態系に狂ったように接続されてゆく。ただ、いずれの小説でも、人間が人間的意味のフィールドの外で、ひたすら悪化の一途をたどることに違いはない。メアリー・シェリーの魅力的な短篇小説のタイトルを借りるならば、彼らは人間を「死すべき不死の者（The mortal immortal）」、つまり人間としては死に続け、そのことによって生態系のなかで不死であり続ける存在に仕立てた。この不可解な「夢」のなかでは、人間の可塑性はとめどなく増大してゆくだろう。

5、反自然主義としての自然主義

スペインの征服者たちは、新世界のインディオを人間以下の野蛮な対象と見なして「破壊」したが、二〇世紀後半の文学になると、ベケットやバラードのような旧世界のヨーロッパ人こそが、自らの「人間の条件」を根こそぎ解体してしまう。それによって、人間の可塑性と小説の可塑性はともに極限へと近づいた。人間だけが人間以外のものになれる能力をもつ、あるいは小説だけが小説以外のものになれる能力をもつ——この不思議な逆説が二〇世紀文学の根底に横たわっている。

この逆説はアンチヒューマンないしポストヒューマンな次元を押し広げたが、それは二〇世紀になって唐突に現れたわけでもない。先述した一八世紀の『ガリヴァー旅行記』に続いて、一九世紀前半のシェリーの『フランケンシュタイン』やゲーテの『ファウスト』には、人間の可塑性のテーマがはっきり刻印されているのだから。

ただ、われわれはシェリーとゲーテの違いにも注意するべきだろう。フランケンシュタインが自らの手で人間を制作したのと違って、ファウストは知識の追求に駆り立てられていたにもかかわらず、ホムンクルスの創造にはなぜか関与しなかった。ゲーテが示したのは、人間の限界を超えたポストヒューマンな存在は、知的なコントロールの利かないところで偶発的に生じるということである。人間から人間以外のものへの推移は、厳密に計画できず、サイコロをふるような偶然性を伴っていた。

その一方、一八六〇年代以降に台頭したフランスの自然主義の旗手エミール・ゾラになると、この偶発的な変容を管理する方向に向かった。ゾラが企てたのは、小説を人間の実験室に仕立てることである。

ゾラの名高い評論「実験小説論」は、生理学者クロード・ベルナールの『実験医学研究序説』を模範として、文学も「実験的方法」の採用によって科学に近づくべきだと主張した。ゾラによれば「わたしたちはある情熱がある社会環境でどんなふうに働くかを実験によって示す実験的人間探究家なのである」。ゾラは観察と実験によって「人間機械を分解して再度組み立てなおす」ことを推奨した。この文学上のオペレーション(操作／手術)は、人間を支配する感情のメカニズムを制御し、管理し、最終的には無害化するための企てにほかならない[14]。

ゾラの自然主義は、心や社会を素朴に再現するというより、むしろそれらを存立させる条件に強く働きかけ、人間の隠れた次元を明るみに出そうとする実験文学であった。彼は感情をいったん部品単位にオーバーホール(分解)し、その後に再構築することを推奨した。その思想的背景には、ベルナールの医学に加えてダーウィンの進化論があった。人間性を不変のものではなく、むしろ自然淘汰の所産と見なす進化論は、自然主義の実験にも推進力を与えたのである。

こうして、多くの重要な科学的発見の相次いだ一九世紀を通じて、文学における人間は可塑的な対象に仕上げられていった。ゾラをはじめ自然主義者は芸術家・娼婦・軍人という三つの人間類型を好んだが[15]、それは芸術・娼館・軍隊という特殊な閉域が、人間の実験室としてふさわしかったからである。人間は不可触の聖域ではなく、むしろ操作可能な機械に近づいた。ゆえに、自然主義はその名に反して、反自然主義あるいは人工主義と呼ばれるべき要素をもっている。このようなゾラふうの「人間機械論」が、二〇世紀になるとSFにおいて一挙に花開いたのは、言うまでもない。

この可塑性の強調は、一面において自由の拡大につながるだろう。ゾラはまさに環境の圧力からの解放をめざして、文学の科学化を構想したのだから。しかし、ゾラの試みは、人間がいかに外的な圧力によって容易に変形されるかも示している。繰り返せば、ベケットやバラードの小説から浮かび上がるのは、誰もあらがうことのできない強烈な力にさらされ、根本的に変容してしまった人間、つまり人間以外のものにしかなれない人間であった。ならば、可塑性というテーマには、暴力と自由、人間性の破壊とそこからのリハビリテーションがともに内包されているのではないか。

6、可塑性を利用する芸術家――オーウェルの『一九八四年』

私の考えでは、二〇世紀文学の根本問題は、まさにこの可塑性のもつ両義性にある。そのことを、イギリス人作家ジョージ・オーウェルが一九四九年に刊行した『一九八四年』(引用は高橋和久訳［ハヤカワ文庫／トマス・ピンチョンによる文庫解説も含む］に拠り、頁数を記す)、およびその三年後に出たアメリカの黒人作家ラルフ・エリスンの『見えない人間』(引用は松本昇訳［白水社］に拠り、頁数を記す)から改めて検討してみよう。

架空の全体主義国家オセアニアを舞台とする『一九八四年』では、戦時下の党を率いるビッグ・ブラザーが、テレスクリーンを用いて社会の全体をくまなく監視している。真理省記録局に勤務するウィンストン・スミスは、過去の文書の改竄に従事しているが、やがて魅力的な女性ジュリアとの出会いをきっかけに党の禁を破る。彼女との性的関係だけが、この息苦しい社会での唯一の避難所となるのだ。しかし、それは本人があらかじめ予想していたように、破局を迎える。逮捕されたウィンストンは、オブライエンの狡猾な拷問によって、心から党への愛を誓う人間に作り変えられてゆく。

もとより、このような常時監視システムにどれほどリアリティがあるかは、検討の余地がある。例えば、小説家のアンソニー・バージェスは、オーウェルを批評した『一九八五年』のなかで、アメリカがベトナム戦争を遂行しながら、それを娯楽的なテレビ番組として国民に消費させたことを皮肉っぽく指摘し、オーウェルの社会像の限界を言い当てている〔16〕。実際、物質的窮乏を国民に強いる架空のオセアニアと異なり、現実の先進国は、むしろ豊かさや娯楽を統治の手段とした。この点に限っては、同じイギリス人作家オルダス・ハックスリーの『すばらしい新世界』(一九三二年)の描いた管理社会——人間を生物的次元で巧妙にコントロールする快適なユートピア——のほうが、『一九八四年』よりも明らかに予見的であった。

ただ、『一九八四年』にはもう一つの重要なテーマがある。それは、思考および言語の可塑性というテーマである。オーウェルが描いたのは、人間を単一のイデオロギーに盲目的に従わせる単純なメカニズムではない。ウィンストンやオブライエンを含めて、オセアニアの人間たちは二重思考(doublethink)の実践者として描かれる。それは党の支配のもとでは民主主義はないと知りながら、党が民主主義の擁護者であると信じる思考様式である。嘘をつくことと信じることを、何ら矛盾なく両立させるアイロニーが浸透したとき、ひとびとは自ら進んで思考を柔軟に調整し、全体主義社会に適応するようになる。

オーウェルはこのアイロニカルな思考様式を、「ニュースピーク」と呼ばれる新しいタイプの人工言語と連携させた。言語が単純化され、繊細なニュアンスを失えば、思考を社会にあわせて調整し、過去の出来事を都合よく訂正することも容易になるだろう。ウィンストンはまさにそのことに強い恐怖を覚えている。「もし党が過去に手を突っ込み、この出来事でもあの出来事でも、それは実際には起こっていないと言えるのだとしたら、それこそ、単なる拷問や死以上に恐ろしいことではなかろうか」(55)。「歴史は止まってしまったんだ。果てしなく続く現在の他には何も存在しない。そしてその現在のなかでは党が常に正しいんだ」(239)。

こうして、思考も言語もまさにその柔軟な可塑性ゆえに、党への抵抗力を奪われる。ウィンストンを執拗に虐待するオブライエンは、この仕組みを正しく理解していた。彼の振る舞いは、ある意味ではきわめて洗練されている。かつてスペイン人の征服者が多数のインディオを「破壊」したとすれば、オブライエンは一人の人間のもつ多数の思考を入念に滅ぼし、別の形態に作り変えるのだ。彼がウィンストンら囚人を閉じ込め、徹底的に洗脳する密室は、まるでゾラ的な実験室のグロテスクなヴァージョンのように見える。そして、このような思考のジェノサイドが可能なのは、オブライエンが人間の可塑性を熟知しているためである。

われわれが人生をすべてのレベルでコントロールしているのだよ、ウィンストン。君は人間性と呼ばれるような何かが存在し、それがわれわれのやることに憤慨して、われわれに敵対するだろうと思っている。だがわれわれが人間性を作っているのだ。人間というのは金属と同じで、打てばありとあらゆるかたちに変形できる。(417 - 8)

哲学者のリチャード・ローティは『一九八四年』に関する優れた評論において、オブライエンには「オーウェルの青年時代におけるイギリス知識人の典型的な特徴のすべて」が与えられていると論じ、そこにオーウェルの世代の知的アイドルであったジョージ・バーナード・ショーの面影を認めている。洗練された知識人オブライエンは、その美的な趣味と知的な能力を最大限に発揮して、犯罪者を矯正する卓越した拷問官になった。ローティによれば、オブライエンが知的でありつつ残酷であることは、何ら不思議なことではない。なぜなら「知的な天分——知性、判断力、他への関心、想像力、美への趣味——は性的な本能と同じように可塑的で柔軟なもの」であり「人間の手と同じように、多種多様な形をとりうる」からである[17]。

そもそも、『一九八四年』は最初から、人間の感情を可塑的なもの、つまり抽象的で無軌道なものとして描いていた。テレスクリーンから定期的に流れる「二分間憎悪」という奇妙なイベント――「人民の敵」と目されるエマニュエル・ゴールドスタインへの糾弾が二分間続けられる――のもたらす群衆の熱狂のなかで、ウィンストンの怒りの感情の向かう先は「鉛管工の使うガスバーナーの炎のように」めまぐるしく変化する。

ウィンストンにしても、ある瞬間の怒りはゴールドスタインには少しも向かわず、それどころか、〈ビッグ・ブラザー〉や党や警察に向けられる。そして、そうしたときにはスクリーンに映っている孤独で皆の嘲笑の的である異端者、虚偽の世界における真実と正気の唯一の守護者へと気持ちが傾くのである。ところがその次には、あっという間にまわりの人間と同化し、ゴールドスタインについて言われていることはすべて真実だと思えてくる。そうした瞬間には、彼が密かに抱いている〈ビッグ・ブラザー〉への嫌悪感は敬愛の念へと変化し、〈ビッグ・ブラザー〉は恐れを知らぬ無敵の擁護者として辺りを睥睨する存在であり、アジア人の大群に立ちはだかる巌のように思えてくる。(26)

ここには、ドストエフスキーの小説やゲーテの『ウェルテル』を思わせる混乱がある。ウィンストンはオブライエンに拷問される前に、すでに変わりやすい感情に支配されていた。「二分間憎悪」においては、ただ感情の激しいアップダウンだけがあり、怒りの矛先は瞬時に切り替えられる。しかも、このアドレスの変更はほとんど当人の自覚なしに生じるのだ。この場面は架空の全体主義社会の描写にとどまらず、現実の大衆社会の集合的感情を説明したものに思える。怒りは確かに群衆の連帯を支える。ただし、それはメディアのイベントによって創出されたものであり、その怒りの軌道も容易に変わるのである。

われわれはここで、オーウェルが『ガリヴァー旅行記』の優れた批評家であったことを思い出そう(第一〇章参照)。スウィフトが人間の可塑性を強調したように、オーウェルもアイロニカルな二重思考と単純化されたニュースピークという小説的装置のなかで、人間性がいかに変わりやすいかを示した。オブライエンは自らの思考を一切傷つけることなく、きわめて繊細なやり方で党のイデオロギーに順応する。そして、彼はまさにその同じ巧妙な技術を用いて、ウィンストンの思考を計画的に訂正した。

オーウェルはもともと、原案では『一九八四年』を『ヨーロッパ最後の人間』と題していたが、この形容はウィンストン以上にオブライエンに当てはまるだろう。オブライエンは知性的であることと残酷であることを、良心の呵責なく両立させる最後の人間である。ローティが言うように、人間の「知的な天分」はそれほどに「可塑的」なのであり、そしてこの可塑性を知り尽くした知識人こそが最悪の不正に手を染める。このような暗いヴィジョンをもつ小説家にとって「人生にたいする純粋に美学的な態度」はもはやあり得なかった。晩年のオーウェルが「政治による文学にたいする侵犯」を進んで受容したのは示唆的である[18]。彼にとっては、ウィンストンのみならず文学そのものも、政治的にならざるを得ないのだ。

7、可視的な透明人間——オーウェルからラルフ・エリスンへ

ところで、テレスクリーンという装置に象徴されるように、オーウェルは社会の全面的な可視化を

想定していた。ウィンストンとオブライエンもまた、お互いの姿をしっかり視認している。そして、このあらゆる私的な秘密を視覚的にあばくメカニズムが、思考や言語の管理とコントロールを徹底し、全体主義体制からの逃走を頓挫させる。

しかし、『一九八四年』からほどなくして、アメリカの黒人作家ラルフ・エリスンが一九五二年に刊行した『見えない人間』では、オーウェル的監視社会とは正反対の状況が描かれている。ウィンストンやジュリアが全面的な可視化にさらされていたとしたら、エリスンの捉えたアメリカ社会の黒人は、むしろ不可視（invisible）の存在である。『一九八四年』と『見えない人間』のこの興味深いコントラストは、アフリカ系アメリカ人がヨーロッパの白人とは異なる文学的課題を背負ってきたことを示唆している。

トマス・ピンチョンが『一九八四年』に関する評論で注目したように、オーウェルの描く近未来の国家ではすでに人種差別は撤廃されており、ユダヤ人や黒人、インディオにも入党の資格が与えられていた。ただ、ピンチョンによれば、この「ありそうもない人種的寛容」は、『一九八四年』のリアリティを損なっている（498）。逆にエリスンは、アメリカの人種差別から生じる認識の偏向を問題にした。『見えない人間』の主人公のブルー（憂鬱）な黒人青年――その名は最後まで明かされない――は、その語りの冒頭から白人の「内的な眼」の歪みを批評する。

僕は見えない人間である。かといって、エドガー・アラン・ポーにつきまとった亡霊のたぐいではないし、ハリウッド映画に出てくる心霊体（エクトプラズム）でもない。実体を備えた人間だ。筋肉もあれば骨もあるし、繊維もあれば肉体もある。〔…〕人は、僕の近くに来ると、僕の周囲のものや彼ら自身を、あるいは彼らの想像の産物だけを――要するに、僕以外のものだけを見る

んだ。（上・29）

ルイ・アームストロングの歌（どうしておれはこんなに黒くて／こんなにブルーなのか）を聴き、マリファナを吸いながら、彼は「時間の裂け目」に滑り込む。「言いわけになるが、不可視性のせいで僕には人と少し違った時間の感覚があって、完全にリズムにのるというわけにはいかない。進みすぎる時もあれば、遅れすぎる時もある。気づかないほどの時間の速い流れではなく、僕には節目が、つまり時間がぴたりと止まったり先にサッと進んだりする瞬間が分かるのだ」（上・35）。

ときに加速し、ときに減速する主人公の語りは、人生の時間に麻薬的な抑揚を与えている。この不安定なアゴーギク（テンポの変動）のもとで、『見えない人間』は黒人青年の長大な「自伝」の様相を呈する。彼はもともと南部のアラバマ州の大学――ツタで覆われ、スイカズラやマグノリアの花の咲く美しい田園として描かれる――の学生であったが、北部出身の白人理事をうっかり旧奴隷地区、さらには戦争神経症を患った黒人帰還兵の集う酒場に案内するという失態のせいで、大学を追放され、ニューヨークに移住する。ここには大学の欺瞞的なあり方とともに、聖書の「楽園追放」が意識されているのは明らかだろう[19]。

その後、彼はちょうど拷問を受けるウィンストンのように、病院で電気ショックを与えられるという苦難を経て、「ブラザー同盟」（『一九八四年』の地下抵抗組織）ならぬ「ブラザーフッド同盟」――黒人の自由と能力を解放するために民衆運動の組織をめざすサークル――に参加し、演説の才能を発揮する。しかし、警官に不当に射殺された黒人を弁護したことで、彼とブラザーフッド同盟の関係は悪化してしまう。やがて白人警察に追われるうちにマンホールのなかの黒い石炭の山に転落した彼は、白人専用ビルの地下室の人間、つまり孤独な「見えない人間」となり、ドストエフスキーの『地下室の手記』の自意識過剰な主人公のように、自らの人生を回顧するノートを書くのである。

エリスンはニューヨークの無名の黒人青年を、いわば可視的な透明人間（The visible invisible）として描いた。黒人はその肌の色、つまり可視的・表面的な情報で差別される。そして、まさにそのことによって黒人の状況そのものが不可視化されるというのが、エリスンの提示した逆説であった。それは、全面的な可視化を恐怖と見なすオーウェルの『一九八四年』には、明らかに欠けていた視点である。

8、新世界のなかの旧世界

では、ラルフ・エリスンは、この不可視化された領域にいかにアクセスしたのか。ここで特筆すべきは、彼が特異な語りの技法を駆使したことである。

なかでも、太陽の照りつける旧奴隷地区で、白人理事に向けて自らの人生の罪を語る黒人の農民トゥルーブラッドの長広舌は、忘れがたい印象を与える。ブルースの歌手であり、信じがたいほど雄弁な語り手でもあるトゥルーブラッドは、白人が黒人から何を聞きたがっているかを敏感に察知し、自らの犯した近親相姦（娘との性交）の話を淀みなく語る。この呪文のような自伝的な語りを聞かされた主人公は「屈辱感と恍惚感の狭間」で心をかき乱される（上・115）。

著名な黒人文化研究者のヒューストン・ベイカー・ジュニアが指摘したように「トゥルーブラッドの話は、聞き手の期待に応えてきわめて性的である」。つまり、トゥルーブラッドの語り口とその内容は、主流のアメリカ社会で公認され流通している「商品」であり、黒人＝性的人間というイメージに順応している[20]。『見えない人間』では、主人公を含めて黒人たちがそれぞれの立場から「自伝的」

に語るが、それは商品化＝性化されたレイシズムによって制約されている。

しかし、その一方で、主人公やトゥルーブラッドの語りはまさに「時間の裂け目」で、事象を際限なく引き延ばす力をもつようにも思える。その語りはたとえ白人向けの商品であるとしても、常軌を逸した異様な商品でもある。白人が偏向したまなざしで黒人を見る――そしてそれによって見ない――のだとしたら、エリスンはその不可視の領域に、尽きることのない音と語りの響きを与えようとした。

この小説において、白人が視覚的人間だとしたら、黒人は聴覚的人間である。特に、トゥルーブラッドの語りが、ブルースの伝統に属することは重要である。エリスン自身は「ブルースは叙情的に表現された個人の破局の自伝的記録である」と指摘した[21]。ブルースは残酷な仕打ちを、叙情的な歌に移し替えることによって、その苦痛を超越する。自伝的なブルースはまさに黒人の生の「屈辱」と「恍惚」を、いつ終わるとも知れない持続する時間とともに創出する音楽である。黒人の語りは、確かに白人の欲望に基づいてアレンジされるが、それはたんなる順応を超えて、時間の可塑性を際立たせるのだ。

では、このブルースがあらわにする「時間の裂け目」は、もとはいかに生じたのだろうか。それは二つの世界の大規模な接触によってである。歴史的に見れば、エリスンの文学の背景には黒人たちの「大移住」(great migration)、つまり一九一〇年代半ば以降に進んだ、前例のない規模の移住があった。かつて奴隷の境遇にあり、移動の自由を制限されていた黒人が、二〇世紀前半になると、都市に大挙して向かうようになった。ラルフ・エリスン、リチャード・ライト、ジェームズ・ボールドウィンらの黒人文学は、いずれも南部の田舎の黒人が北部の都市に移住した、この大変動の産物である。しかも、この驚くべき出来事は、一七世紀のヨーロッパ人の植民者がアメリカに移住したことの反復でもあった[22]。つまり、アメリカ誕生の神話が、黒人の「大移住」によって再演されたのである。もとより、南部とは、アメリカという「新世界」において再創造された「旧世界」である。しかもそれは、ヨーロッパ＝旧世界よりも古い旧世界なのだ。私は先ほど「諸世界のあいだのギャップこそが「世界」を生み出す」と述べたが、アメリカが特異なのは、一国のなかに時差を含んだ諸世界があるからである。『見えない人間』のニューヨークは、新旧二つの世界のコンタクト・ゾーンとして描き出された。

このような諸世界性は、『見えない人間』を『一九八四年』と差異化する要因にもなった。オーウェルが描いたのは、単一の世界である。オセアニアの外部は、事実上存在していない。三つの超大国はいずれもピラミッド型の全体主義社会であり、経済のために戦争を続けている点でも共通する。「冷戦」という言葉の生みの親にふさわしく、オーウェルはウィンストンとオブライエンという二者を鏡像のように向きあわせたが、それは『一九八四年』の世界が単一化されていることと切り離せない。

それに対して、ラルフ・エリスンの『見えない人間』は地上と地下、白人と黒人、北部と南部という二つの世界に分裂している。つまり、同一に思える世界は、実際には一つでなく、そこにはさまざまな「裂け目」がある。エリスンの主人公は、この時間的・空間的なギャップに潜り込むことによって「見えない人間」となった。エリスンが取り組んだのは、黒人の生を、社会的現実を超えた「超現実」に置き直そうとするシュルレアリスム的な企てであり、音楽の持続性がその支えとなった[23]。それはただの空想ではない。大規模な移住は、それ自体が超現実的な現実を生み出すのだから。

9、人間を資源化するレイシズム

私は本章を、新世界における先住民の「破壊」という衝撃的な事件から始めた。ただ、アメリカの先住民がヨーロッパ人を理性や信仰の問題に改めて向きあわせたのに対して、そこに連行されたアフリカの黒人は、そのような大規模な議論を引き起こさなかった。ラス・カサスでさえ、当初はアメリカ大陸のインディオの状況を改善するために黒人奴隷の導入を推奨していた――もっとも、彼は後年、アフリカでポルトガル人が黒人奴隷を不正に捕虜にしていたことを知り、過去の自分の不適切な発言を、深い悔恨の念とともに改めたのだが[24]。

ここからは、アフリカの黒人の苦境がインディオ以上に軽視されていたことがうかがえる。この苦境を固定化する言説がレイシズムである。エリスンはあるエッセイで、黒人が「制度化された非人間化の過程を辿るべく選ばれた人間的「天然」資源と認識されるようになった」と指摘している[25]。人種差別はヒエラルキーを固定化し、黒人を経済的な資源として扱うことを追認する言説であった。二〇世紀アメリカの黒人の「大移住」は、この固定的な枠組みを揺るがすだけの社会的なインパクトをもったが、それはレイシズムの消滅を意味しなかった。ここには根深い構造的問題がある。

もとより、主人は、奴隷がいなければ主人たり得ない。奴隷を再生産しなければ、主人の地位を保つことはできない。レイシズムはこの構造を持続させるために導入される。イマニュエル・ウォーラーステインは、偽装しにくい「肌の色」を都合の良いレッテルとして利用するレイシズムが、資本主義のシステムの支柱になったことを指摘した。

人種差別は決して単純な現象ではなかった。いわば、世界システム全体のなかでの相対的ステイタスを画するひとつの区分線があった。すなわち、「肌の色」による区分線なるものがそれである。〔…〕人種差別こそが史的システムとしての資本主義の唯一のイデオロギー的支柱であったし、それはまた、適当な労働力をつくりあげ、再生産してゆく上でもっとも重要なものであった[26]。

ウォーラーステインはここで表層（可視的なもの）と深層（不可視なもの）、この二つの作用から人種差別を理解しようとしている。前者は記号的なレッテル、つまりルックス（仮象）としての「色」である。それに対して、後者はカラー・ラインをたえず引き直し、主人を支える従属者（奴隷）を供給し続ける世界システムの構造である。優れた歴史家エリック・ウィリアムズ――トリニダード・トバゴの初代首相であり、一九一四年生まれのエリスンと同世代でもある――の見解を思い出すならば、人種差別から奴隷制が生まれたのではなく、逆に人種差別が奴隷制に由来する[27]。ウォーラーステインやウィリアムズの考えでは、奴隷制という経済問題が、黒人の資源化を正当化するレイシズムの原因なのである。

このような構造的な問題は、たんに良心の力だけで変更することはできない。確かに「肌の色」はたかだか表層的なレッテルにすぎないが、それを認識したからと言って、ヒエラルキーがただちに壊れるわけではない。それどころか、肌の色という外見を人間の奥深い本質と見なす言説は、ゲーテのようなヨーロッパの教養人によって強化された。ゲーテは『色彩論』（一八一〇年）で、色彩を求めてやまない人間の内的欲求を指摘しながら、肌や髪の色がいかに人間の根源に結びついているかを語った。彼によれば、ブロンドの髪と褐色の髪の人間とでは、その性格に「著しい相違」がある。そして、最も優れた色は「白」である。

これまでに見聞したすべてのことがらの結果として、われわれはあえて次のように主張したい。白人、すなわちその表面が白色から黄色味や褐色や赤味を帯びた色への変化を示している人間、要するにその表面が最も未決定の色に見え、何かある特殊な色彩に傾くことがほとんどない人間は最も美しい、と[28]。

ゲーテの考える白は、貨幣に似ている。つまり、白とは何にでも交換できる能力を備えた色、単色でありながら無限に変化し得る「未決定」の色であり、ゆえに白人は他のいかなる人種よりも美的に優越している。しかし、このような無限の可塑性や柔軟性（『一九八四年』はそれをむしろ悪夢に変えたのだが）が強調されるとき、資源として固定された黒人の現実は隠蔽されることになる。ただ、その一方、ゲーテは『ファウスト』では、無限の変身能力を備えたメフィストフェレスを黒い犬に変化させていた。ゲーテが理論的には白を特権化しながらも、文学では黒い悪魔に白と同等の力を与えたのは興味深い。白い主人ファウストはもともと、黒いメフィストフェレスがいなければ、生まれ変わることができなかった。二〇世紀のラルフ・エリスンの新しさは、この白と黒の織りなす色彩の政治に対して、「人目につくのに見えない」という新たな逆説を付け加えたことにある。

10、世界文学の影――デフォーとイクイアーノ

世界文学とは諸世界の狭間の文学であり、そこではしばしば可塑性が「悪」と隣接する――このような観点からは、四〇〇年の文学史が大きな弧を描いているように思える。一六世紀に旧世界の征服

者が新世界の人間と接触したとき、文学の世界性が萌芽した。そして、この世界で物言わぬ「資源」として影に隠された黒人が、二〇世紀のアメリカ文学において諸世界性を再生させた。

二〇世紀半ばに現れたオーウェル、ベケット、バラードの小説は、たとえどれだけ異様に見えたとしても、ヨーロッパ文学の進化史の延長線上で了解できる。彼らの文学はスウィフト、メアリー・シェリー、ゲーテ、ゾラらが人間の可塑性を拡大し、人間を人間以外のものに変容させようとする、そのプロジェクトの果てに現れた。しかし、このような「実験」の背後で、黒人ははじめから非人間的な資源としてその存在の仕方を歪められていたのではなかったか。エリスンの小説はまさにこの歪みの問題を突いている。

このように言うのは、一九世紀以前にはむしろ黒人を主体とする文学の予兆があったからである。もとより、文学史における黒人の表象の全貌をつかむのは不可能だとしても、いくつかの興味深い例を挙げられる。それはシェイクスピアの『オセロー』のように黒人（ムーア人）を主人公とする戯曲ばかりではない。

例えば、ロンドンではフランス革命と同年の一七八九年に、現在のナイジェリア生まれの元黒人奴隷オラウダ・イクイアーノが英語で記した自伝『アフリカ人、オラウダ・イクイアーノことグスタヴス・ヴァッサの生涯の興味深い物語』が刊行された。イクイアーノは故郷アフリカのしきたりやその清潔好きの習慣を紹介した後、拉致されて奴隷船の「積み荷」にされるという受難の経験を語る。つまり、肌の色の異なる恐るべき怪物たちによって、彼はまっとうな人間的な生活から、処分可能なモノへと強制的に変化させられた。

その後、イクイアーノは、船旅の途中で目にした西インド諸島での奴隷の処遇の悲惨さや白人詐欺師のずる賢さを詳しく述べる。しかし、彼はただ騙される一方ではなかった。イクイアーノはやがてキリスト教に改宗するとともに、経済的な成功を収める。彼の自伝的な語りは、神の摂理によって自由を獲得し、救済されるというストーリーに沿って進められてゆく。

ヒューストン・ベイカー・ジュニアによれば、イクイアーノの信仰のドラマを動かすのは「奴隷の経済学」である。というのも、売買される「動産」であったイクイアーノは、やがて自らが商品を扱う商人に成長するからだ。彼の自伝的なテクストは「世俗的な商人の日記」のように、取引を記録した帳簿に似ている[29]。彼にとって、自由は買い取られるべき商品と同じであり、取引の履歴こそが、彼のアイデンティティの核となった。

イクイアーノの自伝は黒人の「奴隷物語」の雛型となったが、その人生行路は半世紀以上前のデフォーの主人公のそれと、奇妙なまでに類似している。『モル・フランダーズ』の女性主人公と同じく、イクイアーノもアメリカのヴァージニア州とイングランドを移動する。さらに、故郷を離れて海賊の捕虜となり、やがて自分ひとりの島を手に入れて自立するロビンソン・クルーソーのように、イクイアーノも危機に満ちた航海のなかで船長となり、敬虔な信仰にめざめた勤勉な「経済人」として成功するのだ。自由を奪われて、恐怖と不安にさらされた捕虜が、経済的・宗教的地盤を手に入れて独立的な主体となる――デフォーとイクイアーノはこの主体形成の物語を共有していた。

しかも、イクイアーノの移動経路は、まさにクルーソーと同じく環大西洋的な広がりをもっていた。ヴァージニア、フィラデルフィア、マルティニク、イングランド等を横断するイクイアーノは、まさに黒人のグローバリストであり、世界との遭遇から来る彼の認識こそが白人の優位性を解体することになる。彼はキリスト教の神の名のもとに、肌の色を理由とした偏見を除去せよと「上品で傲慢なヨーロッパ人」に命じた。

自分たちが優越しているという高慢を溶かして、異色の兄弟たちの困窮と悲惨な状況に対する共感に変えよ。そして、知力は顔つきや肌の色にしたがって限定されないことを認めよ。世界を見渡して、もし歓喜を感じるのなら、その歓喜を和らげて他者への慈悲心に、そして、神への感謝にせよ。神は「一人の人からすべての民族を造り出して、地上の至るところに住まわせ」、その知恵はわれわれの知恵とは異なり、そのやり方はわれわれのやり方とは異なるのだ[30]。

これは実に驚くべき命令である。イクイアーノはヨーロッパの白人以上に信心深いキリスト教徒となって、神の意志を正しく実行するように宣告するのだから。ここには、ラス・カサスにも通じる普遍主義的な態度がある。

私は二〇世紀半ばのオーウェルとエリスン、つまりイギリスの白人文学とアメリカの黒人文学を対置したが、そもそも世界文学の源流には、イギリス人デフォーとアフリカ人イクイアーノという、交差することのなかった二人の一八世紀作家がいた。そこには、ヨーロッパの「光」とそれが生み出す「影」という双子の関係がある。人間の悪に直面した彼らは、ともに交換の力によって、人間性のリハビリを企てた。しかし、新世界における「悪の発見」という傷はその後も完治することなく、世界文学の人間像に不気味な揺らぎを与え続けたのである。

［1］グスタボ・グティエレス『神か黄金か』（染田秀藤訳、岩波書店、一九九一年）四一頁。

［2］同右、六、一七六頁。むろん、スペイン人をたんに粗野で邪悪な集団と見なすのも一面的である。グティエレスが強調するように、彼らは植民地支配の是非を神学的・法的な問題として徹底的に検討したのだから。「インディアスにおけるヨーロッパの存在の合法性と正当性に関する大論争を行う勇気は、スペインにしかなかったという事実」（二頁）は重要である。しかも、この大論争は、主観的な反省や訂正では終わらず、法的な責任論にまで及んだ。ラス・カサスは、財産と生命を不当に奪われたペルーへの賠償責任について論じている。彼の『インディアスの破壊をめぐる賠償義務論』（染田秀藤訳、岩波文庫、二〇二四年）参照。

［3］ラス・カサス『インディオは人間か』（染田秀藤訳、岩波書店、一九九五年）訳者解説参照。

［4］ホセ・アコスタ『新大陸自然文化史』（上巻、増田義郎訳、岩波書店、一九六六年）訳者解説参照。

［5］J・H・エリオット『旧世界と新世界 1492‐1650』（越智武臣＋川北稔訳、岩波書店、一九七五年）三二、八三頁。

［6］清水憲男『ドン・キホーテの世紀』（岩波書店、二〇一〇年）二九・三〇頁

［7］エリオット前掲書、一二〇頁。

［8］ガリヴァーは続けて、新世界に上陸した海賊がその貪欲ぶりを発揮して、先住民を虐殺する姿を想像している。これは、ラス・カサスの報告、さらには後のコンラッドの『闇の奥』とも共通する植民地での強奪の情景である。Claude Rawson, *God, Gulliver, and Genocide*, p.18.

［9］例えば、ロシアの共産主義（ボリシェヴィズム）は、人間そのものを新人類に生まれ変わらせようとする構想をもっていた。共産主義と「新しい人間」への欲望の結合については、佐藤正則『ボリシェヴィズムと〈新しい人間〉』（水声社、二〇〇〇年）が詳しい。

［10］ジェニファー・A・ウィキー『広告する小説』（富島美子訳、国書刊行会、一九九六年）二〇六、二四五、二六八頁。

［11］アラン・バディウ『思考する芸術』（坂口周輔訳、水声社、二〇二一年）一八九頁。

［12］O・ベルナル『ベケットの小説』（安堂信也訳、紀伊國屋書店、一九七二年）一七、三六、七二、一一六頁。

［13］ジョナサン・クレーリー「J・G・バラード　散乱する形態」（浅田彰他訳）『GS』（第四号、一九八六年）五一六頁。

［14］ゾラ「実験小説論」（古賀照一訳）『新潮世界文学』（第二一巻、新潮社、一九七〇年）八〇三頁。なお、生理学者による生物改造を描いたH・G・ウエルズの『モロー博士の島』（一八九六年）では、ベルナール＝ゾラ的な「実験」に内在する悪夢的要素が誇張されている。

［15］アラン・パジェス『フランス自然主義文学』（足立和彦訳、白水社、二〇一三年）一〇四頁。詳しくは、拙著『感染症としての文学と哲学』第四章参照。

［16］アントニイ・バージェス『1985年』（中村保男訳、サンリオ文庫、一九八四年）三一六頁。さらに、フェミニズム批評の視点からは、『一九八四年』が徹底して男性中心主義的であることも、しばしば批判の対象となった。支配層も反逆者もともに「ブラザー」として描く一方、ジュリアのような女性をもっぱら性的存在に押し込めたオーウェルに、ミソジニーの要素があることは否定できない。

［17］リチャード・ローティ『偶然性・アイロニー・連帯』（齋藤純一他訳、岩波書店、二〇〇〇年）三八七・八頁。

［18］レイモンド・ウィリアムズ『オーウェル』（秦邦生訳、月曜社、二〇二二年）四二頁。

[19] チャールズ・スクラッグズ『黒人文学と見えない都市』（松本昇他訳、彩流社、一九九七年）一六〇頁。
[20] ヒューストン・A・ベイカー・ジュニア『ブルースの文学』（松本昇他訳、法政大学出版局、二〇一五年）三一九・二〇、三四八頁。
[21] ラルフ・エリスン『影と行為』（行方均他訳、南雲堂フェニックス、二〇〇九年）九七頁。エリスンによれば、ユダヤ人が「聖書の民」であったのに対して、黒人は文学的な書物ではなくオーラルなコミュニケーションを表現の道具としてきた。それが、黒人作家を文学史にスムーズに吸収できない要因となった。しかし、このようなギャップを含むからこそ、小説はアメリカの民主主義を機能させるのに必須なのである。Ralph Ellison, *Going to the Territory*, Vintage International, 1986, p.278.
[22] スクラッグズ前掲書、二七頁。荒このみ『アフリカン・アメリカン文学論』（東京大学出版会、二〇〇四年）一六七頁。
[23] 実際、ジャズの評論家でもあったエリスンは、アメリカの黒人たちが再創造したシュルレアリスムに隣接していた。第一次大戦後のパリに生まれたシュルレアリスムは、まさに言葉の可塑性を拡大したことによって、黒人の恐怖や怒りを、新しい社会関係や新しい生の様式に転換させる力となった。ロビン・ケリーによれば「シュルレアリスムは、美学の教養などではなくて思考の解放にかかわる国際的な革命運動なのである」。エメ・セゼールのようなマルティニク島の黒人詩人からセロニアス・モンクのようなアメリカの黒人ジャズピアニストに到るまで、シュルレアリスムは超現実的な生き方を創出する技法として、つまり現実的な生への「介入」として利用された。ロビン・D・G・ケリー『フリーダム・ドリームス』（高廣凡子他訳、人文書院、二〇一一年）二〇、二五七頁。
[24] グティエレス前掲書、一五五頁以下。
[25] エリスン前掲書、四七頁。
[26] ウォーラーステイン『史的システムとしての資本主義』一二六、一二八頁。なお、主人が奴隷に依存すること、つまり奴隷制こそが近代の前提であることを早くに見抜いたのはヘーゲルである。ポール・ギルロイ『ブラック・アトランティック』（上野俊哉他訳、月曜社、二〇〇六年）一一一頁。
[27] エリック・ウィリアムズ『資本主義と奴隷制』（中山毅訳、ちくま学芸文庫、二〇二〇年）二〇頁。
[28] ゲーテ『色彩論』（木村直司訳、ちくま学芸文庫、二〇〇一年）三四一・二頁。荒前掲書は、白人こそ美しいというゲーテの考えを、ヨーロッパの「カラー・フォビア（肌の色恐怖症）」の一つの原点と見なしている（六七頁）。
[29] ベイカー前掲書、五九・六〇頁。
[30] オラウダ・イクイアーノ『アフリカ人、イクイアーノの生涯の興味深い物語』（久野陽一訳、研究社、二〇一二年）二二一・二三頁。

第一四章　不確実性——小説的思考の核心

1、小説は「壺」である——パスカル的転回

われわれは小説の登場を、人類学的な意義をもつ出来事として捉えることができる。人類の諸文化がそれぞれ世界理解の型をもつように、小説もいわば特異な人工知能として、世界を思考し、解釈し、再構成する。人間は小説を利用して、世界を了解し直す。その一方、小説はいわばウイルスのように、人間の利用を利用してその流通の範囲をグローバルに拡大した。本書で論じてきたのは、この謎めいた「知能」がいかなる進化のプロセスをたどり、その特有の機能をいかに獲得したかという問題である。

小説とは人間の心を言語のなかに巻き込んで、思考を引き延ばす装置である。それは人間の心そのものではないが、人間の心の諸機能（知覚、想像、情動、想起、予測……）を擬態する能力をもつ。この心のシミュラークルは、ときにかえって本物の心以上に複雑怪奇な多面体として現れるだろう。心と言語を結合させた小説が、ウイルスのように流行し、人間の思考の不可欠の隣人になったのは、それ自体が人類学的現象として注目に値する。

では、なぜ心のシミュラークルとしての小説がこれほど広く普及したのだろうか。それは思考の装

置としての小説に、時代の変化に対応し得るだけの何らかの優位性があったからではないか。私はこれらの問題に近づくのに、まずは思考そのものの思考を推し進めた一七世紀のパスカルの『パンセ』を足場としよう。

パスカルは「人間の尊厳のすべては、考えのなかにある。だが、この考えとはいったい何だろう。それはなんと愚かなものだろう」と記した。彼によれば、思考は人間の尊厳の根拠になるぐらい偉大であり、それでいてひどく愚かで卑しいものである。思考は確実なものや堅固なものを、実は何一つ与えない。ゆえに、人間が多くの不確実なもの、具体的には「航海」や「戦争」に賭けるのは当然である。「人が明日のため、そして不確実なことのために働くとき、人は理にかなって行動しているのである」[1]。デカルトが懐疑の果てに、思考しつつある我（コギト）という根源にたどり着いたのに対して、パスカルは存在の根源にいわば賭け続ける我を発見した。

もとより、パスカル自身は小説家ではないが、彼の洞察はその後の小説の時代の予兆になっている――初期グローバリゼーションの衝撃を受けた近代小説は、まさに航海や戦争のような「賭け」によって導かれたのだから。思考はもはや確実な地盤に到る技術ではなく、不確実性の海における賭けの連続に等しいのではないかというパスカル的な問いに、小説というジャンルは新たな活力を与えた。要するに、小説とはさまざまな不確実性を織り込んで思考し続けるための装置であり、近代とはこのような装置を必要とした時代なのである。

この「不確実性」にアクセントを置くと、小説の理解の仕方も当然変わってくる。小説はふつう人間の主体を中心としたジャンルと見なされるが、この通念は修正されるべきである。われわれは小説的思考を、デカルト的なものからパスカル的なものへと転回させねばならない。つまり、小説とは「我思う、ゆえに我あり」というデカルト的証明が、かえって「我あらず」の領野へと――主体の外部の不確実性へと——転じてしまうというパラドックスを内包しているのだ。そのため、小説ではしばしば、人間の中心化と脱中心化が共存することになる。

私はここで、小説をあらかじめ確実な中身をくり抜かれた壺になぞらえたい。面白いことに、ジャック・ラカンは壺を創造の寓意と見なした。ラカンによれば、壺は空虚を、つまり虚無（ニヒル）を自らの内部に孕み、かつこの無を満たすという運動を引き起こす[2]。あらゆる創造行為はどこか壺の制作と似ているが、小説にはとりわけそれが当てはまる。なぜなら、近代小説は《海》という広大な虚無を孕むことによって、世界性を獲得したからである。以下、この「壺」の形成を改めて歴史的に検証していこう。

2、ダンテからメルヴィルへ

一四世紀のダンテの『神曲』地獄篇第二六章で語られるオデュッセウス（ユリシーズ）の物語は、強い印象を与える。「この世界を知り尽くしたい」という知の欲望に駆り立てられたギリシアの英雄オデュッセウスは、家族を捨てて仲間たちと禁断の航海に出るが、地中海をめぐり、スペインやモロッコを横目にジブラルタル海峡を越えようとしたとき、神意によって船を転覆させられる。「やがて私たちの上には海がまたもと通り海面を閉ざした」[3]。不確実性への賭け＝航海は、神によって封印された。

西に向かう「狂気の疾走」を強制的に打ち切られ、神の禁止を破った罪によって地獄の火で焼かれるダンテ版のオデュッセウス——その苛酷な姿は、不吉とされた西方にあえて旅立ったコロンブス以降のヨーロッパ人の行動様式を、見事に先取りしている。ダンテはここで、未来の探検の時代を明晰に「予言」しつつ、峻厳に「拒否」した〔4〕。そればかりか、『神曲』のオデュッセウスは後の文学上の冒険者たち、特に『白鯨』のエイハブ船長の先駆けにもなった。ボルヘスによれば、両者はともに「刻苦と豪胆さによってわが身の破滅を招く」のであり、その最期の言葉まで似通っている〔5〕。

ただ『神曲』の場合、世界＝海への欲望は、地獄・煉獄・天国から成る三位一体の神学的構造のなかに拘禁された。ダンテは西方化としてのグローバリゼーションの欲望を厳しく断罪した。オデュッセウスの船が沈められ、海が閉ざされたとき、世界もまた閉ざされたのだ〔6〕。

逆に、およそ五〇〇年後の一九世紀の『白鯨』になると、海はもはやこのようなリジッドな構造に収容されず、むしろ不確実性に満ちた不定形の時空として現れる（第七章参照）。海をワープするように移動する鯨の出現は、確率的に推測するしかない。鯨を追跡するエイハブは部下の船員もろとも、ほとんど愚かしい賭けに身を投じる。海の不確実性に直面したメルヴィルは、尊厳と愚かさが「賭け」において両立するというパスカル的問題を、小説の核心に据えた。『白鯨』とはまさに、海を内部に孕んだ壺のような小説なのである。

3、《世界》に響くダイモンの声——ラブレーと海

ここで、ダンテとメルヴィルのあいだに一六世紀のフランソワ・ラブレーを挿入してみよう。ラブレーの奇想天外な小説『ガルガンチュアとパンタグリュエル』の「第四の書」（一五五二年）では、巨人族のパンタグリュエル一行が神託を求め、「出エジプト」の詩編の朗誦に見送られて航海に出る。この大船団は後の『ガリヴァー旅行記』のようにさまざまな部族の住む国を巡り、その奇妙で珍しい習慣や暮らしぶりを記しながら、当時の反動的な教会や医者に対して、強烈な批判を浴びせてゆく。

彼らの探検は断片的なエピソードの連続であり、『神曲』のような厳格な構造をもたない。暴風雨にさらされながら未知の島に気安く上陸し続けるパンタグリュエルらは、ときに巨大な鯨を退治し、ときに派手な戦争も引き起こす。この聖書のパロディのような多産多死の航海は、陽気であり、しかも危険に満ちている。パンタグリュエルによれば、航海者は「死にながら生きており、生きながらも死んでいる」〔7〕。ラブレーの海は、生にも死にも属さないオルタナティヴな人間を浮上させる。そして、この生と死のあいだで戯れる航海の終わりに、パンタグリュエルの心に突然謎めいた声が響く。

「ううん、なにやら」と、パンタグリュエルがいった。「急に、後ろから引っぱられるような気持ちがしてきたぞ。〈この場所に上陸するなかれ〉と命じる声が、遠くから聞こえてくるような気がするのだ。心のなかで、そのような気持ちの揺れを感じるたびに、わたしは、こうやって引き止められた方向に進むのをあきらめて、その場所を立ち去ったことを、それでよかったのだと思ったし、あるいは反対に、わが心が勧めた方向に従って進んでいった場合もあるけれど、それもまた、それでよかったと思っているのだ」

パンタグリュエルは祝祭的な船旅の終わりになって、〈この場所に上陸するなかれ〉という禁止の声を耳打ちされる。興味深いことに、彼の部下は、この不思議な声を「ソクラテスのダイモン」として説明する〔8〕。プラトンの『ソクラテスの弁明』によれば、ダイモンはソクラテスが間違いを犯しそうになったとき、それに「反対」する神霊の声として現れた。この不可視の霊的な声は、ソクラテスに「何をすべきか」は一切教えず、その代わり「何をしてはならないか」を告げた。『神曲』のオデュッセウスを束縛した神の厳格な禁止とは違って、「ソクラテスのダイモン」の唐突な声は、内的であり、謎めいている。だが「その行為は間違っているから引き返せ」という内なる否定の力は、パンタグリュエルの旅の性質を劇的に変える。この宣告に従うようにして、世界を陽気に航海してきたパンタグリュエルの物語は、慌ただしく閉じられる。そのとき、快活な探検の旅は終わり、進むべきとも退くべきとも決められない根源的なあいまいさが立ち現れてくる。

世界進出に反対する「ソクラテスのダイモン」の声をきっかけとして、パンタグリュエルの心に未知の揺らぎや迷いが生じること——この意外な展開は、ラブレーと同世代のスペインのラス・カサスが、新世界の悪を批判したことを思わせる。なぜなら、ラス・カサスはヨーロッパの言論空間に「その行為は間違っているから引き返せ」というダイモンの声を、キリストの霊とともに響かせた張本人なのだから。陽気なパンタグリュエルをあいまいな心境に導くダイモンの声は、新大陸でのジェノサイドを引き起こした黒い歴史とどこか響きあっているように、私には思える。

一四世紀のダンテは神学的な構造のなかで、未知の世界への誘惑を断ち切った。しかし、ラブレーやラス・カサスの時代になると、世界は「ソクラテスのダイモン」のような不可解な力、禁止を発する超自我の声を呼び覚ます。《世界文学》は一方的な拡大の意識ではなく、むしろその拡大を抑制する無意識の声を内包しているのだ。この内的な禁止の声を振り切って、なおも世界を求めることは、常人離れした異常な意志を要求する。現に、ダンテ版のオデュッセウスの狂気を引き継いだ『白鯨』のエイハブは、慎重さを求めるスターバックの声を無視し、決然と海に乗り出した。裏返せば、狂気の力なしには、自己はただちにあいまいさや不確実性に呑み込まれてゆく。それが《海》との接触の帰結である。

人類学的な視野から言えば、このことはきわめて大きな問題を含んでいる。例えば、中国にも主体のモデルはあった。しかし、それはエリート知識人の抱く強烈な「憂愁」のなかで成立するものであり、世界進出の後にその禁止を宣告する「ダイモン」の声とは関わりがなかった［9］。私がここまで、主体に対する世界の先行性を強調してきたのは、このような差異を浮き彫りにするためでもある。

4、陰謀にくり抜かれたシェイクスピア的主体

私は先ほど、小説を「さまざまな不確実性を織り込んで思考し続けるための装置」と呼んだが、その思考は霊的な声にあらかじめ規定されている。この「あらかじめ」の問題を考えるのに格好の道標となるのが、小説家でなく劇作家ではあるが、ラブレーの死のおよそ一〇年後に生まれたシェイクスピアである。なぜなら、シェイクスピアの作品では、劇が始まる前に多くの重大な出来事がすでに起こっているからである。

例えば、一七世紀初頭の『マクベス』の観客は、幕が開いて早々に、怪しげな三人の魔女を目撃する。詩人マラルメの秀逸な批評によれば、このシーンはアクシデントの産物である。魔女たちは本来隠されるべき舞台裏の存在であるのに、うっかり観客の前に暴露されてしまった。「この傑作にあって、幕が単に、一瞬、早く開いてしまったのであり、ために宿命の企てる陰謀が露呈させられたのだ」［10］。軍人マクベスは国王を暗殺するが、このクーデターは冒頭の魔女の予言と陰謀に踊らされただけである。マクベスの主体性は、あらかじめ大幅にくり抜かれている。劇の始点ですでに事実上の終点が予告されているという点で、『マクベス』はアンチ・ドラマとすら言えるだろう。

『マクベス』に限らず、シェイクスピア劇は陰謀の先行性、あるいは人間の「遅れ」を構造化している。そして、この「遅れ」の犠牲になるのは、もっぱら社会システム内部のエイリアン的な他者である。批評家のレスリー・フィードラーによれば、シェイクスピアは四種類の他者の元型、すなわち

女性（『ヘンリー六世・第一部』）、黒人（『オセロー』）、新世界の先住民（『テンペスト』）、ユダヤ人（『ヴェニスの商人』）を作中に書き入れた[11]。これらの他者は、ヨーロッパ社会のヒエラルキーのなかで、あらかじめその存在の意味を規定されている。たとえ魔女が登場しなかったとしても、これらの劇ではしばしば社会の悪意や陰謀が先行しており、他者はそこに遅れてやってくるのだ。

なかでも、ヴェニスを舞台とした『オセロー』は、レイシズムの前史を捉えた重要な作品である。一六世紀末の段階では、人種差別はまだ大規模な体制や教義になっていなかったが、それでもすでにアフリカ出身の黒人には奇形や怪物に近いイメージが与えられ、白人たちの嫌悪を向けられていた[12]。黒い肌をしたムーア人のオセローは、流浪の末に国際都市ヴェニスに受け入れられ、多大な功績をあげた軍人だが、その反面、彼は異常なよそものとして否定的な評価を下されてもいる。オセローは社会の中枢にいて名声を獲得しながら、その社会に帰属していない。

ここで重要なのは、ヴェニスにとっての潜在的な怪物オセローが、軍事力のみならず語りの技術によって象徴的な力を獲得したことである。彼は自らの功績を言葉巧みに宣伝し、このプロパガンダによって自らの権力と地位を増進させる。ヴェニスの良家の娘デズデモーナがオセローと結婚するのは、彼の語りの力によって認識を操作されたためである。アラン・ブルームが指摘したように「デズデモーナは、彼［オセロー］の物語ゆえに彼を愛する」。デズデモーナはヴェニスの提供するあらゆる価値観、その最善のものにすら満足できないでいる。そこに彼女が、異邦人オセローとの不釣りあいな結婚を選ぶ要因があった[13]。

要するに、オセローの語りはリアリティの基準を攪乱し、ありそうもないことを引き起こす。デズデモーナはその境遇も肌の色も、何から何まで自分とは正反対のオセローをことさら結婚相手に選ぶ。だが、この異例の結婚は、不可解なほどに強烈な悪意にさらされて破局を迎える。この悪意を具現化したのが、オセローの部下の軍人イアーゴーである。

　オセローを執拗に陥れるイアーゴーは、ゴシップの化身のような人間である。イアーゴーの言葉は常に教訓的・格言的である。つまり、彼は自らに固有の言葉を話すのではなく、社会にあらかじめ流通している教えを戦略的にサンプリングし、それをオセロー夫妻への誹謗中傷の言葉として効果的に機能させるのだ。ゆえに、イアーゴーが「彼を取り巻くすべての人々の忠実な鏡」（アラン・ブルーム）と見なされるのも不思議ではない[14]。

　シェイクスピアの描くヴェニスは、香辛料貿易で栄えた開放的な国際都市というだけでなく、ゴシップと自己宣伝の充満した不穏な都市でもある（この性格は、貿易商とユダヤ人金融業者を法廷で対決させる『ヴェニスの商人』にも当てはまる）。オセローは黒い肌の移民であり、性的に放埒という噂を立てられている。その一方、美貌のデズデモーナも若い男を漁っているのではないかという性的な好奇心にさらされている。つまり、事実はどうあれ、性的なゴシップがこの異例の有名人カップルを取り巻いている。

　したがって、ゴシップと確執を増大させるイアーゴーは、実は悪意の創作者というよりも、共同体の欲望を反射した悪意のシミュラークルである。彼の陰謀によって、オセローは自身に向けられた不定形の悪意に気づかないまま、妻であるデズデモーナにこそ悪意を認める。この致命的な誤解が嫉妬、つまり「緑色の目をした怪物」を肥大化させ、オセローを自滅へと導く。

　もとより、イアーゴーは伝統的な道化役の変形だが、シェイクスピアはそこに「人種差別的トリックスター」という特異な性格を付け加えた[15]。彼は、社会の通念やルールと戯れながら、その悪ふざけを強烈な悪意へと横滑りさせるジョーカーである。彼の特徴は、自ら事の真相を探ろうとせず、真偽不明の伝聞情報だけでオセローへの悪意を膨張させるところにある。

おれはムーアが憎い。世間の噂では、奴はおれの寝床に這いずりこみ、おれの代わりを勤めやがったという。本当かどうか、おれには解らない。だが、おれという男は、そうと聞いたら、ただの疑いだけでも、あたかも確証あるもののごとくやってのけねば気がすまないのだ。（第一幕第三場／福田恆存訳）

オセローを失墜させるためには、イアーゴーは屈辱的な被害者（寝取られた夫）を演じることも辞さない。ジョーカーである彼にとっては、事実ではなくゴシップやジョークこそが本物であり、フェイクを現実に変えるためには、自他の人生を犠牲にしても一向に平気なのである。

こうして、イアーゴーは『マクベス』の魔女と同じく、劇全体に浸透した不可視の悪意や陰謀の代理人として現れる。オセローやマクベスの主体性は、あらかじめ陰謀とゴシップにハイジャックされており、そのことが卓越した軍人である彼らから誇りや自信を奪い、その心境をあいまいで不定形なものに変える。ラブレーが「ダイモンの声」によってパンタグリュエルを不確実な心に導いたとしたら、シェイクスピアはその声の対応物を魔女の陰謀やゴシップの悪意に求めた。主人公に卓越した能力を与えつつ、その信念を「壺」のようにくり抜くこと――そこにシェイクスピア的な「悪」の本質がある。

5、世界性と主観性の結合

世界文学の進化を考えるとき、ラブレーとシェイクスピアを生んだ一六世紀に、重大なブレイクスルーが起こったことは明らかである。文学の中心はしばしば「壺」のようにくり抜かれ、不定形なものや不確実なものが浮上した。一六世紀後半の哲学者ジョルダーノ・ブルーノが「無限」の概念によって、特定の中心をもつ宇宙像を破棄したように、同時期の文学にも、自我の中心性を解除する力が書き込まれたと言えるだろう[16]。

ただ、続く一七世紀ヨーロッパの小説は、セルバンテスの『ドン・キホーテ』という巨星から始まったわりに、その進化はいささか低調であった。フランスではコルネイユ、ラシーヌ、モリエールという古典主義を代表する三人の劇作家が活躍する一方、シャルル・ソレルの『フランシヨン滑稽物語』――『デカメロン』やスペインのピカレスクロマンの遺産を継承したエロティックな諷刺小説――から、心理小説の先蹤となったラファイエット夫人の『クレーヴの奥方』に到るユニークな小説が書かれたものの、セルバンテス死後数十年の小説の歩みは、総じて「不規則で緩慢」であった[17]。

その反面、一七世紀には重大な知的変革が相次いだ。ニュートンやライプニッツらが科学を飛躍させる一方、デカルトやジョン・ロックを契機として哲学の「主観性への転回」が生じた。その影響力の及ぶ範囲は、狭義の哲学のなかに留まらなかった。一七世紀から一八世紀に生きたデフォーが、ロックやフランシス・ベーコンらの経験主義的な哲学を引き継いだことは、すでに述べたとおりである（第三章参照）。

一八世紀の小説の画期性は、この一七世紀に創出された主観性のテーマのなかに、一六世紀の世界性のテーマを再導入したことにあった。つまり、主観性と世界性の結合――自己の中心化と脱中心化という両極性――が、近代小説を特徴づけている。

例えば、スウィフトの『ガリヴァー旅行記』は、巨人が船で架空の諸外国をめぐるラブレーの『ガルガンチュア』と似ているだけではなく、ラス・カサスの記述した新世界でのジェノサイドの問題も取り入れていた（前章参照）。あるいは、ラブレーの愛読者であった一八世紀後半の牧師ローレンス・スターンは、ディドロによって「イギリスのラブレー」と呼ばれた［18］。ともにアイルランド生まれのスウィフトとスターンは、ラブレーに代表される一六世紀的な「世界」への志向を再創造したのである。

この世界性によって、一八世紀の小説の主観性は一七世紀の哲学的なモデルを超出する。現に、スターンはジョン・ロックの自我同一性の哲学を支える観念連合説をパロディにするようにして、奇想天外な小説『トリストラム・シャンディ』を書いた。このとき、スターンの思想は同世代のスコットランドの哲学者ヒュームに接近する。心の科学を構想したヒュームはロックを批判しながら、自我を移ろいやすい知覚の束と見なしたが、それは脱線や不確実性を強調したスターンの小説と相通じるものがある。一八世紀的な「我思う」は「我あり」（主観）だけではなく、「我あらず」（世界）も呼び覚ましたのだ。そのとき「私」は「私の不在」を伴うことになる。

さらに、一八世紀の小説は、欲望の機能の評価という新たなプロジェクトにも進んだ。ジャック・ラカンによれば、ディドロやサドは「欲望の自然主義的解放」とでも呼べるもの、つまり「快楽人間」の思考を追求した。それは神や家族に対する挑戦であるだけではなく、欲望が何をなしうるかのデモンストレーションにもなった。そこでもやはり、「我思う、ゆえに我あり」というデカルト的な主体モデルを超えた欲望の作動が発見される。ラカンがサドの小説の論理に、自意識を超えた一種の「自然法則」や「プログラム」、つまり私の不在を見出すのは、そのためである［19］。

このように、一八世紀の小説は一七世紀の哲学とは異なるやり方で、主観性の探究のための新たな「プログラム」を準備した。小説という壺の内側には「世界性」という謎めいた空洞が開け、それが思考を惰性的な状態から解き放つことになった。繰り返せば、それはデカルト的な確実性の思考からパスカル的な不確実性の思考への移行として説明される。一七世紀のパスカルが断章的なスタイルで記した問題を、それ以降の小説家は、前進的で息の長い「散文」によって、多面的に描き直したのである[20]。

6、主体を大地から拉致する地震――デフォーとカント

一八世紀の新興の小説家＝散文家は、オープンで不確実な世界への冒険を活気づけたが、前進的な冒険者に集中すればするほど、その主人公をあらかじめくり抜く力が目立つという逆説も、小説の思考を規定するようになった。小説を読むとき、われわれは主体という「図」にフォーカスするだけでなく、主体の背後にあって主体をあらかじめ規定する「地」を考慮に入れなければならない。

この問題を、地震を例として考えてみよう。ヴォルテールが『カンディード』で一七五五年のリスボン地震の惨禍を取り上げる以前に、デフォーの『ロビンソン・クルーソー』はすでに島の地震で生き埋めになる恐怖を記していた。島のクルーソーは、自分一人のための衣食住の場所を建設しようとするが、この建設の途上で不意に地震が起こり、彼を心底驚かせる。

> 地震という出来事そのものに、私はひどく面食らった。こんな感覚は味わったことがなかったし、他人から話に聞いたことさえなかったものだから、死んだように全身が麻痺してしまった。大地が動くので、まるで波に揺られたように吐き気を覚えた。（118‐9）

堅固な大地が、未知の地震によっていきなり「海」に変わってしまう――このショックが、クルー

ソーの存在を揺るがし「吐き気」を催させる。デフォーは足元の大地の震動によって、クルーソーの心身を麻痺させる。島のクルーソーは、すべてを自己決定する主体としてふるまうが、地震はその核をくり抜いて、主体を壺のような存在に作り変えてしまった（なお、前章で言及したアフリカ人オラウダ・イクイアーノの自伝でも、ヨーロッパで地震を初めて体験したときの恐怖が記されるのは興味深い）。ここにも「我あり」が「我あらず」の領域を開示するという逆説がある。

もともと、デフォーの小説には、人間が拉致されて別世界に強制連行されるという受難へのオブセッションがあった。それは、海賊に襲われて捕虜になり、島では地震によって海のイメージに引き戻されるクルーソーだけではない。例えば、『船長シングルトン』（一七二〇年）では、人さらいによって拉致されてジプシーに育てられた少年が、やがて名高い海賊になってゆく顚末が語られる[21]。つまり、安全な土地から引き抜かれて、自己のコントロールの権利をいったん喪失することが、デフォー的主体の成立する「条件」なのだ。

さらに、主体を大地から拉致する地震というテーマは、哲学のコンテクストにおいても重要である。私はここで、デフォー最後の長編小説『ロクサーナ』の刊行された一七二四年に生まれたカントの学説に注目したい。

リスボン地震の直後に、若きカントが地震の自然学的な研究に取り組んだことはよく知られている。彼は地下の洞穴に蓄えられた「火」を地震の原因と見なしたが、それは今から見れば誤りにすぎない。ただ、より重要なのは、不可視の地下が複雑な「多様な迷路」で結びついているというカントの見解である。地震が教えるのは、地下こそが真にグローバルな世界だということであり、そこからは地上の人間は「異邦人」として理解される。

人間ははかないこの世の舞台上に永遠の庵を結ぶようには生まれついていない。人間の全生涯ははるかにもっと高貴な目的をもっているのだから、この世の無常がわれわれには最大で最重要に思われるもののうちにすら垣間見させる破滅はみな、みごとにこの目的に合致してはいないであろうか[22]。

『カンディード』の著者ヴォルテールにとって、リスボン地震が「すべては善である」という最善説への挑戦であったように、カントにとっても、地震は哲学的な教えであった。ただ、両者の力点には違いがある。カントの考えでは、住処を破壊する地震は、人間の目的が「地上の富」の追求とは別のところにあることを教えている。なぜなら、地上での経済的な充足を達成しても、それはいずれ地震によって解体される運命にあるのだから。さらに、カント本人がそう述べたわけではないが、彼は恐らく『カンディード』の「何はともあれ、自分の庭を耕さねばならない」という結論にも同意しないだろう。「庭」はあくまで地上の場所だからである。

人間の目的をはかない地上で完結させてはならない——カントのこの地上中心主義批判は『ロビンソン・クルーソー』に対するコメントのようにも読める。デフォーが地震によって示したのは、地上の勤勉な主体性をくり抜いて、麻痺させる地下の力である。このアクシデントによって、クルーソーは地上の島に立派な住居を築いても、そこがいつでも流体的で不確定的な「海」に変わり得ることを理解する。「人間ははかないこの世の舞台上に永遠の庵を結ぶようには生まれついていない」というカント的な認識は、デフォーの海的実存のあり方とも共振していたように思われる。

7、脱中心化の運動——あいまいさの巨匠スターン

このように、小説は主人公の自己を中心化するが、それはかえって、自己を脱中心化する力をも浮き彫りにする。この脱中心化の運動を極限に導いたのが、一七一三年生まれのローレンス・スターンの大作『トリストラム・シャンディ』である。

この一八世紀半ばの奇妙な小説は、イギリスの紳士トリストラム・シャンディの自伝として書き出されるにもかかわらず、記述の精密さを期すという言い訳のもとで、主人公の生まれる前の親たちのエピソードが膨張し、自伝をのっけからハイジャックしてしまう。本来は前に直進するはずの自伝的な散文が、通常の軌道から外れ、謎めいた自転を始める——この言葉の渦のなかに、主人公の自己以外のものたちが大量に巻き込まれてゆく。

繰り返せば、小説的思考のパスカル的特徴は、自己の中心化と脱中心化、あるいは自己の強化と脆弱化がともに進行することにあった。『トリストラム・シャンディ』はその破天荒な書き方によって、かえってこの近代小説の特徴を模範的に示している。語り手トリストラムは「脱線」こそが読書の生命だと述べながら「二つの相反する動き、お互いに両立できないと考えられた動きが、この著作に持ちこまれて、しかも融和している——一言でいうならば私の著作は脱線的にしてしかも前進的——それも同時にこの二つの性質を兼ね備えているのです」（第一巻第二二章）と自画自賛するが[23]、この「二つの相反する動き」とは、まさに自己が自己以外のものにくり抜かれる運動に等しい。こうして、スターン的な自己はいわば「壺」のように象られてゆく。

この常軌を逸した運動は、トリストラム・シャンディの自己の中心性だけではなく、小説を成り立

たせる文字の中心性をも解体した。スターンが『トリストラム・シャンディ』に黒や白一色のページを挿入したり、大理石模様の挿絵を入れたりと、奇抜なイメージを導入したことはよく知られている。それらはまさに「偶発的なイメージ」の表現であり〔24〕、そこには二〇世紀の絵画的実験(偶然性を利用したアクション・ペインティングや、「無対象の世界」を追求した抽象絵画)がいち早く予告されていた。小説を支配する文字にイメージの穴を開けること――このような破格の表現を駆使したスターンについて、ニーチェは『人間的、あまりに人間的』のなかで卓抜な見解を示している。

彼[スターン]の賞賛さるべき点は、完結した冴えた旋律ではなくて、いわば「無限旋律」であろう――明確な形式がたえず打ち破られ、乱され、不確定なものへと移しかえられ、その結果同時に二重の意味を持つに至るような芸術様式に与えられる名称としての「無限旋律」である。スターンはこういう曖昧性の巨匠である〔25〕。

ニーチェが言うように、あらゆる「まじめさ」や「厳粛さ」を嫌悪したスターンは、真剣さと笑い、深遠な思考と滑稽さを共存させた。彼の小説では、知者と愚者の見分けもつかず、作者が読者になり、読者が作者になる(第三巻には、白紙のスペースをもうけ、そこに読者が自分なりに作中の女性像をイメージするように指示する場面もある)。『トリストラム・シャンディ』を貫く「シャンディイズム」は、このめくるめく転変を、つまりあいまいさや不確実性を全身で生き抜こうとする態度である。

私が本章で言及した作品は、いずれも主体の背後の存在に具体的な事件性を与えていた。しかし、あいまいさの巨匠スターンの小説は、ダイモンの声にも魔女にも地震にも頼らない。始まりも終わりも打ち消すスターン流の無限旋律のなかでは、不確実性の領野は一切の輪郭をもたないまま、雲のように拡大してゆく。無軌道性という軌道をもつ流体的な文章のなかで、不確実性を解放しつつ管理すること――それがスターンの発明した驚くべき手法であった[26]。

8、ロマンティック・アイロニー――不確実性を吸収する主体

繰り返せば、ヨーロッパ小説は『神曲』のような包括的な世界像がひび割れた後の文芸ジャンルであり、一六世紀の「世界」との遭遇がその進化の起爆剤となった。近代小説は主体を中心化する一方で、主体の背後、つまり主体のコントロールを超えた不確実性へのオブセッションがある。スターン的な「あいまいさ」の源泉もそこにあった。

ただ、一九世紀になると、世界にアクセスしようとするヨーロッパ文学の欲望は総じて減退したように思える。例えば、スタンダールの『パルムの僧院』（一八三九年）の血気盛んなイタリア人主人公ファブリスは、ナポレオンのワーテルローの戦争に参加するが、戦争が何かもろくに分からないうちに負傷する。それでも戦争への情熱を捨てない彼は、ニューヨーク市民となり、アメリカ共和党の兵士になりたいという希望を、後見人である公爵夫人に語るが、彼女は即座に「あそこに戦争なんてありゃしません。けっきょくカフェ生活に落ちるのが落ちです。ただ優雅も音楽も恋もないだけの違いよ」と言い切り、アメリカという新世界を不毛で退屈な社会として抑圧する[27]。

一九世紀の文学において、不確実性のテーマは『トリストラム・シャンディ』ふうのユーモラスかつセンティメンタルな「無限旋律」によって奏でられるのではなく、ファブリスのような感情の激しいアップダウンによって表現された。私はこの心情を、革命を実現し損ねたがゆえの「長い二日酔い」と形容したが（第六章参照）、ここではこの二日酔い的な主体の先にある、別の主体化の経路に注目

してきたい。それは、ゲーテに続くフリードリヒ・シュレーゲルやノヴァーリスらドイツ・ロマン派が思想的に洗練させた「アイロニー」である。

簡単に言えば、アイロニーとは一階の自己のふるまいを、超越論的な二階の自己の「反省」によって管理し修正しようとする自己二重化のプログラムである。さまざまな予測不可能な経験にさらされる主体を、メタレベルからたえずモニタリングすること、つまり世界の諸事象に没入してはアクシデントに直面し続ける自我を、クールに突き放して観察すること——この往復運動がアイロニーの真骨頂である。アイロニーは不確実性を弾力的に吸収することによって、自己の脆弱性を減らす技法となった。

アイロニカルな主体は、不確実性に満ちた一階のオブジェクトレベルを、メタレベルの反省によって安定させる。シュレーゲルはこのアイロニカルな反省を、文学の中心的問題に格上げした。メタレベルのチェック機能が保たれていれば、たとえカオスに呑み込まれても自己は崩壊せずに済む。裏返せば、二階の大人の反省や修正の機会さえ保証されていれば、一階の子どもは遠慮なく冒険できるだろう。シュレーゲルらが推進したロマンティック・アイロニーの思考においては、自己を二階の反省によって超越すること（＝自己超出）だけが、真に自己自身であるための秘訣なのである[28]。

こうして、ロマンティック・アイロニーは不確実性やカオスを吸収する心的態度を養成した。だが、アイロニーも万能ではない。例えば、一階の自己にかかる負荷やショックが飛躍的に増大し、アイロニカルな自己二重化では処理しきれないほどの水準に達すればどうなるか。要は、一階がつぶれてしまえば、二階の自我も一緒に壊れてしまうのではないか。現にE・A・ポーが『ピム』で描いた、強烈なショックを受けて無感覚な肉と化したゾンビにおいては、アイロニカルな主体はもはや成立しようがない。一階の自己（経験）に修復不可能なダメージを負ったゾンビは、もはや出来事の意味を了解するだけの思考も知覚ももたない。

二〇世紀に入ると、このアイロニーの崩壊現象はいっそう顕著になった。ヴァルター・ベンヤミンが大戦間期に問題にしたのは、まさにこのことである。ベンヤミンの興味深い観察によれば、第一次大戦の戦場から帰還した兵士たちは、自らの苛酷な経験を物語る術をもたず、ただ押し黙ったままであった。あまりにも強烈な破壊と爆発は、彼らの一階の経験を増やすどころか、かえって極端に貧困化してしまった[29]。ここにもやはり、アイロニーの限界が露呈していた。アイロニーが機能するのは、外的なショックが人間の限界を超えないときのみである。

9、ロマンティック・エコロジー——不確実性を吸収する《深い時間》

では、一九世紀のドイツ・ロマン派の企ては却下されざるを得ないのか。そう単純でもない。というのも、彼らは主体を二重化するロマンティック・アイロニーに加えて、いわば「ロマンティック・エコロジー」とでも呼ぶべき想像力を育てたからである。それは、カオスや不確定性を吸収する環境、およびその環境を母胎とする《深い時間》(deep time)を象ろうとする想像力である。

私は先ほど『ロビンソン・クルーソー』の地震に、主体を脱中心化するショックを認めた。それに対して、一九世紀初期のロマン派は、むしろ大地の底に主体性を温存する静穏な時空を発見した。その背景には、鉱物の世界への産業的・学問的な関与があった。鉱業を嫌悪したフランスのルソーと違って[30]、ドイツの著述家たちは総じて、鉱業と切っても切れない関係にあった。

地質学や鉱物学に関心を寄せたゲーテは、イルメナウ鉱山再開発の監督を務めるとともに、花崗岩を「原岩石」とする「地球の生成」に関わる壮大な理論を構築しようとした[31]。かたや、ドレスデンに近い小都市フライベルクの鉱山大学で学び、若くして鉱山官に抜擢されたアレクサンダー・フォン・フンボルトは、ヨーロッパ各地の鉱脈を調査する一方、ゲーテと違って玄武岩をより古く根源的なものと見なし、地質学を二分する論争を巻き起こしたが、両者ともに、鉱山を地球の謎を解き明かす入口としたことに違いはない。アメリカのメルヴィルにとって捕鯨船が「大学」であったとすれば（第七章参照）、ドイツの思想家たちにとっては、鉱山がそれに当たるだろう[32]。

鉱物はドイツの文学的想像力にも決定的な影響を与えた。シュレーゲルと並ぶドイツ・ロマン派の旗手ノヴァーリスは鉱山学校の出身であり、その体験は彼が「メルヒェン」と称する代表作『青い花』（一八〇一年）で生かされた。主人公の青年ハインリヒ・フォン・オフターディンゲンは夢で見た変幻自在な青い花に惹きつけられ、その憧れから旅に出る。それは、野蛮で粗野な原始社会でもなく、洗練されてはいるが平凡でつまらない近代の産業社会でもない、いわば第三の社会、つまり「質素な服装の下に高雅な姿をつつんだ深遠なロマン的な時代」を探し求める旅であった[33]。

ノヴァーリスは、そのロマンを鉱山に凝縮させた。彼の描く坑夫たちは、採掘に無心で取り組むが、利益を得ることには関心がない。神の恵みを受けた彼らは、富や名声への欲望に縛られない、まさに「質素」にして「高雅」な精神的自由人である。ノヴァーリスにとって、誰にも見られないまま、無限に変容し続ける青い花や鉱物は、ロマン主義の理念を凝縮したオブジェとなった。ロマン主義は「限定や限界のなさ」を評価する思想であり、鉱物は時間的な限定性を忘れさせる点で、そのロマンの理想を満たしていたからである。

このノヴァーリス的な想像力を印象深い物語に転化させたのは、ドイツ・ロマン派の小説家E・T・A・ホフマンの短編小説「ファールンの鉱山」（一八一九年）である。ホフマンは、若い坑夫が鉱山で結晶化したという逸話をリメイクした。その主人公エーリス・フレーボムは、東インド貿易の拠点であるスウェーデンの港町イェーテボリの喧騒を離れ、リンネも調査した巨大なファールン鉱山に導かれる。海の荒々しく落ち着かない冒険にうんざりしていた彼にとって、鉱山の地底は自然の秘密を学ぶ場となった。エーリスが海を覗き込むシーンには、海の鉱物化が幻想的に描かれている。

〔…〕かれは水のなかをのぞきこんだ。すると、なにやら、銀色の波が凝固してきらきら輝く雲母と化し、その雲母のなかで、美しい大きな船がつぎつぎと溶けていくかのような、また、晴れた空にいましも黒雲がわきあがりはじめたとみるや、低くたれこめ、濃密になって、岩石の丸天井と変じていくかのような、そんな気がしてくるのだった[34]。

ホフマンはここで、グローバリズムの舞台となった《海》を、透明な鉱物の溢れる《地下》に置き換えた。これは一八世紀から一九世紀にかけて、ヨーロッパ文学における世界性の場が変化したことを示唆する。ホフマンはノヴァーリスと同じく地理学や鉱業のイメージを利用しながら、産業社会の発見した鉱山を、かえって産業社会に汚染されない「楽園」に読み替えた。

エーリスは鉱脈の「澄みきった水晶」のような透明さにすっかり魅惑されて、それこそが本物の世界だと信じる一方、地上に生きる自己は偽物だと感じる。このロマンティックな「分裂」が、エーリスをたえず地下の金属質の楽園へと向かわせる。彼の心身はやがて楽園を治める「女王」に抱擁され、鉱物の世界と同化する。そこは、地上とは別の時間性に基づく世界であったため、五〇年後に掘り出されたエーリスはまったく腐敗せず、その顔も若く生き生きとしたままであった。

要するに、海が空間的に広いとしたら、鉱山は時間的に深い。シュレーゲルのロマンティック・アイロニーが自己を二重化したまま保つのに対して、ホフマンのロマンティック・エコロジーは海上の落ち着かない自己を、地下の深層の安らいだ自己に置き換える。それによって、海の不確実性やカオスは、鉱物の無限の時間のなかに静かに吸収されたのである。

もとより、ノヴァーリスにせよホフマンにせよ、彼らの文学では鉱山にまつわるロマンティックな幻想性が勝ち過ぎている感は否めない。ただ、彼らが地質学的なスケールに基づく《深い時間》に接触したことは、ここで評価されてよいだろう。その後、イギリスのチャールズ・ライエルが飛躍させた地質学は、時間の尺度を数十億年という単位にまで拡大した。このあまりにも長大な地質学的時間においては、起点や終点という線的な概念は無効化され、無限に循環する時間が現れてくる[35]。

私はここまで「世界から引き返せ」というラブレーのダイモンの声に始まる、主体を壺のようにくり抜く不確実性の領野に注目してきた。シェイクスピアの魔女、デフォーの地震、スターンの偶発性、ホフマンの鉱山、メルヴィルの鯨——これらはいずれも主体の背後や足元にあるもの、つまり主体の計算を超えたものであり、この不確実性や虚無が小説を空洞の壺に仕立てた。ドイツ・ロマン派の一つの功績は、この小説という壺に《深い時間》を導入したことにあり、その人間のコントロールの及ばない時間というテーマは、二〇世紀の文学において大きな飛躍を遂げることになった。次章で詳しく論じよう。

[1] パスカル『パンセ』（前田陽一他訳、中公文庫、二〇一八年）二五九、一八三頁。

[2] ジャック・ラカン『精神分析の倫理』（上巻、小出浩之他訳、岩波書店、二〇〇二年）一八一頁。

[3] ダンテ『神曲　地獄篇』（平川祐弘訳、河出文庫、二〇〇八年）三五一頁。

[4] レスリー・A・フィードラー『消えゆくアメリカ人の帰還』（渥美昭夫他訳、新潮社、一九八九年）三四頁。なお、ダンテはホメロスの『オデュッセウス』を知らなかった。『神曲』のオデュッセウスの淵源となったのは、オウィディウスの『変身物語』である。Prue Shaw, *Reading Dante*, W.W. Norton & Company, 2014, p.122.

[5] J・L・ボルヘス『ボルヘスの「神曲」講義』（竹村文彦訳、国書刊行会、二〇〇一年）五九頁。

[6] オデュッセウスに限らず、『神曲』の登場人物はその終局的な場、つまり人生のファイナル・アンサーを固定されている。E・アウエルバッハ『世俗詩人ダンテ』（小竹澄栄訳、みすず書房、一九九三年）によれば「ダンテが『神曲』に見せてくれるのは、掛け値なしに登場人物たちの最終運命である。地上の束の間の時間は彼らから流れ去り、煉獄にいる例外もあるが、彼らはすでに定められた場所にいる。そしてその場所を離れることは永遠にないだろう」（一四三頁）。

[7] ラブレー『ガルガンチュアとパンタグリュエル　第四の書』（宮下志朗訳、ちくま文庫、二〇〇九年）二三八頁。

[8] 同右、五四六頁。

[9] 二〇世紀中国を代表する哲学者の牟宗三によれば、中国哲学は古来より「憂患意識」によって世界を了解してきた。中国の聖人は強烈な憂いの感情を備えており、そこに向かって下降してくる世界（天命）が、彼を道徳的な実践へと差し向ける——牟はそこに中国的な主体性の成り立ちを見出す。超越的な神を求める代わりに、内在的な憂患意識のなかに世界をインストールする主体化の方法は、確かに中国のエリート知識人（士大夫）の精神史を特徴づけるものである。牟宗三『中国哲学的特質』（台湾学生書局、一九六三年）一五頁以下。

[10] 「『マクベス』における魔女たちの贋の登場」（渡邊守章訳）『マラルメ全集』（第二巻、筑摩書房、一九八九年）四九二頁。

[11] レスリー・フィードラー『シェイクスピアにおける異人』（川地美子訳、みすず書房、二〇〇二年）四頁。二〇世紀になると、シェイクスピアの登場させた他者の文学（女性文学、黒人文学、ラテンアメリカ文学、ユダヤ文学）が浮上した。それは、シェイクスピアの他者イメージの先見性を示している。

[12] マイケル・D・ブリストル「『オセロー』におけるシャリヴァリと除け者の喜劇」アイヴォ・カンプス編『唯物論シェイクスピア』（川口喬一訳、法政大学出版局、一九九九年）一五九頁。

[13] アラン・ブルーム『シェイクスピアの政治学』九三頁。

[14] 同右、七五頁。

[15] ジェイムズ・R・アンドレアス「オセローのアフリカ系アメリカ人たちの後輩たち」カンプス前掲書、二一六頁。

[16] 一六世紀の文化的なブレイクスルーは、当時の知の解放運動と深く関係する。シェイクスピアおよびセルバンテスに先立って、ラブレー、ラス・カサス、ホセ・デ・アコスタ、エラスムス、トマス・モア、ルターら革新的な人文学者や神学者が一六世紀の知の推進者となっ

た。科学史家の山本義隆によれば、この人文的な運動は、大学に独占された知を解放する「文化革命」の到来を告げるものである。例えば、ジョルダーノ・ブルーノのスコラ学批判の対話篇やガリレオの『天文対話』は、大勢に理解できるイタリア語で書かれたが、それらは既得権益層である教会の強い反発を買いながらも、続く一七世紀の「科学革命」を準備した。山本義隆『一六世紀文化革命』（第二巻、みすず書房、二〇〇七年）五五六、五八二頁。

[17] Ioan Williams, *Idea of the Novel in Europe 1600-1800*, New York University Press, 1979, p.26.

[18] 伊藤誓『スターン文学のコンテクスト』（法政大学出版局、一九九五年）一二頁以下、一一五頁。

[19] ラカン前掲書、四頁、一一六頁以下。

[20] 言語学者のロマン・ヤコブソンによれば、詩（verse）がラテン語の語源的に「規則的回帰という概念」を含むのに対して、散文（prose）は同じく語源的には「前進」を示す。『言語芸術・言語記号・言語の時間』（浅川順子訳、法政大学出版局、一九九五年）三〇頁。散文は回帰する時間をいったん手放し、前進する時間にアクセントを置いた。それが、ガリヴァーやクルーソーのような一八世紀の冒険者たちの推進力を保証したのである。

[21] ここでデフォーの『船長シングルトン』と併記されるべき小説は、スコットランド生まれのトバイアス・スモレットのピカレスクロマンの名作『ロデリック・ランダムの冒険』（一七四八年）である。故郷を離れた主人公が海軍、劇場、コーヒーハウス、出版界等を満身創痍で駆け巡りながら、多様な人間たちの身の上話やゴシップを我が身に引き写してゆくとき、主体の中心化と脱中心化が同時に進行した。なお、『ドン・キホーテ』の英訳者でもあるスモレットは、一八世紀において、自らの刊行物をnovelと呼んだ例外的な作家であった。Geoffrey Day, *From Fiction to the Novel*, Routledge, 1987, p.22.

[22] 「地震の歴史と博物誌」（松山壽一訳）『カント全集』（第一巻、岩波書店、二〇〇〇年）二九〇、三一八、三二四頁。

[23] スターン『トリストラム・シャンディ』（上巻、朱牟田夏雄訳、岩波文庫、一九六九年）一三〇頁。

[24] ダリオ・ガンボーニ『潜在的イメージ』（藤原貞朗訳、三元社、二〇〇七年）八一頁。スターンふうの抽象的なイメージを一九世紀に取り上げたのが、ヴィクトル・ユゴーの線画である。ユゴーはコーヒーの染みや使用済みの筆やマッチを使って、偶然性や不確実性を絵画に導入した（同、一〇七頁以下）。

[25] 『ニーチェ全集』（第六巻、中島義生訳、ちくま学芸文庫、一九九四年）九一頁。

[26] なお、スターンの文学は社会から隔絶した試みではなかった。一見して無軌道な進行のなかで、文学的着想を巧みに練り上げてゆくスターンの文体には、当時の社交の場コーヒーハウスで育まれた「談話文化」の作用が及んでいた。ヴォルフガング・シヴェルブシュ『楽園・味覚・理性』（福本義憲訳、法政大学出版局、一九八八年）六四頁。

[27] スタンダール『パルムの僧院』（上巻、大岡昇平訳、新潮文庫、一九五一年）一八六頁。逆に、同時期のアメリカでは、エマソンが有名な講演「アメリカの学者」（一八三七年）で、古いヨーロッパへの隷属を断ち切ろうとする文化的な独立宣言を掲げていた。スタンダールとエマソンの考え方はまさに好一対である。

[28] ヴィンフリート・メニングハウス『無限の二重化』（伊藤秀一訳、法政大学出版局、一九九二年）二八四頁。

［29］「物語作者」『ベンヤミン・コレクション2』二八五頁。

［30］ルソーは『夢想』で「鉱物界それ自体には、可愛らしさも、魅力も感じない」と述べながら、石切り場、坑道、製鉄所、溶鉱炉、工場、さらには鉱山が、のどかな農村に取って代わったことを嘆いている。彼にとって、鉱業とは人間と社会を汚染し、穏やかな暮らしを破壊する「醜いキュクロプス（単眼の巨人）」にすぎない（第七の散歩）。ただ、同世代の博物学者ビュフォンが製鉄所の経営者でもあったことから分かるように、自然と産業は当時すでに結合し始めていた。ルソー自身、散歩中に手つかずの未知の自然に出会ったと思い込んだ瞬間、そのそばに稼働中の靴下工場があることに気づいて、すっかり幻滅したエピソードを記している（同上）。

［31］詳しくは『ゲーテ地質学論集　鉱物篇』（木村直司編訳、ちくま学芸文庫、二〇一〇年）の訳者解説参照。

［32］ドイツ・ロマン派の作家はたんに現実から夢想に逃避したわけではなく、鉱山から大学に到るまで新しい「制度」を構築する運動も内包していた。詳しくは以下参照。Theodore Ziolkowski, *German Romanticism and Its Institutions*, Princeton University Press, 1990.

［33］ノヴァーリス『青い花』（青山隆夫訳、岩波文庫、一九八九年）三一頁。

［34］E・T・A・ホフマン「ファールンの鉱山」『ドイツ幻想小説傑作選』（今泉文子編訳、ちくま文庫、二〇一〇年）二三二、二五八頁。

［35］ロザリンド・ウィリアムズ『地下世界』（市場泰男訳、平凡社、一九九二年）四一頁。

第一五章　時間——ニヒリズムを超えて

1、小説の伴侶としてのニヒリズム

一八八〇年代に書かれた遺稿のなかで、ニーチェは「ニヒリズムが戸口に立っている。このすべての訪客のうちでもっとも不気味な客は、どこからわれわれのところへ来たのであろうか」と書き記した。ニーチェによれば「神が死んだ」後、人間の基準になるのはもはや人間だけである。しかし、神の死によって生じたのは、神のみならずあらゆる価値を崩落させ、意味の探究をことごとく幻滅に導く「不気味」な傾向であった。ニヒリズムとはこの「無意味さの支配」を指している。

ハイデッガーの解釈によれば、ニーチェの哲学において「意味」は「価値」や「目的」とほぼ等しい。つまり、意味は「何のために」とか「何ゆえに」という問いと不可分である。意味を抹消するニヒリズムが支配的になるとき、世界の「目的」や「存在」や「真理」のような諸価値もすべて抜き取られる。ニーチェが示すのは「諸価値を容れる《位置》そのものが消滅」したということである。われわれは世界に価値や意味を嵌め込んできたが、今やそれを進んで抜き取っている——このようなニヒリズムの浸透は、世界に「無価値の相」を与える〔1〕。目的なき世界で、人間は確かに価値の重荷から解放されるが、それは幸福を約束しない。

ここで文学史を回顧すれば、すでにニーチェ以前に「ニヒリズムという不気味な客」の来訪する兆しがあったことが分かる。宗教が世界に意味や価値を嵌め込んだのに対して、デフォーの『ペスト』やスウィフトの『ガリヴァー旅行記』を筆頭とする一八世紀の近代小説は、意味の探究を超えた不確実性に傾いてきた。小説は安定した意味のシステムを自らくり抜き、一種の「壺」として自らを造形したが（前章参照）、特に絶滅やジェノサイドへのオブセッションは、小説という壺の空虚を拡大した。小説にとって、ニヒリズムは不意の来客というよりも、むしろ長期にわたって共生してきた伴侶なのである。

特にニヒリズムのテーマを顕在化させたのは、ロシアの小説家であった。ツルゲーネフは一八六二年の『父と子』で若き医師で唯物論者のバザーロフをニヒリストとして描き、この概念を広く普及させた（第一〇章参照）。宗教的な救済のヴィジョンを内包したロシア文学は、人生の意味の飽くなき希求によって、かえって世界の無意味さの深淵に足を踏み入れた。その後もロシア文学は、哲学とは異なるやり方で、ニヒリズムに応対したように思える。その興味深い例として、一八六〇年生まれのアントン・チェーホフを取り上げよう。

2、二〇世紀最初の文学——チェーホフの『三人姉妹』

生粋の一九世紀思想家ニーチェは一九〇〇年に亡くなるが、その翌年の二〇世紀最初の月すなわち一九〇一年一月に、チェーホフの戯曲『三人姉妹』がモスクワ芸術座で初演された（以下、チェーホフの作品の引用は松下裕訳［ちくま文庫版全集］に拠り、巻数と頁数を記す）。その第二幕に、雪の降る日に父をなくした三人姉妹の一人マーシャが、正教徒の軍人トゥーゼンバッハとやりとりをする場面がある。もう一人の軍人ヴェルシーニンが、未来の新しい幸福な生活のために働くべきだと言うのに対して、トゥーゼンバッハは百万年後にも生活の法則は変わらないと断言する。マーシャは、世界を無意味と見なす彼の態度に懸念を示す。

マーシャ　それでも意味は？
トゥーゼンバッハ　意味ねえ……。こうして雪が降っていますがね。どんな意味があります？
（間）
マーシャ　わたしはこういう気がするの。人間は信仰を持たなくてはいけない、すくなくとも信仰を求めなくてはいけない、でなければ生活はむなしくなる、むなしくなる、って……。生きていながら知らないなんて、なんのために鶴が飛ぶのか、子どもたちが生まれるのか、空に星があるのか……。なんのために生きているのか知らねばならないし、さもないと何もかもがつまらない、取るにたらないものになってしまうわ。
（間）
ヴェルシーニン　それにしても残念でたまらない。青春の過ぎ去ったのが……。（2・247-8）

トゥーゼンバッハはここで、生の意味を否定するニヒリストのように振る舞う。雪が降るように、人間が生まれ死ぬだけなのだとしたら、人生に意味や目的を求めるのは無益だろう。ここで思い出されるのは「雨の降るごとく死が降る」と記したジル・ドゥルーズである。ドゥルーズの哲学は、たんに雨が降るという「非人称的」な出来事を人間的な意味づけに優先させたが[2]、トゥーゼンバッハの考え方はそれに近い。

逆に、マーシャは世界に意味や目的がなければ、人間の生が取るにたらないものになることを恐れている。ただし、このマーシャの発言は誰かに賛同されたり反論されたりするわけではない。ひとしきりの「間」があってから、話題は別の方面に移り変わる。トゥーゼンバッハもマーシャも、この件で口角泡を飛ばして議論しないし、自説に固執もしない。彼らの思想は、ティータイムの前の退屈しのぎとして語られるにすぎない。

ツルゲーネフの『父と子』における若い男性知識人たちの熱っぽい会話とは対照的に、およそ四〇年後の『三人姉妹』では、人生の意味と無意味に関する問いは、空白やためらい、退屈や倦怠の気分のなかに控えめに浮かんでいる。すでに青春を過ぎた彼らの口調は、決然とした強さをもたない。彼らは他者を声高に説得しようとする意志を欠いたまま、会話の「間」に滑り込んで、つぶやくようにして「意味」に関する考えを口にする。

この慎ましさにおいて、チェーホフは明らかに反ドストエフスキー的な作家である。ドストエフスキーの登場人物は、経験的にはふつうの人間と何ら変わらないが、その存在には「形而上学的な次元」が付随している。ドストエフスキーの文学を特徴づけるのは、経験的なレベル（生）と形而上学的なレベル（哲学）の「神秘的な一体化」である[3]。逆に、チェーホフは生と思想をむしろ乖離させる。自己の思想を論文や文学を動員してまで述べようとするラスコーリニコフやイワン・カラマーゾフのような熱意を、チェーホフ的人間は初めからもちあわせていない[4]。

二〇世紀最初の文学である『三人姉妹』が「意味」の問題を提示したこと、これはきわめて重要である。ただ、チェーホフの独自性は、人生の意味ないし無意味というテーマを、ニーチェのような「哲学」としてではなく、人間の頭上を鳥のように通過するあいまいな思念や気がかりとして示したことにあった。トゥーゼンバッハによれば「渡り鳥、たとえば鶴などは、ただひたすら飛んで行くだけで、高遠な思想やちっぽけな思いが頭のなかに浮かんだとしても、飛んで行きながら、やっぱりなぜ、どこへ飛んで行くかを知りはしない」（2・247）。彼にとっては、いかなる思想も人間の頭脳には根づかない。チェーホフ的人間は、思想の所有者ではなく、思想の一時的な止まり木にすぎない。

アメリカの哲学者コーネル・ウェストは、チェーホフの文学の根幹に「世界との不一致」があり、それが彼の喜劇性の源泉になっていると指摘した。「彼は最も洗練された知性的なやり方で、知性の失敗と不十分さについて語る」〔5〕。『三人姉妹』の人間たちは、彼らにとって価値あるものがすべて過ぎ去った跡地にたたずんでいる。このuntimelyな——反時代的で時機を失した——チェーホフ的人間たちは、世界に遅れてやってくる。思想と生とが乖離してしまう、このチェーホフ的な「不一致」の情景においては、世界は有意味とも無意味とも断定されない。ニヒリズムは文字通り「客」であり、人間の生に定住はできない。

3、ニヒリズムの梗塞

このような世界との不一致は、チェーホフの一八九二年の小説「六号室」ですでに模範的に示されていた。主人公の医師アンドレイ・エフィームイチは、自らの勤務する辺境の精神病院がいかに劣悪であり、患者を苦しめているかを重々承知しながらも、死ねば誰もが「空」になるという諦念のもと、高尚な哲学的議論で暇つぶしをしている。屈辱や不快を味わったときも、「百万年後」の宇宙的な視点が彼を慰める。

もしも百万年後に地球のそばの空間を何かの霊が飛びすぎて行ったとしたら、その目には粘土と裸の岩山しか映らないだろう。すべては――文化も、道徳律も消え去って、きれいさっぱり忘れられているだろう。酒屋のおかみに対する恥ずかしい思いや、くだらないホーボトフや、ミハイール・アヴェリヤーヌイチの重苦しい友情がいったい何だろう。すべては愚にもつかぬたわごとではないか。（6・449 - 450）

しかし、このようなシニカルな認識も、心の平安にはつながらない。エフィームイチは結局「愚にもつかぬたわごと」に一喜一憂するうち、やがて自分自身が精神病棟に収容される。この予想外の出来事にうろたえながらも、彼は「この世のことのいっさいはたわごと、空の空」（6・458）といういつもの論理で自らを納得させようとするが、それは監禁のむごい現実を前にして潰え、やがて脳梗塞による急死に到る。

この巧妙に計算された小説において、医者でもあったチェーホフは、マイルドなニヒリズムを精神安定剤として用いる医者＝患者を浮かび上がらせた。人間の絶滅した「百万年後」の視点から言えば、精神病患者の非人道的な扱いはもとより、戦争やジェノサイドもすべては無意味な「たわごと」にすぎない。しかし、ひとたび現実的な苦境に陥れば、このようなニヒリズムはただちに行き詰まり、文字通り「梗塞」するだろう。チェーホフが示したのは、たとえニヒリズムという観念をインストールしても、人間の心身はそれに耐えきるだけの強度をもたないということである。エフィームイチの思考は、人間的な弱さが露見したとたんに硬直する。ニヒリズムを口に出せても、それを生き抜くことはできない。

人間では最後まで背負いきれない思考や観念――これと同種のテーマは、一八八九年に発表された「退屈な話」にも現れた。大学教授ニコライ・ステパーノヴィチは学問的名声を博しているが、老いはますます募り、大学の講義でも家庭でも気づまりが増すばかりだ。彼は有名人であるにもかかわらず、気づけば旅先のハリコフのベッドで一人膝を抱えている。高い地位には不釣りあいの侘しいホテルの一室で、彼の思想はまとまりを失って、あいまいに四散してゆく。ステパーノヴィチは「それぞれの感情、それぞれの思想が、わたしの心のなかでてんでんばらばらに生きて」いることに気づくが、それらを統合する力はもう残っていない。

わたしは考えてみる、長いこと考えてみる、だがいくら考えても何ひとつ思いつかない。どれほど考えてみても、どう思いめぐらしてみても、わたしの願望のなかには肝腎なことは何ひとつ、大事なことは何ひとつないことがよくわかる。〔…〕こんなに貧弱だとすれば、重病にかかったり、死の恐れを感じたり、環境や他人の影響を受けさえすればたちまち、以前わたしがこれこそ自分の世界観だと考えたもの、そこにこそ自分の人生の意義があり喜びがあると思ったものが、ことごとく引っくりかえり四散してしまったにちがいない。（5・507-8）

人間は「ちょっとした鼻かぜ」で精神の平衡を失う。そして、ひとたび人生のバランスが崩れれば、ペシミズムだろうとオプティミズムだろうと、あらゆる思想は人生から離れてしまうだろう――この考えはそのまま、老教授ステパーノヴィチ自身の孤独を説明する。知的な「世界観」を失って、中身のない空虚な考えにふけるステパーノヴィチは、侘しいホテルの一室で非存在に近づく。要するに、彼は存在していたのではなく、存在していると思い込んでいただけなのだ。

思想と生、そうであると思うことと現にそうであること、言っていることとやっていることは、必ず食い違う。ゆえに「生きられた思想」とはそれ自体がまやかしを含む。チェーホフはこの生と思想の乖離、およびそこから来る悲喜劇性を、冷徹な医師のように克明に記録した。彼自身、自らの文学観を次のように説明している。

作家の役目はただ、人物、環境、及びそれらの人物が神やペシミズムについて語る形態を表現することにあるのです。芸術家は自分の生み出した人物の裁き手であってはならず、また、それらの人物が語ることの裁き手であってもなりません。ただ公平な証人であるべきです〔6〕。

「聡明な人間は学ぶことを好み、愚かな人間は教えることを好む」と言ったチェーホフにとって〔7〕、文学とは教師でも裁判官でもなく「公平な証人」である。問題の解決に向けて展望を示したり、登場人物の生き方に白黒つけたりする代わりに、問題を正しく公平なやり方で提示すること――この証言者特有の慎ましさが、チェーホフ文学の根幹にあった。

4、宇宙的なスケールの時間――コスミズムとニヒリズム

ここでチェーホフを文学史的なコンテクストに置いて、他の文学と比較してみよう。例えば、ロブ=グリエやクロード・シモンらが牽引した戦後フランスのヌーヴォー・ロマン（アンチ・ロマン）の運動は、人間を取り巻く非人称的なもの（非人間的なもの）の力を拡大した。ある研究者によれば、彼らは「退屈している作中人物を私たちに見せようと努めたのでなく、作中人物を退屈させている世界を見せようとしたのだ」〔8〕。

それに対して、世紀転換期のチェーホフの文学は、あくまで「退屈している人間」の像を手放さなかった。人間の中心性を解体するのに、人間をなお暫定的な中心に据えるというチェーホフの手法は、ヴァージニア・ウルフ（『ダロウェイ夫人』や『オーランドー』）やベケット（『モロイ』や『マーフィー』『マウロンは死ぬ』）らモダニストにおける伝記スタイルの再創造とも共通性をもつ。特に、世界と人間がいかに関係し損なうかというチェーホフ的な「不一致」のテーマは、ベケットにおいて極限に達したように思える。

実際、ベケットの小説とは、世界といつまでも一致しない言葉でうだうだおしゃべりしながら、人間の廃墟をうろつき回る非人間的人間のドキュメントである。例えば、モロイにとっては「めざめていること、それは眠っているのと同じ」であり、肯定（真夜中だ、雨が降っている）と否定（真夜中ではなかった。雨は降っていなかった）は両立する。さらに、マロウンは「わたしは一種の昏睡状態のまま生きてきた」と認める[9]。一九五三年の『名づけえぬもの』になると、人格性はすっかり蒸発し、自己増殖的なおしゃべりだけが取り残される。このどんづまりの貧しさのなかでは、もはやいかなる意味ももちこたえられない。しかし、この絶体絶命の状況がなぜか絶望する理由にもならないところに、ベケット特有のユーモアの至芸があった[10]。

ただ、私としてはベケットという極限に向かう一歩手前、つまり人間的なものをなお残存させているチェーホフの地点に立ち止まりたい。ここで注意したいのは、チェーホフの「証言」において、宇宙的な長さの時間が重要な位置を占めたことである。繰り返せば、チェーホフ的人間はアンタイムリーな存在、社会の時間に置き去りにされた寄る辺ない存在である。「各瞬間が失敗であるように見える。〔…〕チェーホフ劇は他のどんな演劇にもまして、過ぎ行く時の印象をあたえる」（ロジェ・グルニエ）[11]。この「過ぎ行く時」が未来に投射されると、「六号室」のように、人間の絶滅した「百万年後」

の時間が現れるだろう。

もともと、一九世紀のロシア思想では、宇宙的なスケールの時間はロシア正教の伝統に通じる神秘主義の糧となった。いわゆるロシア宇宙主義（コスミズム）の先導者となった哲学者ニコライ・フョードロフは、はるか未来の人類の宇宙進出がすべての被造物の復活と再生、つまり「不死性」のめざめを促すと考えた。宇宙主義者たちの考えによれば、人間にあらかじめ含まれた「神の声」を呼び覚ますことによって、人類は「地球上の幽囚」という身分から脱出し、本来の精神的存在に復帰できる。チェーホフと同世代のツィオルコフスキーは、このフョードロフの神秘的な進化論を引き継いで、人類を宇宙に導くロケット工学の研究に尽力した[12]。

人類に破格の意味＝目的を与えるコスミズムは、人間の生の意味＝目的を抹消するニヒリズムと、ちょうどコインの裏表の関係にある。チェーホフの主人公が唐突に語り出す「百万年後」の世界は、コスミズムとニヒリズム、そのいずれにも通じているように思える。しかし、実際にはチェーホフ的人間は不死性への道を端から信じていないし、かといってニヒリズムを貫くだけの強度ももたない。コスミズムもニヒリズムも彼らの生には定着しない。チェーホフの思想は、知性の失敗や会話の「間」にふと浮かび上がるだけである。

5、世界性の根拠の推移――空間から時間へ

それでも、チェーホフを含めてロシアの文学者や思想家が、宇宙的なスケールの時間を喚起したことの意義は再確認されてよい。というのも、一九世紀後半以降、文学の世界性の根拠は空間から時間へとスライドしたように思えるからである。ここからはロシアの外に視点を移そう。

私は本書で一貫して「内面の発見」(柄谷行人)以上に、一六世紀以降の「世界の発見」こそが近代性の主要な条件だと主張してきた。主体(私)はむしろ、世界の探索のために事後的に構成されたプログラムである。内面の描写は、この遅れてやってきた主体の心を実体化する技術として導入された。柄谷はそこに近代性の核心を認めたが、それだけでは、近代小説の本質を解明するには不十分である。

ここで重要なのは、主体に先行する世界の性質である。一六世紀スペインのラス・カサスを嚆矢として、一八世紀のデフォーやスウィフトは、主体という世界探索のプログラムを異質な「新世界」に送り込んだ。これらの文書では主に空間的な差異に基づいて、世界性が象られた。しかし、資本主義がよりグローバル化すると、空間的な差異は平準化されざるを得ない。

空間のポテンシャルが減衰した後、一九世紀末のコンラッドから、プルースト、トーマス・マン、ジョイスらに到る二〇世紀前半のモダニストは、時間の探査を試みた[13]。そのとき、彼らが示したのは、ビルドゥングスロマンのような成長をもたらす時間ではなく、円環的・迷宮的な非線形の時間である。特に、ジョイスは声変わりする前の「未成熟」な子どもの声を駆使するようにして、人類の諸言語を途方もない規模のダジャレに変換した[14]。直線的な成長よりも円環的な無限を象るジョイス的技法は、その後ヨーロッパを超えて、アルゼンチンのボルヘスやフリオ・コルタサル、さらにはキューバの「ネオバロック」の旗手ホセ・レサマ=リマの『パラディーソ』等のラテンアメリカ文学に受け継がれる[15]。

世界性のドメイン(領域)を空間から時間に移行させたことは、二〇世紀のモダニズムの重要な功績である。むろん、時間が豊饒な迷宮として再創造されるにあたっては、自然科学の新しい認識も不可欠であった。一九世紀半ばのダーウィンの進化論やライエルの地質学は、数億年というスケールを備えた「深い時間」を発見した(前章参照)。チェーホフと同時代のイギリス人H・G・ウエルズの『タイム・マシン』(一八九五年)は、ダーウィン革命の影響を受けて、空間ではなく時間のなかに諸世界(パラレルワールド)を畳み込んだ。諸世界を収容し得る「深い時間」は、ウエルズの後に盛期を迎えた二〇世紀SFにとって最大の切り札となったのである。

6、南北戦争の解釈――マルクスとフォークナー

二〇世紀文学が世界性の根拠を時間性に認めたこと――この現象を考察するとき、一八九七年生まれのアメリカ文学の巨匠ウィリアム・フォークナーの名を欠かせない。思うに、一九世紀アメリカの最大の思想家は、他のいかなる哲学者でも学者でもなく、小説家のメルヴィルである。それはメルヴィルが、資本主義の空間性=世界性を誰よりも多面的に捉えていたからである。同様に、フォークナーは時間性=世界性の迷宮に誰よりも深く踏み込んだ点で、二〇世紀アメリカ最大の思想家と言えるのではないか。

もとより、アメリカ文学の世界性は、明るい未来に向かって前進するというリニアな時間には一元化されない。なぜなら、アメリカは北部と南部という二つの世界をもったからである。南部とは、アメリカという新世界のなかの旧世界、しかも旧世界(ヨーロッパ)よりも古い旧世界である(第一三章参照)。ここには時間的な転倒がある――古い世界が新しい世界の後に現れたのだから。フォークナーの文学は、まさにこの二つの世界の狭間で生起した異様なテクストである。

北部と南部の対立は、一八六一年から六五年まで続いた南北戦争によって決定的なものとなった。当時、南北戦争に思想的な意味を与えたのがマルクスである。一八六二年のドイツの新聞論説で、マ

ルクスはリアルタイムで進行中の南北戦争について、その戦線の広大さといい、兵力や軍費の多さといい、「どのような観点から考察するにしても、アメリカの内戦はこれまでの戦史の記録のうちに類似のものをもたないようなひとつの光景を示している」と評した[16]。マルクスはエンゲルスとともに、この前代未聞の内戦の成り行きを注視していた。それは彼にとって、南北戦争が「第二次アメリカ革命」と呼び得るような画期的な解放運動であったためである。

急進的な奴隷解放の立場に立ったマルクスは、世界史的な革命戦争として南北戦争を位置づけた。戦争終結後まもなく刊行された『資本論』の一八六七年の序文では、一八世紀のアメリカ独立戦争がヨーロッパのブルジョワを刺激したのに対して、一九世紀の南北戦争はヨーロッパのプロレタリアートを鼓舞したと評価される。さらに、『資本論』第一巻の「労働日」の章の末尾でも、マルクスは南北戦争に言及しながら「黒人の労働が焼き印をおされているところでは、白人の労働も解放されない」と断言した。レイシズムが存在する限り、労働者の真の解放もあり得ない――それが南北戦争によって明確になったマルクスの進歩主義的な認識なのだ[17]。

マルクスにとってアメリカは、たんなる西方の一国家ではなく、ヨーロッパをも巻き込むトランスアトランティックな政治的・思想的運動の震源地であった。『資本論』という理論的書物のなかで、南北戦争という直近の事件が評価されていることの意義は大きい。『共産党宣言』の段階ではレイシズムや奴隷制に言及していなかったマルクスは、アメリカの内戦をきっかけに、人種と階級の交差に重要な意味を認めるようになる。マルクスが断固としてアメリカでの奴隷解放を支持したのは、人種問題と階級問題は切り離せないという洞察のためである。

ただ、マルクスの触れていないもう一つの重要なポイントがある。それは、内戦はしばしば対外戦争以上に熾烈になり、後世に多くの禍根を残すということである。カール・シュミットが的確に述べたように「内戦には独特の陰惨さがある。それは骨肉間の闘争である。〔…〕内戦は他のいかなる戦争より危険である。なぜなら各陣営が仮借なく自己の正義を前提し、同様に仮借なく相手の不正義を前提せざるをえないからである」[18]。シュミットはここで、マルクスの進歩主義的な南北戦争論が見落としていた問題に迫っている。お互いの敵意をとめどなく亢進させる内戦は、重苦しい対立と不和の感情を、いつまでも人民に与え続けるのである。

現に、南北戦争終結のおよそ三〇年後に南部のミシシッピ州で生まれたフォークナーは、いわばシュミット的な立場から、北部の側に立つマルクスとは根本的に異なった態度を示していた。フォークナーによれば、勝者の成功はロケットの閃光のように一時的なものにすぎない。真の勝者はむしろ敗者なのである。彼は『西部戦線異状なし』で知られるドイツ人作家レマルクを論じた評論で、次のように記していた。

敗北の彼方には、勝者には知り得ない勝利がある。〔…〕人間は、成功にあまり耐えられるものではないようだ。とりわけ一国の国民、民族はそうである。敗北は国民にとって、民族にとって、良いことなのである[19]。

勝利は何の説明も要らないが、敗北は説明と熟考を要する。ゆえに、敗北こそが国家に「ある領域、ある安全な土地」を与えるのだ。真に耐久性をもつ歴史は、敗北を抱きしめ、敗北の意味を考え抜くところに生じる——この発見こそがフォークナーの文学を貫く強固な認識となった。そして、この敗者の抱く特異な思想の深部にアクセスできるのは、彼にとって小説だけである。フォークナーにおいて思想家であることと小説家であることが交わるのは、そのためである。

7、高密度で持続する《黒い時間》

チェーホフの文学ではさまざまな思想が議論されるが、それらは人間的な現実に地盤をもたない。ニヒリズムのような思想も、人間では背負いきれず、会話の「間」に一瞬浮かび上がるだけである。フォークナーの登場人物もまた、チェーホフ的人間と同じく、世界に遅れてやってきたアンタイムリーな存在、限りなく亡霊に近い何ものかである。ただし、チェーホフ的人間が常に思想を生き損なうのと違って、フォークナー的亡霊はむしろ思想に憑かれている。彼らの奇怪なオブセッションは「敗北の彼方には、勝者には知り得ない勝利がある」という逆説と切り離せない。

フォークナーはこの敗者の歴史を、手に負えないほど複雑で迷宮的な問題に仕上げた。フォークナー的な歴史は死者や敗者を中心に置くが、彼らは生の根拠をもたない非存在であり、そのことがかえって周囲の語り＝評価をしきりに誘発する。例えば、一九三〇年の実験的な小説『死の床に横たわりて』では、息子たちが棺桶に入った母の身体を運ぶなか、複数のパースペクティヴから問いと解釈が語られる。そこでは、世界から消失しつつある亡霊的存在を触媒として、持続的な語りが結晶化したのだ。

フォークナーの語りの力は、特にラテンアメリカの作家たちを強く触発した。ガルシア＝マルケスはフォークナーを「カリブ海の作家」と呼び、ラテンアメリカ文学の淵源と見なした。この発言はたんに、南部（ミシシッピ）と南米の地理的な近接性を指すだけではないだろう。植民地主義の圧力にさらされたカリブ海やラテンアメリカ諸国も、勝者と敗者、つまり二つの世界が交錯するコンタクト・ゾーンであったのだから。フォークナーもガルシア＝マルケスも、ヨーロッパのモダニズムの財産を継承して、ローカルな共同体のなかで時間を重層化したが、それは勝者の樹立した単線的な歴史からは決して生まれない。「あの敗北や失敗はいったい何を意味していたのか」と執拗に問い続ける能力をもつ敗者だけが、歴史を重層化し得るからである。

このような敗者の物語を一つのピークに導いたのが、南北戦争からおよそ七〇年後の一九三六年に刊行された『アブサロム、アブサロム!』(引用は藤平育子訳〔岩波文庫〕に拠り、頁数を記す)である。二〇世紀初頭のシーンから始まるこの異様な小説では、南部の敗北という屈辱の記憶がすべての語りに染み込んでいる。

敗戦から一九〇九年までの四三年間、ブラインドをあげることのない暗い部屋で、黒い喪服をまとい続ける老女ローザ・コールドフィールドは、クエンティン・コンプソンに向かって、トマス・サトペンに対する怒りと憎しみの物語を語り伝えようとする。クエンティンはボストンのハーヴァード大学入学のために、南部を離れる支度をしている若者だが「いずれは亡霊となる宿命を免れ得ない」(上・21)と予告されている。「彼〔クエンティン〕の身体そのものが、敗北者たちの名前が朗々と響きわたる、がらんとした広間《ホール》であり、彼は一つの存在ではなく、一つの実体でもなく、一つの共和国だった」(上・26)。無数の敗者=亡霊の語りを強烈な響きに変える「ホール」のような若者を聞き手として、ローザは部屋に棲みついた地縛霊のように「古い侮辱」と「古い決意」を反復する。

今はただ、古い侮辱の中で、サトペンの死という最後の完全な辱しめによって踏みにじられて裏切られ、絶対に許すまいと思った古い決意の中で、四十三年も戦陣を張り続けてきた、孤独でねじまげられた年老いた女の肉体の発する叫びに過ぎなかった。(上・31)

小説の中心にいるトマス・サトペンは、黒人たちを連れてどこからともなく街に現れ、巨大な農園を「創設」して南北戦争時には大佐となるが、最後は自らの農園で殺される。彼の計画は、白人と黒人の血の混淆を断ち切ることに向けられるが、それは失敗に終わる。歴史を暴力的に創始しながらも、歴史を統治することはできなかったサトペンの人生は、南部が敗北によって自らの正統性を奪われたこととも呼応している。

プアホワイト（貧困白人）の家に生まれ、ハイチを経由して黒人たちを動員したサトペンの異常な創設行為は、さまざまな評価にさらされている。例えば、ローザは自らにかかった「呪い」の原因となったサトペンを「悪魔」と呼ぶ一方、クエンティンの父親はその暴力的なサトペンが「孤立無援」の状態にあったと回顧する（上・102）。そして、若いクエンティンもまた北部の大学で、サトペンとは何であったかという問題を友人相手に語らずにはいられない。語り手たちにはそれぞれバイアスがかかっており、その主張は歪曲され非中立的である。ただ、どの立場が事実として正しいかは、さほど本質的ではない。南北戦争を「両親も安全もすべて奪い去ったホロコーストの戦争」（上・40）と呼ぶローザが、四三年間ひたすら敗北＝絶滅の意味を問い続けてきた、その途方もない持続性こそが問題なのだ。

ホロコーストに瀕した敗者こそが真に持続的な歴史を生み出す――このフォークナー的な逆説は、南部の白人のみならず、奴隷とされた黒人にも共通する。カリブ海の仏領マルティニーク島の作家エドゥアール・グリッサンはその優れたフォークナー論で「黒人が持続のなかへすべり込むことができるのは〔…〕彼らが歴史を統べることができないからである」と鋭く指摘した。フォークナーの描く黒人たちは、歴史の支配者ではなく、歴史の重荷を耐え忍ぶ存在である。グリッサンが言うように、フォークナーは「持続のなかにいる」ことと「耐え忍ぶ」ことを結合したのである[20]。

異常に高密度な持続、それがフォークナー的な時間である。この持続する時間は、敗北を耐え忍ぶうちに、際限なく深まり、錯綜し、ねじれてゆく。ロシア宇宙主義やSFが「深い時間」のなかに諸世界を畳み込んだとすれば、一九三〇年代のフォークナーは時間そのものを質的に変容させ、目もくらむような持続性をもつ「黒い時間」を創出した。ガルシア＝マルケスやグリッサンを含めて、ラテンアメリカの作家たちを強く触発したのは、まさにこの黒く持続する時間ではなかったか。

8、『八月の光』における亡霊の現像

文学はいかなる語調で語り、どのような言葉を選び、誰に言葉を向けるかという「語り」の操作によって、環境を評価する（第二章参照）。小説はしばしば、この評価を複数化し交差させる。ヴァージニア・ウルフの言葉を借りれば「小説はあらゆる種類の矛盾する感情、相反する感情を呼び覚まします。人生が人生ならざるものと衝突するのです」[21]。小説の「私」とは、このお互いに競合したり衝突したりする複数の評価の世界にログインするための記号である。

新世界と旧世界のあいだのきしみを響かせるフォークナーの小説では、この「評価」が恐ろしく入り組み、ねじれている。その評価はたんなる一言のコメントで済むものではない。フォークナーの特異性は、南部という敗者のトポスにおいて、語ることと考えることに前例のない持続性を与えたことにある。フォークナーにおいて、物語ることと思考することは密接に結びつくが、それは彼の小説では黒い持続性こそが思考の本質だからである。

繰り返せば、チェーホフにおいて、思想は生に定住しなかった。逆に、フォークナーにおいて、思想は人間に――というより人間の語る物語に――執拗に絡みつく。フォークナー的人間とは自ら統べ

ることのできない歴史にさらされた敗者＝亡霊であり、それゆえに解決不可能な問題（アポリア）を語り考えることをやめられない。グリッサンが言うように、フォークナーは南部という霊廟を「解決策のない矛盾の場所」として象った[22]。敗北の後にやってきた南部人たちは、矛盾だらけの「響きと怒り」のなかに閉じ込められる。彼らの語りは、世界は有意味か無意味かという問いの彼方で続けられる。フォークナーの小説はニヒリズムを超えたところで、黒い時間の深淵をさらに黒く掘り抜こうとするのである。

フォークナーはこの試みを、すでに『アブサロム、アブサロム！』に先立つ一九三二年の『八月の光』（引用は諏訪部浩一訳［岩波文庫］に拠り、頁数を記す）で推し進めていた。その主人公ジョー・クリスマス――ジーザス・クライストと同じイニシャルをもつ――は黒人の血を引く混血児と噂されているが、それは見た目からは判断できない（それは、イエスが外見上は神聖な「神の子」ではなく、ふつうの男性であったことを思わせる）。黒人でも白人でもない身元不明の宙吊りの状態、それが彼を特徴づけている。ジョーは「徹底した根無し草」であり、南部であれ北部であれ、いかなる帰属先ももたない。「まるでどんな町も都会も彼の場所ではなく、どんな通りも壁も、一片の土地でさえも、彼の住処ではないようだった」（上・46）。

ジョーに対して、確定的な位置を与える言葉は存在しない。フォークナーは彼を表現するのに多様なメタファーを導入するが、それは、ジョーの存在が常に他の何かとの記号的な類比によって語られるしかないことの裏返しである。どこかフランケンシュタインの怪物の孤独を思わせる、生まれながらの流浪者ジョーの心は、神経過敏であり、死への強烈な予感にたびたび襲われる。例えば、彼は女を呪い罵りながら、自らの身体を「濃くて黒い、澱んだ溜まりの中にある溺死体」のように感じる（上・156）。彼はある意味で生きながらに死んでおり、八月の光も入りこめない黒い深淵に引き寄せられる。

「広く、人気がなく、影の落ちた道にいる彼は亡霊のようであり、おのれの世界の外に出てしまった霊魂がさまよっているという感じだった」(上・166)。

しかし、その一方で、亡霊的なジョーは自ら進んで黒人として演技し、共同体のゴシップも彼を黒人として同定する。ジョーは一つのアイデンティティ、一つの記号、つまり「黒人性」に割り当てられるが、そのせいで凶悪な殺人犯として追跡される身となり、ついにプアホワイトの男によって去勢され惨殺される。もとより、ジャック・デリダが言うように「言語なしのレイシズムはない」[23]。人種は実体ではなく、言語的な構築物である。共同体の言語的習慣は、隠喩を現実と取り違えさせ、それが苛烈な人種的暴力を引き起こす。根無し草のファントムであるジョーもまた、黒人として確定されることによって、おぞましい暴力を向けられるのである。

ジョン・キーツの名詩「ギリシアの壺に寄す」を愛したフォークナーは、自らを「壺」にたとえたが[24]、ジョーもまた中身をあらかじめくり抜かれた「壺」を思わせる。『アブサロム、アブサロム!』のクエンティン・コンプソンの身体が、無数の敗者の声を増幅させるアンプのような「ホール」であったように、『八月の光』のジョー・クリスマスの身体にも、厳密には彼自身のものとも言えないような無数の声が響いている。この亡霊的な彼の存在は、そのつどコダックの写真のように現像される。

> 腰に両手をあて、裸のまま、腿の高さまである埃まみれの雑草の中に立っていると、車が丘をこえて近づいてきて、ライトがまともに彼を照らした。彼は自分の身体が現像液の中から出てくる写真のように暗闇から白く浮き出るのを見た。(上・157)

亡霊の現像。それが身元不明のジョーを描くために、フォークナーが編み出した技法である。そして、この現像された亡霊の侵入こそが、南部＝敗者の共同体に黒々とした怒りを呼び起こす。黒人が白人になりすまして社会に入り込み、白人の血の純潔性を脅かすことは、南部にとって不名誉のきわみである。この「響きと怒り」の充満する時空を、死の予感に満たされたジョーがさまようとき、ジョーと南部共同体はともにヴァージニア・ウルフ的な感覚の雪崩に襲われることになる。

ここでシェイクスピアの『オセロー』を思い起こそう。すでに『タイタス・アンドロニカス』で黒人の奴隷を登場させていたシェイクスピアは、『オセロー』では黒人を政治的人間として、つまり都市の統治の最前線に位置する人間として描いた。オセローは移住者でありながら権力者でもあり、ゴシップに取り巻かれている。独裁者マクベスと同じく、オセローも異常な栄達を遂げるものの、その主体性は陰謀やゴシップによってあらかじめ芯をくり抜かれていた（前章参照）。

ジョー・クリスマスは権力者オセローとはまったく似ていない。とはいえ、世界と世界の狭間の存在であるがゆえに、共同体の語りを誘発するという点では、両者には共通性がある（代表作『響きと怒り』のタイトルを『マクベス』から借りたフォークナーは、シェイクスピアを強く意識していた）。ジョーは北部と南部、白人と黒人という二つの世界のコンタクト・ゾーンに息づく亡霊であり、帰属先もなければ所有物もないが、それゆえに読む者をむせ返らせるほどの強烈な語りを自らのうちに濃縮する。ジョーという亡霊を現像することは、まさに世界と世界の「あいだ」を現像することと等しい。それはシェイクスピアが『オセロー』で試みたことを、より徹底するような作業であった。こうして、『八月の光』はその息苦しい閉鎖性にもかかわらず、最も正統的な《世界文学》として現れてくるだろう。

9、三つの円環の交差

加えて『八月の光』の世界性は、ジョー・クリスマスとは対照的な二人の人物によって補強されている。一人は牧師のゲイル・ハイタワーであり、もう一人は妊婦のリーナ・グローヴである。

ハイタワーは南北戦争時に祖父の死の原因となった事件に、いまだに心を奪われている。過去の幻影に囚われた彼の精神は、八月の熱気のなかで黒く閉じている。ハイタワーが社会に復帰する見込みはない。ろくに服を洗わない彼には「もはや生を生きていない人間の臭い」が立ちこめている（下・100）。彼の人生は、事実でも真実でもない共同体の「習慣」（上・108）に包囲され、すっかり呪われたものとなっている。習慣の力は人間を作り変え、ある地点に固定する。ジョーが居場所をもたない亡霊的な放浪者だとしたら、ハイタワーは場所に縛られた地縛霊である。

とはいえ、この異様に硬直化したハイタワーの人生にも、フォークナーは特異な時間を与えている。小説の最終盤になって、ハイタワーは自らの人生を回想する。その「思考の車輪」は極度に遅くなり、彼の意志的なコントロールを離れて重々しく回り続ける。

これは考えたくない。これを考えてはいけない。これはとても考えられない。窓辺に座り、じっと動かぬ両手の上に身を乗り出している彼から、汗が流れ始める。血のように吹き出しては流れていく。その瞬間から、砂につかまれた思考の車輪は、さながら中世の拷問器具のごとく、彼の魂と人生のねじられ砕かれた関節窩の下で、ゆっくりと容赦なくまわっていく。（下・358）

著名なフォークナー研究者アンドレ・ブレイカステンが指摘するように、円環（circle）は『八月の光』の数あるメタファーの一つという以上に、小説の構造や意味を統括する最重要のメタファーである[25]。ジョーにとって、円環は彼を閉じ込めるシステムである。殺人の後に七日間の逃避行を続けたジョーは「それまでの三十年をあわせたよりも遠くまで旅をした。しかしそれでもなお、彼はその円の内側にいるのだ」（下・132）。かたや、ハイタワーを巻き込む「思考の車輪」は、本来は目を背けたいことへと彼を強制的にゆっくりと運んでゆく。ブレイカステンはこの異様な運動が、もはやハイタワーのものでもフォークナーのものでもなく「テクストの思考」であると説明している[26]。

こうして、思考の車輪はハイタワー本人を追い越してゆっくりと静かに回転し、非情な拷問のように彼の人生に黒い虚無をうがち続け、しかし最期を迎えようとする彼に自らを肯定させる時間を与える。これはそのままフォークナーの「作品」の寓意として読めるだろう。あらゆる小説は、自己自身に向かって閉じようとする力をもつ。特にフォークナーの小説は、敗者の心の深淵に侵入するうちに、まるで自らの内部にめり込んでゆくように思える。異常に強い求心力を備えたフォークナーの小説群は、ミシシッピ州を舞台とするサーガの一部でありつつも、それぞれに特異なやり方で閉じようとする――ちょうどハイタワーが特異なやり方で自己に引きこもっているように。

その一方、ジョーともハイタワーとも異なる「円環」をもつのがリーナ・グローヴである。リーナはお腹の子の父親を探して旅をしている。その純朴さや穏やかさを強調された人柄は、ジョーの放浪やハイタワーの自己閉鎖とは対照的に、のどかでリラックスした調子を作品に与えている。リーナは出産した後、本来探していたルーカス・バーチではなく、バイロン・バンチという似た名前の別の男性を旅の連れに選ぶが、この「聖家族」を思わせる三人組は、ジョーやハイタワーとは根本的に異なる偶発的な人生の軌跡を描いていた。

そして、このリーナの時間感覚の記述にも「円環」のヴィジョンが現れる。「八月の午後の暑く静止した静寂」のなか、丘の上のリーナに向かって、極度にゆっくりと進む馬車が、がたぴしという硬質な響きとともに近づいてくる場面を引用しよう。

あまりにも遅いので、見つめる目は馬車の姿を見失い、視覚と感覚は、道自体がそうであるように、あの夜と昼の平和で単調な繰り返しにまどろむように混じりあい溶けこんでしまう。まるで、長さを測り終えた糸が糸巻きに巻かれていくかのようだ。（上・13 - 4）

ここには、物事の輪郭を溶かすほどにゆっくりと持続＝回転する時間が書き込まれている。ジョーやハイタワーの悲劇的な円環とは異なり、リーナの円環はまどろみをもたらす。もっとも、この時間感覚はたんに楽天的なものではない。どちらかと言えば、リーナの円環から連想されるのは、サンチョ・パンサに「良いことも悪いこともそうそう長続きするはずはないのであってみれば、われらにずいぶんと悪いことが続いた今、良いことがすぐ近くに来ておるに決まっているからじゃ」（前篇第一八章）と教え諭すドン・キホーテの妙に醒めた認識ではないかと思える。良いことには悪いことが、悪いことには良いことが続く。リーナはこのような循環のなかにいる。

一見してそれぞれに孤立した三つの時間の環は「夜と昼の平和で単調な繰り返し」のなかで溶けあい、交差する。その交点にいるのがリーナの赤ん坊である。リーナは赤ん坊の父親がジョー・クリスマスではないかと錯覚し、ハイタワーはリーナの出産を助けるのだ。この胎児はリーナ、ジョー、ハイタワーの形作る三つの環を結びつける。リーナは出産によって、南部のなかにもう一つの世界、もう一つの時間を受胎させる。ここから分かるのは、フォークナーが世界に遅れてやってくる存在、つまり「後から来るもの」に対して、チェーホフとは異なりポジティヴな意味を与えていたことである。

10、最後にして最初の世界文学

私は『八月の光』を「最後にして最初の世界文学」と呼びたい。「最後」というのは、フォークナーの小説群においては、デフォーからメルヴィルに到る小説家が描いてきたグローバルな空間性が爆縮を起こし、郵便切手のように狭く小さい「旧世界」へと反転させられたからである。この圧縮によって、それまで世界性を保証してきた海はいったん押しつぶされ、過去の亡霊のうごめく場に取って代わられる。

逆に「最初」というのは、この爆縮されたミクロコスモスから、複数の「持続する時間」が生じてくるからである。『アブサロム、アブサロム!』の持続性が「耐え忍ぶこと」と不可分であったとしたら、『八月の光』の持続性は「回転すること」と結びつく。このような持続性は、世界に意味があるかないかという問いの彼方へと読者を導く。なぜなら、回転する時間においては、空虚な壺のようなジョー・クリスマスも、社会的関係から切断されたゲイル・ハイタワーも、ニヒリズムという地点に定住することはできないのだから。持続する時間は、ニヒリズムの先に人間たちを運ぶ。フォークナーが「人が耐えることの手伝いをすることが、作家に与えられた特権なのです」とノーベル文学賞受賞講演で語ったことを、ここで改めて思い起こしてよいだろう[27]。

われわれはこのような文学をどう評価すればよいだろうか。思えば、二一世紀の世界観は、単一のグローバルな世界市場(世界文学)という地盤に、多文化(各国文学)が分立するというモデルに支配されている。このような多文化主義は、人類の時間が一つのプラットフォームに統合された状態を前提としている。マルクスとエンゲルスは『共産党宣言』で、民族的偏狭さを超えた「一つの世界文学」に言及しながら「ブルジョワ階級は、かれら自身の姿に型どって世界を創造するのである」と記したが[28]、まさに二一世紀のブルジョワの姿にあわせて描き出されたのが、単一のグローバルな世界時間における多文化の共存というイメージである。

それに対して、二〇世紀のフォークナーが示したのは、多文化性ならぬ《多時間性》に根ざした世界であった。フォークナーの世界は、複数の円環的な時間の交差によって特徴づけられる。人類の時間やテンポは決して一つにはならない。いわば野生を残した庭のように、その内部にさまざまな時差を孕んだ世界時間——フォークナーはそれを自己自身に向かって閉じようとする「作品」の力によって発明した。われわれは恐らく、その《多時間性》の文学の富をまだ十分に汲み尽くせていない。つまり『八月の光』という「最後にして最初の世界文学」は、今なお未完なのである。

［1］マルティン・ハイデッガー『ニーチェ』（第二巻、細谷貞雄監訳、平凡社ライブラリー、一九九七年）二六九、二七四、二九一、三〇三-四、三一一、三二三頁。

［2］ジル・ドゥルーズ『意味の論理学』（上巻、小泉義之訳、河出文庫、二〇〇七年）二六五頁。

［3］イーゴリ・エヴラームピエフ『ロシア哲学史』（下里俊行他訳、水声社、二〇二二年）一二三頁。

［4］さらに、チェーホフとトルストイの差異も重要である。チェーホフは一八九〇年に苛酷な流刑地であったサハリン島に命がけで旅行した後、かつて心酔していたトルストイを批判するようになる。トルストイが農民的なモラルに傾斜したとすれば、チェーホフは「電気や蒸気」に、つまり科学の時代に人間探究の鍵を探し出そうとした。トーマス・マン「チェーホフ論」（木村彰一訳）原卓也編『チェーホフ研究』（中央公論社、一九六九年）三九三頁。

［5］Cornel West, "Chekhov, Coltrane, and Democracy", *The Cornel West Reader*, Basic Civitas Books, 1999, p.556. ここでウェストがジャズを参照して、チェーホフの悲喜劇性をジョン・コルトレーンに、その喜劇性をチャールズ・ミンガスに対応させているのは興味深い。

［6］ソフィ・ラフィット『チェーホフ自身によるチェーホフ』（吉岡正敏訳、未知谷、二〇一〇年）九九-一〇〇頁。

［7］ロジェ・グルニエ『チェーホフの感じ』（山田稔訳、みすず書房、一九九三年）九五頁。なお、チェーホフと並んで、救いのない世界を「証言」した作家としてはカフカ、とりわけその日記が重要である。不眠と疲労に包まれた独身者カフカは、自己省察的な日記を残した。彼が人生のトラブルや心理的な混乱をまるで機械の動作のように報告し、苦痛に満ちた生を規則正しくレイアウトするとき、日記はいわばカフカ的日記に「変身」する。彼の「空っぽ」の実存には、救済の余地がない。しかし、カフカの透明で瞑想的な記述は「無力なものの力」（ヴァーツラフ・ハヴェル）を読者に伝えるだろう。

［8］J・ブロック＝ミシェル『ヌヴォー・ロマン論』（島利雄他訳、紀伊國屋書店、一九六六年）五九頁。

［9］リチャード・エルマン『ダブリンの四人』（大澤正佳訳、岩波書店、一九九三年）一五三、一六五頁。

［10］イノック・ブレイター『なぜベケットか』（安達まみ訳、白水社、一九九〇年）八七、九七頁。

［11］グルニエ前掲書、一八三頁。

［12］S・G・セミョーノヴァ他編『ロシアの宇宙精神』（西中村浩訳、せりか書房、一九九七年）。近年、美術批評家のボリス・グロイスはフョードロフに始まるロシア宇宙主義の不死性への欲望の根幹に「無条件の生政治の要求」を見出し、それを「ニヒリズムの克服」のロシア的形態と位置づけた。グロイス編『ロシア宇宙主義』（乗松亨平監訳、河出書房新社、二〇二四年）一二、一七頁。

［13］モダニストのなかでも、チェーホフと同世代のコンラッドは、消尽した空間的ポテンシャルを、異常に長大な語りの時間のなかで再生させた点で特異である。コンラッドの小説では、一八世紀イギリスの小説のようにさまざまな空間が踏破されるが、『ロード・ジム』や『闇の奥』をはじめ、その海外の諸世界は語りのなかに梱包される。つまり、異質な空間は虚構化・間接化されて、聞き手に伝えられる。アンドレ・ジッドは『秋の断想』（辰野隆他訳、新潮文庫、一九五二年）に収めた印象的なエッセイで、親交のあったコンラッドについて「書物でも会話でも、個人的なことをすべて、虚構によって転位し、非個性化し、自己から遠ざけることを余儀なくされた。それゆえ、直接の話は奇妙に不器用だった。彼は虚構の中でしか、気楽でいられなかった」と回想している（七九頁）。デフォーやスウィフト

とは違って、コンラッドは諸世界を象るのに、空間を「虚構に転位」させるという手続きを必要とした。このような虚構化は、コンラッドのみならずジッドの文学の特性でもある。

[14] エルマン前掲書、一三〇頁。

[15] César Augusto Salgado, *From Modernism to Neobaroque: Joyce and Lezama Lima*, Bucknell University Press, 2001.

[16] 「アメリカの内戦」『マルクス・コレクション』(第七巻、村岡晋一他訳、筑摩書房、二〇〇七年)一一四頁。

[17] ケヴィン・B・アンダーソン『周縁のマルクス』(平子友長監訳、社会評論社、二〇一五年)二八八、二九一頁。北部は大資本によって支配されていたので、マルクスが北部の側に立ったことは、後の一部のマルクス主義者を当惑させることにもなった(一三五頁)。しかし、レイシズムが奴隷労働の正当化のために要求されるというウォーラーステインやエリック・ウィリアムズの考えに先駆けて、人種と階級の交差に着眼したマルクスはやはり慧眼と言うべきだろう。

[18] 「獄中記」『カール・シュミット著作集』(第二巻)一五九頁。シュミットはここで、ホッブズの『リヴァイアサン』がイングランド内戦への応答であることを念頭に置いている。

[19] 「書評エーリヒ・マレーア・レマルク『還りゆく道』」『フォークナー全集』(第二七巻、大橋健三郎他訳、冨山房、一九九五年)二〇三頁。

[20] エドゥアール・グリッサン『フォークナー、ミシシッピ』(中村隆之訳、インスクリプト、二〇一二年)九四頁。

[21] ヴァージニア・ウルフ『自分ひとりの部屋』(片山亜紀訳、平凡社ライブラリー、二〇一五年)一二六頁。

[22] グリッサン前掲書、三九頁。

[23] Jacques Derrida, "Racism's Last Word", in Henry Louis Gates Jr. ed., *Race, Writing, and Difference*, University of Chicago Press, 1985, p.331.

[24] 「『響きと怒り』序文」フォークナー前掲書、二七五頁。

[25] André Bleikasten, *The Ink of Melancholy: Faulkner's Novels from The Sound and The Fury to Light in August*, Indiana University Press, 1990, p.350.

[26] ibid., p.347.

[27] 「ノーベル文学賞受賞演説」フォークナー前掲書、一三八頁。

[28] マルクス+エンゲルス『共産党宣言』四五頁。

あとがき

本書の試みは、小説を特異な思想書として読み解くこと、そしてその思想の力の源泉を《世界》へのアクセスに認めることと、およそこの二点に要約できる。私は主にヨーロッパと中国で形成された小説を、人類の思考システムの歴史に組み込もうと試みたのである。

身のほど知らずであることを承知で言えば、私はもともと、夏目漱石の『文学論』のような原理的な仕事をやりたいと密かに願っていた（そもそも『文学論』は世界文学論の嚆矢と呼ぶべき著作である）。そのため、本書は当初のプランでは、漱石のように形式的・理論的なやり方で小説にアプローチすることを考えていたのだが、その企ては結局挫折してしまった。そこで私は方針を変えて、小説が自らの世界性・普遍性をいかに歴史的に獲得してきたかという問いを、議論の中心に置いたのである。

その際、乗り越えるべき壁としてあったのが、ジェルジ・ルカーチと柄谷行人の小説論である。近代小説の発生に画期性を認めた彼らは、共同体から個人を分離する「冒険」や「内面」を――つまり主体の形成を――小説の根幹に据えた。ただ、ルカーチや柄谷の強調した「近代」の主体性のモデルは、産業資本主義やナショナリズムが伸長した一九世紀ヨーロッパの特殊な時代環境に依然として縛られているように私には思えた。そのような狭い枠組みで考える限り、小説が世界性を獲得した理由を十分に説明できないし、ヨーロッパの外で栄えた中国や日本の近世小説も無視されてしまうだろう。

本書で示したように、小説の勃興にはナショナリズム以前からあったグローバリズムが関係している。標語的に言えば、近代小説はネーションの文学ではなく《世界文学》として始まった。内面的な主体の形成は、あくまで世界との接近遭遇の後に来るものである。ならば、近代文学を分析するには、本来は世界文学を前提にしなければならない。世界文学は任意に選ばれた研究テーマではなく、それ自体が近代性の本質に関わるテーマなのである。

今日の文学研究者が世界文学を取り上げるとき、それを二一世紀にまで続く世界資本主義の問題とつなげるのが常である。ゲーテがこのような考え方の先駆者であったのは間違いない。しかし、本書を書くうちに気づいたのは、ゲーテは《世界文学》の始まりだけではなく、その終わりの地点にいたことである。一六世紀以降のラブレーやセルバンテスに始まり、一八世紀のデフォーらを経て、一九世紀前半のゲーテに到るまでに、小説は市場で流通し翻訳される商品となった。そのとき、文学の世界化のサイクルはいったん完結する。私の考えでは、ゲーテ以降のメルヴィルやジョイス、フォークナーらは、この完成したかに見える《世界文学》のサイクルに内部から干渉し、世界性を再び建築し直した小説家＝アーキテクトであった。それはちょうど、ヘーゲルが「世界哲学」を完成させた後に、マルクスやキルケゴールがその批判者として出てきたことと似ている。

ゆえに本書には、ゲーテの世界文学論の意味を問いながら、ゲーテ的なグローバリズムの前史と後史を根本的に再検討するという二つの視角がある。本書で示そうとしたのは、たんに西洋以外にもあれこれの地域文学があるという話ではない。小説がいかに《世界》を自らの問題に組み入れ、いかに世界を思考するシステムとして自己を仕上げてきたか——その進化史の究明が本書の取り組んだ問いである。むろん、このいささか無謀な書物が、多くの既存の翻訳なしにはあり得なかったことも、ここで明記しておきたい。

本書の構想はもともと「世界文学をテーマにメールマガジンで連載してみないか」というＰＬＡＮＥＴＳ編集長の宇野常寛氏からの誘いに始まっている。いざ書き始めると予想以上に難儀な仕事であることが分かったが、宇野氏から毎月送られる的を射たコメントに励まされて、何とか完成にこぎつけることができた。インターネットと出版を横断しながら、インディペンデントな批評の場を持続している宇野氏の情熱と戦略がなければ、本書が存在することもなかっただろう。連載時にはＰＬＡＮＥＴＳ編集部の徳田要太氏に、書籍化に際しては小池真幸氏にお世話になった。皆さんに心より感謝を申し上げる。

二〇二四年秋　福嶋亮大

福嶋亮大（ふくしま・りょうた）
1981年京都市生まれ。文芸批評家。京都大学文学部博士後期課程修了。現在は立教大学文学部文芸思想専修教授。著書に『復興文化論』（サントリー学芸賞受賞作）『厄介な遺産』（やまなし文学賞受賞作）『辺境の思想』（共著）『ウルトラマンと戦後サブカルチャーの風景』『百年の批評』『らせん状想像力　平成デモクラシー文学論』『ハロー、ユーラシア 21世紀「中華」圏の政治思想』『感染症としての文学と哲学』等がある。

世界文学のアーキテクチャ

2025年3月31日　第1刷発行

著者　福嶋亮大

発行者　宇野常寛

発行所　株式会社PLANETS／第二次惑星開発委員会
http://wakusei2nd.com/
info@wakusei2nd.com

ブックデザイン　module
DTP　坂巻治子
編集　小池真幸

校正　東京出版サービスセンター
印刷・製本所　モリモト印刷株式会社

ISBN　978-4-911149-03-4 C3090